마지막 왕국

마지막 왕국

1판 1쇄 인쇄 2024. 8. 5.
1판 1쇄 발행 2024. 8. 19.

지은이 다니엘 튜더
옮긴이 우진하

발행인 박강휘
편집 강지혜, 김은하 **디자인** 이경희, 박주희 **마케팅** 김새로미 **홍보** 반재서
발행처 김영사
등록 1979년 5월 17일(제406-2003-036호)
주소 경기도 파주시 문발로 197(문발동) 우편번호 10881
전화 마케팅부 031) 955-3100, 편집부 031) 955-3200 | **팩스** 031) 955-3111

값은 뒤표지에 있습니다.
ISBN 978-89-349-6772-9 03810

홈페이지 www.gimmyoung.com   **블로그** blog.naver.com/gybook
인스타그램 instagram.com/gimmyoung   **이메일** bestbook@gimmyoung.com

좋은 독자가 좋은 책을 만듭니다.
김영사는 독자 여러분의 의견에 항상 귀 기울이고 있습니다.

마지막 왕국

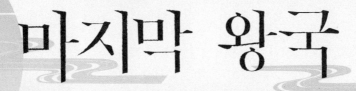

다니엘 튜더 장편소설

우진하 옮김

김영사

"현주에게, 사랑하고 감사합니다."

프롤로그

아직도 내가 잃을 게 더 남아 있을까. 문이 활짝 열리며 갑자기 사방이 밝아졌다. 의녀들이 아무렇게나 던져놓은 피 묻은 천 더미가 장 상궁의 눈에 들어왔다.

아직 끝나지 않았구나. 축축한 뭔가가 몸을 타고 흘러내리며 이미 젖어 있던 옷과 이불을 다시 적시는 게 느껴졌다. 장 상궁은 거칠게 숨을 몰아쉬었고 그때마다 끈적하고 역한 비린내가 입안에 진동했다. 문가에 내의원 어의 황 의원이 나타났다. 등 뒤로 들어오는 빛이 마치 후광처럼 그의 온몸을 감쌌다. 하지만 황 의원이 장 상궁을 완전히 살려냈다고 하기에는 이른 것 같았다.

여기서 살아 나갈 수만 있다면. 황 의원이 몇 걸음 다가오다 멈춰 섰다. 그간 자신을 바라보는 사내들의 눈빛이란 대개 뭔가 은밀한 속내를 담고 있기 마련이었지만 이번에는 달랐다. 안타까움과 두려움이 섞인, 어찌할 바를 모르겠다는 눈으로 장 상궁을 바라볼 뿐이었다.

"장 상궁, 내 말이 들리는가?"

장 상궁은 아이처럼 웅크리고 있던 몸을 천천히 펴려고 했지만, 오른쪽 다리를 뒤로 뻗자 날카롭게 갈라지고 찢어지는 것 같은 통증이 온몸으로 번져나갔다. 장 상궁은 비명을 질렀고 통증은 더 심해졌다. 결국 다시 몸을 웅크린 장 상궁은 신음을 내뱉으며 죽을 것처럼 숨을 헐떡였다.

"그리 갑자기 움직이면 안 되네……"

황 의원이 가까이 다가와 옆에 무릎을 꿇고 앉았다. 한숨과 함께 고개를 저으며 장 상궁의 헝클어진 머리카락을 뒤로 넘기고는 물에 적신 천으로 얼굴에 묻은 검붉은 땀을 닦아냈다. 상처를 확인하기 위해 몸을 덮고 있던 천을 들어 올릴 때는 반쯤 굳어버린 피와 오줌 자국이 내는 악취에 흠칫 몸을 움츠렸다.

"거기 의녀 있는가!"

장 상궁 또래로 보이는 한 젊은 여인이 두툼하게 덧대어 꿰맨 천을 들고 나타났다. 황 의원이 고개를 끄덕이자, 의녀가 장 상궁에게 다가가 상처를 감싼 피 묻은 낡은 천을 옆으로 치우고 새로운 천을 깔았다. 이후 한 손으로는 어깨를, 다른 한 손으로는 엉덩이를 붙잡고 재빠른 동작으로 한 번에 장 상궁의 몸을 바로 눕혔다. 장 상궁은 감당할 수 없는 고통에 눈을 크게 치떴다. 의녀는 뭉쳐놓은 낡은 천을 다른 천 더미 위에 던져 올리는 것으로 일을 마무리했다.

얼마 후 황 의원이 장 상궁의 맥을 짚었다. 그러고는 손을 조심스럽게 내려놓은 뒤 약재함에서 청심환 한 알을 꺼냈다.

"자, 이걸 먹고 나면 좀 진정될걸세."

황 의원은 청심환을 그릇에 담아 잘게 짓이기기 시작했다.

할 일을 마친 의녀가 자리를 떠나자, 황 의원은 헛기침을 한 번 한 후 주변을 슬쩍 둘러보았다. 그러고는 꾸러미에서 작은 병을 하나 꺼내 들었다. 병에 든 갈색 액체를 잔에 붓고 물을 섞어 장 상궁의 축 늘어진 손에 잔을 쥐여주었다.

"고맙습니다."

지난번에도 이 쓴맛 나는 약을 마시자 구름 위에라도 오른 듯

순식간에 온몸이 편안해졌고 이불에 몸을 파묻은 채 반나절은 죽은 듯이 푹 쉴 수 있었다. 장 상궁은 떨리는 손으로 갈색 액체를 입으로 가져가며 황 의원을 바라보았다. *나를 도와주고는 있지만 묻고 싶은 말이 차마 입 밖으로 나오지 않습니다. '내가 낳은 아이는 지금 어디에 있습니까?'*

장 상궁은 약을 다 마시고는 고개를 숙였다. 황 의원은 다시 잔을 받아 들고는 잠이 드는 장 상궁을 보며 자리에서 일어섰고 밖으로 나가며 한 번 더 뒤를 돌아보았다.

황 의원이 준 약은 한밤중이 채 되기도 전에 그만 약효가 다 떨어졌다. 장 상궁은 쉴 새 없이 몸을 떨며 땀을 흘렸고 정신까지 아득해졌다. 고통이 온몸을 휘감으면서 천 길 낭떠러지 밑으로 한없이 추락하는 기분이었다. 옷이며 이불이 다시 축축하게 젖었고, 욕창으로 상한 피부도 아파오기 시작했다.

일러도 아침은 되어야 황 의원이 다시 와 약을 줄 텐데…… 뼛속부터 치밀어 오르는 극심한 통증을 그저 눈물을 삼키며 참아낼 수밖에 없었다.

그때 문밖에서 빠르고 조심스럽게 달려오는 발소리가 들렸다. 여인의 발소리 같았다. 장 상궁은 몸을 떨면서 숨을 삼켰다.

이윽고 문이 열리고 어슴푸레한 빛 속에서 작고 땅딸막한 누군가가 나타났다. 장 상궁은 저를 찾아온 사람을 알아보고 비로소 안도의 한숨을 내쉬었다.

옥색 비단 옷소매 안에서 손이 불쑥 튀어나오더니 장 상궁의 손을 잡았다. 여인은 무릎을 꿇고 통통한 얼굴을 가까이 들이밀었다. 두 사람의 이마가 잠시 서로 맞닿았다.

"장 상궁……"

여인이 장 상궁의 머리카락을 쓰다듬으며 속삭였다.

"이게 다 무슨 일이란 말인가……"

"엄 상궁인가……"

장 상궁의 목소리는 녹슨 바퀴처럼 꺽꺽거리며 제대로 이어지지 못했다.

"장 상궁, 빨리 가봐야 하네. 내가 여기 온 걸 누군가 알아차리면 나도 끝장이야."

엄 상궁은 잠시 자리에서 일어나 누가 근처에 없는지 주변을 둘러보았다. 그리고 다시 돌아와 품속에서 반짝이는 가락지를 꺼냈다.

"그저 이 금가락지를 주려고 왔네."

"엄 상궁, 이건……"

"자세한 건 묻지 마시게."

엄 상궁은 금가락지를 이불 아래로 밀어 넣었다.

"꼭꼭 숨겨두었다가 필요할 때 쓰도록 하게나. 그럼 나는 이만……"

"잠깐만 기다리게. 내 아들에 대해 뭐라도 들은 게 있는가?"

엄 상궁은 고개를 저었다.

"미안하네. 그저 하늘에 빌겠네."

장 상궁이 애원하듯 말을 이었다.

"너무 무섭네. 제발 여기 그냥 있어주면 안 되겠나……"

엄 상궁은 오른손을 들어 자신의 입을 틀어막더니 왼손으로 장 상궁의 어깨를 재빨리 한 번 꼭 쥐었다가 일어나 사라졌다.

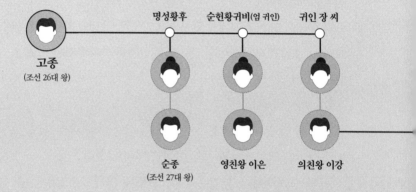

명성황후   순헌황귀비(엄 귀인)   귀인 장 씨

고종
(조선 26대 왕)

순종
(조선 27대 왕)

영친왕 이은

의친왕 이강

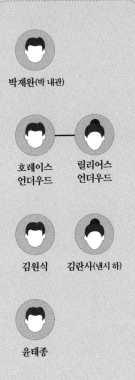

박재완(박 내관)

호레이스   릴리어스
언더우드   언더우드

김원식   김란사(낸시 하)

윤태종

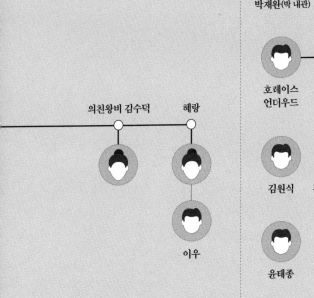

의친왕비 김수덕   혜랑

이우

차례

일러두기

이 책은 구한말 조선을 배경으로 한 소설입니다. 내용 중 당시 시대상과 제도, 의친왕 이강의 삶과 그를 둘러싼 일련의 사건들에 대한 묘사는 여러 기록을 바탕으로 하였습니다. 다만 등장인물의 성격과 행동, 대사, 일부 사건 등은 소설적 개연성을 위해 저자가 재구성한 허구임을 밝힙니다.

소설적 구성을 위해 실제 역사에서 사건이 발생한 날짜와 소설 속에서 발생한 날짜 사이에 차이가 있을 수 있습니다. 특히 순헌황귀비(엄 귀인)의 아들인 영친왕의 출생과 이강의 미국 유학 시기 순서를 바꾸었으며(연보 참조), 고종 사망 일자와 파리강화회의 등의 순서에도 다소 차이가 있습니다.

소설 속 이우의 생모인 혜랑은 실제 이우의 생모인 수인당 김흥인과 신분 및 출신지 등이 모두 다른 허구의 인물임을 밝힙니다. 또 의화군 이강에게는 큰아들 이건(1909년 생)이 있으나, 소설적 구성을 위해 1912년 생인 이우를 큰아들로 설정하였습니다.

이강이 생모의 죽음을 아는 부분이나, 미국에서의 폭행 사건 등의 생활 부분도 소설적 구성을 위해서 지은 허구입니다.

이강은 1891년 의화군에 봉해졌습니다. 궁 밖에서 자라던 시기와 의화군에 봉해지기 전 시기의 호칭은 '자가'로, 의화군으로 봉해진 이후에는 '마마'로, 의친왕으로 봉해진 이후에는 '마마'와 '전하'를 혼용하여 표기하였습니다.

제1부
1890-1896

1

"내가 이렇게 누구를 찾아와 따로 가르치는 일이 거의 없다만
……."

올해로 열셋이 된 강은 부끄러운 듯 고개를 조아렸다.

"예, 잘 알고 있습니다. 이렇게 스승님을 직접 집으로 청하게 되
어 저도 송구스럽기 그지없습니다."

"나는 당대 학식이 가장 높은 선비 중 한 분인 고산이라는 분께
글을 배웠다. 이 집안이 어떤 집안이고 또 무슨 일이 있었는지는
몰라도 어인 일인지 존경하는 스승께서 이렇게 너를 찾아가 가르
쳐달라고 직접 청을 하셨다. 나로서는 스승의 청을 감히 거절할
수 없는 터."

방석에 앉은 아이는 자세를 가다듬었다. '묘남'이라는 호를 쓰
는 새로운 스승은 강에게 글공부를 가르치러 집을 찾아오는 여러
명망 높은 선비 중 하나였다. 강은 자신이 왜 이런 특별한 대우를
받고 있는지 도무지 짐작이 가지 않았다. 자신의 글공부 실력이나
재능과는 무관하다는 사실만은 분명했다. 제 실력은 겨우 평균 이
상이었고, 재능 역시 별반 대수로울 게 없었기 때문이다.

"무슨 말씀이신지 잘 알겠습니다. 제 외숙부께서 집 밖을 나서
는 일 없이 글공부를 해야 한다고 하시는지라."

벌써 6, 7년 전의 일이다. 다른 아이들처럼 강도 원래는 마을 학
당에서 글을 배웠는데, 어느 날 갑자기 정체를 알 수 없는 고뿔 비

숫한 돌림병이 돌면서 아이들이 앓아눕기 시작했다. 입가에 하얀 반점이 생기고 온몸이 벌겋게 달아오르는 병이었다. 어떤 아이는 양쪽 눈이 붉게 충혈되더니 얼마 지나지 않아 눈동자 전체가 허옇게 변하면서 결국 다시는 앞을 볼 수 없게 되어버렸다. 그때부터 외숙부는 강을 집 밖으로 한 걸음도 나가지 못하게 했다.

"저도 그럴 수만 있으면 스승님을 직접 찾아가 가르침을 받고 싶습니다만……"

묘남이 눈썹을 꿈틀거렸다. 강이 다시 공손한 표정을 지으며 고개를 조아리려던 그때 밖에서 요란한 발소리가 들려왔다. 강은 자기도 모르게 창가 너머 외숙부의 집을 둘러싸고 있는 낮은 돌담 밖을 향해 고개를 돌렸다. 돌담 밖에는 이웃집들과 이어지는 좁은 골목길이 있었고, 주로 어린 여자아이나 아낙들이 우물물을 길어 오기 위해 그 길을 오가곤 했다.

지난 1년 동안 강은 몸도 마음도 부쩍 자라, 턱과 아랫도리 주변에 털이 돋아나는 만큼이나 돌담 너머를 향한 관심도 늘어났다. 제 또래의 어여쁜 여자아이뿐 아니라 심지어 어머니뻘 되는 아낙들에게까지 신경이 쓰이기 시작하자 강은 가끔 자기가 제정신이 아니라는 생각까지 들 정도였다.

오늘은 여인들이 아니라 조금 멀리 떨어진 곳에서 아이들이 뒤섞여 뭐라고 떠드는 소리가 들려왔다. 아이는 그 소리가 그저 장난일 수도, 아니면 정말 싸움일 수도 있다고 생각했다. 혹시 누군가 엿이라도 들고 나온 게 아닐까? 그래서 다들 한 조각 맛을 보자고 달려들고 있을지도 모른다.

그 순간 긴 연줄에 매달린 연 하나가 이리저리 비틀거리며 하늘을 가로질러 날아오르는 모습이 강의 눈에 들어왔다. 연줄 끝을 붙들고 있는 건 긴 댕기 머리에 낡은 옷을 입은 남자아이였다. 아이는 즐거운 듯 환하게 웃고 있었고, 옆에서는 다른 남자아이 둘이 다음 차례를 다투고 있었다. 강은 연날리기는 물론이거니와 살면서 이미 놓쳐버린 다른 많은 것들을 떠올리며 그저 한숨을 내쉬었다.

"내가 여기까지 너를 찾아왔는데 돌담 밖 사정이 그리도 중요하단 말이냐?"

"송구합니다, 스승님. 부디 용서해 주십시오."

묘남은 마뜩잖은 표정으로 고개를 끄덕였다. 그러고는 들고 온 봇짐에서 서책 하나를 꺼내 두 사람 사이에 놓인 야트막한 경상 위에 펼쳐놓았다.

"이 서책을 알아보겠느냐?"

강은 서책의 표지에 적힌 제목을 훑어보았다. 《홍루몽紅樓夢》. 청나라에서 들여온 소설 《홍루몽》에 언문 해설까지 붙은, 비교적 최근에 나온 서책이었다.

"처음 보는 책이옵니다."

"네 외숙부께서 특히 이 책을 네게 가르쳐달라고 부탁하시더구나. 《홍루몽》을 권하다니, 과연 보통 분은 아닌 것 같다만."

강은 밤이면 술에 취해 이부자리도 펴지 않은 채 맨바닥에서 코를 골며 잠이 드는 장 아무개라는 이름의 외숙부를 떠올리며 뭐라고 한마디 대꾸라도 하고 싶은 기분이었다.

"이 《홍루몽》은 그동안 조선에서는 읽는 사람이 많이 없었는데, 근자에 들어 갑자기 좋은 평을 받고 있다. 심지어 주상 전하께서도 즐겨 읽으신다니 말이다. 사실《홍루몽》을 이렇게 언문으로 풀어 널리 알리라고 명하신 것도 바로 전하이시지."

"그렇다면 정말 중요한 책이겠습니다."

"과연 그렇다. 세상이 아무리 변해도 결국 우리가 배우는 모든 것은 저 청나라에 뿌리를 두고 있으며, 청나라에 대해 알고 이야기할 수 있는 모든 심오한 내용이 바로 이 책에 다 담겨 있으니까."

묘남은 책을 손가락으로 가리키며 설명했다.

"조선에서 글줄깨나 읽었다는 사람 치고《삼국지》를 모르는 사람이 있겠느냐만,《홍루몽》도《삼국지》만큼 중요한 책이니라."

강은 알겠다는 듯 고개를 주억거렸지만, 눈길은 여전히 저 돌담 밖 소란 쪽을 향해 있었다. 얼마 지나지 않아 옥색의 익숙한 무언가가 번들거렸고 뒤이어 암탉이 우는 소리가 들려왔다. 묘남은 다시 입을 열었지만 강은 이제 스승의 말을 건성으로 들으며 그저 이따금 "네, 알겠습니다"라고만 대꾸할 뿐이었다.《홍루몽》이 아무리 특별하고 중요한 책이라 할지라도 지금 강에게는 밖에서 일어나는 일이 더 중요했다. 누군가 집 안에 필요한 물건들을 가져다주는 날이니까.

오늘은 과연 무엇을 가져왔을까? 물건을 가지고 오는 이는 참으로 이상한 사람이었다. 옷차림부터 대부분의 마을 사람과는 확연하게 달랐는데, 무명이나 삼베옷이 아니라 늘 옥색 비단 두루마기를 걸쳤고 그 두루마기 아래는 마치 늙은 곰과 아낙을 뒤섞어 감춰놓은 모양이었다. 키가 크고 체격도 다부졌지만 서로 다른 크

기의 가슴이 이상하게 툭 튀어나와 밑으로 축 늘어질 정도였다.

이제는 스승인 묘남도 무슨 일이 벌어지는지 돌아보지 않을 수 없었다. 기이한 모습의 사내가 쌀이며 과일, 푸성귀, 말린 생선, 달걀과 육고기 등을 잔뜩 쌓아 올린 수레를 앞세우고 집 안으로 들어서는 모습을 본 묘남은 눈을 크게 치켜떴다. 사내의 뒤로는 왼쪽 팔에 살아 있는 닭들이 담긴 망태기를 안고 있는 머슴도 있었다. 값비싼 비단 몇 필도 빠지지 않았다. 묘남은 어린 제자를 쳐다보다가 다시 옥색 비단 두루마기를 걸친 사내 쪽을 보았다. 뭔가말을 하려는 듯 입술을 달싹였지만 결국 묘남은 아무 말도 하지 않았다.

그런 두 사람에게 강의 외숙부가 문가로 다가가는 모습이 보였다. 집안의 머슴인 봉삼이 지저분한 모시 적삼에 무명 바지를 걸치고 나타나 서둘러 닭부터 집어 들어 닭장으로 옮기는 동안, 외숙부와 사내는 이야기를 나눴다. 외숙부는 비단을 살펴보며 만족스러운 표정을 지었다. 봉삼이 서너 차례 더 집 안과 수레 사이를 오가는 동안 늙은 찬모 점례도 나와 일을 도왔다. 수레가 텅 비자 외숙부와 사내는 고개를 끄덕이며 인사를 했고 얼마 지나지 않아 일은 다 마무리되었다.

강은 방금 두 사람 앞에서 벌어진 일에 대해 뭔가 말을 해야 하나 망설였다. 묘남은 지금 이게 무슨 일인지 정말 궁금하다는 표정이었다.

"스승님, 저 사내는 저렇게 한 달에 한 번씩 찾아와 집안에 필요한 물건들을 가져다줍니다."

강은 묘남이 가져다준 책을 대강 훑어보았다. 첫 장을 펼치자 천계를 떠받치는 돌 하나가 오랜 세월이 지나 귀한 구슬로 변했고 다시 인간의 모습으로 세상에 태어났다는 이야기가 나왔다. 세상에 태어난 이 신비로운 아이의 입에는 바로 그 구슬이 들어 있었다. 분명 뭔가에 대한 비유 같았지만, 강은 이내 흥미를 잃고 책을 덮어버렸다. 글공부는 내용에 상관없이 다 지루했고 하면 할수록 진만 빠지는 기분이었다. 강은 차라리 장작을 패거나 아니면 머슴인 봉삼과 함께 옥색 두루마기 사내가 가져다준 푸성귀나 육고기를 남대문 근처 장으로 들고 나가 다시 처분하는 일을 하고 싶었다. 그러면 적어도 저잣거리 사람들과 이야기를 나누고, 그들이 사는 모습을 보거나 듣고, 또 냄새도 맡을 수 있으리라. 집 밖으로 나가면 어여쁜 여자아이들도 있겠지. 강은 사당패가 들어와 연희를 펼치며 양반들을 희롱하는 내용의 걸쭉한 타령을 부르는 모습도 상상했다.

세상에 재미로 서책을 읽는 사람도 있을까? 외숙부는 서책과는 거리가 멀었고, 봉삼이나 점례는 아예 글을 몰랐기 때문에 강과 가까이 있는 이 세 사람에게 묻는다면 분명 아니라고 대답할 것이다. 자신을 찾아오는 스승들은 다들 이상한 사람들뿐이니까 그들의 대답은 중요하지 않았다.

글공부, 즉 서책 읽기는 싫어도 반드시 해야만 하는 의무였고 외숙부는 강에게 오직 글공부에만 전념하라고 말했다. 지난 몇 년 동안은 외숙부의 그런 가르침에 한 번도 의문을 품지 않았지만 이제 점차 어린 티를 벗으며 마음이 뒤숭숭한 날이 계속되자 강은 궁금증이 들지 않을 수 없었다. 도대체 자신은 뭘 위해 글공부를 하는 걸까? 외숙부는 한 번도 과거 시험에 대해 언급한 적이 없기에 과연 자신이 과거 시험을 보는 일 자체가 가능한지도 알 수 없었다. 옥색 두루마기를 걸친 이상한 사내가 매달 가져다주는 물건들 덕분에 살림은 넉넉했지만 그렇다고 조정에 출사할 만큼 지체가 높은 집안이 아닌 건 분명했다. 무엇보다 과거 시험이든 조정 출사든, 우선 집 밖으로 나갈 수 있어야 할 텐데 그 문제부터 해결이 안 된다면 과연 무엇 때문에 자신은 이 지겨운 글공부를 계속하고 있는 건지 의문이 들었다.

강은 이부자리 위에 책을 던져놓고는 네 칸가량 이어진 방의 장지문을 슬며시 열어젖혔다. 별이 보였고 하늘은 마치 계곡물처럼 맑고 투명했다. 기와지붕 위로 올라가 집 밖을 내다보기 좋은 밤이라고 생각했다. 외숙부가 절대 그런 짓은 못 하게 했지만 마침 보는 사람이 아무도 없었다.

강은 앞마당 구석에 있는 소나무 앞으로 다가가 펄쩍 뛰어올라 나뭇가지 하나를 붙잡았다. *대강 바닥에서 일곱 척쯤 되는 높이일까.* 잠시 가지에 매달려 있던 강은 몸을 흔들어 왼발을 튀어나온 옹이에 걸쳤고, 다시 더 높이 나온 가지를 향해 손을 뻗었다. 마침내 소나무에서 기와를 얹은 지붕 위로 옮겨간 강은 다리를 대롱대롱 흔들며 자리를 잡고 앉았다.

강은 ㄷ자 모양의 안채를 내려다본 다음 오늘 가져온 물건들로 넉넉해진 광과 닭장 그리고 봉삼이 담배를 피우거나 뭔가를 고치며 대부분의 시간을 보내는 낡아빠진 헛간을 둘러보았다. 담 너머 골목길에 달빛을 받으며 흙탕물을 피해 도랑 위 작은 다리 구실을 하는 널빤지 위를 조심스럽게 건너는 사람들이 보였다. 강과 외숙부가 함께 사는 이 집은 사방을 둘러싼 치열한 삶의 바다 한 가운데 떠 있는 고요하고 질서 정연한 섬이었다. 기와로 이은 지붕은 그야말로 사치의 극치였다. 주변에 보이는 초가지붕들은 두툼한 베개처럼 집 안을 따뜻하게 감싸고 있었지만, 그 속으로 숙박비도 치르지 않고 하룻밤을 보내려는 쥐와 온갖 작은 손님들이 몰려들었다.

외숙부는 강을 두고 자주 하늘이 도왔다고 했다. 하지만 그게 정말 고마운 일일까. 강은 이제 바깥세상의 떠들썩한 분위기며 살아 숨 쉬는 풍경을 다 잊어버린 듯했다. 지금까지 살아온 세월의 절반가량이 집 안에서 흘러가 버렸다. 조선에서 사내아이는 나이가 열서너 살쯤 되면 부모가 적당한 짝을 찾기 시작하고, 좀 더 일찍 상투를 틀고 지아비가 되는 경우도 많았다. 당당히 한 사람의 사내가 되어 일도 하고 때로는 술을 마시다 싸움질도 하는 등, 사내구실, 지아비 구실을 하며 사는 것이다. 그렇게 되면 외롭거나 쓸쓸할 일이 없지 않을까? 집 밖은 온갖 돌림병에다 위험한 일이 가득한 무서운 세상이라고 외숙부는 말했지만, 강의 시선과 관심이 바깥으로 쏠리는 것까지 막을 수는 없었다.

갑자기 뒤편에서 길 잃은 개 한 마리가 짖는 소리가 들렸다. 강이 무심코 그쪽을 향해 몸을 돌리다 오른손이 미끄러지며 기왓장 하나를 건드렸다. 기왓장은 강의 손을 벗어나 지붕을 따라 밀려 내려갔고, 지붕 끄트머리에 잠시 걸치는가 싶더니 결국 땅바닥에 떨어져 산산조각 났다. 헛간에 있던 봉삼이 안짱걸음으로 서둘러

밖으로 나왔다. 봉삼은 박살이 난 기와 조각을 보며 고개를 저었다. 낡은 기와를 걷어내고 새 기와를 올린 게 불과 며칠 전 일이었다. 그러다가 지붕 위에 앉아 있는 강을 발견했다.

"아이고, 도련님!"

봉삼이 잔뜩 겁에 질린 표정으로 속삭였다.

그때 안채 문이 제대로 열리지 않아 덜컹거리는 소리가 몇 차례 들렸고, 이어서 외숙부가 화가 난 듯 혀를 차는 소리도 들렸다. 잠시 뒤 쿵쿵거리는 발소리와 함께 모습을 드러낸 외숙부가 소리쳤다.

"봉삼이냐? 거기서 뭘 하는 게냐?"

외숙부가 서 있는 자리에서는 강이 보이지 않았고, 그는 무슨 사정인지는 몰라도 어쨌든 머슴인 봉삼의 잘못이라고 생각했다. 강은 숨소리도 내지 않으려 애를 쓰며 손에 힘을 잔뜩 주고는 경사진 기와지붕 위에서 버티고 있었다.

"네 이놈! 이게 다 무슨 소란이냐! 기와가 낡았으니 고쳐놓으라고 내가 말하지 않았더냐!"

봉삼은 아무런 대꾸도 하지 못하고 그저 서 있기만 했다.

"왜 말이 없느냐! 갑자기 꿀 먹은 벙어리라도 된 것이냐!"

"송구합니다요, 나으리! 얼른 제대로 손을 보겠습니다요."

"세상에 어디 저리 굼뜨고 미련한 놈이 있는지…… 알겠다. 어서 저 깨진 기왓장이나 치우거라. 내 오늘은 용무가 바빠 그냥 넘어가마."

안채 문이 요란스럽게 다시 닫히자 강은 그제야 오른손에 찌르는 듯한 통증을 느꼈다. 봉삼이 슬며시 지붕 위를 올려다보자 강은 안도의 한숨을 내쉬며 미안한 듯 멋쩍게 웃었다. 잠시 뒤 강은 조심스럽게 지붕을 따라 미끄러져 내려가 소나무 가지로 건너뛰었고 살금살금 안마당을 가로질러 봉삼의 거처인 낡은 헛간으로 들어갔다. 봉삼도 그 뒤를 따랐다.

"도련님……"

봉삼이 속삭였다.

"괜히 나 때문에 네가 욕을 봤구나."

희미한 호롱불 빛을 받은 봉삼의 얼굴이 따뜻하게 빛났다.

"도련님, 어쩌려고 이러십니까. 이놈이 이렇게 빕니다요. 한밤중에 지붕에 올라가시는 것도 큰일 날 일인데 그걸 나리께서 보셨다면 무슨 일이 벌어졌을지…… 나리께서 얼마나……"

"알겠네. 내가 잘못했어."

외숙부의 명을 어겼다고 해서 조카인 강이 벌을 받은 적은 한 번도 없었다. 회초리로 종아리를 맞거나 하는 일이 한 번도 없었다는 것인데, 대신 외숙부는 조카에게 따끔한 가르침을 주기 위해 머슴인 봉삼을 혼냈다. 이런 일이 있을 때마다 늘 봉삼이 강 대신 질책을 당하거나 뺨을 몇 차례 얻어맞았지만 다들 외숙부의 뜻을 알고 있었다. 정말 봉삼에게 책임이 있다면 그 정도로 끝나지 않았을 것이다. 더 심한 매질은 물론이거니와 당장 집에서 쫓아낼 수도 있었다. 그저 재워주고 먹여주기만 한다면 봉삼 대신 머슴이 되겠다는 장정들이 마을에는 얼마든지 있었다.

"내 다시는 지붕 같은 곳에는 올라가지 않겠네."

하지만 강은 그런 약속을 하는 것 자체가 싫었다. 무엇 하나 마음대로 할 수 없는 것도 화가 났고 자신에게 저렇게나 잘 대해주는 머슴이 대신 혼이 나는 것도 여간 불편하지 않았다.

"외숙부께서는 왜 내가 아니라 아무 잘못도 없는 자네를 탓하시는지 도무지 알 수가 없어."

봉삼은 어리둥절한 얼굴이었다. 도대체 무슨 말을 하는지 모르겠다는 표정이었다. 주인에게 무슨 일이 있을 때 종이나 머슴 탓을 하는 건 아침에 울려 퍼지는 수탉 울음소리만큼이나 당연한 일이거늘.

"그나저나 도련님, 여기 도련님께서 좋아하실 만한 게 좀 있습죠."

봉삼이 이가 몇 개 빠진 입을 벌려 웃으며 작은 자루 안을 뒤적이더니 이윽고 강이 무척이나 좋아하는 연한 갈색의 엿 한 가락을 꺼내 들었다. 강은 즉시 엿을 받아 입에 물고는 눈을 감고 그 달달하고 끈적거리는 맛을 음미했다.

자리를 잡고 앉은 강의 앞에 밥상이 차려졌다. 강은 젓가락으로 깍두기를 집어 들고 입안에 욱여넣었다. 무가 아삭아삭하게 씹히며 톡 쏘는 듯한 신맛이 느껴지자 기분 좋게 몸이 부르르 떨렸다. 밥상을 받는 건 중요한 일과 중 하나였다. 강은 다시 숟가락을 집어 밥그릇에서 밥을 크게 한 술 펐다. 보리나 다른 잡곡은 하나도 섞지 않은 뽀얀 쌀밥이었다. 마을 사람들은 이런 쌀밥을 구경조차 하기 힘들다는 걸 강은 들어서 알고 있었다.

다음은 강이 제일 좋아하는 된장찌개 차례였다. 김이 모락모락 오르는 된장찌개 그릇 위로 쌀밥을 올린 숟가락을 슬쩍 가져갔다. 숟가락을 조금 흔들면 이윽고 쌀밥에 찌개가 스며들어 은은한 갈색으로 변한다. 그 냄새가 얼마나 좋은지 먹기 전부터 입안에 군침이 돌았다. 강은 다시 숟가락을 휘저어 적당한 크기의 두부를 찾아 쪼갠 뒤 조심스럽게 밥 위에 올렸다. 이렇게 숟가락 위에 먹음직스럽게 버무려진 쌀밥과 된장찌개를 올려 후, 하고 불었다.

놋숟가락 끝이 혀에 닿고 쌓아 올린 두부가 입천장을 스쳤다. 말로 다 할 수 없는 맛과 향이 온몸을 감쌌다. 찌개와 버무려진 쌀밥이 입안을 지나 목구멍을 따라 술술 넘어갔고 매콤한 찌개 국물이 배 속까지 흘러가는 게 느껴졌다. 늘 그렇듯 조금 짠 듯도 했지만 그게 오히려 입맛을 돋우었다. 바깥세상에는 이 집의 찬모인 점례보다 된장찌개를 더 맛있게 끓이는 사람이 있을지도 모른다. *어쩌면 한성의 지체 높은 양반들조차 맛보지 못한 그런 맛있는 먹을거리가 있을지도 모르지.* 그렇지만 강은 전혀 관심이 없었다. 강의 생활에서 더할 나위 없는 만족감을 주는 것 중 하나가 다름 아닌 이 집의 음식이었다.

강이 밥그릇을 다 비울 무렵 점례가 나타나 밥이며 찌개를 더 담기 시작했다.

"도련님, 좀 더 드세요. 나리께서도 늘 더 많이 드시고 크게 자라야 한다고 말씀하시지 않습니까."

점례는 강이 손도 대지 않은 시금치나물을 가리켰다.

"도련님, 찌개 말고 다른 반찬도 더 드셔야지요. 나물이 입에 안 맞으세요?"

"아니, 그건 아니고 깍두기가 더 맛있어서."

강이 거리낌 없이 말했지만, 점례는 물러서지 않았다.

"도련님, 시금치나물을 먹어야 몸이 더 건강해집니다."

강은 결국 알겠다는 듯 고개를 끄덕이며 시금치나물을 한 젓가락 입에 물고 점례를 쳐다보았다. 뭘 더 먹으라는 강권이야 늘 있는 일이었지만, 외숙부에 대한 이야기는 드문 일이었다.

"외숙부께서 나를 두고 그런 말을 하셨던가?"

점례는 당황한 듯 손사래를 쳤다.

"아니, 저는 잘 모릅니다요. 도련님께서는 그저 더 드시기만 하면 됩니다."

점례는 얼굴을 붉히더니 그 나이 아낙으로는 보이지 않을 정도로 재빠르게 몸을 놀려 밖으로 나가버렸다.

정확히 알 수는 없지만 무슨 일이 있는 게 확실하다고 강은 생각했다. 요즘 들어 외숙부의 성정은 도무지 종잡을 수 없을 정도로 오락가락했다. 전에는 한 번도 그런 적이 없었는데 갑자기 자신의 머리를 쓰다듬는가 하면 집안의 가축이나 토지보다 더 귀한 재산이라는 말을 하는 게 아닌가. 외숙부처럼 냉랭한 사람이 갑자기 그런 다정한 모습을 보이니 강은 오히려 이상하고 거슬릴 뿐이었다. 외숙부는 그러다가도 바로 예전 모습으로 돌아가 아무것도 아닌 일로 봉삼에게 호통을 치거나 술에 취해 잠이 들곤 했다.

아마도 점례는 뭔가를 알고 있는 듯했다. 새로운 스승인 묘남도 그런 것 같았다. 글공부를 할 때마다 강은 스승과 더 가까워졌고 지난번에는 옥색 비단 두루마기를 걸친 사내에 대해서도 꽤 오랫동안 이야기를 나눴다. 강은 뭔가를 알아내고 싶은 마음에 자기도 모르게 "가끔 그 사내가 제 부친이 아닐까 하는 생각도 듭니다"라고 말하고 말았다.

묘남은 그저 "글쎄…… 그럴 리가 있겠느냐"라고 대꾸할 뿐이었다. 스승은 사정을 다 헤아리고 있지는 못해도 자신보다는 뭔가를 더 많이 알고 있는 게 분명했다.

외숙부를 비롯해 어느 누구에게도 제대로 된 설명을 들어본 적 없는 강은 종종 그렇게 자신의 출생에 대해 제멋대로 생각했다가 잊어버리고, 또다시 생각하기를 반복했다. 친모는 가엾게도 강을 낳은 후 세상을 떠났다고 했다. 그래서 이렇게 외숙부의 집에 맡겨졌다는 것까지는 강도 알고 있었지만 그렇다면 자신의 친부는 어디에 있을까? 그 옥색 두루마기를 입은 사내가 강이 생각하는 친부의 모습에 가장 가까웠다. 친부도 아니면서 아무런 대가 없이 생활에 필요한 물건들을 넉넉하게 가져다줄 이유가 없지 않은가? 하지만 사내가 강에게 관심을 보인 적은 지금까지 한 번도 없었다. 그저 이따금 찾아와 살림살이를 필요한 만큼 넉넉하게 채워주고 떠날 뿐이었다. 혹시 누군가의 심부름을 하고 있을 뿐이라면, 심부름을 시킨 사람은 대단히 부유한 사람임이 틀림없다고 강은 생각했다. *왜 이렇게 모두가 쉬쉬하고 있는 걸까? 나의 출생과 관련해 부끄러운 비밀이 있는 게 분명하다.*

강은 터져 나오려는 울음을 참으며 된장찌개를 한 술 더 떴다. 그러고는 고개를 뒤로 젖히더니 방바닥에 벌렁 드러누워 버렸다. 주먹을 불끈 쥐고 애꿎은 방바닥을 내리쳤지만 주먹만 저릿하게 아플 뿐이었다. *도대체 나의 뿌리는 어디에 있는 걸까? 왜 나만 이렇게 살고 있는 걸까?* 강은 도무지 알 수 없었다. 게다가 외숙부는 왜 그토록 자신을 서먹하게 대하는지도 모를 일이었다.

벌써 수백 번이나 강은 자신에게 묻고 또 물었다. *친모가 세상을 떠난 건 결국 내가 태어났기 때문인가? 그래서 이런 천덕꾸러기 아닌 천덕꾸러기가 된 것일까?*

강은 어느덧 스승 묘남과 함께하는 글공부에 익숙해졌다. 스승은 열과 성의를 다해 필요한 배경지식을 알리고 또 설명해 주며 강이 따라올 수 있도록 애를 썼다. 덕분에 강은 그럭저럭 어렵지 않게 《홍루몽》을 읽어 내려가며 스승과 이야기를 주고받거나 깨달은 바를 글로 적을 수 있었다.

"이 책을 지은 조설근이 《홍루몽》 속 가 씨 가문을 통해 과연 작금의 세상에 대해 무슨 말을 하고 싶었는지 어디 네 생각을 말해보거라."

스승이 부드러운 목소리로 말했다.

그때 강은 또다시 창밖을 바라보고 있었다. 스승은 기다렸고, 침묵이 계속되자 이윽고 강은 자신이 대답할 차례라는 사실을 깨달았다.

"송구하옵니다, 스승님."

"개의치 말고, 그저 네 생각을 말하거라."

"그게, 저…… 뭐라고 말씀하셨는지 미처 듣지를 못해서……"

스승은 잠시 잠자코 있다가 이내 사람 좋은 표정을 지어 보였다. 머슴인 봉삼이 외숙부 앞에서 짓는 그런 표정 같았다. 강은 스승이 왜 화를 내지 않는지 의아했다. 이렇게 집 안에 갇혀 지내기 전 마을 학당에 다닐 때만 해도 제대로 글공부에 집중하지 않으면 늘 당연한 듯 회초리가 먼저 날아왔다.

"그러니까 《홍루몽》을 쓴 조설근은 세상을 어떻게 바라보고 있었느냐는 말이다."

"그게…… 그러니까…… 잘 모르겠사옵니다."

강은 스승의 마음에 꼭 드는 대답을 하고 싶었지만 뭐라고 대답해야 할지 알 수 없었다. 스승은 그럴듯한 대답을 기대하는 눈빛으로 제자를 똑바로 쳐다보았다.

"그러면 가 씨 가문은 지금 어떤 상태이더냐?"

"그러니까 가문이 기울고 있다는 건 알겠사옵니다. 하나……"

"바로 그렇다!"

스승은 또다시 정말 잘했다는 듯 맞장구를 쳐주었다. 강은 다른 스승들과 마찬가지로 꼬장꼬장하기 이를 데 없었던 묘남의 첫인상을 떠올렸다. *스승님의 태도가 저리 달라진 이유는 무엇일까? 뭔가 알게 된 걸까? 나도 모르는 어떤 사실을?* 강이 생각한 것처럼 그의 부친이 부유하고 유서 깊은 가문 출신이라면 이런 스승의 태도는 어쩌면 당연한 일일지도 몰랐다.

"가 씨 가문에서 일어나고 있는 일들이 작금의 다른 곳에서도 똑같이 일어날 수 있지 않겠느냐……"

스승의 질문은 계속되었다.

"아, 그건 그렇사옵니다. 세상 전체가 다 그럴 수도…… 어쩌면 조설근은 청나라 전체가 흔들리고 있음을 말하고 싶었던 게 아닐까 하옵니다."

"정말 잘 보았다! 네 깨달음이 과연 옳구나!"

문득 강은 이렇게 하면 스승이 더 만족할지 모른다고 생각하며 다시 입을 열었다.

"스승님, 뭔가를 좀 여쭈어도 괜찮을지요. 요즘 조선 땅에서 이 책이 널리 읽히는 연유는 과연 무엇이겠습니까?"

하지만 스승은 당황한 것 같았다.

"흠, 글쎄다."

스승의 눈에 두려운 빛이 언뜻 스쳤다. 스승은 몇 번인가 코를 씰룩거렸다.

"스승님, 정말 송구합니다…… 제가 뭔가 큰 결례를 저지른 건 아닐지요?"

"아니, 그렇지 않다. 그렇지만…… 나도 요즘 세상이 예전과는 크게 달라졌다는 사실을 잘 알고 있다. 소위 말하는 개화파부터 시작해 천주학이니 서학을 따르는 사람들을 한번 보아라. 하물며 조선의 양반들도 양이洋夷나 백성들의 말에 귀를 기울이려 하는데, 정작 백성들은 기고만장해서 스스로 역도가 되려 하지 않느냐. 하지만 조선은 결코 무너지지 않을 것이야! 전하께서는 지혜로운 성군이실 뿐만 아니라, 날이 갈수록 그 덕은 높아져만 가고 있으니 말이다. 게다가 누구보다도 이 책에 대해 잘 깨닫고 계신 분이니까."

그러면서 묘남은 마치 정확히 뭔지 모를 해답이라도 찾아내려는 듯《홍루몽》을 집어 들고 이리저리 훑어보기 시작했다.

2

사랑채는 어딘가 모르게 어색할 정도로 깨끗했다. 아침 햇살을 따라 춤추는 먼지조차 전혀 보이지 않았다. 외숙부 맞은편에는 손님이 한 사람 앉았다. 외숙부와 손님 모두 불안한 듯하면서도 흥분에 가득 찬 표정이었다.

"그래서 앞으로 어찌할 생각이십니까?"

아직 다 자라지 못한 아이 같은, 덩치를 생각하면 도무지 믿기지 않는 높은 첫소리였다. 그렇게나 오랜 세월이 흘렀건만, 외숙부는 그 목소리에 도무지 익숙해지지 않았다. 외숙부는 헛기침을 했다.

"속내를 털어놓자면, 우리가 서로 알고 지낸 세월이 얼마인지 생각해 보건대 모든 건 그쪽 의향에 따라 달라지지 않겠습니까…… 나도 이제 그만 고향으로 돌아가 토지며 가옥을 다시 장만해 일가를 이루고 싶습니다. 역병이 돌아 내자가 세상을 떠난 지도 어언 7년이 흘렀고, 이러다가는 우리 집 대가 끊어지게 생겼습니다 그려."

"여인이라면 앞으로 얼마든지 취하실 수 있겠지요. 아마도 충분히 만족스러울 만큼의 보상이 있지 않겠습니까."

손님은 어깨너머로 얇은 벽을 흘긋거리며 몸을 앞으로 기울였다.

"혹시 우리 이야기를 듣고 있는 건 아니겠지요?"

외숙부는 고개를 저었다.

"아직 자고 있을 겝니다."

손님은 다시 강이 머무는 방 쪽으로 고개를 돌리며 눈짓했다.

"지금까지의 연은 오늘로 다 끊어지는 줄 아십시오. 이미 오래 전 했던 이야기입니다만, 조정을 위해서나, 그쪽을 위해서나 그러는 편이 좋습니다. 아시겠지요?"

"그야 물론이지요. 조정의 일 같은 건 애초에 내 관심 밖이올시다. 게다가 어쨌든 저 아이는 나를 탐탁지 않아 하니……"

"그렇다면야 어렵지 않게 일을 처리할 수 있겠습니다."

손님 옆에는 가죽 주머니 하나가 놓여 있었다. 지금까지는 신경을 쓰지 않다가 이제 그 안에 뭐가 들었을지를 생각하니 외숙부는 뱃속 깊은 곳에서부터 뜨거운 무언가가 치밀어 오르는 것 같았다. 외숙부는 눈빛만으로 그 내용물까지 다 꿰뚫어 보기라도 할 듯 가죽 주머니를 뚫어져라 쳐다보았다.

"아, 이것 말입니까!"

손님도 눈치를 챘다.

"그러면 먼저 이것부터 처리하는 게 낫겠지요?"

손님은 주머니를 열어 봉투 하나를 꺼내 양손으로 쥐고는 두 사람 사이에 놓인 소반 위에 올려놓았다. 외숙부 역시 양손으로 공손하게 봉투를 집어 들었고, 바로 봉투 안을 확인해도 될지 상대방을 보며 고개를 끄덕였다. 이윽고 봉투를 연 외숙부는 접힌 종이 한 장을 꺼냈다. 종이를 완전히 펼치면 무슨 큰일이라도 나는 것처럼 엄지손가락으로 종이 끝을 조심스럽게 그러쥔 채로 목을 빼고 종이에 적힌 내용을 살펴보았다.

"주상 전하의 은덕에 그저 감읍할 따름입니다."

외숙부는 종이를 다시 봉투 안에 집어넣고는 떨리는 손으로 봉투를 힘껏 움켜쥐었다. 무슨 일이 있었는지 얼굴에 절대 표를 내서는 안 된다는 명령이 적혀 있었을 수도 있지만, 주체할 수 없을 정도로 밝고 환한 웃음이 얼굴 전체에 퍼져 나가는 것까지 막을 수는 없었다.

"아무리 생각해도 참 믿기 힘든 일이오."

외숙부는 웃고 말하기를 반복하며 흥분을 감추지 못했다. 이제 큰 부자가 되는 건 물론이거니와 자유롭게 살게 될 날이 머지않았다.

손님도 입가에 웃음을 머금었다.

"아마 그렇겠지요. 하지만 조선 땅에서 그동안 어디 이런 일이 한두 번 있었겠습니까! 저 아이도 일단 궁궐 안으로 들어가면 사정을 다 이해하게 될 겁니다."

외숙부는 한숨을 몰아쉬었다.

"이제 그만 불러들일까요?"

"뭐라고 설명해야 할지는 잊지 않았겠지요?"

외숙부는 고개를 끄덕였다.

"그렇다면 이제 됐소이다."

문가에 불안한 표정을 한 봉삼이 나타났다.

"도련님, 나리께서 사랑채로 좀 건너오시랍니다. 아주 긴한 일이라시면서……"

따뜻한 방 아랫목에 몸을 파묻고 있던 강은 마루를 따라 느릿느릿 걸어갔다. 추위가 발끝에서부터 온몸으로 퍼져 나갔다. 이윽고 누렇게 바랜 장지문에 사람의 그림자가 선명하게 비춰 보였다. 손님이 한 사람, 아니 둘인가? 누가 외숙부를 찾아왔는지 미처 생각해 보기도 전에 살짝 찢어진 창호지 틈으로 익숙한 옥색 두루마기가 강의 눈에 들어왔다. *그 사내로구나!*

강은 마음을 다잡고 천천히 문을 열었다. 흥분에 가득 찬 두 사람의 얼굴이 강을 향했다. 방 안에는 외숙부와 그 사내가 있었다. 늘 이 집을 돌봐주는 바로 그 사내였다. 손님으로 찾아온 사내가 갑자기 자리에서 벌떡 일어서는 바람에 마침 차를 따르고 있던 봉삼까지 넘어질 뻔했다. 소반 위로 뜨거운 찻물이 쏟아졌다.

"이런, 괜찮으냐?"

외숙부가 평소와는 다른 모습으로 부드럽게 말하자, 봉삼은 연신 고개를 조아리며 재빨리 밖으로 사라졌다.

마치 잘 익은 벼가 고개를 숙이듯 상체를 푹 숙여 절을 하는 손님의 통통한 몸이 이리저리 흔들렸다. 강은 외숙부를 바라보았다. 외숙부는 등을 꼿꼿하게 세운 채 핏기가 안 보일 정도로 꽉 쥔 두 주먹을 가지런히 무릎 위에 올리고 앉아 있었다. 사내를 이렇게 가까이서 보는 건 이번이 처음이었다. 사내의 얼굴에서는 수염을 거의 찾아볼 수 없었고 주름이 조금 있을 뿐 뭉툭한 코와 이마의 피부가 마치 새로 나온 엽전처럼 번들거렸다.

강은 겁이 날 만큼 가슴이 두근거렸다. 가슴이 쿵쾅거릴 때마다 왠지 새로운 인생이 펼쳐질 거라는 소리가 들리는 것만 같았다.

"이제 그만 자리에……"

강은 시키는 대로 조용히 자리에 앉았다. 외숙부와 손님은 차를 한 모금 마셨고, 외숙부는 마치 엄청난 일을 준비라도 하듯 두 눈을 질끈 감았다. 이윽고 눈을 뜬 외숙부는 잠시 헛기침을 한 뒤 조카를 바라보았다.

"지금까지 네 어머니, 그러니까 내 누이와 네 부친에 대해 여러 차례 물었었지. 지금 앞에 있는 분에 대해서도 자주 내게 묻곤 했다. 그때마다 나는 항상 때가 되면 알게 될 거라고 말해왔다만······."

강의 눈길이 외숙부를 향했다가 손님을, 그리고 다시 외숙부 쪽을 향했다.

"그동안 몹시 힘들고 고생스러웠다는 걸 나도 잘 알고 있다. 특히 그때부터······."

외숙부가 말하는 그때란 돌림병이 돌아 친구의 눈이 멀고 숙모가 세상을 떠났던 해다.

"너를 보호하느라 심지어 지금까지 집 밖으로 나가지도 못하게 했지. 왜 그렇게까지 하는지 이유를 자세히 설명해 준 적도 없다. 너도 몹시 궁금했을 게야······."

외숙부가 잠시 손님을 바라보았다.

"송구합니다. 하지만 이거 원 어찌나 어색한지."

외숙부는 이렇게 말하며 다시 떨리는 손으로 찻잔을 들고 차를 한 모금 마셨다.

"왜 명망 높은 선비들을 이 집까지 불러들여 네 스승을 삼았는지 생각해 본 적이 있느냐? 또 왜 너를 꾸짖거나 매를 때리는 사람이 없었는지는?"

강은 고개를 저었고, 손님은 헛기침을 했다.

"지금 앞에 앉은 이분은 궁에서 나오신 분이다. 그동안 우리 집에 들어온 온갖 물건들도 다 궁에서 나왔지."

그러자 옥색 두루마기를 걸친 사내가 입을 열었다. 그 목소리는 불과 몇 개월 전, 변성기가 오기 전까지 강이 내던 목소리와 비슷했다.

"소인의 이름은 박재완이라 하옵고, 궁궐 내시부에서 나왔사옵니다. 오랜 세월이 흘렀지만 결국 이렇게 만나 뵐 수 있게 되어 황공하기 그지없사옵니다."

저 사내가 내시부 소속 내관이라고? 그러면 '사내'가 아니라는 말인가? 그런데 궁궐의 내관이 왜 갑자기 이곳에…… 강은 처음 사랑채에 들어섰을 때보다 더한 두려움과 혼란에 빠져 아무 말도 할 수 없었다. 그저 인사에 답례하듯 고개를 숙이고는 애꿎은 방석만 멍하니 바라보았다. 강은 오른손 검지와 엄지로 방석에서 삐져나온 실밥을 잡아 뜯기 시작했다.

박재완의 이야기가 이어졌다.

"어머님께서도 궁에 계셨사옵니다. 궁인이셨지요. 미모와 기품이 뛰어나 칭찬하지 않는 이가 없었나이다. 전하와 중전마마를 뫼시는 궁인이었사온데 아주 어린 나이부터 궁에 계셨고 자가께서 태어나실 무렵까지도 궁 안에 머무셨나이다. 이제는 무슨 이야기인지 아마 이해하셨을 것으로 사료되옵니다만."

강은 목석처럼 가만히 앉아 있었다. 두 사람 모두 다시 자신을 바라보았다. '무슨 이야기인지 전부 이해했느냐?' '네 부친이 누구인지 이제 알겠느냐?' 말은 없었지만 마치 이렇게 묻는 것 같았다.

강은 외숙부 쪽을 쳐다보았다. 모든 게 그저 다 농이라고, 그게 아니라면 최소한 더 자세하게 설명해 주기를 바랐지만, 외숙부는 아무런 말도 하지 않았다. 박재완은 한숨을 한 번 내쉬더니 다시 말했다.

"놀라셨겠지요. 당연히 그러실 겝니다. 하지만 승하하신 선왕 전하의 이야기를 들으시면 좀 더 사정을 이해하시기 쉬울지도…… 철종 전하께서도 당시 대왕대비셨던 순원왕후께서 궁으로 불러들이시기 전까지는 강화도에서 농사를 지으며 사셨습니다. 물론 철종 전하께서는 자신이 왕실 가문 출신이라는 사실은 알고 계셨지만, 주상의 자리에 오르리라고는 전혀 예상하지 못하셨을 겝니다. 그러니까…… 본론으로 돌아가자면, 조선의 조정과 왕실 그리고 궁궐에 얽힌 사연이 그만큼 아주 길고도 복잡하다는 뜻이옵니다. 세세하게 파고들면 자가와는 또 전혀 다른 사정이 있지요. 그래도 무슨 뜻인지 이해하실 거라 사료되옵니다. 원래 하늘의 뜻이라는 것이 일견 잔혹할 때도 있지만 또 때로는 이렇게 큰 복으로 이어지기도 하는지라……"

도무지 믿을 수 없는 터무니없는 이야기가 계속해서 이어졌다. 외양과 전혀 어울리지 않는 목소리 때문에 더욱 그렇게 느껴졌다.

"늘 무슨 사연인지 궁금했었지만…… 그래도 이건 너무……"

강이 중얼거렸다.

"모든 이야기가 다 사실이라면……"

강의 손에는 방석에서 뜯어낸 실밥이 들려 있었다.

"저는 왜 그곳이 아니라…… 여기에 살고 있는 것입니까?"

강은 차마 '궁'이라는 말을 입 밖으로 꺼낼 수가 없었다.

"그 일 또한 사연이 깁니다."

박재완과 외숙부가 잠시 얼굴을 마주 보았지만 누가 먼저 어떻게 이야기를 꺼내야 할지 망설이는 것 같았다. 답답한 침묵이 이어지는 사이 강은 방석에서 실밥을 또 한 가닥 뜯어냈다.

"하나만 말씀드리자면 자가께서 태어나실 당시 궁 안팎으로 주상 전하를 크게 위협하는 세력이 있었나이다. 만일 그쪽에서 자가의 존재를 알아차렸다면 자가의 목숨은 물론이거니와 전하와 세자 저하를 포함한 다른 이들의 목숨 역시 어떻게 되었을지 모를 일이옵니다. 믿기 어려우시겠지만, 그래서 모든 위험이 사라질 때까지 자가를 궁궐에서 멀리 떨어진 곳에서 아무도 모르게 지내도록 했던 것입니다. 그리고 이제 때가 되어 제가 찾아왔나이다."

강은 돌처럼 표정을 잃고 허옇게 질려 있었다. 눈물 한 방울이 왼쪽 뺨을 따라 콧등까지 천천히 흘러내렸다. 오랜 침묵 후 강은 마침내 속삭이듯 입을 열었다.

"제 모친께서 세상을 떠나신 이유가 그 때문입니까? 그러니까 누군가가…… 어머님을 해치기라도 한 것입니까?"

박재완은 옅은 미소를 지으며 강을 향해 몸을 숙였다.

"절대로 그렇지 않사옵니다. 물론 제가 무슨 말씀을 드린다 해도 태어나서 한 번도 모친을 뵌 적이 없는 자가의 고통이 사라지지는 않으시겠지만 적어도 그런 일은 없었사옵니다. 아무도 어머님을 해치지 않았나이다. 그저 회임과 출산이라는 게 여인의 입장에서는 여간 힘들고 어려운 일이 아닌지라……"

강은 몸 안의 모든 것이 다 빠져나가는 듯한 기분이 들었다. 갑자기 토악질이라도 나올 것 같았다.

"모든 게 사실인가요?"

강이 외숙부에게 물었다.

"전부 다 사실이다."

"그럼 제 어머님께서 주상 전하와 혼례를 치르셨다는 건가요?"

"아니요. 주상 전하께오서는 중전마마와 혼인을 하셨지요."

뭔가 난감하다는 듯 말하는 박재완의 이마와 뺨이 번들거렸다.

"사실 이런 상황은 꽤나 흔한 일입니다만……"

변성기를 지나지 않은 아이 같은 목소리가 다시 울려 퍼졌다.

"어찌 됐든 외숙부께서 자가를 모시는 데 전심을 다한 덕분에 자가께서 훌륭하게 장성하셨다는 걸 잘 알겠습니다. 이렇듯 건강하신 것도 다 자가의 외숙부 덕이지요. 하물며 용모까지 수려하시니까요. 주상 전하께서도 이런 자가를 보시면 대단히 기뻐하실 것이옵니다."

박재완이 이야기를 거의 마무리 짓자 외숙부의 얼굴에 안도의 웃음이 피어올랐다.

"제가 한 일이 뭐가 있겠습니까. 이 아이가 이렇게 무사히 장성할 수 있었던 건 모두 지난 14년 동안 박 내관께서 물심양면으로 도와주신 덕 아니겠습니까. 살다 보니 참으로 오늘처럼 기쁜 날이 다 찾아옵니다그려. 물론 의심 같은 건 추호도 해본 적이 없습니다만. 어쨌거나 박 내관께는 큰 빚을 졌습니다. 무엇보다 주상 전하의 은덕에 어찌 감사를 드려야 할지……"

두 사람의 이야기가 강이 따라잡지 못할 정도로 빠르게 진행되자 강이 입을 열었다.

"송구합니다만, 뭘 좀 여쭈어도 될지요?"

"그야 물론…… 그렇지만 궁금하신 게 더 있으시다면 주상 전하께 직접 들으시는 게 훨씬 더 좋지 않겠습니까? 저는 자가를 궁궐까지 뫼셔 오라는 명을 받고 이렇게 찾아온 것입니다. 집 밖에 가마를 대령시켜 놓았으니 이제 저를 따르시지요."

"이 집을 나간다는 말입니까?"

외숙부가 강을 향해 몸을 숙였다. 어쩐지 몇 살은 더 젊어진 것 같은 얼굴이었다.

"드디어 궁으로 들어가는 게다. 정말 기쁜 일이 아니냐?"

오랫동안 품어왔던 의문과 외롭고 쓸쓸했던 시간은 이렇게 감당하기 어려운 낯선 세계에서 찾아온 한 사람으로 인해 싱겁게 막을 내렸다. 강은 《홍루몽》을 떠올렸다. 강이 하늘의 한 조각인 옥을 입안에 품고 태어난 건 아니지만 세상에 탄생한 사정은 《홍루몽》만큼이나 기이했고, 무엇보다 모두 다 사실이기에 더욱 기이하게 느껴졌다. 지금까지 강의 세상은 외숙부의 집과 그 집 지붕 위에서 내려다보는 경치, 머슴인 봉삼과 찬모 점례, 여러 스승 그리고 자신을 되돌려 보내려는 외숙부 등으로만 이루어져 있었다. 강은 언제나 집을 떠나 바깥세상으로 나가고 싶었지만 막상 집을 떠나려니 앞으로 자신에게 어떤 세상이 펼쳐질지 도무지 가늠할 수 없었다. 아버지를 간절히 만나고 싶었지만 그 아버지가 천하의 중심이기를 바랐던 적은 한 번도 없었다.

박재완은 강에게 필요한 게 있으면 챙겨 가도 좋다고 했지만 동시에 이제 어디를 가더라도 부족한 것 없이 살 수 있을 테니 마음에 남는 물건만 가져가는 게 좋을 거라고 덧붙였다. 매일 먹고 잤던 방으로 다시 돌아갈 때까지 강은 그게 무슨 뜻인지 이해할 수 없었다. 강은 방 안 구석구석을 훑어보면서 손가락 끝으로 한지를 바른 벽을 어루만졌다. 그런 다음 이제는 그리 크거나 단단하게 느껴지지 않는 방의 장지문을 꽉 움켜쥐었다. *다시 이 방으로 돌아올 일은 없겠지. 나는 궁으로 떠난다. 그리고 돌아오지 않는다.* 갑자기 목구멍이 찢어지는 듯한 두려움이 치밀어 올랐다.

작은 옷궤를 열어보았지만 그 안에도 마음에 남는 중요한 물건은 하나도 없었다. 서책도 많았지만 애착을 느낄 정도의 책은 한 권도 없었다. 옷가지나 이불도 마찬가지였다. *어머니가 계셨다면, 어머니가 챙겨주는 물건을 가져갈 수 있었을지도 모른다.*

강은 방 한쪽 구석에 웅크리고 앉아 벽에 머리를 기댔다. 그리고 아랫목을 따라 나 있는 검게 그을린 자국을 처음으로 찬찬히 살펴보았다. 궁궐에도 온돌방이 있고 이런 따뜻한 아랫목이 있을까? 강은 자기도 모르게 코가 먹먹해지고 눈시울이 붉어지기 시작했다. *나는 이곳을 그리워하게 될까? 아니면 앞으로 닥칠 무수한 일들 때문에 뭔가를 그리워할 겨를조차 없을까?*

"채비는 다 마치셨습니까?"

강은 사내 넷이 짊어진 교자 위, 표범 가죽을 덮은 하얀색 의자에 자리를 잡고 앉았다. 마음은 여전히 혼란스러웠고 눈물도 채 다 마르지 않았다. 눈앞에 보이는 가마꾼은 피부가 가죽처럼 단단해 보여서 누군가 나이가 백 살이라고 해도 믿을 수 있을 것 같았다. 옆에는 내관 박재완과 함께, 술이 달린 둥근 전립에 남색 관복을 입은 내금위 금군처럼 보이는 자들이 몇 명 보였다. 손에 들고 있는 건 분명 검 같은 무기들이리라. 저 너머로 많은 사람들이 보

였다. 마을에서 나올 사람은 다 나오기라도 한 듯, 수많은 남녀노
소가 줄지어 서서 강이 타고 있는 교자를 쳐다보았다. 그 시선은
그저 흥미로운 구경거리를 보는 듯 공허했고, 짐승들 사이에서도
오가는 감정의 교류 같은 건 느껴지지 않았다.

강은 자신을 태운 이 낯선 탈것이 두려웠고 감정이 복받쳐 오르
는 지금 이 모습이 마을 사람들에게 구경거리가 되는 것도 싫었
다. 강은 박재완에게 교자에서 내려 걸어도 되느냐고 물었다.

"물론 뭐든 뜻대로 하셔도 됩니다만, 제가 감히 말씀 올리거니
와 이제부터는 체통을 중히 여기셔야만 합니다."

함께 나와 있던 외숙부가 박재완을 보며 빙그레 웃었다.

"너무 괘념치 마십시오. 곧 익숙해지겠지요."

외숙부는 그렇게 말하면서 강에게 다가왔다. 뭔가를 말하려는
듯했지만 이내 고개를 저으며 그저 강의 등을 두드려줄 뿐이었다.
강은 자기도 모르게 몸이 움츠러들었다. 외숙부는 집 앞에 모인
구경꾼들과 이야기를 나누려는 듯 그들 곁으로 다가갔다. 외숙부
가 강을 가리키며 뭐라고 말을 하자 사람들은 놀라움에 가득 찬
표정으로 강을 바라보았다.

그때 남루한 갈색 저고리에 회색 무명 바지를 걸친 한 남자가
조심스레 교자 근처로 다가왔다.

"봉삼아!"

강은 교자에서 뛰어내려 봉삼에게로 달려가려 했다. 박재완이
놀란 듯 외숙부를 바라보자 그가 한달음에 달려왔다.

"네 이놈! 거기서 뭘 하는 게냐!"

"그게, 도련님이 떠나시기 전에 이 엿이라도 좀 드리려고……"

봉삼의 손에는 강과 종종 나눠 먹던 삐뚤빼뚤한 긴 엿가락 하나
가 들려 있었다. 외숙부는 눈을 껌뻑거리더니 봉삼의 손을 내리쳤
고 엿가락이 땅바닥에 떨어졌다.

"엿? 지금 저 가마가 가는 곳에는 엿 같은 건 산더미처럼 쌓여
있다. 하물며 네 더러운 손에 들린 그런 엿 같은 건! 어서 당장 물
러가거라!"

외숙부가 갖신을 신은 오른발을 치켜들자, 봉삼은 발길질을 피
해 허겁지겁 헛간을 향해 달아났다.

"봉삼아!"

강이 소리쳤지만 출발을 알리는 저 앞의 호령 소리에 그만 묻혀
버렸다. 호령 소리와 함께 강을 둘러싼 행렬이 즉시 움직이기 시
작했고 더 이상 작별 인사 같은 건 할 수가 없었다. 강은 바로 봉
삼이 보고 싶었다. 봉삼은 집안의 머슴이었고 늘 자신을 윗사람으
로 대했지만, 강은 항상 마음속으로 봉삼을 형처럼 여겼다. 봉삼
은 뭐든지 강에게 나누어주었을 뿐만 아니라 강이 그러지 말라고
애원을 해도 강의 모든 잘못을 자기가 다 뒤집어썼다. 봉삼은 '운
명주의적' 사고를 갖고 있었다. 비록 그 단어를 쓰지는 않았지만.

봉삼은 살아가면서 겪는 모든 좋은 일과 나쁜 일을 하늘의 뜻이
라 여겼다. 게다가 봉삼의 삶에서 좋은 일은 거의 일어나지 않았
다. 뭔가 특별한 걸 바라는 건 헛된 일이라는 사실을 깨닫고는 좋
은 일이든 나쁜 일이든 늘 그러려니 하며 맞이하곤 했다. 어쩌면
봉삼의 그런 태도야말로 제대로 된 삶의 방식 아니었을까. 봉삼은
강에게 또 다른 스승이었다. 강은 헛간을 쳐다봤지만 이미 봉삼은
보이지 않았다.

교자가 움직이자 마치 온 세상이 요동치는 것 같았다. 강은 다리에 힘을 주고 떨리는 손으로 교자의 팔걸이를 꽉 움켜쥐었다. 좁은 골목길이 마을 사람들로 가득 찼다. 도랑을 건너자 금군들이 "물렀거라! 에라이! 어서 물렀거라!" 소리치며 사람들을 옆으로 밀쳐냈다. 강은 어느 늙수그레한 아낙네가 수수한 흰 베적삼에 흙을 묻힌 채 넘어졌다 일어나는 걸 보고 부끄러운 마음이 들었다. 멀리서 울리는 개 짖는 소리는 마치 떠나지 말라고 애원하는 소리처럼 애달프게 들렸다. 뭔가 뱃속을 단단히 틀어쥔 듯한 아픔이 느껴지기 시작했다.

교자는 계속해서 골목과 또 다른 골목을 통과해 지나갔다. 골목의 너비는 짐을 잔뜩 실은 소나 말 두 마리가 나란히 지나갈 정도밖에 되지 않았다. 강은 문득 뒤를 돌아보았지만 너무 늦었다. 지금까지 살아온 집은 이미 보이지 않았고 가엾은 봉삼도 마찬가지였다. 강은 오른손으로 이마를 괴고 왼손으로 배를 움켜쥐었다.

길가에는 여전히 수십 명도 넘는 마을 사람들이 서 있었다. 오른쪽으로 작은 초가집 한 채가 보였다. 모녀지간으로 보이는 두 여인이 마루 위에 앉아 다듬잇방망이로 흰색 저고리를 두드려 펴는 중이었다. 박자를 맞춘 듯 탁, 탁, 탁 하는 소리가 순간 멈추면서 두 사람이 집 밖을 쳐다보았다. *도대체 무슨 일일까? 아직 상투도 틀지 않은 저 경충한 아이가 대관절 누구인데 저렇게 높으신 양반들이나 타는 교자 위에 올라타고 어디론가 가고 있을까?*

이제 박재완을 선두로 한 일행은 지난 수백 년 동안 수많은 사람이 지났을, 반들반들하게 다져진 좀 더 넓은 길로 들어섰다. 도성 중심부를 향해 서둘러 발걸음을 옮기자 이윽고 저잣거리가 나타났다. 지게에 올린 짚신이며 닭, 피륙 등을 등에 짊어진 초라한 행색의 사내들이 몸을 앞으로 굽히고 지나가는가 하면, 머리에 보따리를 인 아낙들도 이리저리 뛰어다녔다. 모두 먹고살기 위해 소리를 지르며 손님들을 불러 세웠다. 밤이며 두부를 파는 장사치에 장님 거지들 그리고 장죽이며 연초를 잔뜩 쌓아놓고 파는 이들도 보였다. 온갖 종류의 푸성귀를 두고 시들었느니 어쩌느니 하는 흥정 소리도 귀가 따갑게 들렸는데, 오랫동안 집 밖으로 나와본 적 없는 강에게는 마치 싸움이라도 일어난 것만 같았다. 어디선가 걸쭉하게 끓인 매콤한 장국 냄새가 나자 강은 코를 씰룩거렸다.

시장 거리는 그 자체로 마치 살아 있는 생명체 같았다. 강은 사방에서 들리는 소리와 눈앞의 풍경에 순간적으로 넋을 잃고 두려움마저 잊었다. 그리고 저 수많은 사람들 속에 섞여 사는 건 과연 어떤 기분일까 궁금해졌다. 짐을 지고 가던 한 무리의 일행이 널찍한 돗자리 위에 자리를 잡고 앉아 웃고 떠들며 탁주를 들이켰다. 강도 언젠가 술에 취한 외숙부의 고집에 못 이겨 탁주를 한 모금 맛본 적이 있는데, 당시만 해도 그 맛을 제대로 알지 못했고 왜 사람들이 물이나 차가 아니라 이런 걸 즐겨 마시는지도 이해하지 못했다. 하지만 사람들은 아주 즐거워 보였다. *탁주에 취하는 게 즐거운 걸까, 아니면 그냥 함께 어울리는 게 좋은 걸까.* 강은 그 자리에 함께 있는 자신의 모습을 상상해 보았다.

일행은 개울을 가로지르는 돌다리를 건너 도성 중심지로 들어섰다. 왼쪽으로 더 나아가니 조선의 최대 번화가인 운종가가 나났다. 운종가는 왕실과 조정 대신 그리고 사대부 양반들만이 이용할 수 있는 시전이 자리한 곳으로, 어쩌면 옥색 두루마기 차림의 박 내관이 그동안 외숙부에게 가져다준 물건들이 여기서 왔을지도 몰랐다. 그리고 멀리 청나라에 있는 어떤 종 못지않게 큰 소리를 낸다는 거대한 보신각 종도 보였다. 강은 실제로 그 종을 본 적은 없지만, 밤이 되어 별이 뜨면 사람들의 왕래 금지를 알리는 종소리가 울려 퍼지는 걸 들었다. 그 시간이 되면 도성의 성문이 닫히고 아무나 도성을 들고 나지 못하였다.

이제 목적지에 가까워졌다. 일행은 강이 보기에 도성을 가로지르는 한강만큼이나 넓어 보이는 거리로 들어섰다. 강을 호위하는 금군들도 지금까지와는 달리 더 기운을 내어 힘차게 움직이는 것 같았다. 박재완이 슬그머니 뒤쪽으로 와서 교자를 따라 걸었다.

"이 거리를 알아보시겠습니까? 바로 육조의 여러 관청이 모여 있는 육조 거리입니다."

대로를 따라 기와지붕을 얹은 기다란 전각들이 늘어서 있는 게 보였고, 가마나 말을 탄 사람들, 혹은 걷는 사람들이 그 사이로 질서정연하게 움직였다. 이따금 장작을 실은 황소도 보였다. 제아무리 고관대작들이 드나드는 곳이라 해도 장작 없이는 살아갈 수 없다는 사실을 알 수 있었다.

"저 앞을 한번 보십시오. 이제 보이십니까?"

박재완이 가리킨 목적지는 다름 아닌 조선의 법궁, 바로 경복궁이었다. 풍수학에 따르면 경복궁의 정문인 광화문은 조선의 중심으로 사방 어느 곳과도 이어지지 않는 곳이 없다고 한다. 광화문에는 세 개의 출입문이 나란히 있었으며 우뚝 솟은 돌담이 그 주변을 둘러싸고 있었다. 광화문 너머로는 나무 없이 바위로만 이루어진 북악산이 햇빛을 받아 노란빛으로 불타오르고 있었다. 이곳에 오기 전 강이 들었던 모든 이야기는 이제 돌이킬 수 없는 사실이 되었다.

이윽고 석단 위에 서 있는 해태 조각상이 보였다. 해태는 사자와 기린이 섞인 외양의 신비한 영물로 화재나 뜻하지 않은 재난으로부터 경복궁을 지키고 불충한 자들을 물리치는 왕실의 수호신이었다. 교자 위에 앉은 강은 무섭게 이빨을 드러낸 채 온몸이 비늘로 덮인 해태를 바라보며 몸을 부르르 떨었다. 돌로 만든 조각상이었지만 마치 살아 있는 듯 위압감이 느껴졌다. 강을 기다리고 있는 새로운 가족은 저 무시무시한 해태를 문지기로 부리는 왕실이었고, 이제 곧 강도 왕실의 일원이 되어 완전히 새로운 삶을 살아야 했다.

가마꾼들이 해태 앞에서 발걸음을 멈추고 교자를 바닥에 내려놓았다.

"송구하옵니다만, 여기서부터는 걸어가셔야 하옵니다. 주상 전하가 계신 곳에서는 누구도 가마나 말을 탈 수 없게 되어 있사옵니다."

박재완이 허리를 숙이며 풍채와 어울리지 않는 목소리로 말했다.

"이제 궁 안으로 들어가게 되옵니다. 예까지 뫼실 수 있어서 큰 영광이었사옵니다."

금군들이 움직이자 호령 소리와 함께 왼쪽에 있는 문이 안에서부터 열렸다. 문 안에서 빛이 뿜어져 나오는 것 같았다.

"여기가 바로 궁의 정문이옵니다. 그런데 다음부터는 저 옆에 있는 오른편 문을 사용하셔야 할 것이옵니다."

박재완은 강의 얼굴에 의아한 빛이 떠오르기를 기다렸다가 말했다.

"오른편 문은 왕실 분들이 드나드시는 문이옵니다."

그는 반쯤은 뭔가 숨기는 듯한, 그리고 반쯤은 뭔가 비위를 맞추듯 굽신거리는 듯한 표정을 지어 보였다.

궁 안쪽으로는 여러 채의 전각이 복잡하게 늘어서 있었다. 정문의 천장에는 붉은빛의 봉황이 선명하게 그려져 있었고 문턱은 넘기 어려울 정도로 높고 묵직했다. 그러나 그 안으로 펼쳐지는 느티나무로 둘러싸인 탁 트인 풍경은 뜻밖에도 소박한 느낌을 주었다. 그 너머에 또 다른 문이 있었다. *저 문을 넘어야 비로소 새로운 세상으로 들어서게 되는 걸까?* 강은 주변을 둘러보며 문득 외숙부를 떠올렸다. *외숙부는 지금쯤 뭘 하고 있을까. 그동안의 보상으로 왕실에서 막대한 전답이나 돈을 받았을까? 마을 사람들과 잡담을 마쳤다면 아마 근처 주막에 있을지도 모른다. 아니, 이제 큰돈이 생겼으니 부유하지만 별 볼 일 없는 사람들과 어울려 어딘가 더 그럴듯한 곳에서 주색잡기에 몰두하고 있을지도 모를 일이다.*

마침내 일행 모두 궁에 무사히 도착했고, 함께 온 금군과 가마꾼들은 곧 그 자리를 떠났다. 곧 사모를 쓰고 비단 관복을 걸친 근엄한 표정의 노인들이 앞서거니 뒤서거니 저 앞에 나타났다. 박재완은 저들이 높은 자리에 있는 대신들이며 가장 높은 가문 출신에 학식도 높은 이들이라고 설명했다. 하지만 정작 강의 눈길을 끈 건 옥색 저고리에 남색 치마를 입고 머리를 단정하게 땋아 올린 두 명의 아리따운 젊은 여인이었다. 강은 지금까지 성숙한 여인의 자태를 아름답다고 느껴본 적이 없었기에 갑자기 한 폭의 그림 같은, 꿈인지 생시인지 모를 그런 광경을 보자 황홀하기도 했고 또 두렵기도 했다. *저 여인들은 대체 누구일까?*

강은 박재완을 따라 아까 보았던 또 다른 문을 지나 작은 시내 위로 놓인 돌다리를 건넜다. 이제부터는 진짜 왕실 가족들만 기거하는 곳이라는 뜻이었다. 눈앞에 펼쳐진 광경은 미로처럼 복잡하기 그지없었다. 경외심을 불러일으킬 정도로 웅장한 전각 수십 채가 길을 따라 나타났다 또 사라지기를 반복했다. 사람들이 생활하는 공간에 들어서니 연못 위에 거대한 누각이 서 있었다. 수양버들이며 연꽃으로 둘러싸인 연못 속 누각은 밑을 떠받치고 있는 여러 기둥 때문에 마치 물 위에 떠 있는 것처럼 보였다. 물론 강이 살던 집도 깨끗하고 부족함이 없었지만 집 밖은 주인 없는 개들이 돌아다니며 도랑을 따라 똥오줌을 마구 갈겨대는, 도성 안 어디서나 볼 수 있는 평범한 곳이었다. 그랬던 자신이 이렇게 웅장하면서도 질서정연하고 아름다운 세계에 들어갈 수 있을지 의문이 들었다. 그때 옥색 저고리 차림의 또 다른 여인이 우아한 모습으로 나타나 문가 주변 한쪽 구석에서 강을 잠깐 흘끗 바라보다가 이내 좁은 통로를 따라 사라졌다. 두 사람 사이의 거리는 몇 척 정도에 불과했다. 강은 잠시나마 두려움보다는 호기심이 크게 일었고, 궁 안 어디에서든 지내고 싶다는 생각이 강하게 들었다.

"궁 안에는 다른 꽃들도 많이 있는데, 저렇게 옥색으로 빛나는 꽃이 제일 마음에 드시는가 봅니다. 처음 와보시는 곳이니 신기한 것도 많고 궁금한 것도 많으시겠지요."

박재완은 잠시 웃음을 짓다가도 곧 진지한 표정이 되었다.

"하지만 아시는 것처럼 지금 중요한 건 꽃이나 그런 게 아니지요. 어서 이쪽으로……"

강은 박재완을 따라 야트막한 문을 지나 붉은 벽돌담으로 둘러싸인 돌길을 따라 내려갔다. 그 길의 끝에는 안뜰이 하나 있었다. 강은 다시 화강암 계단을 다섯 단 밟고 올라가 길고 가파른 지붕을 얹은 낮은 전각 안으로 들어갔다. 그리고 누군가 부를 때까지 잠시 기다리라는 말을 들었다.

"이제는 염려하실 것이 없습니다. 그저 부름을 받으실 때까지 기다리시기만 하면 됩니다."

박재완은 공손하게 허리를 굽혀 인사한 후 자리를 떠났다.

"내 아들아!"

방석 위에 앉아 있던 남자가 자리에서 벌떡 일어나 앞으로 달려 나왔다. 붉은빛과 금빛을 휘감은 남자의 눈가가 촉촉해졌다. 남자는 팔을 뻗어 강을 얼싸안더니 어깨를 움켜쥐었다. 그리고 더 이상 아무것도 놓치지 않겠다는 듯 손에 힘을 꽉 주었다. 턱이 아들의 어깨에 닿을락 말락 하는 이 왜소한 남자가 바로 조선의 군주, 내 아버지인가? 강이 입은 얇은 옷 위로 남자의 턱수염이 느껴졌다.

이 남자가 바로 5백여 년간 이어져 내려온 조선 왕조를 계승해 지난 30년 동안 이 나라를 다스려온 조선의 스물여섯 번째 국왕, 묘호로는 고종이라고 불리게 될 사람이었다. 그러나 강에게는 허연 달덩이 같은 다정한 얼굴과 앞으로 웅크린 듯한 몸태가 보통 사람과 달리 보이지 않았다. 강이 그동안 마음속으로 그려왔던 군주, 그러니까 수호신이나 용맹한 무사 같은 면모는 전혀 찾아볼 수 없었다. 만일 궁이 아닌 평범한 집에서 평범한 옷을 입고 있었다면 명절날 아이들에게 주전부리를 나눠주는 마음씨 좋은 친척 아저씨라고 해도 전혀 어색하지 않을 것 같았다.

고종은 한 걸음 뒤로 물러나 신하들이 자신의 친아들이라며 데리고 온 사내아이를 유심히 살펴보았다. 강은 눈앞에 서 있는 사람을 함께 마주 보고 싶었지만 어쩐지 예를 갖춘 자세로 계속 고개를 숙여야 할 것만 같았다. 고종이 "고개를 들어 나를 좀 보거라"라고 말하고 나서야 강은 얼굴을 들었다. 유난히 두툼한 귓불을 제외하면 두 사람은 딱히 서로 닮은 곳이 없었다. 고종은 바로 숨을 깊게 몰아쉬었다. 강은 그 한숨이 무슨 뜻인지 이해했다. 아들은 아버지가 아니라 어머니를 많이 닮았다. 아버지는 다시 아들을 향해 다가가 아까보다 더 힘껏 아들을 부여잡고 흐느꼈다. "네가 왔어!"라는 외침과 흐느낌을 반복하던 고종은 부모의 얼굴도 모르고 자랐을 서러움부터 아들의 옷에 남은 눈물 자국에 이르기까지 모든 것에 대해 사과하기 시작했다.

강은 여전히 모든 게 두려웠다. 그저 떨리는 마음을 들키지 않기를 바라며 그 자리에 못 박힌 듯 뻣뻣하게 서 있는 게 고작이었다. 고종은 손을 뻗어 눈에서 코, 광대뼈까지 아들의 얼굴을 이리저리 어루만졌고 강은 방 안의 물건들을 살피듯 어색하게 시선을 돌렸다. 자개농이며 비단 휘장, 옥색 청자, 선명한 먹으로 풍광을 그린 병풍 등 보이는 모든 물건이 위압적인 부유함과 정교함으로 가득 차 있었다.

방 안에는 고종 말고도 한 사람이 더 있었다. 고종의 자리 바로 옆에 앉은 중전이었다. 중전은 어떤 감정도 담기지 않은 투명한 눈으로 두 사람의 해후를 지켜보았다. 중전의 목소리에서는 여성스러움과 오만함이라는 전혀 어울리지 않는 두 성정이 동시에 느껴졌다. 억양 없는 말투 탓에 출신도 전혀 알아차릴 수 없었다. 중전은 단 두 마디로 자리를 정리했다.

"그만 자리에 앉으시지요. 이제부터 나눌 이야기가 많습니다."

아버지와 아들은 모두 별말 없이 낮은 소반을 마주 보고 앉았다.

강은 비로소 중전의 얼굴을 제대로 볼 수 있었다. 조선에서 중전의 얼굴을 제대로 볼 수 있는 남자는 오직 가족뿐이었다. 나이는 마흔쯤 되었을까, 하지만 가까이서 보니 훨씬 더 젊어 보이는 인상이었다. 마치 진주를 갈아서 뿌려놓은 듯 창백하면서도 투명한 피부 위로 높이 솟은 이마와 광대뼈, 좁고 오똑한 코가 단아하게 자리 잡고 있었다. 강이 어릴 적 보았던 마을 사람들과 달리 중전의 얼굴에는 곰보 자국이 하나도 없었다. 아주 귀하게 자랐거나 아니면 홀로 고독하게 자랐음을 짐작할 수 있었다. 아니, 어쩌면 둘 다일지도 모른다. 곱게 가르마를 탄 칠흑색 머리카락 위로 화려한 금빛 비녀와 장신구가 높이 치솟아 있었다. 모든 면에서 빈틈없는 사람이라는 인상을 주었다. 중전은 아름답게 보이려 마음먹은 듯했고, 실제로 그렇게 보였으며 동시에 위압감도 느껴졌다.

중전이 작은 종을 흔들어 신호를 보내자 옥색 저고리에 남색 치마를 입은 젊은 여인 두 사람이 차와 함께 배 한 접시를 내왔다. 그리고 여인 하나가 몸을 굽혀 세 사람에게 차를 따른 뒤 두 여인은 곧 허리를 굽힌 채 뒷걸음질로 방을 나갔다. 몸은 고종을 향해 있었지만, 고개를 들어 바라보는 일은 없었다.

그러나 강은 앞으로 두 번 다시 그런 식으로 상궁들을 바라볼 수 없을 것 같았다. 자신의 친모 역시 저들과 같은 상궁이었다는 사실을 깨닫고 서글픈 기분이 들었기 때문이다. 자신의 어머니도, 저 여인들도 모두 이 궁에 살며 주상 전하를 모시는 궁녀였다. 궁 안에 궁녀들이 가득한 건 어쩌면 당연한 일이다. 조선의 국왕은 여인을 원하는 대로 취할 수 있었고 중전이나 후궁은 정치적 목적이나 이유에 따라 그 자리가 정해졌다. 비빈 책봉에는 사람의 운명을 정한다는 '사주명리'의 원칙에 따른 궁합, 관상, 자질 등이 왕의 관심이나 애정보다 더 중요하게 여겨졌다. 궁을 떠나는 일이 거의 없는 왕 주변에는 언제나 수많은 궁녀가 있었고 그중 누군가가 왕의 눈에 드는 건 어쩌면 당연한 일이었으리라. 강이 궁궐 안 여인들을 보면서 느꼈던 설렘은 곧 궁녀들과 스스로를 향한 연민으로 뒤바뀌었다. 오늘 보았던 궁녀 누구라도 내 어머니 같은 처지가 될 수 있다. 나처럼 존재를 숨겨야 하는 아들의 어머니가…… 강은 자신이 실수로 태어난 아이 같다는 생각이 들었다. 그 자체가 불편한 비밀과도 같은, 인정받지 못한 존재처럼 느껴졌다.

고종은 찻잔을 들어 후 불고는 크게 한 모금 마신 뒤 소매 안에서 손수건을 꺼내 눈과 코, 턱수염 주변을 가볍게 두드렸다. 중전이 그런 고종에게 작게 눈짓했다. 고종은 헛기침을 한 후 입을 열었다.

"그래, 그렇구나. 강아, 이제 다 눈치를 챘겠지만 너는…… 내 아들이다. 네 친모는 궁인이었으며 장 씨라고 한다. 너는 열네 해 전 셋째 달 서른 번째 되는 날에 태어났지."

고종이 계속 뭔가를 말하려고 애쓰는 동안 강은 얼어붙은 듯 꼼

짝도 하지 않았다.

"하나 사정이 있어서······"

그러나 고종은 울음과 사과의 말만 계속 뒤섞어 내뱉을 뿐 제대로 말을 잇지 못하며 "이걸 뭐라고 해야 할지······"라는 말만 되풀이했다. 결국 본론을 꺼낸 건 중전이었다.

"이미 들은 바가 있겠지만 자가가 태어나던 무렵은 궁궐 사정이 그다지 좋지 못했습니다. 주상 전하의 아버님께서 대원군으로 섭정을 하셨고, 전하께서 장성하신 후에도 권력을 손에서 놓으려 하시지 않았지요. 궁과 조정에는 대원군 마마를 따르는 무리가 많았고, 그들은 언제나 전하의 권위를 무시했습니다. 중전인 나의 집안도 마찬가지로 큰 위협을 받았습니다. 그러니 궁녀에게서 전하의 왕자 아기씨가 태어난 일이 알려지면 대원군께는 큰 기회가 되었을 겝니다. 제 뜻을 거스르는 전하와 나를 몰아낼 명분이 생기니까요. 모두가 위험에 처하게 되었겠지요. 그동안 조정과 왕실에는 그런 일들이 비일비재했고 대부분 많은 피를 불러왔으니까. 그래서 하는 수 없이 갓 태어난 자가를 궁 밖에서 비밀리에 키우기로 결정한 겁니다."

고종은 고개를 떨구고 눈물을 흘리며 바닥만 바라보았다. 그의 턱을 따라 눈물이 용포 위로 떨어졌다.

중전의 이야기는 계속되었다.

"나는 세자 척의 안위를 늘 염려하고 있습니다. 그래요, 내 아들 이척 말입니다."

강은 문득 고개를 들었고, 중전은 강이 자신의 이야기에 집중하고 있다는 사실을 알아차렸다.

"그래요, 지금 왕실에는 언젠가 옥좌를 이어받을, 세 살 더 많은 형인 세자 저하가 계십니다. 감히 말하거니와 모든 것이 불안한 가운데 저에게 유일한 낙인 존재입니다."

강은 뭐라 말을 해야 할지 알 수 없었다. 뭔지 모를 감정이 북받쳐 올랐지만, 이 자리가 어떤 자리인지를 생각하면 그저 참아 넘길 수밖에 없었다.

"저도 세자 저하를 뵙고 싶습니다."

중전은 강의 그런 말을 무심하게 받아들이는 듯했다.

"물론 그래야지요. 하지만 저하의 공부를 방해하는 일은 없어야 합니다. 주상 전하께도 세자 저하께도 학식은 중요하니까요. 게다가 저하께서는 지금 건강이 그리 좋지 않아 다른 젊은이들과 어울리기가 쉽지 않아요. 저하께서는 계속해서 보살핌을 받으셔야만 하지요."

강은 팔꿈치를 움켜쥐며 조심스럽게 고개를 끄덕였다. 그리고 방석 위에서 몸을 앞뒤로 가볍게 흔들었다. 심장이 빠르게 두근거렸다. 중전이 설명한 궁궐 안의 암투, 그로 인해 자신이 겪은 일들이 다시 떠올랐다. 중전의 말은 박재완의 말과 일치했지만 뭔가 공허하고 건조하게 들렸다. 강은 억울한 기분이 들었다.

"주상 전하, 한 가지 여쭈어도 되겠습니까?"

"그리하여라."

"제 친모는 어떤 분이셨습니까?"

고종은 헛기침을 했다. 강의 시선은 계속 고종을 향했지만 이번에도 대답해 줄 사람은 중전밖에 없었다. 중전은 잠시 고개를 들어 뜸을 들이다 이내 따뜻하게 웃어 보였다.

"세상을 떠난 장 상궁은 궁인들 모두가 우러러볼 만큼 훌륭한 여인으로, 어여쁘고 친절한 사람이었습니다. 나도 장 상궁이 무척이나 마음에 들어 몇 년 동안 중궁전에서 나와 가까이 지내게 했지요. 그래서 그 일이 있을 때…… 나도 하염없이 눈물을 흘리지 않을 수 없었습니다. 굳이 지난 안 좋은 일을 들추고 싶지는 않지만, 이미 알고 있을 테니…… 그러니 내가 중전으로서 전하의 승은을 입은 장 상궁에게 어떤 악한 감정도 없다는 사실을 알아주었으면 합니다. 궁녀가 주상 전하를 모시는 건 궁 안에서는 당연한 일일 뿐더러, 그렇게 해서라도 후사를 남겨야 종묘사직이 온전히 보존될 수 있으니까요. 다른 사정이 없었다면 승은을 입은 장 상궁도 자가도 궁 안에서 살 수 있었을 테고, 때가 되면 제대로 된 첩지를 받아 많은 것들을 누렸을 테지만…… 그렇게 되었다면 좋았겠지만……"

강은 중전이 왜 변명하듯 길게 이야기를 늘어놓는지 의아했지만 더 깊게 생각하기도 전에 중전은 화제를 바꿨다.

"전하께서도 알아차리셨겠지만, 자가는 세상을 떠난 장 상궁을 더 많이 닮으셨습니다. 장 상궁 역시 키가 크고 피부가 창백했으며 코도 높아서 이따금 양인 같다고 농을 주고받곤 했지요. 그런데 자가의 본관에 대해서는 알고 있는지요?"

"잘 알지 못하옵니다."

중전은 눈을 치켜떴다.

"모름지기 왕실의 일원이라면 집안을 잘 알고 있어야 하지요. 장 상궁의 가문은 실제로 조선 밖에서 왔습니다. 조선 땅에 정착한 북방의 오랑캐라고 하는데, 하긴 그것도 아주 오래전, 조선이 세워지기도 전의 일입니다만."

그런 건가. 그렇다면 역시 이방인으로 살아가는 게 내 운명일 *지도 모르겠다.* 강은 아버지인 고종을 바라보았다. 고종은 중전이 갑자기 다른 이야기를 하는 게 몹시 못마땅한 듯 고개를 저었다.

"그건 그렇고, 갑자기 왜 이렇게 궁궐로 불러들였는지 궁금할 겝니다. 대원군 마마와의 일들이 마침내 다 정리가 되었다고 생각되기에 자가를 이리로 불러들이자 한 겁니다. 이제부터는 이 경복궁이 집입니다. 예서 조선 왕실의 일원으로 누릴 것들을 누리며 사는 거지요. 물론 그만큼 짊어져야 할 일들도 많겠지만……나는 자가가 우리와 함께 지내며 나를 어미로 여기고 살아주기를 바랄 뿐입니다."

강은 '어미'라는 말에 자신도 모르게 움찔했다. 그러면서 고마운 마음과 함께 의심도 조금 들었다. 중전은 고종을 돌아보았다.

"주상 전하께서는 더 하실 말씀이 없으십니까?"

고종은 고개를 돌리고 중얼거렸다.

"아니, 되었소. 중전이 다 한 것 같으니."

고종은 소매로 눈가를 문질렀다.

3

"이제부터 이곳에서 지내십시오."

박 내관이 요란한 몸짓과 함께 말했다.

"마음에 드시는지요?"

"어느 방이 제가 머물 곳입니…… 곳인가?"

박 내관이 미소를 지으며 답했다.

"이 전각 전체가 모두 자가의 거처이옵니다."

강은 자신의 새로운 거처로 이어지는 화강암 계단에 발을 올리다 깜짝 놀란 듯 눈을 크게 떴다. 한 사람이 전각 한 채를 전부 차지한다는 게 터무니없는 일처럼 느껴졌다. 새 거처는 외숙부와 함께 살던 집만큼이나 컸고, 길게 뻗어 나온 기와지붕은 궁 안의 다른 웅장한 전각과도 잘 어울렸다.

박 내관이 앞장서 걸으며 대문을 열었다. 여러 개의 작은 방이 얇은 벽을 따라 이어져 있었다. 강은 방이며 마루의 색이 모두 같을 뿐더러 햇빛 아래 하얗게 빛이 날 정도로 깨끗이 잘 닦여 있는 모습을 보고 깜짝 놀랐다. 주변 공기도 어쩐지 더 맑고 신선하게 느껴졌다. 전각에는 먼지 한 톨조차 보이지 않았다. 강은 구석구석을 돌아다니며 방을 하나씩 살펴보았다. 대부분이 처음 본 방처럼 텅 비어 있었다. 박 내관이 오른쪽을 가리키며 말했다.

"침소는 저쪽에 준비해 두었사옵니다."

박 내관을 따라가 보니 문이 열린 방이 하나 있었다. 강은 방 안을 가만히 들여다보았다. 고종과 중전을 만났던 방을 크기만 줄여 놓은 것 같은 분위기였다. 세 칸 자개농에 비단 방석이며 보료, 기다란 붉은색 술이 달린 무렴자까지, 거기다 모든 목재에서 깊은 광택이 났다. 이부자리까지 모두 비단 일색이었다. 같은 모양의 등잔 여러 개도 일정한 간격으로 바닥에 놓여 있었고, 경상도 하나 있었다.

"여기서 글공부도 하십시오. 잘 알고 계시겠지만 이제 궁에 들어와 왕실의 일원이 되셨으니 평생 글공부를 게을리하셔서는 아니 됩니다."

강은 입을 삐죽 내밀었다. 궁에 들어와도 변하지 않는 게 있기는 했다.

"박 내관, 그런데…… 그러니까 어, 측간은 어디에 있소?"

그러자 박 내관은 이부자리 옆 문갑 위에 있는 작은 종을 가리켰다.

"측간에 가고 싶으실 때는 저 종을 울리십시오. 시중을 드는 궁인이 밤낮을 가리지 않고 언제든 달려올 것이옵니다. 만일 침소에서 나가기 불편하시다면 '매화틀'을 가져오라 명하십시오. 매화틀이옵니다. 매화틀이 뭔지는 나중에 보시면 자연히 아시게 되옵니다."

강은 박 내관과 함께 근처를 둘러보기 위해 밖으로 나왔다. 중전이 머무는 중궁전의 북쪽과 동쪽에는 강의 거처를 비롯한 여러 비슷한 전각들이 붙어 있었다.

"저곳은 후궁들을 위한 거처이옵니다만 지금은 아무도 살고 있지 않습니다."

박 내관의 설명이었다. 작은 활모양으로 돌을 둥글게 쌓아 올린 입구를 지나자 안뜰이 나왔다. 그 안뜰 한가운데 참나무 한 그루가 서 있었다. 강은 자기도 모르게 나무 쪽으로 다가가 손을 뻗어 가지를 움켜쥐고 몸을 흔들었다. 그렇게 한두 차례 격렬하게 몸을 흔들자 오른발을 뛰어나온 옹이에 걸칠 수 있었다.

"아니! 그러시면 아니 됩니다!"

박 내관은 사근사근하게 웃으면서도 마치 바닷가 바위 위에 올라간 강치처럼 두 팔을 휘저었다.

"체통을 지키셔야 합니다! 이제는 예전과 다르신 몸이옵니다! 어서 내려오십시오!"

강은 결국 나무줄기를 잡고 밑으로 내려왔다. *다리 어딘가를 긁힌 것 같다.* 피도 좀 나는 것 같지만 그저 잠자코 있는 게 좋을 듯했다. 박 내관이 알게 되면 또 큰 소란을 피울 테니.

이른 아침이었지만 강은 잠에서 깼다. 밤새 악몽에 시달리며 잠을 이루지 못한 탓도 있었다. 검은 눈동자의 호리호리한 여자가 궁궐 연못에 빠진 채 허우적거리고 있었다. 옥색 저고리 위로 헝클어진 검은 머리가 내려와 창백한 얼굴을 반쯤 가렸다. 강은 소리를 질러 도움을 청하려 했지만 아무도 오지 않았다. 저 사람들이 조선인이 아니라서 내 말을 알아듣지 못하는 것인가, 아니면 반대로 저들에게 내가 낯선 이방인인가. 결국 강은 주인 없는 개들에게 쫓겨 다리까지 물어뜯기며 어두운 골목과 더럽고 지저분한 도랑을 따라 낯선 곳에서 다시 아무도 알지 못하는 곳으로 달아나려 했다.

강은 바람이 나무 사이를 스치며 내는 소리 말고는 사방이 고요한 이런 분위기가 여간 어색하지 않았다. 게다가 비단으로 지은 야장의, 그러니까 잠옷이며 이부자리 역시 강에게는 너무나 낯선 사치품이었다. 모든 것이 지나치게 잘 정돈되어 있을 뿐더러 너무 편안해서 시끌벅적한 환경에서 자라온 강은 오히려 불편을 느꼈다.

결국 깊은 잠을 이루지 못한 강은 몸을 일으켜 잠자리에 들기 전 받은 먹을거리를 찾았다. 소반 위 접시에는 곱게 썰린 배가 대여섯 조각 남아 있었다. 강은 오른손으로 배 조각을 더듬었다. 외숙부의 집에서 먹었던 그 어떤 배보다도 더 부드러웠다. 입안에 넣고 씹으면 과즙과 함께 배의 단맛이 확 퍼져 놀라움을 안겨주었다. 소반을 차려 온 궁인은 조선 땅에서 제일 유명한 나주 배가 지금 제철이니 언제든 원하는 만큼 먹을 수 있다고 말해주었다. 완주에서 가져와 신선한 바람에 말린 감도 마찬가지로 언제든 먹을 수 있다고 했다.

강은 배를 모두 먹어 치웠다. 처음에는 접시를 깨끗이 비우는 게 잘하는 일이라고 생각했다가 남은 별미를 궁인들이 맛보는 걸 즐긴다는 사실을 문득 떠올리고 조금 미안한 기분이 들었다. 강은 사방을 둘러보았다. 모든 게 깨끗이 균형 잡혀 있었다. 방 안의 질서를 어지럽히는 유일한 풍경은 경상 위에 쌓여 있는 서책 더미뿐이었다. 이제부터 모든 서책은 즐거움이 아니라 의무였다.

이런저런 생각을 하고 있는데 누군가 문을 가볍게 두드렸다. 강은 다시 이부자리로 파고들어 잠을 자듯 누웠다. *무슨 일일까?* 다시 문을 좀 더 세게 두드리는 소리가 들렸다. 궁 안의 엄격한 법도와 함께, 궁인들 역시 강의 사적인 생활과 일과를 참견할 의무와 존중할 예의 사이에서 갈등을 겪고 있는 듯했다. 강이 마침내 입을 열었다.

"무슨 일인가?"

장지문이 열리며 예순 살쯤 되어 보이는 덩치 큰 여인이 들어왔다. 여인은 공손히 고개를 숙이더니 자신을 차 상궁이라고 소개했다. 차 상궁의 손에는 면 수건과 강이 갈아입을 옷이 들려 있었다.

"매일 아침 몸단장을 도와드릴 수 있게 되어 황송하옵니다."

"몸단장이라니요?"

"옆의 작은 방으로 오십시오."

차 상궁은 수건과 옷을 강의 발치에 천천히, 조심스럽게 내려놓고는 방을 가로질러 또 다른 장지문을 열었다. 그 안에는 작은 방이 하나 더 있었고 물을 가득 채운 크고 둥근 나무 목간통이 한가운데 놓여 있었다. 강은 자리에서 일어났지만 더 이상 움직이지 않았다.

"아무 염려 마시옵소서."

차 상궁의 통통한 얼굴이 등잔불의 빛을 받아 번들거렸다.

"깨끗하게 단장을 하셔야 주상 전하께서도 기뻐하실 것이옵니다."

차 상궁이 고갯짓하며 인자한 웃음을 지었다.

"그럼 먼저 가서 기다리겠사옵니다."

놀란 마음을 진정시킨 강은 차 상궁이 시키는 대로 목간통 안으로 들어갔다. 물은 뜨겁지도 차갑지도 않고 딱 적당했다. 목간통에 편히 자리를 잡자 어색했던 기분은 완전히 사라졌다. 이렇게 따뜻한 물에 온몸을 씻는 호사를 지금껏 누려본 적이 있던가. 여기서 몇 시간이고 잠도 잘 수 있겠구나. 아니, 영원히 잠드는 게

더 행복할 수도 있겠어. 마치 어머니의 배 속에 있는 것 같은 이런 기분은 지금까지 느껴본 중 가장 큰 위안이 되었다. 오랜 세월 궁에서 여러 왕과 왕세자를 돌봐온 차 상궁은 아무런 감정이 실리지 않은 성실한 손놀림으로 강의 몸을 어루만지기 시작했다.

"아이구, 많이 긴장하신 듯합니다. 하긴 궁 안의 모든 것이 낯설게 보이시겠지요."

"정말 그렇네요. 모든 게 다 낯설어요."

"송구합니다만 제게 말씀을 낮추시지요. 자가께오서는 뭐가 제일 어렵게 생각되시나이까?"

강은 잠시 생각에 잠겼다. 물이 너무 따뜻하고 편안해 깜빡 잠이 들 것만 같았다.

"어…… 그래, 그래요. 여기서는 뭐든 다 궁인들이 대신해 주겠다고 나서니 여간 어색한 게 아닙니다."

"그러시겠지요. 하나 윗분들을 편안하게 뫼시고 또 체통을 지킬 수 있도록 돕는 게 저희 궁인들의 일이옵니다."

"박 내관도 그리 말했지……요. 항상 체통과 법도를 먼저 생각해야 한다고. 저 안뜰에 있는 나무에 올라 담 너머를 보려고 하니 체통을 지켜야 한다며 당장 내려오라 하더군요."

수건으로 강의 팔을 닦던 차 상궁이 문득 웃음을 터트렸다.

"이거 한두 번 닦는 것으로는 안 되겠습니다. 하오나 잠시만 기다리시면 진정 왕실의 일원으로 보이도록 만들어드리지요."

차 상궁은 익숙한 손놀림으로 강의 팔과 등을 문질렀다. 강은 슬그머니 고개를 돌려 차 상궁의 이마 주름과 나이 든 여인의 푸근한 모습을 살펴보았다. 그리고 자신이 당황하지 않도록 나이 든 상궁을 보내준 게 새삼 고맙게 느껴졌다.

"차 상궁, 내 뭐 하나 물어봐도 되겠는가?"

"물론이지요. 그런데 먼저 오른쪽 다리를 이쪽으로 내밀어 주시겠습니까."

"자네는 이 궁 안에서 오래 지낸 듯한데…… 혹시 내 어머니를 아는가?"

분주히 움직이던 차 상궁의 손이 순간 멈췄다. 강이 눈을 뜨자 살짝 어두워진 차 상궁의 얼굴이 보였다.

"송구하오나 그저 얼굴만 아는 정도이옵니다. 아름다운 분이셨지요……"

"중전마마께서도 그리 말씀하시더군."

"틀림없는 사실이옵니다."

차 상궁의 얼굴에 다시 미소가 들었다.

"그분도 지금의 저처럼 중전마마의 몸단장을 도왔었지요. 자, 이제 왼쪽 다리를 내밀어 보십시오."

차 상궁은 다시 다리를 열심히 문질렀다.

"두 분이 매우 가까운 사이였겠군."

"그럴 수 있지요. 매일 이렇게 몸단장을 도와드리면 모든 걸 숨김 없이 다 알게 되지 않겠사옵니까. 저도 곧 자가에 대해 궁 안 어느 누구보다 잘 알게 되겠지요."

강은 미소로 답하면서도 조금 쓸쓸한 기분이 들었다. 이미 강은 궁 안에서는 진정한 우정을 찾기 어렵겠다고 생각하고 있었다. 상궁이나 내관 같은 궁인들과 가까워질 수는 있겠지만 그들과 자신 사이에는 신분 차이라는 높은 벽이 있었다. 그렇다면 궁인 외에 마음을 터놓고 이야기를 나눌 사람이 더 있을까? 강과 중전 사이에는 번거로운 절차와 형식이 몇 겹으로 쌓여 있었고, 강은 중전에게 두려움을 느꼈다. 강은 언제나 아버지를 만나고 싶었지만 갑자기 나타난 그분에게 친밀감을 느낄 수 있을지는 의문이었다.

"혹시 자네가 세자 저하도 모시는가? 저하께 내 뜻을 전해줄 수 있겠나? 저하에 대해 더 알고 싶네."

"그렇지 않사옵니다. 소인은 세자 저하를 제대로 뵌 적도 없사옵니다. 저하를 뫼시는 다른 상궁이 있나이다. 저하께서 탄생하신 지 사흘째 되던 날부터 저하를 모셔온 상궁이옵니다."

"그런가…… 나는 그저 저하와 잘 알고 지내는 사이가 되면 좋겠다고 생각했을 뿐이네."

"그야 물론 그렇습니다만…… 소인이 알기로 저하께서는 공부 때문에 늘 바쁘시다고……"

어쩌면 지금 여기 있는 차 상궁이 누구보다 나와 가까운 사이가 되지 않을까. 장차 봉삼이를 대신할 사람이 될지도 모를 일이다. 강이 여러 가능성을 곰곰이 따져보았다. 차 상궁은 강의 어깨를 토닥이며 목욕을 끝냈다.

"이제 물기를 닦으시고 새 의복으로 갈아입으시면 되옵니다. 곧 아침 문안 인사를 드릴 시각이온데, 단정한 모습으로 나가셔야 하지 않겠습니까?"

"아침 문안 인사라 했는가?"

"예, 궁에서는 매일 아침 집안 어른들을 찾아뵙고 인사를 드려야 하지요. 주상 전하와 중전마마께 인사를 올리시는 것입니다. 곧 박 내관이 들어 자세히 알려드릴 것이옵니다."

강은 몸을 말리고 새 옷을 입은 뒤 고종이 머무는 대전을 찾았다. 박 내관은 만류했지만 강은 연꽃으로 뒤덮인 연못을 지나 조정 대신들이 다니는 쪽으로 조금 돌아가자고 부탁했다. 해가 떠오르기 시작해 궁궐 서쪽에 있는 인왕산의 화강석을 밝게 비추기 시작했지만 아침 공기는 여전히 쌀쌀했다. 강은 발목과 어깨, 목을 쭉 뻗으며 힘차게 걸었고 폐가 견딜 수 없을 때까지 숨을 천천히 길게 들이쉬었다. 먼 곳에서 까치 울음소리가 들려왔다.

반대편에서 사모를 쓴 조정 대신 두 사람이 걷는 모습이 보였다. 고종보다 나이가 몇 살은 더 많아 보였다. 권력을 쥔 이들답게 모두 느릿느릿 여유롭게 움직였고, 뒷짐을 진 채 높이 치켜든 머리로 앞을 똑바로 보고 있었다. 강은 누군지 전혀 알아보지 못했지만 거리가 가까워지자 한 사람이 다른 한 사람을 어깨로 슬쩍 밀었다. 그러다 두 사람 모두 강의 앞에 멈춰 서서 공손하게 머리를 숙였다. 나이가 더 많아 보이는 이가 먼저 말을 걸었다.

"전하의 둘째 아드님이 아니시옵니까! 이리 궁으로 오시게 되어 모두 크게 기뻐하고 있사옵니다. 저희도 황감하기 이를 데 없습니다. 들었던 것보다 더 훤칠한 장부이십니다. 소신은 이조 참판 민철환이라고 하옵니다."

깜짝 놀란 강이 온 힘을 다해 미소를 지었다.

"민 참판, 이리 만나 뵙게 되어 반갑습니다."

민철환이 왼쪽을 가리켰다.

"이쪽은 호조 참판 민병희이옵니다. 이보게, 이분이 바로 그분일세. 기억해 두게나."

"이렇게 뵙게 되어 황송하기 그지없사옵니다. 전하께서도 이리 장성한 아드님을 만나게 되어 얼마나 기뻐하실지……"

"아, 그것참…… 고맙고도 반가운 일이오. 그나저나, 민 씨 두 분께서…… 모두 조정의 참판이라는 말씀이지요?"

이조 참판이라는 민철환이 고개를 조아렸다.

"예, 그렇사옵니다. 처음에는 다들 헷갈려하시지요. 민 가 집안 사람들이 조정에 워낙 많이 출사해 있는지라."

"이조 참판과 저는 사실 육촌지간이지요."

호조 참판 민병희가 대답했다.

"아, 그렇습니까? 그런데 내가 지금 전하께 문안을 여쭈러 가는 길이라……"

"예, 어쨌든 이렇게 뵙게 되어 얼마나 기쁜지 모르겠사옵니다."

두 사람은 다시 고개를 숙인 뒤 자리를 떠났다. 강도 가던 길을 걸으며 궁궐의 예법이 허락하는 정도로만 서둘러 인사를 나누고 헤어진 두 사람에 대해 생각했다. 이조 참판의 말처럼 궁에는 민 씨 가문 사람들이 많았다.

고종이 머무는 대전에 이르니 그곳에는 또 다른 민 씨가 기다리고 있었다. 강은 중전이 고종과 함께 있는 모습을 보고 조금 놀랐다. 문안 인사 이후 이어진 대화는 주로 중전이 주도했고, 중전은 강에게 청나라의 서책을 얼마나 읽었는지 질문을 퍼부었다.

"《홍루몽》은 읽어보셨겠지요?"

"예, 중전마마. 그걸 어찌 아셨습니까?"

"내가 부탁했소. 누구더라…… 그렇지, 내가 박 내관을 시켜 그리해 달라고 외숙부에게 전했지요. 《홍루몽》은 내가 제일 좋아하는 서책이고 언문으로 소개하라 한 것도 실은 내가 지시한 일이지. 나랏일을 하는 조선의 모든 문무 관료들이 《홍루몽》을 한 번은 읽었으면 하는 게 내 바람인지라."

전하가 아니라 중전마마의 뜻이었구나.

"그리고 《춘추좌씨전春秋左氏傳》에 대해서도 잘 알고 있으리라 생각합니다만……"

"예, 그 책에 대해서도 배웠습니다. 하오나 마마에 비하면 보잘 것없는 수준일 것이옵니다."

"그리하면 내 뭣 좀 하나 물어보겠소."

강은 중전이 자신의 대답을 그저 겸양으로 이해했는지 아니면 그대로 받아들였는지 알 수 없었다. 생각해 보면 둘 다 사실이었다.

"말해보시오. 작금의 조선 조정이 그 책에서 배울 수 있는 가장 큰 교훈이 무엇인 것 같소?"

강은 중전이 진심으로 묻는 것인지 알 수 없었다.

"마마, 작금의 조선이 처해 있는 상황을 고려한다면 어려운 시기에 나라를 이끄는 데 필요한 역량과 따라야 할 올바른 길에 대한 특별한 교훈을 배울 수 있다고 사료되옵니다만……"

"작금의 조선이 처해 있는 상황이라? 그건 무슨 뜻이오?"

그때 고종이 끼어들었다.

"중전, 아이를 너무 다그치지 마세요. 지금은 아침 문안을 온 것이지 국사를 논하는 자리가 아니지 않소. 그렇잖아도 궁에 들어온 지 얼마 되지 않아 모든 게 낯설고 힘들 터인데…… 안 그렇소?"

"저는 누구를 다그치자는 게 아니옵니다."

중전이 다시 강을 돌아보았다.

"내가 이런저런 이야기를 한들 너무 부담을 느끼지 마시오. 나는 그저 서로 허심탄회하게 이야기를 나누는 그런 사이가 되기를 바랄 뿐이니까. 잘 알겠지만 이 궁 안에는 듣기 편한 말, 듣고 싶은 말만 웃전에 전하면 된다고 생각하는 무리들이 가득하다오. '주상 전하의 하해와 같은 은덕과 지혜로운 다스림으로 조선 팔도가 평안하고 백성들은 근심 걱정 없이 살고 있습니다' 뭐 그런 말들 말입니다."

잠시 침묵이 흘렀다. 중전이 다시 고종을 바라보았다.

"솔직히 말하자면 멀리 볼 때 조선의 앞날이 어찌 될지는 알 수 없습니다. 여러 대국이 조선을 둘러싸고 있는데, 저 멀리서 온 양이들은 그보다 훨씬 더 강한 군대를 갖고 있으니 말이지요. 오늘 아침만 해도 백성들이 궁 앞에 모여 무리의 우두머리 같은 자가 신문고를 치고 억울함을 토로한 뒤에도 한 시진이나 더 머물러 있었다고 합니다. 백성들이 조정과 왕실에 대한 공경심을 점점 더 잃어가는 것 같지 않습니까?"

고종이 다시 말했다.

"나도 그 이야기는 들었소. 그렇다고는 하나, 아직 아무것도 모르는 저 아이에게 그런 말을 하는 게 무슨 소용일지 잘 모르겠소."

"알겠습니다, 전하."

중전은 한 발 뒤로 물러나는 듯했지만 목소리에는 뭔가 비꼬는 느낌이 있었다. 강은 《춘추좌씨전》에 나오는 여러 빼어난 장수와 책사, 나라를 잘 다스렸던 군주의 이야기를 떠올리며 중전이 고종에 대해 어떻게 생각하고 있는지 궁금했다.

하지만 고종에게는 또 다른 고민이 있었다. 그는 강이 불편함을 느낄 정도로 집요하게 아들의 얼굴을 살피고 또 살폈다.

"내게 어찌 이리 훤칠하고 잘생긴 아들이 태어났는지 놀라운 일이오. 그리고 또……"

그러자 중전이 고종의 말을 가로챘다.

"제 생각에는…… 장 상궁에게 고마워해야 할 일이 아닐까 싶습니다만."

"아니, 그런 이야기까지 꺼낼 필요는 없고. 그나저나 이렇게 훤칠한 장부가 되었는데 혼처를 서둘러 찾을 수 있을는지…… 벌써 나이가 다 차지 않았소?"

"전하!"

다시 중전의 목소리가 날카롭게 튀어나왔다.

"전하께서도 잘 아시겠지만 대신들이 입을 모아 가례를 늦게 치르는 게 좋다고들 말하고 있사옵니다. 그 문제는 내년까지 기다리기로 하지 않았는지요. 더군다나 세자가 있사옵니다. 우리 세자가 후사를 보는 문제를 먼저 생각하셔야 할 것이옵니다."

고종의 얼굴에 당황한 표정이 역력했다. *아이 앞에서 그런 이야기 하지 마시게.*

4

강은 무릎을 꿇고 앉았다. 머리와 등을 감싸는 손길들이 느껴졌다. 시중을 드는 관인들이 자신이 기억하는 한 가장 오랫동안 정성을 들여 어깨너머로 길고 곧게 뻗은 검은 머리카락을 하나로 모아 위로 끌어올렸다. 강은 눈을 감았다. 관인들은 끌어올린 머리카락을 비틀어 묶은 후 정수리 위에 상투를 틀었다. 갑자기 목 주변이 서늘해지면서 전보다 맨살이 더 많이 드러난 느낌이 들었다.

이제 한 사내로서 삶이 시작된다. 댕기 머리를 늘어트리고 있으면 같은 남자라도 어린아이 신세를 면치 못하지만, 상투를 틀면 전혀 다른 대우를 받게 된다. 하지만 강은 아직 실감이 나지 않았다. 강이 살던 마을에서 상투란 장가를 가야만 올릴 수 있는 일종의 증표였으며 장가를 들지 않았다면 상투를 틀 자격이 없었다.

하지만 궁은 조금 달랐다. 아버지인 고종에게 들은 대로 혼인 여부와는 상관없이 일종의 성인식인 관례冠禮를 치르고 좀 더 일찍 사내가 되는 건 정치적으로도 꼭 필요한 과정이었다. 물론 강은 자신의 혼례 계획에 대해서도 함께 전해 들었지만 실제로 혼례식을 치르기까지는 몇 개월 더 기다려야 했다.

강은 자리에서 일어나 머리 위로 단단하게 틀어 올린 상투를 만져보려 했다. 그때 상투를 틀어준 관인이 옆으로 다가왔다. 그의 코와 수염이 언뜻 눈에 들어왔다.

"아직 건드리시면 아니 되옵니다. 이제 자리를 안뜰로 옮기시지요."

강은 휘장을 젖히고 천천히 걸어 밖으로 나갔다. 앞에 관례를 이끄는 인의引儀가 서 있었다. 검은 옷을 입은 사내 셋도 줄지어 늘어서 있었다. 돗자리가 깔린 단상 앞에 커다란 상자 하나가 놓여 있었고 거기에 강이 순서대로 써야 할 세 개의 관모가 있었다. 단상 오른쪽과 왼쪽에는 붉은색 관복을 입은 대신들이 마치 망치를 기다리는 못처럼 뻣뻣하게 서 있었다. 강은 재빠르게 눈동자를 굴려 대신들의 표정을 읽어보려 했지만 아무런 소용이 없었다. 저 멀리 안뜰을 둘러싼 기다란 전각 위로 한 무리의 새들이 높고 푸른 하늘을 자유롭게 날고 있었다.

단상 가까이 나아간 강은 시키는 대로 무릎을 꿇고 앉았다. 이마에서 굵은 땀방울이 떨어졌다. 인의가 낭랑한 목소리로 외쳤다.

"이제 유년 시절의 치기를 버리고……"

강은 궁의 바닥을 덮고 있는 박석들을 바라보았다. 개미 한 마리가 강이 있는 쪽으로 기어오고 있었다. 강은 외숙부의 집으로 돌아가 골목길을 뛰어다니는 다른 아이들을 창밖으로 바라보던 자신의 모습을 그려보았다. 한 아이가 대강 눈을 가린 채 다른 사람을 찾는 까막잡기를 하고 있다. 다른 아이들은 그 모습을 보고 웃으며 소리를 지른다. 하지만 강은 퀭한 얼굴의 스승과 마주 앉아 있다. 스승은 강에게 실망한 듯 보인다. 두 사람 사이에는 천자문을 떼면 바로 배우게 되는, 유학의 소양을 담은 기본 서책인 《소학小學》이 한 권 놓여 있다.

기억은 정확하지 않았다. 《소학》이 아니라 다른 책이었을 수도 있고 아이들도 까막잡기가 아닌 다른 놀이를 하고 있었는지 모른다. 다시 관례를 치르는 곳으로 돌아온 강에게 인의의 낭독이 계속되었지만 귀에 잘 들어오지 않았다. *유년 시절의 치기란 무엇인가? 강은 알 수 없었다. 내가 치기 어린 시절을 보냈나? 누군가 무슨 이야기인지 알려주면 좋겠다. 이곳 궁까지 들어왔지만, 여기서도 그저 예전처럼 글공부와 예의범절에 대해서만 배웠을 뿐인데.*

물론 궁에서의 생활은 예전과 비교하면 몇 배나 더 호화로웠을 뿐만 아니라 더 엄격했다. 자신을 위해 불려 온 한 무리의 스승들이 청나라 서책과 외국어, 역사 그리고 그 밖에 중전이 중요하다며 권하는 여러 학문으로 강의 머릿속을 가득 채우려 했다. 강은 밤마다 악몽을 꾸었고, 봉삼이 그리웠다. 봉삼을 궁으로 데려오고 싶었지만 궁에서 강을 모실 자격이 없는 사람이라는 말만 돌아올 뿐이었다. 여인을 향한 정욕도 멈추지 않았지만, 여전히 자신이 아이도 아니고 사내도 아닌 것 같다는 기분이 들었다.

곧 두 관인이 강의 머리에 사모를 씌웠다.

"치기를 버리고 덕을 행하며 만수무강을 기원하는……"

그런 다음 다시 휘장 뒤로 불려 간 강은 붉은색 예복으로 갈아입고 단상 앞에 섰다. 이어 무릎을 꿇고 머리에 복두幞頭를 썼다. 이마에서 흐른 땀이 턱을 타고 돗자리 위로 떨어졌다. 인의의 축사는 계속되었다.

"항시 몸가짐을 조심하며 덕을 행하여 만수무강할지어다……"

이제 한 가지 절차만 남았다. 강은 다시 휘장 뒤로 들어가 최상급 예복인 조복으로 갈아입었다. 강이 단상으로 나오자 세 번째 관모인 양관梁冠이 기다리고 있었다. 특별한 예식에만 쓰는 금으로 장식된 관이었다. 강이 다시 무릎을 꿇고 앉자 두 관인이 복두를 벗겨내고 양관을 강의 머리 위에 얹었다.

"이제 세 차례 관모를 바꾸어 쓰고 하늘의 은덕을 얻었느니라. 형제들과 우애 좋게 지내면 만수무강을 얻으리라⋯⋯"

관례를 주관하는 인의가 마침내 강에게 작은 잔에 담긴 예주를 내밀었다. 강이 술을 맛보는 건 이번이 태어나서 두 번째였다. 몇 년 전인가 술에 취한 외숙부가 탁주를 억지로 권했던 기억이 났다. 이제 열여섯 살이 된 의화군 이강은 공식적으로 성인식을 치렀고 지금부터는 덕성을 갖춘 진지한 모습을 보여야만 했다. 그래서인지 예주의 맛이 씁쓸하게 느껴졌다. 그러면서도 술은 따뜻하게 따끔거리는 느낌으로 목구멍을 따라 부드럽게 넘어갔다.

"세자, 오늘 탕약을 드셨습니까?"

"예, 마마."

세자가 대답했다. 그러고는 재빨리 강이 있는 쪽을 보다가 다시 시선을 돌리며 침울하게 한숨을 내쉬었다.

"그런 표정 짓지 마세요. 이 어미는 늘 세자 걱정뿐입니다."

"예, 마마."

짙푸른 비단옷을 걸친 세자의 몸은 나이에 어울리지 않게 올챙이배가 도드라졌다. 강이 살던 마을 사람들은 그런 사람을 보면 감을 담아놓은 자루 같다고 말하곤 했다. 어설프게 쳐놓은 장막 위로 툭 튀어나온 세자의 머리는 그가 사방을 둘러볼 때마다 이리저리 흔들렸다. 세자는 자신만의 세상에 잠겨 있는 듯 보였다. 강은 자신의 이복형이기도 한 세자가 정말 행동이 굼뜬 것인지 아니면 그저 성정이 무심한 것인지 알 수 없었다. 강의 바람과 달리 중전이 없는 자리에서는 세자를 만날 수 없었고, 또 언제나 중전이 대화를 주도했기 때문에 세자에 대해 자세히 알기가 어려웠다.

"나는 누구보다도 의화군의 생각이 궁금하구려. 의화군도 이제는 어린아이가 아니지 않소. 우리 조선은 여전히 청을 섬기고 있지만 청은 예전과 크게 달라졌어요. 일본국이나 아라사俄羅斯(러시아) 둘 중 한 나라가 곧 청이 주도하는 질서에 도전하겠지요. 그러니 세자와 의화군 모두에게 묻고 싶습니다. 작금의 상황에서 우리 조선이 취할 수 있는 최선의 정책은 무엇이겠습니까?"

강은 잘 모르겠다고 대답했고 세자 역시 불편한 기색으로 강과 같은 대답을 했다.

"작금의 상황이 잘 풀리지 않는 것도 당연한 일이오……"

중전은 한숨을 내쉬었다.

"세자와 의화군 모두 정말 어디서 왔는지 알 듯합니다…… 어쩌면 그리 그분과 똑같단 말이오! 의화군, 의화군도 이제 상투를 틀었으니 국사에 관심을 기울이셔야 합니다. 오늘 아침 들었던 말대로 이제는 더 이상 어린아이가 아니란 말입니다!"

강은 크게 당황해 머리를 조아렸다. 중전의 말이 계속해서 이어졌다.

"요즘 들어 호랑이를 본 사람들이 있다는 이야기를 못 들었소? 호랑이가 출몰한다는 게 무슨 뜻인지 아시겠지요?"

강은 당황했고 중전은 강의 속내를 금방 눈치챘다.

"아직 궁 생활이 오래지 않아 잘 모르는 모양이구려. 궁궐 근처에 호랑이가 보인다는 건 좋지 않은 일이 닥칠 징조요. 얼마 전 상선이 경내에서 갈기갈기 찢긴 사슴 한 마리를 발견했답디다. 그런 짓을 할 수 있는 건 응당 호랑이가 아니겠습니까? 그전에도 금군 하나가 호랑이를 보았다는데, 아마도 같은 놈이겠지요. 바로 그 뒤를 쫓았지만 잡지는 못했다고 합니다. 언젠가 우리 조선은 호랑이 같은 일본국이나 곰 같은 아라사를 상대해야 합니다. 하늘이 우리에게 미리 경고를 보내고 있으니 잘 새겨듣고 준비를 해야 하지 않겠습니까."

이 짧은 훈계 속에는 중전의 주요 관심사 두 가지, 즉 미신과 정치가 모두 들어 있었고, 강은 그 어느 쪽도 탐탁지 않았다. 강은 중전이 항상 역술인이나 무당들과 제일 먼저 상의한 후 중요한 결정을 내린다는 사실을 알고 있었다. 하지만 멀리 보면 중전의 걱정을 기우라고 생각하는 사람은 아무도 없었다. 일본국은 날이 갈수록 더 부강해지고 대담해졌으며 군대 역시 더 강해졌다. 동시에 조선에서는 많은 문제가 불거졌다. 부패한 관료와 부당한 조세, 주먹구구식 행정에 반발하는 백성들의 움직임이 보고되지 않는 날이 단 하루도 없을 정도였다.

중전은 세자의 얼굴을 가만히 바라보았다. 평소처럼 애써 감정을 절제하면서도 애처롭고 처연한 마음만은 감추지 못하는 그런 눈길이었다. 강은 그 새카만 눈동자를 보며 중전이 하고 싶은 말을 깨달았다. *세자는 왜 내가 원하는 그런 아들이 되지 못하는 거요?* 세자는 국사는커녕 어떤 일에도 진지하게 관심을 기울이지 않았다. 무엇보다 세자는 세자빈과 마땅히 져야 할 의무를 다하지 못했다. 아들을 생산하지 못한 것이다.

잠시 괴로운 침묵이 흘렀다. 이윽고 세자는 뭔가를 생각하고 밝은 표정을 지었다.

"어마마마, 괜찮다면 오후에 의화군과 함께 말을 타고 싶습니다."

"말이라고요!"

중전은 반쯤 비명에 가까운 소리를 질렀다. 아들을 내려다보는 중전의 코가 그 어느 때보다 더 가늘고 길게 늘어져 보였다.

"이 어미가 전에 뭐라고 했습니까? 말을 타는 건 너무 위험하다고 했지요. 의화군만이라면 모를까 세자는 아니 됩니다. 만일 어지럼증이 도져 말에서 떨어지기라도 하면 이 왕실이 어찌 되겠습니까? 세자의 옥체가 얼마나 약한지는 세자가 더 잘 알지 않습니까?"

세자가 어린아이처럼 입을 삐죽 내밀자 강이 늘 콩알을 닮았다고 생각하는 그의 뭉툭한 얼굴이 더욱 도드라졌다. 하지만 한 번도 말을 타본 적 없는 강은 속으로 안도의 한숨을 내쉬었다.

"그렇다면 대신 경회루에 함께 가면 안 되겠습니까? 의화군과 수라를 들었으면 합니다."

강의 얼굴이 밝아졌다. 세자도 이복동생과 친해지고 싶었다. 중전은 바로 그런 분위기를 눈치챘고 두 이복형제를 번갈아 보다가 마침내 체념한 듯 한숨을 내쉬었다.

"이번 한 번만입니다. 어쨌거나 오늘은 의화군에게도 특별한 날이고, 신선한 공기는 우리 세자에게도 해를 끼치지 않겠지요. 대신 쌀쌀해지기 전에 동궁전으로 돌아가셔야 합니다."

세자와 강은 한목소리로 화답했다.

"황공하옵니다, 중전마마."

세자께서 왜 경회루까지 나가고 싶어하는지 알 것 같사옵니다. 아마도 저와 같은 이유겠지요. 세자께서도 중전마마의 눈길

이 미치지 않는 곳에 가서 저와 이야기를 나누고 싶으시겠지요
......

　경회루는 궁에 중요한 행사가 있을 때 사용하는 넓은 누각이었다. 2층에 올라서면 궁궐 전경은 물론 그 너머까지 내려다볼 수 있었다. 강은 경회루 2층 뒤쪽을 거닐며 저 멀리 연잎이 흩날리는 향원지를 바라보았다. 경회루 아래층에는 등불을 밝혀 곡선 지붕의 원색 단청 문양을 금빛으로 비추며 군주의 영원한 영광과 권위를 드러내도록 했다.

　수도인 한성을 둘러싼 화강암 그릇 같은 여러 봉우리가 어렴풋이 보였다. 낮지만 가파르고 바위가 많은 북쪽의 북악산은 외적의 침략으로부터 궁을 보호하는 역할을 했다. 그리고 서쪽에는 인왕산이, 저 멀리 남쪽에는 경사가 완만한 목멱산(남산)이 있는데, 이 두 산은 역술인이 말하길 산신의 기운이 가장 강하다고 했다. 목멱산 꼭대기는 조선 팔도를 가로질러 연결된 긴 봉화대의 신호가 마지막으로 닿는 곳으로, 잠잠한 것을 보아 별일 없이 평안하다는 사실을 알 수 있었다.

　화강암 그릇 안 궁 주변으로는 베개처럼 보이는 수천 개의 초가지붕이 늘어서 있었다. 지붕 사이로 튀어나온 수천 개의 굴뚝에서는 장작을 태우는 달착지근한 연기가 솟아올랐다. 마치 회색 안개로 된 바다가 펼쳐진 것 같았다. 그 안개의 바다 위에는 눈썹처럼 가는 초승달이 외로운 푸른 하늘을 조심스럽게 비추었다. *저 연기 중 하나는 한때 나를 따뜻하게 해주고, 내가 먹는 밥과 된장국을 끓이던 아궁이에서 나오는 것이리라. 또 저기 어딘가에는*

시장이 있고 도성을 드나들 수 있는 커다란 출입문도 있다. 그 문은 큰 종소리가 나면 닫힌다. 그리고 여기서는 절대 볼 수 없는 다툼이나 투쟁이 사방에서 벌어지고 있으리라.

이렇게 멀리서만 보면 세상은 평화로웠다. 그러나 이제 강은 모든 이가 주어진 운명에 만족하지는 않는다는 사실을 알고 있었다. 도성 너머 바깥에는 쌀이 어떻게 나는지 모르는 사람이 있는가 하면 혹독한 날씨와 기근, 관리들의 폭정을 뼈저리게 느끼며 사는 사람도 있었다. 제 삶을 가난하고 위태롭게 만들고 심지어 죽음으로 모는 그런 세상에 반기를 들고 일어나려는 사람들이 있다는 소리도 들려왔다.

"저하께서는 말타기를 즐기십니까?"

"설마 그럴 리가 있겠는가. 그저 자네와 여기 올 수 있도록 어마마마의 허락을 받기 위해 그리 말했을 뿐이지."

세자는 강을 향해 의미심장하게 웃어 보였다.

"자네는 어떨지 모르겠지만, 나는 처음부터 이리 단둘이 이야기하고 싶었다네. 하나 어마마마는 절대 허락하지 않았지. 때로는 나도 그런 어마마마가 견디기 어렵다네."

세자는 보기보다 영리한 사람이었다. 그의 솔직한 이야기에 강도 마음이 동했지만, 약간 불편한 구석도 있었다. 강은 자신에게도 진정 어마마마라고 부를 사람이 있으면 좋겠다고 생각했다. 우리 둘 다 전하를 아버지로 두었는데 왜 세자만 모든 걸 다 가진 걸까. 세자에게는 가족이 있고 궁 안의 모두가, 아니 조선 전체가 세자를 아끼고 떠받들지 않는가.

"처음 자네 의화군 이야기를 들었을 때는 놀라기도 하고 불편하기도 했지……"

세자는 뭔가 아득한 눈빛으로 아래쪽을 내려다보았다.

"아마 이복동생이 있다는 사실 자체에 질투심을 느낀 것도 같네. 다들 자네가 훤칠한 대장부라고 하더군. 나와는 다르게 말이야……"

강은 뭔가 고통스러운 듯한 세자의 얼굴을 쳐다보았다. 세자가 자신을 부러워할 이유가 있을까? 자신이 그동안 느껴온 외로움과 혼란을 이해할 수는 없는 걸까? 터무니없는 생각일지도 모르지만 강은 자신과 마찬가지로 세자에게도 우정이 필요하다는 것을 알 수 있었다. 그렇지 않으면 세자가 이렇듯 수고스럽게 둘만의 자리를 만들고 이복동생에게 서둘러 자신의 마음을 내비치는 일은 결코 없었을 것이다.

"한번 말해보게. 자네는 궁 생활이 마음에 드는가?"

이건 혹시 일종의 시험일까? 강은 솔직하게 대답하기로 했다.

"잘 모르겠습니다, 저하. 물론 불만은 없습니다. 저 밖에는 수많은 백성이 살고 있지요."

강은 이렇게 대답하며 손가락으로 안개의 바다가 있는 쪽을 가리켰다.

"모두 저와 신분을 바꾸자면 기꺼이 그리하겠지요. 하오나……"

"하오나?"

"외롭기 그지없습니다. 저하도 그리 생각하지 않으십니까? 궁으로 들어오기 전에는 궁 생활이 정말 즐거우리라 생각했습니다. 하나 저는 하루 종일 글공부만 할 뿐입니다. 이야기를 나눌 수 있는 사람은 스승님과 내관, 차 상궁뿐이고요. 아침마다 몸단장을 도와주는 나이 지긋한 상궁을 처음 만난 날 이이가 어쩌면 저와 가장 가까운 사이가 될지도 모른다고 생각했는데 과연 그렇게 되었습니다."

세자는 내심 웃음이 났다. 만일 이것이 일종의 시험이었다면 강은 그 시험을 통과한 것이나 다름없었다.

"실은 나도 그렇다네. 그런데 자네까지 나를 저하라고 부르지는 않아도 되네. 그저 형이라고 하면 어떤가."

"황공하옵니다, 저하…… 아니, 형님."

"이제 무얼 좀 들어야지? 뭐가 좋겠는가? 뭐든 원하는 게 있으면 말해보게."

잠시 머뭇거리던 강은 문득 그날 아침 받았던 작은 술잔을 떠올렸다. 그러다 장터에서 술에 취한 상인들의 얼굴을 내려다보며 즐거워했던 기억이 났다.

"저야 뭐든 괜찮습니다만, 형님께서도 괜찮으시다면…… 탁주를 한번 드셔보시겠습니까?"

"흠, 술이라…… 어마마마께서는 술도 질색하시지. 내 건강에 좋지 않다고 말이네."

"송구합니다, 형님. 제가 괜한 말을 꺼냈습니다."

"아니, 괘념치 말게. 나는 몰라도 의화군이야 무슨 상관이 있겠나. 그런데 탁주라니, 잘 알고 있겠지만 여기에는 훨씬 더 좋은 술이 많이 있네. 궁에는 왕실에 올리는 술만 빚는 곳이 따로 있을 정도니 말일세."

곧 궁인들이 흰 주전자와 안줏거리가 올라간 긴 상을 하나 들고 나타났다. 상 위의 안줏거리는 너무 많아 끝이 보이지 않았다. 그

중에서도 버섯과 두부를 넣은 찌개며 돼지고기 편육, 명태전, 쇠고기와 떡을 간장에 졸인 떡찜이 강의 눈에 띄었다. 수라간 방식으로 장방형으로 썬 김치도 가지런히 놓여 있었다.

세자가 술이 담긴 주전자를 가리켰다.

"감홍로라고 하네. 전하께서도 조선 팔도에서 세 손가락 안에 든다며 아주 좋아하시는 술이지. 약초와 쌀로 빚은 것이라네."

세자는 상을 둘러보았다.

"역시 잔은 하나뿐이구먼. 이렇게 술 한잔 마음대로 못 마시는데 세자라 한들 다 무슨 소용이겠는가?"

궁인 하나가 강 앞에 놓인 잔에 술을 따랐고 다른 궁인은 초에 불을 붙였다.

얼마 지나지 않아 강의 또래로 보이는 키 큰 소녀가 색동 치마와 남색 저고리 차림으로 거문고를 들고 나타났다. 소녀는 세자와 강을 비스듬히 마주 보고 앉더니 난간 밖을 잠시 바라보며 손가락을 쫙 폈다. 머리칼을 비녀로 틀어 올려 목덜미가 다 드러났고 하얀 피부는 촛불 아래에서 따뜻하게 빛났다.

강은 소녀의 목덜미 아래 쇄골을 보았다. 그러다 소녀의 턱 아래 그림자를 따라 입술과 오뚝한 코로 시선을 돌렸다. 강은 소녀가 긴 속눈썹을 깜박이며 검은 눈동자를 들어 자신의 눈을 바라봐 주기를 바랐지만, 그런 생각만으로도 얼굴이 붉게 달아올랐다. 결국 강은 소녀를 똑바로 볼 수도, 그렇다고 시선을 돌릴 수도 없었다.

태어나서 본 여인 중 가장 아름다운 소녀가 눈앞에 있었지만 세자는 생각이 다른 듯했다. 소녀가 술대를 들어 거문고를 타기 시작하자 세자는 그저 인상을 찌푸릴 뿐이었다. 거문고에서 깊고 묵직하면서도 완만한 곡조가 반복해 거칠게 흘러나오자 세자는 갑자기 "그만, 그만!"이라고 소리치며 소녀를 향해 여윈 팔을 내저었다. 연주는 바로 중단되었다. 얼굴이 빨갛게 달아오른 소녀는 고개 숙여 절을 하고 조심스럽게 뒤로 물러나려 했다. 그러나 커다란 악기가 그만 팔에서 미끄러져 쿵 소리를 내며 바닥에 부딪혔다. 소녀는 서둘러 자리를 떠나기 위해 거문고를 거의 끌다시피 하며 움직였다. 강은 그 앞으로 달려나가 다시 연주를 청하거나 함께 술을 마시자고 청하며 소녀가 느꼈을 당혹감과 부끄러움을 덜어주는 자신의 모습을 상상했다.

"미안하네. 거문고 연주가 자네 마음에는 든 것 같네만."

세자는 자리에서 급히 물러나는 두 궁녀를 흘긋 쳐다보았다.

"나도 나쁘지 않았네만, 이리 술잔을 보고 있으니 거문고 음률이 아니라 술에 흠뻑 취하고 싶어지네. 내가 술을 마시면 그 소식이 바로 어마마마 귀에 들어가겠지. 그 결과가 어찌 될지는 생각하고 싶지도 않군. 얼마나 불공평한 일인가. 나는 병자 취급을 받고 있어. 어마마마께서 온갖 이상한 약재에 푸닥거리까지 하시는데도 나는 술 한 모금 제대로 마실 수 없단 말이야."

세자는 문득 사방을 둘러보고 주위에 아무도 없다는 사실에 만족한 듯 활짝 웃었다.

"그런데 우리는 형제가 아닌가? 그러니 잔을 돌려도 상관없겠지. 다만 어디 가서 아무 말 하지 않는 게 좋을 거야."

형제라는 말을 듣자 강이 이복형에게 느끼던 불편한 감정은 모두 날아가 버렸다. 어딘지 모르게 어둡고 비뚤어진 세자의 삶도 그다지 행복해 보이지 않았다. 무엇보다 그가 강을 형제라 부르지 않는가.

"자, 한잔하시게."

"아니, 형님 먼저 드십시오. 그래도 형님이 아니십니까."

"아니, 아니지. 아우가 먼저 받으시게."

세자가 감홍로가 든 은잔을 강에게 건넸다. 강은 잔을 두 손으로 받아 고개를 돌리고 한 번에 들이켰다.

"이런, 조심하게! 감홍로는 탁주보다 훨씬 독하네!"

술을 머금은 순간 타는 듯한 얼얼함과 달콤한 계피향이 동시에 느껴졌다. 그다음으로 인삼과 생강, 감초 향이 뒤를 이었다. 술을 삼키자 뜨거운 열기가 목을 타고 배 속으로 흘러들었다. *그저 술 한잔 마셨을 뿐인데 이런 기분이 들다니.* 강은 기분이 좋은 건지 나쁜 건지 분간이 되지 않았다. 술 한잔의 경험은 아침 관례에서 세 개의 사모를 차례로 썼던 경험보다 족히 열 배는 더 강렬했다. 하지만 술을 제대로 겪어보려면 한 잔으로 부족하다는 사실을 강은 잘 알고 있었다.

강은 뜨거운 목을 부여잡고 세자에게 한 잔을 따라 올렸다. 그러고는 젓가락으로 명태전을 집어 재빨리 입안으로 집어넣었다. 김치도 한 조각 곁들였다. 강은 사실 궁의 김치를 그다지 좋아하지 않았다. 하지만 지금은 이 담백하고 시큼한 맛이 감홍로가 붙인 불을 식혀주었다.

잠시 세자와 사담을 나누며 술을 마신 강은 중요한 결론에 도달했다. 장터의 사내들이 옳았다. 술은 좋은 것이다. 이제 감홍로에서는 불꽃 같은 맛이 아니라 편안하고 노곤한 맛이 느껴졌다. 짜릿하면서도 따뜻한 기운이 등을 타고 어깨와 목, 허리까지 흘러 들었다. 자주 복통을 일으키던 배도 차분하게 안정되었다. 그동안 겪은 예상치 못했던 온갖 일들과 자신의 출생 배경으로 인한 기분 나쁜 공허함이 모두 흐릿하게 사라지는 것 같았다. *나는 지금 이복형과 함께 있다. 나에게도 마음 둘 곳이 있다.*

"아, 궁 안팎으로 의화군의 배필을 찾기 시작했다는 말을 들었네……"

"예, 형님. 그 이야기는 저도 들었습니다."

"기대되는가?"

"글쎄요, 제가 궁에 들어온 것처럼 흘러가는 일인가 합니다. 어쨌든 이왕 시작된 일이니 황감할 따름이지요. 사내라면 장가를 들어야 제대로 사내구실을 하는 것 아니겠습니까?"

"나도 그리 생각하네."

세자는 그렇게 대답하고는 찌개를 한 숟가락 천천히 먹더니 한숨을 내쉬었다.

"하지만 혼인이나 장가가 뭔지는 잘 모르겠습니다. 그저 가문을 잇기 위한 것이 아닙니까? 한데 저는 그 가문이나 집안이라는 게 뭔지도 잘 모르겠습니다. 두 해 전 궁에 들어오기 전까지 저는 제 아버지가 누군지도 전혀 몰랐고, 어머니의 정을 느껴본 적도 없습니다."

강은 치밀어 오르는 분노를 참아 넘겼다.

"저는 외숙부 밑에서 자랐습니다. 외숙모도 계셨지만 오래전 세상을 떠나셨지요. 게다가 외숙부는 종종 '사내란 정실이 있어도 마음은 첩에게 가는 법이지' 같은 말까지 했습니다."

세자는 조금 웃더니 진지한 표정으로 고개를 끄덕였다.

"아, 그건 또 조금 다른 이야기군. 그럼 의화군은 어떤 여인을 만나고 싶은가?"

강은 박 내관도 똑같은 질문을 했다는 걸 떠올렸다. 배필을 고르는 데 제 뜻이 조금은 반영될 수도 있다는 의미였다.

"방금 형님이 내보낸 거문고 타던 여악은 어떻습니까? 그 여악은 누구입니까?"

"나야 모르지. 궁을 드나드는 여악이라면 그 아이 말고도 잔뜩 있으니까 말이야. 한데 자네 외숙부의 조언을 따른다면 여악이란 정실이 아니라 첩에 더 어울리지 않겠는가."

"그러면 형님께서도 혹시 다른 첩실을 두셨습니까?"

강은 이런 질문을 던지는 자신에게 놀랐다. *무례한 질문이었을까? 이게 다 술을 마신 탓일까?* 표정이 진지해진 세자가 입을 다물고 고개를 저었다.

"송구합니다. 제가 무례를 저질렀습니다."

강이 말했다.

"그럴 생각은 아니었습니다만…… 그런데 형님께서는 왕실 후손의 배필을 고르는 절차가 어찌 되는지 알고 계십니까?"

세자의 얼굴이 다시 밝아졌다.

"그게 알고 싶은가?"

세자가 놀리듯 말했다.

"초간택을 할 때 나는 그 자리에 있지는 않았네만, 노란 저고리에 붉은색 치마를 입은 처자들이 줄지어 안뜰을 가로질러 가는 모습을 봤지."

"그게 정말이십니까? 용모는 어떻던가요? 다들 곱던가요?"

"뭐, 그런 이도 있고 그렇지 않은 이도 있더군. 키도 제각각이고, 나이가 좀 들어 보이는 처자도 있고…… 특히 다들 마음에 들어하는 처자가 하나 있었다는 이야기를 어마마마께 들었네."

"그 처자는 용모가 곱겠군요!"

"하하!"

세자가 배를 흔들며 큰 소리로 웃었다.

"아우님이 뭘 원하는지 이제 알겠네. 하지만 아쉽게도 나는 멀리 있어 그들의 용모를 자세히 보지 못했네. 그리고 아바마마라면 용모를 중히 보시겠지만 어마마마는 인성을 더 중시하시네. 아, 역술인이나 관상가들의 의견도 중요하지."

"송구합니다만 형님, 중전마마께서는 그런 것들을 지나치게 믿으시는 것 같습니다……"

세자는 이복동생을 바라보며 쓰게 웃었다.

"어마마마께서는 늘 그러시네. 몸이 조금이라도 안 좋으면 온갖 약재에 부적까지 찾으시고 무당이 궁 안을 휘저으며 요란스럽게 푸닥거리를 하지. 내 보기에는 전부 다 삿된 무리일 뿐이네. 내 자네에게만 솔직히 말하는데, 이게 제대로 사는 거란 말인가! 내가 조선의 왕세자라는 게 다 무슨 소용인가? 나는 그저 머리를 밀고 출가를 했어야 했네. 어마마마께서는 절대로 허락하시지 않겠지만 말이야!"

"그렇군요…… 그 특별한 처자는 관상가들의 시험을 통과하였답니까?"

"그렇다고 들었네. 주상 전하와 중전마마의 시험도 문제없이 통과했다더군."

"그래요?"

"그렇다네. 듣자 하니 여섯 처자가 나란히 서 있는데 어마마마
께서 각자에게 무슨 나무를 가장 좋아하느냐고 물었다는 게야."

"가장 좋아하는 나무요?"

특이한 질문이었다.

"그래. 대개는 벚나무가 좋다는 뻔한 대답들을 하는데, 그 처자
는 닥나무가 좋다고 했다더군. 왜 그랬는지 아우님은 알겠나?"

"짐작도 가지 않습니다, 형님. 세상에 닥나무가 제일 좋다니요?"

"닥나무로는 종이를 만들 수 있다. 종이로는 지식을 세상에 널
리 알릴 수 있다. 그 처자는 이유를 그리 설명했다 하네."

강은 조금 감탄했지만 뭔가 두려운 기분도 들었다. 강은 감홍로
를 한 잔 더 들이켰다.

"그 처자에 대해 좀 더 들을 수 있겠습니까?"

"그렇다면…… 황해도가 본관인 연안 김 씨 집안 출신이라는
데, 연안 김 씨라면 명문가이긴 하지만 조정 출사나 출세와는 수
백 년 이상 담을 쌓고 살아온 집안이지. 꼭 필요할 때만 도성에 들
어온다고 하고."

"형님, 그게 무슨 뜻입니까?"

"우리 아우님은 왕실과 조정에 대해 앞으로도 많이 배워야겠
군. 만약 여기가 저잣거리 투전판이라면 나는 그 처자가 아우의
배필이 된다는 데 걸겠네. 옛말에도 있지 않은가. 처잣집과 측간
은 멀리 떨어져 있을수록 좋다, 이 말이야. 궁 안의 어느 누구도
또 다른 강한 외척이 등장하는 걸 원하지 않는다, 그런 뜻일세."

그날 이후 이복형제는 중전의 허락을 받아 자주 만났다. 종종 함께 술도 마셨다. 시간이 지나면서 두 사람은 형제가 되었다. 주변에 친구 삼을 이가 아무도 없다는 사실 덕분에 두 사람의 친밀감은 깊어져만 갔다.

어느 날 저녁, 강은 왜 이복형이 정실인 세자빈 외에 어떤 첩실도 두지 않고, 또 왜 아직 후사가 없는지에 대해 들었다. 세자는 그날 저녁 기분이 좋지 않았고, 누구에게 이야기한다기보다는 그저 혼자서 웅얼거리는 것 같았다.

"한 번도 이런 이야기를 한 적 없지만 모두 수군거리고 있지. 그러니 무슨 소용이겠는가? 결국 아우님도 다 알게 될 것을."

강은 매력적인 여인 앞에서 어떻게 사내 몸이 달아오르지 않을 수 있는지 알 수 없었다. 자신은 치마 밑으로 여인의 발목만 보아도 견디기 어려울 정도였다. 그러나 강의 이복형에게는 조선의 어떤 사내도 감당하지 못할 압박과 압력이 쏟아질 터였다. 국왕이나 세자는 단순히 기분에 따라, 혹은 몸이 원한다고 해서 여인과 관계를 맺지 않았다. 개인의 욕구보다 훨씬 더 중요한 목적이 있었다. 상대가 정실이든 첩실이든 우연한 관계 같은 건 존재하지 않았다. 천문으로 상서로운 길일을 택했고, 높은 지위의 내관이나 상궁이 관계를 맺는 자리 바로 옆에서 진행 상황을 일일이 확인했다. 때로는 조언도 해준다고 했다. 강으로서는 믿기 어려운 이야기였다. 이복형의 말에 따르면 상황이 너무 고조되면 쉬엄쉬엄하라는 충고까지 나온다고 했다.

"병풍이나 발 너머로 '이제 그만 옥체를 보존하시옵소서' 그런 말까지 들려온단 말일세. 자네도 짐작이 가겠지만 그런 소리만으로도 분위기는 확실히 가라앉곤 하지."

세자에게 주어진 상황은 그보다 더 가혹했다. 다름 아닌 중전 때문이었다. 중전 자신도 건강한 후사를 보기 위해 오랫동안 고생했고, 후사를 생산하지 못하는 몸이라는 흉악한 소문에 시달렸다. 어렵게 본 두 아들도 어릴 때 떠나보내고 말았다. 그 후 태어난 세자가 처음에는 중전에게 힘이 되어주는 듯했다. 그러나 중전은 곧 더 곤란한 상황에 처하게 되었다. 후사를 생산하지 못하는 왕비는 날개 잃은 새와 같다고 했던가. 멀리 보면 아들의 뒤를 잇는 후손을 얻지 못한 왕비도 별반 다를 게 없는 신세였다. 초조해진 중전은 결국 가장 어여쁘고 어린 궁녀에게 세자를 찾아가 필요한 도움을 주라고 명했다. 엄격한 법도에 따라 몸단장을 마친 궁녀가 세자의 침소로 들었다. 얼마간의 시간이 흐른 후 휘장 뒤편에서 여인의 신경질적인 목소리가 들려왔다.

"잘되어 가고 있느냐?"

그러나 "송구하옵니다, 중전마마"라는 궁녀의 대답만 들릴 뿐이었다.

5

김수덕에게는 머리 장식이 너무 무거웠다. 마치 누군가가 머리 위에 아라사의 양이들이 쓴다는 거대한 털모자를 씌우고 그 위에 다시 돌무더기를 쌓아 올린 것 같았다. 한 궁녀가 다가와 이 가엾은 소녀 뒤에 서서 두 손으로 머리 장식을 조심스럽게 붙잡아 주었다. 계절에 어울리지 않는 뜨거운 햇살은 새색시를 더욱 괴롭혔다. 안 그래도 잔뜩 긴장하고 있는 데다 이렇게 열기까지 더해지니 언제라도 정신을 잃을 것만 같았다. 이마에는 땀방울이 송골송골 맺혔다. 수덕은 떨리는 두 다리에서 완전히 힘이 빠지기 전에 어떻게든 빨리 목적지인 궁궐에 도착하겠다고 굳게 마음을 다졌다. 수덕은 아버지 김사준을 흘긋 바라보았다. 아버지는 그저 이름만 아버지일 뿐, 마치 저 멀리 산 위에 걸린 구름 같은 존재 그 이상도 그 이하도 아니었다. 수덕 역시 앞으로 벌어질 일들이 두려웠지만 정작 가장 두려움에 떨고 있는 건 김사준이었다.

몇 개월 전, 왕실의 명을 받은 궁인들이 전국 방방곡곡을 샅샅이 뒤져 사대부 양반 가문에서도 나이가 찬 적당한 규수들을 찾았고, 마침내 김사준의 집까지 이르자 김사준은 딸인 수덕에게는 이미 정혼자가 있다고 하며 그들을 돌려보내려 했다. 뿐만 아니라 김사준은 딸이 송도에 있는 친척 집에 머물고 있고 신내림이라도 받은 것인지 가끔 정신이 오락가락한다는 핑계까지 대며 딸을 내놓지 않으려 갖은 애를 다 썼다. 하지만 수덕의 인품과 학식이 뛰어나다는 소문은 이미 주변에 널리 퍼져 있었다. 게다가 김사준 일가에 대해서도 그저 좋은 이야기만 들릴 뿐이었다. 마을 현감인 김사준은 당시로서는 드물게도 백성들의 주머니를 샅샅이 털어 가는 탐관오리들과는 전혀 결이 다른 인물이었고, 적어도 딸인 수덕이 보기에 집안 사정이 어려운 건 아버지의 그런 청렴함도 어느 정도 영향이 있었다.

"현감께서는 이 일이 집안의 광영이라는 사실을 잘 아셔야 합니다. 의화군은 주상 전하의 둘째 아드님이시고……"

궁인은 계속해서 이런 말로 김사준을 설득했다.

"물론 전하의 하해와 같은 은덕을 어찌 다 갚을 수 있겠소만, 이런 부탁을 드리게 되어 나도 정말 안타깝소이다. 어디 다른 집안 규수를 찾아보시는 게 좋겠소이다."

김사준의 대답은 한결같았다.

"아니, 도대체 뭐가 문제랍니까? 주상 전하께서는 이 댁의 규수가 왕실의 간택에 참여하기를 간절히 바라고 계시지 않습니까."

그러자 김사준은 잠시 다른 방으로 갔다가 궁에서만 사용하는 고상하고 고풍스러운 필체로 무언가 적힌 오래된 종이 한 장을 들고 다시 나타났다.

"감히 이 글을 읽어보겠소이다. '나의 고통이 뼛속 깊이 새겨져 있으니 살이 녹아도 없어지지 아니하겠구나…… 어쩌나 고통스러운지 애간장이 다 터질 것 같으니……' 이건 저희 집안 출신으로 선조 대왕의 왕후가 되셨던 인목왕후께서 남기신 글이올시다."

깜짝 놀란 궁인들은 숨을 몰아쉬었다.

궁궐 안마당에서 신랑을 기다리던 수덕은 천천히 숨을 내쉬며 마음을 가라앉혔다. *인목왕후, 우리 집안에서 궁궐로 들어가신 분. 그 후로 무려 3백 년 가까운 세월이 흘렀다.* 수덕은 아버지의 떨리는 손을 따라 흔들리던 그 편지, 후손들에게 어떠한 일이 있어도 절대 궁에 들어가 왕실의 일원이 되어서는 안 된다고 간청하는 내용이 적힌 그 편지를 머릿속에서 떨쳐버릴 수 없었다.

수덕은 목을 살짝 움직여 자신을 짓누르는 머리 장식의 균형을 다시 잡았다. *그때 아버지께서 집을 찾아왔던 궁인들에게 뭐라고 하셨던가?*

"그 끔찍했던 이야기는 다들 잘 알고 계실게요. 인목왕후께서는 선조 대왕의 왕비로 간택되시어 후사도 보셨지만 불과 2년이 지나지 않아 선조 대왕께서는 승하하셨지요. 그리고 세자였던 광해군이 그 뒤를 이었고 말입니다. 광해, 그 시신을 천 번 만 번이라도 부관참시해야 할 폭군이!"

"예, 물론 누구나 다 알고 있는 사실이지요……"

"광해군은 인목왕후의 아드님이신 영창대군을 유배 보낸 후 죽였습니다. 불과 아홉 살밖에 되지 않은 어린 왕자를 말입니다! 인목왕후도 아버님 되시는 연흥부원군도 그저 속수무책이었고 결국 김 씨 집안은 풍비박산이 났습니다. 이제 내가 왜 돌아가신 인목왕후의 뜻을 따라 안타깝지만 우리 수덕이를 간택에서 제외해 달라고 이렇게 간청하는지 잘 아시겠지요."

"하지만 그건 벌써 3백 년이나 지난 일이 아닙니까. 이 집 여식에게는 절대로 그런 일은 일어나지 않을 것입니다. 물론 그건 최종 간택이 되었을 때의 일입니다만…… 어쨌든 정말 이 집의 여식이 의화군의 배필이 된다면 주상 전하께서는 그저 왕자의 빈이라는 이름뿐만 아니라 또 그만큼 복을 누리고 편안하게 살 수 있도록 해주시겠지요."

"정말 송구하고 황송한 일입니다만, 그런 일이 어디 왕실의 뜻만으로 되는 것이랍니까. 요즘 시절이 얼마나 하 수상한지…… 어제는 이랬다가 오늘은 저랬다 하는 세상이 아닙니까. 조선 밖의 다른 나라들이 언제나 호시탐탐 위협을 가해오고 있는 이런 때일수록 그저 조용히 살아야 하는 게 아닐지요. 그러니 제발 오래전 인목왕후께서 남기신 뜻을 어기는 일은 하지 않도록 도와주시오."

궁인들은 김사준의 뜻을 이해했다. 그렇지만 궁궐에서야 3백년 전의 염려나 저주에 흔들릴 이유가 전혀 없었기에 결국 김수덕도 간택에 참여하게 되었다. 그렇게 김수덕이 초간택과 재간택까지 통과하자 김사준은 절망에 빠졌다. 국왕과 왕비를 직접 대면해야 하는 최종 간택을 앞두고 그는 딸에게 그저 두 눈을 감고 있으라고 겁을 주었다.

"전하의 용안을 올려다보는 즉시 목이 달아날지도 모른다."

김사준은 이렇게 겁을 주면 긴장한 딸이 엉뚱한 대답을 하게 될 것이라 생각했다. 그런데 최종 간택에 나서자마자 고종은 눈을 감고 있는 수덕을 보고 "또 누가 내 얼굴을 올려다보면 목이 달아날 거라고 거짓을 말한게냐?" 물었다. 그러고는 수덕에게 가까이 다가가서 이렇게 속삭였다.

"오늘은 벌써 다섯이나 목이 달아났으니 그 정도면 충분치 않겠느냐?"

수덕은 놀라서 눈을 부릅떴다.

"농이었느니라."

고종은 웃음을 터트렸다.

"그리 말하면 눈을 뜨게 될 줄 알았느니라!"

고종이 자리에 앉자 이번에는 중전 민 씨가 바로 이상한 질문을 던졌다.

"자, 대답을 한번 해보거라. 너는 어떤 나무를 가장 좋아하느냐?"

수덕은 닥나무를 가장 좋아한다고 대답했다. 바로 그 순간부터 중전은 다른 사람은 거들떠보지도 않았다.

이튿날 궁인이 김사준을 찾아와 금가락지를 전했지만 김사준은 받지 않았다. 그러나 또다시 궁인이 찾아오자 결국 김사준도 무릎을 꿇을 수밖에 없었다. 궁인들이 찾아와 수덕을 경복궁에서 1리쯤 떨어져 있는 안동별궁으로 데리고 갔다. 수덕은 그곳에 머물며 50여 일에 걸쳐 꼭 필요한 왕실의 예의범절과 관례를 배웠고, 《소학》과 《열녀전》도 읽었다. 이미 집에서 혼자 《맹자》를 뗀 수덕에게는 전혀 어려울 게 없었다. 이윽고 자신과 의화군의 사주에 따라 길일이 정해졌다. 수덕이 새신랑을 기다리게 되는 곳도 역시 안동별궁이었다.

혼례 행렬은 눈보다 귀로 먼저 알 수 있었다. 몸이 흔들릴 정도의 커다란 북소리, 공기를 뚫고 머릿속까지 파고드는 높은 피리 소리 등이 들렸고 수덕은 두려움과 설렘이 뒤엉키며 마음이 복잡해졌다. 수덕은 인목왕후가 겪었던 고통과 자신과 같은 길을 따르지 말라는 애절한 유언에 대한 생각을 좀처럼 떨쳐버릴 수 없었다. 지금도 어딘가에서 인목왕후의 혼령이 고통을 겪으며 나를 보고 비명을 지르고 있는 건 아닐까. 하지만 동시에 약간의 희열도 느꼈다. 곧 있으면 왕자의 빈이 된다. 궁에 들어가는 건 모든 소녀들의 꿈이 아닌가? 단 한 번뿐이었던 가문의 비극을 저주라고 할 수 있을까?

사람들이 웅성거리는 소리가 안뜰에 울려 퍼졌다. 의화군이 탄 교자가 모퉁이를 돌아 열린 문 안으로 들어섰다. 멀리서 보면 그는 상자 위에 올라탄 푸른 옷을 입은 한 사람에 불과했다. 그의 주위에는 수많은 관인과 내관, 금군, 예식을 진행할 사람 들이 무리를 이루어 움직이고 있었는데 수덕의 눈에는 그들이 입고 있는 예복이 마치 무지개처럼 보였다. 별궁의 담벼락 너머로 구경꾼들이 몰려들기 시작했다.

교자가 가까이 다가오자 북소리가 더욱 커졌다. 이제 수덕은 신랑의 얼굴을 어느 정도 알아볼 수 있었다. 마치 누군가 정성 들여 빚어낸 것처럼 보이는 투명한 피부와 높은 코, 얇은 입술 같은 완벽한 얼굴을 보자 수덕은 가슴이 벅차올랐다. 별궁에 세워둔 8첩 병풍에 그려진 〈곽분양행락도郭汾陽行樂圖〉가 떠올랐다. 중국 당나라의 충신이었던 곽자의는 많은 자식을 본 것으로도 유명했는데, 사실 왕실이 의화군과 그 배필인 수덕에게 바라는 것도 그와 크게 다르지 않았다. 교자 위에 앉았다고는 하지만 의화군이 참 커보여서, 수덕은 그가 키가 큰 게 틀림없다고 혼자 생각했다. *분명 친절하면서 학식도 높으리라.* 그렇게 수덕은 서로를 이해하고 알아가기도 전에 풋사랑에 빠졌다. *이게 인목왕후가 경고했던 저주라면 누구라도 기꺼이 그 저주를 받겠지.*

수덕은 웃음을 참을 수 없었지만 반면에 신랑의 표정은 더 굳어

졌다. 그의 눈길이 수덕의 몸 전체를 따라 아래로 그리고 얼굴 쪽
으로 그리고 다시 아래로 계속해서 왔다 갔다 하는 것 같았다. *지금 의화군은 나를 판단하고 또 평가하고 계신다. 어쩌면 내가 마음에 들지 않는 걸까?* 수덕은 누군가를 보고 잘생겼다느니 혹은 예쁘다느니 하는 말 같은 건 거의 하지 않는 집에서 태어났다. 물론 그 반대의 평가도 마찬가지였다. 수덕은 사대부 가문이기는 하지만 도성에서 멀리 떨어진 시골에 사는, 그리고 아들이 많은 집의 외동딸이었고, 벌레 잡기와 나무 오르기를 좋아하는 말괄량이였다. 언젠가 한번은 우물에 빠진 적도 있었다. 수덕은 자신이 예쁜 얼굴인지 아닌지 전혀 몰랐고, 사실 그 문제에 대해 별로 생각해 본 적도 없었다.

그런데 신랑의 눈빛은 자신을 못생겼다고 말하는 것 같았다. 그는 계속 먼 곳을 바라보다가 다시 수덕의 얼굴을 보며 눈썹을 찌푸렸다. 안 그래도 창백한 피부가 더욱 창백해진 것 같았다. 수덕은 생각했다. *저주라면 이게 저주일까. 저 사람은 나를 사랑하지 않아. 앞으로 절대 사랑할 일 같은 건 없을지도 몰라.* 그러다가 문득 자신이 최종으로 간택되기 전 며칠 동안 반복해서 꾸었던 이상한 꿈을 떠올렸다. 꿈속에서 수덕은 어떤 젊은 남자의 뒷모습과 그를 둘러싸고 있는 밝고 화려한 옷을 입은 한 무리의 소녀들을 보았다. *그 남자가 바로 의화군이었구나! 그 꿈이 예지몽이라면 정실인 나를 무시하고 후궁이나 첩실들과 시간을 보낸다는 뜻일까……*

수덕의 다리가 다시 떨리기 시작했다. 수덕은 아버지가 궁궐에서 찾아온 궁인들에게 요즘은 시절이 하 수상하다, 어제는 이랬

다가 오늘은 저랬다 하는 세상이라고 말했던 게 기억이 났다. *아버지는 분명 큰 위험을 무릅쓰고 감히 그런 말을 입 밖으로 내었다.* 그리고 수덕은 그게 무슨 뜻인지 정확하게 알고 있었다. 김사준은 정치나 출세와는 거리를 두면서도 늘 그런 이야기를 하는 걸 좋아했다. 심지어 딸과도 이야기를 나누곤 했다. 김사준은 여자라면 먼저 아버지에게, 그리고 시집을 가서는 남편에게 순종해야만 한다고 믿는 고지식한 사람이었지만 동시에 딸의 조숙함을 알아차렸고, 자신이 분명 아내보다는 딸과 이야기 나누는 걸 더 좋아한다는 사실도 알고 있었다. 그는 그저 막연하게 여자는 남자의 뜻을 따르며 살면 된다고 생각했지만 친딸인 수덕이 보통 여자들과는 다르다는 사실을 알고 있었다.

김사준은 특히 한성의 사대부들이 무시하고 차별하는 서북 지역에서 백성들의 분노가 끓어오르고 있다는 사실을 딸에게 여러 차례 말했다. 그리고 잔혹한 탐관오리들이 얼마나 많은지도 이야기했다. 또 수십 년에 걸친 세도정치로 인해 왕실의 권위가 회복할 수 없을 정도로 약해졌다고 말하기도 했다. 심지어 조선이 완전히 망할 위험에 처해 있다고 말하여 수덕을 울린 적도 있었다. 하지만 그건 모두 수덕이 간택을 받기 전의 일이었다. 최근 들어 김사준은 어떤 문제에 대해서도 아무런 이야기를 하지 않았다.

수덕은 자신의 남편이 될 사람을 다시 바라보았다. 그는 수덕의 눈길을 피했다. 자신에 대한 혐오와 연민이라는 새로운 감정이 순간적으로 수덕을 사로잡았지만, 수덕은 속으로 되뇌었다. *저 사람이 나를 사랑할 수 있다면 나는 그를 위해 평생을 바칠 것이다.*

하지만 만일 그렇게 되지 않는다 해도 나는 나라와 결혼한 것이다. 여기서 내가 할 수 있는 일은 아무것도 없다. 내 인생이 혹시 망가진다 해도 그저 최선을 다할 뿐이다.

그날 저녁 늦게 부부의 초야가 시작되었다. 강과 수덕은 시키는 대로 몇 차례 맞절을 한 뒤 각각 강은 동쪽에 그리고 수덕은 서쪽에 앉아 서로를 마주 보았다. 방 안에 켜진 여러 개의 양초에서는 은은한 금색 불빛이 피어올랐고, 향을 머금은 연기가 기둥처럼 위로 솟아올랐다. 두 사람 사이에 차려진 상 위에는 꿀과 대추, 생강, 견과류와 계피를 넣어 빚은 여러 가지 약과들과 함께 과일 접시가 놓여 있었다.

강은 어떤 것도 입에 대지 않았고 그건 수덕도 마찬가지였다. 수덕은 강을 바라보며 부드럽게 웃기가 어딘지 모르게 불편했지만, 곧 좀 더 호기심이 깃든 표정을 지었다. 마치 강이 자신을 어떻게 생각하는지 표정을 읽으려 애쓰는 것처럼 보였다.

강은 이복형인 세자와 함께 처음 술을 마셨던 밤에 보았던 여악의 아름답고 부드러운 피부를 떠올렸다. *어찌하여 나는…… 그 여악 같은 여인을 아내로 맞이할 수 없는가? 지금 내 앞에 있는 저 여인은 그 여악과는 조금도 닮지 않았어…… 턱은 마치 사내의 그것과 같아서 여인으로서의 매력을 찾을 수 있을지 모르겠고, 코 역시 찌그러진 역삼각형 모양이잖아. 또 몸은 늘 물동이를 지고 다니느라 땅딸막해진 마을의 어떤 여인네와 다를 바 없어.* 강은 그런 생각을 하는 자신을 경멸하면서도 중전의 이 선택이 원망스럽기 그지없었다.

수덕은 남편이 될 사람의 높다란 코와 광대뼈를 살펴보았다. *왜*

하필 저렇게 잘생겼을까? 그 때문에 분위기가 더욱 나빠진 게 아닌가? 저 표정은 무슨 뜻일까? 실망? 아니면 경멸? 강은 잠시 수덕을 바라보다가 다시 상 위에 차려진 음식이나 벽, 아니면 또 다른 곳을 바라볼 뿐이었다. 내가 무슨 죄라도 지은 건가? 수덕은 눈을 감고 천천히 숨을 쉬었다. 그러자 서서히 마음이 가라앉으면서 심장이 천천히 정상적인 속도로 뛰는 게 느껴졌다. 만일 이것이 나의 운명이라면 그저 받아들일 뿐이다. 이 세상에서 행복한 여인으로 자라는 소녀가 과연 얼마나 될까? 수덕은 늦여름 잠자리를 쫓아다녔던 집 근처의 들판이며, 지아비나 내자, 관습 그리고 왕족이라고 하는 이 기이한 인간들과는 전혀 상관없는 높고 푸른 하늘을 떠올렸다.

강이 상투를 틀어 올릴 때 한 번 맛을 보았던 예주와 더불어 쌀과 보리로 빚어 독하지만 향이 그윽한 향온주가 나왔다. 이제 부부가 된 두 사람은 맞절을 하는 사이사이 이 술을 받아 마셨다. 마지막 술은 둘로 나눈 조롱박에 각각 따로 담겨 나왔다. 강은 별반 달갑지 않은 그 의미를 깨닫고 씁쓸하게 한숨을 내쉰 뒤 조롱박 한쪽을 집어 들고 술을 입안에 털어 넣어 서둘러 삼켰다.

"이제 옷을…… 옷을 갈아입어야 할 것 같소."

강은 반쯤 웅얼거리듯, 반쯤 상대방의 동의를 구하듯 말했다.

수덕은 여전히 눈도 마주치지 않은 채 조용히 "네"라고 대답했다. 궁인들이 상을 치우자 두 사람은 몸을 돌려 휘장으로 가려진 별도의 공간으로 향했다. 강은 재빨리 겉옷을 벗고 자신의 몸이 뭘 제대로 알 수 있을지 생각했다. 강은 자신의 꿈속에 계속 머물고 있는 거문고 타던 여악과 마주한다면 아무런 문제도 없을 거라고 확신했지만 새로 맞은 아내에 대해서는 도통 자신이 없었다. *아니면 그저 긴장한 탓일까?* 강은 한숨을 내쉬며 미리 준비해 놓은 옷을 걸쳐 입고 이부자리 위에 누웠다.

잠시 후 하얀 비단 겉옷을 입고 나타난 수덕이 조금 떨어진 곳에 그대로 섰다. 마치 마음이 다른 곳에 가 있는 듯 시선 역시 어딘가 먼 곳을 향해 있었다. 강이 천천히, 그리고 어색하게 수덕의 어깨에 오른손을 얹자 약간 몸이 떨리는 게 느껴졌다. 수덕 또한 두려워하고 있다는 사실은 강에게 어느 정도 위안을 안겨주었다. 강은 또한 궁인들이 저 벽 뒤에 서서 자신들이 들은 것, 그리고 듣지 못한 것 등에 대해 윗전에 알릴 준비를 하고 있다는 사실도 알고 있었다. *이게 바로 왕자의 의무로구나. 그러니 나는 할 일을 해야 한다. 그렇지만 이렇게 감시하는 눈들이 있는데 도대체 뭘 어떻게 할 수 있을지 알 수 없다.*

잠자리에 들었지만 둘 사이엔 아무 일도 일어나지 않았다. 강은 흥분이 되지 않았고 몸도 마음도 점점 더 서늘해졌다. *나한테 무슨 문제가 있는 걸까?* 강은 눈을 질끈 감고 거문고를 타던 여악의 모습을 상상해 보려 애썼다. 그녀의 몸을 그려보려 했지만 차마 그럴 수 없었다. 지금까지 눈앞에 있는 수덕 말고는 여인의 맨몸을 본 적이 없으니 어쩌면 당연한 일이었다. 강은 자신의 몸을 깨우기 위해 애를 썼으나 오히려 그럴수록 상황은 더욱 악화되었다. 강은 부끄러움으로 얼굴이 벌겋게 달아올랐다.

"괜찮으시옵니까?"

수덕이 강의 어깨를 토닥였고, 강은 넘어져 어딘가를 다친 어린아이 같은 침울한 기분이 들었다.

"나는 괜찮소⋯⋯ 미안하오."

고개를 들자 수덕의 눈에 눈물이 고인 게 보였다. 강은 수치심에 몸을 떨며 침소를 빠져나왔다. 자신이 계속해서 이런 꼴로 살게 될지 아니면 외숙부처럼 정식으로 혼인은 했지만 후궁이나 첩을 찾는 그런 사내가 될지 알 수 없었다.

그러나 강에게는 그보다 훨씬 더 심각한 상황이 기다리고 있었다.

6

측간에서는 악취가 풍겼다. 날은 아직 밝아오지 않았지만 벌써 한여름이라도 된 듯 무더웠다. 밖에서 들려오는 총소리가 점점 더 가까이서 크게 울려 퍼졌다. 박 내관은 몸을 웅크리고 잠시 눈을 질끈 감았다. 칠흑 같은 어둠 때문에 강은 박 내관의 얼굴에 떠오른 두려운 표정을 볼 수 없었다. 두 사람 모두 서로의 숨결을 옷깃으로 느꼈다.

"박 내관."

강이 속삭였다.

"이럴 때는 어떻게 해야 하오? 궁궐의 대비책이라도 있소?"

박 내관은 대답 대신 길게 한숨을 내쉬었다.

"그게 말이옵니다……"

총성이 울려 퍼지기 시작한 지 이각(30분)가량이 지났다. 박 내관은 강의 침소에 뛰어들어 강을 흔들어 깨운 후 거의 끌다시피 데리고 나갔다. 모래가 깔린 좁다란 통로를 지나 동문이 있는 쪽으로 달려가던 중 총검으로 무장한 사내들이 줄을 지어 달려오는 것을 보고 두 사람은 가장 가까이 있는 문으로 몸을 피했는데, 그곳이 바로 궁인들이 사용하는 측간이었다. 박 내관은 길이 열릴 때까지 잠시만 숨어 있을 생각이었지만 침입자들의 질서정연하면서도 묵직한 발소리와 절박하게 마구잡이로 내달리는 궁인들의 발소리가 쉬지 않고 사방을 에워싸면서 감히 탈출은 불가능해 보였다.

"박 내관, 저들이 우리를 죽이려 하는가?"

"목소리 좀 낮춰주시겠습니까? 아니, 아예 아무 말도 하지 마십시오."

박 내관은 밑에 뚫린 구멍에 빠지지 않으려 손을 벽에 대고 발을 이리저리 움직였다. 이윽고 튼튼한 나무 받침대 위에 발을 걸쳤다고 생각한 그는 몸을 기울였다.

"그렇지는 않을 것입니다. 아니, 그렇게 되지 않기를 바랄 뿐입니다, 의화군 마마."

"다시는 예전처럼 평범하게 살 수는 없는 것인가……"

"절대 소리를 내셔서는 아니 되옵니다."

스무 걸음쯤 떨어진 곳에서 문을 발로 차는 듯한 소리와 함께 자갈밭을 뛰는 소리가 이어졌다. 강은 몸을 떨며 식은땀을 흘리기 시작했다. 심장이 가슴에서 튀어나올 것처럼 세차게 뛰었다. 박 내관은 그런 강의 어깨를 붙잡고 움직이지 못하게 했다. 나무판을 발로 걷어차는 소리가 더 가까워졌고 쿵쿵거리는 소리도 들렸다. *나를 찾고 있는 게로구나. 나를 찾아내 죽이려는 게야……* 방광에 힘이 풀리며 아랫도리가 축축해졌다.

발소리가 바로 앞까지 다가왔다. 그런 다음 잠시 사방이 조용해지면서 멀리서 매미 우는 소리만 요란하게 들렸다. 두 사람으로부터 바로 몇 걸음 떨어진 곳에 누군가가 있었다. 박 내관은 강의 거친 숨소리가 밖으로 새어 나갈까 두려워 손으로 강의 입을 막았다. 구멍 아래로 뛰어내려 몸을 숨기기에도 너무 늦었다.

드디어 우지끈 하는 소리와 함께 측간의 문이 열렸다. 강은 비명을 질렀고 부서진 나뭇조각들이 구멍 속으로 떨어졌다. 눈앞에 보일 듯 말 듯 빈약한 콧수염을 기른 군인이 한 명 나타나 검은색 군복과 모자로 어슴푸레한 새벽 여명을 가로막았다. 견장의 줄무늬와 두 개의 반짝이는 별은 그가 지휘관임을 알려주었다. 그는 총검을 박 내관과 강에게 번갈아 겨누면서 거친 소리로 다른 병사들을 불러들였다.

강은 본능적으로 오른손을 들고 이렇게 중얼거렸다.

"나를 죽이지 마시오."

그때 흰색 옷을 입은 병사 셋이 더 나타나 역시 측간의 두 사람을 보고 소총을 겨누었다. 지휘관은 손을 들어 뒤로 물러나라는 신호를 보냈다.

"이건 그러니까, 뭐라고 하더라? 아, 그래…… 소 잡는 칼로 닭을 잡겠다고 나서는 꼴이지."

그의 말투는 어딘가 어색하고 받침도 제대로 발음하지 못해 웅얼거리는 것처럼 들렸다. *일본 사람이다!*

마치 문어처럼 여러 개의 팔이 앞으로 뻗어 나와 박 내관과 강을 측간 밖으로 거칠게 끌어냈다. 침입자들은 대부분 강보다 키가 작았지만 더 단단하고 거칠어 보였다.

"제기랄, 냄새하고는. 그리고 이 내시는 왜 이리 무거운가."

누군가 일본말로 이렇게 중얼거렸다.

"참새같이 생긴 놈도 있고 곰처럼 생긴 자도 있군."

"내 아내는 어디에 있나? 그 사람이 다치기라도 하면……"

강과 수덕은 아직 동침하지 않았고, 그날 밤도 마찬가지였다.

"곧 만나게 될 거요. 무능한 왕과 구미호 같은 왕비도 함께 말이야."

지휘관이 대꾸했다.

"여기까지 찾아오느라 이미 시간은 충분히 낭비했어. 그러니 이제부터 우리 말을 잘 들어줘야겠소. 어서 자리에서 일어나!"

두 병사가 나와 강의 멱살을 잡아끌었다. 얼마 지나지 않아 박 내관과 강은 고종의 거처를 향해 거의 끌려가다시피 발걸음을 옮겨야 했다.

박 내관은 병사들이 움직이는 속도를 따라잡기가 버거운 듯 숨을 헐떡이면서도 괴로운 표정으로 마구 말을 내뱉기 시작했다.

"정말 송구하옵니다! 의화군을 지키라는 주상 전하의 하명을 제대로 지키지 못한 소인을 용서하시옵소서! 이제 조선은 어찌될는지…… 희망이 사라졌습니다!"

지휘관이 웃음을 터트렸다.

"역대 조선인들이 한 말 중에 가장 맞는 말이군. 자, 이제 그만 입을 닥치고 그 돼지 같은 몸을 움직이란 말이야!"

침입자들은 경복궁의 지형을 잘 알고 있는 듯, 원하는 목적지에 빨리 도착하기 위해 정확하게 방향을 틀면서 통로를 찾아 내려갔다. 마침내 고종의 처소에 도착하자 지휘관은 군화도 벗지 않은 채 화강암 계단을 뛰어올라 곧장 안으로 들어갔다. 다른 병사 셋도 강을 붙잡고 그 뒤를 따랐다. 충직한 박 내관은 강을 놓치지 않으려 했지만, 또 다른 병사가 나타나 그를 붙잡고는 상궁과 내관들이 갇혀 있는 빈 전각으로 끌고 갔다.

고종의 거처는 병사들로 가득했다. 유리처럼 번들거리는 검은색 군복과 모자를 뒤집어쓴 병사들이 잔뜩 모이자 마치 덩치 크고 수염이 달린 개미들이 몰려들어 궁을 점령한 것처럼 보였다.

병사들 사이로 겉옷도 제대로 걸치지 못한 고종과 중전, 세자와 세자빈이 보였다. 수덕도 바닥에 앉아 있었다. 수덕은 눈을 감고 마음을 진정하려는 듯 보였다. 강은 적어도 그들이 무사하다는 사실에 안도했다. 고종은 두 손으로 머리를 움켜쥐고는 가끔 손가락 사이로 주변을 살피다가 다시 시선을 마주치지 않으려는 듯 눈을 감았다.

중전은 가장 가까이 있는 장교들에게 쉴 새 없이 질문을 던졌다. 가슴에 뭔가 장식 같은 걸 주렁주렁 달고 있는 한 장교의 배를 오른손 집게손가락으로 쿡쿡 찌르기도 했다.

"언제까지 우리를 붙잡아 두려는 게냐?"

장교가 아무런 대답을 하지 않자, 중전은 더 큰 목소리로 같은 말을 반복했다.

결국 견디다 못한 장교가 대답했다.

"모든 건 전하와 마마께 달려 있습니다."

하늘이 서서히 밝아오자 오토리 게이스케라는 일본국 공사가 도착했다. 병사나 장교들보다 나이가 훨씬 많았고 어디에서나 눈에 뜨일 정도로 진한 회색의 콧수염에 구레나룻도 턱 아래까지 길게 뻗어 있었다. 군인 출신임을 드러내듯 다른 병사들처럼 당당하고 위압적인 모습이었다. 고종을 향해 성큼성큼 걸어올 때 가슴에 달린 여러 개의 훈장과 장식이 부딪혀 철컥철컥 소리를 냈고 발걸음을 멈출 때는 세자와 세자빈도 움츠러들 정도로 발을 크게 굴렀다.

오토리 공사는 고종의 바로 앞에 서서 날카로운 소리로 외쳤고 옆의 통역이 그의 말을 전했다.

"전하, 우리는 폭력을 좋아하지 않을 뿐더러 오늘 아침에 이런 일이 일어나기를 바란 적도 없습니다."

고종은 얼굴에서 손을 떼고 고개를 치켜들었다. 둥그런 얼굴은 순진함 그 자체였고 그 모습을 본 강은 그저 무서운 듯 온몸을 떨었다.

"그렇지만 전하께서는 우리의 대단히 합리적인 요구를 계속해서 거부하신 데다가 심지어 우리와 의논하는 일조차 거부하셨습니다……"

그러자 중전이 끼어들었다.

"공사, 일본국 공사가 무슨 자격으로 그런 요구를 할 수 있단 말이오? 일본국이 조선에게 무엇을 하라 마라 할 권리가 있단 말이오?"

"조선에는 암탉이 울면 집안이 망한다는 속담이 있었던가요. 자, 어디까지 했더라…… 아, 최근 들어 조선은 백성들의 불온한 움직임으로 인해 골치를 앓아왔는데 이 문제에 대해 대신들은 어떻게 대응했습니까? 바로 청나라를 찾아가 군대를 보내달라고 요청하지 않았습니까? 일본 정부 입장은 간단합니다. 이제 조선은 낙후된 청나라 따위에 의존하지 않고 자주적이고 근대적인 산업 국가로 바뀔 때입니다. 그렇게 되면 조선의 백성들도 예전보다 더 나은 생활을 할 수 있을 것이고, 따라서 조정과 왕실에 불만을 가질 이유도 사라지겠지요."

고종은 다시 고개를 숙였다.

"당신 말을 따라 청나라에게서 멀어진다는 건 결국 일본국에 의존하라는 뜻이 아니오. 내 말이 틀렸소?"

"전하, 우리는 이미 조선을 위한 개혁안을 만들어 전하께 올렸습니다. 생각이 있는 사람이라면 그 개혁에 대한 제안을 보고 우리의 의도가 그저 전하의 지도 아래 조선을 정상으로 되돌려 근대화를 이루겠다는 것일 뿐이라고 결론을 내릴 것입니다."

오토리 공사는 마치 배우처럼 과장된 몸짓으로 주머니에 손을 넣더니 종이 한 장을 꺼내 고종 앞에 내밀었다.

"이제 전하께서 승인을 했다는 증거로 여기에 옥새를 찍어주십시오. 그러면 이 불편한 모든 과정이 다 마무리가 됩니다."

"그게 도대체 무엇이오?"

"전에 올린 개혁안이옵니다, 전하."

"그렇다면 나는 인정할 수 없소."

오토리 공사는 일부러 그러듯 천천히 눈을 껌뻑이다가 어깨너머로 고개를 끄덕였다. 칼집에서 칼이 뽑히는 소리와 함께 놀란 듯한 비명이 들렸고 순식간에 날카로운 칼끝이 고종의 목 바로 앞까지 다가왔다.

"전하, 그러면 옆방으로 가서 이 문제를 마무리하실까요? 중전께서는 여기 그대로 계십시오."

차 상궁이 전보다 더 세게 손에 힘을 주고 강의 살갗을 문지르기 시작했다. 그러면서도 마치 그 일이 불편하기라도 한 듯 한숨을 내쉬었다. 정변이 일어난 이후 고작 한 달이 지났지만 차 상궁은 다섯 살은 더 나이가 들어버린 것 같았다.

"의화군 마마께서는 괜찮으신지요? 갑자기 일어난 일들에 익숙해지시는 게 쉬운 일은 아닐 것이옵니다."

차 상궁은 재빨리 천의 물기를 짜내고 옆에 있는 깨끗한 물통에 담갔다. 강은 서글프게 웃어 보였다.

"그건 차 상궁이 더 어렵고 힘들지 않겠나. 자네는 궁궐에 들어온 지 50년이 지났지만 나야 3년밖에는 되지 않았으니."

"소인을 염려해 주시다니 황송하옵니다. 모든 게 다 이상하옵니다. 하늘이 우리를 잊었는지, 부처님께서 눈을 감으셨는지 ……."

차 상궁은 강의 왼쪽 다리를 들어 올리고 거칠게 문질렀다. 차 상궁의 엄지손가락이 종아리 근육을 누르는 게 느껴졌다.

"원래 있던 대신들은 모두 다 사라지고 소위 개화파라는 사람들이 그 자리를 대신했다고 하옵니다. 개화파, 아니 개혁파라 했던가요? 그걸 뭐라고 부르든 모두 다 역적 놈들 아닙니까! 아이고, 목소리가 너무 컸네요. 생각해 보세요. 더러운 왜놈들이 궁궐 안 사방을 들락거리고 있지 않습니까! 왜놈들은 모두 다 자기 나라로 돌아가야만 하옵니다."

조선 조정은 이미 완전히 달라졌다. 왕실은 그저 꼭두각시에 불과했고, 일본국의 뜻에 동조하는 젊은 조선인들이 일본인들을 따라 정사를 좌지우지했다. 중전 쪽 사람들은 모두 관직에서 쫓겨나거나 감옥에 갇혔다. 강은 민 씨 성을 쓰던 두 참판이 어떻게 되었는지 가끔 궁금했다. *어쩌면 둘 다 감옥에 갇혀 있는 건 아닐지.* 죄수들이 어떻게 지내는지 모르는 사람은 없다. 좁은 감옥 안에서는 제대로 앉아 있을 수도 없을 뿐더러 다른 죄수들이 보는 앞에서 통에 볼일을 봐야 할지도 모른다.

차 상궁이 강의 어깨를 두드렸다. 일어나 앉으라는 신호였다. 차 상궁은 목소리를 가다듬더니 다시 입을 열었다.

"그나저나, 부인을 잘 돌봐주시면 좋겠습니다. 연원군 부인께서
는 궁궐에 들어오신 지 불과 몇 개월밖에는 되지 않았으니 얼마
나 놀라셨을지……"

"차 상궁, 다들 아는 것처럼 나는 부인과 별반 이야기를 나누는
적이 없네."

차 상궁은 혀를 찼다. 강의 예상대로 두 사람은 서로에게 마음
속 불만을 토로할 수 있을 정도로 가까운 사이가 되었다.

"아이고…… 부인께서 마마를 얼마나 사모하는지 잘 아시지 않
사옵니까. 무엇보다 부인 곁에는 누군가가 있어야 하옵니다. 이
구중궁궐 안에서 얼마나 외로우시겠습니까."

"외롭기는 다들 마찬가지 아닌가?"

강이 대꾸하자 차 상궁은 강의 어깨를 문지르기 시작했다.

"차 상궁, 나도 내자인 연원군 부인에 대해서는 어느 정도 책임
감을 느끼고 있네. 하지만 그렇다고 거짓을 고할 수는 없지. 내가
내자를 사랑하지 않는다는 걸 자네도 나만큼이나 잘 알고 있지
않은가. 내가 그이를 아내로 택한 게 아니란 말일세!"

"조선 땅에서 지아비와 지어미를 직접 고를 수 있는 사람이 누
가 있겠습니까? 연원군 부인에게 무슨 문제라도 있는지요? 다들
부인을 보고 마음이 따뜻하고 학식도 높으시다고들 합니다."

"알아. 나도 잘 알고 있네. 그래도 정이 가지 않는 걸 어떻게 하
겠나. 나도 부인에게 정을 느끼고 싶네."

"그렇다면 먼저 부인께 마음을 열어보시지요. 세자 저하처럼
말이옵니다. 서로를 차차 알아가다 보면 생각지도 못하게 모든 게
달라질 수 있지 않겠습니까."

내가 정을 주지 못하는 게 그 사람 탓인가? 당연히 그럴 리 없지만 그렇다고 강의 탓도 아니었다. 그저 두 사람을 둘러싸고 있는 상황이 문제라면 문제였다. 강은 "조선 땅에서 지아비와 지어미를 직접 고를 수 있는 사람이 누가 있겠습니까"라고 하던 차 상궁의 말을 떠올렸다. *틀린 말은 아니지만 그것 또한 비극이 아닌가? 그래서 사내들은 할 수만 있다면 밖에서 다른 여인을 만나려 드는 것인가?* 정이 없는 부부 말고 뭔가 더 나은 방법이 있을지도 모른다는 생각은 지금의 조선에서는 시기상조일지도 몰랐다. 심지어 수덕의 집안에서도 딸이 궁궐에 들어가는 걸 반대했다고 들었다. 두 사람의 결합은 결국 중전의 개인적인 선택이었다. 중전은 수덕의 가문이 왕실에 위협이 되지는 않을 거라고 믿었다.

그렇다고는 하지만 며느리를 향한 중전의 애정은 진심이었다. 그만큼 연원군 부인 김수덕의 지혜와 인품은 뛰어났다. 강은 중전이 수덕을 자주 불러 중국 고전과 작금의 외교 문제에 대해 이야기를 나눈다는 사실을 잘 알고 있었다. *내가 아직 알지 못하는 어떤 면을 중전마마는 알아보신 것일까?* 사실 강은 지금까지 아내의 장점조차 찾지 못할 정도로 아내를 피해왔다. 늘 그랬듯이 차 상궁의 지적은 의심할 여지 없이 정확했다. 부부로서의 정은 느껴지지 않더라도 자주 만나며 최소한 오누이처럼은 지내야 했다. 차 상궁이 강의 몸을 다 씻기고 나자 강은 쪽지 한 장을 적었다. 그리고 박 내관을 불러 수덕에게 전해달라고 부탁했다.

몇 시간쯤 지났을까, 공부가 끝나고 쉬는 시간에 수덕이 강을 찾아왔다. 강의 앞에 방석을 깔고 앉은 수덕의 표정에서는 기쁨과 당혹감이 번갈아 나타났다. 그 절망적이었던 첫날밤에도 수덕은 그렇게 당혹스러운 표정을 지었다. 그날 이후 두 사람은 거의 아무런 말도 나누지 않았다.

"어떻게…… 지내고 계시오?"

강이 물었다.

"잘 지내고 있사옵니다. 한데 궁 말고…… 전에 살던 집이 그립사옵니다."

"그건 나도 그렇소. 종종 예전에 살던 곳으로 돌아가고 싶다고 생각하지요. 평범했던 삶으로…… 가만 보니 우리 두 사람에게도 공통점이 있는 것 같구려. 안 그렇소?"

"네, 그렇사옵니다."

수덕이 슬쩍 이마를 긁었다. 얼굴이 조금 밝아졌다.

"하나 하늘의 뜻에 따라 이렇게 만났으니 그저 최선을 다할 뿐이옵니다. 혼례를 치르던 날 그렇게 속으로 다짐했습니다."

강은 수덕의 말을 생각하며 천천히 고개를 끄덕였다.

"당신 말이 옳소. 요즘은 늘 불평만 하고 지냈던 것 같소. 나에게는 모든 게 다 불공평해 보이지만, 당신에게는 더 힘들게 느껴지겠지. 당신과 비교하면 난 정말 어린아이에 불과하오. 당신은 정말 현명한 사람이오."

강은 호감과 연민의 감정을 온몸으로 느끼면서 수덕에게 살짝 몸을 기울였다. 그러고는 그 이상하게 보일 정도로 뭉개진 코와 각진 턱을 가만히 바라보았다. 수덕도 이제 웃고 있었다. *나는 이 여자를 좋아할 수 있을까? 마음을 바꿔 먹고 누군가를 좋아하거나 심지어 사랑하게 되는 일이 가능할까?* 강은 지난번처럼 수덕을 다시 실망시키고 싶지는 않았다. 아침에 차 상궁이 했던 말이 생각났다. 자신의 이복형이 그랬던 것처럼 먼저 마음을 주라고, 먼저 오누이처럼 지내면서 서로에 대해 조금씩 알아가라고.

"부인, 먼저 사과를 하고 싶소. 그리고 부탁도 하고 싶고…… 우리가 다시 처음으로 돌아가면 좋겠소."

이제 수덕도 강을 향해 몸을 기울였다. 두 사람 사이에 있는 상위로 강과 수덕의 손이 나란히 올라왔다. 수덕은 고개를 끄덕이며 강의 다음 말을 기다렸다.

"먼저 서로를 조금씩 알아가야 한다고 생각하오. 아직도 서로에 대해 아는 게 없는 건 모두 다 내 잘못이오. 당신도 분명 궁에서 외롭게 지내고 있겠지. 그리고 이런 말을 하긴 뭐하지만, 나도 혼자나 마찬가지요. 비록 이복형님이신 세자 저하가 계시다고는 해도…… 그래서 말인데, 우리 먼저 오누이처럼 생각하고 지내보지 않겠소?"

수덕이 움찔했다.

"의화군 마마께옵서는 제가 마마를 제 지아비로 생각하기를 바라지 않으십니까?"

강은 순간 말문이 막혔다. *내가 말실수를 했구나.*

"그러니까…… 내 뜻은 그게……"

강은 몇 번이나 뭐라 말을 덧붙이려 했지만 할 수 없었다. 뭐라고 해야 할지 적절한 말이 전혀 떠오르지 않았다. 수덕은 그저 붉은색 선이 은색 선과 이어지는 치마 밑단만 내려다보았다. 그리고 두 선이 만나는 부분을 손으로 꼭 움켜쥐었다. 치마 밑단을 움켜쥔 손 위로 눈물 두 방울이 빠르게 떨어졌다. 수덕은 고개를 푹 숙인 채 "뜻대로 하십시오"라고만 대답했다.

수덕이 주먹을 쥐자 작은 손이 피가 통하지 않아 창백하게 변했다. 마침내 다시 입을 열자 마치 미리 준비라도 해둔 것처럼 쉬지 않고 말이 흘러나왔다.

"말씀드린 것처럼 혼례를 치르면서 앞으로 최선을 다하겠다고 다짐했나이다. 또 그저 한 사내의 지어미가 되는 게 아니라 조선 왕실의 일원이 되는 거라고도 생각했지요. 지금 조선에는 그 어느 때보다 더 전심을 다해 충성할 사람들이 필요합니다. 그러니 저는 무슨 일이 일어나더라도 견뎌낼 것이옵니다. 그게 하늘의 뜻이라면 어쩔 수 없는 일이지요. 도성에서 멀리 떨어진 고향 땅에 그대로 살 수 있다면 얼마나 좋겠습니까. 그렇지만 조선과 왕실을 위해 최선을 다할 것입니다. 왕실의 오누이 사이라 생각하셔도 무방하옵니다. 그저 마마께옵서도 조선을 위해서 최선을 다해 주십시오. 제가 바라는 건 그것뿐이옵니다."

깜짝 놀란 강이 고개를 끄덕였다. 수덕에 대한 중전의 판단은 옳았다. *나는 그저 비단옷만 걸쳤을 뿐, 저잣거리의 개와 다를 바 없구나.* 강은 조선과 왕실을 위해 최선을 다하는 게 어떤 뜻인지 전혀 이해할 수 없었다. 정변이 일어난 후 강은 정치 문제란 궁 안을 넘나드는 호랑이와 다를 것이 없다고 여겼다. 둘 다 근처에 있어 봐야 전혀 득이 될 게 없었다. 살아남기 위해서는 그저 고개를 숙이고 있는 게 제일 좋았다. 봉삼이 그러했던 것처럼 운명에 대한 순응이야말로 가장 안전한 처세술이었다.

수덕은 눈물을 흘리며 이야기를 계속했다.

"잘 아시는 것처럼 중전마마께옵서는 저를 무척이나 마음에 들어하십니다. 중전마마로부터 많은 이야기를 들었지요. 마마께서는 모르셨겠지만 중전마마께서 처음 궁에 들어오셨을 때 당시 주상 전하께서는 마마를 거들떠보지도 않으셨다고 합니다. 마마께서 저를 무시하신 것처럼 말이옵니다. 주상 전하께는 이미 후궁이 있었습니다. 그러니 책만 벗 삼을 수밖에 없었던 중전마마께서 얼마나 외로우셨겠습니까! 하지만 전하께서도 결국 마마를 높이 평가하시고 정을 나누게 되셨지요. 오늘 아침 마마께서 보낸 서신을 받았을 때 아마 저도 같은 기대를 했었나 봅니다……"

수덕은 고개를 돌려 창밖을 바라보았다. 눈에 들어오는 건 뒤틀린 소나무 줄기 일부와 녹색 바늘 같은 솔잎 덩어리들뿐이었다. 수덕은 저 멀리 도성의 성벽 너머에 있는 소나무 숲에 누워서 눈앞에 보이는 녹색 바늘이 비처럼 쏟아져 자신의 온몸을 덮는 장면을 그려보았다.

잠시 후 박 내관이 찾아왔다. 그는 두 사람이 함께 앉아 있는 모습을 보더니 강을 향해 슬며시 웃어 보였다.

"이렇게 두 분이 함께 있는 것을 뵈니 소인은 정말 기쁘기 한량 없습니다."

그런 다음 목소리를 낮춰 말을 이었다.

"실은 주상 전하께서 두 분을 함께 뵙자고 하십니다. 저와 함께 지금 향원지에 있는 누각으로 가서야 합니다."

바로 움직여야 했다. 최근 들어 누군가의 감시를 피해 고종이나 중전을 만나는 일이 더욱 어려워졌다. 혹시 만날 일이 있으면 이렇게 급하게 결정이 되었고 장소도 주로 전각 밖이었다. 강과 수덕은 일정한 간격을 유지하며 빠르게 걸어갔다. 일본군에게 훈련

받았다는 조선의 신식 군대인 이른바 훈련대 병사들이 멀리서 그들을 알아본 모양이었다. 단풍나무 그늘에 있는 누군가가 달려 나와 다른 병사들에게 이 사실을 알렸다.

향원지와 가운데 있는 향원정으로 이어지는 나무 다리에 이르자 박 내관은 다른 곳으로 사라졌다. 녹색 연잎들이 연못 위를 가득 덮고 있었다. 강이 문득 아래쪽을 내려다보니 한 무리의 통통한 잉어들이 한낮의 햇빛을 받아 몸을 빛내며 서로 몸을 부딪치고 있었다. 다리가 끝나는 지점에 있는 향원정에 방석도 없이 손을 맞잡고 앉아 있는 고종과 중전의 모습이 보였다. 세자와 세자빈도 옆에 있었다.

강과 수덕이 계단을 따라 정자 위로 올라갔다.

"우리 아들!"

고종은 처음 만났을 때처럼 자리에서 벌떡 일어나 강을 얼싸안기라도 할 듯이 앞으로 나섰다. 중전도 일어났다. 마치 함께 강을 얼싸안으려는 듯 보이기도 했지만, 그저 한 걸음 앞으로 나아갔다가 다시 어색하게 뒤로 물러날 뿐이었다. 강과 수덕은 잠시 서로를 마주 보았다. 어딘지 불안한 눈길이었다. 둘 중 어느 누구도 지금까지 이렇게 불안한 마음으로 중전을 마주한 적은 없었다.

"의화군은 그쪽에 앉으시오."

중전이 옆에 있는 자리를 가리켰다.

"거기에서는 다리가 보이지요. 누군가 다가오는 게 보이면 우리에게 알려야 합니다."

강이 고개를 끄덕이며 자리를 잡고 앉자 세자가 그의 어깨를 한 번 토닥였다.

고종이 통통한 손으로 턱수염을 움켜쥐었다.

"그래, 그동안 어찌들 지냈느냐? 이렇게 다 함께 볼 수 있어서 마음이 기쁘구나."

"황공하옵니다, 전하."

반가워하는 고종과 달리 두 사람은 별다른 감정 없이 한목소리로 대답했다.

"어쨌든 참 좋구나. 왕실이 서로 힘을 합쳐야 한다면 의화군 내외야말로 가장 큰 힘이 되지 않겠느냐!"

고종은 자신이 한 말이 진심으로 만족스러운 듯 너털웃음을 터트렸다.

"옛말에 종사지경이라 했느니라. 제대로 된 왕실이라면 메뚜기처럼 그 숫자가 크게 늘어나야 할 터인데, 우리는 좀 늦어지는 게 아닌지 모르겠구나!"

세자빈이 불만스러운 표정으로 연못 너머 먼 곳을 바라보는 세자를 조심스럽게 보았다.

그러자 중전이 입을 열었다.

"시간이 그리 넉넉하지 않습니다. 그러니 왜 이리 모이라 했는지 빨리 그 말씀부터 하셔야 합니다."

바로 그때 어린 내관 하나가 다리 위에 모습을 드러냈고 강이 헛기침을 했다.

"송구합니다만, 내관 하나가 이리로 오고 있사옵니다."

중전이 얼굴을 찡그리며 고개를 돌리자 아직 철모르는 어린 내관 하나가 달려오는 모습이 보였다.

"무슨 일이냐?"

중전이 날카롭게 묻자 내관은 그 자리에서 얼어붙었다.

"그만 가보게. 딱히 필요한 게 없으니."

내관은 고개를 깊이 숙인 후 뒷걸음질 쳤다.

"잠깐 기다리시게."

고종이 그를 불러 세웠다.

"뭔가 마실 것을…… 그게 뭐였더라? 그래, 가배, 가배를 내오너라!"

중전은 답답한 표정으로 고개를 흔들었다. 내관이 명을 받들고 사라지자 중전은 남편을 바라보았다.

"전하, 지금 가배나 찾으실 때가 아니옵니다. 누가 저자를 보냈는지 아시지 않사옵니까. 처음 보는 낯선 자이온데, 제 눈에는 정말 내관인지도 의심스럽습니다."

"중전, 지금은 모두 다 쓰라린 시기요. 그러니 가배의 단맛을 조금 보는 것이……"

"단맛이라고요! 가배의 맛은 원래 쓰디쓰지요. 전하께서만 달게 드시는 게 아닙니까? 전하께서 드시는 가배는 설탕을 넣은 가배가 아니라 가배를 넣은 설탕물에 불과합니다."

중전은 잠시 아무 말도 하지 않았다. 그러다 고종의 손을 꼭 잡으며 뜻밖의 말을 던졌다.

"죄송합니다."

중전의 시선이 두 왕자와 며느리들 쪽을 향했다.

"이제 모두에게 물어보겠소. 솔직하게 대답해 주시오. 청나라는 더 이상 우리 조선을 도울 수 없으며 조선 역시 날개가 부러진 매처럼 무력하기 짝이 없는 처지입니다. 이제 궁은 우리에게 감옥이나 마찬가지고…… 일본국은 자신들이 생각하는 '개혁'과 우리가 원하지 않는 자금을 억지로 제공하여 우리를 그들의 손아귀에 두려 하고 있소. 그들의 뜻대로 된다면 일본국은 저 서양의 영국이 이집트에 그리한 것처럼 제국 행세를 하며 조선을 식민지로 삼겠지요. 그러니 각자의 생각이 어떤지 궁금합니다. 이제 우리 조선은 뭘 어떻게 해야 하겠습니까?"

두 이복형제는 상대방이 뭐라도 말해주기를 바라며 서로를 바라보았다. 두 사람은 똑같은 생각을 하고 있었다. 지금 중전에게는 이미 자신만의 계획이 있으며, 그저 자신이 형제들에게 바라는 게 무엇인지 알려주기 위해 이렇게 불러 모았을 뿐이다.

"둘 다 할 말이 없는 게요? 그런데 전혀 놀랍지 않구려. 그렇다면 세자빈과 연원군 부인은 어떻소?"

중전은 얼굴을 씰룩거리며 세자빈을 똑바로 쳐다보았다. 세자빈은 궁궐에 들어온 지 벌써 10년이 지났지만, 여전히 숫기를 전혀 찾아볼 수 없었다. 세자빈은 주상 전하와 중전마마에게는 하늘에 닿을 듯한 지혜가 있으니 자신과는 비교도 할 수 없는 좋은 계획이 있을 거라고 더듬더듬 말했다.

중전은 한숨을 내쉬었다.

"다들 내가 무당이며 점쟁이들과 국사를 논한다고 비난한다지요! 한데 어디에서라도 솔직한 이야기를 들어봐야 하지 않겠소?"

중전의 시선이 이번에는 수덕을 향했다.

"자, 그러면 연원군 부인, 뭔가 좋은 의견이 있기를 바라겠소. 어떻게 생각하시오?"

천천히, 그리고 거의 속삭이듯 수덕이 입을 열었다.

"마마, 소첩은 그저 아무것도 모르는 한미한 가문의 여식이오 나 한 말씀 드리오면, 도움을 청한다면 아마도…… 서양을 바라봐야 하지 않나 하옵니다."

"내 말이 바로 그 말이오! 이 얼마나 지혜로운 말인가! 의화군, 그대는 얼마나 운이 좋은지 알아야 할 것 같소."

수덕의 낯빛이 붉어졌다.

그때 내관이 돌아와 커피 한 주전자와 찻잔 여섯 개, 설탕 그릇 그리고 떡 한 접시를 차려냈다. 내관은 잔에 커피를 따른 후 뒤로 물러섰는데, 그 동작이 너무 느린 듯해 중전은 계속 의심스러운 눈빛으로 그를 바라보았다.

고종은 내관이 완전히 물러난 걸 확인한 후 몸을 앞으로 숙였다.

"물론 의화군은 운이 좋지요. 하나, 도움을 청할 거라면 양이를 찾아보자는 게 무슨 뜻인가? 결국 아라사에게 도움을 청하자는 말인가? 아니면 미국이나 다른 양이들?"

"전하, 우선은 아라사가 조선에게 가장 큰 도움을 줄 수 있으리라 사료되옵니다. 아라사는 일본국에 맞설 만큼 강한 데다, 또 일본국만큼이나 조선에 관심이 많사옵니다."

"그렇군."

고종은 설탕 덩어리 네 개를 자신의 잔에 넣고 또 하나를 집어들어 입안에 직접 넣었다.

"그렇지만 미국이나 다른 구라파도 도움을 줄 수 있을 것 같사옵니다. 앞으로 조선이 개화를 하기 위해 배워야 하는 여러 기술과 지식을 그들도 갖고 있지 않사옵니까. 조선이 먼저 나서서 개화하지 않는다면 누군가 나서서 자신들이 원하는 방향으로 조선을 끌고 나갈 것이옵니다."

고종의 얼굴이 환하게 빛났다. 그러나 중전이 먼저 다시 입을 열었다.

"어쨌든, 내가 생각하는 방안은 이렇습니다……"

세자도 강도 쓴웃음을 지었다.

"지금 우리 조선이 선택할 수 있는 유일한 방법은 아라사를 비롯해 어느 나라든 상관없이 강대국과 대화의 물꼬를 트는 것뿐입니다. 그렇게 하면 일본국이라 해도 감히 그 일을 가로막는 외교적 충돌과 위험을 감수할 수 없겠지요. 해서 바로 그 일을 시작해야겠습니다. 아라사의 베베르 공사와 미국의 앨런 공사를 시작으로 조선에 있는 모든 외교관들과 접촉을 해야 합니다. 물론 그 부인들도 마찬가지고요…… 또 미국에서 왔다는 선교사들과도 만나야 할 것입니다."

"지금 선교사라 하셨습니까?"

세자가 물었다.

"그래요, 그리스도교를 조선에 전파하러 온 선교사 말입니다. 그들은 믿을 수 없을 만큼 용감할 뿐더러 자신들이 믿는 그 이상한 종교를 전파하는 데 도움이 된다면 조선을 위해 뭐든 다 할 것이라고 합니다. 그들을 이용해야지요. 우리를 도와주면 우리도 그들의 종교를 받아들이겠다고 생각하게 만드세요. 예컨대, 언더우드라고 하는 유명한 미국인 부부가 있는데 두 사람은 학교를 열어……"

고종의 얼굴이 굳어졌다.

"언더…… 무엇이라? 양이들의 이름은 참 발음하기가 힘들구려."

"언더우드 말이옵니다, 전하. 저는 이미 언더우드 부인을 여러 번 만나보았습니다. 부인은 의술을 아주 잘 알기에 나를 전담하는 의원이 되어달라고 부탁했습니다. 의화군, 의화군도 영어를 어느 정도 알고 있지요? 그렇다면 부인을 스승으로 삼아 영어를 더 배우세요. 그리고 앞으로 아라사와 법국法國(프랑스), 덕국德國(독일)의 외교관 부인들과 더 가까워지면 그 사람들에게도 각 나라의 말을 가르쳐달라고 청할 생각입니다."

"그게 큰 도움이 되겠습니까?"

강이 물었다.

"우리가 할 수 있는 최선입니다. 미국을 포함해 서양 사람들에게 가까이 다가가야 합니다. 그들의 친구가 되어 일본국의 숨은 속내와 함께 조선이 각 나라에 있어 전략적으로 얼마나 중요한 곳인지 알려주어야 합니다."

"예, 마마."

중전은 커피를 한 모금 마시며 눈살을 찌푸렸다.

"전하께서는 어떻게 이런 걸 즐기시는지 모르겠습니다."

중전은 고종에게 말하며 다시 수덕을 바라보았다.

"그런데 연원군 부인은 우리가 장차 아예 양이들과 같은 모습이 되어야 한다고까지 생각하는 건 아니겠지요?"

수덕이 얼굴을 붉혔다.

"아니, 아니옵니다, 중전마마. 저는 결코 그런 생각을 해본 적이 없사옵니다. 작금의 조선은 부유하지도 강하지도 않지만, 그 어느 곳보다 아름다운 정신을 갖고 있다고 생각하옵니다. 물론, 아직 다른 나라를 본 적도 없고 심지어 도성에 대해서도 거의 알지 못하옵니다만, 그래도 나라 밖 것들에 대해서는 무엇이라도 이 가배처럼 다루어야 한다고 생각하옵니다."

수덕은 그러면서 오른손으로 찻잔을 들었다.

"가배처럼이라? 그게 무슨 뜻이오?"

"마마, 우리는 가배를 맛보고 그 맛이 마음에 들고 우리에게 해가 되지 않으리라 생각하면 삼키게 되지요. 하나 입맛에 맞지 않으면 뱉어내고 다시 입에 대지 않을 수도 있지 않사옵니까."

중전은 난생처음 커피를 맛보는 수덕을 보며 알겠다는 듯 웃음을 머금었고, 수덕은 곧 입에 머금었던 커피를 뱉어버렸다. 고종과 중전은 크게 웃음을 터트렸다. 한껏 얼굴이 밝아진 고종이 "의화군!" 하며 마치 찌르기라도 하듯 오른손 집게손가락으로 강의 얼굴을 가리켰다.

"내가 다시 한번 말하지만 너는 얼마나 운이 좋으냐!"

그리고 수덕을 돌아보았다.

"맛을 보고 놀랐느냐? 가배가 모든 사람의 입맛에 다 맞는 것은 아니지. 그렇지만 우리 며느리에게 고맙다는 말을 전하고 싶구나. 너는 우리에게 지혜는 물론이고 기쁨도 가져다주었다. 그간 오죽 기쁜 일이 없었으면 차라리 내관에게서 수염을 찾는 게 더 빠를 정도였느니라."

7

강은 힘찬 발걸음으로 자갈길을 따라 성큼성큼 걸어오는 여인을 창밖으로 바라보았다. 격자무늬의 트위드 재킷에 커다란 가슴 위로 갈색 스카프를 늘어트린 모습에서 위압감이 느껴졌다. 단단하게 묶어 올린 회색 머리칼과 강인하면서도 결단력 있는 태도는 선교사에 대한 중전의 설명과 딱 들어맞았다.

중전의 필사적인 노력으로 이제 궁에서 구라파와 아라사, 미국에서 온 사람들을 쉽게 볼 수 있었다. 파란색 혹은 초록빛 눈동자를 가진 이 호기심 많은 사람들 중에는 외교관은 물론 사업가를 비롯해 심지어 예술가도 있었다. 한 나라 국왕의 초대를 거절할 외국인이 누가 있을까? 이 외국인들은 남자 여자 할 것 없이 몸 곳곳이 요란스러웠다. 코는 우스꽝스러울 정도로 크고 엉덩이 역시 선반처럼 튀어나와 있었다. 세자가 전하의 가배 주전자를 올려놓아도 되겠다고 말했을 정도였다.

남자들의 콧수염은 굵은 붓털처럼 풍성했고, 키는 일본국 외교관이나 고문보다 두 배는 더 커 보였다. 외국인을 상대할 때 일부러 얼굴을 치켜들지 않아도 되는 건 궐 내에 강뿐이었다. 키뿐 아니라 용모에 대해서도 때때로 강은 세자보다 더 낫다는 평을 듣곤 했다. 선의의 말이지만 그런 말을 들을 때마다 강은 중전이 고종의 외모를 비꼬았던 일이 떠올랐다. "제 생각에는…… 장 상궁에게 고마워해야 할 일이 아닐까 싶습니다만."

강은 그 미국 여자가 자신이 머무는 전각으로 들어오는 모습을 지켜보았다. 두려움의 파도가 다리에서부터 몸통을 타고 올라왔다. *영어! 이제부터 영어로 말을 해야 하다니!* 강은 최근 마크 트웨인이나 찰스 디킨스 같은 작가들의 소설을 읽었고 내용도 어느 정도 이해할 수 있었지만, 영어를 읽는 것과 말하는 건 완전히 다른 문제였다. 전에도 외국인과 인사를 나눈 적은 있지만, 그저 '잘 지내십니까? 저도 잘 지냅니다, 감사합니다' 정도가 다였다. 그런데 한 시진 이상 영어로 대화해야 한다고 생각하니 몸서리가 쳐졌다.

문을 두드리는 소리가 들렸다.

"들어오시오."

강이 말하자 문이 열렸다.

"나도 문 정도는 직접 열 수 있답니다."

손님이 들어오며 상궁에게 말했지만, 영어를 알아듣지 못하는 상궁은 그저 웃어 보일 뿐이었다.

"안녕하세요! 만나서 정말 반갑습니다."

그녀는 마치 방의 주인이라도 된 양 우렁차게 인사했다.

"릴리어스 언더우드라고 합니다. 뵙게 되어 반갑습니다. 그런데 손님에게는 일단 앉으라고 권해야지요?"

언더우드 부인은 길쭉한 코 아래로 강을 내려다보았다. 다행스럽게도 부인의 코는 강이 최근에 본 다른 서양인보다 덜 뾰족한 것 같았다. 강은 어색하게 웃으며 방석과 탁자가 있는 바닥을 향해 손짓했다. 탁자 위에는 필기도구가 가지런히 놓여 있었다. 언더우드 부인은 몸을 굽혀 힘들게 양반다리를 하고 자리에 앉았다.

"중전께서 영어 말하기 공부를 도와주라고 하시더군요."

"네."

강은 열심히 고개를 끄덕였다. 자신의 몸짓이 부족한 영어 실력을 벌충해 주기를 바랐다.

"전에 영어 공부를 해본 적 있나요?"

"아, 네."

"의화군 마마, 다른 나라 말을 배울 때는 계속 '네'라고만 해서는 곤란합니다……"

"아니, 아니오……"

"그렇다고 '아니오'라고만 해서도 곤란하기는 마찬가지지요. 중전마마께 제 소개를 들으셨는지 모르겠지만 저는 중전마마의 기품 있고 우아한 모습에 완전히 압도당했습니다. 중전마마께서 누군가에게 영어를 가르쳐달라고 청하시면 제 인생을 걸고라도 열심히 할 각오가 되어 있어요. 그러니 '네' 혹은 '아니오' 말고 제대로 된 영어를 말하실 수 있도록 열심히 가르쳐볼 생각입니다. 다만 그러기 위해서는 마마의 협조가 필요합니다. 그렇게 해주시겠습니까?"

"네."

새 영어 선생은 한숨을 내쉬었다.

"그러면 적어도 '네, 언더우드 부인'이라고 대답해 주세요."

이렇게 해서 영어 수업이 시작되었다. 언더우드 부인은 중전의 말처럼 의원, 그러니까 일종의 주치의로 인정받아 미국인임에도 어렵지 않게 궁을 드나들었다. 강이 부끄럼 없이, 또 실수에 대한 두려움 없이 영어로 말하기까지 몇 주일 정도 시간이 걸렸다. '에

프'를 비롯한 많은 단어를 발음하는 데 애를 먹었으나 시간이 흐르자 언더우드 부인이 질색했던 '네'나 '아니오' 같은 대답을 벗어나 올바른 문장으로 말할 수 있게 되었다. 강은 언더우드 부인의 충고를 마음속 깊이 새겨들었다. "두려워하지 말고 일단 말을 하세요. 이 세상에 주님 말고 완벽한 사람은 없습니다."

강은 처음에 이 '주님'의 존재를 이해하지 못했지만 언더우드 부인은 영어 외에도 이 주제에 대해 강에게 가르치려 노력했다. 부인은 종종 복음을 주제로 이야기를 나눠보자고 고집하기도 했다. 언더우드 부인은 복음서, 그러니까 성경은 강이 즐겨 읽는 그 끔찍한 소설들보다 훨씬 더 좋은 내용을 담고 있다고 했다. 기적을 이뤄내는 '위대한 존재'에 대한 부인의 이야기를 들으며 강은 그렇다면 그 위대한 존재가 자신이자, 자신의 아들이자, 심지어 유령이란 말인가 하며 눈썹을 움찔거렸다. 그 이야기가 그리 흥미롭지는 않았지만 동시에 강은 언더우드 부인의 수업을 통해 태어나 처음으로 뭔가를 배우는 데 기쁨을 느꼈다. 얼마 지나지 않아 강은 유창한 영어 실력으로 이어지는 길고도 험난한 길을 따라 대담하게 한 걸음씩 나아가기 시작했다. 과거의 스승들이 하던 칭찬이 그저 자신의 출신을 염두에 둔 겉치레에 불과했다면, 지금 언더우드 부인은 자신을 진심으로 대하는 것 같았다. 강은 외숙부와 함께 살던 시절에도 자신이 열심히 공부하고 재능도 있는 학생이었다면 얼마나 좋았을까 하는 생각을 했다. *그랬다면 가끔은 진심 어린 칭찬을 받았을지도 모르지.*

겨울이 깊어갈 무렵이 되자 강은 언더우드 부인과 제대로 된 대화를 나눌 수 있을 정도로 실력이 좋아졌다. 때때로 언더우드 부인에게 미국에 대해 물으면 부인은 미국의 부유함과 놀라운 기술력, 그 밖의 전반적인 면모에 대해 강으로서는 도무지 믿을 수 없는 이야기를 들려주었다. 미국에는 높이가 수십 층에 달하는 건물이 즐비하며, 수도가 아닌 지방의 행정 관청조차 그 규모가 어마어마하다는 이야기 등이 두 사람 사이에 오갔다. 언더우드 부인은 또 미국에는 왕이 없으며 4년에 한 번씩 사람들의 선택으로 뽑히는 대통령이 있다는 사실도 알려주었다. 강은 농부나 상인 같은 평범한 백성을 어떻게 믿고 나라의 통치를 맡길 수 있는지 이해할 수 없었다. 또한 미국이 그토록 살기 좋고 위대한 나라라면 왜 그곳을 떠나 이곳 조선까지 왔는지도 궁금했다.

"내 조국이 위대하기 때문에 여기 이렇게 온 겁니다."

언더우드 부인의 대답을 들은 강은 자신의 영어 실력이 부족해 뭔가 잘못 알아들은 건 아닌지 생각했다. 부인의 설명은 강으로서는 그저 요령부득일 뿐이었다.

언더우드 부인은 모든 면에서 미국이 조선보다 월등하다고 생각하는 듯했지만 조선인들의 넉넉한 인심을 늘 칭찬했고, 또 강에게도 실수를 질책하지 않고 바로잡아주는 다정한 교사가 돼주었다. 이따금 생전 처음 보는 초콜릿이라는 걸 가져다주기도 했다. 둘의 사이가 가까워지면서 강은 어느새 언더우드 부인에게 외로웠던 어린 시절 이야기까지 솔직하게 털어놓게 되었다. 이복형인 세자를 제외하면 지금까지 강의 이야기를 이렇게 진심으로 귀담아들어 준 사람은 없었다. 타국의 언어가 감정적 완충장치 역할을 해준 덕에 대화가 더 편하게 이어질 수 있었다. 언더우드 부인의 나이가 강의 친모와 비슷하다는 점도 도움이 되었다.

그러던 어느 날 언더우드 부인이 깜짝 놀랄 만한 이야기를 했다.

"마마, 우리 집에도 마마와 사정이 비슷한 남자아이가 있습니다. 그 아이도 어머니와 아버지를 차례로 여의고 천애 고아나 다름없는 처지가 되었지요."

강은 정신이 번쩍 들었다.

"그게 정말입니까? 누구입니까, 그이는?"

"이름은 김원식입니다. 마마보다 세 살 더 어립니다. 지금은 우리 부부와 함께 지내고 있지요. 남편인 호레이스와 나는 원식을 아들처럼 생각하고 있고, 원식 역시 우리를 부모처럼 대한답니다."

"아주 다행한 일이군요······"

"지금이야 그렇게 생각하겠지만 그동안 원식의 삶은 아주 불행했습니다. 감히 말씀드리지만 이 아이의 사정을 들으신다면 마마의 삶을 다른 눈으로 바라보실 수 있을 겁니다."

어떤 삶이기에 언더우드 부인이 저렇게까지 이야기하는 걸까? 강은 자신이 왕실의 후손으로 풍요롭게 지내왔다는 사실을 잘 알고 있었다. 어쩌면 조선 팔도에서 견줄 자가 없을 만큼 넉넉한 생활이었으리라. 그러나 강은 늘 자신이 버림받은 불행한 삶을 살아왔다고 생각했다. 그에게 다시 기회가 주어졌지만 그건 아버지의 애정과는 상관없는 일이었다. 그저 왕실의 또 다른 아들이 중요한 의무를 다하지 못했기에 주어진 기회였을 뿐이다. 하늘은 그에게서 어머니를 빼앗았고 땅의 사정은 아버지와의 사이마저 갈라놓았다.

"도대체 무슨 일이 있었던 겁니까?"

언더우드 부인은 잠시 목소리를 가다듬었다.

"음, 원식도 원래는 명문가 출신이었다고 합니다. 그의 아버지는 남해안 동래의 관리였다고 하지요. 그런데 파벌 싸움이 일어나 유배를 가게 되었고, 그리고……"

"파벌이라…… 당파 싸움이었다는 말이군……"

무슨 말인지 이해한 강이 얼굴을 찡그렸다.

"그렇게 원식을 홀로 키워야 했던 불쌍한 어머니는 가난에 시달리다 병에 걸려 곧 세상을 떠났다고 합니다. 아버지는 생사를 알 수 없고, 어머니마저 세상을 떠났을 때 원식의 나이는 겨우 일곱 살이었습니다. 그가 얼마나 힘들고 고통스러웠을지 상상이 되시지요? 이 이야기를 하는 것만으로도 제 마음이 아픕니다."

강은 말없이 처연한 표정으로 앉아 있었다.

"하지만 사정은 더 나빠졌지요. 원식은 삼촌과 함께 한성으로 올라왔지만, 삼촌 역시 찢어지게 가난해 조카는커녕 제 식구도 먹여 살리기 어려웠다고 합니다."

언더우드 부인은 잠시 말을 멈췄다.

"원식이 말하길 이따금 벽지를 뜯어서 먹기도 했다는 겁니다."

"그래서 언더우드 씨와 부인이 그 아이를 거둔 겁니까?"

"아뇨, 이야기가 더 있습니다. 삼촌은 결국 조카인 원식을 미국 선교사들이 세운 고아원으로 보냈는데, 원식이 그만 천연두에 걸리고 말았습니다. 그 무렵 천연두가 크게 유행했지요. 선교사들은 원식이 곧 죽을 거라 생각해 고아원에서 내보내려 했습니다. 혹시라도 고아원에 그 책임을 물을까 우려했던 거지요."

"어떻게 그런 일이……"

"마마, 솔직히 말씀드리지요. 천연두에 걸리기 전까지 원식의 이야기는 대단히 비극적이지만 안타깝게도 원식에게만 그런 고통스러운 일이 일어났다고는 하기 어렵습니다. 저는 조선에 와서 마마보다 훨씬 더 심한 일을 겪은 사람들을 많이 보았습니다. 그리고 그 무렵 하나님의 특별한 은혜가 있었지요. 우리 부부가 원식을 맡아 다시 건강하게 지낼 수 있도록 치료해 주었습니다. 원식은 이제 영어를 유창하게 구사하고 배움을 향한 끝없는 갈증을 지닌 총명한 학생이 되었습니다. 물론 그리스도를 믿고 따르는 신실한 신자이고요. 마마께서도 원식을 한번 만나보시면 좋겠습니다. 비록 마마보다 나이는 어리지만 원식을 통해 뭔가 깨달음을 얻으실 수 있을 겁니다."

그 이야기를 들은 날부터 강은 원식에 대해 자주 생각했다. *원식은 과연 어떤 사람일까? 만일 실제로 만난다면 서로 친해질 수 있을까? 어머니에 대해 전혀 모르는 것과 어머니와 함께 지내다가 헤어지는 것 사이에는 어떤 차이가 있을까?* 무엇보다 강은 조선 사람이 신실한 그리스도교인으로 변하게 된 사정이 궁금했다. *선교사인 언더우드 부부가 원식을 구했다.* 사실이라면 다소 기이하더라도 이해할 수 있는 일이었다. 그 후 강은 몇 번이나 원식이 언더우드 부인과 함께 궁에 들어올 수 있도록 허락을 받으려 애를 썼다.

그때 중간에서 가로막은 것이 일본이었는지, 아니면 중전이었는지는 알 수 없다. 어쨌든 두 사람은 역사의 냉정한 흐름이 바뀌기 전까지는 만날 수 없었다.

"중전마마께서는 요즘 호랑이에 대해 많이 걱정하시는 것 같습니다. 오늘 아침에 중전마마의 귀를 검진하는데 계속 호랑이 이야기만 하셨습니다. 사슴이 또 죽은 채로 발견되었는데 몸통이 절반만 남아 있었다고 합니다."

언더우드 부인이 북악산 정상을 바라보았다. 봄이 왔지만 추위는 끝나지 않았고 검은 돌 위에는 하얀 눈이 두껍게 쌓여 있었다.

"사람들 말이 제아무리 호랑이라도 겨울에는 산에서 고생을 한다더군요. 호랑이도 사람처럼 먹어야 살 수 있으니까요. 그렇지만 궁 안에 계신 중전마마께 무슨 일이 있겠습니까. 그러니까 호랑이 걱정 같은 건……"

"음, 언더우드 부인, 마마가 염려하시는 건 바로 수…… 수……수퍼……"

"수퍼스티시어스, 미신 말씀이십니까?"

"네! 미신. 궁 안팎으로 호랑이가 자주 보이면 나라에 안 좋은 일이 생긴다는 미신이 있어서요."

"아하!"

언더우드 부인이 들릴 듯 말 듯한 소리로 중얼거렸다. *조선에는 역시 예수 그리스도와 함께 새로운 교육이 필요하군.*

"저는 그런 미신은 생각도 못 했고, 그저 호랑이가 있다는 사실 자체가 큰 걱정거리일 것이라 생각했습니다. 예전에 남편과 제가 북부 지방으로 신혼여행을 갔다가 한번은 호랑이를 만나 큰일을 당할 뻔했지요. 하지만 천만다행으로 남편은 명사수였어요."

"언더우드 씨가 호랑이를 쐈다는 말씀인가요?"

언더우드 부인이 고개를 끄덕였다.

"와, 정말 끝내주는군요!"

강도 호랑이 사냥꾼에 대해 들어본 적이 있었다. 지리산 같은 곳을 몇 주, 혹은 몇 개월 동안 돌아다니다 호랑이가 그들을 갈가리 찢어버리려 달려들기 전에 최대한 가까이 다가가 결정적인 한 방을 쏘는 대담무쌍한 사내들에 대한 이야기였다. 들리는 말로는 호랑이 한 마리만 잡으면 적어도 몇 개월 동안 먹고 마시며 즐길 수 있는 돈이 생긴다고 한다. 강은 지금껏 한 번도 만나본 적 없는 언더우드 부인의 남편에 대해 깊은 인상을 받았다. *미국 선교사들은 술도 마시지 않고 늘 예의 바르게 행동하지만 과연 중전마마의 말은 틀리지 않았다. 그들은 정말 두려움이라고는 모르는 사람들이다.*

"끝내준다고요? 혹시 책에서 그런 거친 말을 배운 건가요? 마마, 이럴 때는 그저 '놀랍습니다'라고 하시면 충분합니다. 어쨌든 남편이 호랑이를 쏘아 죽인 건 사실입니다. 지금 우리 집 마루에 깔개가 되어 누워 있지요. 아, 그러니까 남편 말고 호랑이가요."

강은 여전히 경외심에 휩싸여 조용히 앉아 있었다.

"마마, 어쨌든 산꼭대기에서 저 사나운 놈이 내려온다 하더라도 중전마마께서 걱정하실 필요는 없을 듯합니다. 그게 다 중전마마의 높은 지혜와 지성 덕분입니다."

"그건 또 무슨 말씀인가요, 언더우드 부인?"

"조선 땅에서 저는 물론 이방인이지만 그래도 꽤 많은 걸 꿰뚫어 볼 수 있습니다. 중전마마의 창의적 외교가 마침내 그 빛을 발하고 있어요! 스케이트 연회에 대해 들었습니다. 요즘 다들 그 이야기를 전하느라 바쁘지요. 러시아 건축가의 아내가 채프먼 부인과 경주를 하거나 르페브르 부인에게 돌진해서 두 사람이 함께 빙판 위로 넘어지는 모습을 상상이나 했겠습니까! 그것도 바로 경회루가 있는 궁 안에서 말입니다!"

강은 웃음을 터트렸다. 언더우드 부인이 말하는 중전의 계획에 대해서는 고종을 제외하면 궁 안팎의 모두가 회의감을 품었다. 중전은 외교관 부인과 그 밖의 몇몇 손님들을 불러 함께 스케이트를 타는 연회를 열었고, 조선 음식이 아니라 커다란 로스트비프에 빵과 샐러드를 대접했다. 단단하게 굳힌 하얀 기름 덩어리를 뜨거운 음식에 올려 먹는 요리도 있었다고 한다.

"저도 마지막에 부름을 받아 몇 사람을 만났습니다. 모두 유럽에서 들여온 붉은 술, 포도주를 마시고 있더군요. 중전마마께서는 제게 영어로 대화를 나눠보라고 하셨습니다."

"하지만 조심하셔야 해요. 마마를 탐내는 사람들이 많을 겁니다. 외교관이나 사업가의 아내들은 무척 한가할 뿐만 아니라 하나님의 빛에서 멀어지려는 사람도 꽤 있으니까요. 생각해 보면 콜브란 부인 같은 이는 가까이하지 않는 편이 좋습니다. 겉모습은 그럴듯하지만 이탈리아 공사와 그렇고 그런 사이라는 추악한 소문이 돌고 있어요. 감히 그리스도교인으로서 입 밖에 내어 말할 수 없는…… 독일 공사관에서도 불결한 일들이 일어나고 있다는데 입에 담기도 싫군요."

언더우드 부인이 헛기침했다.

"제가 어디까지 이야기했지요? 아, 연회가 끝나고 모두 비단이나 자개 장식 부채 같은 훌륭한 선물도 받았다더군요."

"네, 맞습니다. 언더우드 부인."

"솔직히 선교사들이 초대받지 못한 게 좀 질투가 나요! 그래도 사정을 이해해야겠지요. 무엇보다 중전마마께서 혼자 힘으로 영향력 있는 외국 인사의 아내들이 일본이 아닌 조선 편을 들도록 만들려고 애쓰신단 걸 아셔야 합니다. 남편이란 무릇 아내의 말에 귀를 기울이게 마련이지요. 적어도 서양에서는 그렇습니다."

강은 왠지 불안한 기분이 들었다.

"중전마마께서는 그저 많은 친구를 사귀시려고……"

"마마! 중전마마의 의중을 모르는 사람은 없어요. 일은 잘 진행되고 있고 모두 중전마마의 뜻에 공감하고 있으니까요."

바깥에서 살얼음이 가볍게 부서지는 소리가 들렸다. 강과 언더우드 부인이 고개를 돌렸다. 일본 군대에서 훈련받은 까까머리 병사가 주위를 둘러보고 있었다. 강과 비슷한 또래의 병사는 창문 쪽을 바라보며 뭔가 불안한 듯 입을 삐죽인 뒤 다른 곳으로 가버렸다.

"여전히 우리를 감시 중이군요."

강이 말했다. 사실 겉으로는 변한 게 없었다. 적지 않은 민 씨 일가가 여전히 감옥에 투옥되어 있었고, 일본은 조선의 내정에 깊이 간섭하는 동시에 청과의 더 큰 전쟁을 염두에 두고 만주로 나아가고 있었다.

"지금은 그렇습니다만, 최근 선교사들 사이에 떠도는 소문을 들어보면 일본이 조선을 포기할까도 생각한다더군요……"

"조선을 포기한다고요?"

"네. 일본에 협력하기로 한 조선인들이 서로 다투기만 할 뿐 전혀 통제가 안 된다고 들었습니다. 또한 중전마마의 눈부신 노력으로 외국 인사들, 특히 러시아 쪽에서 조선에 많은 관심을 보이고 있기 때문에 일본에서는 조선의 일에 더 간섭하는 게 큰 위험이 되지 않을까 생각하기 시작했답니다. 아마도 1년 정도면 일본이 완전히 물러갈 것입니다. 개인적인 생각입니다만."

"부인 생각이 들어맞기를 바랍니다."

언더우드 부인은 빙그레 웃어 보였다.

"주님께서 조선을 돌봐주실 것입니다. 그렇게 느껴져요."

"만일 부인의 예상이 어긋나거나 주님의 뜻이 다르다면 어떻게 될까요?"

언더우드 부인은 고개를 갸웃거렸다. 강의 눈에는 그 모습이 마치 "하나님이 함께하는 내 예상이 어긋난다고?"라고 되묻는 것처럼 보였다. 그런 태도는 선교사들의 큰 강점인 동시에 큰 약점이기도 했다. 그들은 모든 것에 강한 확신이 있었다. 강은 자신에게도 그런 자신감이 있으면 좋겠다고 생각했다.

"글쎄요, 제 생각이 틀렸다고는 생각하지 않습니다만, 만일 무슨 일이 생긴다면 적어도 남편과 제가 나서서 마마를 보호하겠다고 약속하겠습니다. 일본 사람들이 감히 우리를 건드릴 생각은 하지 않을 테니까요. 위대한 미국과 맞서는 위험을 감수하지는 않을 거예요. 설마 안 좋은 일이 일어날까요? 만에 하나라도 그런 일이 벌어진다면 가능한 한 빨리 이곳을 벗어나 우리 집으로 오세요. 우리가 돌봐드리지요. 물론 마마의 부부인도 함께요."

"언더우드 부인, 정말 고맙습니다."

부인은 탁자 위로 손을 뻗어 강의 수첩 한 장을 뜯어 뭔가를 적었다.

"호랑이든 미신이든 아니면 일본이든 무슨 문제가 생길 거라고
는 전혀 생각하지 않습니다만……"

부인은 종이를 조심스럽게 접어 강의 손에 쥐여주며 이렇게 속
삭였다.

"그래도 만약을 대비해서요."

강도 재빨리 종이를 소매 속에 감추었다.

"이건 무엇입니까?"

"대강 그리기는 했지만 우리 집으로 가는 약도와 주소입니다.
정동 1-9번지예요. 제 걸음으로 광화문에서 10분쯤 걸리니까 마
마처럼 건장한 청년은 5분이면 충분할 겁니다. 명심하십시오."

강은 고개를 끄덕였다.

"하지만 저는 그런 일이 생기리라곤 전혀 생각하지 않습니다."

언더우드 부인은 자리에서 일어나 겨울용 털모자를 썼다.

"그러면 마마, 다음 수업 때 뵙겠습니다."

반년쯤 지나자 언더우드 부인의 확신이 흔들릴 만한 조짐들이
나타나기 시작했다. 누군가 문을 두드렸다.

"마마, 괜찮으십니까?"

살짝 열린 문 사이로 거북이처럼 목을 내밀며 웃는 박 내관이
보였다.

"들어오시게."

강은 영국 공사에게 선물받은 《위대한 유산》을 내려놓았다.

"송구합니다. 말씀드릴 것도 전해드릴 것도 있어서……"

박 내관은 안으로 들어오자마자 뭔가 불안한 듯한 눈빛으로 창

밖을 쳐다보았다.

"지난 이틀간 병사들이 많이 바뀌었사옵니다. 궁 근처에도 일본 병사가 늘어난 것 같아 깊이 염려되옵니다."

강도 혼란스럽기는 마찬가지였다. 최근에는 적지 않은 수의 조선 고위층 인사가 일본으로 망명했고, 그전의 일본국 공사는 외교 실패의 책임을 지고 물러났다. 새로운 공사로 부임해 온 이는 예비역 육군 중장 미우라 고로였다. 모두가 그를 두고 정치나 외교에는 문외한이라고 했다. 독일도 프랑스도 러시아도 일본이 조선 내정에 간섭하는 걸 공공연히 반대하고 나섰고, 이제는 언더우드 부인뿐 아니라 차 상궁부터 중전까지 사사건건 간섭하기 좋아하는 왜놈들이 본국으로 물러나는 건 시간문제라고 생각하는 듯했다.

"그런데 박 내관, 다들 일본이 곧 조선을 포기할 것 같다고 말하네. 중전마마 측 인사들도 모두 사면되어 석방되지 않았는가."

"소인도 알고 있사옵니다. 그렇지만 결코 일본국에 대한 경계를 풀어서는 아니 되옵니다. 게다가 체면을 구겼으니 더 이를 갈고 있을 것이옵니다. 해서 제가 전해드릴 게 있사옵니다."

박 내관은 뒤에서 파란색 비단으로 감싼 커다란 꾸러미 하나를 꺼냈다. 강이 그 꾸러미를 받아 펼쳐보니 내관들이 입는 옥색 관복이 나왔다. 그리고 그 밑에는 백성들이 흔히 입는 회색 모시 저고리와 통이 넓은 바지가 있었다.

"이게 다 무엇인가?"

"만일 궁을 빠져나가셔야 하는 일이 생기면 먼저 이 저고리와 바지를 입으시고 그 위에 옥색 관복을 걸치십시오. 궁궐 담을 넘으신 다음에는 더 이상 내관 노릇을 하실 필요가 없사옵니다."

강은 그 모습을 상상하고 반쯤 어이없다는 듯 웃음을 터트렸다.

"궁궐 담을 넘으라고? 이제 내 체통은 상관없는가?"

강이 농을 걸었다.

"진심으로 드리는 말씀이옵니다. 혹 궁궐 문이 닫혀 있다면 지금 머무시는 처소에서 북동쪽으로 백 보쯤 떨어진, 감시가 허술한 곳으로 가시면 담을 넘을 수 있도록 밧줄이 준비되어 있을 것이옵니다. 근처에 어린 참나무 두 그루가 있으니 금방 알아보실 터…… 한 말씀 더 올리자면 마마께서 탄생하신 이후 주상 전하께서 제게 마마를 각별히 잘 돌보라 하교하셨기에 소인이 항상 마마의 외숙부댁을 찾곤 하였습니다. 10년 전 궁에 갑신정변이 일어났을 때 역시 같은 이유로 마마를 구하기 위해 달려갔지만…… 그때 온 힘을 다해 제대로 모시지 못한 것이 못내 한스럽사옵니다."

박 내관은 깊이 고개를 숙인 후 자리에서 물러났다. 그러다 강의 시야에서 완전히 사라지기 전에 잠시 멈춰 섰다. 박 내관은 강과 눈을 마주치지 않은 채 가혹한 운명을 받아들이는 듯 쓴웃음을 지었다.

박 내관이 떠난 후 강은 창밖을 바라보았다. 오후의 가을 햇살이 그 어느 때보다 환하게 빛났고 병사들의 총검보다 더 날카로운 그림자를 남겼다. 저 멀리 느티나무길을 걷는 두 상궁이 보였다. 쓸쓸하면서도 아름다운 노란색과 주황색 잎은 다 떨어지려면 아직 몇 주는 더 있어야 했다. 상궁 하나가 고개를 돌려 임금이 지내는 대전을 손가락으로 가리키는 듯 보였다. 유심히 보니 뭔가 진지한 이야기를 나누는 것도 같았는데, 어쩌면 두 사람 모두 두려움에 떨고 있는지도 몰랐다.

박 내관의 이야기는 지금까지 들었던 소문과 하나도 들어맞지 않았다. 다들 일본의 간섭은 끝났으며, 새로운 공사는 정치와 외교에 문외한이라 하루라도 빨리 조선을 떠나려 한다고 하지 않던가. 일본국은 감히 다른 나라들의 비위를 거스를 수 없다. 그들도 무역 관련 협정이며 광산 채굴권, 철도 부설권 등 조선에 원하는 게 많으니까. 세자 역시 "냄새를 맡고 몰려드는 파리 떼를 쫓아낼 재간이 없다"고 말하지 않았던가. 그러나 일본이라는 호랑이가 조선을 갈기갈기 찢어버리는 것보다는 귀찮더라도 파리 몇 마리가 훨씬 안전했다.

강은 상궁들을 좀 더 바라보았다. 거리가 너무 멀어 정확히 볼 수는 없었지만 한 상궁은 피부가 창백하고 키가 크며, 상체가 강과 비슷하게 유난히 긴 것 같았다. 잠시 눈을 감고 '어머니'의 모습을 상상하자 강은 배가 뒤틀리는 것 같았다. 아버지인 고종이 자신에게서 무언가를 발견한 듯 바라보던 모습도 떠올랐다. *어머니는 나를 닮았겠지. 아니 내가 어머니를 닮았다고 해야 하나?* 강은 자신의 얼굴에 정수리까지 땋아 올린 머리칼을 그려보다가 터무니없다는 듯 잠시 쓸쓸하게 웃었다. 강은 눈을 감았다.

키 큰 상궁이 내가 있는 쪽을 바라보는 것 같다. 눈과 코가 어떻게 생겼는지 낱낱이 알아볼 수는 없지만 따뜻한 미소만큼은 분명하게 보인다. 아무것도 두려워하지 말라고, 사랑한다고 말하는 목소리가 들리는 듯하다. 어쩌면 이제야말로 제대로 된 사람 구실을 할 수 있지 않을까…… 그런데 동시에 호랑이가 떠오른다. 실제로는 한 번도 본 적 없는 호랑이가 무시무시한 모습으로 털을 바짝 곤두세우고 두 상궁의 뒤에 서 있다. "어머니!"라고 소리

를 질러보지만 어머니는 내 목소리를 듣지 못한다.

강은 박 내관의 말을 직접 확인해 보기로 했다. 조심스럽게 문을 열었다. 마침 오가는 사람이 아무도 없었다. 강은 밖으로 나와 복도를 따라 미끄러지듯 걷기 시작했다. 화강암 계단을 밟고 내려가 고개를 숙이고 북쪽으로 발걸음을 옮겼다. 향원정에 도착한 강은 2층으로 올라갔다. 거기서는 자신이 머무는 전각 지붕이며 텅 빈 후궁 처소, 중궁전까지 볼 수 있었다. 중궁전에는 중전이 머물러야 했지만 지난 정변 이후로는 북쪽 끝에 있는 전각에서 지내는 일이 많았다.

중전의 처소는 경비가 아주 허술해 보였지만, 고종과 세자가 있는 전각에는 평소보다 더 많은 병사들이 배치되어 있었다. 멀리 궁의 대문 너머로 하얀 점들이 이리저리 움직이는 풍경이 보였다. 백성들은 여전히 평소와 다름없이 생활하고 있었다. 그러다 관청들이 모여 있는 육조 거리로 시선을 돌리니 갑자기 정신이 번쩍 들었다. 검은 웃옷에 흰 바지를 차려입고 번쩍이는 검은 모자를 쓴 병사들이 줄지어 서 있었다. *개미 떼가 바로 코앞에 있었구나.*

강은 누각의 계단을 뛰어 내려와 다리를 건너 미로 같은 전각들 사이를 지나 아버지가 머무는 곳으로 향했다. 그런데 한 열 걸음쯤 남았을까, 갑자기 쿵 하는 소리가 들렸다. 발로 땅바닥을 강하게 구르는 소리였다. 장검을 쥔 누군가가 몸으로 길을 막고 서 있었다. 강은 지나가겠다고 말하려 했지만 병사의 싸늘한 눈빛에 그만 멈춰 서고 말았다. *조선 사람인가? 여기서 뭘 하고 있는 거지?* 얇은 입술과 튀어나온 턱, 모자 밑으로 보이는 머리털을 거의 밀어버린 관자놀이를 본 강은 알 수 없는 두려움을 느꼈다. 옷차림은 궁궐 근위병과 같았지만 그걸 입고 있는 사람은 전혀 그렇게 보이지 않았다.

병사는 강을 똑바로 쳐다보았다.

"명령에 따라 당분간 전하께서는 손님을 만나실 수 없습니다."

강은 이복형인 세자도 찾아갔지만 결과는 마찬가지였다. 처소로 돌아온 강은 박 내관에게 짧은 서신을 썼다.

"그대의 말이 맞는 것 같구나. 혹시 모르니 연원군 부인을 궁궐 밖 안전한 곳으로 데려가 주게."

그날 밤 나뭇가지를 흔드는 바람 소리며 귀뚜라미 울음소리, 나뭇잎이 바스락거리는 소리가 들릴 때마다 강은 이불 속에서 나와 박 내관이 준 꾸러미 위의 비단 끈을 움켜쥐었다. 오늘 같은 밤에 잠이 드는 건 불가능한 일일 뿐더러 위험천만한 일이기도 했다. *수덕은 지금 어디에 있을까? 박 내관이라면 분명 방법을 찾아냈겠지. 나를 결코 실망시키지 않을 것이다. 삼각산에 가면 사찰이 있다. 아무도 수덕을 찾을 수 없을 것이다. 수덕은 아마도 그곳에 영원히 머무르는 쪽을 원하지 않을까.* 강은 속으로 중얼거렸다. *궁궐뿐만 아니라 내게서 멀리, 아주 멀리 떨어져 있고 싶겠지.*

자정이 지나도록 잠이 오지 않자 강은 술을 청했다. 배가 뒤틀리던 차에 탁한 우윳빛 술을 몇 잔 마셨다. 《위대한 유산》을 조금씩이지만 억지로 읽으니 어느 정도 마음이 가라앉는 것 같았다. 모기 한 마리가 가까이 날아왔지만 강이 책을 떨구고 손을 휘젓는 순간 달아나 버렸다. 강은 모기의 존재를 한동안 거의 의식하지 않고 살았다. 이런 물것이나 날것은 모기장과 궁인들의 노력덕에 귀하신 왕실 식구들에게 감히 접근할 수 없었다.

모기가 다시 강의 머리 뒤에서 달려들었다. 이번에는 윙윙 소리
가 더 크게 들렸다. 강은 뒤를 돌아보았지만 아무것도 보이지 않
았다. 대신 자신의 목덜미만 찰싹 때리고는 좌절감에 팔을 휘저었
다. 이 대결에서 승자는 하나뿐이었고 강은 속수무책이었다. 강은
다시 이불 위에 누웠다. 책을 펼쳐 가슴에 올려놓고 있자니 귀찮
기 짝이 없는 가려움증이 귀와 이마를 덮쳤다.

다시 몇 시간이 흘렀다. 몸은 피곤했지만 머리는 깊은 잠을 허
락하지 않았고 또 허락할 수도 없었다. 강은 호랑이와 모기, 키 큰
상궁들, 거대한 개미에 대한 이런저런 생각에 짓눌린 듯 몇 번이
고 옅게 자다 깨기를 반복했다. 발이 이불 밖으로 빠져나오자 발
가락에도 모기의 공격이 이어졌다.

그때 멀지도 가깝지도 않은 곳에서 귀뚜라미 소리에 맞추기라
도 하듯 철컥철컥하는 소리가 연이어 들려왔다. 강은 몇 차례 천
천히 숨을 몰아쉬었다. 짧게 끊어지는 듯한 소리는 점점 더 가까
이 다가왔다.

강은 자리에서 벌떡 일어나 꾸러미를 펼쳤다. *정말 무슨 일이*
벌어지는 건가? 밖은 아직 한밤중이었다. 강은 창가로 기어가 머
리 위로 손을 뻗어 밖이 보일 만큼만 창을 열었다. 건너편의 비어
있는 후궁 처소가 차가운 달빛 아래 물속에 잠겨 있는 것처럼 보
였다.

아직 아무것도 보이지 않았지만, 철컥거리는 소리는 점점 더 커
지고 빨라졌다. 강은 박 내관이 옳았다는 사실을 깨달았다. 강은
바닥에 몸을 붙였다. 가슴이 답답했다. 숨을 내쉴 때마다 원하지

않는 앓는 소리가 새어 나왔다. 이제 자갈이 깔린 마당까지 다가왔는지 규칙적으로 발을 옮기는 소리가 아니라 사방에서 절그럭거리는 소리가 한꺼번에 들리는 것 같았다. 강은 바닥에 누운 채로 먼저 백성이 입는 회색 옷을 입기 시작했다. 총소리에 맞춰 다리와 팔을 차례로 옷에 집어넣었고 이불 밑에서 언더우드 부인의 쪽지를 꺼내 망건 밑에 쑤셔 넣었다.

뒤이어 강은 무릎을 꿇고 내관의 겉옷을 걸쳤다. 그리고 숨을 들이마신 후 방문을 열었다. 사람의 형상은 보이지 않았지만 얇은 장지문으로 짙은 회색의 섬뜩한 그림자가 굴절되어 비쳤다. 그때 남쪽에서 여인들이 울부짖는 소리가 들리기 시작했다. 강이 처소의 문을 소리 없이 열고 탁 트인 곳으로 나가니 군복이나 제복이 아닌 다양한 옷을 입은 사내 서른 명가량이 무리 지어 달려가는 게 보였다. 그들은 중궁전에서 나와 나무들 사이를 가로질러 북쪽으로 내달렸다. 누군가가 뒤에서 궁녀의 머리채를 잡아끌었고 다른 누군가는 칼을 마구잡이로 휘둘렀다. 강은 재빨리 돌계단 뒤에 숨었다. 침입자들의 한껏 달아올라 일그러진 얼굴은 제정신이 아닌 강도나 폭도를 연상케 했다. 이들이야말로 신선한 고기를 찾아 헤매는 굶주린 호랑이들이었다.

"그년을 찾아서 죽여라!"

누군가가 이렇게 소리쳤다. 모두가 칼과 권총, 창을 들고 휘둘렀다.

강이 가는 길에는 궁을 지키는 병사가 하나도 보이지 않았다. 강은 조심스럽게 어둠을 뚫고 전진해 관목 숲으로 달려갔다. 때마침 침입자들이 지난 길을 따라 몸을 숨기고 달려오는 궁녀들이 보였다. 몇몇 궁녀는 다리를 절룩거리며 얼굴에 피를 흘리고 있었다. 한 늙은 궁녀는 다른 궁녀들에게 어깨를 붙잡힌 채 끌려가며 실성한 듯 악을 질렀다.

"악귀가 궁에 들어왔다! 내가 보았어! 악귀가 궁에 들어왔어!"

궁녀가 계속해서 소리쳤다. 계속되는 총소리와 통곡 소리가 하나로 합쳐지면서 강의 몸을 관통하더니 마치 박자를 맞추듯 규칙적으로 그를 뒤흔들었다. 급기야 강의 심장도 군악대의 북소리처럼 빠르게 뛰기 시작했다. 강은 중전과 그 아들, 아무 죄도 없는 가엾은 이복형을 생각하며 호랑이가 자비를 베풀기만을 간절히 바랐다.

강도 사람들의 뒤를 따랐다. 고종과 세자의 거처는 모두 병사들이 둘러싸고 있었다. 중궁전 뒤에는 이미 숨이 끊긴 두 상궁이 피투성이가 된 채 쓰러져 있었다. 한 사람은 배가 갈라져 속이 다 드러나 있었는데, 등불 아래 부푼 적갈색 덩어리를 보자 구역질이 치밀어 올랐다. 하지만 악귀들은 멈추지 않았다. 중궁전에 아무도 보이지 않자 "그년을 잡아 죽여라!"라는 외침이 계속되었다. 그러다 마침내 중전이 있는 곳을 찾고야 말았다.

침입자들은 앞에 보이는 중전의 임시 거처로 몰려갔다. 얼마 지나지 않아 문으로, 또 창문으로 궁녀가 하나씩 땅바닥으로 떨어졌다. 낄낄거리는 요란한 소리와 여인들의 통곡 소리가 뒤섞여 들리는 와중에 높은 목소리가 또렷하게 울려 퍼졌다. "내 아들에게 손대지 마라!"

너무 늦은 것이 확실했다. 강은 몸을 돌려 내달렸다. 귓가에는 "악귀가 들어왔다"라는 소리가 여전히 쟁쟁했다. 강은 나무로 둘러싸인 통로와 둥글게 이어지는 석조 문을 지나 달렸고 모퉁이가 보일 때마다 잠시 멈춰 서서 침입자나 총검이 있는지 확인했다. 나뭇가지를 마구 짓밟으며 잡목림을 뚫고 동쪽 벽 옆길로 들어섰다. 그러나 박 내관이 말한 나무 두 그루는 보이지 않았다. 시간이 지날수록 강은 붙잡힐지 모른다는 두려움에 사로잡혔다. 당장이라도 폭도들에게 발각되어 이리저리 끌려다니다 칼에 찔려 이승에서의 삶을 끝내게 될 것만 같았다.

달빛이 벽을 따라 강의 그림자를 길게 드리웠다. 강은 몸을 돌려 중전의 임시 거처를 보았지만, 느티나무에 가려 잘 보이지 않았다. 더 이상 비명은 들리지 않았으나 나무 위로 마치 용트림하듯 연기가 하늘을 향해 피어 올랐다. 강은 남쪽으로 내달렸다. 이제는 자신이 어디로 가고 있는지도 알 수 없었고 마음은 두려움으로 가득 찼다. 2백 보쯤 떨어진 곳에서 대여섯 개의 검은 모자가 달빛을 받아 번들거리는 게 보였다. 이쪽으로 오는 것일까? 강은 도랑에 뛰어들어 고개만 치켜든 채 병사들의 모습을 훔쳐보았다. 그들은 마치 뭔가를 찾는 듯 다른 병사들과 따로 움직이고 있었다. *중전은 이미 살해당했을 것이다. 아버지와 형도 붙잡혀 감금되었을까.*

강은 흙먼지 속에 주저앉아 바닥에 싹을 틔운 풀잎을 오른손으로 움켜쥐었다. 고개를 내밀고 거대한 개미들을 둘러보다가 다시 궁궐 벽을 살펴보았다. *박 내관이 말한 나무 두 그루는 어디에 있는 걸까?* 강은 벽을 향해 기어갔다. 입에서 침이 흘러내려 옷자락에 묻었다가 다시 흙먼지와 뒤섞였다. 바람을 타고 일본인의 목소리가 들려왔다. 벽까지 반쯤 갔을까, 비로소 박 내관이 말한 나무를 알아볼 수 있었다. 밧줄 한 가닥이 벽에 매달려 흔들리고 있었다.

강은 뒤도 돌아보지 않고 내달려 밧줄을 손에 쥐었다. 오래전 외숙부 집의 기와지붕을 떠올리며 강은 팔에 힘을 주고 오른쪽 다리와 왼쪽 다리를 번갈아 흔들었다. 단단하게 묶인 밧줄이 팽팽하게 당겨졌다. 그때 어디선가 소리가 들렸고 강은 고개를 돌렸다. 일본인들이 잰걸음으로 달려왔다. 강은 필사적으로 벽을 따라 기어 올라갔다. 정강이가 길게 긁히며 피가 흐르는 것이 느껴졌다. 강은 기와를 덮은 담벼락 위에 누워 간신히 숨을 골랐다. 다섯 마리의 거대한 개미가 코앞까지 다가왔다. 강은 아래를 내려다보며 헐떡이다가 추격자들이 붙잡기 직전에 밧줄을 잡아당겨 반대편으로 내던졌다. 그러나 문제는 그것으로 끝나지 않았다. 번뜩이는 소총의 총신이 강의 눈에 들어왔다.

강은 숨이 멎는 것만 같았다. 총구가 강을 똑바로 겨누었다. *그냥 뛰어내릴까? 바닥까지 높이가 얼마나 될까?*

그때 옆에 있던 병사가 총을 든 병사의 가슴을 향해 왼팔을 휘둘렀다. 강은 그 이유를 생각할 겨를이 없었다. 그저 어둠 속으로 몸을 날렸고, 오른쪽 발이 돌에 걸려 그대로 바닥에 엎어졌다. 동시에 단단한 흙바닥에 머리를 부딪혔고 격렬한 통증이 눈 안쪽까지 몰려왔다. 강은 겨우 몸을 일으켜 손바닥으로 관자놀이를 문질렀다. 왼쪽 팔이 흙과 피로 범벅이 되었다. 입고 있던 내관복은 갈기갈기 찢어졌고 팔다리에는 피와 상처가 가득했다. 그러나 다시 정신없이 달려야 했다.

호랑이는 이미 찾고 있던 먹잇감을 낚아챘다. 궁궐에서는 침입자들의 칼에 찢겨 숨을 거둔 중전의 시신이 불타올랐다.

8

"젊은이, 우리는 행상인이 필요 없어. 다른 곳으로 가보게!"

조선말이었다. 하지만 남자는 서양인이었다.

"나는…… 조선의 왕자…… 이강입니다."

강이 어렵사리 영어로 대답했다. 온몸에서 땀이 비 오듯 흘렀고 통증 때문에 주저앉고만 싶었다. 그런 강을 여기까지 이끈 건 절망과 격앙이었다.

집주인으로 보이는 남자가 열린 대문을 향해 성큼성큼 걸어왔다. 키는 그다지 크지 않았지만 덩치가 커 보였고 넓은 이마 위로 사자 같은 갈기가 있었다. 그리고 보통의 서양인처럼 짙은 콧수염과 덥수룩한 구레나룻도 보였다. 두툼한 아랫입술은 그동안 보아온 서양 외교관들보다 더 고집 세고 강인해 보이는 인상을 주었다. 심지어 오른쪽 허리춤에는 권총까지 차고 있었다. 집은 조선의 부유한 양반이 살 법한 건물이었다. 유리를 끼운 서양식 창문과 작은 참나무로 둘러싸인 잔디밭이 눈에 띄었다.

"젊은이, 나도 조선말을 할 줄 아네. 그나저나 이렇게 이른 시간에…… 그런데 아까 뭐라고 했지? 조선의 왕자라고? 그게 무슨 황당한 말인가?"

"궁에서……"

강은 이제 조선말조차 내뱉기 어려운 듯 말을 더듬었다.

"그러니까…… 중전마마가……"

남자는 몸을 기울여 강의 얼굴을 살폈다. 그리고 뭔가를 확인한 듯 뒤로 물러섰다.

"음, 그러고 보니 행상인 치고는 키도 크고 혈색도 좋은데…… 여보! 릴리어스!"

그러자 긴 잠옷 차림의 언더우드 부인이 집 안에서 뛰쳐나왔다.

"마마! 호레이스, 이 사람은 내가 가르치는 왕자마마에요! 어서 안으로 모셔요! 이게 도대체 무슨! 온몸이 피투성이잖아! 마마, 무슨 일인가요?"

호레이스 언더우드가 현관문을 열었다. 강은 앞으로 걸어가 당황한 언더우드 부인의 품에 안겼고 남편이 그의 오른팔을 부축했다. 부부는 반은 걷고 반은 끌 듯이 강을 집 안으로 데리고 들어왔다. 언더우드 부인은 집 안으로 들어가자마자 기관총이라도 쏘듯 질문 세례를 퍼부었다. 중전마마께서는 안전하신가? 역시 일본이 저지른 일인가? 누구 뒤따라온 사람은 없었나? 국왕께서는 지금 어디 계신가? 강은 괜찮은 건가? 강은 넋이 나간 듯 숨을 헐떡이다 겨우 말을 내뱉었다.

"중전마마는…… 아마도 저들이 살해한 것 같습니다."

털썩 소리와 함께 언더우드 부인이 무너져 내리더니 곧 울음을 터트렸다. 두 외국인 선교사는 무릎을 꿇고 주문이라도 외듯 예수님과 하나님을 번갈아 부르며 눈을 감은 채 계속 무언가를 중얼거렸다.

강도 언더우드 부부 옆에 주저앉았다. 고개를 들어보니 이미 아침 첫 햇살이 창문을 통해 들어오고 있었다. 유리창 때문인지 그 빛이 더욱 따뜻하게 느껴졌다. 쉴 새 없이 흘러나오던 두 사람의 기도가 끝날 무렵 강은 온몸에 극심한 피로를 느끼며 언더우드 부인의 어깨에 머리를 떨궜다.

강이 다시 깨어났을 때 해는 이미 서쪽으로 한참 기울어 있었다. 눈은 여전히 따끔거렸다. 강은 팔로 몸을 일으키려 했지만 뜻대로 되지 않아 몇 번인가 다시 엎어졌다. 겨우 손을 뻗어 몸이 파묻힌 넓은 서양식 침대 가장자리를 움켜쥐었다. 얼마나 깊이 잠들었던지 꿈도 꾸지 않았다. 호랑이도, 얼굴이 보이지 않는 어머니의 환상도, 비명을 지르며 날뛰는 악귀도 없었다.

잠에서 완전히 깨지 못한 어렴풋한 상태로 강은 잠시 자신이 누구인지 깨닫지 못했다. 지금이 언제인지도 알지 못했다. 강은 지금 왕자도, 누군가의 남편도, 끔찍한 역사의 한 장면을 목격한 증인도 아니었다.

그러나 강은 곧 현실로 돌아왔다. 양 손바닥에 힘을 주고 몸을 일으켜 사방을 둘러보다가 마음이 찢어지는 듯 신음을 내뱉었다. 나무 벽, 작은 책상, 두꺼운 휘장이 보였다. 그 너머에는 바깥세상과 함께 그 이상의 정체를 알 수 없는 공포가 있었다. 촛불이 침대 맞은편 벽에 있는 나무 십자가를 비췄다. 강은 다시 몸을 뒤척이다가 자신을 바라보는 한 쌍의 눈동자를 보고 침대 위에서 거의 떨어질 뻔했다. 매우 낯선 인상의 청년이 눈앞에 있었다. 얼굴에는 강이 살던 마을 사람들처럼 마마 자국이 있었지만, 서양식 복식에 댕기 머리도 상투머리도 아닌 매끈하게 가르마를 탄 머리칼 등 모든 외양이 도무지 조선 사람 같지 않았다. *그대는 누구인가? 아니 그대는 무엇인가?* 강은 그렇게 묻고 싶었다.

"깨셨습니까."

청년은 분명 조선 사람이었고 억양을 들어보니 경상도에서 온 것 같았다.

강은 고개를 끄덕이고 눈을 비비며 남은 피곤을 닦아냈다.

"언더우드 부부를 찾으시겠지요. 언더우드 씨는 온종일 밖에서 무슨 일이 일어났는지 알아보고 다른 선교사들과 연락하기 위해 동분서주하고 있습니다."

소년은 주머니에서 시계를 꺼냈다.

"곧 돌아오실 겁니다. 언더우드 부인은 충격을 크게 받았는지 침대에 누워 계십니다. 그래서 언더우드 씨가 외출하며 제게 의화 군 마마를 돌봐달라고 부탁하셨습니다."

"궁은 어찌 되었는가?"

"안타깝게도 저는 아는 바가 없습니다."

잠시 두 사람 사이에 침묵이 깊게 내려앉았다. 소년의 얼굴에 다양한 표정이 스쳐 지나갔다. 처음 그 눈에는 동정심이 담겨 있었지만 서양식 머리 모양을 한 소년은 뭔가를 열심히 생각하는 것도 같았다. *무슨 생각을 하는 걸까? 혹시 이 소년을 경계해야 하는 것일까? 젊은 친일파 대신 중에는 구식 풍습이라며 상투를 자른 사람이 많았다. 이 소년도 개화파일까. 일본을 지지하는 사람? 도대체 정체가 무엇이기에 여기서 이렇게……*

"송구합니다, 의화군 마마. 먼저 제 소개를 드렸어야 했는데…… 저는 김원식이라고 합니다. 여기 언더우드 선교사님 댁에서 살고 있습니다. 언제든 필요하면 불러주십시오."

언더우드 부인이 언젠가 이야기했던 소년이로군. 그런데 왜 머리며 옷이 다 저렇게 서양식일까. 갑자기 궁 안에서 보았던 끔

찍한 광경이 한꺼번에 머릿속에 되살아났다. 궁 안에 악귀가 들어왔다는 외침, 밖으로 내던져지던 궁인들, 공기와 맨살을 가르던 칼날, 비명과 함께 살육이 자행되는 현장에서 사방으로 내달리던 암살자들…… 그들이 내세운 대의명분이 뭐지? 개혁? 근대화? 강은 원식이 자신과 비슷한 옷차림에 비슷한 과거를 지닌 어린 동생 같은 모습이 아닐까 상상했었다. 언젠가 만나게 되면 친해질지도 모르겠다는 생각도 했었다. 하지만 지금 보니 경계해야 할 사람처럼 보이기도 했다.

강은 알겠다는 듯 고개를 끄덕였지만 아무런 말도 하지 않았다.

얼마쯤 시간이 지났을까, 문 두드리는 소리가 났다. "들어가도 될까요"가 아닌 "좀 들어가겠습니다"라는 말과 동시에 언더우드 씨가 방 안으로 들어왔다. 그는 창백한 얼굴에 축 늘어진 모습으로 문가에 섰다. 그리고 강을 바라보며 짐작하고 있던 바를 확인해 주듯 짧게 시선을 교환했다. 중전은 이미 이 세상 사람이 아니었다.

강은 침대에서 내려와 방바닥에 엎드렸다. 언더우드 씨가 가까이 다가와 강의 앞에 몸을 숙였다.

"잠은 좀 잤습니까?"

강은 고개를 끄덕이며 웅얼거렸다.

"다른 사람들은 어떻게 되었소? 내 내자인 연원군 부인과 형님은……"

언더우드 씨는 강의 등에 손을 얹었다.

"나도 외교관들에게 들었을 뿐입니다만, 그 진위를 의심할 이유는 없을 듯합니다. 전하와 다른 대군들께서는 일본군에게 억류

되어 있지만 다치신 곳은 없다고 합니다. 연원군 부인은 경복궁 안에 없는 것이 확실합니다. 희망적인 좋은 소식이지요."

강은 눈을 감고 숨을 내쉬었다.

"어쨌든 오늘은 조선은 물론 어디에서도 찾아볼 수 없는 치욕스러운 일이 일어난 날입니다."

원식은 고개를 숙인 채 두 손을 모으고 십자가를 바라보았다.

사흘이 지났다. 강은 거의 잠을 자며 시간을 보냈다. 그러면 현실을 피해 숨을 수 있었다. 강이 머무는 손님방도 비슷했다. *이 방 밖으로 나가지 않고 휘장도 내버려 둔다면 아무 일도 일어나지 않은 게 된다. 학살도, 정변도, 일본도 이 방 안에는 존재하지 않는다.* 강은 언더우드 부부의 집에 설치된 이상한 모양의 변기를 사용할 때만 방 밖으로 나갔다. 바로 옆방에 설치된 변기는 의자처럼 앉은 채로 사용할 수 있었다. 아침마다 몸을 닦아주던 차 상궁의 부재가 궁에서 처음 차 상궁을 마주했던 때처럼 매우 어색하게 느껴졌다.

몸을 추스른 언더우드 부인은 매일 강에게 먹을거리가 필요한지 물었다. 강은 마음을 가라앉히려 탁주를 청했다. 언더우드 부인이 술의 해악에 대해 설교를 쏟아냈지만 별 소용이 없었다. 단단하게 땋아 올리던 머리를 빗질도 하지 않은 채 멋대로 내버려둔 지금의 모습이 그녀의 정신 상태를 알려주었다. 언더우드 부인은 언젠가 중전이 주었던 작은 장신구를 손에서 놓지 않았다.

언더우드 씨도 이따금 강을 찾아와 바깥소식을 전해주었다. 그를 포함한 다른 선교사들이 고종의 상태를 확인하기 위해 계속

궁을 들락거렸고, 일본인들은 사태가 진정되었다는 걸 보이기 위해 어쩔 수 없이 그들의 궁궐 출입을 허락했다. 새로 들어선 내각은 법제와 개혁안을 쏟아내고 있었다. 심지어 근대화라는 명분을 내세워 상투를 강제로 자르게 하는 칙령이 내려질 것이라고도 했다.

"좋은 소식을 전해드리고 싶습니다만…… 마마, 지금 주상 전하께서는 꼭두각시나 다름없습니다. 중전마마의 행적을 비난하고 공식 직위를 박탈한다는 칙령이 전하의 이름으로 발표되었습니다. 일본이 선택한 상대와 억지로 국혼을 진행한다고도 합니다. 주상 전하는 거처에서 울고만 계시다더군요. 자물쇠가 달린 도시락통에 우리가 준비해 넣어드리는 음식만 드십니다. 그밖에는 삶은 달걀이나 통조림 정도일까요. 일본이 거기에 손을 쓸 수는 없으니까요. 전하께서는 독살을 두려워하고 계십니다. 세자 저하께서도 깊은 슬픔에 잠겨 아무런 말씀도 안 하고 계십니다."

강은 고통을 겪고 있을 이복형을 생각하며 눈물을 흘렸다.

"언더우드 씨, 아시겠지만 우리는 어머니가 다른 이복형제지요. 둘 중 누구라도 왕위에 관심이 있었다면 서로를 증오했겠지만 나는 그를 좋아합니다. 그는 나에게 진짜 형이나 마찬가지입니다. 주상 전하께 잘못이 있다고 감히 말할 수 있고, 중전마마께도 마찬가지입니다. 하지만 형님에게 무슨 잘못이 있단 말입니까…… 혹시 내가 여기 있다는 걸 저들도 알고 있나요?"

"궁을 나설 때 주상 전하께 그 사실을 알리는 쪽지를 전했습니다. 다른 사람에게 들키지 않고 읽으시면 좋겠는데……"

며칠 후 강은 마침내 마음을 먹고 집 안을 둘러보았다. 언더우드 씨는 강에게 자기 집처럼 편히 여기라고 말해주었다.

"거실에 있는 피아노도 한번 보시고, 주방에서는 뭐든 원하는 걸 마음껏 가져다 드십시오. 아, 서재에 책도 있습니다. 특히《워싱턴의 일생The Life of Washington》은 지금처럼 암울한 시대에 영감과 용기를 드릴 겁니다."

강은 악기에 대해서는 전혀 관심이 없었지만, 그들이 거실이라고 부르는 마루로 나가보았다. 가장 먼저 눈에 들어온 건 전에 언더우드 부인이 말했던 호랑이 가죽 깔개였다. 지금은 황소 떼가 밟고 지나간 것처럼 납작해졌지만 머리만은 살아 있는 모습 그대로였다. 유리구슬로 바꿔놓은 눈알이 번뜩였고 얼음송곳처럼 날카로운 이빨 틈으로는 당장이라도 으르렁 소리가 새어 나올 것 같았다. 언더우드 씨가 방아쇠를 당긴 그 순간의 분노한 표정이 그대로 남아 있는 것 같기도 했다. 강은 거실에 나갈 때마다 호랑이의 눈동자가 자신을 노려보는 기분이 들어 그 자리에 오래 머물지 않았다.

집주인을 향한 감사의 마음은 서재를 둘러볼 때 나왔다. 대문을 내려다보는 위치에 자리한 서재를 늙은 봉삼이 보았다면 아마 까마귀 둥지 같다고 했으리라. 벽에는 사냥총이 걸려 있고, 책장에는 역사책과 종교를 주제로 한 책이 가득했다. 또한 강이 알아볼 수 없는 필기체 영어와 언문으로 쓰인 쪽지가 여기저기 널려 있었으며 마호가니 책상 위에는 바람이 조금만 불어도 무너져 내릴 것처럼 신문 더미가 위태위태하게 쌓여 있었다. 〈뉴욕타임스〉 같은 외국 신문이나 조선에서 선교사들이 발행하는 영문 잡지 〈코리안리

포지터리〉도 있었다. 한자와 언문 기사가 뒤섞인 신문도 있었다. 강은 특히 오래전 폐간된 〈한성주보〉의 기사를 보고 큰 충격을 받았다. 거기에는 '야만스러운' 중국 문화를 비난하는 독설이 가득했다. 오랜 세월 조선을 지배해 온 중국식 도덕과 사고방식이야말로 조선을 낙후시킨 주범이며, 조선도 일본처럼 스스로를 개혁해야 한다는 주장이었다. 강은 이런 걸 읽고 있다가는 자신까지 곤란한 문제에 휘말릴지 모른다고 걱정하며 〈한성주보〉를 내려놓았다. *설마, 언더우드 씨는 아니겠지. 원식이라면 모를까.*

강은 책장을 더 둘러보았다. 영어-중국어 사전과 《금연의 길The Smoker, Reformed》 같은 교훈을 주는 소설책들 사이에 오래되어 너덜너덜해진 조지 워싱턴 위인전이 있었다. 강은 그 책을 꺼내 밑줄이 그어진 짧은 문장이 있는 첫 장을 펼쳤다.

"오! 시간이 흐름에 따라 그대의 이름은
더욱 널리 퍼지고 그 명성이 높아집니다.
그 이름이 앞으로도 계속 남게 되기를
당신 조국의 미래 역시 밝게 빛나기를!"

강은 책상에 앉아 어느 정도는 지어낸 것 같은 그 위인전을 계속 읽었다. 어떤 인간도 그렇게 완벽할 수는 없을 것이다. 그런데 문득 서재 창문 너머로 강의 눈길을 사로잡는 무언가가 있었다. 잔디밭과 집을 둘러싼 담벼락 너머 참나무 근처에서 뭔가가 움직이는 게 보였다. 강은 눈을 가늘게 뜨고 자세히 살펴보려 했지만 뭔지 모를 그것은 곧 눈앞에서 사라져 버렸다.

그런데 갑자기 나무 아래로 번쩍이는 둥근 물체가 굴러떨어지더니 노란 낙엽 무더기 속에 파묻혔다. 검은 옷을 입은 팔 하나가 나무 사이에서 쑥 튀어나와 낙엽 더미에서 그 둥근 물체를 찾는 듯 허둥거렸다. 강은 자리에서 벌떡 일어났다. 순간 깜짝 놀란 표정의 얼굴과 한 쌍의 눈동자가 강을 똑바로 쳐다보았다. 그건 물건이나 짐승이 아니라 사람이었다. 일본군 장교가 떨어트린 모자를 찾다가 감시 대상에게 정체가 탄로 난 것이다. 그가 입은 군복은 침입자들이 중전을 살해할 때 뒤에서 도운 병사들의 그것과 똑같았다.

일본군이 여기 있다! 내가 어디 숨었는지 찾아낸 것이다! 강은 바닥에 주저앉았다. 심장이 터질 것처럼 두근거렸다. *이제 저들 손에 잡히는 건 시간문제다. 이제 포기할 수밖에 없구나. 언더우드 부부가 정말 나를 지켜줄 수 있을까? 그런데 두 사람이 조선의 근대화에 찬성하는 '개화파'라면? 나는 함정에 제 발로 걸어 들어온 것일까?* 일본이 중전에게 무슨 일을 저질렀는지, 그리고 자신에게 무슨 짓을 할지 생각하던 강의 머릿속은 온통 뒤죽박죽이었다. 강은 얼굴이 보이지 않는 키 크고 여윈 여인들의 배를 가르던 날카로운 칼날을 상상하며 몸을 부들부들 떨었다.

그렇게 얼마간의 시간이 지났다.

"마마, 거기서 뭘 하시는지 여쭈어도 되겠습니까?"

강이 고개를 들자 문가에 서 있는 언더우드 씨가 보였다. 그러나 부끄러움보다는 두려움이 더 컸다.

"그들이 밖에 와 있습니다. 나를 감시하고 있어요!"

언더우드 씨는 슬쩍 창밖을 살피고는 대수롭지 않은 듯 웃었다.

"그를 보셨군요. 괜한 걱정을 하실까 봐 일부러 말하지 않았습니다만, 저들이 이곳 사정을 알아낸 건 사실입니다. 오늘 궁에 갔을 때 제게 마마에 대해 묻더군요. 마마가 궁으로 돌아왔으면 하던데…… 제가 뭐라고 답했는지도 알려드릴 수 있지만, 그리스 도교인답지 않았던 말을 여기서 한 번 더 하고 싶지는 않습니다. 어쨌든 염려하지 마세요. 일본군이 여기로 밀고 들어올 수는 없으니까."

"이 집 밖에서라면 저들이 나를 죽일까요?"

"네?"

언더우드 씨는 당황한 듯하더니 이내 깜짝 놀란 표정을 지었다.

"이런 말을 해도 될지 모르겠습니다만, 마마는 궁 안에서 정치를 많이 배우지는 못하셨군요. 그래도 조선 속담에 뭐라더라? '서당 개 삼 년이면……' 음, 실례했습니다. 힘든 시간을 보내신 분께 말씀드리기는 뭣하지만……"

"그러면 일본이 내게 원하는 게 뭘까요?"

"한번 생각해 봅시다. 저들 입장에서는 자신들을 대변해 줄 인물이 필요하지 않겠습니까? 주상 전하나 세자 저하 말입니다. 하지만 마마의 이복형인 세자 저하가 일본에 협력하려 할까요?"

"친어머니를 살해한 자들에게 협력을……"

"바로 그겁니다. 하지만 마마는, 이런 식으로 말해서 미안합니다만, 왕실에서는 거의 잊힌 사람으로 다른 곳에서 자랐지요. 본인 자신도 별 영향력이 없을 뿐더러 힘 있는 친척도 없습니다. 그렇게 아무것도 아닌 사람을 저들은 원하는 겁니다."

"꼭두각시를 원한단 말인가요?"

언더우드 씨가 고개를 끄덕였다.

강은 몸을 일으켜 자리에 앉았다. 그럴듯한 말이었다. *그래서 그때 나를 죽이려 들지 않은 건가……* 강은 잠시 언더우드 씨의 말을 생각했다. 개화파를 지지하는 신문과 잡지가 서재에 가득한 모습을 보았던 강은 언더우드 부부의 말이나 행동에 확신을 가질 수 없었다.

"언더우드 씨, 나는 저들이 원하는 꼭두각시나 왕이 되고 싶지 않습니다. 왕은커녕 왕자 자리도 지긋지긋해요. 그저 아무도 나를 모르는 곳으로 가서 인생을 새롭게 시작할 수만 있다면 좋겠습니다."

강의 말을 들은 언더우드 씨는 빙그레 웃었다. 강은 미처 깨닫지 못했지만 방금 이 미국인에게 뭔가 생각할 거리가 생긴 것이다.

두 조선인 청년은 차츰 서로를 알아가기 시작했다. 언더우드 부부가 좋아하는 홍차나 과일을 강에게 끊임없이 가져다주고 권하는 원식의 한결같은 친절은 서양식 머리를 한 젊은이를 향한 강의 의심을 어느 정도 풀어주었다. 이제 강은 왕의 아들이 아니라 누군가의 '또 다른 형님'이 된 것 같았다. 강은 좀 더 대담하게 집안을 돌아다니기 시작했고 원식의 방에도 가보았다. 원식은 등을 벽에 기대고 침대 위에 앉았고 강에게는 낡고 구멍 난 안락의자를 권했다. 원식의 방은 언더우드 씨의 서재와 아주 흡사했고 표지에 '미국 복음 선교회American Tract Society'나 '장로교 출판위원회Presbyterian Board of Publication'라고 적힌 소책자들, 과학과 종교, 역사에 관한 책들, 뭔가를 끼적여 놓은 쪽지들로 가득했다. 하지만 원식은 그의 양아버지를 자처하는 언더우드 씨보다는 훨씬 깔끔했다. 대부분 영어로 된 책들은 저자의 성을 기준으로 알파벳 순서에 따라 꽂혀 있었고, 책상 중앙에는《천로역정The Pilgrim's Progress》이 그리고 그 옆에는 손으로 쓴 한글 원고가 놓여 있었다.

"이건 무엇인가? 번역을 하는 것인가?"

"아닙니다, 형님. 번역은 캐나다 선교사가 했고 저는 확인만 하고 있습니다. 완성된다면 조선말로 번역된 최초의 영어 소설이 되겠지요.《천로역정》은 아주 유명한 우화로, 그리스도교를 믿는 사람들에게는 아마 성경 다음으로 중요한 책일 겁니다."

강은 놀란 듯 숨을 내쉬었다. 원식은 정말 진지한 사람이었다.

"아우가 그리스도교를 믿게 된 이유를 물어봐도 되겠나? 나로서는 이해가 잘 안 가는군. 언더우드 부부에 대한 고마움 때문인가?"

"물론 고마운 마음도 있습니다. 이제는 부모님이라고 생각할 정도지요. 하지만 그보다 더 중요한 건 이 책을 제가 진심으로 믿지 않으면서……"

원식은 성경을 가리켰다.

"감히 그리스도교를 믿는 척은 할 수 없다는 겁니다."

"어째서 그렇지?"

"하나님께서는 모든 사람을 사랑하시고 구원하십니다. 그리고 그분의 눈에는 우리 모두가 똑같은 사람입니다. 너무나 경이로운 사실 아닙니까?"

"글쎄…… 너무 뜬구름 잡는 이야기 아닌가? 그런 하나님이 정말로 있는가?"

"저는 믿습니다. 아니, 확신합니다. 모든 건 다 진실입니다. 그리고 근자에는 많은 이들이 저처럼 그 사실을 알고 있습니다."

"그렇다면 다른 식으로 물어보겠네. 근자에 왜 그런 사람들이 늘어나고 있는 건가?"

원식은 턱을 긁적이다 왼쪽 뺨을 손으로 받쳤다.

"형님, 솔직하게 말씀드려도 되겠습니까? 대답이 마음에 들지 않으실 수도 있습니다. 특히나……"

"괜찮네. 오늘은 한결 몸이 가벼우니. 그저 호기심이 생겼을 뿐이네."

"그렇다면 좋습니다."

원식이 조용히 입을 열었다.

"아까 말씀드렸듯 주님, 하나님께서는 이 세상 모든 사람을 사랑하시고 모든 사람을 구원하십니다. 하나님이 보시기에 우리는 모두 똑같은 사람입니다. 그런데 왜 누구는 평민이고 누구는 양반, 아니…… 세자일까요?"

원식도 결국 개화파를 지지하는 것일까?

"그건 자연스러운 천하의 이치가 아닌가? 높은 곳이 있으면 낮은 곳이 있는 것 아니겠는가."

원식은 이 대화가 끝나도록 누군가 들어와 자신을 구해주길 바라는 눈빛으로 문을 바라보았다.

"형님께서 어떤 고통을 겪으셨는지 생각하면 이런 이야기를 하는 게 잘못일 수도 있지요. 저는 형님을 존경하고, 무기를 들고 조선에 혼란을 일으켜 지금 같은 어려운 상황을 만든 역도들을 지지하는 사람이 아니라는 사실만 알아주십시오……"

"괜찮네. 나도 아버지를 사랑하지만……"

강은 말을 잇지 못했다.

"그분께서도 조선의 많은 문제를 인정하실 거라 생각하네."

"형님, 제가 살아온 인생에 대해 한 말씀 드려도 괜찮겠습니까? 아무런 잘못도 하지 않은 아버지가 모함을 받아 유배당했고, 저는 고아가 되어 비참한 삶을 살았습니다. 부모가 없는 저를 아무도 받아주지 않더군요. 조선은 나를 밀어내고 죽어가는 채로 내버려 두었습니다. 그냥 하는 말이 아니라 정말 죽어가는 저를 아무도 돌봐주지 않았습니다. 그런데 양반들은 어떻습니까? 입에 문 장죽에 불을 붙이는 일조차 종에게 시키는 게 양반입니다. 할 줄 아는 거라고는 그저 서책이나 읽고 풍월이나 읊조리는 게 전부 아닙니까. 조선의 모든 게 다 저를 화나게 합니다. 백성들이 피땀 흘려 농사를 짓고 겨우 굶지 않을 정도로 수확을 거둬들이면 마을의 모든 일을 좌지우지할 권한을 가진 그 잘난 양반들이 세금을 받으러 오지요. 뭔가 불평이라도 하면 매를 맞거나 그보다 더 심한 일을 당합니다. 사냥꾼이 호랑이를 잡은 사실을 양반이 알게 되면 사냥꾼의 등을 두드리며 수고했다는 말만으로 호랑이 가죽을 벗겨다 자기 집 안에 깔고 불쌍한 사냥꾼에게는 그저 돈 몇 푼을 던져줄 뿐입니다."

"하지만 다들 그러고 사는 게 아닌가? 수백 년 동안 이 땅에서는 다들 그렇게 살아왔잖은가?"

"오래전 중국에서 흘러든 사상 때문에 우리 모두 다른 방법 같은 건 없다고 생각하며 살았지요. 그렇지만 하나님이 보시기에 우리는 모두 다 평등하다고 하십니다. 제가 어떻게 살아왔는지를 알게 된 형님이라면 제가 무슨 말을 하는지 이해하시겠지요. 그렇지 않은가요?"

원식의 온몸에는 생기가 돌았고, 두 눈동자는 새로운 열정으로 빛났다.

"형님, 일본이 조선에게 강요하는 개혁이 어떤 것인지 알고 계십니까? 조선이 스스로 해야 했을 일을 이제 와서 외국의 침략자가 강요하는 현실이 저는 무척이나 고통스럽습니다."

"그게 무슨 말인가? 그러니까 우리더러 상투를 자르라고 하는 그런 개혁 말인가? 자네가 이미 그런 것처럼?"

강은 손을 들어 원식의 짧은 머리를 가리켰고, 원식은 움찔했다.

"송구합니다. 형님을 화나게 할 뜻은 없었습니다. 강제 단발령은 저도 동의하지 않습니다. 그런 건 개인의 선택이어야 하지요. 다만 아까 말씀드린 것처럼 양반이니 상놈이니 하는 신분제도나 부모가 없다고 하여 괴롭힘을 당하고 업신여김을 받는 그런 일은 없어져야 한다고 생각하기에……"

"하지만 자네가 말하는 개혁이나 개화, 평등 같은 건 마치 일본 앞잡이가 하는 말처럼 들리네. 일본의 칼 앞에서 우리 모두 똑같이 평등하게 종이 되어도 상관없다는 뜻인가?"

"형님, 저도 누구보다 폭력을 앞세운 침략자들을 증오합니다. 제가 말하고자 한 건 애초에 조선이 스스로 근대화에 나섰어야 했다는 겁니다. 저는 일본의 뜻을 따르자는 게 아닙니다. 누군가를 따르자면 오히려 미국 같은 진짜 개화된 나라를 따라야……"

강이 자리에서 벌떡 일어섰다.

"그렇다면 그냥 미국으로 가는 게 어떤가! 미국은 평등의 나라, 그리고 저기 있는 예수를 믿는 나라 같은데, 아닌가? 자네는 이미 미국 사람처럼 보이니 말일세!"

그러자 원식이 고개를 숙인 채 말했다.

"사실 이제 몇 개월만 있으면 진짜 미국으로 갑니다. 가서 근대화된 나라가 어떻게 움직이는지 배울 겁니다. 그러면 나중에 다시 조선에 돌아와 도움을 줄 수 있겠지요. 형님을 화나게 했다면 죄송합니다. 제가 했던 말은 다 잊어주십시오. 그리고 앞으로는 형님이 아니라 의화군 마마라고 부르는 게 좋겠습니다."

고종과 언더우드가 비밀리에 주고받은 쪽지를 통해 강은 아내 수덕이 박 내관의 도움으로 삼각산의 한 사찰로 몸을 피했다는 사실을 알게 되었다. 강은 마음이 조금 편해졌다. 안전한 곳으로 피신했을 뿐더러 무엇보다 그 장소가 사찰이라, 궁에서 만족하고 지내기에는 아는 것도 호기심도 많고 또 애초에 시골 출신에 불심이 깊은 수덕이라면 잘 지낼 거라고 생각되었다. 강은 수덕이 들꽃을 따며 어린아이처럼 뛰어노는 순진한 상상을 해보았다. *중전마마에게 무슨 일이 일어났는지 수덕은 몰랐으면 좋겠는데……* 아버지와 이복형에 대해서는 여전히 마음이 불편했다. 언더우드의 전언에 따르면 어느 눈치 없는 서양인 선교사가 요즘은 어떻게 지내시느냐고 물으니, 고종은 그저 "죽지 못해 산다"고만 대답했다고 한다.

왕실에 대한 소식은 그렇다 치고, 강은 원식과 다툰 일이 마음에 걸려 견딜 수가 없었다. *스스로 머리칼을 자른 저 그리스도교인 조선 청년의 말에 틀린 점이 없다면 어쩌할 것인가? 그렇지만 천하의 모든 사람에게 각자의 신분이 있으며 어떤 이는 높고, 또 어떤 이는 신분이 낮은 건 지극히 자연스럽고 당연한 일이 아*

닌가? 아버지는 아들보다 높은 위치, 사내는 여인보다 높은 위치, 양반이 백성보다 높은 위치에 있는 게 당연한 일이 아니란 말인가? 젊은이가 어떻게 늙은이와 평등할 수 있겠는가? 만일 내가 뭘 잘못 알고 있다면? 설마, 그럴 리가 없어……

강은 봉삼을 떠올렸다. 봉삼은 왜 힘든 종 노릇을 하고 외숙부는 왜 주인 노릇을 했을까? 서로의 처지가 그렇게 된 건, 아니 그 집안에서 내 처지가 그리된 것도 단지 우연의 일치였을까? 외숙부가 자신을 야단칠 일이 있으면 왜 아무 죄 없는 봉삼을 찾는지 자신도 궁금하지 않았던가.

하늘의 뜻에 따라 왕이 된 자신의 아버지는 어떤가? 어쩌면 아버지도 탐욕스러운 야심가들에게는 그저 괴롭힘의 대상이었을지 모른다. 그렇게 끔찍한 방식으로 아내를 잃는 비극을 겪은 사람이 과연 또 있을까? 무엇보다 아버지가 자신의 의지나 뜻에 따라 행동할 수 있는 때가 있었을까? 지존으로 떠받들어지는 왕이라고 하지만 실제로는 자신이 원하는 걸 마음대로 할 수도 없을 뿐더러, 심지어 잠자리까지 감시받는 신세였다. 지금은 외국 세력과 세도가의 친척들, 그저 겉으로만 충성을 보이는 대신들이 조선의 모든 걸 좌지우지하고 있으며, 세 세력이 피를 튀기며 다투는 사이에서 고생만 하고 있는 게 바로 이 나라의 왕이었다. 이렇게 백성도, 왕도 만족하며 살 수 없는 비참한 상황의 나라가 있다면, 그 나라가 존재하는 의미는 과연 무엇일까?

"개혁이나 개화, 평등 같은 건 마치 일본의 앞잡이가 하는 말처럼 들린다"며 강은 원식을 다그쳤다. 그러나 시간이 지날수록, 중전이 살해당할 때 느꼈던 공포가 고통과 공허감으로 변해갈수록 강은 큰 소리로 외쳤던 자신의 말이 과연 옳은 것이었는지 의문을 품게 되었다. 자신이 화를 내며 자리를 박차고 일어섰던 것도 결국 원식의 말이 논리적으로 옳았기 때문이 아니었을까? 원식도 언더우드 씨도 조선의 근대화는 지지하지만 동시에 그들의 주장처럼 일본 세력에 대해서는 정말 반대하고 있는 게 아닐까?

강은 사과하고 싶었다. 아니, 적어도 원식을 더 이해하고 싶었다. 그렇게 원식과 다시 말을 트고 싶은 숨은 이유가 또 있었다. 강은 이곳에서의 탈출을 생각했다. 집 밖에는 자신을 감시하는 병사가 있고 언더우드 씨의 서재에 들어갈 때마다 그 병사가 눈에 들어왔다. 아직은 어린아이처럼 순진한 얼굴의 병사가 이제 강의 꿈속에 나타나 폭력을 일삼는 무리와 함께 어울리기 시작했다. 병사는 창문을 깨트리고 집 안으로 들어와 강을 질질 끌고 밖으로 나갔다. 강의 핏자국은 푸른 잔디밭에서 궁까지 이어졌다. *늘 이렇게 두려움에 떨면서 살아야 할까?* 원식의 마지막 말은 뺨을 후려치는 것처럼 아팠지만 동시에 강의 정신을 번쩍 들게 했다. *원식은 곧 미국으로 떠난다고 했다.*

강은 두 번이나 원식의 방으로 찾아갔지만, 그때마다 문을 두드릴 용기가 나지 않았다. 그러다 마침내 방을 나와 주방으로 향하는 조용한 발소리를 듣고 그 뒤를 따라갔다.

원식은 고개를 들고 부엌칼을 내려놓았다.

"안녕히 주무셨습니까?"

"잘 잤는가. 지금 뭘 하고 있나?"

"빵을 얇게 썰어 굽는 중입니다. 언더우드 씨 내외가 좋아하는데, 지금은 저도 맛을 들였지요. 의화군 마마 입맛에는 별로일지 모르겠습니다만."

"일전에는 미안했네. 화를 낼 생각은 아니었어. 알겠지만 내게 많은 일이 있었지. 그래서 생각이 많았고……"

"아닙니다. 그때는 전적으로 제가 잘못했습니다."

"아니, 그러지 마시게. 자네가 내게 사과하는 것 자체가 자네가 말했듯 이 사회가 불평등하다는 걸 방증하는 뜻일 테니. 그렇지 않은가?"

"뭐라 말씀드려야 할지 모르겠군요. 그리 말씀해 주시니 감사합니다."

"너무 딱딱하게 굴지 말게나. 적어도 이 집 안에서는 다들 평등한 게 아닌가?"

원식은 조심스럽게 잠깐 웃어 보였다.

"예, 아마도……"

"빵을 얇게 썰어 굽는다고? 그다음에는 어떻게 하는 거지?"

"서양에서 '토스트'라고 부르는 겁니다. 빵을 썰어 구운 뒤에 그 위에 버터를 바릅니다. 처음에는 기름 맛이 강하게 느껴질 수도 있어요."

강은 궁에서 들었던 하얀 기름을 단단하게 굳힌 음식이 지금 원식이 말하는 버터일 거라고 생각했다. 원식은 버터를 빵 위에 골고루 펴 발랐다. 수없이 해본 것 같은 익숙한 손놀림이었다.

"자, 한번 잡숴보세요."

강은 빵을 건네받아 한 입 베어 물었다.

"흠, 토스트라고?"

처음에는 이게 다인가 싶어 무심하게 말했지만, 곧 버터의 기름기가 입안을 자극했다.

"기름 맛이 강하지만 맛있군. 그나저나 이보게, 하고 싶은 말이 있네."

"무슨 말씀이십니까, 의화군 마마…… 아니 형님?"

강은 형님 소리를 다시 듣게 되자 안도감을 느꼈다.

"음, 좀 이상하게 들릴 수도 있겠지만, 나도 미국에 갈 수 있을까?"

"어…… 언더우드 부부가 들으면 기뻐하시겠는데요. 그런데 왜 갑자기 그런 이야기를……"

"나도 자네처럼 조선을 위해 큰일을 하고 싶다고 말하고 싶지만, 실은 이곳에서 도망치고 싶을 뿐이네. 이렇게 매일 두려움에 떨면서 살고 싶지 않아. 누구도 나를 알아보지 못하는 곳에 가서 살고 싶네."

"알겠습니다. 그렇지만 미국에 가서 뭘 하시렵니까? 아무런 목적도 없이 가기는 어려우실 텐데요."

"아직 거기까지는 생각 안 해봤네. 자네는 미국에서 뭘 할 생각인가?"

"일단 로어노크라는 대학에 가서 영어 공부를 하려고 합니다. 앞서 말씀드렸듯 제 목적은 근대화된 사회를 경험하고 근대화에는 어떤 교육과 사고방식이 필요한지를 배우는 것입니다. 그렇게 배운 지식을 조선에 들여와 개혁을 이루는 데 도움을 주려 합니다. 조선을 위해 힘 있는 미국인들과 친분도 쌓고 싶습니다."

강은 아무런 생각이 없는 자신이 한탄스러운 듯 한숨을 내쉬었다.

"그러면 나도 거기에 가도…… 될까?"

"형님, 그건 잘 모르겠습니다. 저도 아직 경험해 보지 못했기 때문에 뭐라고 답을 드리기가 어렵습니다. 자유를 얻는 것과 근대화에 대해 배우는 건 양날의 검일 수 있다고 생각합니다. 술을 기분 좋을 정도로만 적당히 마시는 사람이 있는가 하면 취해서 정신을 잃을 때까지 계속 마시는 사람도 있지요. 제가 형님을 미덥지 않아 하는 건 아니지만 정말 미국에 가시려거든 먼저 스스로 무엇을 원하는지 아셔야 할 것 같습니다. 미국에서 많은 것을 배울 수 있겠지요. 하지만 예컨대 뉴욕이라는 도시를 보면 세계에서 가장 크고 발전된 지역이라지만 동시에 상상할 수 있는 모든 종류의 역겨운 악행이 가득한 곳이기도 합니다. 노름, 술, 창기 등 하루 종일 어디서나 그런 광경을 쉽게 접할 수 있다고 합니다. 그런 도시가 상상이 가십니까?"

강은 온 힘을 다해 흥분을 가라앉히고 간신히 대답했다.

"무슨 말인지 알겠네."

"하지만 그건 뉴욕 이야기고, 로어노크는 그보다 규모가 작고 2만 명 정도가 살고 있다고 합니다. 원하신다면 저랑 같이 로어노크 대학에서 공부하실 수 있지 않을까요?"

강은 빙그레 웃었다.

"그렇군. 만일 로어노크에 악행이 있다면 자네가 나를 지켜줄 수 있지 않겠나……"

다음 날 아침도 강과 원식은 함께 토스트를 만들어 먹었다. 그때 복도 쪽에서 발소리와 동시에 목소리가 들렸다.

"호레이스, 이 나라 왕은 정말 사람을 놀라게 해……"

"아, 또 그 이야기인가. 나 오늘 할 일이 많은데."

"다들 바쁜 건 마찬가지야."

발소리가 멈췄다.

"호레이스, 이건 중요한 일이야. 과연 이 나라에 미래가 있을까? 우리 여기서 그저 시간 낭비를 하는 게 아닌가?"

"릴리어스, 목소리를 좀 줄여."

"괜찮아. 왕자는 이 시간이면 늘 자고 있으니. 하지만 곧 다 알게 될 텐데 뭘. 내 말이 맞잖아?"

토스트를 먹던 강과 원식은 깜짝 놀랐고, 강은 원식의 어깨를 가볍게 잡고 손가락을 입술에 가져다 댔다.

"어쨌든 주상 전하께서 머리카락을 자르셨잖아. 본인이 원하는 일도 아닌데……"

그 말을 듣고 원식도 깜짝 놀랐다. *조선의 국왕이 상투를 잘랐다!* 그야말로 하늘이 무너지고 세상이 거꾸로 뒤집힐 일이었다.

"호레이스, 지금 그걸 말하는 게 아니야, 내 말이 무슨 뜻인지 당신도 알잖아?"

"그래, 그래. 주상 전하는 지금 포로나 마찬가지고 마음이 무너진 상태야. 위로가 필요한 가엾은 한 인간에 불과하다고……"

"그냥 싸구려 인간이야. 그게 본질이라고. 가엾은 내 친구 중전마마! 아내가 세상을 떠난 지 얼마나 되었다고 그딴 형편없는 여자에게 눈을 돌려?"

강이 방금 들은 말을 따라 했다.

"여자……?"

원식은 눈을 감고 말없이 고개를 끄덕였다. 자신이 생각하는 게 맞다는 뜻이었다.

"아니, 실제로 무슨 일이 있었는지 우리는 잘 모르잖아. 그냥 시중을 들기 위해 드나들 수도 있지. 애초에 그러라고 있는 궁인이니까. 그리고……"

"아, 궁인? 궁인이면 다 괜찮다는 거지? 그런 거야, 호레이스? 그래, 아마 궁 안에 있는 궁인이란 궁인은 다 건드렸겠지."

"릴리어스, 주상은 지금 세상에 혼자 남겨진 거나 마찬가지야. 그러니 어머니처럼 자신을 돌봐줄 누군가가 필요하다고. 게다가 그 궁인이 무슨 매력이 있는 것도 아니고 나이도 꽤 많다고 하잖아. 그러니 무슨 왕손을 보기 위한 일도 아닐 거고……"

"그런 게 무슨 상관이야!"

"릴리어스, 여기 사람들은 우리와 달라. 우리와는 도덕 관념이 다르다는 사실을 기억해야지."

"그건 나도 뼈저리게 느끼고 있어. 아주 뼛속 깊이 알고 있다고. 그래도 지금까지는 그걸 바꿔 나갈 수 있다고 생각했는데……"

"아직도 할 수 있어. 다음 세대를 보라고! 우리는 지금 의화군을 보살피고 있잖아. 이미 앨런 공사와 이야기를 나눴어. 공사도 당연히 돕겠다고 하더군. 만일 우리가 원식과 함께 의화군도 미국으로 데려갈 수 있다면 반드시 의화군을 진정한 그리스도교인으로 만들 거야! 왕실 후계자인 그의 이복형은 그 신세가 내시와 다름없다는 걸 모르는 사람은 없으니까. 이건 조선 땅에서 주님을 위해 승리를 거둘 정말 좋은 기회잖아! 하지만 그 전에 먼저 주상이 처한 입장을 이해해야지. 죄인을 사랑하는 게 우리 일이야."

"오, 주님, 제게 힘을 주십시오! 주님……"

언더우드 부인은 그 말을 끝으로 복도를 따라 사라졌다.

9

강은 매일 서재를 찾아 문화와 국민, 역사, 종교 등 미국에 대한 모든 걸 공부했고, 언더우드 부부는 이 모습을 대단히 흡족하게 여겼다. 강으로서는 이 비참한 상황에서 벗어날 기회를 얻기 위한 몸부림이기도 했다. 게다가 서재는 집에서 가장 따뜻한 곳이었다. 시베리아의 차가운 바람이 불어오는 한겨울이었지만 강은 유리창 너머로 보이는 맑고 푸른 하늘을 어느 따뜻한 나라의 하늘로 생각했다. *어쩌면 미국 하늘이 저렇지 않을까. 그리고 그런 하늘 아래에는 평온한 기쁨의 땅이 자리하고 있을지도 모른다.*

너무 오랫동안 언더우드 부부의 집 안에 갇혀 살아서일까, 강은 시간 감각을 거의 잃어버렸다. 언더우드 씨의 책상 위에 있는 최근 신문을 보다가 2월 초순이 다 되었다는 사실을 겨우 알았을 정도였다. 다만 그 날짜는 강이 세는 날짜와 다소 차이가 있었다. 일본은 자신들이 주장하는 '개혁'의 일환으로 조선에서도 그레고리력을 사용하도록 강제했다. 강은 고개를 흔들며 원래 조선의 역법으로는 12월 말쯤일 거라고 추측했다. 먼저 단발령이 내려지고 그다음은 역법이 바뀌었다. 조선의 정신을 뒤흔들려는 잔인한 계획과 관료주의적 명령이 마구 뒤섞인 느낌이었다.

일본의 조선 통제는 부인할 수 없는 사실이었다. 창밖으로 보이는 세상이 전부 변하고 있었으며 남은 조선의 관습이나 규칙 역시 언제든 도마 위에 올라갈 수 있었다. 그런데 오늘은 강을 감시

하는 병사가 보이지 않았다. 아침부터 보이지 않더니 지금까지 나타나지 않았다. 강이 이 집에 숨어든 게 발각된 이후 집 밖에 감시하는 병사가 없는 날은 없었다. 나무들은 이제 가지만 앙상해서 숨을 만한 곳도 없었고 병사들은 자신의 존재를 감추려는 노력 자체를 그만둔 지 오래였다. 강은 창가로 다가가 담벼락과 나무, 골목 등을 열심히 살폈지만 군복도, 자신을 쳐다보는 눈동자도 찾을 수 없었다.

강은 다시 책장 옆에 가서 앉았다. 그리고 읽다가 한 번 포기한 《미국의 민주주의Democracy in America》라는 책을 다시 집어 들었다. 하지만 얼마 뒤 한숨을 내쉬며 역시 《워싱턴의 일생》 같은 읽기 편한 책이 좋다고 생각했다. *그나저나 감시병은 어디로 갔을까?* 강은 결국 앉았다 일어서기를 반복하며 창밖을 보고 또 보았다. 자리에 앉은 후에도 몸을 이리저리 뒤척였다. 도무지 편하게 앉아 있을 수가 없었다. 스무 번 가까이 왔다 갔다 했을까, 강의 눈에 마침내 누군가가 보였다. 언더우드 씨였다.

그는 대문을 부술 기세로 거칠게 문을 열고 무섭게 달려왔다. 잠시 후 우렁찬 목소리가 집 안 가득 울려 퍼졌다.

"여보! 의화군 마마! 다들 어디 있어요?"

제발, 더 이상 아무 일 없기를. 책을 손에 쥔 강이 알 수 없는 두려움에 사로잡힌 채 느릿느릿 복도를 따라 걸어갔다. 원식도 제 방에서 나왔다.

"릴리어스는 지금 어디 있지? 집에 돌아왔나?"

"아니요, 부인은 집에 없는 것 같습니다만."

"그렇다면 학교에 있겠군. 가서 데리고 와야겠어."

언더우드가 강의 어깨를 움켜쥐었다.

"마마, 상황이 너무나 심각합니다. 아까 육조 거리에 있었는데, 궁으로 가는 길이 막혀서 다시 돌아와야 했습니다. 거리에서는 전투가 벌어지고 있고 일본 병사들이 정신없이 도망치며 달려가는 걸 봤습니다. 다시 정변이 벌어진 건 아닐지요! 무슨 영문인지 도무지 알 수가 없군요."

강은 지금 느끼는 감정이 흥분인지 두려움인지 알 수 없었다. *그러면 지금 주도권을 쥔 건 어느 쪽인가?*

"사복을 입은 일본군 장교도 있습니다만 얼굴을 보면 구분할 수 있지요. 총을 쏴대면서 길을 뚫고 나가려 하는데 엄청난 수의 군중이 그 앞을 가로막고 있습니다!"

원식이 갑자기 허리를 쭉 폈다.

"언더우드 씨, 밖으로 나가실 거면 저도 함께 가겠습니다."

"아니야. 너는 조선 사람처럼 보이지 않으니 집 안에 있는 게 더 안전해. 두 사람이 여기 있으면서 서로를 지켜줘야지."

언더우드는 빠르게 고개를 끄덕인 후 집 밖을 향해 성큼성큼 걷기 시작했다. 그러다 갑자기 걸음을 멈추고 돌아섰다.

"원식, 지금이야말로 마마에게 이 물건의 사용법을 알려드려야 할 때인 것 같아."

그는 자신의 권총집에서 손잡이가 자개로 장식된 권총을 꺼내 강의 오른손에 쥐여주었다.

"언더우드 씨, 이건!"

"38구경 스미스앤드웨슨 권총입니다. 동생이 준 선물인데 여러 사연이 있지요. 나와 아내가 북쪽에서 선교할 때 이 권총 덕분에 어려움을 많이 피해 갈 수 있었습니다. 안전장치도 있고 노리쇠도 크지 않아 옷에 걸릴 위험도 적지요. 이것만 있으면 궁궐 사람들처럼 쉽게 당하지는 않을 겁니다. 무슨 말인지 아시겠지요? 이 권총 덕분에 나도 거실에 있는 호랑이를 해치울 수 있었지요. 상대가 사람일 경우 제대로만 쓰면 다 막아낼 수 있습니다. 마음에 드시면 좋겠군요. 이제부터 이 권총은 마마 겁니다."

언더우드는 이렇게 말하며 강의 어깨를 두드렸다.

강은 안전장치나 노리쇠가 무엇인지 전혀 알아들을 수 없었지만, 순간 특별한 비밀 단체의 일원이 된 듯한 기분을 느꼈다. 오른손에 권총을 쥐고 왼손으로 권총을 어루만지자 그 즉시 예상치 못한 안정감과 자신감이 차올랐다. 언더우드는 강에게 권총집도 건네주었다. 강은 권총집을 허리에 차고 권총을 꽂았다. 그러고는 손잡이 부분에 손을 가져다 댔다. 권총이 벌써 몸 일부처럼 느껴졌다.

"내게는 레밍턴 권총이 한 자루 더 있으니 염려 마십시오. 이제 그만 가보겠습니다. 아내를 찾으러 가야지요. 아, 잠깐만요!"

언더우드는 강이 왼손에 든 책과 허리에 찬 권총을 가리켰다.

"조지 워싱턴 책이군요. 그렇다면 마마는 정치적으로도, 군사적으로도 무장하게 된 겁니다. 남은 건 영적인 부분뿐이네요. 그것까지 갖추면 마마는 무적이 될 겁니다."

한 시간쯤 지났을까, 누군가 대문을 쉬지 않고 요란하게 두드렸다. 하지만 원식과 강은 그저 무시해 버렸다. 나무를 두드리는 소리가 온 집 안에 울려 퍼지자 두 사람은 바닥에 누웠다. 언더우드 부부가 없는 집은 갑자기 작고 위태롭게 느껴졌다.

사람의 목소리도 들렸다. 지치고 짜증이 난 듯한, 그러면서도 묵직한 목소리였다. 병사들이 몰려온 것이 틀림없었지만 조선 병사도 일본 병사도 아니었다. 무슨 말을 하는지 한 마디도 알아들을 수 없었다. 강은 들릴 듯 말 듯한 소리로 혼자 중얼거렸다. *대체 무슨 잘못을 했기에 이렇게 늘 두려움에 떨면서 살아야 하나…… 전생에 무슨 죄를 지은 거지? 역적이나 끔찍한 살인자였나? 조상의 얼굴에 먹칠하는 엄청난 짓이라도 저질렀단 말인가?* 언더우드가 집을 나간 후 원식에게서 기본적인 권총 사용법을 배운 강은 마치 새로운 구원이나 종교를 찾은 것처럼 38구경 권총을 힘껏 움켜쥐었다.

쾅, 쾅, 쾅. 마침내 그들은 창문까지 두드리기 시작했다.

"블리야트!"

누군가 이렇게 소리쳤다.

"러시아 사람입니다."

원식이 속삭였다.

쾅, 쾅, 쾅. 잠시 뒤 서툰 조선말이 들렸다. 무척 화가 난 듯한 목소리였다.

"빌어먹을, 어서 대답하라고!"

그때 변성기를 지나지 않은 소년 같은 목소리가 울려 퍼졌다.

"의화군 마마! 혹시 거기 계십니까?"

"이제 살았어!"

강은 원식의 팔을 끌어 몸을 일으켰다. 달려가서 문을 활짝 열자 얼어붙을 듯 차가운 바람이 들이닥쳤다. 강의 앞에는 러시아

해병 여섯이 서 있었다. 모두 키가 크고 콧수염을 길렀으며 조선 병사는 볼 수 없는 멋진 모신나강 소총을 들고 있었다. 그 한가운데 한 마리 큰 곰 같은 박 내관이 서 있었다.

"마마께서 미국 선교사들과 안전하게 지내고 계시다는 건 알고 있었습니다만 이렇게 직접 뵈오니 소인 기쁘기 한량없사옵니다!"

강이 두 팔로 박 내관을 얼싸안자 박 내관은 크게 당황하는 것 같았다.

"고맙네. 자네 덕분에 궁에서 살아 나올 수 있었어!"

강은 얼싸안은 팔을 풀고 눈 덮인 언더우드의 집 잔디밭에 모여든 러시아 해병들을 바라보았다.

"박 내관, 무슨 일인지 좀 설명해 주게."

"네, 정말 놀라운 일이옵니다. 주상 전하와 세자 저하께서 오늘 아침 경복궁을 빠져나와 아라사 공관으로 몸을 피하셨나이다. 이제 두 분은 베베르 영사의 보호 아래 얼마든지 그곳에 계실 수 있다 하옵니다. 일본국은 감히 아라사와 싸울 수 없고 전하를 앞세우지 못하면 조선을 다스릴 수도 없으니, 본국으로 도망치지 않겠사옵니까! 충성된 전하의 백성들에게 맞아 죽기 전에 말이옵니다!"

강과 원식은 깜짝 놀라 숨이 멎을 것 같았다.

"이 교지를 읽어보시옵소서. 크게 기뻐하실 것이옵니다."

박 내관은 고종이 백성들에게 내린 포고령이 적힌 종이 한 장을 강에게 내밀었다. 친일 내각은 해산되었고 고종에게 충성하는 대신들로 구성된 새로운 내각이 이미 들어섰다. 중전 암살에 가담했던 자들은 이제 죽음으로 그 대가를 치르게 될 거라는 등의 내용이었다.

"이게 다 사실인가?"

"네, 하늘에 맹세코 모두 다 사실이옵니다."

"정말 믿기지 않는군. 박 내관, 이걸 한번 보게. 단발령은 철회되었고 의복은 원하는 대로 입어도 된다지 않는가."

"그렇사옵니다. 이제 종묘사직이 바로 서고 있사옵니다."

"또 이렇게 적혀 있군. '모든 문제는 결국 우리의 고집과 좁은 사견 때문에 일어난 것이며, 곧 악행과 실수가 이어지며 재난을 초래하였도다. 처음부터 끝까지 모두 우리의 잘못이노라.'"

옆에 있던 원식이 헛기침을 했다.

"주상 전하께서 즉시 의화군 마마를 아라사 공관으로 데려오라고 명하셨나이다. 다만 아직 가마를 준비하지 못해 송구할 따름이옵니다. 체통을 지키셔야 하는데……"

"체통이라! 이 와중에 체통이 다 무엇이란 말인가? 그놈의 체통을 지키느라 전하께서는 고초를 겪으시고 백성들은 비참한 생활을 하지 않았는가. 나는 걸어갈 것이네. 그동안 집 안에만 있느라 다리에 살만 찌지 않았는가."

박 내관은 움찔했다. 저 파란 눈의 선교사들이 뭔가 이상한 사상을 심어놓은 게 분명하다고 생각했다.

"알겠사옵니다. 그러면 같이 걸어서 돌아가시지요."

묵직한 철문이 열렸다. 한쪽 끝에 높은 탑이 솟은 하얀색 르네상스식 건물이 드러났다. 러시아 병사들 사이로 비단 관복과 관모를 쓴 남자들이 이리저리 오가는 게 보였다. 민 씨 일가를 포함해,

익숙한 얼굴들이 많았다. 박 내관과 강이 계단을 따라 정문을 거쳐 공사관 건물 입구로 들어서자 병사들이 다른 곳으로 이동했다. 강은 화려하게 장식된 기둥이며 벽, 대리석 바닥을 보고 충격을 받은 듯 잠시 멈춰 섰다. 벽은 물론이거니와 액자며 가구 하나하나 화려한 장식이 빠지지 않았고 금으로 뒤덮인 곳도 있었다. 조선의 궁이 소박하게 생각될 정도였다.

그때 녹색 옷을 입은, 오래 궁에 있었던 것 같은 나이 지긋한 여인이 나타났다. 강은 그 궁인이 누구인지 몰랐지만, 그 궁인은 강을 알아본 듯 재빨리 형식적으로 고개를 숙였다. 그런데 깊이 고개를 숙이고 아첨하듯 웃으며 두 손을 모으는 박 내관을 보고 강은 놀라지 않을 수 없었다. 강에게야 늘 있는 일이었지만 내관이 보통의 궁인에게 보일 표정은 아니었다.

강은 다시 궁인을 쳐다보았다. 얼굴은 둥글넓적했으며 나머지 외양 역시 눈길을 끄는 곳이 없었다. 다만 잔주름이 있는 눈가에는 어쩐지 농염한 분위기가 있었다. 그리고 마치 서양 외교관 부인들처럼 거리낄 것 없다는 듯 행동에 자신감이 넘쳤다.

"주상 전하께서 매우 기뻐하실 것입니다. 저도 마찬가지고요. 듣던 대로 아주 훤칠하십니다."

이 여인은 누구지? 여인이 서둘러 강을 계단 위로 데려갔다.

"베베르 공사께서 친절하게도 우리에게 방을 네 개나 내주셨습니다."

짙은 색의 참나무 복도를 따라 걷는 동안 여인의 설명이 이어졌다.

"하나는 주상 전하, 하나는 세자 저하, 하나는 궁인들, 나머지

하나는 사랑채처럼 쓰고 있습니다."

여인이 아무런 기척도 없이 문을 활짝 열자 강의 앞에 아버지와 이복형이 나타났다.

고종은 전보다 더 여위고 나이가 많이 든 것 같았다. 어디를 봐도 왜소하고 초라한 모습이었다. 입은 의복도 수수했고 위에 걸친 두루마기조차 다른 사람 것을 빌려 입은 듯했다. 어떻게 보면 눈이 움푹 들어가 감정이 전혀 없는 듯 느껴지면서도 또 어찌 보면 상실감이 느껴졌다. 예의 자연스러운 유쾌함은 찾아볼 수 없었다. 그저 슬픔에 잠긴 노인 같았다.

"네가 왔구나!"

고종은 자리에서 벌떡 일어나 강을 끌어안은 뒤 자신이 앉았던 자리 맞은편의 안락의자 쪽으로 이끌었다. 강을 안내했던 궁인은 곧 사라졌다.

세자는 한쪽 구석에 있는 침대 위에 앉아 있었다. 친어머니인 중전이 살해된 후로는 잠을 전혀 자지 못한 것 같았다. 한쪽 눈은 정상이었는데 다른 쪽 눈은 누군가와 싸우기라도 한 것처럼 시커멓게 부어올라 있었다. 세자는 강을 알아본 듯 천천히 고개를 끄덕이다가 다시 고개를 아래로 떨궜다. 손을 쉴 새 없이 떨었고 손톱 근처에는 작은 핏자국이며 딱지가 보였다.

"날이 너무 춥구나."

고종이 창밖을 바라보며 말했다. 그러더니 말없이 강을 돌아보았다.

"의화군은 따뜻하게 지냈는가? 생활에 부족함은 없었는가?"

"네, 전하. 언더우드 부부가 무척이나 친절하게……"

고종은 숨을 크게 내쉬었다 들이마셨다.

"아들아, 정말 미안하구나. 모든 게 내 잘못이다. 나는 그저 너를 궁으로 데려오고 싶었느니라. 나 때문에 겪었을 어린 시절의 고생을…… 다시 데려와서…… 한데 어떻게 되었느냐? 그러니 앞으로는 너의 인생을 스스로 알아서…… 나는 너를 두 번이나 실망시켰느니라."

"전하, 그런 말씀은 마십시오."

"전하라…… 네게 그런 말을 들을 자격이 있느냐. 나를 한번 보거라. 나라도 잃고 거처도 잃었다. 중전은 또 얼마나 가엾게 갔느냐! 지금은 그저 조선 천지와 마찬가지로 외국인들의 자비만 구하는 신세가 되었구나. 모두 다 내 잘못이다. 왕실도 조상님께 물려받은 신체도 지키지 못했느니라."

고종이 갓을 들어 올리자 짧아진 머리칼이 드러났다.

강이 곁눈질하자 앞뒤로 가볍게 몸을 흔드는 세자가 보였다. 아무 잘못도 없는 순진한 이복형이었다.

강은 자신을 낳아준 아버지를 향한 분노가 치밀어 오르는 걸 느꼈지만, 그 역시 모든 게 무너져 내린 한심한 사람이었다.

"그런데 궁은 어떻게 빠져나오셨습니까? 정말 놀라운 일이옵니다."

"아, 그건 모두 아까 그 여인의 계획이었다. 엄 상궁이라고 하지."

"그 엄 상궁이 전하를 도운 것입니까?"

"그렇다. 우리 모두를 구했어. 전부 엄 상궁이 한 일이다. 내가 큰 빚을 졌구나."

고종이 헛기침을 했다.

"실은 그 일 말고도 내게 많은 도움을 주고 있다."

이걸 이제야 깨닫다니. 그날 언더우드 부부가 집 복도에서 말한 궁인이 바로 엄 상궁이었어.

"그러면 엄 상궁이 바로 전하를 새로 모시게 된……"

그때 세자가 자리에서 일어나 밖으로 나가려 했다. 고종은 뭔가 말하려 했지만 이내 두 손에 얼굴을 파묻었다.

"너도 잘 알지 않느냐. 물론 그럴 것이다. 내 일거수일투족을 모르는 사람이 없어. 그렇지? 어디든 숨을 곳이 없느니라……"

고종의 목소리가 점점 갈라지며 작아졌다.

"나는 외로웠다. 어디에도 내 편이 없을 때 엄 상궁이 내게 희망을 주었다."

강은 한숨을 내쉬었다.

"궁은 어떻게 빠져나오셨습니까?"

"얼마 전부터 엄 상궁이 가까운 다른 상궁과 함께 각각 가마를 하나씩 타고 궁을 드나들었다. 내가 있는 처소 근처로 말이지. 관례에 어긋나는 일이었지만 일본인들은 별말이 없었다. 아마도 조선의 전통이나 관례가 무너지기를 바랐을 테지. 게다가 엄 상궁은 일본 병사들을 만날 때마다 두둑한 돈주머니를 건네고 이야기를 나누며 친밀감을 쌓았다. 병사들은 자신이 뭐라도 된 듯 으쓱거렸고 말이야. 그리하여 얼마간 시간이 지난 후에는 가마 안을 뒤져보는 일도 중단했지…… 그리고 지난 밤에 연회가 있었다. 우리는 모두가 술에 취할 때까지 기다렸다. 다들 잠이 들자 나와 세자는 엄 상궁과 다른 상궁의 가마에 함께 올라타 몸을 숨겼다. 병사들은 아무것도 의심하지 않았지. 저들이 우리가 궁에서 사라진 걸 알아차렸을 때는 이미 공사관에 도착한 후였느니라."

강은 엄 상궁의 대담한 행보에 결국 감탄할 수밖에 없었다.

"엄 상궁이 나를 구했다. 어쩌면 조선 전체를 구한 거나 마찬가지일 게다. 나로서는 세자나 의화군도 언젠가는 엄 상궁을 받아들여 주었으면 한다만…… 의화군, 오늘 아침에 그 선교사 부부가 나를 찾아와 의화군에 대한 이야기를 나눴다."

"그게 정말이십니까, 전하?"

"듣자 하니 미국에서 공부하고 싶다고 했다던데, 그게 사실이더냐?"

부자지간의 대화였지만 강의 대답에 다른 누구보다 크게 관심을 보인 건 다름 아닌 아내 수덕과 엄 상궁이었다. 두 사람은 어느샌가 방으로 들어와 있었다.

"사실 저보다는 그 선교사들의 뜻이옵니다. 함께 지내는 김원식이라는 자가 곧 떠난다고 하여, 소자에게도 함께 미국에 건너가는 게 어떻겠냐는 제안을 해왔사옵니다."

"김원식이라면 선교사들이 데리고 있는 그 고아 청년을 말하는구나. 대단히 총명한 젊은이라 들었다."

"네, 매우 총명한 자이옵니다."

고종이 잿빛 수염을 쓰다듬었다.

"어쩌면 그게 너에게는 더 좋은 일일지도 모르겠구나. 조선을 위해서도 마찬가지일 테고. 다른 이들이 저 멀리 앞서가는 동안 우리는 너무 많은 시간을 허비했느니라. 그 종교만 제외한다면, 미국에 가서 배울 것이 분명히 많을 것이다."

"제가 미국으로 가든 가지 않든, 제가 그들처럼 '예수쟁이'가 될지 모른다는 염려는 하지 않으셔도 되옵니다."

"그렇구나. 엄 상궁, 그대는 어찌 생각하는가?"

"의화군 마마께 조언하는 건 제가 할 일이 아니옵니다, 전하."

수덕의 안색이 조금 창백해졌다.

"엄 상궁의 조언이 필요한지 아닌지는 내가……"

고종은 이렇게 말하며 고개를 숙여 엄 상궁에게 기댔다.

"소인은 그저 전하의 뜻에 따를 뿐이옵니다."

고종이 엄 상궁의 왼손을 꼭 쥐었다. 엄 상궁은 일부러 이마에
주름을 지으며 장난스럽게 웃어 보였다.

"음, 우리는 궁의 어의조차 어찌할 수 없는 병을 서양 의원이 쉽
게 고치는 걸 보았습니다. 그리고 저들이 말하는 시장이나 산업
의 개혁이 나라를 부강하게 만든다는 사실도 들었습니다. 청나라
마저 무릎 꿇게 할 군사력도 눈으로 보았지요. 전하, 소첩이 관상
을 조금 볼 줄 아옵니다. 의화군께서는 대단히 총명하신 분이옵니
다. 그 학식과 능력으로 조선에 도움이 될 것들을 들여오는 다리
가 되시지 않겠사옵니까. 전하가 바라시는 대로 선교사들의 개입
에서 자유로워질 수 있겠지요. 의화군은 역사에 길이 남을 영웅이
되실 수도 있사옵니다!"

엄 상궁의 열변에 방 안이 조용해졌다. *내가 정말 모두에게 도
움을 주는 사람이 될 수 있을까? 내가 아버님께 도움이 된다?
조선을 돕는 사람이 된다?* 강은 알 수 없었다.

"전하, 제가 조금 과했던 것 같사옵니다. 그렇지만 정말 그렇게
생각하고 있사옵니다. 의화군이라면 앞으로 조선에 영광을 가져
올 것입니다. 진심으로 그렇게 믿고 있사옵니다."

강은 얼굴이 붉어졌고 웃음이 터져 나왔다. 수덕은 잠시라도 남편과 눈을 맞추려고 애썼지만 소용이 없었다.

"분위기가 무거워졌사옵니다. 이쯤 해서 전하께서 즐기시는 아라사의 빵을 드시는 것이 어떨는지요?"

"그대는 내가 원하는 걸 어찌 그리 잘 안단 말이오. 하늘이 정말 딱 맞춰 그대를 보내주었구나……"

엄 상궁이 빵을 부탁하러 밖으로 나갔다. 고종은 그런 엄 상궁에게서 눈길을 떼지 않았다. 비로소 남편과 눈을 마주친 수덕은 소리 없이 입 모양으로 '조심하십시오'라고 했다.

얼마쯤 지나 흰색 주름 장식의 앞치마를 입은 키 큰 아라사 소녀가 쟁반을 들고 나타났다. 황금색 머리칼을 땋아 올린 소녀의 파란색 눈동자 위로 속눈썹이 길고 우아하게 구부러져 있었다. 강은 자신을 향해 뻗은 하얀 손가락을 유심히 바라보았다. 날씬한 몸태와 달라붙는 옷 때문에 몸의 곡선이 더욱 도드라졌다. 강이 지금까지 보아온 선교사 여성들과는 전혀 달랐다. 거문고를 뜯는 여악을 보던 때처럼 강은 소녀를 똑바로 바라볼 수도, 그렇다고 시선을 돌릴 수도 없었다.

빵을 탁자에 올려놓은 소녀는 뒤로 물러서서 절을 하고는 밖으로 나가려 했다. 그러자 엄 상궁이 소녀를 불러 세웠다.

"기다리시게! 이건 또 무엇인가?"

소녀는 유창하지만 약간 어색한 억양의 조선말로 대답했다.

"마마, 이건 '플러스키'라고 합니다."

"아, 풀러수……키? 이름을 발음하는 것보다 먹는 게 훨씬 더 쉽겠구먼. 공사관을 나가게 되면 이 빵의 맛이 생각나겠군. 이분은 전하의 둘째 아드님이신 의화군 마마이시니라. 전하만큼이나 의화군 마마께서도 이 아라사 빵을 좋아하게 되실 터, 네가 설명을 해보겠느냐?"

"예, 마마."

러시아 소녀가 강을 똑바로 쳐다보았다.

"플러스키는 계피와 설탕을 넣어 푹신푹신하게 만든 러시아식 빵입니다. 더 드시고 싶으시면 얼마든지 가져다드리겠습니다."

소녀는 강을 향해 살며시 웃으며 재빨리 고개를 숙인 뒤 방에서 나갔다. 강은 접시 위를 더듬다 빵을 하나 집어 들었다.

"정말 어여쁜 아이가 아닙니까? 그런데 미국이라는 곳에 가면 저런 아이가 어디든지 있다지요?"

엄 상궁은 빵을 한입 씹어 삼키며 말했다.

"물론 의화군 마마께서는 아름다운 연원군 부인을 더 그리워하시겠지만 말입니다. 안 그렇습니까?"

제2부
1897 – 1905

10

강은 태평양을 횡단하는 여객선 SS 콥틱의 식당칸으로 들어가 길게 놓인 네 개의 식탁 중 첫 번째 식탁 한구석에 자리를 잡고 앉았다. 둥근 채광창으로 들어오는 빛이 번들거리는 마호가니 식탁 위를 비추며 번쩍였다. 강은 일주일째 바삭바삭하고 짭조름한 베이컨과 달걀부침을 토스트와 함께 먹고 있었다. 필라델피아 특산품이라는 미국산 맥주 한 병도 곁들였다. 함께 식사를 하지는 않았지만 주위에는 다양한 유형의 일등실 승객들이 있었다. 은퇴 후 세계 일주를 하는 미국 백인들, 강이 먹는 베이컨처럼 불그스름한 얼굴을 한 먹성 좋은 사업가, 아내나 애인과 함께 산뜻한 유럽식 정장을 차려입은 부유한 중국인도 보였다.

그러나 그 누구도 두루마기를 입고 갓을 쓴 강을 어떻게 대해야 하는지 알지 못했다. 강은 변발을 한 중국의 이주 노동자와는 달랐지만 그렇다고 보통의 일등실 승객처럼 보이지도 않았다. 강은 어디에도 속하지 않는 사람처럼 보였다. *그러거나 말거나 무슨 상관이야.* 강은 맥주를 천천히 들이켜며 생각했다. 술은 항상 분위기를 바꿔주었다. 배가 강한 파도에 이리저리 흔들릴 때 신경과 위장을 진정시켜 주는 특효약이기도 했다.

이제 하루만 더 있으면 여객선은 여정의 반을 마치고 하와이 호놀룰루에 도착한다. 거기서 다시 일주일 정도 지나면 새로운 인생이 시작된다. 강이 종업원에게 신호를 보내자 맥주 한 병을 새로

가지고 왔다. 강은 거품이 이는 맥주병에 입을 대고 한 모금을 머금은 뒤 입안에서 거품이 퍼지기 전에 맥주를 바로 삼켰다. 그리고 이렇게 멀리 떨어져 있어서 다행이라고 여겨지는 가족에 대해 생각했다. 그 여인이 아이를 가졌다는 사실을 도무지 믿을 수 없었다.

엄 상궁이 회임이라니! 그게 그 나이에 가능한 일인가? 강은 워싱턴 DC에 도착할 무렵이면 동생이 태어날지도 모른다고 생각하며 고개를 흔들었다. 그다음은 어떻게 될까? 물론 강은 조선의 왕위에 관심이 없었다. 강은 포크로 베이컨 한 조각을 찍어 달걀 노른자에 적신 후 입에 넣었다. 베이컨의 기름기와 소금기가 진한 노른자와 더해져 잘 어울렸다. *어쩌면 이대로 미국 사람이 될 수 있지 않을까? 형님이 함께 있다면 더 좋을 텐데.* 강은 조선을 떠나자마자 형이 보고 싶었고, 그 마음은 커져만 갔다. 거의 애도하는 마음까지 들 정도였다.

배가 기울자 강은 식탁 옆에 있는 황동 손잡이를 붙잡았다. 잠시 숨을 몰아쉰 후 남은 맥주를 들이켰다. 스미스라는 이름의 선장은 이 정도 규모의 여객선이면 아무리 바다가 거칠어도 문제없다고 했다.

긴장 상태로 뱃멀미와 쉬지 않고 싸우기에 16일은 너무 길었다. 마침내 SS 콥틱이 퍼시픽 메일 항구에 닻을 내리자 목적지에 도착했다는 기쁨보다 안도감이 더 크게 느껴졌다. 강은 배에서 내리고도 육지에 적응하지 못한 채 여전히 배에 탄 것처럼 뭐든 움직이지 않는 물체를 부여잡았다. 그러고는 바닥 판자 위에 드러눕고 싶은 충동을 간신히 억눌렀다. 머리 위의 하늘은 조선의 겨울 하늘과 비슷하게 높고 청명했지만 캘리포니아의 날씨는 예상과 달리 쌀쌀했다. 여기서부터 바로 위대한 미국이 시작된다. 조선 땅 전체를 가져다 덮어도 겨우 다른 주의 경계선에 닿을 뿐이다. 강에게 미국이라는 거대한 땅은 샌프란시스코의 어느 항구에 있는 긴 목조 창고들 사이에서부터 시작되었다.

항구의 일꾼들이 SS 콥틱에서 태평양을 건너온 화물을 내리고 있었다. 당연히 조선의 인천이나 일본 요코하마 항구의 사내들과는 외양이 달랐지만, 말투나 몸짓은 별반 다르지 않게 민첩하면서도 거칠었다. 거친 말이 섞인 지시가 떨어져야 상자들이 이리저리 움직였다.

세관 직원 두 사람이 챙이 번들거리는 모자를 쓰고 몸집보다 훨씬 커 보이는 제복을 입고 지나갔다. 말이 빠르기는 했지만, 강의 귀에 '아편'이라는 단어와 함께 어딘가에 감췄다는 비단 이야기가 들렸다. 강은 승객에게서 발견한 밀수품 일부를 세관 직원이 가져간다는 말을 들은 기억이 났다.

원래 공사관에서 누군가가 나와 강의 입국을 돕고 그런 다음 다시 강을 오클랜드 롱 항구까지 가는 여객선에 태워주기로 되어 있었다. 그곳에서 대륙 횡단 열차를 타면 비로소 마지막 목적지인 동부 지역에 이르게 된다. 그런데 아무리 기다려도 만나기로 한 사람이 나타나지 않았다. 일등실 승객들은 이미 항구를 떠났고 이제 다른 칸 승객들이 몰려들고 있었다. 다양한 연령대의 중국 남자 수백 명이 배에서 내렸다. 지난 2주 동안 불편하고 갑갑한 3등 선실 생활을 견딘 사람들이었다.

"자! 모두 조용히 하고 내 지시를 들어라!"

입국 담당 관리들의 우두머리로 보이는 사람이 초라한 행색의 이주 노동자들 앞에 나와 말했다. 노동자들은 조용히 하라고 주의를 주지 않아도 떠들 힘도 없어 보였다. 우두머리는 긴 막대기를 들고 말을 할 때마다 자기 허벅지를 두드렸다. 강은 지친 사람들을 보면서 동정심이 들었다. 3등 선실을 본 적은 없지만, 누울 공간도 부족할 만큼 사람들이 꽉 들어차 있다는 말을 들었다. *이제부터 저들은 어떻게 되는 걸까?*

강의 궁금증은 곧 풀렸다. 관리 한 사람이 강에게 다가오더니 팔을 움켜쥐었다.

"넌 어떻게 여기에 왔지? 하여간 교활한 놈들…… 잠깐만 방심해도 이렇게 도망을 치려고 하니……"

강은 몸부림쳤지만, 관리는 더욱 힘껏 강의 팔을 움켜쥘 뿐이었다.

"이봐! 여기는 미국이라고! 그러니 시키는 대로 해!"

관리가 소리쳤다.

"너 같은 놈들이 병을 가져왔는지 검역을 해야 한다고! 다 법이 있는데 지들 멋대로 들어오니, 원……"

강은 도대체 무슨 일인지 알 수 없었다.

"나는 조선, 그러니까 코리아에서 왔소. 외교 공관에서 내 신분을……"

하지만 관리는 강이 말을 끝마치도록 내버려 두지 않았다.

"코리아? 중국이나 일본이랑 뭐가 달라? 너같이 생긴 놈들은 일단 전부 창고로 가야 해."

창고라는 건 2층짜리 목조 건물이었다. 몇몇 관리들이 책상 앞에 앉아 있었고 그 앞으로 수백 명의 중국 사람들이 서 있었다. 대부분 며칠, 몇 주, 어쩌면 몇 달이 넘도록 거기서 기다린 사람들처럼 보였다. 강은 앉거나 서 있을 곳도 없어 보이는 이런 곳에서 어떻게 이들이 잠까지 자며 지냈는지 알 수 없었다. 건물 안은 땀과 오줌, 절망의 냄새로 가득 차 있었다. 모두가 안색은 유령처럼 창백했고, 어딘가 다친 사람들도 있는 것 같았다. 단지 미국에서 살 기회를 얻기 위해 많은 고통을 감내하고 있었지만, 누구나 그 기회를 잡을 수 있는 건 아니었다.

"대부분이 다시 중국으로 쫓겨날 텐데 왜들 이렇게 우리를 귀찮게 하는지 모르겠군."

강이 사람들을 헤치고 가운데로 나아가는데 관리의 우두머리가 말했다.

강이 자신은 중국이 아니라 코리아에서 왔다고 항의하며 신분을 증명하는 서류를 보여주려 했지만 관심을 보이는 사람은 아무도 없었다. 결국 강은 중국 사람들 사이에 끼어 땅바닥에 주저앉을 수밖에 없었다. 두상 뒷부분으로만 머리칼을 길게 땋아 늘어트린 전형적인 청국 변발에 누더기 차림을 한 왼쪽 남자가 불쾌한 듯 뭐라고 중얼거렸지만 강은 그의 말을 한마디도 알아듣지 못했다.

여기가 정말 미국인가? 언더우드 부부가 말했던 그 위대한 나라? 강은 의자에 등을 기대고 앉은 관리 우두머리가 막대기로 계속 자기 발끝을 두드리는 걸 쳐다보며 속으로 생각했다.

다행히 강을 구해줄 사람이 곧 나타났다. 양복 차림의 누군가가 창고에 들어오자 의자에 앉아 있던 관리들이 모두 벌떡 일어섰다.

벌겋게 달아오른 뺨이며 땀에 젖은 이마를 보니 뛰어온 것 같았다. 평소에는 그렇게 달릴 일이 없는 사람인 듯 보였다.

"코리아에서 온…… 강이? 아니, 이강 왕자는 어디 있나?"

"네?"

우두머리가 반문하며 막대기를 책상 위에 내려놓았다. 다른 관리들은 귀찮은 일에 말려들기 싫다는 듯 모두 다른 쪽을 쳐다보았다.

강이 자리에서 일어섰다.

"아!"

남자는 강에게 다가가며 뭔가 짜증스럽다는 듯 귀에 들릴 정도로 한숨을 크게 내쉬었다.

"로버트 디킨슨이라고 합니다. 이 멍청이들의 책임자이지요."

그는 강에게 악수를 청하며 책상 앞에 줄지어 있는 관리들을 잠시 노려보았다.

"저와 함께 가시지요. 방금 겪으신 일에 대해서는 정중하게 사과드립니다. 죄송하지만 작은 오해가 있었던 것 같습니다."

로버트 디킨슨이라는 사람은 강의 성과 이름도 제대로 구분하지 못했지만 어쨌든 강을 무시하던 관리들보다는 훨씬 고마운 존재였다. 강은 자신을 부러워하는 수많은 얼굴들을 둘러본 다음 디킨슨을 따라나섰다.

"왕자님을 모셔다드린 후에 혼을 내주겠습니다."

디킨슨이 강의 등을 토닥이며 말했다. 두 사람은 창고를 나와 끝없이 이어지는 시원한 하늘 밑을 따라 걸었다.

"지시에는 문제가 없었는데, 지시를 받는 놈들이 말귀를 못 알아들어서요. 저 빌어먹을 중국의 이주 노동자들과 왕자도 분간을 못 하다니. 분명히 왕자님이 온다고 미리 말을 해두었는데 말입니다. 그러니까 왕자님……"

디킨슨이 갑자기 엄숙한 목소리로 말했다.

"이민국의 사과를 받아주시기 바랍니다. 그리고 미국에 오신 걸 환영합니다!"

강은 뭐라고 해야 할지 몰라 그저 고개만 끄덕였다.

"원래는 미국에 있는 조선 공사관에서 사람을 보낼 것이라 들었습니다만. 그 사람만 제대로 여기 도착했다면…… 아, 변명을 하자는 건 아닙니다. 이해하시겠지요? 이제 괜찮으시다면 제가 직접 '몰'까지 안내하겠습니다."

"몰? 몰이 뭡니까?"

"기차역과 이어지는 오클랜드 롱 항구를 여기서는 그렇게 부르고 있습니다. 왜 그러는지는 저도 모르겠습니다만."

"아, 그렇게만 해주신다면야."

디킨슨은 강과 함께 작은 배 한 척에 올라탔다. 두 사람은 곧 건너편의 다른 항구로 향했다. 배가 항구에 도착했을 때는 날씨가 바뀌어 바다에서 일어난 안개가 두 사람을 따라오고 있었다. 배에서 내린 강은 디킨슨을 따라 금속과 유리로 된 둥근 지붕의 동굴 같은 건물로 들어갔다. 반대편 벽에 흰색 문자판이 있는 거대한 시계가 보였다. 주름 장식이 달린 정장과 밝은색 모자를 쓴 여인들이 있었고, 역시 정장을 입은 남자들이 기차를 기다리며 담배를 피우고 있었다. SS 콥틱의 일등실 승객만큼 부유해 보이지는 않았지만, 조선에서 본 미국 선교사들보다는 더 상류층 같았다. 다들 어딘가 모르게 제멋대로인 모습이었고, 그저 마음대로 행동하는 것처럼 보였다. *저 모습이 말로만 들었던 자유를 쟁취한 사람들의 모습인가?*

강이 저들을 흥미롭게 바라보는 것만큼이나 저들도 강을 흥미로운 눈으로 바라보았다. 갓을 쓰고 도포를 입은 아시아인 남자도 흥미로웠지만, 그 옆에 자신들과 같은 미국인이 정장을 차려입고 함께하고 있었기 때문이었다. 강은 자신의 인생을 바꿔놓은 그날, 박 내관이 자신을 가마에 태워 궁궐로 향했던 그날을 떠올렸다. 그렇게 갑자기 다른 인생으로 뛰어들게 되는 것도 어쩌면 강의 운명인 듯했다.

"저 기차입니다. 강이 왕자, 아니 이강 왕자님."

디킨슨이 목조 상자를 가리켰다. 저렇게 길게 이어진 나무 상자들이 기계장치에 이끌려 대륙을 가로지르는 모습이 강은 도무지 상상이 되지 않았다.

"물론 일등실을 준비했습니다. 사실 5분 전에 출발해야 했는데, 아마도 왕자님을 기다린 것 같습니다. 그래도 철도 회사 사람들이 내 부하들보다는 눈치가 있군요. 어쨌든 모든 일이 잘되시기를 바랍니다!"

디킨슨은 다시 강의 등을 토닥였다. 강은 그런 디킨슨에게 고개 숙여 인사하고 기차에 올라탔다. 역의 짐꾼이 강을 일등실 객차로 안내했다. 화려한 천장 장식이며 우단 휘장이 로코코 풍으로 꾸며져 있었다. 강의 개인 객실에는 2인용 마호가니 침대와 전등, 필요할 때 사람을 부를 수 있는 초인종이 마련되어 있었다. 강은 기차가 출발하자마자 객실을 나와 사방을 둘러보았다. 식당차는 SS

콥틱에서 본 것과 비슷한 사람들로 가득 차 있었지만, 종업원은 중국인이 아닌 미국인이었다. 벌써 자리를 차지하고 앉아 밥을 먹는 사람들도 있었다. 빵가루를 입혀 튀긴 소고기 커틀릿, 거위 통구이, 스테이크도 있었다. 흰 제복 차림의 여자 종업원이 포도주를 따르고 있었다. 전체적으로는 화려한 러시아 공사관에 바퀴가 달려 움직이는 느낌이었다. 그나마 한쪽 구석에서 카드놀이를 하는 돈 많아 보이는 카우보이들이 조금 평범해 보였다.

며칠 동안 강은 풍요로운 녹색 평원에서 사막으로, 다시 산과 들판으로 바뀌는 창밖 풍경을 지켜보았다. 모든 풍경이 조선 팔도보다 더 크고 넓게 펼쳐졌다. 그러나 아무리 아름답고 경이로운 풍경이라도 오래 보니 지루했다. 물론 미국은 실제로 축복받은 나라였고 규모 자체가 사람을 압도했다. 강은 이따금 창밖 너머로 보이는, 인간 세상과 멀리 떨어진 원시의 자연 속에 떨어진다면 어떤 일이 일어날지 상상해 보기도 했다. 인간의 발길이 한 번도 닿은 적 없을 것 같은 그런 땅도 보였고, 불이 붙은 초원도 보였다. 잿빛 하늘을 배경으로 불길이 거대한 기둥처럼 치솟아 올랐다. 최근 원주민인 수족이나 포니족에게 폭력이나 질병, 혹은 부정한 짓을 저질러 빼앗은 땅에서는 오직 총이 법이라고 믿는 사람들이 활개를 치고 있었다. 쉬지 않고 부는 바람에 이리저리 흔들리는 풀밭이 바다처럼 펼쳐지는 대평원도 보였다.

강은 한때 외숙부의 집을 벗어나지 못한 채 살았고 그다음 궁에서도 비슷하게 갇힌 생활을 했다. 물론 궁은 모든 면에서 살기 매우 편한 곳이었지만 현실과 동떨어진 채 살면서 어디로도 갈 수 없는 건 마찬가지였다. 미국에서 만난 이 대륙 횡단 열차는 세상이 실제로 얼마나 넓고 거대한지를 보여주는 동시에 강에게 놀라움을 안겨주었다. 누구도 자신이 가는 길을 가로막지 않는다는 데흥분을 느꼈지만 자신을 지켜주는 안전한 벽이 없다는 사실이 두렵기도 했다.

워싱턴 DC에 있는 공사관에서 강의 방문을 기념해 작은 연회가 열렸다. 강은 그 연회를 통해 처음 미국 생활을 맛보았다. 주미조선 공사관은 이제 바뀐 국호에 따라 '주미대한제국공사관'으로불리고 있었다. 공사관의 사랑채에 해당하는 응접실은 여러 문화가 뒤섞여 있었는데 예컨대 절반은 영국의 빅토리아풍으로, 나머지 절반은 화려한 병풍이나 태극무늬 방석 등으로 꾸며진 식이었다. 다만 벽에 붙은 아버지의 사진을 보고 강은 잠시 어색함을 느꼈다. 공사관 창밖으로 미국의 장엄한 도시 풍경이 펼쳐졌다. 로건 서클이라는 이름의 거리에는 3층 혹은 4층짜리 붉은 벽돌 건물이 이어졌고 그 앞뒤로 마차와 수레가 쉴 새 없이 지나다녔다. 저 건물 하나만 한성에 가져다 놓아도 한성에서 가장 유명한 명소가 될 것이 분명했다.

강의 미국 도착을 환영하는 연회에서 강을 맞은 건 최익준 공사와 백발에 콧수염을 기른 율리우스 드레허 총장을 필두로 한 로어노크 대학 환영단이었다. 그 환영단에는 로어노크에서 화제의유학생이 된 원식도 있었다. 원식은 그동안 약간 살이 찐 것도 같았고 키도 더 자란 듯했다. 오래전 앓았던 마마 자국도 전보다 희미해졌다. 미국 생활이 아주 잘 맞는 모양이었다. 마치 버려져서죽어가던 고아 소년을 언더우드 부부가 아니라 미국이라는 나라가 거둬들인 것처럼 보였다. 원식이 강의 손을 잡자 강은 원식을 힘껏 끌어안았다.

"그새 1년이 지났다는 게 믿기지 않는군. 정말 많이 변했어! 내 동생이 이제 어엿한 장부가 되었구먼."

강은 정말로 원식이 자랑스러웠다.

"저야말로 형님이 오신 게 정말 믿기지 않습니다. 여행은 어떠셨습니까?"

"길었어. 그리고 아무도 내게 뱃멀미에 대해 말해주지 않았지. 샌프란시스코에 도착하니 그냥 땅바닥에 드러눕고 싶더군."

"뱃멀미라…… 그 기분, 잘 알지요."

원식이 가까이 다가왔다.

"형님, 그나저나 왕실에 또 다른 후손이 태어난다는 소문이 사실입니까?"

"아, 그건 더 이상 비밀도 아니지. 내가 떠나올 때 엄 상궁…… 아니, 엄, 흠…… 그분은 이미 배가 산만 했다네. 내가 이런 말을 했다고는 아무에게도 말하지 말게나."

원식이 빙그레 웃었다.

"형님 죄송합니다만, 왕자가 아니길 바라시는 것 아닙니까?"

"아, 아우도 알겠지만 나는 왕이 되는 데는 전혀 관심이 없네."

"에이, 그래도……"

강은 활짝 웃으며 원식의 어깨에 손을 얹은 채 한 걸음 뒤로 물러섰다.

"우리는 이제 미국에 있는 게 아닌가! 그러니 새로운 삶을 살아야지. 조선에서 무슨 일이 일어나든 나는 아무런 관심이 없어."

그때 드레허 총장이 불쑥 나타나 원식의 등을 두드렸다.

"지금 둘이서 외국어로 무슨 이야기를 하고 있나? 여기는 미국 인데! 로마에 가면 어떻게 해야 하는지 잘 알고 있지?"

총장은 다른 사람들을 바라보며 뭔가 할 말이 있다는 듯 크게 헛기침을 했다.

"여러분, 잘 아시겠지만 입학 예정인 학생을 만나기 위해 총장 인 제가 이렇게 먼 길을 달려오는 경우는 흔치 않습니다. 그렇지 만 일국의 왕자님을 만날 영광스러운 기회가 늘 있는 건 아니지 않습니까?"

사람들은 그 말에 동의하듯 크게 웃음을 터트렸다. 드레허 총장 은 분위기에 고무되어 말을 이었다.

"왕자님을 보니 위대한 조각가 미켈란젤로가 했던 말이 떠오르 는군요. 왕자님, 그가 뭐라고 했는지 아십니까? '나는 대리석에 갇 힌 천사를 발견하고 그를 자유롭게 할 때까지 돌을 깎을 뿐이다.'"

강은 자신이 총장의 말을 전혀 이해하지 못했다는 사실을 아무 도 눈치채지 못하기를 바라며 사람들을 향해 웃어 보였다. 그때 다행히 최 공사가 끼어들었다. 강이 아는 조선 사람 중에서 그렇 게 완벽한 서양식 정장을 차려입은 사람은 최 공사가 두 번째였 다. 다만 윗옷은 그의 상체를 감당하기 힘들어 보였다. 미국인들 이 그렇게나 좋아한다는 버터와 크림, 치즈를 최 공사 역시 마음 껏 즐기는 모양이었다. 최 공사의 영어 실력 역시 여느 미국인 못 지않게 아주 유창했다.

"드레허 총장님, 아주 적절하신 말씀입니다. 총장님께서는 이미 코리아의 천사들을 충분히 발굴하고 계시니 코리아는 머지않아 천국이 될지도 모르겠습니다."

시중을 드는 사람이 은쟁반에 음료수를 받쳐 들고 나타났다. 강도 유리잔 하나를 집어 들었다. 레몬과 설탕 맛이 날 뿐, 술은 한 방울도 섞지 않은 것 같았다. 주변을 둘러보니 최 공사를 제외하면 신실한 종교인에게서 볼 수 있는 의로움에 대한 확신 같은 것이 모두의 표정에 드러났다. 그러나 원식 외에는 모두 나이 든 사람뿐이었기에 가능한 한 빨리 또래 친구를 만나야겠다고 생각했다.

드레허 총장은 최 공사를 향해 빙그레 웃었다.

"고맙습니다, 공사님. 실제로 현재 로어노크에는 코리아에서 온 학생이 서른한 명이나 있지요. 멕시코나 일본, 인도에서 온 학생도 있고요. 왜 다른 대학에서는 그렇게 하지 않는지 모르겠습니다. 전 세계의 순수한 젊은이들을 대학으로 데려와 그들에게 그리스도교 문명의 풍성한 결과물을 제공하는 일은 내 인생의 기쁨입니다. 하지만 지금까지 왕실의 일원을 천사로 만드는 귀한 특권을 누려본 적은 단 한 번도 없었지요."

"이건 정말 역사적인 일입니다. 동시에 우리 모두 무거운 책임감을 느껴야 합니다."

최 공사가 강을 흘끗 쳐다봤다.

"그렇지만 이 특별한 분은 대단히 총명하면서도 성실하신 분이라고 들었습니다."

"우리가 짊어질 책임이 더욱 커지겠군요. 그를 더 위대한 사람으로 만드는 게 우리의 의무이자 보람이 아니겠습니까. 왕자님이 먼저 온 미스터 김만큼 훌륭하다면 하나님과 조선에 크나큰 영광이 될 것입니다."

드레허 총장이 원식을 돌아보며 말했다. 원식은 답례라도 하듯 얼굴을 붉히며 웃었다.

"스티븐은 정말 훌륭한 학생입니다."

총장의 이야기가 계속되었다.

"이렇게 빨리 실력이 느는 유학생은 처음 보았습니다. 키케로에 대해서는 이미 다른 학생들이 넘볼 수 없는 수준이고 말입니다. 필리핀 문제에 대한 최근 발표는 강당에 모인 사람들의 넋을 빼놓았습니다. 어디 그뿐입니까. 근래 서양 문학에서 논쟁이 되는 '리얼리즘'과 소위 '내추럴리즘'을 비교한 논문은 아예 스티븐이 학생 단계를 건너뛰고 교수로서 영문학을 가르치는 게 어떨까 하는 생각이 들 정도로 일류였습니다."

그러자 원식은 고개를 들고 마치 미국인처럼 거침없이 말했다.

"드레허 총장님께서는 저를 너무 너그럽게 평가하십니다……"

강은 잠시 지금의 상황을 이해하지 못했다.

"실례합니다만 '스티븐'이 누구입니까?"

최 공사가 끼어들었다.

"스티븐은 원식의 미국식 이름입니다."

강은 머리를 긁적이며 드레허 총장을 돌아보았다.

"왜 미국식 이름이 필요한 건가요?"

"아, 일종의 미국화 과정입니다. 미국에 빨리 적응하기 위해 우리는 유학생에게 미국 역사와 문화 등을 배우는 것뿐 아니라 이름을 미국식으로 바꾸고 옷도 미국식으로 입기를 강하게 권하고 있습니다."

강은 순간 수많은 파란색과 회색 눈동자가 자신의 두루마기와 바지를 쳐다보고 있다는 사실을 깨달았다.

"하지만 최 공사……"

강이 뭔가 항의하려 하자 공사는 강을 한쪽 구석으로 데려가 조선말로 말했다.

"마마, 물론 마마께서 뭘 하시든 그건 전적으로 마마의 자유입니다. 저는 당연히 마마의 편을 들어야지요. 이렇게 공사관에서 주최하는 연회에 참석해 주신 것만으로도 크나큰 영광입니다. 하지만 감히 제안을 드리자면 이왕 미국에 오셨으니 미국인처럼 옷을 입고 미국식으로 부를 이름을 사용하면 이곳에서 훨씬 더 만족스럽게 사실 수 있을 겁니다."

"도대체 왜……"

"송구하옵니다, 마마. 하지만 솔직히 말씀드리거니와, 마마께서 미국에 머무시는 동안 대학 공부 말고도 직접 해보고 싶은 일들이 많지 않으십니까? 이걸 어떻게 설명해야 할지…… 예컨대 저처럼 키도 작고 뚱뚱한 늙은이보다 아직 젊으신 전하께 훨씬 더 많은 기회가 있을 거라는 말씀이옵니다. 좀 더 소상히 고하면 젊은 여인들은 정장을 입고 미국식 이름을 쓰는 전하에게 더 많은 관심을 보일 것입니다. 그러니 겉모습이 변한다고 속까지 미국식으로 바뀔 거라는 걱정은 하지 않으셔도 됩니다. 허허."

강은 이제야 최 공사의 말을 이해하기 시작했다. 문득 러시아 공사관에서 만났던 소녀의 얼굴이 떠올랐다. *세상에서 가장 큰 도시라는 뉴욕은 어떨까? 러시아 소녀만큼 예쁜 여인들이 조선의 김 씨만큼 흔하고, 속세의 108번뇌를 모두 경험할 수 있다는*

뉴욕이라면? 미국에서 지내며 미국인처럼 사는 게 그리 나쁜 일은 아닐 것이다. 어쨌든 조선에서도 많은 것이 변하고 있다. 원식을 처음 보았을 때 상투가 없다는 이유로 나도 이런저런 생각을 하지 않았던가……

"제가 솜씨 좋은 양복쟁이를 알고 있습니다. 내일 함께 가시지요. 정장과 함께 셔츠, 넥타이, 외투, 모자도 한두 개는 마련해야겠습니다. 샌프란시스코에 도착하셨을 때 겪으신 일에 대해 공사관이 전하는 사과의 뜻이라고 생각해 주십시오. 뉴욕의 여인들은 전하를 무척이나 마음에 들어할 것입니다. 어디를 가보면 좋을지도 알려드리겠습니다. 물론 이건 마마와 저 사이의 비밀입니다. 저 그리스도교인들이 알면 아마 푸닥거리라도 하듯 길길이 날뛰겠지만 말입니다."

강은 무슨 옷이 그렇게 많이 필요한지 알 수 없었지만, 중요한 이야기는 다 들은 듯싶었고, 미국 생활에 잘 적응하기 위해 미국식 의복으로 갈아입기로 마음먹었다.

드레허 총장과 다른 손님들은 한껏 들뜬 것 같았다.

"최 공사는 왕자께 대체 무슨 이야기를 전한 겁니까?"

"별것 아닙니다. 미국에서 필요한 모든 걸 배우고 싶다면 그 사회와 문화에 완전히 빠져들어야 한다는 말씀을 전했을 뿐입니다."

"그게 전부입니까? 정말 놀랍습니다. 나도 그런 외교술이나 설득력이 있으면 좋겠네요. 왜 코리아에서 당신을 미국 주재 공사로 파견했는지 알 것 같습니다!"

최 공사와 강이 웃음을 터트리자 총장도 만족스러운 표정을 지었다. 원식은 강을 향해 '참…… 대단하시네요'라는 듯한 시선을 보냈다.

"그렇다면 왕자께서도 친구인 스티븐처럼 대학의 여러 활동에 적극적으로 참여하기를 바랍니다."

"네, 총장님. 저도 크게 기대하고 있습니다."

"듣던 중 반가운 소리군요. 우리 대학은 특히 사교 활동이 유명하지요. 우선 예배가 있고 야구나 미식축구에도 참여할 수 있습니다. 그리고 문학회, 과학회 등 두 개의 토론 모임도 있고…… 정말 끝이 없을 정도입니다. 다만 마을에 있는 당구장 같은 곳은 쳐다보지도 말아야 합니다!"

그러자 드레허 총장 옆에 서 있던 한 중년 여성이 놀란 듯 숨을 몰아쉬었다.

"율리우스, 당연히 그런 일은 없어야……"

"당구장이요?"

"아, 잘 모르는 모양이군요. 다행이네요. 그곳에 가면 게으른 젊은이들이 모여 당구를 치며 시간을 보내는데, 돈을 걸기도 하고 술도 빠지지 않습니다. 그보다 더 무익하고 의미 없는 생활은 상상할 수 없을 정도지요."

"그렇다면 꼭 피하도록 하겠습니다, 총장님."

"아, 문학 강의를 들을 때는 모파상이나 졸라 같은 최근 유행하는 프랑스 작가들의 어두운 매력에 빠지지 않도록 주의하셔야 할 겁니다. 많은 학생이 불륜으로 가정을 망치는 이야기나 아무 죄도 없는 남편을 살해하라고 부추기는 이야기 등을 읽고 싶은 모양이지만 그런 건 그저 철없는 젊은이들이기에 좋아하는 거죠. 그걸 이른바 '내추럴리즘'이라고 부른다지만! 하나도 자연스럽지 않습니다. 역겨운 허무주의일 뿐이에요!"

"그러면 그런 프랑스 작가들의 작품은 배우지도 읽지도 않겠습니다."

강은 이 약속에 대해서만큼은 아주 자신 있게 말할 수 있었다.

"좋습니다. 아니 그런데 만난 지 얼마 되지도 않았는데 내가 벌써 몇 번이나 내추럴리즘에 대해 불만을 토로했네요. 제 아내는 그것에 대해 그만 좀 징징거리라고 하더군요. 그나저나 왕자님은 정말 믿음직한 청년입니다. 우리가 함께 대단히 밝은 미래를 그려 볼 수 있을 거라 확신합니다."

이튿날 최 공사는 약속대로 강과 함께 마차를 타고 '스탠리 부자父子 양복점/고급 신사복 전문'이라는 간판이 달린 양복점을 찾았다. 그리고 필요한 치수를 모두 재도록 했다. 그러는 동안 최 공사는 자신이 강을 얼마나 부러워하는지, 앞으로 어떤 '기회들'이 강을 기다리는지에 대해 쉴 새 없이 떠들어댔다. 최 공사는 유명한 브로드웨이 바로 옆 맨해튼 중심부에 있는 텐더로인이라는 지역이 가장 그럴듯하다고 설명했다. 또 헤이마켓이라는 곳 역시 결코 강을 실망시키지 않을 거라고 덧붙였다. 코니 아일랜드라는 곳에도 가보라고 제안하며 그곳에서는 "밤낮없이 미쳐 지낼 수 있다"고 했다. 나이가 예순은 되어 보이는 양복점 주인도 옆에서 최 공사의 말을 듣고는 동의한다는 듯 고개를 끄덕였다.

강은 곧 최 공사와 친밀한 사이가 되었다. 지금까지 만났던 사람들은 항상 강에게 체통을 생각하고 글공부에 힘쓰라고 말했고, 언더우드 부부조차 강이 하나님을 믿고 따르기를 바랐다. 하지만 최 공사는 그저 강에게 마음 내키는 대로 살라고 말할 뿐이었다. 누군가는 이런 최 공사를 두고 "미국물을 너무 많이 먹었다"라고 비난했다. 최 공사에게는 지나칠 정도로 신실한 그리스도교인이 아닌 이상 자신이 원하는 건 뭐든 할 수 있는 게 바로 자유였고, 강에게 그런 최 공사는 모든 젊은 남자가 원하는 꿈을 실현할 기회를 주는 사람이었다. 비록 자신의 주머니에서 나오는 건 아니었지만 필요한 자금도 기꺼이 마련해 주려 했다.

양복점을 나와 8층짜리 건물로 이루어진 주택가를 지나 돌아갈 때 최 공사가 강에게 말했다.

"마마, 그 드레허라는 양반이 어젯밤 환영회가 끝난 후 뭐라고 물었는지 아십니까? 마마께 로어노크에서 공부할 만한 자금이 충분한지 묻더군요. 참 가당치도 않은 일이지요! 이 코쟁이들은 때로 너무 거만하거든요."

최 공사는 드레허 총장의 영어 말투를 흉내 냈다.

"'미국 생활이 당신네 나라 사람에게는 좀 버거울 수 있다는 걸 알고 있습니다!' 그러니까 대한제국 폐하의 아드님께 돈이 부족할 거라는 얘기를 돌려 하는 게 아닙니까? 그때 뺨이라도 한 대 후려칠 걸 그랬습니다! 대신 말로 코를 납작하게 해주었지요. 생활비와 학비, 그 외 비용 등을 포함해 1년에 4천 달러 정도는 준비할 수 있다고 했습니다."

강은 4천 달러가 얼마나 되는지 몰랐지만 아마도 거액인 듯싶었다.

"최 공사, 그럼 내가 이곳에서 1년에 4천 달러를 받게 된다는 것이오?"

"네, 전하. 부족하지는 않을 것입니다. 총장이 '오, 하나님! 와!' 라고 하더군요. 그자의 얼굴을 보셔야 했는데. 그는 당구장을 드나드는 최고 한량이라도 그 돈을 다 쓰기는 버거울 거라고 하더군요. 거기에 덧붙여 혹시 4천 달러로 부족할 경우를 대비해 울프 브러더스 은행에서 마마께 신용 보증을 해주도록 조치해 두었다고 하자 그는 그야말로 심장마비라도 일으킬 기세였습니다. 그 점잖은 척하던 바보가 마시던 음료수를 입 밖으로 뿜어냈지 뭡니까."

"그거 고마운 일이오."

강은 웃었다.

"그런데 그 '신용 보증'이란 또 무엇이오?"

"아, 그건 신경 쓰실 필요 없습니다. 은행 같은 곳에서 필요할 때 돈을 꺼내 쓸 수 있다는 뜻이니까요. 1년에 4천 달러 외에도 필요하다면 돈을 더 받을 수 있다는 말입니다."

강은 은행이 왜 그렇게 친절하게 자신을 돌보는지 알 수 없었지만 여기는 미국이었다. 미국이라면 무엇이든 다 가능하지 않을까? 무엇보다 강은 최 공사를 믿었다. *외숙부도 최 공사 같은 사람이어야 했다.*

"최 공사, 이곳에서 지내면서 불필요하게 돈을 쓰지 않도록 노력하겠소."

그러자 최 공사는 마치 강을 비밀스러운 일에 끌어들이듯 싱긋 웃었다.

"마마, 그런 걱정은 하지 마십시오. 송구스럽습니다만, 궁에 들어가시기 전에 어떻게 지내셨는지 조금 들은 바가 있사옵니다…… 제가 보기에 마마께서는 미국의 자유와 행복을 누릴 자격이 있으십니다. 드레허 총장이 대표하는 그리스도교의 미국은 그저 일면 일 뿐이지요. 또 다른 미국, 더 나은 자유로운 미국이 있습니다! 이 모든 건 그저 마마와 저만 아는 일로 해두면 됩니다. 무슨 말인 지 아시겠지요? 무엇보다 공사관이 마마를 도울 것입니다!"

궁에 들어가기 전이라. 13번가를 따라 북쪽으로 향하는 동안 한 줄기 바람이 강의 왼쪽 얼굴을 스쳐 지나갔다. 줄무늬 양복에 높다란 진사고모를 쓴 남자가 빠르게 달려가는 두 사람을 돌아보 았다. 나도 곧 당신과 같은 차림새가 되겠지. 아니, 아니다. 나는 뉴욕으로 갈 것이니 당신보다 더 멋진 사람이 될 것이다. 세계 최고의 도시에 어울리는 돈 많고 멋진 신사가.

강은 지난 과거와 왕실 가족이라는 부담을 떨치고 자유로워지 고 싶었다. 앞으로는 누구에게도 어떤 책임감도 느끼지 않고 싶었 다. 지금까지는 그리스도교를 믿는 미국을 따라 여기까지 왔지만, 이제는 최 공사 덕분에 자유로운 미국에서 살 수 있을 것 같았다. *언더우드 부부가 그토록 친절하게 대해주었건만, 아마 나는 그 들을 실망시킬지도 모르겠다.*

그런데 찬바람을 얼굴에 맞자 문득 생각지도 못했던 후회 비슷 한 감정이 치밀어 올랐다. *조선은 지금 몇 시일까? 수덕은 정원 을 산책하거나 책을 읽고 있겠지. 당연히 혼자 지내고 있을 것이 다.* 수덕에게는 조선을 떠날 기회가 없었고 그저 겉으로 보기에 만 그럴듯한 상태로 살아가는 게 그녀의 운명이었다. 수덕은 이미 왕실 가족이 된 대가를 톡톡히 치렀다. 강은 조용히 한숨을 내쉬 었다. 거기에는 다른 사람은 알아차릴 수 없는 죄책감이 담겨 있 었다. *수덕이 그렇게 된 건 나의 책임일까? 미국이라면 아마 내*

가 선택한 사람이 아니니 아무 책임도 없다고 말할 것이다. 그렇지만……

경복궁에서 지낸 마지막 밤에 보았던 섬광이 떠오르자 강은 불안해지기 시작했다. "악귀가 궁궐에 들어왔다! 내가 보았어!"라는 외침, 벽을 뛰어넘느라 생긴 다리의 상처, 번뜩이던 소총의 총신, 총신을 가로막은 병사의 손…… *다른 이들이 고통을 겪는 사이 나는 구원받았다.* 화살 한 발만 쏘면 닿을 거리에서 중전은 칼에 난도질당한 후 차가운 땅바닥에 던져졌다. 군홧발이 춤이라도 추듯 중전의 피와 뼈를 짓밟았다. 중전은 죽는 순간까지 친아들을 걱정했다. 그 아들은 어떻게 되었을까? 모든 걸 잃고 무기력에 빠진 그에게 과연 어떤 미래가 기다리고 있을까?

그보다 더 오래전에는 또 다른 여인이 고통을 겪었다. 박 내관은 "그저 회임과 출산이라는 게 여인의 입장에서는 여간 힘들고 어려운 일이 아닌지라……"라고 했었다. 그게 자신의 잘못이 아니라는 사실은 강도 머리로는 이해할 수 있었다. 그렇지만! *자신의 탄생이 그녀의 몸에 큰 부담이 되었고 결국 감당해 내지 못했다. 나를 배에 품고 있던 몇 개월 동안 내게 정이 들었겠지만 그 유일한 '보상'은 고통스러운 죽음이었다. 나는 사랑받을 자격이 없는 사람일지도 모른다.*

처음의 불친절에도 불구하고 미국은 꽤 괜찮은 나라였다. 강의 상상 속에 머무는 그 여인과 닮은 사람이 미국에는 존재할 수 없다는 점이 좋았다. 모든 것이 다 새로웠기에 슬픈 기억을 불러일으키는 풍경 또한 없었다. 당장은 어느 누구도 강에게 의미가 없었으며, 강 역시 다른 사람에게 아무것도 아닌 존재였다. 강은 웃고 있는 최 공사를 바라보며 고개를 끄덕였다. *내 양복이 빨리 완성되면 좋겠군.*

마차는 주미대한제국공사관 앞에 멈춰 섰다. 강과 최 공사가 마차에서 내려 공사관 앞으로 다가가자 안쪽에서 문이 열렸다. 그러고는 머리를 깔끔하게 옆으로 빗어 넘긴 키 큰 조선인 직원이 깍듯한 몸짓으로 전보용지를 건넸다.

"자, 이건 또 뭘까……"

최 공사는 가늘게 뜬 눈으로 전보를 읽었다.

"나이가 들면 이렇게 눈이 어두워지니…… 그러니 마마께서도 젊으실 때 뭐든 다 하십시오. 기회를 놓치지 마세요!"

그러다 최 공사는 돌연 눈을 크게 부릅떴다. 그의 얼굴에는 순간 궁으로 들어가던 날 아침 외숙부와 비슷한 표정이 떠올랐다. 최 공사는 종이를 가슴에 안고 먼 하늘을 가만히 바라보았다. 그러고는 헛기침을 했다.

"경운궁에서 온 소식입니다, 마마. 기다리던 소식이지요. 황제 폐하와 대한제국에 참으로 영광스러운 일입니다."

"최 공사, 그렇다면 역시……"

"예, 마마. 동생분께서 탄생하셨습니다."

강에게는 그리 반가운 소식이 아닐 뿐더러 말 또한 아껴야 하는 상황이었다. *그러거나 말거나 신경 쓰지 않는다. 나는 지금 미국에 있으니까. 곧 뉴욕의 신사가 될 테니까.*

강 역시 공주가 아니라 왕자가 태어날 거라 예상했다. 역시 엄 상궁이 하는 모든 일은 기대 이상으로 빈틈이 없었다. 강은 러시아 공사관을 찾기 전까지 한 번도 엄 상궁을 본 적이 없었지만, 엄 상궁은 2년도 채 되지 않는 시간에 나라를 구했다. 지금은 사실상 대한제국의 황후나 다름없는 권세를 누리고 있었다. 심지어 마흔 세 살 나이에 건강한 왕자까지 낳았다.

앞으로 아버지 고종 황제와 황실은 내게 관심을 줄여가겠지. 전과는 비교도 할 수 없을 정도로. 그러나 강은 새로 태어난 동생이 그저 안타깝게 느껴졌다. 강의 이복형은 황태자이지만 후손을 기대할 수 없었다. 따라서 그다음 순서에 제 이름이 올라가 있다는 걸 강은 잘 알고 있었지만, 엄 상궁이 있는 한 그 순서는 아무런 의미도 없을 것이다. 새로 태어난 왕자가 약소국의 군주, 그것도 여러 강대국에 둘러싸인 약소국의 군주가 될 가능성이 컸다. 비록 그의 어머니가 일본을 몰아냈지만 그렇다고 일본이 영원히 물러나 있지는 않을 것이다. 거기다 러시아가 더 적극적으로 나온다면? 이미 아시아와 아프리카 대부분을 식민지로 삼은 다른 서구 제국들도 앞으로 어떻게 나올지 알 수 없었다. *오늘은 이 세상에 대해 아무것도 모른 채 칭얼거리다 내일이면 끝없이 계속되는 무의미한 싸움, 아니 치욕스러운 삶에 내던져질지도 모르는 나의 동생. 나는 그 가엾은 아이가 전혀 부럽지 않아.*

"참으로 놀라운 소식입니다."

강은 어느 정도 진심을 담아 말했다.

"대한제국의 황제 폐하께서 무척이나 기뻐하시겠군요. 저 역시 매우 기쁩니다. 직접 가서 볼 수 없는 게 그저 아쉬울 따름입니다."

11

드레허 총장 일행은 곧 로어노크로 돌아갔지만, 원식은 강과 시간을 보내기 위해 남았다. 강은 원식에게 뉴욕, 특히 최 공사가 추천한 곳으로 가는 길에 동행해 주면 조선에 가난한 아이들을 위한 학교를 세우는 데 자신도 2백 달러를 보태겠다고 약속했다. 두 사람은 워싱턴유니언 역에서 만났다. 강은 새로 정장을 차려입었고 한때 목숨보다 소중하게 생각했던 상투도 잘랐다. 다수의 조선 사람들 눈에 이제 강은 제대로 된 사내도 아니겠지만, 이 새로운 세상에서 상투 하나를 잃어 다시 태어날 수 있다면 아무 상관 없다고 강은 생각했다.

워싱턴 DC를 떠난 로열 블루 열차가 뉴욕에 도착하는 데 약 다섯 시간이 걸렸다. 창밖으로 뉴저지의 울창한 소나무 숲과 참나무 숲, 구불구불한 언덕 등이 펼쳐졌지만 강은 새로 차려입은 옷의 단추며 주머니를 만지작거리느라 정신이 없었다. 강은 이런 신식 복장을 한 자신이 어색하고 신기해서 웃옷의 단추를 열었다 닫았다 하는 모습을 창문에 비춰보았다. 최 공사가 준 새 담뱃갑과 돈뭉치를 어느 주머니에 넣으면 좋을지도 시험해 보았다. 약속한 4천 달러 중 1천 달러를 선금으로 받은 터였다.

"당장 필요하실 때가 있을지도 모르니 말입니다."

강은 자신의 새로운 모습에 익숙해지기 위해 화장실도 여러 차례 들락거렸다. 거울 속에 보이는 남자는 꽤 멋있어 보였다. 깔끔하게 옆 가르마를 탄 머리칼, 최신 유행이라며 양복점에서 권해준 말쑥하고 늘씬한 느낌의 양복…… 그렇지만 자신이 생각하는 자신의 모습과 거울 속 모습이 왠지 어울리지 않는 것 같았다.

뉴욕에 도착해 근현대의 위대한 상징과도 같은 그랜드센트럴 역에 내린 강은 고종이 대한제국을 선포하고 황제로 등극하면서 옮긴 새로운 궁궐만큼이나 거대한 역을 보자마자 자신의 양복이나 머리 모양 같은 건 잊고 말았다. 강은 다양한 인종을 비롯해 부자부터 가난한 사람까지 온갖 사람들이 모여 있는 풍경을 보고 깜짝 놀랐다. 납작한 모자를 눌러쓰고 옷깃 없는 셔츠에 멜빵으로 고정한 바지를 입은 거친 남자들의 굵고 주름진 눈썹과 뺨에는 흙먼지가 덮여 있었다. 키가 강과 비슷하거나 혹은 더 큰 여인들이 모래시계 같은 몸 위에 긴 주름치마를 입고 성큼성큼 걸어갔다. 누더기나 다름없는 차림으로 소리를 지르며 신문을 파는 소년들, 정장 차림에 근사한 모자를 쓰고 누구보다 당당하게 걸어가는 신사들도 보였다. 강은 그 신사들에게서 가마를 타고 한성을 오가던 양반들의 모습을 떠올렸다. 하지만 조선의 양반이 게으름과 나약함의 표본이라면, 뉴욕의 저 부유한 신사들은 근면한 데다 결단력도 있을 것 같았다.

사방에서 석탄과 석유가 타는 연기가 피어올랐고 이따금 담배 연기까지 뒤섞였다.

"매일 5백 대가 넘는 기차가 이 역을 드나든다고 들었습니다."

원식이 열띤 어조로 말했다. 하지만 몰려드는 사람들이며 승강장에 울리는 기적 소리로 짐작하건대, 실제로는 더 많을 수도 있었다. 조선에서 온 두 젊은이는 역을 나와 한낮의 태양이 내리쬐는 42번가로 가기 위해 몰려드는 사람들을 헤치며 앞으로 나아갔다. 그러다 두 사람은 둥글게 이어진 지붕과 강철과 유리로 된 건물 바깥쪽을 보게 되었다. 그 꼭대기 기둥 위에는 깜짝 놀랄 정도로 커다란 세 개의 성조기가 걸려 있었다. 복잡하기는 했지만 뉴욕의 그랜드센트럴 역은 그저 기차역이라기보다는 그야말로 거대한 제국의 중심지 같았다.

두 사람은 오른쪽으로 돌아 몇 구역 더 위에 있는 5번 대로로 들어선 다음 원식의 안내대로 북쪽으로 향했다. 늘어선 건물들이 모두 말도 안 될 정도로 크고 웅장했다. 석회암과 대리석으로 쌓아 올린 건물들이 서로 누가 더 대단한지 경쟁이라도 하는 것 같았다. 강은 상당수 건물이 개인 소유 주택이라는 사실에 깜짝 놀랐다. 으리으리함과 호화스러움으로 미루어 볼 때 각각의 구역마다 왕이 살고 있다고 해도 믿을 것 같았다.

"저 건물이 보이십니까?"

원식이 물었다.

"밴더빌트라는 이름의 가문 소유라고 합니다. 그리고 이 건물 역시……"

원식은 또 다른 더 큰 건물을 가리켰다.

"밴더빌트 가문 소유이지요. 사실 이 길을 따라 서 있는 건물 여덟 채가 모두 다 밴더빌트 가문 소유입니다. 밴더빌트 가문 사람들이 살고 있다고 하고요."

"그 밴더빌트 가문의 정체가 뭔가?"

"미국에서, 아니 어쩌면 세계에서 가장 부유한 가문이지요. 가문을 일으킨 사람은 코넬리우스 밴더빌트라는 자인데, 약 20년 전쯤 세상을 떠났고 그의 자녀와 손자들이 재산을 물려받았습니다. 혹시 짐작하셨습니까? 우리가 방금 빠져나온 그랜드센트럴 역도 코넬리우스 밴더빌트 소유였습니다."

그때 이륜마차 한 대가 스치듯 두 사람을 지나쳤다. 강은 인도 한가운데로 몸을 피하느라 잘 차려입은 중년 여인과 거의 부딪칠 뻔했다. 여인은 불쾌하다는 듯 강을 쳐다보았고, 원식은 강의 팔을 잡고 옆으로 비켜섰다.

"코넬리우스 밴더빌트가 가문을 일으켰다면, 처음부터 부자는 아니었다는 뜻인가?"

"그렇습니다. 철도와 선박 사업을 통해 재산을 불렸다지요. 그리고 후손들이 물려받은 재산을 계속 불리고 있어서 가문 소유 재산만 수억 달러에 달합니다."

"그렇게나 재산이 많은데 뭘 여전히 계속 불린다는 건가?"

"그게 바로 미국이니까요."

"내 보기에는 제정신이 아닌 것 같군. 내가 매년 쓸 수 있다는 4천 달러도 밴더빌트 가문에게는 대수롭지 않은 액수겠어."

"하하! 저녁 카드놀이에 오가는 돈만 해도 그 정도는 되겠지요. 그런 양반들은 운이 좋아 돈을 벌 가능성이 더 클 겁니다. 하지만 저를 포함한 대부분의 사람들에게는 엄청난 액수입니다."

두 사람은 계속해서 걸었다. 그러다 센트럴 파크 남동쪽 입구에 도착했다. 강은 근처에 있는 긴 의자에 쓰러지듯 몸을 던졌다. 앞쪽으로는 키가 큰 느릅나무로 둘러싸인 길이 보였고 바로 오른쪽에는 큰 연못이 있었다. 나무는 달랐지만 강은 조금만 더 가면 조선의 궁이 나올 것 같다는 생각을 했다. 평범한 사람들이 마음대로 드나들 수 있는 이런 공간이 있다는 게 참으로 놀랍게 느껴졌다. 좀 쉬며 머리를 식히자 강은 원식이 의도적으로 자신을 끌고 다녔다는 사실을 깨달았다. 원식은 강에게 조선이 얼마나 많은 것을 더 배워야 하는지를 보여주고 싶었던 것이다. *원식의 생각에도 일리는 있다. 조선 사회에서 지배층은 아무 일을 하지 않아도 상관이 없으며 백성들은 딱 먹고사는 일에만 매달리도록 되어 있다. 미국인은 부를 스스로 만들어내지만 조선에서는 부의 크기를 키우기보다 있는 사람이 없는 사람의 것을 빼앗아 주머니를 채운다.*

그날 늦게 강은 원식에게 최 공사가 추천한 와트니 오이스터 앤 초프 하우스라는 식당에서 저녁을 먹자고 했다. 강은 언더우드 부부 집과 미국으로 오는 여객선에서 스테이크를 먹어보기는 했지만 제대로 된 미국 식당에 가는 건 이번이 처음이었다. 두 사람은 마호가니 식탁이 있는 어두운 식당 안으로 들어갔다. 담배 연기와 고기를 굽는 냄새가 낯선 외국 젊은이들의 코를 자극했다. 1층에는 사람이 너무 많아 2층으로 올라가 한쪽 구석에 자리를 잡았다. 얼굴에 검버섯이 핀 나이 든 남자가 술을 마시다 두 사람을 쳐다보기 시작했다. 마치 박물관에 있는 정체불명의 동물이나 유물을 보는 듯 호기심이 가득한 표정이었다.

"형님, 신경 쓰지 마십시오. 우리도 서양 사람을 처음 봤을 때 저러지 않았습니까."

"그래, 이 세상 모든 사람은 누군가의 눈에 이국적일 수 있지."

하지만 그 눈길에는 뭔가 찜찜한 구석이 있었다. 샌프란시스코에서 일을 겪은 후 강은 어쩌면 미국 사람들 모두가 자신을 환영하지는 않을 수도 있다는 생각에 마음이 무거워졌다.

"아우는 혹시 미국에서 불쾌한 일을 경험한 적이 있는가?"

"몇 번 있었지요. 대학 안팎에서야 크게 나쁜 일은 없었고, 조선 사람도 꽤 있으니까요. 하지만 다른 곳들은 그렇지 않았습니다. 저는 방학이 되면 식당에서 설거지를 하거나 신문 배달을 했습니다. 다른 허드렛일도 했지요. 아시다시피 제게는 1년에 4천 달러를 주는 사람이 없으니까요. 때로는 함께 일하는 사람들이나 손님들과 문제가 생기기도 했습니다. 불과 몇 주 전에는 아이들 몇이 제게 돌을 던지기도 했고요."

"그럴 수가 있나!"

"놀라셨습니까. 형님, 솔직히 말씀드리면 미국도 완벽한 나라는 아닙니다. 또 모든 미국 사람이 언더우드 부부 같지도 않습니다. 그러니 이따금 미국에서 공부할 필요가 있는지 스스로 생각해 볼 때도 있고요. 그렇다고는 하나 우리는 강해져야 하고 왜 이 먼 미국까지 왔는지도 항상 기억해야 합니다."

"그런가…… 우리는 미국에 온 목적이 서로 좀 다른 것 같네만."

"음…… 저는 서로의 목적이 크게 다르지 않으면 좋겠는데요."

강은 턱을 긁적였다. 원식에게는 그리스도교가 있었고 또 조선을 바꾸겠다는 사명도 있었다. *내게는 그저 조선을 떠나고 싶다는 마음 외에 뭐 다른 게 있던가.*

강은 그런 달갑지 않은 생각을 잠시 접어두고 가격이 적힌 차림표를 집어 들었다.

"나는 1년에 4천 달러나 받으니까, 조선에서처럼 이런 건 이 형님에게 맡기게."

원식은 알겠다는 듯 웃으며 고개를 끄덕였다.

"하지만 나도 이렇게 돈을 내보는 건 난생처음이야."

강은 웃음을 터트렸다.

"정말 흥분되는군."

그러면서 강은 '토스트에 얹은 악마의 양 콩팥' '게살 프리카세' '제철 칼라마주 셀러리' 같은 요리 이름이 끝없이 이어지는 차림표를 훑어보았다. 그러나 대부분 무슨 소리인지 알 수가 없었다.

"옆의 숫자가 가격이겠지? 1달러, 25센트, 50센트…… 맞나?"

원식이 다시 웃었다.

강은 망설임 없이 가장 비싸고 양 많은 소고기 스테이크 2인분을 주문했다. 주문 즉시 1층 주방에서 2층으로 연결된 소형 승강기로 음식이 올라왔다. 음식을 올려 보내고 다시 빈 접시를 내려보내는 장치를 난생처음 본 강은 자신의 머리로는 도저히 상상할 수 없는 물건이라고 생각했다. *아바마마께서 이걸 보시면 분명 궁에도 하나 설치하자고 하시겠지.*

강은 앞에 놓인 스테이크를 맛보았다. 바삭하게 그을린 가장자리부터 육즙이 풍부한 가운데 부분, 같이 나온 큼직한 양송이버섯도 빼놓지 않았다. 원식은 종업원이 음식을 차려놓은 지 불과 3분여 만에 그걸 다 먹어 치우고는 잠시 화장실에 다녀오겠다며 자리를 떴다. *배가 몹시 고팠나 보군.* 원식이 화장실에 간 후 강은 문득 다른 차림표가 있다는 사실을 알아차렸다. 이미 본 것 말고, 작은 종이에 적힌 또 다른 차림표가 어찌 된 영문인지 원식의 의자 옆에 떨어져 있었다.

나에게 보여주지 않으려고 일부러 그랬군! 주위를 둘러보자 아까 두 사람을 바라보던 그 심술궂은 노인까지 술을 마시지 않는 사람이 없다는 사실을 깨달았다. 차림표에는 유럽의 온갖 나라에서 온, 눈이 휘둥그레질 만큼 다양한 술 이름이 적혀 있었다. 독일, 프랑스, 포르투갈 등지에서 온 적포도주와 백포도주는 물론이고 그 밖에도 서른 가지가 넘는 진과 위스키, 칵테일이 있었다. 하지만 강은 여객선에서의 경험 때문인지 맥주에 더 눈길이 갔다. 강은 곧장 종업원을 불러 재미있는 이름이라고 생각되는 '도그스 헤드' 맥주 두 잔과 증류주인 브랜디 스매시라는 칵테일 두 잔을 추가로 주문했다.

원식이 화장실에서 돌아왔을 때는 이미 주문한 술이 차려져 있었다.

"형님, 이게 다 뭡니까!"

"맥주를 주문했네."

"저도 이게 맥주인지는 압니다! 이게 얼마나 나쁜 일인지 모르십니까? 여기 오지 말았어야 했네요."

"맥주가 뭐가 어때서?"

"언더우드 부부도, 대학 교수님도, 목사님도 하나같이 다 이것이 옳지 않다고 합니다. 올바른 생각을 하는 사람이라면 당연히 그렇게들 말하지요!"

강이 도그스 헤드를 한 모금 들이키자, 원식의 눈이 휘둥그레졌다. 쌉쌀하면서도 상큼한 뒷맛이 기름진 스테이크와 잘 어울렸다.

"글쎄, 내 입맛에는 괜찮군. 여객선에서 매일 마셨던 맥주보다 더 좋아."

"형님, 농담이 지나치십니다! 술은 파멸로 가는 지름길입니다!"

"그저 맥주 한잔일 뿐이야."

강은 배웠던 영어 문구를 써보고 싶어 영어로 말하기 시작했다.

"'뭐든 절제만 할 수 있으면 상관없다.' 이건 성경책에도 나오는 말이 아닌가?"

"그건 성경책이 아니라 그리스 철학에 나오는 말입니다."

두 사람 사이에 잠시 침묵이 흘렀고 그때 종업원이 브랜디 스매시 두 잔을 들고 나타났다.

결국 강은 맥주 두 잔에 브랜디 스매시 두 잔까지 모두 마셨고, 맥주보다 혼합주가 더 입맛에 맞는다는 걸 깨달았다. 언젠가 이복형과 처음 감홍로를 마셨을 때처럼 따뜻한 위로의 파도가 가슴과 어깨를 타고 얼굴까지 치밀어 올랐다. 그러나 원식은 강의 기분과는 전혀 다른 표정을 지었다.

"나를 그런 눈으로 쳐다보지 말게."

"죄송합니다, 형님. 하지만 얼굴이 벌겋게 달아오르셨습니다. 이미 많이 취하셨어요."

원식은 한심하다는 듯 한숨을 내쉬었다.

"자네 나이가 몇인데 내게 훈계를 하는가? 도대체 무슨 상관이지? 나는 조선을 떠나고 싶었고, 여긴 조선이 아니네. 이곳에서 이런 자유도 못 누리는가?"

"형님, 조선을 떠나온 건 저도 마찬가지입니다…… 우리가 해야 할 정말 중요한 일은 이런 곳에서 술이나 퍼마시는 게 아니라 뭔가를 배우고 돌아가 조선의 개선을 이루는 것입니다."

강은 한숨을 내쉬었다. 원식은 정말 열정적이고 순수한 친구였다. 그러나 술에 취한 사람의 경박한 자만심이었을까, 강은 그런 원식을 향해 손가락질을 했다.

"배우고 돌아가 개선을 이룬다? 이보게, 우리는 서로 생각이 다르네. 나는, 나라는 사람은 그런 일에는 관심이 없어. 나랏일에 관심을 가져봐야 고통만 겪을 뿐이지. 아바마마와 이복형을 보지 않았는가? 두 분이 정말 나랏일에, 정치에 관심이 있다고 생각하나? 두 분이 행복해 보여? 중전마마가 어떻게 되었는지 잊었나? 동학 혁명가들은 어떤가? 동학 도당들은 모두 목이 달아났어. 왕족이든 개화파든 외척이든 매국노든 중요하지 않아. 그저 한쪽이 권력을 잡으면 다른 쪽은 끝장인 거야."

"그렇지만……"

"가능하면 나는 그런 일들과 거리를 두고 싶네. 나와 혼인한 내 가엾은 내자는 어떤가? 내자의 아버님은 이미 이럴 줄 알고 계셨던 게야. 궁궐에 들어온 지 고작 4년 만에 이미 대개의 사람들이 평생에도 경험하지 못할 온갖 고초를 겪었네. 그 때문에 내가 얼마나 죄책감을 느끼고 사는지 아는가? 그러잖아도 짧은 인생에서 얼마나 더 많은 고통을 겪어야 하는가? 그러니 뭐든 누릴 수 있을 때 누려야지. 그게 내가 여기 있는 이유야."

"그건 형님 자신을 설득하려는 말일 뿐입니다. 정말 비극이군요. 형님, 제가 조선을 위해 뭘 한다고 해도 형님이 할 수 있는 일에 비하면 아무것도 아닐 겁니다. 다른 사람이 아닌 바로 형님이기 때문에 우리를 어둠에서 빛으로 인도할 수 있는 겁니다."

"아우님, 누구든 조국을 위해 무언가를 할 수 있다고 생각하는 이유가 도대체 무엇인가? 우리가 처음 만났을 때 자네는 조선의 모든 게 다 아우님을 화나게 한다고 했었지. 그 누구라도 조선을 절대 바꾸지 못할 거야."

"형님, 저는 여전히 화가 납니다. 그 화가 제게 힘을 주고요. 우리는 문제를 해결할 수 있습니다! 하나님께서는 그분의 이름을 앞세워 뭐든지 할 수 있고 아무것도 두려워하지 않는 믿음을 가질 수 있도록 힘을 주셨습니다."

강은 다시 크게 한숨을 내쉬었다. 뭐라고 대답해야 할지 몰라 그저 웃으며 차림표를 집어 들었다.

"아이스크림이라도 먹겠나?"

이날의 마지막 목적지는 최 공사도 좋아한다는 텐더로인 지역이었다. 텐더로인은 인간을 유혹하는 온갖 종류의 일탈이 넘쳐나는 곳이었다. 27번가에서는 가볍게 도박을 즐길 수 있었고, 28번가에는 좀 더 규모가 큰 도박장이 있어서 도시의 은밀한 곳을 구경 나온 부잣집 도련님들이 주사위를 한 번 던지는 데 25달러 이상을 걸어야 했다. 화려한 건물 안에서는 값비싼 유리잔에 담긴 술이 나왔고 그 주변으로 약에 취한 중독자가 가득한 아편굴이 여기저기 흩어져 있었다. 일반 술집들도 있었다. 손님들은 거품이 올라간 생맥주를 한입 가득 들이켜는 사이사이로 톱밥을 깔아놓은 술집 바닥에 침을 뱉었다. 담배 연기도 가득해 숨이 막힐 지경이었다. 벽에는 우스꽝스러울 정도로 풍만한 가슴을 지닌 여성의 나체와 권투 선수, 경마 대회에서 우승한 경주마 그림 등이 붙어 있었다.

29번가의 매춘부들은 지나가는 남자를 불러 세워 취향이나 주머니 사정에 상관없이 원하는 것은 뭐든 제공해 주었다. 목이 깊게 파이고 몸에 딱 달라붙는 주홍빛 무대복에 긴 장화를 신은 여인들이 요란하게 몸을 움직이며 남자들을 유혹하는 가운데, '화이트 엘리펀트'나 '티볼리' 같은 이름의 무도장 안에서는 남자 여자 할 것 없이 샴페인에 취한 채 비틀거리며 춤을 추느라 정신이 없었다.

원식은 길을 걸으며 새로운 풍경이 나타날 때마다 타락의 정도가 갈수록 심해진다며 진저리를 쳤다. 만약 이 지역이 어떤 곳인지 미리 알았다면 강이 2백 달러가 아니라 2천 달러를 기부한다고 해도 절대 따라오지 않았을 거라고 소리쳤다.

"뭘 즐기러 온 게 아니라 미국 사회를 조사하기 위해 왔다고 생각하게."

강이 말하자 원식은 "악마의 놀이터 조사란 말입니까?"라고 맞받아쳤다.

"저걸 한번 보십시오."

원식이 고개를 돌리더니 경멸하듯 코웃음을 쳤다.

"심지어…… 저런 술집 이름이 '버킹엄 궁전'이군요."

강은 걸음을 멈추고 어두운 붉은빛의 간판을 보았다. 창가에 한 여인이 앉아 있었는데 길고 검은 치마 아래로 한쪽 다리가 보였다.

"궁전이라, 그러면 가서 내가 왕자라는 걸 밝혀야 하나?"

강이 웃음을 섞어 말했다.

"형님, 설마 하니 정말 그럴 생각은……"

"아니, 아니야. 그저 헤이마켓이라는 곳에 갈 생각이네."

"헤이마켓은 또 뭡니까?"

"나도 잘 몰라. 그저 최 공사가 추천하기에."

강은 계속해서 앞장섰고 원식은 걱정스러운 마음으로 강의 뒤를 따라갔다. 29번가 모퉁이를 돌자 세찬 바람과 함께 톱니바퀴가 굴러가는 소리가 들렸다. 강은 머리 위로 달려가는 기차를 보고 깜짝 놀랐다.

"저건 고가선입니다. 일반 열차와 같지만 지상이 아니라 저렇게 공중을 지나는 게 다르지요."

"정말 상상을 초월하는군."

도무지 강의 눈으로는 끝을 알 수 없는 긴 도로를 따라 바로 옆으로 긴 철로가 이어지고 있었다. 뉴욕이라는 도시는 그 놀라운 풍경과 독창성, 움직임에 도무지 한계라는 게 없어 보였다.

바로 그때 정장 모자를 쓴 마흔 줄의 한 남자가 벌겋게 달아오른 얼굴에 붉게 충혈된 눈으로 걷다 강과 부딪쳐 넘어질 뻔했다. 강은 그 남자를 붙잡아 주며 "죄송하지만 헤이마켓으로 가는 길이 어디인가요?"라고 물었다. 남자는 세 시 방향으로 한 걸음, 열한 시 방향으로 한 걸음 더 나아가더니 인도를 따라 갈지자걸음으로 비틀대며 걷다 결국 바닥의 화강암 석판 끝에 걸려 넘어지며 높다란 가로등을 온몸으로 껴안고 말았다.

"저렇게 술에 취하니 텅 빈 길에서도 혼자 넘어지는군요. 언더우드 씨가 저런 모습을 봤다면……"

원식은 혀를 찼다.

하지만 강은 앞에 보이는 황금빛으로 꺼졌다 켜졌다 하는 불빛에 완전히 매료되어 원식의 말은 듣지도 못했다. 강은 저곳이 바로 그 헤이마켓이라는 걸 직감적으로 알 수 있었다. 강은 마치 천

국을 향해 날아가는 느낌으로, 최 공사의 말을 떠올리며 빠른 속
도로 걷기 시작했다. 가까이 가보니 흰색 옷을 입은 여인 셋이 밖
에 서 있는 게 보였다. 조선 양반의 갓만큼이나 챙이 넓은 모자를
쓰고 있었고, 모자 위에는 깃털 장식이 있었다. 악단의 음악 연주
소리가 귓가에 울려 퍼졌다.

갑자기 팔 하나가 튀어나오더니 다가가는 두 사람을 막아섰다.
팔의 주인은 붉은색 머리카락에 그보다 더 붉은 뺨, 녹색 눈동자
주위로 땀이 범벅된 거한이었다.

"여기 사람이 아니구먼, 그렇지? 중국인인가? 응? 영어 할 줄
알아?"

원식이 한 걸음 뒤로 물러섰다.

"여기서 환영 같은 건 기대하지 마세요. 형님, 어서 가십시다."

원식이 속삭이는 동안 경비원처럼 보이는 남자는 계속해서 두
사람을 가늠해 보는 것 같았다.

"그래요! 영어를 할 줄 압니다. 우리는 중국이 아니라 코리아에
서 왔소."

"코리아? 그게 뭐야?"

남자가 위협적으로 가까이 다가오더니 말했다.

"보라고, 입장료 25센트. 무슨 말인지 알겠어?"

그러자 강은 주머니에서 최 공사가 준 돈뭉치를 꺼내 들었다.
돈뭉치를 본 경비원은 갑자기 태도가 공손해졌다.

"신사분들, 헤이마켓에 잘 오셨습니다."

하지만 두 사람이 안으로 들어가기도 전에 또 다른 경비원이 나
타나 말썽을 부리는 손님 하나를 반대쪽으로 끌고 나갔다. 그 손

님을 길바닥에 내동댕이치며 이렇게 소리쳤다.

"내가 말했지, 여기서는 싸우지 말라고. 이 망할 새끼야! 여기는 점잖은 손님만 오는 곳이라고."

뒤이어 그 손님 것으로 보이는 모자가 날아오더니 길바닥에 누운 주인의 몸을 맞고 다른 곳으로 굴러갔다.

헤이마켓 내부는 뉴욕의 축소판 같았다. 요란한 소음 속에서 뭐든 살아 움직이는 듯한 모습이었다. 그 광경에 깜짝 놀라는 사람도, 거부감이 드는 사람도 있겠지만, 무관심할 수 있는 사람은 어디에도 없을 것 같았다. 장미와 재스민, 베티버, 패츌리의 은은한 향기가 코를 찌르다가도 이내 퀴퀴한 땀 냄새가 모든 걸 뒤덮었다. 강은 사람들을 밀치며 술을 파는 쪽으로 갔고, 원식도 그 뒤를 따랐다. 흰 장갑을 낀 왼손으로 지팡이를 든 멋쟁이 신사가 일행에게 손짓하며 "친구들, 오늘은 내가 한턱내지"라고 말했고, 주문을 받은 종업원이 금속 용기를 흔들어 만든 음료를 술잔에 따랐다. 신사는 종업원을 보지도 않고 지폐 한 장을 건넸다. 일행은 모두 각자의 잔을 들고 동시에 마신 뒤 역시 동시에 잔을 내려놓았다. 무대 위에서는 분홍색 줄무늬 셔츠를 입고 모자를 비뚜름히 쓴 남자가 밖에서 보았던 흰색 옷을 입은 여인 중 하나와 춤을 추고 있었다.

사람들은 갑자기 나타난 강과 원식을 잠시 쳐다보았지만, 곧 다시 여인들의 가슴과 다리, 비어버린 술잔 쪽으로 눈길을 돌렸다. 강과 원식은 분명 눈에 띄는 외국인이었지만 손님들은 그저 자신의 본능에만 충실하려는 것 같았다. 그런데 그렇지 않은 손님이 있었다. 강과 원식을 제외하면 유일한 아시아인 하나가 한쪽 구석 탁자 앞에 혼자 앉아 있었다. 20대 후반쯤으로 보이는 남자는 여윈 체구에 무표정한 얼굴이었으며 심지어 술도 취하지 않은 것 같았다.

"저 남자는 누구일까? 우리와 같은 조선 사람일까? 적어도 내가 볼 때는 그래 보이는데."

원식이 남자를 유심히 살펴보았다.

"그럴 수도 있겠네요. 하지만 여기에 조선 사람은 흔치 않은데요. 아니면 좋겠습니다. 제가 이런 곳에 와 있다는 소문이 퍼지기라도 하면……"

"계속 우리를 쳐다보는군."

"그도 우리를 보고 놀란 게 아닐까요. 우리가 그를 보고 놀란 것처럼 말입니다."

"어쨌든 상관없어."

강이 마실 것을 골랐다.

"여기, 주문!"

강은 종업원에게 손짓하고 브랜디 스매시 두 잔을 주문했다.

"형님, 저까지 마실 필요는 없다고 하셨지요."

"그랬던가? 뭐 좋아! 내가 다 마시겠네."

강은 원식에게 대꾸하고 종업원에게 지폐 두어 장을 건넸다. 종업원은 "땡큐, 땡큐!"를 연발했다.

"형님, 돈을 얼마나 준 겁니까?"

"2달러."

"정말이요? 지폐에 누가 그려져 있던가요?"

"그건 잘 모르겠는데? 심술궂어 보이는 대머리 남자가……"

"그건 대니얼 웹스터예요! 형님은 2달러가 아니라 10달러짜리를 두 장이나 준 겁니다. 그러니 형님을 보고 땡큐를 외쳐대지요."

하지만 강은 신경 쓰지 않았다. 갑자기 음악 소리가 잦아들더니 한쪽 구석에서 빨간색 옷을 입은 검은 머리칼의 여인이 나와 한쪽 발을 손님이 있는 탁자 위에 올렸다. 허벅지에 스타킹을 고정한 매듭이 드러나자 앞에 앉았던 기분 좋게 취한 남자가 1달러짜리 지폐를 거기에 끼워 넣었다. 그러자 여인은 발을 구르며 박수를 두 번 쳤고 그걸 신호로 비슷한 옷을 입은 다른 여인 두 명이 더 나타났다. 피아노 연주자가 이른바 '캉캉'이라고 부르는 경쾌한 프랑스 춤을 위한 음악을 연주하자 바이올린과 코넷 연주자도 그 뒤를 따랐다. 사람들이 모여들어 박자에 맞춰 박수를 치자 여인들은 머리 높이까지 걷어차듯 다리를 올리는 춤을 추었다. 그렇게 허벅지까지 드러나는 춤이 계속되었고 한 여인이 몸을 굽혀 치마 끝단을 쥐고 활짝 들어 올려 속옷까지 다 내보이자 사방에서 환호성이 울려 퍼졌다.

"여기가 점잖은 손님만 오는 곳이라고요?"

"아, 불평 좀 그만하게. 그냥 구경 좀 하게 내버려 둘 수는 없나? 여기 왔다고 해서 지옥에 떨어지지는 않을 거란 말이지."

"형님, 여기가 바로 지옥입니다. 역겹기 짝이 없는 곳이라고요."

강은 브랜디 스매시를 들이켰다. 답답한 마음에 원식이 보이지 않는 쪽으로 고개를 돌리자 바로 옆에 서 있던 젊은 여인이 눈에 들어왔다. 자두처럼 붉은 머리에 녹색 눈동자, 키는 거의 강만큼이나 큰 아름다운 여인이었다. 강은 생전 처음 주근깨를 가까이서 보다가 여인과 눈이 마주쳤고, 두 사람은 무척 놀랐지만 아무도 고개를 돌리지는 않았다. *무슨 말을 해야 하지?* 여인은 말문이 막혀버린 외국인의 어색함을 풀어주려는 듯 웃기 시작했다.

"안녕하세요."

"안녕하세요."

"당신, 중국에서 왔나요?"

"아니요."

왜 다들 나를 중국 사람이라고 생각하는 걸까?

"당신, 영어 할 줄 아는구나. 그렇죠?"

"네."

강은 마치 언더우드 부인과의 영어 수업 첫날로 돌아간 듯한 기분이었다. 여인은 고개를 갸웃거리더니 다른 쪽을 바라보려 했다.

생각을 해! 뭐든 말을 걸어보라고.

"나는 코리아, 코리아에서 온 왕자입니다."

"응?"

여인은 온몸을 흔들며 웃더니 강의 어깨를 손바닥으로 두드렸다. 강은 처음 여인을 보고 마치 밀레이의 〈오필리아〉 그림 속 여인 같다 생각했지만 웃는 모습을 보니 보통의 인간이었다.

"지난번에 여기 왔을 때는 어떤 신사가 자기를 스웨덴 왕자라고 소개하던데. 그래서 내가 그랬지. 당신이 스웨덴 왕자면 나는 시바의 여왕이라고 말이야."

"거짓말이 아닙니다. 진짜예요!"

"좋아요, 왕자님…… 그럼 당신 이름은?"

"윌리! 윌리라고 합니다."

"윌리 왕자님, 당신이 진짜 왕자라면 샴페인쯤은 사주실 수 있겠지?"

"샴페인, 그까짓 거!"

강은 원식을 흘긋 바라보았다. 그저 천장만 올려다보는 원식의 두 뺨은 지루함과 짜증으로 한껏 부풀어 있었다. *원식, 오늘은 그냥 나를 내버려 둬. 그저 즐기고 싶네.* 강은 종업원을 불렀다.

"샴페인 두 잔."

그러자 여인이 강을 쿡쿡 찔렀다.

"샴페인은 병으로 나오는 거 몰라요?"

"아, 그런가요? 그러면 샴페인 두 병!"

"정말? 어쩌면 당신은 진짜 왕자일지도 모르겠네. 하긴, 누가 알겠어? 나는 해티라고 해요."

강은 종업원에게 대니얼 웹스터 두 장을 더 건네고 잔돈도 받지 않았다. 프랑스산 샴페인 두 병이 바로 나왔다.

두 잔을 연거푸 마신 해티가 이번에는 원식에게 말을 걸었다.

"이봐, 당신도 왕자야? 저쪽에 내 친구들도 있는데 이리로 데려올까?"

갑자기 원식의 얼굴이 청년에서 소년의 그것으로 바뀌면서 벌겋게 달아올랐다.

"형님, 죄송합니다. 여기 더 이상 못 있겠습니다……"

원식이 강에게 속삭였다.

"그냥 나를 좀 도와주게. 저 여자의 친구들에게 말만 좀 붙여보라고. 다른 건 아무것도 안 해도 되네. 내가 뭐라도 하게 협조 좀 해달란 말이야."

해티는 그런 원식을 바라보다가 다시 강을 향해 고개를 돌렸다.

"부끄럼쟁이네. 아니면 뭐, 프랑스식이 취향인가? 뭔지 알죠?
프랑스식. 이 건물 바로 옆에 그런 술집이 하나 있으니 가고 싶으
면 가보던가."

강은 '프랑스식 취향'이 무슨 뜻인지 전혀 알지 못했지만, 원식
은 무슨 말인지 알겠다는 듯 당황한 표정을 지으며 회중시계를 확
인하고는 자신은 막차를 타고 유니언 역으로 돌아가겠다고 했다.

"2백 달러 이야기는 신경 쓰지 마세요."

원식은 그 말을 끝으로 재빨리 문 쪽으로 향했다.

강은 자신도 원식을 따라가야 한다고 생각했지만 이미 해티의
다리가 강의 다리와 엉켜 있었다.

강과 해티는 샴페인을 모두 비웠고 올드 패션드 칵테일도 더 마
셨다.

"친구들이 어디로 가버렸는지 모르겠네."

해티가 강의 허벅지에 손을 얹은 채 물었다.

"오늘 밤은 어디서 묵을 거예요?"

"잘 모르겠는데…… 어디 묵을 만한 곳이 있을까요?"

해티는 입술이 강의 귀에 닿을 정도로 몸을 숙였다.

"같이 길시에 가면 마음대로 할 수 있게 해주지."

강은 무슨 일이 벌어지고 있는지 채 깨닫기도 전에 해티에게 이
끌려 무대 앞을 지났다. 음악 소리는 이미 잦아들어 두근거리는
심장 소리가 더 크게 느껴질 정도였다. 술 취한 사람들이 두 사람
을 쳐다보았지만, 강의 눈에는 해티의 어깨 위로 흘러내리는 붉
은 머리카락만 들어왔다. 요염하게 걷는 해티의 머리카락이 허리
를 꽉 조인 코르셋에 닿으며 흔들렸다. 아까 보았던 조선 사람 같

은 남자가 입가에 살짝 웃음을 머금었고, 술을 따라주었던 종업원은 강을 향해 눈을 찡긋거렸다. 하지만 강의 눈에는 그 무엇도 들어오지 않았다.

두 사람은 거리로 나가 비틀거리며 걷다가 브로드웨이가 있는 오른쪽으로 방향을 틀었고 그다음 이 근처에서 가장 유명하다는 길시 호텔에 도착했다. 강은 해티가 마음을 바꿔 먹지 않기를 바라며 재빨리 계산부터 하고 열쇠를 받아들었다. 승강기를 타고 올라가면서 강은 앞으로 어떤 일이 벌어지든 다시없는 경험을 하게 될 것이며, 그 후에는 자신의 삶이 크게 달라지리라는 사실을 알 수 있었다. *지금까지는 그저 쓴맛만 보며 살아온 인생이었다면, 앞으로는 드디어 세상 물정에 밝은 사람이 될 수 있지 않을까 ……*

강이 호텔에서 잠을 깬 건 오전 11시가 막 지났을 무렵이었다. 어젯밤의 일을 생각하니 강의 얼굴에 주체할 수 없는 미소가 번졌다. 그 강렬한 경험은 술에 취하는 것보다 기분을 더 좋게 해주었다. 강은 옷을 찾아 입고 잠에 취한 해티에게 작별 인사를 한 후, 호텔 종업원이 '이 부근에서 제일 유명한 식당'이라고 추천한 델모니코를 찾았다. 강은 창가 자리에 혼자 앉아 끝없는 이륜마차 행렬과 한가하게 어슬렁대는 부유한 신사들을 바라보았고, 다시 사방이 화려하게 장식된 식당 내부를 둘러보았다. 그러고는 주문한 '빅토르 위고 양고기 커틀릿'과 1869년산 라피트 포도주를 무심하게 바라보다가 자연스럽게 지난밤의 일을 떠올렸다. 자신은 그저 매일 수백만 명이 경험하는 일을 겪었을 뿐이지만 마치 인생의 큰 비밀을 밝혀낸 것 같은 느낌이 들었다. 그 비밀이 너무나도 심오하고 중요하게 느껴졌기 때문에 강은 다른 수백만 명도 그 비밀을 진정으로 이해하고 있는지 궁금했다. *그렇게 중요한 일이 있는데 사람들은 왜 다른 일을 하고 싶어할까? 왜 뉴욕은 그렇게 도시 전체가 부지런히 움직일까? 과학과 예술, 산업은 어떻게 존재할 수 있을까? 밴더빌트 가문 사람들은 대체 뭘 위해서 그렇게 계속 애를 쓰고 있단 말인가?*

강은 차림표에서 후식의 종류도 살펴보았다. 이곳은 뉴욕이었고 끝없이 새로운 선택을 할 수 있었다. '르네상스 푸딩' '마롱 프롱비에르' '샬롯 뤼스'라니? *당연히 그게 무엇이든 설탕과 버터를 듬뿍 넣어 만든 것일 테고, 이 도시가 자랑하는 만족감을 즉시 전하는 맛일 테지.* 하지만 강은 전날 맛있게 먹은 아이스크림을 골랐다. 바닐라와 초콜릿을 섞어 주문하면서 포도주도 한 병 더 요청했다.

식사를 하며 포도주 두 병을 마시고 술에 취해 늘어진 강은 원식이 뭘 하고 있을지 궁금했다. 원식은 이미 워싱턴을 떠나 로어노크로 돌아가는 중이리라. 기차 안에서 공부를 하든지 아니면 문학이나 정치, 조선 상황에 대한 발표를 준비할 수도 있다. 헤이마켓을 떠나기 직전 원식은 마치 눈빛으로 강에게 실망했다는 말을 하는 듯했다. 식당에서 저녁을 먹을 때는 뭐라고 했나? 자신이 조선을 위해 뭘 하든 그건 강이 할 수 있는 일에 비하면 아무것도 아니라고 했다. *과연 내가 조선을 위해 뭘 할 수 있을까. 지금은 아무도 내게 뭔가를 하라고 요구하지 않는데 왜 내가 죄책감을 느껴야 할까?* 강이 원식에게 빚진 건 기부금 2백 달러뿐이다. 그리스도교를 믿는 청년의 도덕성은 그저 포도주 병 안에서 이리저리 떠다니는 작은 코르크 조각 같았다.

　강은 둘의 우정이 이렇게 끝날 것만 같았다. 강과 원식은 다른 점이 너무 많았다. 언더우드 부부도 원식도 강이 자신들과 같은 믿음을 가지고 같은 생각을 해주기를 기대했다. 하지만 그건 그 사람들의 욕심이 아닐까. 드레허 총장의 말처럼 그들은 대리석 안에 숨은 천사를 찾고 싶었는지도 모른다. 하지만 그 안에 있는 건 천사가 아니라 한 인간에 불과했다. 최 공사는 그 사실을 분명히 알고 있었다!

12

강이 대학 교정을 따라 천천히 걷는 동안 가느다란 튤립 가지가 발에 밟혀 으스러졌다. 날씨는 여전히 따뜻했고 태양도 푸른 하늘 아래 낮게 떠서 마치 큰 소용돌이를 일으키는 것처럼 보였다. 벌써 1년이 지났다. 이런 곳에서라면 일부러 불행해지려고 애를 써도 마음대로 되지 않으리라. 하지만 강은 늘 기차표를 준비해 둘 만큼 마음이 항상 뉴욕에 가 있었고, 로어노크 대학 역시 강을 달가워하지 않는 것 같았다.

반대편에서 두 명의 조선인 학생이 강과 엇갈려 걸어오고 있었다. 두 사람은 뭔가 진지하게 토론이라도 하는 듯 강이 오는 걸 알아차리지 못했다. 한 명은 강이 이전에 몇 번 이야기를 나눈 적 있는 학생이었다. 그는 손짓까지 하며 상대에게 말을 했고 다른 한 사람은 동의한다는 듯 열심히 고개를 끄덕였다. 둘의 걷는 속도는 강보다 두 배는 더 빨랐다.

"규태!"

강이 이름을 부르자 활기차게 움직이던 둘은 그대로 얼어붙었다. 두 사람 모두 아무런 말도 하지 않았다. 강은 두 사람을 향해 열 걸음쯤 더 다가갔다.

"다들 별일 없는가?"

두 사람은 깍듯이 고개를 숙였다. 똑같이 다듬은 머리의 가르마가 동시에 번들거렸다.

"마마, 안녕하시옵니까."

"아, 그렇게 부를 필요 없다는 걸 다들 알지 않나! 그런데 두 사람 모두 한동안 보지를 못했군. 아니, 정말 요즘 조선 학생들 보기가……"

규태라는 이름의 학생이 헛기침을 하며 잔디밭을 내려다보았다.

"마마, 저희 두 사람은 요즘 예배당에서 쓸 오르간을 구입하기 위해 기금 마련 활동을 하고 있습니다. 강의를 들을 때 외에는 대부분 그 일을 하느라 바쁩니다."

"그런가. 시간이 되면 언젠가 같이 식사라도 하면 좋겠다고 생각하던 차였는데……"

"예, 마마. 그야 물론입니다."

규태가 다시 한번 고개를 숙였다.

"그런데 마마, 지금 그 오르간 문제로 회의가 있어서. 그러니 그만 가보겠습니다."

규태가 슬쩍 눈짓하자 두 사람은 아까보다 더 빠른 걸음으로 그 자리를 떠났다. 규태는 불과 몇 개월 전만 해도 다소 과하다 싶을 정도로 강에게 싹싹하게 굴던 학생이었다. 그때만 해도 강과 가까이 지내는 걸 영광으로 여기며 강이 부탁하면 무엇이든 흔쾌히 들어주곤 했다. 간장이나 된장 같은 조선의 먹을거리는 공사관을 마음대로 찾을 수 있는 왕자 정도의 신분이 아니면 구하기 어려웠는데, 강도 그런 먹을거리를 그들에게 넉넉하게 나눠주곤 했다. 하지만 이제 그렇게 인심을 베풀어도 친구를 사귈 수는 없었다.

강은 그 이유를 잘 알고 있었다. 강이 실제로 하지 않은 일까지 더해져 조선에서 온 왕자가 온갖 악행을 저지르고 다닌다는 소문이 학교 전체에 쫙 퍼졌다. 원식이 뭔가를 말했을 수도 있고, 아마도 말하지 않았을 수도 있지만 어쨌든 다른 학생들에 비해 훨씬 신앙심이 깊은 조선 학생들은 이제 강을 두려워하고 또 경멸했다. 누군가는 강이 악마의 손아귀에 들어갔다고 했고, 또 누군가는 강을 두고 술과 여자, 각종 유흥으로 집안의 재산을 낭비하는 난봉꾼, 그러니까 파락호破落戶라고 했다.

강은 두 동포가 걸어가는 뒷모습을 눈으로만 바라보았다. 조선 말을 해볼 기회가 다시 사라졌다. 더불어 누군가 자신의 정체를 잘 알고 있을 때 느낄 수 있는 편안함도 사라졌다. 자신이 누군지, 아니면 과거에 누구였는지 구태여 설명할 필요가 없던 조선 동포들이 강에게서 등을 돌린 것이다.

강은 잠시 발걸음을 멈추고 자신이 머무는 기숙사 창문을 올려다보았다. 그 기숙사에는 해리와 조슈아도 살고 있었다. 강은 이 두 '놀기 좋아하는 미국 도련님' 친구들과 함께 몇 개월 전 함께 뉴욕에 갔었다. 그리스도교도를 자처하긴 했지만 이 두 사람에게도 역시 강과 비슷한 욕망이 있었고, 시골 생활보다는 도시의 화려한 불빛을 더 좋아했다.

그날 세 사람은 먼저 브루클린을 거쳐 코니 아일랜드를 찾았다. 바닷바람이 화려한 호텔과 식당, 수영장, 공사 현장으로 가득한 브라이튼 해변을 따라 휘파람을 불어댔다. 온갖 화려한 풍경과 시끄러운 소음이 오감을 공격했고, 유혹적인 말솜씨와 빠른 손놀림으로 카드를 교묘하게 섞는 '쓰리 카드 몬테' 야바위꾼 주위로는 사람들이 몰려들었다. 물론 누구도 이 야바위꾼을 상대로 돈을 딸 수는 없었다. 젊은 여인들이 산책로를 따라 걸으면서 이쪽저쪽을 구경했고 그런 여인들을 구경하는 남자들도 있었다.

유원지에서 놀이기구를 타며 오후를 보낸 후 무도장을 찾아 여자 운을 시험해 보는 게 세 사람의 계획이었는데, 조슈아가 먼저 바닷가에 있는 놀이공원인 스티플체이스 공원에 가보자고 제안했다. 강은 전등 불빛을 이렇게 엄청나게 동원해 글자나 다양한 형태를 만드는 광경을 지금까지 한 번도 본 적 없었다. 음악 소리가 요란하게 울려 퍼지고 사람들이 춤을 추는 동안 호객꾼들이 미국은 물론 다른 어느 곳에서도 볼 수 없는 환상적인 구경거리, 괴이한 구경거리를 보러 오라며 소리쳤다.

공원에서 세 사람은 먼저 빙글빙글 도는 금속 원통 안으로 들어가 이리저리 구르며 놀았는데, 강은 그 안에서 어여쁜 아가씨와 부딪쳤다. 아가씨는 웃었지만 원통 밖으로 나오자마자 부끄러운 듯 그만 도망쳐 버렸다. 그다음은 기계장치로 움직이는 목마를 타고 선로 위를 달렸고 다시 바닥에서 바람이 나오는 통로를 따라 걸었는데, 그때 여인들의 치마가 위로 젖혀지는가 하면 광대가 나타나 머뭇대는 사람들을 막대기 같은 물건으로 쿡쿡 찌르기도 하고 또 진지하거나 근엄한 표정을 풀지 않는 사람이 있으면 모자를 쳐서 떨어트리기도 했다.

곡마단도 있었다. 세 사람은 코끼리를 죽일 정도의 전기 충격에도 끄떡없을 것 같은 뚱뚱한 여자와 남자, 얼굴이 말이나 개를 닮은 괴이한 사람들, 살아 있는 닭의 머리를 물어뜯는 원시인 같은 남자를 구경했다. '호기심 천국'이라는 간판을 세운 구경거리도 있었다. 사회자는 사람인지 짐승인지 보고 직접 판단하라며 앞에 모인 사람들에게 필리핀에서 붙잡아 온 야만적인 인간 사냥꾼을 만나볼 준비가 되었는지 물었다. 이윽고 시커먼 몸에 천 하나만 두른 남자들이 기어서 무대 위로 올라오자 해리와 조슈아는 즐거운 듯 환호성을 질렀다. 필리핀 남자들의 엉덩이와 이마가 땀으로 번들거렸다.

"고작 저런 야만인들을 해방시켜 주려고 전쟁을 벌인다는 게 말이 돼?"

조슈아가 소리쳤다.

그러자 해리가 웃으며 대답했다.

"저 사람들에게 문명이 뭔지 알려줘야지!"

"문명이라니, 터무니없는 소리야. 저들은 애초에 우리 같은 인간도 아니라고!"

"저 사람들이 우리처럼 하나님을 믿을 수 있을까?"

"하나님은 무슨! 아마 신 자체를 믿지 않을 텐데. 저렇게 하늘이나 바라보며 으르렁대고 뛰어다니는 게 다야!"

그때 근처에 있던 한 무리의 여인들이 웃음을 터트렸고, 평소 같으면 세 사람 모두가 기다리던 기회가 되었을지도 몰랐다. 하지만 강은 그럴 기분이 아니었다. 강은 이런 식의 구경거리를 다시는 찾지 않으리라 다짐했고, 이후 다시는 해리, 조슈아와 함께 뉴욕 구경을 오지 않았다.

"윌리엄 왕자, 뉴욕을 꽤 자주 드나드신다고 들었습니다."

드레허 총장은 일부러 강조라도 하듯 '뉴욕'을 '뉴우우우욕'이라고 발음했다.

강은 바지를 손으로 더듬으며 주머니 안에 들어 있는 기차표를 확인했다. 총장과의 면담은 분명 어색한 분위기에서 끝이 나겠지만 어쨌든 면담을 마치면 바로 기차를 잡아타고 뉴욕으로 갈 수 있었다. 강은 말없이 조심스럽게 웃기만 했다. 평소와는 다르게 드레허 총장의 턱수염과 콧수염이 조금 부스스한 것도 같았다.

"제가 뉴욕을 자주 찾은 건 사실입니다만."

"그렇군요. 이렇게 서로 솔직하게 이야기할 수 있어서 다행입니다."

총장은 잠시 책상을 내려다보았다.

"그러면 바로 본론으로 들어가지요. 왕자가 자주 찾는다는 그 도시와 관련해서 음, 그러니까 교내에 온갖 종류의 외설적이고 낯부끄러운 소문이 돌고 있습니다. 물론 나는 그런 소문을 전혀 믿지 않습니다. 이래 봬도 사람 보는 눈 하나는 확실하다고 자부하며 살았고, 더군다나 고귀한 왕실 출신이라면 그런 일에 엮일 리가 없지요. 호레이스 언더우드가 특별히 추천해서 보낸 학생이라면 더더군다나!"

강은 얼굴이 달아오르는 게 느껴졌다. 차라리 대놓고 힐난하면 더 좋을 것을.

"어…… 어쨌든 그렇게 말씀해 주시니 감사합니다, 총장님."

강은 신중하게 뭔가를 깊이 생각하는 모습을 보이기 위해 최선을 다했다. 거짓말을 하느니 이렇게 아무 말도 하지 않는 게 더 나을 것 같았다.

"생각해 보면, 다른 학생들 입장에서는 왕자를 향한 질투가 어느 정도 있을 수 있겠지요. 그러니 그런 소문이 도는 이유는 아마 질투 때문이 아닐까요."

"저로서는 잘 모르겠습니다. 다만 이곳에서 친구를 사귀기가 쉽지 않다는 건 알겠습니다. 저를 친근하게 여기는 사람이 그리 많지 않다는 생각이 듭니다."

드레허 총장의 표정이 조금 누그러들었다.

"미국 학생들과 어울려 보려고 노력했지만 서로 다른 점이 꽤 많으니까요. 서투른 영어 억양을 비웃는 학생도 있었고…… 게다가 요즘은 같은 동포들도 나를 피하고 있습니다."

해리나 조슈아처럼 적어도 강과 함께 시간을 보내는 걸 꺼리지 않는 학생은 아주 드물었다.

"아, 그런 말을 들으니 마음이 좋지 않군요. 하지만…… 학교 안의 다른 모임이나 연구 활동에 참여해 본 적은 있습니까? 때로는 함께하는 활동이 문화나 인종 같은 장벽을 극복하는 데 도움이 될 수 있습니다."

"딱히 참여해 본 적은 없습니다, 총장님."

그러자 총장은 한숨을 내쉬었다.

"그렇지만 왕자, 여기 로어노크에는 모든 게 다 있습니다! 굳이 뉴욕까지 가서 사악한 유혹과 위험에 맞서 싸울 필요가 있습니까? 우리가 처음 만났을 때 말씀드린 것처럼, 이곳에도 사교에 도움이 될 만한 모임이나 장소가 분명 있습니다!"

"아, 네."

한동안 침묵이 이어졌다. 드레허 총장은 뭔가 생각하듯 잠시 입술을 오므렸다.

"왕자…… 혹시 뉴욕에서 좋은 친구들을 만났습니까?"

"아, 그야 물론……"

강은 잠시 생각에 잠겼다. 좋은 친구들? 그러자 익숙한 얼굴들이 스쳐 지나갔다. 우선 자신을 '우리 윌리 왕자님'이나 '중국 왕자'라고 부르는 술집 단골손님들이 있었고, 또 종업원들, 무희들, 호텔 지배인이나 여러 직원도 기억이 났다. 하지만 대부분 술집과 관련이 있었고 그저 돈이 오가거나 스쳐 지나는 관계일 뿐이었다.

"뉴욕에 아는 사람들이 좀 있기는 합니다."

"그건 뭐, 두루 좋은 일이지요. 그렇지만 여기 미국에서 왕자가 머무는 곳은 바로 여기, 버지니아의 로어노크라는 사실을 잊지 마십시오. 그리고 대학에 공부하러 왔다는 사실도요. 듣기로는 최근 들어 수업도 빠지고 있다던데, 그런 일이 습관이 되지 않기를 바랍니다."

"네, 총장님. 죄송합니다."

"윌리엄 왕자, 사과까지는 필요 없습니다."

드레허 총장이 목소리를 가다듬었다.

"이런 말을 해도 될지 모르겠지만, 왕자는 이제 아이가 아니라 어엿한 성인입니다. 여기서 받는 교육은 전적으로 왕자 본인이 선택한 길입니다. 학생들에게 빛을 보여주는 건 우리가 할 일이지만 정말 그 빛을 보고 싶은지 아닌지를 결정하는 건 왕자의 선택이라는 말입니다."

면담을 마치고 강은 기차역으로 가다가 잠시 전신국에 들러 조선에 있는 이복형에게 전보를 보냈다.

"형님, 잘 지내고 계신지요. 형님의 서신을 기다립니다."

13

태양이 높이 떠오르자 맞은편에 있는 오래된 집 지붕을 넘어 수덕의 방 창틀을 통해 들어온 햇빛이 그녀의 얼굴에 닿았다. 수덕은 이마와 척추 끝이 깊숙하게 진동하는 감각을 다시 한번 느꼈다. 이제는 거의 원할 때마다 불러올 수 있는 평온함이었다. 그리고 다시 천천히 길게 숨을 몰아쉬며 손가락으로 맥박을 재보았다. 느리게 뛰는 맥박에 만족한 수덕은 비로소 눈을 뜨고 새로운 하루를 맞았다. 수덕의 일상이 시작되었다. 30분가량 명상을 한 다음, 몸을 굽혀 이불을 개기 시작했다. *나는 혼자가 아니다. 나는 그저 이 모든 세상의 작은 일부일 뿐이다.*

문밖에서 궁인들이 다가오는 발소리가 들렸다. *진 상궁은 늘 그렇듯 이불 개는 일쯤은 자기에게 시키라고 하겠지.* 하품이 나왔다. 수덕에게 정말로 도움이 필요한 일은 정원, 아니 좀 더 정확히는 텃밭 가꾸기였다. 수덕은 자신의 처소 옆 빈 공간에 무를 심었지만, 궁인들은 모두 한성에서 나고 자랐고 대부분의 시간을 궁에서 보내 농사일을 전혀 할 줄 몰랐다. 수덕은 종종 상궁들이 '똥바가지'처럼 일을 한다고 혼잣말로 되뇌었다. 궁인들이야 그런 일 말고 바느질이나 꽃꽂이를 더 좋아하는, 그야말로 '공주 같은 공주'를 원했겠지만 자기 손으로 직접 키운 것을 먹고, 자연 속에 있고, 함께 일하는 기쁨을 언젠가는 결국 깨닫게 되지 않을까? 수덕을 포함해 그들 모두가 겪고 있는 외로움에 대해 수덕이 내린 최고의 해결책은 바로 이런 노동이었다.

사는 건 예전보다 더 외롭고 힘들었다. 황제 폐하와 황태자 전하는 또다시 정변이 일어날 때를 대비해 즉시 몸을 피할 수 있도록 원래의 경복궁이 아닌 외국 공사관들 사이에 있는 경운궁에서 지낸다. 중전, 그러니까 이제는 명성태황후로 불리는 중전마마는 세상에 없다. 허울뿐인 남편에 불과한 이강은 세상 반대편에 있으면서 전혀 돌아올 기미가 보이지 않는다. 대신들과 박 내관을 비롯한 다른 내관들도 모두 황제 폐하와 함께 다 같이 경운궁으로 갔고, 따로 마련된 수덕의 거처에는 오직 여자 궁인들뿐이었다. 대강 자신들이 지내는 곳은 정리했지만, 나머지는 다 엉망이었다. 여기저기서 잡초가 자랐다. 할 일은 태산 같은데, 그 일을 해줄 사람이 없었다.

하지만 오늘 아침은 텃밭 일도 조금 뒤로 미뤄야 했다. 편지를 써야 했다. 편지를 받는 사람은 답장을 하지 않거나 마지못해 잘 받았다는 표시만 할 때가 많았지만 그래도 이번 편지 내용에 대해서는 관심을 가질 게 분명했다. 수덕은 장에서 비단 방석을 하나 꺼내 이부자리가 깔렸던 아랫목에 놓았다. 그러고는 방 한쪽 구석에 있던 작은 경상을 가져왔다. 경상 위에는 수덕이 좋아하는 펜과 종이가 준비되어 있었다. *어떤 말로 시작해야 할까? 전하께? 보고 싶은 전하께?* 그런 식의 친밀한 표현이 수덕에게는 오히려 비참한 기분을 들게 할 때도 있었지만, 곧 전하려는 두 가지 씁쓸한 소식을 생각하면 어느 정도 위로가 필요할지도 모른다고 생각했다. 딱딱하게 "전하"라고만 하는 건 그저 비웃는 것처럼 보이리라. 자신의 남편을 어떻게 불러야 할지 알 수 없다는 것, 무엇

보다 남편 자신은 뭐라고 불리든 상관하지 않을 거라는 이 상황
이 참으로 난감하기 그지없었다.

"전하, 로어노크에서 열심히 공부하시며 건강하게 지내고 계시
리라 믿습니다. 지난번 서신에 답장이 없는 건 그저 학업에 충실
하시기 때문이라고만 추측할 따름입니다. 이곳은 낮이 점점 짧아
지고 있으며, 벌써 첫서리가 내렸습니다. 요즘 궁은 텅 비어 있을
뿐더러 너무나 조용합니다. 다름이 아니오라……"

수덕은 편지를 찢었다. *자기 연민이 너무 깊군.* 자기 연민은 아
무런 의미가 없었고, 그런 감정이 뿌리를 내리도록 내버려 둔다
면 더 비참해질 게 분명했다. 게다가 강이 그런 표현이나 내용에
영향을 받지 않는다는 건 이미 경험을 통해 잘 알고 있었다. *나는
이 남자와 혼인을 한 게 아니다. 나는 나라와 결혼했다. 이 남자
가 자신에게 주어진 소임을 다하든 말든, 나는 그저 내 할 일을
할 뿐이다.*
수덕은 새로 편지를 쓰기 시작했다.

강은 비틀 홀 도서관을 나와 행정관을 향해 기분 좋게 걸어갔다.
몇 걸음 앞에 여러 권의 책을 들고 강이 보기에 군복 같은 짧은 겉
옷을 입은 금발 머리의 어린 학생이 보였다. 요즘 학교에서는 저
런 옷차림이 대유행이었다. 바지는 헐렁할 정도로 통이 넓었는데
뉴욕이라면 누구도 저런 바지를 입지 않을 것이다. 학생은 고개를
돌리다 강과 눈이 마주치자 약간 놀란 듯한 표정을 지었다.

강은 시선을 돌려 정문으로 이어지는 계단을 올라가다가 잠시 멈춰 서서 맑은 공기를 들이마셨다. 강은 뉴욕과 비교해 최소한 공기만은 이곳이 좋다는 사실을 인정해야 했다. 육중한 문을 살짝 밀어 열고 드레허 총장이나 영문학 교수들이 근처에 없는지 확인한 후 슬그머니 복도를 따라 우편물실로 향했다.

"여기 학생이십니까?"

"네, 그럼요."

우편물실 직원은 잠시 이마를 긁적이다 말했다.

"얼굴을 본 기억이 없는데…… 이름이 뭔가요?"

"이름은 강이고, 성은 '이'입니다. '와이'로 시작하지요."

"와이…… 이…… 아! 여기 있습니다."

직원이 손을 뻗어 두툼한 봉투 다발을 꺼냈다.

"이거 인기가 대단하신데요!"

강은 우편물실을 나서며 봉투들을 살펴보았다. 대부분 광고지였다. 사전 광고, 노래책 광고, '최고의 대학생들을 위한 최신 유행'을 제공한다는 지역 옷 가게 광고지도 있었다. 아흐레 전 카트라이트라는 교수가 보낸 편지도 한 통 있었다. 교수는 왜 최근 들어 강의 시간에 전혀 모습을 보이지 않는지 묻고 있었다. 마지막은 한글이 쓰인 봉투였다.

"수덕……"

강은 한숨을 내쉬었다. 지난번 편지에 답장도 아직 하지 않았는데, 수덕은 이렇게 답장을 보내기도 전에 다시 편지를 보내오곤 했다. 강은 손가락으로 봉투를 몇 번 두드렸다. *아마도 수덕은 남편인 내가 그립지만 내 학업이 조선의 미래에 대단히 중요하*

기 때문에, 인내심과 자부심을 가지고 외로움을 견디고 있다고 썼겠지. 강은 수덕의 슬픈 얼굴을 떠올렸다. 편지를 다 쓰고 나서 책을 읽거나 궁인을 불러 장기라도 두었을까. 아니면 혼자 쓸쓸하게 정원을 걸었을까. 빌어먹을. 강은 뉴욕으로 향하는 기차에서 답장을 써야겠다고 결심했다. 그러면 호텔에서 편지를 부칠 수 있었다.

강은 수덕이 보낸 편지만 안주머니에 넣고 나머지는 복도에 있는 쓰레기통에 모두 버렸다. 그때 문득 게시판에 붙은 종이 한 장이 눈에 들어왔다. 예배 참석을 권하는 광고와 여성 참정권에 대한 토론회 광고 사이에 로어노크 대학교 학생회의 새로운 운영진 명단이 붙어 있었다. 그중에서도 문예지 편집장은 다름 아닌 '스티븐 김'이었다. 원식이? 어떻게 시간을 냈지?

텐더로인에서 함께한 날 밤 이후 두 사람은 1년 넘게 거의 말도 하지 않고 지냈지만 강은 듣기 싫어도 원식의 일거수일투족에 대한 소식을 전부 들을 수밖에 없었다. 이런저런 학생 모임이나 조직의 활동가로서 보여주는 지도력과 그에 대한 칭찬 등, 최근 로어노크에서 원식의 평판은 그 정도로 드높았다. 재차 원식의 소식을 눈으로 확인한 강은 이런 목적의식이 있는 삶은 어떨까 생각해 보았다. 자신이 어떤 일에 중요한 도움을 줄 수 있다고 생각하는 사람은 과연 어떤 사람일까? 그런 목적의식은 어디에서 오는 것일까? 자신이 믿는 종교? 강은 원식을 아예 만나지 않았더라면 어땠을까 생각하곤 했다. 원식이라는 사람에 대해 아무것도 몰랐다면 모든 면에서 세상을 살기 훨씬 쉬웠을 것이다.

다시 도서관으로 돌아가는 길에 강은 배가 뒤틀리는 것 같은 아품을 느꼈다. 뒤이어 "꼬르륵" 하는 소리가 들렸다. 오후 세 시가 다 되었는데 아무것도 먹지 못했다. 조선에서라면 숙취가 얽힌 허기를 매운 국물이나 찌개로 다스렸겠지만, 미국에서는 기름기가 최고의 해결책이었다. 강은 마을로 가서 베이컨이나 소시지, 아니면 기름에 튀긴 뭐라도 먹어야겠다고 생각했다. 하지만 걷는 동안 수덕의 편지 봉투 끄트머리가 가슴팍을 찔렀다. 마치 수덕이 걸음을 잠시 멈추고 편지부터 읽으라고 말하는 것 같았다. *제기랄.* 강은 주머니에서 봉투를 꺼내 들고는 도서관으로 들어가 아무도 없는 곳을 찾았다. 그리고 바닥에 앉아 봉투를 열었다.

"뵙고 싶은 전하, 건강한 모습으로 이 글을 읽으시기를 바라옵니다. 그곳 날씨가 너무 추운 건 아니올지요. 이곳은 이제 밤이 더 길어지고 첫서리도 내렸습니다. 음식은 어떠신지요? 미국 음식에는 익숙해지셨나요. 맛이 이상하진 않을까 늘 염려합니다. 물론 저는 그저 '우물 안 개구리'에 불과하여 그렇게 추측할 근거는 없사옵니다만. 어쨌든 술을 너무 많이 마시지 마시고, 학업에도 매진하시길 바라옵니다. 저는 전하를 믿습니다!"

강은 입술을 모아 휘파람 비슷한 소리를 냈다. 그리스도교를 믿지 않아도 수덕은 드레허 총장이나 언더우드 부부와 다를 것이 없었다. *나를 향한 당신의 믿음은 안타깝게도 틀린 것 같군.*

"요즘은 모든 게 다 변하고 있습니다. 황제 폐하께서는 개혁을 위해 노력하고 계시옵니다. 용산에서 종로를 거쳐 명성태황후 묘소까지 이어지는 전차 노선을 새로 건설하고 있으며 널찍한 도로를 닦고 건물도 올리고 있사옵니다. 사방에 전기도 설치되고 있고요. 나이 든 사람들은 고개를 저을지 모르지만 저는 이런 모든 일이 이미 몇 년 전에 이루어졌어야 한다고 생각하옵니다. 저는 조선 땅에서 일어나는 소중한 변화가 너무 늦은 게 아닌지, 그리고 너무 미약하지 않은지 늘 두렵사옵니다. 그곳에서 영문학을 전공하신다니 셰익스피어가 한 말도 아시겠지요. '시간을 낭비했더니 이제 시간이 나를 낭비하고 있다.' 전하의 학식에 비하면 저는 당연히 아무것도 아니겠지만, 리처드 2세와 다르게 전하께오선 그런 후회를 하시지 않기를 바라옵니다.

이복동생이신 영친왕께서는 잘 자라고 계시며 다소 조숙한 느낌마저 듭니다. 나이에 비해 말도 빠르고 고집도 있으시지요. 저로서는 이런 품성이 폐하와 황실 전체에 계속해서 상당한 권력을 행사하는 그의 모친으로부터 나왔다고 생각하옵니다만, 여기에 대해서는 말을 아끼는 편이 좋겠습니다.

영친왕 전하 이야기가 나왔으니 이제 본론으로 들어가겠습니다. 전하, 꼭 전해드려야 할 소식이 두 가지 있습니다. 어쩌면 모두 전하의 마음을 크게 불편하게 할 것 같사옵니다만, 이야기를 계속하기 전에 무슨 일이 있어도 저는 언제나 전하와 함께 있다는 사실을 기억해 주십시오. 그게 가치가 있든 없든, 무슨 일이든 상관없이 말이옵니다. 먼저, 엄 상궁에 대한 소식이옵니다. 많은 것이 바뀌었고 저는 여전히 엄 상궁이란 호칭이 더 익숙합니다만, 어쨌든 엄 상궁은 이제 순빈 첩지를 받으시고 황후나 마찬가지인 대접을 받게 되었습니다……"

비록 공식적인 황후 책봉은 아니었지만 후궁으로서는 최고의 영예였다. 이것으로 엄 상궁의 권위는 충분히 인정받은 셈이었다.

"그리고 장성한 전하의 모습을 보았다면 분명 크게 자랑스러워하셨을 존경하옵는 전하의 어마마마께옵서도 사후 칭호를 받으셨습니다. 이 일 역시 조선의 개혁과 마찬가지로 너무 늦긴 했사옵니다만 전하, 더 서글픈 일이 있습니다. 너무 서운해하지는 마시옵소서. 어마마마께옵서는 숙원이 되셨습니다."

강은 가슴 속 공기가 모두 빠져나가는 것 같았다. 온몸이 벌벌 떨리기 시작했다. *후궁이 받을 수 있는 지위 중에서도 가장 낮은 지위…… 어떻게 이런 일이 있을 수 있단 말인가?* 이건 모욕이나 마찬가지였다. 강은 아버지의 유약함을 저주했다. *내 친모가 대체 무슨 잘못을 했단 말인가?* 강은 도서관 바닥에 배를 깔고 엎드린 채 어머니에게 다가가려는 듯 팔을 쭉 뻗었다.

어머니는 아들을 위해 생명을 바쳤지만, 아들은 이제 그런 기억조차 지켜낼 수 없었다. 좋은 아들이 될 수 없는데 왕자 자리가 다 무슨 소용인가. 강은 주먹으로 바닥을 내리치기 시작했고, 분노가 가라앉을 때까지 멈추지 않았다. 그러다가 바닥에 등을 대고 누웠다. 눈물 때문에 천장이 끈적이는 흰색 덩어리로 일그러져 보였다. 마치 물속에 갇힌 느낌이었고, 물 밖에 있는 빛에 닿을 수 없어서 괴로웠다.

강은 한참이 지난 후에야 다시 몸을 일으켜 편지의 나머지 내용을 생각했다. 수덕은 자신은 물론 조선이 강을 얼마나 중요하게 여기는지, 어머니가 강을 얼마나 자랑스러워했을지 등을 이야기했다. 강은 고마움을 느꼈다. 눈으로는 편지를 읽으면서도 머릿속으로는 옥색 한복을 입은 키 크고 아름다운 여인을 상상했다. 영원히 젊은 채로 있지만 그런 자신을 그리워하는 아들의 존재를 결코 알지 못하는 그런 여인이었다. 강은 눈을 깜빡인 후 손으로 비볐다.

"앞서 전한 내용 때문에 황제 폐하를 너무 미워하지는 마시옵소서. 특히나 지금은 우리가 최선을 다해 폐하를 이해해 드려야 하는 그런 때라고 생각하옵니다. 두 번째로 전할 좋지 않은 소식 때문이기도 한데, 최근 황제 폐하의 목숨을 해하려는 시도가 있었습니다. 러시아 통역관이라는 지위를 악용해 부당하게 재물을 긁어모으다 쫓겨난 자가 있는데, 그자가 무슨 수를 썼는지 수라간에 잠입해 황제 폐하께서 드실 가배에 엄청난 양의 아편을 넣었습니다. 하지만 하늘이 도우셔서 한 모금만 마시고 뱉어내셨사옵니다.

전하, 여기서부터 마음을 단단히 잡수셔야 합니다. 지금 전하와 함께 있으면서 전하의 눈물을 닦아드릴 수 있다면 좋겠습니다. 전하께옵서 태자 전하를 얼마나 염려하시는지 잘 알고 있습니다. 폐하께서는 가배를 마시지 않으셨지만, 태자 전하는 드셨습니다. 다행히 목숨은 건지셨지만 크게 앓아누우셨고 쾌차하시기까지 긴 시간이 걸릴 것 같사옵니다. 지금은 뭔가를 말씀하시거나 거동하시는 데 어려움이 있습니다. 다만 최고의 치료를 받고 있으며, 의원들도 잘 회복되고 있다고 말합니다. 머지않아 태자 전하께서 완전히 쾌차하시기를 믿고 바랄 뿐입니다. 우리 모두 믿어야겠지요."

강은 다시 도서관 바닥에 드러누웠다. 그리고 아무 소리도 내지
않았다.

14

누군가 문을 두드리는 소리가 들렸다. 강은 눈을 반쯤 뜬 채 몸을 뒤척였다. *머리 위의 샹들리에, 대리석 벽난로. 또 길시 호텔이네. 밤은 텐더로인에서, 아침은 길시에서. 아니, 어쩌면 오후일지도 모른다.* 부드러운 흰색 이불 아래 뭔가 큰 덩어리 같은 게 있는데 오른손을 뻗어 확인해 보니 사람이었다. 그녀의 베개에서 나는 패출리 향기를 맡으며 강은 지난밤 그녀가 춤을 추던 모습을 떠올렸다. 갈색 머리에 붉은색 옷을 입은 여인을 만난 곳은 보헤미아라는 술집이었다. 조선인처럼 생긴 그 이상한 남자도 잠깐 마주친 듯했다. 해티와의 밤 이후 찾았던 여러 도박장이나 술집에서 그를 종종 본 것 같은데, 확실한 건 아무것도 없었다. 그저 모든 게 다 수수께끼처럼 느껴졌고 지난 몇 년간 그렇게 기억이 잘 나지 않는 밤은 수없이 있었다.

다시 문 두드리는 소리가 들렸다. *분명 방해하지 말라고 해두었는데, 도대체 무슨 일일까.* 강은 몸을 일으켜 세우려 했지만 조금만 움직여도 머리가 흔들렸다. 온몸이 쑤시고 아픈 데다 속이 뒤집히는 것 같았다. 물을 마시고 싶었다. 알코올로 몸을 적신 이튿날 아침이면 늘 그렇듯 심장이 거칠고 빠르게 뛰었다. 이 고급 객실의 문은 침대와 너무 멀리 떨어져 있어서 과연 거기까지 갈 수 있을지 의심스러울 정도였다.

침대 맞은편에는 긴 직사각형 거울이 있었다. 굳이 거울을 들여다볼 생각은 없었는데, 저쪽에서 자신을 바라보는 한 사내가 보였다. *저게 누구지?* 팔과 다리는 막대기처럼 가는데, 배는 불룩하게 늘어져 있고 눈 밑에는 멍이라도 든 것처럼 시커먼 그늘이 있다. 최근 들어 생긴 저 시커먼 그늘은 좀처럼 사라지지 않았다. 강은 그 모습을 보고 깊게 앓는 소리를 냈고, 그러자 간을 뭔가로 찌르는 듯한 느낌이 올라왔다. 강은 배를 움켜쥐고 눈으로는 거울 속 자신의 손을 빤히 바라보았다. *오늘은 토하지 않으면 좋겠군. 대체 나는 무엇을 위해 이렇게 사는 것일까?*

원식처럼 목적이 있는 사람도 있고, 엄 상궁처럼 누군가에게 필요한 사람도 있다. 누군가, 아니 많은 사람에게는 가족이 있지만 그런 소속감은 강에게 어딘가 혐오스럽게 느껴졌다. 최근 들어 강은 자기 자신밖에 모르는, 쾌락만 쫓는 삶의 즐거움조차 시간이 갈수록 제대로 느끼지 못하고 있었다. 삶 자체가 지루해졌고 아무 감정도 느껴지지 않았다. 또 그만큼 고독해졌다. 강은 거울에 비친 자신을 다시 위에서 아래로 훑어보았다. 때때로 술을 좀 줄여볼까 생각했지만 그럴 이유를 찾을 수 없었다. 사람은 술을 그만 마시도록 스스로를 채찍질할 수도 있고 혹은 죽을 때까지 마실 수도 있다. 당연히 후자가 훨씬 더 쉽다.

똑, 똑, 똑.

"윌리…… 계속 저렇게 문을 두드릴 건가 봐."

이불 속 여인이 말했다. 처음 듣는 듯한 낯선 목소리에 강은 갑자기 어색함을 느꼈다. 강은 침대에서 나와 비틀비틀 벽을 짚어가며 앞으로 걸었다. 배는 여전히 아팠다. 강은 미끄러지듯 몸을 앞으로 기울여 문손잡이로 손을 뻗었다.

"계십니까? 강…… 이?"

강은 문을 반쯤 열었다.

"내가 이강입니다."

문을 두드린 사람이 서류 한 장을 내밀었다. 강은 본능적으로 두 손으로 서류를 받았다.

"법원 송달 서류입니다. 좋은 하루 보내십시오."

강이 뭐라고 되묻기도 전에 방문객은 이미 등을 보이고 사라졌다.

서류에는 이런저런 법률 용어들이 가득했다. 강은 투덜거리다가 서류를 바닥에 떨어트렸다.

"윌리, 무슨 일이야?"

"모르겠군. 뭐, 법원 송달 어쩌고 하는데…… 일단 아침밥이나 주문해서……"

"법원 송달?"

여인이 침대에서 몸을 벌떡 일으켰다. 그 얼굴을 보자 기억도 나지 않던 여인의 얼굴이 예쁘다라는 생각이 들었다. 표정을 보니 서류에 뭔가 문제가 있는 것 같았다.

"무슨 내용인지 좀 같이 봐주겠어?"

여인이 강에게 다가가 어깨에 팔을 나른하게 걸쳤고 두 사람은 함께 바닥에 앉았다.

"글쎄, 내가 무슨 변호사도 아니고……"

그러다 갑자기 여인이 팔을 치웠고, 강은 팔이 사라진 자리가 서늘하게 느껴졌다.

"당신, 무슨 왕자였어? 당신에게 3만 달러나 빚이 있다는데?"

"빚이라니?"

"여기 그렇게 적혀 있는데? 빚을 갚지 않으면 체포될 수 있다고. 당신이 무슨 왕자인지는 모르겠지만 너무 흥청망청 써버린 거 아닌가?"

"하지만 내게는 신용 보증이 있어. 원하는 대로 돈을 쓸 수 있다고."

여자는 화가 난 듯 고개를 치켜들었다.

"무슨 소리야? '신용 보증'은 공짜로 돈을 준다는 게 아니야."

그로부터 5분 뒤 호텔 1층에서 최 공사와 짧게 통화를 한 강은 갈색 머리 여인의 말이 옳았다는 걸 깨달았다. 은행은 강에게 그동안 3만 달러를 빌려주었으며, 이제 그 빚을 갚을 때가 되었다고 했다. 최 공사는 이 소식을 본국에 알릴 것이며, 강 역시 모든 지출을 중단하고 뉴욕을 떠나야 한다고 말했다. *최 공사는 왜 그 신용 보증이라는 게 뭔지 제대로 알려주지 않은 걸까?* 공사에게 속았다는 생각을 지울 수 없었다. 가죽 의자에 몸을 파묻고 격자무늬 바닥을 씁쓸하게 둘러보던 강은 아픈 배를 꾸짖기라도 하듯 손으로 눌렀다. 그리고 부유해 보이는 신사들이며 화려한 모자를 쓴 숙녀들이 지나가는 모습을 지켜보았다. 저들은 여전히 이 고급 호텔을 들락거리겠지만 이제 강은 그럴 수 없었다.

강은 배도 아팠지만, 다리도 후들거렸다. 계속 고개를 돌려 대리석 기둥이며 금빛 손잡이, 가스등을 바라보았고 지나가는 여인의 구두 소리에도 귀를 기울여 보았다. 오늘 호텔을 나가면 다시 여기 올 일은 없었다. 편안한 가죽 의자가 갑자기 자신을 비웃는 것 같았다. 지금 여기서 몸을 일으키고 나면 역시 다시는 앉을 일이 없을 것이다. 강은 두 번이나 몸을 일으키려 했지만, 그때마다 조금만 더 있자고 속으로 중얼거렸다. 그렇게 강은 계속해서 아름다운 여인들과 모든 것이 화려하게 번쩍거리는 호텔 입구를 바라보았다. 호텔을 나서는 사람들은 언제고 다시 돌아올 수 있다는 듯 편안하게 미끄러지듯 사라졌다. *하지만 나는? 나는 이제 어디로 가야 하지? 내가 한 번이라도 이곳과 어울리는 사람이었나?*

30분이 흘렀다. 강은 일어나 한 걸음 한 걸음 느껴지는 감각에 집중하며 천천히 호텔 정문으로 다가갔다.

"감사합니다. 또 찾아주십시오."

정문을 지키는 도어맨이 말했다. 강은 쓸쓸하게 웃으며 밖으로 나갔다. 29번가에는 일상생활의 풍경이 펼쳐졌다. 신문을 파는 소년이 무정부주의며 매킨리 대통령 암살범에 대해 뭐라고 외치는 중이었다. 한가하거나 느릿한 사람들을 밀치며 빠르게 제 갈 길을 가는 사람들이 보였다. 수많은 마차와 자동차도 보였다. 강은 숨이 찰 정도로 지쳐 있었다. 인도를 따라 걸으며 그저 그런 풍경을 흘긋거리는 게 다였다. 어쨌든 강은 이 도시와의 사랑이 시작되었던 바로 그곳, 그랜드센트럴 역까지 걸어서 가야 했다. 마차를 불러 탈까도 생각했지만, 텅 비어버린 주머니가 떠올랐다.

그러다 문득 강은 길을 잘못 들었다는 사실을 깨달았다. 서쪽으로 가야 하는데 반대편인 동쪽으로 벌써 적지 않은 거리를 걸어온 것이다. 강은 자기혐오와 좌절감으로 비명이라도 지르고 싶었지만, 간신히 참으며 고개를 숙였다. 얼마 동안 지친 상태로 멍하니 있다가 강은 결국 방향을 틀었다. *왜 나는 제대로 하는 게 하나도 없을까. 도대체 왜……*

그렇게 뒤로 돌아 다시 반대편으로 향하던 중 중산모를 쓰고 빠르게 움직이는 한 덩치 큰 남자와 어깨가 부딪혔다. 그 서슬에 강은 땅바닥 위에 널브러졌고 차갑고 딱딱한 바닥에 등이 닿자 몸이 덜덜 떨렸다. 통증이 온몸의 뼈를 타고 맴돌았다. 그렇게 누워서 바라보는 풍경은 같은 뉴욕이라도 고급 호텔 5층에서 보는 풍경과 사뭇 달랐다. 배수로에는 쓰레기가 가득했고 바로 옆에는 바퀴 자국이 난 말똥 더미도 보였다. 금전적 자유를 빼앗긴 지 불과 한 시간도 안 되었지만, 강은 이미 현실과 마주한 것 같았다.

바닥에 손을 짚고 어렵게 몸을 일으키려는 강의 앞에 누군가 다가와 그림자를 드리웠다. 강의 온몸이 다 가려질 정도로 큰 그림자였다. 중산모의 사나이는 짜증스러운 표정이었다. 곰보 자국 가득한 얼굴에 주먹코, 앞니 하나는 어디로 갔는지 보이지 않았다. 남자는 그저 한마디를 던진 뒤 가던 길을 갔다.

"젠장, 눈을 어디 두고 다니는 거야! 이 빌어먹을 중국 놈아."

그래, 맞아. 내가 지금까지 한 번이라도 이곳과 어울리는 사람이었을까?

15

강이 탄 마차가 오하이오주 델라웨어의 사우스 샌더스키 거리를 따라 달려 목적지 정문에 멈춰 섰을 때 강은 이마에서 구슬땀을 흘리며 몸을 떨고 있었다. 나이가 꽤 들어 보이는 짐꾼 두 사람이 다가와 강의 여행 가방과 짐을 내렸다.

"코리아에서 온 왕자님? 소식은 많이 들었습니다."

한 짐꾼이 마치 사정을 다 안다는 듯 씩 웃어 보였다.

물론 그럴 것이다. 이 코리아 왕자의 영락零落에 대한 이야기가 실리지 않은 신문은 없었다. 강 역시 기차 안에서 자신을 '바람둥이 왕자'라고 부르는 기사를 읽었다. 흥청망청 돈을 써대다 결국 '아빠'에게 손을 벌린 주정뱅이 바람둥이 왕자. 물론 기사 내용은 대부분 사실이었지만, 강은 굳이 이복형까지 '저능아'라고 언급한 것이 무척이나 화가 났다.

화답할 기운도 없는 강은 그저 힘없이 웃을 뿐이었다.

"그나저나 코리아 왕자님, 오하이오 웨슬리언 대학교에 오신걸 환영합니다! 배정된 방으로 안내해 드릴 테니 따라오세요."

강은 마차에서 내려 주변을 둘러보았다. 붉은 벽돌로 쌓은 담벼락 뒤로 웅장한 건물 세 채가 줄지어 서 있고, 높은 깃대에는 성조기가 펄럭였다. 강은 조심스럽게 짐꾼들을 따라 계단을 올라 중앙 통로로 들어섰다. 운동복을 입은 젊은이 네 명이 나무 그늘 아래 앉아 신나게 노래를 부르고 있었다.

"오늘 여자 신입생이 도착했네.

우피디, 우피다!

새로 맞춘 예쁜 드레스를 입었네.

우피디, 우피다!

학생들도 총장님도 모두 눈을 떼지 못하네.

온 학교가 난리 났네!

우피디, 우피다!"

노래를 들은 강은 자신의 예전 생활과 비교해 훨씬 순수한 어떤 모습이 떠올랐다. 오하이오 웨슬리언 대학교는 그리스도교 재단에서 세운 교육 기관이었고, 주변을 둘러싼 마을 역시 로어노크에 비해 훨씬 규모가 작았다. 뉴욕 같은 대도시와 멀리 떨어져 있는 건 말할 것도 없었다. 그래도 젊은이들은 즐거워 보였다. 문득 한 학생이 고개를 들더니 강이 있는 쪽을 가리켰다. 노래는 즉시 멈췄다. "저 양반이야!" "확실한 거야?" 이런 말이 오간 뒤 놀리는 듯한 환호성이 터져 나왔다.

강은 짐꾼들을 따라 배정된 방으로 올라갔다. 1인용 침대와 책상, 의자, 옷장 등을 둘러보는데 나무 바닥이 삐걱거렸다. 한쪽 구석에는 깔개가 둘둘 말려 있었고 옆에는 찌그러진 검은색 금속 가스등이 놓여 있었다. 짐꾼이 강을 보고 빙긋 웃었다.

"뭐, 뉴욕의 고급 호텔만큼은 아니지만 지내시기에는 괜찮을 겁니다."

두 사람이 떠나고 문이 닫힘과 동시에 강 혼자 남았다. 강은 의자에 앉아 가방을 열었다. 소지품을 정리하는 동안 다시 손이 떨리기 시작했다. 목이 탔다. 마지막으로 술을 마신 지 이틀이 지났고 강은 두려움을 느꼈다. 다른 가방에는 뉴욕에서 산 옷가지며 태평양을 건너온 후 한 번도 펼쳐보지 않고 그대로 두었던 유명한 미국, 영국 작가들의 소설책이 가득했다. 몇 권을 꺼내 책상 위에 올리는데 그것만으로도 그동안 약해진 몸이 감당 못 할 정도로 지쳐버렸다. 강은 숨을 좀 돌리기 위해 침대에 누울까 생각했지만, 책 바로 밑에 있는 어떤 은빛 물건이 시선을 사로잡았다.

강은 스미스앤드웨슨 권총에 대해 거의 잊고 있었다. 언더우드 씨에게 그 총을 받을 때는 몸의 일부처럼 영원히 간직할 거라고 생각했지만, 미국 생활을 시작한 후로는 한 번도 손에 권총을 들어본 일이 없었다. 강은 권총을 집어 들었다. 기억하고 있는 것보다 더 무거웠다. 강은 자개 장식이 있는 손잡이를 손끝으로 쓰다듬으며 중전이 살해당하던 날 도망쳐 찾아갔던 집을 떠올렸다. 그러자 갑자기 한 장면이 상상되었다. 호레이스 언더우드가 서재에서 신문을 읽고 있다. 미국 선교사는 고개를 저으며 일어나 아내가 앉아 있는 거실로 걸어간다. 그리고 아내 앞에 신문을 내민다. 신문 1면에는 커다란 글씨로 이런 제목이 적혀 있다. '코리아에서 온 바람둥이 왕자, 아버지에게 도움 요청해' 언더우드 부인은 크게 실망하고 놀란 듯 숨을 헐떡인다……

원식도 이 일을 알고 있으리라. 두 사람은 오랫동안 만나지 못했지만, 그도 아까 그 짐꾼들처럼 신문 기사를 읽었을 것이다. 원식은 일을 하며 학비를 대고 여러 활동에 참여하느라 바쁜 와중에도 하루도 빼놓지 않고 신문을 끝까지 읽곤 했다. 드레허 총장이 실망했다거나 강이 다른 대학으로 옮기게 되었다는 소식 역시 전해 들었을 게 분명했다. 아버지가 어떻게 생각하든, 심지어 수덕이 어떻게 생각하든 강에게 중요한 건 원식의 생각이었다.

강은 총을 무릎 위에 올려놓고 바라보았다. 한때는 그 총이 있다는 사실만으로도 안심을 했던 적이 있구나 싶어 새삼스러웠다. 손잡이를 단단히 움켜쥐자 그 느낌이 다시 떠올랐다. 물론 장전은 되어 있지 않았지만 만약 장전되어 있다면…… 문득 손을 빠르게 움직였고 총구가 강의 두 눈 사이를 겨누었다. 강은 생명이 몸에서 빠져나가기 전 그 순간이 얼마나 고통스러울지 궁금했다. *생명이 끝난 뒤에는 뭐가 기다리고 있을까? 원식과 언더우드 부부가 믿는 신이 아니라 평생 나를 기다려온 옥색 옷의 여인이 품에 안아줄까? 고통이 아닌 안도의 눈물이 흘러나올까? 아니, 그 여인은 나를 기다리기는 할까?*

머릿속으로 생각만 하는 건 딱히 새로울 게 없었지만, 총은 달랐다. 사실 아주 간단한 문제였다. 행동에 옮기기 위해 따로 뭔가를 생각할 필요도 없었고 그저 충동이나 자극만 있으면 충분했다. 강은 웃음을 터트렸다. 마치 다른 길이 열린 기분이었다. 언제든 총을 사용할 수 있다. 어쩌면 내일이나 내년이 될 수도 있고, 필요하면 언제든 그럴 수 있다. 강은 두 손으로 권총을 움켜쥐었다. 강은 다시 한번 안심했다.

강은 자신의 보금자리가 된 4층짜리 기숙사 건물 입구에 섰다. 그러고는 성경책에 나오는 예루살렘 신전 기둥인 '보아스'와 '야긴', 십자가 등이 새겨진 출입구 기둥을 둘러보며 한숨을 내쉬었다. 또다시 그리스도교를 믿는 미국이 강을 기다리고 있었다.

강은 조선에서 온 여학생이 자신을 맞아줄 거라는 이야기를 들었다. 여학생은 학생이라기보다는 성숙한 사회인에 가까웠고 나이는 적어도 서른은 되어 보였다. 키가 크고 버드나무 가지처럼 늘씬했으며 흰색 상의와 검은색의 긴 치마 차림은 보수적이고 근엄한 미국 여자 대학생의 그것과 별 차이가 없었다. 다만 과시라도 하듯 앞머리를 퐁파두르로 화려하게 말아 올렸고 챙이 넓은 중절모를 손에 들고 있었다. 가까이서 보니 엄숙한 태도며 시원한 이마, 사람을 꿰뚫어 보는 듯한 날카로운 눈이 도드라졌다. 그녀가 강인한 성격임을 짐작할 수 있었다.

"안녕하세요, 낸시 하라고 합니다."

뜻밖에도 그녀는 영어로 말을 걸었고 오른손을 내밀었다. 고개 숙여 인사하지는 않았다.

"나는 이강, 의화군입니다."

"미국에도 왕자가 있는 줄은 몰랐는데요."

여인이 웃었다.

"음."

강은 뭔가 재치 있는 대답이 떠오르지 않았다.

"어쨌든 제가 대표로 이렇게 나왔습니다. 오하이오 웨슬리언 대학교에 오신 걸 환영합니다."

"감사합니다."

"전에 로어노크 대학교에 계셨지요? 그러면 김원식을 아시겠군요. 여기 오기 바로 전에 김원식이 프린스턴 대학교 석사 과정에 합격했다는 소식을 들었습니다."

그렇겠지. 이 여인은 이미 원식을 알고 있고 원식은 프린스턴

에 가겠지.

"네, 그 친구와는 아는 사이입니다만, 한동안 연락이……"

"두 분 모두 미국에서 대학을 다녔지만 서로 대단히 다른 경험을 하셨다고 들었습니다."

"뭐 그렇게 생각할 수도 있겠지요."

"아, 이거 실례했습니다. 쓸데없는 말을 했군요. 그러면…… 이제 저는 그만 가보겠습니다."

이게 전부인가? 강은 짜증이 났다. *그리고 낸시 하가 어떤 사람인지 상상해 보았다. 여자 김원식, 원칙주의자 예수쟁이. 물론 틀림없이 악명 높은 바람둥이 왕자 이강에 대해 들어본 적 있겠지. 누군가의 부탁으로 마지못해 이 자리에 나왔을 테고.*

"그쪽이 나에 대해 어떻게 생각하는지 대강 알 것 같군요."

"네?"

낸시가 걸음을 멈췄다.

"아마 신문을 읽고 나에 대한 모든 이야기를 알게 되었겠지요. 나는 술주정뱅이에 부랑아, 파락호…… 뭐 그런 인간입니다. 내가 여기로 오게 된 건 로어노크에서 신용을 완전히 잃었고, 그나마 이곳이 앨런 공사가 다녔던 곳이라 내 아버지에게 추천했기 때문입니다. 나를 맞으러 오고 싶지 않았겠죠."

낸시가 움찔했다.

"그건…… 그렇게 보였다면 죄송합니다……"

"내가 학교를 다니면서 성실한 학생 축에 끼지 못했다는 건 인정합니다. 하나 적어도 내가 아는 한 나는 누구에게도 해를 끼친 적이 없고, 굳이 변명할 필요도 없다고 생각하지만, 여기서 더 노력할 요량입니다."

"저 때문에 기분이 상하신 것 같군요. 죄송합니다. 사람들은 가끔 제가 너무 진지하고 무례해 보일 수 있다고 하더군요."

낸시는 조심스럽게 웃어 보였다.

"의화군 전하…… 다시 생각해 보니 제가 대학 안내를 좀 해드리는 게 좋을 것 같은데, 어떠신지요?"

강은 고개를 끄덕였다.

"그래만 주신다면 아주 고마운 일입니다."

대학 교정은 뉴욕의 센트럴 파크를 떠올리게 했다. 커다란 떡갈나무가 흩어져 있었고 잔디밭을 가로지르는 통로도 있었다. 교정 안쪽으로 들어가자 낸시는 강당처럼 보이는 곳을 손가락으로 가리켰다.

"저곳은 그레이 채플이에요. 매일 예배에 참석해야 하지만 어떤 학생들은 불참해도 된다고 착각하기도 하지요, 쯧."

낸시는 다시 몸을 돌려 길고 웅장한 붉은 벽돌 건물을 가리켰다.

"저긴 제가 생활하는 모네트 홀이에요. 여자만 출입할 수 있는 기숙사니까 실수로라도 들어가지 않도록 조심하세요."

"글쎄, 당신도 내 평판을 알고 있으니 그런 규칙은 지키기 어려울 수 있다는 사실도 알겠군요. 노력은 해보겠습니다."

낸시가 강을 쳐다보았다.

"농담입니다."

"아, 물론 그러시겠지요. 그리고 여자 기숙사에 살고는 있지만 전 결혼을 했습니다."

"정말인가요? 그러면 남편은 어디에 삽니까?"

"남편은 조선에 있습니다. 딸 원옥이와 함께요."

강은 그런 식의 생활에 대해서는 들어본 적이 없었다.

"그런가요? 공부를 하라고 아내를 외국으로 보내다니, 정말 깨어 있는 신사가 틀림없군요! 게다가 아이까지…… 나라면 그런 일을 허락할지 모르겠습니다."

낸시의 코가 갑자기 빨갛게 변했다.

"뭐, 당신과 내가 부부가 아닌 게 우리 둘 모두에게 다행인 일이군요. 제 남편은 이 일이 당신이 말하는 그런 '허락'의 문제는 아니라고 생각합니다. 그런 점에서는 '깨어 있는' 사람이 맞겠지요. 그런 식으로 생각하면 당신 아내야말로 아주 마음이 넓은 사람임에 분명합니다."

낸시라는 여자는 여성 평등을 부르짖는 사람임이 분명하군. 한껏 치밀어 오르던 강의 짜증은 돌연 호기심으로 바뀌었다. 왕자라는 신분도, 남성의 우월성도 전혀 존중하지 않는 듯 보이는 이 여인은 과연 어떤 사람일까? 심지어 미국인에게조차 낸시는 상당히 급진적으로 보일 것 같았다. 강은 계속해서 질문하며 낸시의 사정을 들어보려 했다. 낸시는 강보다 다섯 살 많았는데, "나이를 묻는 건 조선에서는 흔한 일이지만 이 나라에서, 특히 여성에게 묻는 건 아주 무례한 일"이라고 말했다. 낸시의 그 "깨어 있는" 남편은 인천의 고위 관리 하 아무개로, 둘은 낸시의 나이 스물한 살, 남편은 서른여덟에 "자유로운 선택과 사랑, 상호 존중의 정신"을 바탕으로 결혼했다고 한다.

적지 않은 나이 차이, 그리고 사랑이 있는 결혼이라! 강은 충

격을 받았다. 그런데 곰곰이 생각해 보니 단순히 사랑한다는 이유만으로 결혼하는 게 왜 잘못된 일인지 논리적인 이유를 찾을 수 없었다. 강은 수덕을 처음 만났을 때의 기분을 떠올렸다. 서로 어울리지 않는다는 걸 깨달았을 때는 각자 다른 사람을 찾아가는 게 훨씬 더 낫지 않을까?

"저는 미국 선교사들이 세운 여학교인 이화학당을 다녔습니다. 처음에는 미혼 여성만 받는다는 규정이 있어서 입학시켜 주지 않았지만 저는 쉽게 포기하는 사람이 아니라서요. 어느 날 저녁에 다시 교장 선생님을 만나러 갔습니다. 선생님의 책상 위에 켜진 등불을 후- 끄면서 말했어요. 제 삶도 이렇게 암흑과 같다고요. 그리고 간절하게 부탁했습니다. '제게 빛을 볼 기회를 주시지 않겠습니까?' 결국 교장 선생님도 마음을 바꾸었고 저는 최고의 학생이 되는 것으로 보답했습니다. 제게 낸시라는 이름을 지어준 분도 바로 그 교장 선생님이지요. 저는 다시 태어난 겁니다!"

강은 낸시의 자신감 넘치는 모습을 보며 잠시나마 제 상황을 잊고 자신도 모르게 웃음을 터뜨렸다.

"그럼 당신도, 남편의 성도 하 씨인 건가요?"

"아, 저는 김 씨예요. 미국에서는 결혼한 여자가 남편의 성을 따르더군요. 물론 조선에서는 그렇게 하지 않지만 나는 나를 이해해준 남편에게 고마운 마음이 있었기에…… 스스로를 하 씨 가문 사람이라고 생각했고 샌프란시스코 입국장에서는 하 씨 성으로 신고했습니다."

"당신은 참 흥미로운 사람이군요."

"칭찬으로 듣겠습니다."

함께 걷는 동안 강은 낸시를 계속 바라보며 그녀가 여성적으로 매력이 있어 호감이 가는 건지 아니면 그저 인간적으로 호감이 가는 건지 골똘히 생각했다. 두 사람은 만난 지 고작 15분밖에 되지 않았지만, 낸시는 강에게 격렬한 양가감정을 불러일으켰다. 지금까지 만난 조선 사람들은 대부분 강을 '전하'라고 부르며 속으로는 멸시하더라도 겉으로는 깍듯이 대했다. 그런데 낸시는 신분의 차이와 성별의 차이를 비롯해 나이 차이까지 사회의 모든 계층 구분 자체를 거부하는 것처럼 보였다. 자신만의 주관이 있었고, 그 주관을 자신감 있게 피력했다. 낸시는 짜증스러우면서도 동시에 매력적이었고 도전적이었다. 강은 다시 낸시의 얼굴을 바라보았다. 낸시는 강이 좋아하는 그런 종류의 여자가 아니라 '큰누나' 같았다. 강은 낸시에게 좋은 인상을 주고 싶었고 낸시를 더 알고 싶었다.

"당신은 미국 생활에 완벽히 적응한 것 같군요. 언제까지 이곳에 있을 생각인가요?"

"글쎄요, 남편은 이해심 많은 사람이지만 적당한 때에 돌아가지 않으면 남편도 우리 원옥이도 기다리다 지치지 않을지 염려됩니다."

낸시는 웃으며 덧붙였다.

"거기다 조선으로 돌아가면 제가 해야 할 일이 많다고 생각해요."

"그렇군요. 원식과 비슷한 말을 하는군요."

"속마음은 다른 것 같지만, 그 말도 칭찬으로 듣겠습니다. 원식은 이제 겨우 스물네 살인데 정말 총명합니다. 그리고 우리는 조선의 미래에 대해 같은 생각과 꿈을 가지고 있고요."

낸시의 눈이 강렬하게 빛났다.

"남녀 구분 없이 모두에게 새로운 교육을 시켜야 합니다. 민주주의와 현대 의술도 필요하지요. 지금 조선은 꺼진 촛불 같지만, 하느님의 도움으로 우리가 다시 불을 붙일 겁니다."

"그런가요……"

강은 여기서 말을 멈추고 자신은 의견이 다르다는 사실을 말해야 할지 잠시 고민했다.

"나도 그런 개혁이나 발전이 조선에 도움이 될 거라고는 생각합니다. 그런데 너무 늦었다고 생각하지 않습니까? 황제 폐하께서 그런 변화를 하나라도 일으킬 수 있을까요? 대한제국의 황제는 내가 아는 한 가장 무기력한 사람일 겁니다. 게다가 러시아와 일본이 조선을 두고 싸우기 시작하면 우리는 어떻게 해야 할까요? 결국 모든 건 외국의 간섭에 의해 결정되지 않을까요?"

낸시의 얼굴이 어두워졌다.

"조국 왕족이 그런 말을 하는 걸 들으니 마음이 너무 아프군요. 그렇게 시작부터 용기를 잃으면 당연히 할 수 있는 일이 하나도 없겠지요. 죄송합니다만, 참으로 실망스럽습니다."

낸시의 이런 반응은 어쩐지 원식의 말보다 강에게 더 큰 충격을 주었다. 강은 자신도 모르게 한 걸음 뒤로 물러섰다.

"실례했습니다. 내가 왜 그런 식으로 말했는지 잘 모르겠군요. 가끔은…… 나도 모르게 사람들을 시험하거나 충격을 주기 위해 그런 식의 말을 하게 됩니다. 물론 당신 말처럼 당연히 노력하고 시도해야지요. 당신 말이 맞습니다."

두 사람은 말없이 길을 따라 걸었다. 강은 낸시가 아까처럼 날카롭고 강단 있는 모습으로 돌아가기를 바라며 그 표정을 읽으려고 노력했지만, 그저 슬픈 표정만 눈에 들어왔다. 그리고 갑자기 표정이 대단히 부드러워진 것도 같았다. 강은 자신이 뉴욕에서 그랬던 것처럼 낸시를 여자로 보고 있는 건지 아니면 그저 그녀의 인정을 받고 싶은 건지 자신의 마음을 도통 알 수가 없었다.

낸시도 그런 강의 마음을 알아차렸는지 한 걸음 뒤로 물러섰다.

"그만 가봐야겠습니다. 쓸 편지가…… 남편에게 편지를 써야 해요."

"아니, 잠깐만요……"

강이 어색하게 웅얼거렸다.

"만나서 반가웠습니다. 뭔가 더 이야기를…… 조선에 대한 이야기를 더 나누면 좋겠는데요. 어디 가서 포도주라도 한잔하면서, 어……"

"포도주? 술 말인가요?"

그리스도교인은 화가 난 듯 갑자기 목소리를 높여 강에게 되받아쳤다.

"저에 대해 뭔가 크게 오해하신 건 아닌지 심히 걱정스럽군요. 저는 그 수상쩍은 곳의 여자들처럼…… 그러니까 어디였더라? 텐더로인? 그곳 여자들과는 다릅니다. 저는 술 같은 건 마시지 않아요. 그리고 다시 한번 말하지만 저는 결혼했어요. 당신도 그렇다고 알고 있는데, 그런 건 별로 중요하게 생각하지 않는 모양이군요."

16

"오늘따라 이 귀리죽이 더 뻑뻑한 것 같은데. 식당 조리장의 팔뚝을 씹는 것 같기도 하고…… 잘하면 이걸로 벽지도 붙이겠어. 어때, 먹을 만해?"

강은 고개를 들어 맞은편에 앉은 프랜시스 스나이더를 쳐다보았다. 프랜시스는 함께 문학 수업을 듣는 학교의 유일한 친구였다. 남학생들은 모두 강과 그저 의례적인 인사만 하고 지냈다. 몇몇 여학생들만이 이 '이국적인 동양의 왕자'에 관심을 보였다. 벌써 1년이 지났지만, 수업 시간 외에 강과 함께 시간을 보내거나 공부가 막힐 때 도와준 사람은 프랜시스뿐이었다. 그는 선교사인 부모를 따라 미국 밖에서 대부분의 어린 시절을 보냈기 때문에 보통 사람들과는 조금 달랐다.

"글쎄, 아마도 뉴욕 호텔에서 내놓을 만한 음식은……"

"길시 호텔 말인가? 그 생각만 해도 끔찍한 돼지우리?"

"그대 같은 지저분한 농부가 비난할 만한 곳은 아닐 텐데?"

"하! 그러는 그대는 고향을 떠나온 빈털터리 부랑아인가?"

강이 웃음을 터뜨렸다.

"그렇지. 빈털터리가 되었으니 이렇게 두메산골로 끌려와 그대 같은 사람과 시간을 때우고 있지 않은가."

생활은 전보다 조금 더 안정되었다. 친구가 한 명이라도 있는 게 아무도 없는 것보다는 나았고, 돈이 부족하니 술도 크게 줄일 수밖에 없었다. 강은 숟가락을 천천히 입안으로 밀어 넣어 안쪽에 달라붙은 귀리죽을 긁어내며 지난 시간을 떠올렸다. 생활은 나아 졌지만, 대신 이렇게 형편없는 음식을 먹는 지루한 시간이 이어졌 다. 마을에 나가면 이상한 시선으로 쳐다보는 사람도 많았다. 그 래도 건강이 회복되었고 가끔은 수업도 재미있었다. 이따금 극단 으로 날카롭게 치닫던 감정도 어느 정도 가라앉았다. 3인조 악단 이 연주하는 몽롱한 음악 속에서 갈색, 붉은색, 금색 머리칼을 가 진 아리따운 여자들이 고개를 뒤로 젖히고 풍만한 가슴을 슬쩍 보여주던 시절은 이미 오래전에 지났다. 눈을 뜰 때마다 자기혐오 가 치밀어 오르던 아침도, 침대에 누워 책상 서랍에 있는 권총을 움켜쥐고 싶다고 생각하던 불과 몇 개월 전의 저녁 시간도 마찬 가지였다.

"농담은 그만두고, 정말 뉴욕이 그립지 않아?"

"뭐, 가끔은 그렇지."

"머뭇거릴 필요 없어. 우리도 다들 헤이마켓이니 코니 아일랜 드니 하는 곳을 들어봤으니까. 물론 썩 좋은 곳은 아니겠지만 나 같은 촌놈도 알고 있을 정도니…… 고작 7천 명이 모여 근면하고 성실하게 살면서 하나님을 경외하는 이런 델라웨어 같은 곳에서 야 어디 그런 즐거움을 누릴 수 있겠어? 그런데 당신은 다 경험해 봤다고 하니까. 뉴욕 여자들은 하나같이 그걸, 그러니까 그런 일 을 좋아한다는 게 사실인지……"

프랜시스는 종종 그런 이야기를 듣고 싶어했다.

"무슨 말인지 모르겠지만 다 사실이겠지. 하지만 나는 지금 여 기 델라웨어에 있고 10분 뒤면 스티븐슨 교수님과 하웰스의 초기 작품에 등장하는 도덕론을 공부해야 해요. 이것도 꽤 재미있어 보이지?"

"하웰스에게는 아무 관심 없어. 하지만 그 유명한 헤이마켓에서 하룻밤만 보내게 해준다면 그의 소설을 몽땅 뒤에서부터 읽을 수도 있습니다만. 왜 자네가 그 일에 대해서는 입을 꾹 다무는지 모르겠네. 나라면 어머니 빼놓고는 아마 죽을 때까지 만나는 사람들에게 떠벌릴 것 같은데."

"글쎄……"

강은 문득 생각이 끊어진 듯 말을 멈췄다. 어떤 광경이 눈에 들어왔다. 검은 머리칼에 녹색 모자를 쓴 여인이 눈에 익은 모습으로 움직이며 교정에 나타나 슬로컴 도서관 쪽으로 걷고 있었다. 낸시는 앞을 똑바로 보고 목적지를 향해 일정한 보폭으로 걸었다. 강의 시선도 그런 낸시를 따라갔다.

"그때 낸시 하에게 아무 관심도 없다고 하지 않았던가?"

"어……"

그날 이후 강은 교정에서 낸시를 가끔 마주치며 형식적으로 인사를 나누었다. 한두 차례 미국식으로 활짝 웃어 보이기도 했지만, 낸시는 무표정으로 그저 스쳐 지나갔다. 자신을 피하는 낸시가 마음에 걸렸다. 이곳에 와서 여인과의 만남이 전혀 없었던 건 아니지만, 낸시가 자신에게 호감을 품는다면 그런 만남 같은 건 모두 부질없다고 생각했다. 낸시가 강에게 보이는 거부감과 자신감은 강에게도 어느 정도 자극이 되었다. 강은 미국에 와서 처음으로 고향 땅에서 어떤 일이 벌어지고 있는지 신경을 쓰기 시작했다.

"낸시에게 관심은 없지만 흥미로운 사람이라고 생각해."

"그게 무슨 차이야?"

자신을 바라보는 눈길을 알아차린 낸시가 걸음을 멈추지 않고 그대로 건너편을 바라보았다. 그러다 강을 보고서는 눈살을 찌푸리더니 도서관 안으로 사라졌다.

"차이가 있지. 어쨌거나 저 여자는 나를 경멸하는 게 틀림없어. 방금 본 것처럼."

"코리아 사람인데 왕자에게 그렇게 해도 되는 거야? 물론 나도 너를 싫어하지만, 하하. 나는 네 아버지를 따르는 백성은 아니니까."

"글쎄, 낸시도 물론 코리아 사람이지만."

강은 잠시 후 다시 말했다.

"요즘 들어 왕실을 싫어하는 사람이 많이 늘었어. 그렇다고 그들을 비난할 수는 없을 것 같아."

"지난번에도 그렇게 말했지."

"사실 민주주의가 우리의 제도보다 나은 것 같기도 하고."

"아, 나는 네가 그런 부분에는 관심이 없는 줄 알았어."

"관심은 없어. 적어도 나는 그렇게 생각해."

강은 회중시계를 확인했다.

"이제 그만 수업에 들어가는 게 어떨지?"

별반 새로울 것도 없는 수업을 들은 후 강은 우편물실에서 신문과 우편물을 집어 들고는 마을의 유일한 아이스크림 가게까지 걸었다. 수덕에게 온 편지를 보고 강은 창가 탁자에 혼자 앉아 가방에서 펜과 종이 몇 장을 꺼냈다. 최근 들어서는 전보다 훨씬 더 빨리 답장을 쓰곤 했다.

"또 오셨구먼!"

희끗희끗한 머리에 오십 대쯤 되어 보이는 사람 좋은 주인이 다가왔다. 학생들을 포함해 근처 사람 치고 이 주인을 모르는 사람은 없었지만, 그의 진짜 이름을 아는 사람은 아무도 없었다. 그는 오하이오주 델라웨어에 사는 그 누구보다 더 미국 토박이처럼 보였으나 그저 '그리스인'이라 불렸고 가게 이름도 '그리스'였다.

"아, 코리아 왕자! 찾아주셔서 영광이긴 합니다만 이렇게 매일 오면 특별 취급은 못 받습니다! 하하."

그가 강의 등을 두드리며 말했다.

"그래, 오늘은 뭘 드릴까요?"

"초콜릿 아이스크림을 얹은 초콜릿 케이크를 주십시오. 아, 그리고…… 탄산 음료수도 한 잔 부탁합니다."

"즉시 대령하겠나이다, 전하!"

주인은 연극배우처럼 고개 숙여 절을 하고는 판매대로 향했다. 곧바로 음료수를 한 잔 따르며 점원에게 소리쳤다.

"초콜릿 케이크, 늘 먹던 걸로! 저기 왕자님이 기다리고 계시니, 서둘러!"

강은 수덕이 보낸 편지 봉투 윗부분을 열어 손가락을 집어넣었다. 안에 든 편지가 탁자 위로 떨어졌다. "뵙고 싶은 전하"라는 인사말이 보였다. 좋은 징조였다. 강에 대해 좋지 못한 소문이 퍼진 이후 수덕은 한동안 형식적인 인사만을 건넸었다. 아니, 어쩌면 좋은 징조가 아닐 수도 있었다. 수덕에게는 나쁜 소식이 있으면 오히려 더 부드럽게 말하는 습관이 있었고, 언제나 좋은 소식보다는 나쁜 소식이 더 많았기 때문이다. 강은 서둘러 첫 문단을 훑어보았다. 날씨가 계절에 어울리지 않게 따뜻하다는 말과 함께 강이 예전과는 다르게 건강한 모습으로 계속 학업에 정진하기를 바란다는 당부가 있었다.

"전하, 주문하신 음식 대령이오!"

초콜릿 케이크와 음료수가 나왔다. 강은 바로 케이크를 먹기 시작했다. 달콤한 맛이 즉시 입안에서 온몸으로 퍼졌다. *이렇게 단 걸 좋아하는 취향은 아버지로부터 온 것이겠지.* 누구나 약간의 타락은 필요했다. 강은 특히 자신이 더 그렇다고 생각했다. 이제 술은 끊었지만, 하루에 적어도 두 번 이상 단 음식을 듬뿍 먹지 않으면 살 수 없다는 사실을 깨달았다. 초콜릿이 들어간 음식이라면 뭐든 다 좋았다. 오늘 먹은 케이크의 맛은 수덕의 편지를 진지하게 읽을 수 있도록 해주기에 충분했다.

"뵙고 싶은 전하, 꼭 드려야 할 말씀이 있는데 그게 꺼려져 이렇게 망설이고 있사옵니다. 하지만 이제 본론을 말씀드리겠습니다. 최악의 상황을 염두에 두어야 할 것 같습니다. 하늘이 조선을 버린 것이 아닐지요! 전하께서 미국에 얼마나 더 계실지 저는 알 수 없사오나 조선이, 대한제국의 존립 자체가 전하께서 돌아오시기 전에 끝날까 두렵습니다. 1년도 채 버티지 못하는 게 아닐지요. 우리 5천 년의 역사가, 그리고 우리 왕조 5백 년 역사가 모두 무자비한 변화의 격류와 외국의 잔인한 계산에 휘말려 사라진다고 상상해 보시옵소서!"

심경이 복잡해진 강은 탁자 위에 포크를 내려놓고 두 손으로 편지를 들었다.

"청나라에서 일어난 의화단義和團 운동을 평계로 개입한 아라사가 만주에 대규모 병력을 보냈사옵니다. 일본국은 병력 철수를 주장하지만, 아라사의 황제는 들은 척도 하지 않습니다. 신문에 계속 보도가 되고 있으니 여기까지는 전하께옵서도 알고 계시겠지요. 그렇지만 최악의 부분도 알고 계시는지 궁금합니다. 일본 측이 타협안을 제시했는데, 아라사에게 조선 북부 지역 대신 만주의 지배권을 넘겨준다는 것이옵니다. 사실상 조선 팔도 전체를 일본 마음대로 처분하겠다는 생각이 아니옵니까! 우리의 소중한 조선이 추악한 거래를 위한 대가로 사용되다니요!

만일 타협이 결렬되면 어떻게 될지요. 필경 엄청난 전쟁이 일어날 것이며, 승자가 전리품을 차지할 것이옵니다. 조선은 결국 고래 싸움에 새우등이 터지는 신세가 되겠지요. 우리에게는 선택의 여지도, 힘도 없습니다. 우리는 그대로 일본의 손아귀에 넘어가거나 아니면 전쟁의 결과에 따라 승리하는 쪽의 전리품이 되겠지요. 저로서는 전쟁이 일어날 확률이 크다고 생각하옵니다. 최근 일본 국민은 오히려 군대보다도 더 전쟁을 바라게 되었습니다. 동경에서는 아라사를 선제공격하라는 대규모 시위가 벌어지고 있다고 합니다.

제가 터무니없이 과한 소리를 늘어놓는다고 생각하실 수도 있사옵니다. 저도 늘 저 같은 우물 안 개구리가 뭘 제대로 알 수 있을지 혼자 생각하고는 합니다. 황제 폐하께서도 역시 근심이 가득

하시지만, 측근이라고 하는 자들은 여전히 자신들의 잇속만 챙기면서 폐하의 현명한 결정과 지혜가 우리를 이끌어 이 위기를 극복하고 결국 새로운 태평성대가 도래할 것이라는 감언이설만 일삼고 있사옵니다. 순빈 엄 씨는 변한 것이 없습니다. 황실에서 자기 마음대로 파당을 만들어 이끌면서 아들도 망치고 있지요. 이렇게밖에 말씀드릴 수 없는 걸 용서하세요. 그 아들은 응석받이로 자라고 있습니다. 이 편지는 전하께서만 보시리라 믿사옵니다."

강은 편지를 내려놓았다. 수덕은 "터무니없이 과한 소리를 늘어놓기에는" 몹시 현명한 여인이었다. *나라가 없어진다는 건 무슨 의미일까?* 나라는 그저 공기처럼, 그리고 가을이 되면 단풍이 물드는 삼각산처럼 자연스러운 존재였다. 나라가 없어지는 건 상상도 할 수 없는 일이었지만, 감당할 수 없을 만큼 놀라운 일들이 일어난 지난 과거를 돌이켜보면 도깨비가 대동강을 건너듯 그런 일도 어느 날 갑자기 벌어질 수 있겠다는 생각이 들었다.

케이크와 함께 나온 초콜릿 아이스크림은 절반 이상 녹아버렸다. *지금 이렇게 미국에 있는 게 잘못된 일일까?* 여전히 고향에 돌아가고 싶은 마음은 없었지만, 죄책감까지 외면할 수는 없었다. 원식이라면 이 편지를 읽고 어떤 반응을 보일까? 동포들에게 버림받고 푸른 눈의 외국 선교사 손에서 자란 고아 원식은 원한다면 평생 미국에 머물 수도 있다. 박사가 될 수도, 프린스턴 대학교의 교수가 될 수도, 아니면 세상으로 나가 그저 돈벌이에 열중할 수도 있을 것이다. 원식은 미국의 언어와 종교, 사고방식에 대해 강보다 훨씬 더 잘 알았지만, 그 순진한 바보는 그저 조국을 위해

할 일에 대해서만 생각했다.

"전하, 저는 종종 전하께서 사시는 소식을 듣고 절망했고, 제가 뭘 그렇게 잘못해서 처음부터 전하께옵서 제 사랑과 관심을 외면하셨는지, 이 험난한 세상의 반대편까지 가서 살게 되셨는지 스스로에게 물었습니다. 신경 쓸 아이나 친구도 없으니 전하에 대한 모든 소식에 집중할 수밖에 없었지요. 저는 언제나 전하께서 돌아오시기만을 바라지만, 지금은, 적어도 제가 예상하는 끔찍한 재난이 끝날 때까지는 그러지 마시라고 간청드려야 할 것 같사옵니다.
전하, 부디 스스로를 귀히 여기시고 저나 황실 가족이 아니라 조선과 대한제국을 위해 늘 조심해 주세요. 황제 폐하께서는 너무 노쇠하시었고 황태자 전하께서는 아시는 것처럼 건강이 그리 좋지 않으십니다. 최악의 상황이 닥쳤을 때 백성들에게는 믿고 의지할 사람이 필요할 텐데, 그때가 바로 전하께서 돌아오셔야 할 때입니다!"

강은 아내의 거창한 요구에 고개를 흔들었다. *백성들이 믿고 의지할 사람이라…… 내가? 정말 우스운 일이군.* 강은 문득 수덕과 비슷한 말을 하던 낸시가 떠올랐다. *내가 뭘 할 수 있다고. 낸시 역시 크게 실망한 표정을 지었지. 왜 모두 내게 뭔가를 기대하는 것일까? 왜 그토록 나를 과대평가하는 것일까?*
강은 소지품을 챙겨 자리에서 일어났다. 식욕은 사라진 지 오래였다.

몇 주가 지나자 수덕의 예측은 그대로 적중했다. 일본은 청나라 항구 여순에서 러시아 함대를 공격한 후 정식으로 선전포고를 했다. 미국 언론에까지 관련 소식이 넘쳐났고, 프랜시스 같은 친구들은 이 사건을 동양과 서양 사이에서 일어난 역사적 충돌로 평가했다.

세상은 이렇게 변하고 있지만 저 멀리 오하이오주 델라웨어 주민들에게는 그것이 추상적인 문제일 뿐이라는 게 그들의 말이었다. 강도 변화를 피할 수 없었다. 매일매일 사태가 심각해지자 연민과 무력감 속에서 강도 결국 정치 문제에 관심을 기울이게 되었다. 강은 신문을 읽으며 절망했을 원식의 모습을 상상했다. 원식은 조국으로부터 버림받았음에도 불구하고 조국을 위해 모든 것을 바치려는 헌신적인 청년이었다. 낸시도 마찬가지였다. 낸시는 여인임에도 애국자였다. *아녀자인 낸시도 나라와 백성을 위해 저 정도로 나서는데 황실의 일원인 나는 무엇을 해야 할까?* 종종 스스로 말했던 것처럼 수덕도 나라와 혼인했고, 그로 인해 그녀는 인목왕후의 저주를 되살려 받고 있었다.

그리스 아저씨의 아이스크림 가게는 이제 강에게 개인 사무실이나 마찬가지였다. 강은 매일 〈델라웨어 데일리 저널〉이나 〈콜럼버스 디스패치〉 〈신시내티 인콰이어러〉 같은 신문이나 잡지를 샅샅이 훑으며 조선을 사이에 두고 벌어지는 전쟁에 대한 정보를 찾았다. 워싱턴의 최 공사는 이제 더 이상 강과 가까운 사이가 아니었지만, 그에게도 새로운 소식을 알려달라고 부탁했다. 그리고 각 언론사에 이번 '고래 싸움'에서 부디 '새우'의 존재를 잊지 말아달라는 편지도 보냈다. 이복형인 황태자에게도 여러 차례 편지를 썼지만 답장은 포기한 지 오래였다.

여순에서의 공격이 일어난 지 며칠 되지 않아 역시 우려했던 일이 벌어졌다. 강의 눈에 기사 제목이 하나 들어왔다. "일본, 여순과 제물포에서 아홉 척의 러시아 전함을 격파 혹은 무력화. 제해권을 차지하다." *제물포라면 인천 바로 옆에 있는 항구가 아닌가.* 강은 답답한 가슴을 부여잡고 창밖을 바라보았다. 사람들은 저마다 제 일로 바빴다. 아이스크림 가게 주인도 음료수 판매대를 청소하는 중이었다. 배가 점점 아파왔다. 강은 자신이 미국인이 아니라는 사실을 새삼 실감했다. 뉴욕에 있을 때만 해도 강은 자신과 미국이 하나라고 생각했다. 그러나 이제는 현실을 정면으로 마주하게 되었다.

일본군이 전쟁에서 우위를 점했다. *3백 년 전 조선을 침략했던 조선의 숙적이 또다시 돌아오는구나.* 강은 원식이나 언더우드 씨가 뭐라고 할지 생각해 보았다. 일본은 이제 근대국가가 되었으니 낙후된 러시아보다 조선에 더 도움이 될 거라고 할까? 아니면 그저 결코 일본을 믿지 말라고 할까? 역사에 관심이 많은 아내 수덕이라면 당연히 일본을 믿지 말라고 하겠지. 강은 어느 쪽이 맞는지 알 수 없었다. 그저 어떤 식으로든 조선의 독립이 유지되는 기적만을 바랄 뿐이었다.

아무런 힘도 없이 절체절명의 위험에 처한 아내와 이복형이 몹시 염려되었다. 아직 얼굴도 보지 못한 어린 남동생이 어떻게 될지도 걱정이었다.

누군가 앞에 나타나자 비로소 정신을 차린 강은 자신이 두 손으로 나무 탁자 끝을 필사적으로 움켜쥐고 있다는 사실을 깨달았다.

"전하, 여기 계신다는 말을 들었습니다."

녹색 모자 때문에 그녀의 눈이 보이지 않았다. 강은 탁자를 손에서 놓았다.

"미국에도 왕자가 있던가요……"

강은 이런 식의 대답을 머릿속으로 몇 번이고 연습했고, 마침내 기회를 잡아 대답할 수 있었지만 아무런 의미가 없는 듯했다. 낸시가 고개를 조금 들자 눈가에 눈물 자국이 보였다. 갑자기 낸시가 연약한 여인처럼 보였다. 강이 매일 보던 확신에 차 있는 사람, 어떻게든 다시 가까워지려는 강의 노력을 거부하던 당당한 사람의 모습은 어디에도 없었다.

"실례했소. 자리에 앉으시겠소?"

낸시는 자리에 앉아 탁자를 바라보다가 뼈만 남은 앙상한 손가락으로 강이 읽던 신문 제목에서 '제물포'라는 단어를 가리켰다. 강은 낸시의 의중을 알아차리지 못하고 솔직하지만 평범한 대답을 했다.

"그래요. 아주 끔찍한 일이지요. 늘 희망을 가지려 했지만 어디서도 찾을 수 없군요."

낸시는 고개를 한 번 끄덕였다.

"네, 전하."

그러고는 기침을 하더니 침을 삼켰다.

"제 남편이……"

그랬지. 인천 옆에 있는 제물포와 낸시의 남편…… 강은 낸시의 남편이 인천에서 일하는 관리라는 사실을 비로소 떠올렸다.

"그동안 냉정하게 굴어서 미안합니다. 이제야 알겠네요."

낸시는 이렇게 말하며 탁자 위에 펼쳐진 신문이며 편지 등을 가리켰다.

"당신에 대해 오해하고 있었습니다. 저 보고 여기에서 나가라고 하셔도 이해할 수 있습니다."

"나를 오해하는 사람은 많습니다. 아니, 어쩌면 오해가 아닐 수도 있지요. 누가 알겠습니까. 그건 그렇고, 제물포 소식은 정말 안 됐습니다. 남편분의 안전은 확인되었나요?"

"잘 모르겠어요. 저도 신문을 보는 게 전부니까요. 전보를 보냈지만 아직 아무런 답이 없어요."

"그런가요……"

강은 뭐라고 해야 할지 알 수 없었다. 낸시의 눈을 보니 뭐라도 말을 해야 할 것만 같았다. 낸시의 얼굴이 벌겋게 달아오르기 시작했다.

"전하께 도움을 구걸하고 싶지 않지만…… 지금은 그래야만 할 것 같습니다."

강은 움찔했다.

"그게 무슨 말이오?"

"전하께는 영향력이 있어요. 그러니 제 남편을 도우실 수도 있겠지요. 남편이 안전한 곳으로 피할 수 있도록 누군가를 보내실 수 있지 않을까요?"

내가? 강은 자신에게 그런 영향력이 있을 거라고는 생각해 본 적 없었다. 물론 왕자 신분이라면 논리적으로는 말이 되는 일이었지만, 강은 자신이 아무도 원하지 않았던 배다른 자식이라는 사실

이상을 느껴본 적이 없었다. 그래서 누군가에게 '공식적'으로 뭔가를 요구할 수 있다는 사실 자체가 어색하게 느껴졌다. *과연 누구에게 이 일을 의논할 수 있지?*

"전하."

낸시는 이제 눈물을 뚝뚝 흘리며 강 앞에 무릎을 꿇었다. 아이스크림 가게 주인은 어리둥절한 표정으로 두 사람을 바라보았다.

"의친왕 전하, 이렇게 부탁드립니다……"

"낸시, 나야말로 부탁합니다. 제발 이러지 말고 의자에 앉으세요. 그동안 나를 피했던 건 괜찮습니다. 그런데 지금 내가 뭘 할 수 있겠소? 내게는 아무런 힘이 없다오."

"어떻게 아무런 힘이 없다고 하세요? 그저 제대로 알지 못할 뿐입니다."

"낸시. 제발 자리에 좀……"

"황제 폐하께 제발 한 번만, 그저 한 번만 말씀드려 주세요……"

아버지께 연락을? 강은 마지막으로 아버지와 연락했던 때를 떠올렸다. 다시는 뉴욕에 가지 말라는 짧은 편지를 받기는 했지만, 심지어 그 편지도 아버지가 직접 쓴 것이 아니었다. 당시 강은 엄 씨가 대신 보낸 게 아닌가 의심도 했지만 어쨌든 친모에게 가장 낮은 지위의 첩지가 내려진 후 두 사람 사이의 살가운 연락 같은 건 사라진 지 오래였다.

낸시는 여전히 무릎을 꿇은 채 꼭 움켜쥔 두 손을 머리 높이에 있는 탁자 위에 올려놓았다. 좀 더 악랄한 사람이라면 지금 같은 상황의 반전을 즐겼을지도 모르지만 강은 낸시가 그저 안쓰러울 뿐이었다.

"알겠습니다. 도움이 될지 모르겠지만, 원한다면 그렇게 해보겠소."

강은 결국 전보를 보냈고, 낸시의 남편 하 아무개가 안전하게 잘 있다는 확인과 함께 만일 필요하면 인천 밖으로 불러내겠다는 약속도 받았다. 즉 이번 전쟁으로 크게 피해를 입은 조선인은 없으며, 낸시의 남편 역시 그저 더 위험할 것도 없는, 교전국 사이에 낀 나라 백성으로서 남들과 비슷한 형편에서 지내고 있었다. 이번 일을 통해 강은 새로운 길을 찾게 되었다. 그리고 이제 더 이상 낸시와도 서먹하게 지낼 필요가 없게 되었다.

17

"프랜시스, 정말이지 나는 이런 곳에 안 어울리는 것 같은데."

태양이 높이 떠오르며 사방이 다 뜨겁게 달아올랐고 옷은 몸에 달라붙을 정도로 땀범벅이 되었다. 여자들은 챙이 넓은 모자를 쓰고 한 손에는 음료수를, 다른 한 손으로는 부채를 연신 부쳐댔다. 아이들도 어른들도 시원한 음료수 가판대로 몰려들었다. 몇 달러 정도의 상금을 놓고 말과 소를 이번 전시회에 출품하기 위해 다른 마을 농부들까지 모두 모였다.

"죄책감은 잠시 접어두고 좀 즐기면 어때?"

프랜시스는 강에게 몸을 기울여 자신이 초대한 두 여대생이 듣지 못하게 속삭였다.

"코니 아일랜드에 있는 댄스 홀 같은 요란스러운 곳이 아니니까, 잠시 쉰다 생각하고 구경해 봐."

러시아와 일본 간 전쟁이 시작된 지 5개월이 지났지만 전선은 주로 만주와 조선 서해에 국한되어 있었고, 미국 오하이오주 델라웨어 사람들의 삶은 평소와 달라진 게 없었다. 하지만 강은 매일 매 순간 어찌할 수 없는 염려와 걱정에 휩싸여 살았다.

함께 온 여학생 샐리는 평소라면 강이 눈길을 줄만 한 여자였다. 아니, 프랜시스의 말처럼 '남자라면 누구나 눈길을 줄만 한' 여자일지도 모른다. 샐리도 강에게 호기심이 있는 듯했지만 뉴욕 시절 강의 삶을 지배했던 욕망은 이제 강을 완전히 떠난 것 같았다.

"코리아에도 이런 행사가 열리나요?"

샐리가 손가락으로 머리카락 끝을 꼬았다 풀었다 하면서 물었다.

"잘 모르겠습니다. 아마 어딘가에서는 하겠지요."

"먼 나라에서 온 왕자님에게는 이런 행사가 지루하게 보이겠죠. 어머! 저것 좀 보라지."

샐리가 다시 근처에 있는 광고판을 가리키며 웃음을 터뜨렸다.

"모직 양말 경연 대회. 우승 상금 50센트!"

샐리의 친구인 키 작은 금발 여인도 코웃음을 쳤다.

"돼지 전시회 1등 상금은 1달러 50센트, 소 전시회는 3등 상금이 1달러…… 우리 기숙사의 최고 '닭대가리 상'을 받을 만한 친구들이 몇 명 떠오르네요."

네 사람은 음료수를 사 마셨고 다양한 전시품을 구경하며 돌아다녔다. 프랜시스는 키가 작은 여학생과 조금 앞서서 걸었다.

"왕자님은 오늘 좀 조용하시네요."

샐리가 말했다.

"나랑 있는 게 어색하신가?"

"미안합니다. 요즘 신경 쓰는 일이 있어서…… 아시는지 모르겠지만 고국에서 전쟁이 일어나서 말입니다."

샐리가 숨을 들이켰다.

"아, 러시아와 일본의 전쟁 말인가요? 러시아가 지고 있다는데 사실인가요?"

"네, 두 나라가 싸우고 있는 장기판이 바로 내 고국입니다. 안타깝지만 오랫동안 비슷한 일을 운명처럼 겪고 있지요."

샐리가 강의 어깨에 손을 얹었다.

"참 끔찍한 일이네요. 정말 가슴 아프시겠어요. 가족도 다 거기 계시고…… 주님께서 돌봐주시길……"

그런데 열 걸음쯤 떨어진 곳에서 한 무리의 동네 청년들이 두 사람을 지켜보고 있었다. 델라웨어 마을에서는 일상적인 일이었다. 강이 이렇게 여학생들에게 인기가 많은 걸 남학생들은 그리 달가워하지는 않았지만 적어도 대학교 안에서는 별일이 없었다. 그러나 지금은 대학교 밖이었다. 학교 밖에는 중국인을 이유 없이 싫어하는 사람도 많았고, 대부분 강과 중국인을 구분하지 못했다. 그들이 강을 보는 눈빛에는 늘 위협적인 무언가가 있었다.

이를 눈치챈 강은 자기도 모르게 청년들을 자극하지 않기 위해 샐리에게서 조금 떨어지려 했다. 하지만 샐리는 그럴 생각이 없는 것 같았다.

"가엾으신 분……"

청년들에게는 어딘지 졸렬하면서도 천박한 모습이 있었다. 게다가 술기운도 느껴졌다. 덩치가 가장 큰 청년의 얼굴이 벌겋게 달아오른 건 원래 그런 것도 있지만 술기운에 분노까지 더해져 그런 것이 분명했다. 청년이 뭐라 손짓하며 말을 했고 강은 무슨 소리인지 알아들을 수 없었지만, 재빨리 샐리를 향해 사람들이 많이 모인 중심가로 가자고 말했다.

샐리가 고개를 끄덕였고 두 사람은 다시 왔던 곳으로 되돌아가려 했다. 몇 걸음인가 걸었을 때 누군가 샐리의 어깨를 두드렸다.

"왜? 미국 남자는 싫어?"

가까이서 보니 남자의 얼굴은 그야말로 홍당무나 다름없었다.

게다가 향수 냄새는커녕 겨드랑이 악취와 술 냄새만 나는 게 꼭 주말만 되면 뉴욕으로 몰려드는 중서부 촌놈들 같았다.

"딱히 싫어하진 않는데, 그게 너랑 무슨 상관이야?"

"상관이 있든 없든 내 마음이지."

남자가 손가락으로 샐리의 어깨를 쿡쿡 찔러댔다.

"그래, 여대생이라 이거군? 대학 같은 건 없어지는 게 우리 마을에 더 좋을 텐데. 거기서는 깜둥이도 야구를 한다면서! 세상 꼴잘 돌아간다."

"깜둥이? 그 사람에겐 찰스 토머스라는 이름이 있고 그는 뛰어난 야구 선수야."

"여대생, 지금 자기가 똑똑한 줄 알지? 그렇지?"

남자가 음흉한 눈초리로 샐리를 훑어보았다. 강이 남자의 어깨에 손을 얹었다.

"우리는 그저 바람이나 쐴까 해서 온 겁니다. 괜히 문제 일으키고 싶지 않습니다……"

그러자 남자가 흉하게 일그러진 표정으로 강을 똑바로 보았다.

"여기는 너 같은 놈이 있을 곳이 아니야. 그러니 중국으로 꺼져, 이 더러운 놈아."

강은 화가 나 몸을 떨었다. 여기서 화를 내면 무슨 일이 일어날 것만 같았지만 그렇다고 물러날 수는 없었다. 강은 허리를 쭉 펴고 남자를 향해 소리를 질렀다.

"중국인 아니라고! 이 잡놈아."

"내가 그렇다고 하면 그런 줄 알아!"

남자는 제정신이 아닌 사람처럼 다시 얼굴을 일그러뜨리더니 잠시 일행을 돌아보았다. 그러고는 땀에 젖은 주먹을 휘둘러 강의 두 눈 사이를 후려쳤다. 강은 평생 누군가에게 이런 식으로 맞아본 적 없었고 당연히 자신을 쓰러트릴 정도로 힘이 센 무지한 시골 청년의 주먹질에 맞설 대비도 전혀 되어 있지 않았다. 쓰러진 강이 몸을 추스르기도 전에 관자놀이를 향한 발길질이 시작되었다. 풀밭에 무기력하게 쓰러진 강에게 발길질은 계속되었고 입안에서 뜨거운 피 맛이 느껴졌다.

처음 강이 느낀 감정은 공포였다. *일어나야 해. 안 그러면 여기서 죽을지도 몰라.* 그러나 폭행이 계속되면서 그런 생각이나 의지도 그만 사그라졌다. 잠시 뒤 통증마저 느껴지지 않을 정도로 정신이 멍해졌다가 피가 나기 시작했고, 어깨며 갈비뼈, 두개골 전체를 고통이 뒤덮었다. 불과 몇 초 사이에 어딘가 다른 세상으로 떨어진 기분이 들었다. 싸움을 말리려 달려드는 사람들이 내지르는 소리조차 이제 들리지 않았다.

한참 동안 정신을 잃었다가 눈을 떠보니 얼굴은 피투성이였고 머리는 너무 아파 움직이기는커녕 생각조차 하기 어려웠다. 강은 다시 몇 시간 동안 정신을 잃었다가 깨어나기를 반복했다. 그 후에 있었던 일도 기억이 제대로 이어지지 않았다. 그저 알 수 없는 고함과 허리며 다리, 어깨를 감싸안는 거친 손길, 몇 개인지 가늠되지 않는 손들의 낯선 느낌, 바퀴며 말발굽이 규칙적으로 내는 덜컥거리는 소리, 이마에 올라온 차가운 물수건 등이 단편적으로 기억에 남을 뿐이었다.

강이 정신을 차린 곳은 병실이었다. 머리의 통증은 여전했고 조금 움직이기라도 하면 더 심해졌다. 갈비뼈에는 금이 갔는지 숨을 깊게 몰아쉴 때마다 격통이 느껴졌다. 잠이 드는가 싶다가도 바로 정신이 들었고, 잠시 그렇게 있다가 다시 잠드는 일이 반복되었다. 얼굴을 살피는 의사의 손길, 멍과 붓기 때문에 보라색 호박처럼 보인다는 소리가 어렴풋이 들렸다.

프랜시스와 낸시가 다녀갔다. 눈을 제대로 뜰 수 없어 벽에 걸린 시계를 볼 수 없었지만, 빛을 느낄 수는 있었다. 아마도 지금은 수업 시간이겠지…… 강은 다시 잠을 청하며 조심스럽게 옆으로 누웠다. 숙취와 비슷한 것 같으면서도 훨씬 더 상태가 안 좋았다.

그러다가 몹시 목이 말랐다. 그러나 몸을 일으킬 수도 없는데 어떻게 물을 마셔야 할지 난감했다. *제발 누군가가 곁에 있기를……* *물 한 잔만 가져다줄 누군가가.* 곧 주변에 아무도 없다는 사실이 어떤 육체적 고통보다 강을 더 괴롭히기 시작했다. 세상에 태어나 30년 가까운 세월이 지났지만, 관계가 모호한 낸시까지 포함하더라도 강에게는 친구가 한두 명밖에 없었고, 진정으로 의지할 사람이나 아니면 반대로 진심으로 자신을 의지하는 사람은 아무도 없었다. 고통을 혼자 감내해야 하는 사람보다 더 외로운 사람은 이 세상에 없다.

강은 미국을 선택했지만 그건 그저 자신을 옥죄는 조선에서 도망치고 싶었기 때문일 뿐, 다른 이유는 없었다. 원식이나 낸시와는 다르게 미국에서 강이 얻을 수 있는 건 아무것도 없었다. 조선이 아닌 곳에 왔지만 공허한 마음은 치유되지 않았고 오히려 공허감이 한층 더 커졌을 뿐이다. 강은 자신이 받아들인 미국식 이름과 미국식 정장의 도움을 받아 뉴욕에서 환영받는 신사로 얼마간 시간을 보낼 수 있었지만 그건 결국 스스로를 속인 시간이었다. 강은 미국인도 아니었고 뉴욕 시민도 아니었다. 게다가 이제 다시 태어났다고 혼자 되뇐다고 해서 없는 어머니가 새로 생기는 것도 아니었다.

강은 미국인이 아니었지만 그를 때린 건 미국인이었다. 얼굴을 정확히 떠올리기는 어려웠지만 땀으로 뒤덮여 번들거리는 이마, 벌겋게 달아오른 얼굴이 여전히 머릿속을 맴돌았다. 증오와 자기 연민이 강의 몸을 휘감았다. *내가 뭔가 잘못했다면 이해할 수 있을지도 모른다.* 그러나 강은 아무런 잘못도 하지 않았다. 그 멍청한 시골 청년은 강의 존재 자체에 분노했다. 강은 다행히 온전하게 남은 이를 악물었다. 분노가 마치 실제로 머리를 짓누르는 것 같았다. 두통이 더 심해졌다. 강은 결국 통증을 견디지 못하고 숨을 내쉬면서 머리를 베개 속으로 깊이 파묻었다. 참았던 눈물이 터져 나왔지만 최대한 억눌렀다. 모든 걸 한꺼번에 터트리면 아픔을 참아낼 수 없을 것만 같았다.

"일어났어요?"

문밖에서 낸시의 목소리가 들렸다.

폭행을 당한 지 나흘 정도가 지났다. 이제 눈을 제대로 뜰 수 있었고 두통도 줄었다. 강은 책을 읽으며 시간을 보냈다. 부담스러운 책은 아니었지만, 침대에서 불편한 자세로 책을 읽으려니 갈비뼈 근처가 너무 아팠다.

"아, 들어오세요."

낸시가 문을 열고 고개를 내밀었다. 평소와 달리 녹색 모자를 쓰지 않았다. 그 얼굴에서 약간의 흥분과 긴장이 느껴졌다.

"당신을 만나려는 사람이 있어요."

새로운 방문객을 위해 낸시가 먼저 방 안으로 들어왔다. 강은 누구인지 알 것 같았다. 그가 틀림없었다. 원식이 조심스럽게 병실로 들어왔다. 강과 눈이 마주쳤지만 똑바로 보지는 않았다. 두 사람이 미국 땅에서 처음 마주했을 때처럼, 원식은 전과는 또 많이 달라져 있었다. 머리칼은 조금 자랐지만 정장은 아주 잘 맞았고, 더 성숙하고 탄탄해 보였다. 제가 원하던 모습이 되어가고 있다는 인상을 심어주기에 충분했다.

몇 년 만의 재회였지만, 사실 원식은 늘 강의 마음속에 있었다. 원식은 강과 정반대의 인간형이었기에 그의 부재가 늘 마음에 구멍처럼 자리했다. 강은 멀리서 원식을 바라보며 존경하고 경멸하고 또 그리워했다. 무슨 일을 하든 멀리서 온 고아 청년과 자신을 비교했다. 또한 원식을 도덕적으로 대단하게 여겨왔기 때문에 막상 오랜만에 만나면 혹시나 실망하게 되지 않을까 생각하기도 했다. 도대체 어떻게 인사를 해야 할지 고민하는 동안 강의 심장은 세차게 두근거렸다.

"전하, 사고가 있었다고 들었습니다."

원식의 얼굴이 따뜻하게 빛나는 순간 어색함과 불안감의 벽이 무너져 내렸다. 강은 벌떡 일어나 원식을 끌어안고 싶었다. 원식은 강에게 강인함과 확신의 상징이었고 고통스러운 나흘이 흐른 지금, 강에게 꼭 필요한 존재였다. 강은 사고 이후 두 번째로 눈물을 흘렸다.

"전하라고 부르지 않아도 된다는 걸 잘 알 텐데."

강은 눈물을 흘리며 웃었다.

"이렇게 잊지 않고 찾아줘서 고맙네."

그러자 원식도 웃음으로 화답했다.

"그나저나 프린스턴에서 여기까지 5백 마일은 족히 될 텐데
……."

"별거 아니었습니다. 뉴욕에서 버펄로까지, 거기서 다시 빅포
열차를 타면 이곳까지 한 번에 올 수 있지요. 참, 제가 뭘 좀 가지
고 왔습니다."

원식은 배낭을 가져다 강이 누운 침대 위에 올려놓았다. 그 안
에는 조선에서 온 신문이며 그리스도교와 무관한 최신 소설 등
읽을거리와 사과 몇 개, 뉴욕에서 사 온 메일라드 트리플 바닐라
초콜릿 1파운드 묶음이 들어 있었다.

"이건 75센트나 하는 건데…… 이럴 필요까지는 없는데."

강은 덮고 있던 담요를 끌어당겨 코와 눈을 슬쩍 문질렀다. 눈
물이 흐를 것만 같았다.

"그런가요. 아직 한 가지가 더 있습니다. 이건 75센트보다 더
비싼 건데요."

강이 배낭 안으로 손을 넣어보니 병이 하나 있었다. 두 사람 사
이의 우정이 깨진 날 저녁에 마셨던 샴페인이었다.

강은 그때 일을 떠올리며 기쁨과 슬픔이 교차하는 듯 숨을 헐떡
였다.

"술은 악마의 음료가 아니던가?"

"물론 그렇습니다만, 지난 일들을 생각해서 오늘만은 예외로
해도 괜찮을 것 같습니다. 그때는 저도 지나치게 제 입장만 내세

있는지 모르겠습니다. 다른 사람을 섣불리 비난해서는 안 되는 건데…… 어쨌든 저는 마시지 않겠지만 형님이 마시는 걸 탓하지도 않을 겁니다."

형님이라는 말을 들으니 강은 한결 기분이 좋아졌다.

"내가 요즘 술을 거의 안 마시는 걸 알면 놀라겠군. 그렇지만 최근에는 여러 가지 일들이 있었으니 나도 오늘만은 예외로 해도 괜찮을 것 같네."

강은 침대 옆에 있던 빈 잔을 들고 샴페인의 코르크 마개를 열었다. 원식이 한잔 따르자 뉴욕에서의 저녁과 두 사람이 헤어지던 때가 떠올랐다.

"원식, 정말 미안하네. 생각만 해도 부끄러운 일이야. 그때 나는 그저 재미를 보는 일에만 몰두했었지."

원식과 낸시는 서로를 마주 보며 웃음을 터트렸다.

"그 멍청이가 정말 머리를 크게 한 방 내리쳤나 봅니다! 낸시가 많이 변하셨다고 하던데 정말 예상 밖입니다……"

낸시가 강을 위해 물을 가지러 간 사이 원식은 침대 앞 바닥에 양반다리를 하고 앉았다.

"우리가 못 본 지 얼마나 되었지?"

강이 묻자 원식은 그저 고개를 저었다.

"너무 오래되었네…… 그런데 항상 자네 소식을 들었지. 아니, 피할 수가 없었어! 늘 바쁘게 이런저런 모임을 이끌고 토론 대회에서도 우승했다지? 지금은 명문인 프린스턴 대학교에 다니고 말이야. 내가 무슨 염치로 자네를 보겠는가만, 사실은 정말 자랑스럽네. 그런데 박사님은 언제쯤 되는 겐가?"

말을 마친 강이 샴페인을 한 모금 마셨다. 원식은 이마를 긁적였다.

"그럴 일은 절대 없을 겁니다, 형님."

"아니 그게 무슨 뜻인가?"

원식이 목소리를 가다듬었다.

"사실 오늘 이렇게 찾아온 건 그 일 때문이기도 한데…… 저는 이제 미국을 떠나 조선으로 돌아갑니다."

"자네 지금 제정신으로 하는 말인가?"

강은 들고 있던 샴페인을 쏟을 뻔했다. 그 순간 낸시가 다시 방으로 들어왔다.

"원식 씨가 제정신이 아니라면 저도 마찬가지겠지요."

강은 또다시 머리를 한 대 맞은 기분이었다.

"뭐라고요?"

"네, 역에서 여기까지 오는 동안 이야기를 나눴는데 우리 두 사람은 같은 생각을 하고 있었습니다."

"하지만 지금 조선에서는 전쟁이……"

"전쟁은 곧 끝날 겁니다. 일본은 지금까지 모든 전투에서 러시아에 승리를 거두었어요. 이제 조선을 생각하는 사람은 누구라도, 군인이든 교육자든 언론인이든 모두 다 일본에 저항할 준비가 되어 있어야 합니다. 이제 개화파니 수구파니 하는 구분은 필요 없습니다. 그저 애국자와 반역자만 있을 뿐이지요."

"그러면 낸시, 당신은요? 당신은 여인……"

"남자들이 항상 하는 이야기지요. 네, 저는 여인입니다."

낸시가 슬쩍 웃으며 말했다.

"만일 전하의 상태가 지금 같지 않다면 남자든 여자든 상관없는 이유를 자세히 알려드릴 텐데 말이지요."

죄책감이 다시 강을 괴롭혔다. 이 두 사람은 조선으로부터 거의 아무것도 받지 못했지만 언제든 조선을 위해 위험 속에 뛰어들 준비가 되어 있었다.

"예전과 많이 달라지셨다면, 감히 여쭙겠습니다. 형님도 조선으로 돌아가시지 않겠습니까? 물론 전쟁이 완전히 끝난 다음에 말입니다. 형님의 안전은 조선의 미래와 긴히 연결되어 있으니까요. 그리고……"

"응? 내 안전과 조선의 미래가 무슨……"

그때 낸시가 끼어들었다.

"의친왕 전하, 전하의 지도력이 필요한 날이 올 수도 있습니다. 오늘은 아니지만 아마도 2년 후, 어쩌면 20년 후일 수도 있겠지요. 저는 전하께서 스스로 무엇을 할 수 있는지 여전히 잘 모르고 계신다고 생각합니다."

낸시의 말은 수덕이 편지로 전한 말과 같았다. 강은 다시 샴페인을 한 모금 마셨다.

"전하께서는 스스로 생각하는 이상으로 더 많은 영향력을 가지고 계십니다. 전하께서 보내신 전보 한 통만으로 저는 남편의 안전을 확인할 수 있었지요. 그리고…… 이런 말을 하는 걸 부디 용서해 주세요."

낸시는 강의 멍 든 머리 쪽으로 손을 내밀며 속삭였다.

"전하는 미국과 어울리지 않아요."

18

강이 전화기를 들었다. 통화가 연결되기를 기다리는데 배가 꽉 조이는 듯한 통증이 느껴졌다.

"전하, 그동안 안녕하셨습니까."

전화기 저편에서 들리는 목소리는 강 못지않게 지친 듯했다.

"최 공사도 그간 별고 없으셨습니까?"

"그쪽도 별일 없으시지요?"

"네, 그럭저럭요. 최 공사는요?"

"전하, 공사관이 정리되고 있습니다."

"저들이 그리 멋대로!"

강은 소리쳤지만 이미 답을 알고 있었다.

"아시겠지만 조선은 일본에게 외교 주권을 빼앗겼습니다. 워싱턴은 물론이거니와 다른 곳에도 이제 대한제국 공사관은 존재할 수 없다는 뜻입니다. 한데 미국도 영국도 프랑스도 신경을 쓰지 않습니다. 아무도요."

강은 창밖을 내다보았다. 오래전 보았던 그 안개가 다시 바다 쪽에서 밀려오고 있었다. 창고는 여전히 그 자리에 있었다. *아마도 역시 그때처럼 입국 허가를 기다리는 외국인들로 가득 차 있겠지. 하지만 그것 말고는 모든 게 다 바뀌었다.* 일본은 러시아를 이겼고 이제 조선을 입맛대로 요리할 수 있게 되었다. 수만 리에 이르는 차가운 바다 건너편 어딘가에서 원식과 낸시는 벌써 애국 청년들을 위한 교육 활동을 하거나 개화된 독립국의 미래를 믿는 다른 사람들과 합류했을 것이다. 두 사람은 얼마 동안 안전하게 지낼 수 있을까? 그곳 어딘가에는 수덕도 있다. 수덕을 생각하면 미안한 마음이 먼저 밀려왔다. 수덕은 평생 궁에서 잡초를 뽑으며 외롭고 쓸쓸하게 살 것이 분명했다. 또 어딘가에서는 무능력한 이복형이자 황태자가 더 잔혹한 현실에 휘둘리고 있었다. 내 가족은 앞으로 어떻게 될 것인가? 무엇보다 조선, 아니 대한제국은 어떻게 될 것인가?

"정말 말도 안 되는 일입니다. 최 공사, 그러면 앞으로 어찌 되는 겁니까?"

"저는 그저 본국으로 돌아갈 뿐입니다. 이미 소환 명령이 떨어졌지요. 미국에 더 머물 명분도 돈도 없습니다. 다만 황제 폐하께서는 아직 건재하시니 돌아가 계속 폐하를 섬길 수 있기를 바라고 있습니다."

강은 처음 양복 정장을 맞추며 보낸 즐거운 시간과 대도시에서 맛보았던 '기회'를 떠올렸다. 이 유쾌한 남자는 강이 방탕한 생활을 하도록 부추겼고 결국 강은 공개적으로 망신을 당하기도 했다. 강은 최 공사를 증오했다. 하지만 지금 들리는 최 공사의 목소리에는 아무런 색도, 영혼도 남아 있지 않았고, 유쾌했던 모습 또한 찾아볼 수 없었다. 모든 게 사라지고 있는 지금, 3만 달러의 빚이 다 무슨 의미란 말인가? 강의 오래된 분노 역시 이제는 아무런 의미가 없었다.

"처음 이곳에 와서 겪은 시간들이 다 꿈만 같습니다. 어쩌면 다 신기루였을지도 모르지요……"

"모두에게 좋은 시절이었지요. 그 무렵 전하께 일어난 일들은 정말 송구합니다. 제가 나서야 했는데……"

"아닙니다. 과거는 그만 잊어주세요. 어쩌면 내게는 그런 경험이 필요했고, 그래서 변할 수 있었는지도 모르지요. 그리고 솔직히 말해서 재미있는 시간이었습니다."

최 공사가 작게 웃는 소리가 들렸다.

"그렇게 생각해 주신다면 영광입니다. 그런데 전하, 델라웨어에서 워싱턴까지는 통화 비용도 많이 나올 테고 지금은 여유를 부릴 수 없을 것 같습니다. 송구합니다만 통화는 이제 그만하고 짐이나 마저 꾸릴까 합니다."

"최 공사, 잠깐만 기다려요."

강은 한 시간 후 출발할 태평양 횡단 증기 여객선의 굴뚝을 힐끗 바라보았다. 강이 타기로 한 여객선이었다.

"이건 꼭 말해야겠는데, 무슨 일이 있어서 연락한 게 아닙니다. 여기는 델라웨어가 아니고 샌프란시스코입니다. 그리고……"

"아니, 샌프란시스코라니요?"

"이제 고국으로 돌아갈 예정입니다."

"뭐라고요? 전하, 그건 안 됩니다!"

최 공사가 목소리를 높였다.

"결정은 이미 내렸습니다. 그저 알려드리고 싶었고, 그동안 감사했다는 말도 전하고 싶었습니다. 비록 여러 문제가 있었지만……"

"전하, 제발! 돌아가시면 안 됩니다. 그건 절대로……"

"염려해 주셔서 감사합니다. 그렇지만 꼭 가야 한다고 생각하기에……"

"전하, 그건 위험을 자초하는 일입니다!"

"이제 전쟁도 끝났으니까요. 그리고 나는……"

"전하, 제발 그러지 마십시오."

최 공사는 또렷하게 들릴 만큼 한숨을 길게 내쉬었다.

"뉴욕으로 가십시오. 지금 당장이라도 5만 달러 정도는 드릴 수 있습니다. 그리고 필요하다면 더 융통해 드리고요."

"그게 무슨 말입니까? 아까는 돈도 다 바닥났다고…… 어디서 난 돈인가요? 혹시 일본이?"

"아니, 그야 물론 아닙니다!"

"그렇다면 그 돈이 어디서 났단 말이오?"

"그건 말씀드릴 수 없습니다. 어쨌거나 가지 마십시오, 전하. 제가 드리는 돈을 받으세요!"

제3부

1905-1910

19

맑은 하늘에서 오후의 햇살이 바다로 쏟아지자 부산의 해안선
이 위로 솟아오른 것처럼 갑자기 눈앞에 펼쳐졌다. 상록수로 뒤덮
인 절벽 하나와 나무가 전혀 없는 갈색 언덕이 보였고, 그 아래로
는 부둣가가 길게 수평으로 뻗어 있었다. 그 양쪽 끝이 마치 강을
불운한 어린 시절을 보낸 땅으로 끌어들이려는 집게처럼 보였다.
전에도 그랬지만, 낳아준 어머니가 없는 땅이 자신에게 어떤 소속
감을 줄 수 있을지…… 답을 알 수 없는 생각이 내내 머릿속을 떠
나지 않았다.

부산과 새로운 일본 제국을 연결하는 여러 선박의 돛대 사이로
강이 떠날 때는 볼 수 없었던 우아하지만 어딘지 허술해 보이는
2층짜리 목조 건물이 점점이 세워진 풍경이 눈에 들어왔다. 항구
주변 지역은 일본 손에 넘어간 지 오래였다. 땅을 빼앗기 위해 동
쪽에서 몰려드는 새로운 이주민들에게 항구는 출발 지점이기도
했다. 일본과 부산을 잇는 연락선 '이키마루'가 점점 육지와 가까
워지자 강은 '다이이치 은행'이라고 적힌 간판이나 높은 나무 단
상에 그려놓은 사케 광고판 등을 알아볼 수 있었다. 눈에 보이는
사람들 절반은 흰옷을, 나머지 절반은 검은색 옷을 입고 있었다.

8년의 세월이 흘렀다. 강은 무엇 때문에 고국에 돌아왔는지 알
수 없었다. 처음에는 그저 조국에 도움이 되고 싶다는 막연한 열
망이 있었다. 델라웨어에서 겪은 무지한 농부의 주먹질과 발길질

이 미국에 대해 알고 있던 진실을 더 이상 부정할 수 없게 만든 것처럼, 강은 죄책감 때문에라도 더 이상 고국을 멀리 떠나 있을 수 없었다. 부산이 가까워지자 강은 자신이 어떤 존재이며 또 정체가 무엇인지 처음으로 의식하게 되었다. 자신이 어떤 인물이 되고 싶은지는 아직 해결되지 않은 문제만큼이나 중요했다.

이제 아버지나 엄 귀비와의 만남은 물론이거니와, 그 밖의 피할 수 없는 여러 난감한 재회가 기다릴 게 분명했다. 이복형은 어떤 상태일까? 수덕은 자신을 보고 어떤 반응을 보일까? 강은 수덕이 남편인 자신에게 화를 내거나 아니면 가끔 만나는 친구를 대하듯 맞아주기를 바랐다. 만일 수덕이 자신을 용서하고 자신의 행복을 위해 헌신하겠다고 한다면 최악의 상황이 될 것 같았다.

최 공사는 왜 내게 돈을 주겠다고 한 걸까? 나의 귀국을 바라지 않는 사람이 있는 걸까? 내 주변에서 그 정도 현금을 가진 사람이라면 민 씨 일가와 엄 귀비, 아버지, 일본 정부 정도뿐이다. 최 공사는 일본은 아니라고 극구 부인했지만, 그에게 필요 이상의 솔직함을 기대할 이유가 없다. 도대체 누구일까? 이유는 뭘까?

배후에 누가 있든 분명 곧 만날 수 있으리라.

세관을 통과한 후 강과 다른 승객들은 매서운 바람을 맞으며 배에서 내렸다. 고향에 돌아왔지만, 도무지 고향처럼 느껴지지 않았다. 빨간색 모자를 쓴 짐꾼들이 이리저리 뛰어다녔고 제방을 따라 일본식 건축물이 길게 늘어서 있었다. 벽돌 건물이 세워지는 가운데 식당과 화물 취급소, 숙박업소 등이 곧 영업을 개시할 것이라는 안내문이 붙어 있었다. 강은 바다를 등지고 안쪽으로 걸어가면서 시모노세키에 도착했을 때나 그곳에서 여객선을 갈아탈 때는 미처 몰랐던 사실을 깨달았다. 고향 땅이었기 때문에 더 짜증이 나는 그 사실의 정체는 바로 일본 나막신 게다가 달그락거리는 소리였다. 검은색 겉옷을 걸친 승객 대부분이 게다를 신고 있었고 귀뚜라미처럼 다 함께 일정한 소리를 만들어내고 있었다. 이들 일본 승객들에게는 강이 생각하는 일본의 모습과는 어울리지 않는, 혼란스러울 정도로 거친 면도 있었다. 비열한 얼굴에 씨름 선수처럼 덩치가 큰 사람이 있는가 하면, 눈앞에 펼쳐진 땅에 선착순으로 달려가면 뭐든 얻을 수 있는 것처럼 다른 사람들을 밀치고 한껏 거드름을 피우며 으쓱대고 걷는 사람들도 있었다.

한성까지 간다는 새 열차를 타기에는 시간이 너무 늦었다. 근처의 어느 양반집을 찾아가면 하룻밤 신세를 질 수도 있을 것 같았지만 괜한 소문을 만들고 싶지 않아 일본식 여관에 묵기로 했다. 강은 여행에서 쌓인 피로를 씻어낸 후 양복에 두꺼운 외투까지 걸치고 밖으로 나갔다. 그러다 손님을 태우려 대기하고 있던 인력거에 걸려 넘어지고 말았다.

"이거 실례했습니다."

"도코니 이키타이데스카?"

인력거꾼이 일본말로 어디까지 가는지 물었다.

"아, 나는 조선 사람이오."

그러자 인력거꾼은 눈을 비비더니 강의 옷차림과 짧고 단정한 머리를 미심쩍은 듯 훑어보았다.

"어디로 가십니까?"

특별히 가고 싶은 곳이 없었다. 무엇보다 부산에 대해서는 지금 일본 사람들이 가득하다는 것 말고는 아는 게 전혀 없었다. 배가 고팠던 강은 물었다.

"일본식 말고, 조선 음식과 술을 먹을 수 있는 곳이 근처에 있소?"

"글쎄올습니다, 우선 영선고개까지 간 다음에……"

"그럼 그리로 가십시다."

"괜찮으시겠습니까? 마음에 안 드실 수도 있는데……"

인력거꾼은 재차 물으며 다시 강의 옷차림을 곁눈질했다.

"그럼요. 아무 문제 없습니다."

강은 인력거에 올라탔다.

달리기 시작한 인력거가 일본식 한자로 쓰인 간판이나 광고판이 즐비하게 늘어선 상점 거리를 지났다. 거리는 깨끗했고 길도 잘 닦여 있었다.

"요즘 가마를 타는 사람은 없는 거요?"

강이 소리쳤다.

"이제는 거의 없지요!"

인력거꾼이 인력거를 두드렸다.

"이게 더 빠릅니다. 이렇게 혼자서도 사람을 태워 나를 수 있고요."

질서정연하게 늘어선 일본식 목조 주택은 얼마 지나지 않아 초가지붕을 얹고 흙으로 빚어 올린 초라하고 허름한 집들로 바뀌었다. 그리고 오르막길이 시작되었다. 인력거는 울퉁불퉁한 땅을 넘어 대로로 튕기듯 올라섰다. 야트막한 지붕을 올린 오두막이 늘어선 좁고 구불구불한 골목길이 사방으로 뻗어 있었고 골목마다 장작 태우는 연기가 피어올랐다. 인력거가 요철을 넘기 위해 속도를 늦추자 얼어 죽은 듯한 개 한 마리가 길가에 누운 모습이 강의 눈에 들어왔다. 아이들은 추위에도 불구하고 마음껏 뛰어놀았고, 주름진 얼굴에 흙먼지를 뒤집어쓴 사람들이 짐을 짊어지고 터벅터벅 걸었다. 어른들은 너 나 할 것 없이 슬픔의 영역을 지나 감정조차 남지 않은 체념한 표정이었다. 주변 풍경은 강이 자란 동네를 떠올리게 했지만, 그보다도 훨씬 더 초라했다. *8년이 흘렀음에도 조선의 상황은 더 악화된 걸까, 아니면 내가 처음부터 잘 알지 못했던 걸까.*

계속해서 언덕을 오르자 초가지붕이지만 불을 밝힌 좀 더 큰 집이 나타났다. 옆에는 마구간과 함께 가축이 가득한 헛간이 있었다. 가까이 다가가자 초롱불 겉면에 적힌 술 주酒 자가 보였다. 나그네들이 먹고 마시며 하룻밤 묵었다 갈 수 있는 주막이었다. 주막에 대해 들어본 적은 있지만 와본 건 처음이었다. 강은 평범한 조선 생활보다는 오히려 미국 생활에 더 익숙했다.

못 들어갈 이유가 뭔가? 어차피 내가 여기 이러고 있는 걸 아무도 모른다.

강은 인력거꾼에게 삯을 치르고 주막으로 다가갔다. 문가에서 잠시 머뭇거리는데 주막에서 뿜어 나오는 온기가 피부에 닿더니 팔과 등을 타고 올라왔다. 손님은 평소의 절반쯤이나 될까, 다들 안주와 함께 소주며 탁주를 마시고 있었다. 말투는 원식과 비슷했지만, 그보다 더 억세고 거칠었다.

"왜 나한테 지랄이야! 내가 네놈 조상 묘라도 파헤쳤다고 하더냐?"

말끝마다 날 선 욕설이 빠지지 않았고, 남 탓을 하거나 아니면 자신의 신세타령과 함께 이러쿵저러쿵 다른 사람들에 대한 뒷말이 이어졌다. 사방으로 진한 된장국 냄새가 퍼져 강은 마치 어린 시절로 되돌아간 기분이 들었다. 부드럽고 순한 궁중 요리나 기름이 흘러넘치는 미국 요리에 익숙해지기 전 시절이었다. 강은 결국 신발을 벗고 안쪽으로 올라가 한쪽 구석에 자리를 잡았다.

곧 주모가 나타났다. 강보다 열 살은 더 많아 보였지만 주름진 얼굴이 여전히 우아하고 매력적이었다. 주모가 차려온 상에는 탁주와 김치, 시금치나물, 고등어로 보이는 생선구이, 국 한 사발, 생전 처음 보는 엄청난 크기의 밥그릇이 놓여 있었다. 주모는 강의 얼굴을 똑바로 보면서 즐겁다는 듯 활짝 웃었다.

"아이고, 이 옷 좀 봐. 한성 명문가에서 오신 게 분명하구려. 피부도 정말 곱다…… 어찌 저리 기름칠이라도 한 듯 매끈할고. 한데 귀하신 분이 이런 변두리에서 뭘 하고 계시는지?"

강은 자신도 모르게 뉴욕에서처럼 대꾸하고 말았다.

"그게, 여기 주모의 미모가 일색이라는 소문이 동래부 바닥에 자자하여……"

"젊은 양반이 별말씀을 다 하셔…… 다 예전 이야기라오."

"하면 그 예전 이야기라는 게 주모 모친의 이야기였나 봅니다."

주모는 고개를 비스듬히 젖히고 웃으며 다시 부엌으로 향했다. 강은 주모가 혹시 전에는 빼어난 미모와 재담으로 양반들을 접대하던 기녀가 아니었을까 생각했다.

옆에 앉은 덩치 큰 사내는 풍채로 보아하니 장꾼이나 장돌뱅이 같았다. 패랭이 밑으로는 흰머리 한 가닥도 보이지 않았지만, 얼굴에는 평생 겪어온 가난과 고생이 다 새겨져 있었다. 사내는 된장국에 밥을 말아 쉴 새 없이 먹었고 강은 그제야 왜 주막의 밥그릇이 그렇게 큰지 알 것 같았다.

"뭘 그리 쳐다보슈?"

"실례했습니다……"

강은 고개를 돌렸다. 사내는 다시 배를 채우기 시작했고 강도 수저를 들었다. 국은 매콤하면서도 걸쭉했다. 외숙부 집에서 지낼 때 점례가 끓여주던 것과 비교하면 더 진한 것도 같았다. 강은 자신도 모르게 아, 하는 감탄사를 내뱉었다.

그러자 사내는 뭐에 홀린 듯 멍하니 그런 강을 바라보았다.

"어디서 오셨소?"

강은 사내의 질문을 무시하지 않는 게 좋겠다고 생각했다. 델라웨어처럼 이곳 역시 자신에게 호의적이거나 익숙한 곳이 아니니까.

"한성이오."

강은 짧게 대답하고 탁주를 한 모금 마셨다. 생각보다 독했다. 강은 과음하지 않으리라 속으로 마음먹었다. 젖빛이 나는 탁주는 걸쭉했고 농사꾼이 어디선가 막 빚어온 것처럼 말 그대로 뭔가 탁한 맛이 났다. 주막의 술도 음식과 마찬가지로 사람이 만들었다고 보기에는 부드럽고 섬세한 궁의 술과 맛이 크게 달랐다.

"그런 것 같더라니. 그 소위 개화파인지 뭔지처럼 보입니다. 아니면 돈 많은 한량이거나."

사내는 강의 말에 대꾸하며 웃었다.

"그쪽은 어디에서 오셨는지?"

"양산에서 왔소."

강은 양산이 부산보다 조금 위에 있다는 정도만 알고 있었다. 사내의 표정이 조금 부드러워졌다.

"한데 뭐, 안 다니는 곳이 없소. 뭔 말인지 아시겠지. 땅 한 뼘 없는 나 같은 평민이 굶어 죽지 않으려면 죽어라 소작이나 부쳐야 하는데, 그게 싫으면 이리 짐승처럼 등짐이나 지고 다녀야지."

"겨울에는 일이 만만치 않을 텐데요."

"그야 그렇소. 게다가 철도라나 뭐라나, 그 망할 것 때문에 아주 죽겠수다. 우리 같은 장돌뱅이가 이제는 다 없어지는 게 아닌지 몰라. 천지가 개벽하고 있으니, 원. 이 빌어먹을 나라는 이제 망조가 들었어."

남자는 탁주를 한 모금 들이켰다.

"올해 몇이나 되셨소?"

"스물아홉입니다."

남자는 자신이 더 연상이라는 사실을 확인한 듯 강을 향해 몸을 숙이고 이야기를 계속했다.

"그나저나 윗물이 맑아야 아랫물이 맑다는 말이 맞는 것 같지 않소?"

"실례합니다. 무슨 말씀인지요?"

남자의 얼굴에서 웃음기가 싹 가셨다.

"아, 그러니까 말이지, 이 빌어먹을 나라는 이제 망조가 들어서 윗물부터 썩었다 이거야! 지금 나라 꼴을 한번 보슈. 왜놈들 판이 다 되었다니까. 높으신 양반 놈들이야 풍월이나 읊으면서 니가 맞네 내가 맞네 쌈박질이나 하고, 뇌물 받아먹는 일 말고 하는 일이 뭐가 있냐는 말이지. 황제 폐하나 다른 사람들도 마찬가지 아니겠소? 나라 곳간이나 탕진하고 계집들이랑 농탕이나 치고 그러겠지."

남자는 남은 탁주를 한 번에 들이켠 뒤 빈 잔을 내려놓았다.

강이 아버지의 체통을 위해 뭐라 변명이라도 해야 할까 망설이는데 주모가 다시 나타났다. 강은 내심 추파라도 던져볼까 싶었지만, 남자가 먼저 주모에게 말을 걸었다.

"지난번보다 어째 썰렁하구려?"

"아이고, 말도 마셔. 겨울이면 늘 힘이야 들지만 올해는 정말 심하네. 다들 못 견디겠는지, 어디를 가나 전부 죽을상이라니까."

"왜 다들 죽을상이라는 거요?"

강이 물었다.

"거 멀쩡하게 생기셔서, 그동안 어디 절에라도 살다 나오셨나? 돌아가는 세상 물정을 왜 이리 몰라. 나라를 잃게 생겼으니 다들 죽을상이지!"

"그렇지!"

남자도 옆에서 거들었다.

"며칠 전에는 짚신을 팔러 밀양까지 갔는데 장날인지도 모르겠더구먼! 예전 같으면 사당패도 있고 놀이패도 있었을 터인데…… 그래도 주막은 아직 할 만하잖아, 그렇지?"

"낸들 알겠수. 계속 이런 식이면 곧 걷어치워야 할지…… 주막을 닫으면 뭘 해 먹고살아야 하나."

"아니, 주모 같은 아낙네라면……"

남자가 음흉하게 웃으며 말했다.

"세상이 다 망해도 주모 정도면 분명 또 할 일이 있고말고."

"여기는 술 팔고 밥 파는 주막이고, 애초에 나는 그런 일은 해본 적도 없소."

"거참! 그냥 하는 말이요. 그 정도 농도 못 쳐서야 무슨 주모 노롯을 한다고."

"아이고, 주모 노릇도 못 해먹겠네…… 탁주 더 드릴까?"

"그러슈."

남자가 대답했다. 강은 이야기를 계속해야 할지 망설여졌다. 부자들이 가난한 이들을 경계하듯 강도 이 장돌뱅이 사내가 낯설고 두려웠다. 하지만 이런 기회가 어디 또 있을까. 아버지도 궁궐 밖 백성들과 이야기를 나눠본 적은 없을 것이다. 게다가 강은 탁주를 마시는 이 자리가 좋았고 조금 취하는 게 그리 위험할 것 같지는 않았다. 뉴욕 시절 이후 많이 성장했으니까.

"그럽시다."

강도 탁주를 한 잔 더 받았다. 남자는 이제 일본으로 대화 주제를 돌렸다.

"젊은 개화파 양반은 세상 돌아가는 사정을 잘 모르는 모양인데, 한번 들어보시오. 그 빌어먹을 철도를 지금 어떻게 만들고 있는지 아시오?"

"글쎄요……"

"강제 부역이요. 우리 처남 달봉이가 그러는데 왜놈들이 총을 들고 나타나 다짜고짜 다들 하던 거 걷어치우고 따라 나와서 철도부터 깔라고 했다는구먼. 품삯 몇 푼 쥐여주고는 이거라도 받는 걸 다행으로 알라고 했다나? 게다가 누구든 불만 있는 놈은 흠씬 두들겨 패주겠다 그랬다는 거요."

"왜놈들이요? 그게 정말입니까?"

"정말이고말고! 왜놈들은 두 부류가 있소. 높은 자리에 있는 놈들은 그나마 겉으로 말은 그럴듯하게 하면서 빼앗고, 방금 말한

왜놈들은 지들 나라에서 무뢰배처럼 살다가 여기 조선 땅에 와서
도 멋대로 설치는 놈들이지."

"그런데 왜 다들 가만히 있습니까?"

"씨부럴, 어쩌면 그렇게 세상 물정을 모를 수 있소? 누가 우리
같은 천한 백성들이 사는 데 관심이나 있겠소?"

주모가 탁주 한 사발을 들고 돌아와 남자의 말을 거들고 나섰다.

"지난번에는 노인네 하나가 지팡이를 짚고 서서 혼자 기차를
기다리는데 그 불한당 놈들이 우르르 몰려들어서는 밀어 넘어트
리지 뭐야."

주모는 목소리를 점점 높이더니 급기야 거의 찢어질 듯 소리를
질렀다.

"왜놈들은 웃기만 하고, 역무원은 그저 손을 놓고 아무것도 안 하
더군! 다시 일어선 노인네를 놈들이 또 밀어서 넘어트리는데도!"

"능히 그럴 놈들이지. 왜놈들이 재미 삼아 우리 조선인들을 때
리는데 우리는 아무것도 못 해. 나랏일 하는 높으신 양반들은 왜
놈들에게 괴롭힘당하는 백성을 도와주지도 않고 도와줄 수도 없
으니…… 저놈들이 더 기고만장해서 날뛴다니까."

"괴롭히기만 하면 몰라, 재물도 **빼앗아** 가잖우…… 땅이 필요
하면 푼돈을 쥐여주고 그저 가져가 버리니. 말을 안 들으면 웬 불
량배들이 나타나 협박을 하고. 그런데도 관아에서는 아무것도 못
한다우. 내게 땅이 없어서 다행이지……"

"하하! 그건 나도 마찬가지네. 너무 가난해서 가랑이가 찢어질
정도라…… 생각해 보니 왜놈을 걱정할 만큼 주머니에 뭐가 생길
날이 오려나 모르겠네. 안 그렇소, 주모?"

"해가 서쪽에서 뜬다면야 모르지요……"

남자가 다시 강이 불편해할 이야기를 꺼냈다.

"그래도 우리 나라님은 걱정 없겠지. 편히 첩질도 하시고. 왜놈들이 이것저것 들고 와서 옥새를 찍으라면 찍고, 배 두들기며 편안하게 사실 테니. 그저 우리 백성들만 늘 죽지 못해 사는 거고 말이야."

각자 내뱉는 말들이 서로의 불만을 더욱 자극했다. 주모는 얼굴에서 웃음기를 지우고 강을 바라보았다.

"거기 젊은 양반은 뭐 할 말 없나?"

강은 입안에 있던 밥을 삼키고 말했다.

"그야 그래서는 안 되는……"

"아직도 영문을 모르는가 보네. 어디 첩첩산중에라도 파묻혀 살다 왔는지 원."

"사실 굉장히 오랜만에 돌아온 거라……"

"그래? 어디에 있다가?"

주모와 남자가 동시에 물었다.

"아, 그게…… 지난 8년 동안 미국에 있었습니다."

그러자 두 사람은 마치 미친 사람을 보듯 강을 쳐다보았다. 강은 겨우 빠져나갈 핑계를 찾은 듯했다.

"저는…… 에…… 어릴 때 고아가 되었는데 미국 선교사가 저를 집에 데려가 옷을 입히고 밥도 먹여주며 공부를 가르쳐주었지요. 그렇게 대강 읽고 쓸 줄 알게 되자 미국으로 보낸 겁니다. 미국에서 8년을 살다 오늘 아침 조선을 위해 새로운 학교와 병원을 짓는 일을 도우려 돌아왔습니다. 작금의 조선 사정에 대해서는 모르는 게 많지만, 무지하거나 관심이 없어서가 아니라오."

원식이 나를 구해주었군. 강은 소중한 친구의 인생 이야기를
빌려 주막 사람들과 웃으며 헤어질 수 있었다. 만일 둘에게 진실
을 이야기했다면 어떤 일이 벌어졌을까. 강의 말을 믿었다면 그
앞에 바로 엎드렸겠지만 강이 등을 돌려 주막을 나가자마자 온갖
욕설을 섞어 비난했을지 모른다.

정말 백성들은 두 사람 말처럼 그렇게 힘들게 살고 있는 걸까?
도무지 믿기지 않았지만 생각해 보면 강을 비롯한 궁궐 사람들이
그 사실을 알 수 있을 리 만무했다. 궁은 초가집 마을과는 달리 한
성 안에서도 완전히 격리된 별도의 공간이었고 생활 자체가 크게
달랐다. 또 과거 중전이 말했듯 궁 안에는 임금의 통치를 찬양하
는 아첨꾼들만 가득했다. 많은 결점이 있지만, 강의 아버지는 잔
인하거나 냉정한 사람은 아니었다. *지금의 상황을 아버지께 알려*
드릴 수 있을까. 일본 세력이 이만큼이나 퍼졌는데, 이미 너무
늦은 게 아닐까?

잠시 측은하고 안타까운 마음이 들었다. 그러나 강은 매우 오랜
만에 꽤 취해 숙소가 있는 환한 거리로 이어지는 길까지 놓칠 정
도였다. 그 옛날 이복형과 술을 마시던 시절처럼 등줄기와 어깨
위로 따뜻한 불꽃이 피어오르는 것 같았지만 지금은 느낌이 조금
달랐다. 기녀나 여악을 만나고 싶지도 않았고, 헤이마켓에 가고
싶지도 않았다. 그저 누워서 아침까지 아무 걱정 없이 자고 싶었
다. 마치 온 세상이 무너진 것 같았고 몇 시간이라도 좋으니 쉬고
싶은 마음이 간절했다.

여관에 도착하니 이미 사방은 캄캄했고 종업원도 보이지 않았다. 다행히 문이 잠겨 있지 않아 강은 바로 계단을 따라 2층으로 올라갔다. 방문을 열고 외투를 벗자 얼어붙을 듯한 추위가 몸을 덮쳤다. 강은 바닥에 깔린 다다미며 안이 보이지 않는 일본식 미닫이문, 뭔지 모를 도자기 장식품이 가득한 탁자를 살펴보았다. *잠깐, 탁자 위 창문이 열려 있네. 이런 한겨울에 창문을 열어둔다고? 뭐, 괜찮겠지. 청소하다가 그랬을 수도 있고.* 강은 창문을 닫고 바닥에 미리 깔아놓은 이부자리에 자리를 잡고 앉았다.

강은 아무 생각 없이 옷을 입은 채 등을 대고 누웠지만, 방 안이 여전히 너무 추웠다. 그렇게 한동안 몸을 부르르 떨면서 궁에 도착해 아버지와 엄 귀인을 만나면 무슨 말을 할지, 이복형은 어떤 모습을 하고 있을지 등을 생각했다. 그러고는 이불을 머리까지 뒤집어썼다. 그러자 이불 밖으로 나온 발이 시렸다. 분명 장 안에 이불이 더 있을 테지만 그러려면 자리에서 일어나야만 했다. 술에 취한 데다 피곤하기까지 한 몸을 일으키기 쉽지 않았지만 추위를 견디는 게 더 힘들었다. 게다가 요의도 있었다. 잠시 몸을 뒤척이다 겨우 일어난 강은 조용히 화장실 쪽으로 가서 미닫이문을 열었다.

그때 기척이 느껴졌다. 차가운 공기 속에 보이는 허연 입김. 키는 작지만 건장한 체구의 누군가가 모자를 꾹 눌러쓰고 군인처럼 단단히 서 있었다. 얇은 입술과 강한 턱을 가진 남자가 참았던 숨을 내뱉으며 고개를 들더니 강을 똑바로 보았다.

"누구……"

크게 뜬 눈에는 증오가 아닌 놀란 기색만 가득했다. 그러나 이

내 날카로운 결단력이 서렸다. 그 밑으로 푸른 금속성 빛이 번뜩였다. 그는 잠시 물러서는 듯하더니 쏜살같이 다시 움직였다. 넓게 번지는 푸른빛은 마치 인간의 손이 아닌 기계가 만들어내는 것 같았다. 처음에는 상대가 주먹을 휘두른 줄 알았는데 옆구리에 박힌 건 칼날이었다. 강은 몸에 박힌 칼날이 움직이기 전에 뒤로 물러났다. 두 번째 공격이 있기도 전에 강이 입은 흰색 셔츠가 붉게 물들기 시작했다. 강은 비틀거리며 계속 물러났지만, 곧 등이 벽에 닿았다. 칼이 강의 몸을 꿰뚫는 건 이제 시간문제였다. 강에게 필요한 건 방어가 아니라 공격이었다. 심장이 갈비뼈에 닿을 정도로 빠르게 뛰었고 매 순간마다 달려들기와 팔 휘두르기, 비명이 이어졌다. 강은 손을 뻗어 뭐든 묵직한 물건이 있는지 더듬다가 꽃병을 찾아 움켜쥐고는 휘둘러 달려드는 칼날을 막았다.

칼날이 다시 강의 손과 팔을 노렸지만, 강도 침입자의 머리에 일격을 가했다. 침입자는 순간 멍하니 멈춰 섰고 강은 그 틈을 놓치지 않고 순식간에 이불 반대편으로 움직여 목숨을 지키는 데 필요한 공간을 확보했다. 두 사람은 다시 얼굴을 마주 보았다. 자신을 죽이기 위해 달려드는 이 낯선 이는 도대체 누구일까.

"살인마!"

강이 소리쳤다.

"네놈 얼굴을 봤다!"

강에게 죽음은 그리 낯선 존재가 아니었고 한 번도 두려워한 적 없었다. 심지어 스스로 목숨을 거두는 생각을 품은 적도 있다. *하지만 지금은 아니야! 그것도 너 같은 놈에게!* 강은 분노가 치밀어 올랐다. *비록 내가 비굴한 인간일지라도, 하는 일마다 실패를*

맛보았을지라도, 네놈이 감히 내 인생을 끝낼 수는 없다. 강은 다시 "네놈 얼굴을 다 보았어!"라고 소리쳤고 침입자는 재차 사력을 다해 달려들었다.

강의 등 뒤에는 방문 역할을 하는 미닫이문이 있었다. 침입자가 칼을 앞으로 내밀고 강을 향해 몸을 날리자, 강도 결사적으로 문을 향해 몸을 던졌다. 방문의 나무틀에 큰 구멍이 뚫리며 강이 복도로 나가떨어졌다. 침입자가 다시 달려들자 강은 몸을 굴렸고 칼은 복도 바닥을 내리찍었다.

살인자가 나타났다고 소리를 지르는 건 도움이 되지 않았다. "불이야!"라고 강이 외치는 소리가 이제 복도를 따라 건물 전체에 울려 퍼졌다. 왼손으로 틀어막은 옆구리에서는 계속 피가 쏟아졌다. 그러나 흥분한 강은 아픔을 잊고 몸을 움직였다. *놈에게는 시간이 별로 없다. 하지만 그건 나도 마찬가지다. 일단 살아남아야 해.* 열 걸음쯤 떨어진 곳에서 한 숙박객이 미닫이문을 열었다. 숙박객은 몸을 앞으로 내밀어 멀리 창문 틈으로 새어 들어오는 청회색 달빛 아래 어둡게 비치는 소동의 두 주인공과 핏자국을 둘러보았다. 침입자도 숙박객도 그 자리에 얼어붙었다. 강은 넘어질 듯 비틀거리며 계단을 향해 달려갔다.

다른 숙박객들도 반쯤 잠이 깬 얼굴을 문밖으로 내밀었지만, 침입자는 정체를 감추고 도망치는 것보다 임무를 끝마치는 게 더 중요한 듯 칼을 다시 뽑아 들고 강에게 집중했다. 강은 사방에 피를 뿌리며 한걸음에 밑으로 내려갔다.

"도와주시오!"

강이 숨을 가쁘게 몰아쉬며 외쳤다. *종업원은 어디 있을까? 분*

명 지금 이 소란을 다들 알아차렸을 텐데. 종업원도 도망친 걸까?

강은 몸을 돌려 침입자를 쳐다보았다. 한 번에 두 계단 이상 뛰어내려오는 침입자는 이제 심장이 한두 번 뛰고 나면 바로 앞에 당도할 것 같았다. 손과 이마는 땀과 피로 범벅이 되었지만, 여전히 얼굴에는 아무런 표정이 없었다. 마침내 두 사람의 눈이 똑바로 마주쳤다.

그때 외마디 비명과 함께 귀청이 터질 듯한 굉음이 들렸다. 여관 정문의 유리가 박살이 났고 침입자가 바닥에 나뒹굴었다. 사방에 먼지가 흩날렸다. 강도 피범벅이 된 배를 움켜쥐고 몸을 숙였다. 뒤에 있는 방에서 권총을 손에 쥔 여관 주인이 나타나 상황을 확인하려 했다. 아무것도 모르는 주인이 강에게 권총을 겨누는 동안 침입자는 그 틈을 놓치지 않고 열린 문을 향해 몸을 날렸다. 남은 건 신발 한 짝과 점점이 길게 이어지는 핏자국뿐이었다.

주인은 총을 겨눴지만 그걸 제대로 다루는 방법도 모르는 것 같았다. 충격을 받은 듯 서 있는 그에게 강은 최대한 두 손을 높이 치켜들었다. 말할 수 없는 고통이 뒤따랐다.

"도와주시오……"

강은 중얼거리며 그 자리에 쓰러졌다.

20

강은 오른손을 왼쪽 안주머니에 찔러 넣어 언더우드 씨에게 받은 오래된 스미스앤드웨슨 권총 손잡이에 손바닥을 얹었다. 그리고 객실 문과 화장실 문, 창문과 경호원의 손 등을 쉬지 않고 둘러보았다. 앞에 놓인 담배 한 갑과 반쯤 비운 위스키 병은 두려움과 공포를 더는 데 큰 도움이 되었다. 위스키는 진통제 역할을 하기도 했다. 일본인들의 자본으로 건설된 병원에서 치료는 잘 받았지만 3주가 지나도록 통증은 계속되었다. 그러나 피를 많이 흘렸음에도 운이 좋았다. 이제 기차를 타고 한성이든 어디든 향할 수 있으니 말이다.

아무도 직접 말해주지는 않았지만 강은 의사들이 하는 이야기를 들었다. 자신을 공격한 남자가 목이 잘린 채 바다에서 발견되었다는 소식이었다. 강에게는 그다지 위안이 되지 않았다. 누구인지는 알 수 없으나 암살자를 다시 보낼 수 있다는 뜻이 아닌가.

안 좋은 생각을 떨치려 애쓰며 강은 창밖 풍경에 집중했다. 속도를 높인 기차가 해안선을 따라 동쪽으로 휘어진 길 위의 어촌 오두막이며 벌거벗은 소나무가 장식처럼 서 있는 언덕을 이리저리 돌아서 지나갔다. 겨울이라 논은 텅 비어 있었고, 눈부신 푸른 하늘과 황량한 검은 땅이 뚜렷한 대조를 이루었다. 무명옷을 입고 흙길을 따라 걷는 사람들, 등짐을 짊어진 상인들이 보였다. 기차는 이제 은빛 낙동강을 따라갔다. 주막의 술 취한 장돌뱅이 사내가 짚신을 팔기 위해 찾았다던 밀양도 멀지 않을 것이다. 강은 미국과 조선은 다르다고 중얼거렸다. 조선에서는 부산에서 한성까지 하루면 기차로 갈 수 있다. 모든 게 서로 가까웠다. *어머니의 발자취가 남은 곳에서도, 적들에게서도 결코 멀리 떨어질 수 없다.*

잠시 잠이 들었던 강은 기차가 대구를 떠날 무렵 다시 깨어났다. 기차가 강 위에 놓인 철교를 건너려는 순간 객실 문이 열리며 한 사내가 들어왔다. 짧은 머리에 양복 정장 차림의 남자는 자신을 경호원이라고 소개하며 고개를 숙였다. 강은 떨리는 손으로 권총의 안전장치를 풀었다. 조선인처럼 보이는 남자는 강의 손이 안주머니에 들어가 있는 걸 알아차리고 걸음을 멈추더니 두 손을 머리 높이까지 들어 올렸다.

"전하."

남자가 바닥에 엎드렸다가 몸을 일으키더니 눈으로 강의 가슴을 가리켰다.

"아무 염려 마십시오. 그런 건 필요 없습니다."

"그건 내가 판단할 일이지. 당신은 누구인가?"

남자는 천천히 자신을 소개했다.

"궁내부 특별 보좌관 윤태종이라고 하옵니다."

원식처럼 얼굴에 앓았던 자국이 있었지만 잘생긴 남자였다. 키도 상당히 컸다. 어린 시절 한 번도 배를 곯아본 일이 없을 것 같았다. 다만 그 외모나 지위에 어울리는 귀티는 보이지 않았다.

"이제 궁 안팎에 남은 건 일본 앞잡이들뿐이라고 들었는데, 그렇다면 그쪽을 경계하지 않을 이유가 없지 않소."

윤태종은 숨을 한 번 들이마시더니 다시 천천히 내쉬었다.

"전하, 뭐라 말씀을 드려야 생각이 바뀌실지 모르겠습니다만, 저는 이토 히로부미 후작에게는 그저 호의만 있을 뿐이라고 진심으로 믿고 있습니다. 황제 폐하께서 다스리시는 대한제국은 계속 남을 것입니다. 다만 외교 문제에 대해서만 약간의 변화가 있을 뿐이며, 일본국은 조선 백성이 높은 생활 수준과 발전을 이룰 수 있도록 지원을 아끼지 않을 것입니다……"

이토 히로부미. 강은 그 이름을 들은 적이 있다. 조선을 지배하기 위해 온 일본의 거물 정치인이었다.

윤태종은 잠시 말을 멈췄다. 강은 위스키를 한 모금 입에 머금었다가 삼키며 지금 저자를 권총으로 쏘면 어떻게 될까를 생각해 보았다.

"그런데 궁내부 관리가 예서 뭘 하는 거요?"

"그야 의친왕 이강 전하를 뵈러 온 것이지요."

"내가 싫다면?"

"만일 전하께서 가라고 하시면 즉시 이 자리를 떠나겠습니다만, 최근 전하에게 있었던 극악무도한 공격과 관련해 몇 가지 중요한 정보가 있습니다."

"허, 그렇게 말한다면 그쪽을 믿을 수 없어도 이제 쫓아낼 수도 없게 되었군. 그래, 무슨 정보요?"

"전하, 좀 앉아도 되겠습니까?"

"그렇게 하시오. 다만 탁자 위에 두 손을 모두 올리고 움직이지 마시오."

윤태종은 시키는 대로 한 뒤 헛기침을 한 번 했다.

"전하, 우선 전하께서는 이제 완전히 안전하시다는 사실을 다시 한번 말씀드리고 싶습니다. 이토 히로부미 후작에 대해서라면 당연히 의심이 드시겠지만, 후작은 누구도 전하를 해하지 못하도록 매우 구체적인 명령을 내렸습니다."

"아까 일본국은 외교 문제에만 관여한다고 했던 것 같은데 ⋯⋯"

윤태종은 어색하게 웃었다.

"그게⋯⋯ 어쨌든 전하, 지금 제가 말씀드릴 내용이 다소 충격적일 수도 있사옵니다. 누가, 그리고 왜 전하를 공격했는지 당연히 의심스러우시겠지요. 예컨대 일본에 그 책임이 있다고 생각하실 수도 있겠습니다만⋯⋯"

"내가 일본을 싫어하긴 하지만 그들이 그랬다고는 생각하지 않소."

"네, 전하. 잘 알고 계시겠지만 그자는 조선인이었습니다. 이런 식으로 말씀드릴 건 아니지만, 저 이웃 섬나라 사람이라면 훨씬 더 솜씨 좋은 암살자를 보냈겠지요. 게다가 그들에게는 전하를 공격할 이유가 전혀 없습니다. 사실 후작께서는 전하께 많은 관심이 있지만 그 이야기는 나중에 하는 게 더 좋겠습니다."

"⋯⋯"

"전하께 일어난 일은 이미 오래전부터 시작된 어떤 과정의 일부에 불과합니다. 미국에 계실 때, 특히 뉴욕에서 누군가에게 감시당하고 있다는 사실을 눈치채셨습니까?"

강은 가슴이 철렁했다. *저 말이 사실일까? 헤이마켓이며 도박장에서 봤던 낯선 조선인이 혹시 감시자였을까?*

"하지만⋯⋯ 감시라니, 어떻게⋯⋯"

"최 공사가 미국에 계속 계시는 조건으로 돈을 준다고 하지 않았습니까? 뭔가 이상하다는 생각이 들지 않던가요?"

애초에 뉴욕에서도 가장 정신없이 번잡한 곳에 가보라고 부추겼던 이도 최 공사였다. '신용'을 내세워 돈을 마음대로 가져다 쓰라고도 했었지. 말에게 긴 밧줄을 던져주면 제풀에 알아서 밧줄에 온몸을 휘감는 법이다.

"그걸 어떻게 다 아는 거요?"

"전하께 일어난 일에 대해서는…… 조심스럽고 신중한 조사가 필요했습니다. 지금이 특히나 민감한 시기이기도 하고요. 그렇지만 전하, 입을 계속 다물고 있는 게 위험해진다 싶으면 사람들은 저절로 입을 여는 법입니다……"

윤태종은 다시 헛기침을 했다.

"언론이나 기자들이 어떻게 전하의 빚 문제를 알게 되었는지도 의심스럽지 않으십니까."

'바람둥이 왕자'와 그의 '저능아 이복형'. 흠, 그렇고 보니……

강은 의자에 등을 기대고 안주머니에서 손을 뺐다. 그리고 위스키를 한 모금 마셨다. 기차는 산길을 통과하기 시작했다. 계곡 이곳저곳으로 뒤틀린 소나무며 암석 노두가 보였고, 그리 멀지 않은 곳에 피륙을 지게로 짊어진 지쳐 보이는 남자가 걸어가는 모습도 보였다.

"전하, 이제 사정이 대강 짐작 가십니까? 황태자 전하께는 후사가 없습니다. 그리고 정말 송구합니다만, 앞으로 어떤 후사도 기대하기 어렵다고 생각하는 게 합리적일 겁니다. 다시 한번 용서를 빌겠습니다. 전하, 그런데 누군가는 생각해야만 하는 문제가 아닙니까? 전하께서 미국에 가 계시는 동안 전하의 평판을 깎아내리고 싶은 이가 과연 누구이겠습니까. 전하의 귀국이 불편한 사람은요?"

강은 위스키를 한 모금 더 들이켰다. 분노와 절망감이 번갈아 날카로운 통증이 되어 배를 찔러댔다.

"전하, 돌아가신 전하의 생모께 숙원 첩지를 내리도록 해서 치욕을 준 사람은 또 누구이겠습니까?"

"그 입 다물게! 그리고 여기서 나가게!"

강이 악을 쓰고는 총을 꺼내 두 사람 사이에 있는 탁자 위에 내던졌다. 격한 움직임으로 꿰맨 상처가 벌어지는 것이 느껴졌다. 강은 고통스러운 신음을 내뱉었다. 윤태종은 다시 한번 두 손을 치켜들고는 침착하게 자리에서 일어섰다.

"알겠습니다, 전하. 저는 그저 전하께 도움을 드리고자 왔을 뿐이니 가라시면 가겠습니다. 다만 한 가지 더 말씀드릴 것이……"

"심부름꾼 정도를 쏘는 건 아무것도 아니지. 그러니 썩 사라지게!"

강이 다시 권총을 움켜쥐었다.

윤태종은 고개를 돌리다 잠시 멈춰 섰다.

"전하, 이것만 말씀드리겠습니다. 미국 최 공사에게는 형이 하나 있는데 그자와 혼인한 여인의 사촌이 공교롭게도 아주 지위가 높습니다. 실은 지금 가장 영향력이 있을 뿐더러, 또 감히 말씀드리거니와 자식을 위해서라면 뭐든 할 수 있는 사람입니다. 이 이야기는 전하께서도 쉽게 확인하실 수 있을 겁니다."

강은 권총을 들어 올렸다. 윤태종의 얼굴을 향해 총구를 들이미는 강의 손이 떨렸다. 미처 내뱉지 못한 숨이 가슴에 맴돌았다. 얼마간 침묵이 흘렀으나 윤태종의 표정에는 아무런 변화가 없었다. 참았던 숨을 내뱉고 나자 분노는 비참함으로 바뀌었다. 강은 총을 내려놓았다. *어쩌면 저렇게 침착할 수 있을까. 나는 누군가에게 위협조차 가하지 못하는 인간인가?*

"이 정도면 충분히 불편을 끼쳐드린 것 같습니다. 제가 방금 전해드린 이야기 때문에 마음이 좋지 않으실 것 같아 저도 속이 상합니다."

윤태종은 주머니에서 명함 한 장을 꺼냈다.

"필요하시면 언제든지 연락을 주십시오. 그리고 아까도 말씀드렸지만, 전하는 지금부터 안전하실 겁니다."

강의 마음에 의심이 싹트는 걸 확인한 윤태종은 깊이 머리를 숙인 뒤 객실에서 나갔다. 강은 의자 위에 털썩 주저앉아 이마를 창문에 기댔다. 아버지와 엄 귀인을 위해 준비한 짧은 인사말을 바꿀 필요는 없었지만, 이제 그 인사말을 외우는 게 훨씬 더 어려워졌다. 강은 담배를 꺼내 불을 붙였다.

수덕의 말은 틀리지 않았다. 고종 황제의 노력으로 한성은 이제 봉건국가에서 근대국가로의 전환기로 들어섰다. 도로는 넓어졌고 건물도 높아졌다. 사람들은 전차와 인력거를 타고 돌아다녔다. 사방에 전봇대가 세워졌고 오래된 봉화대는 무용지물이 되었다. 종소리로 밤에 도성 출입을 금하던 규정도 사라졌다. 이제 도성의 성벽은 그저 유물에 불과했다. 모든 이가 아는 것처럼 그런 성벽으로는 아무것도 지킬 수 없었다. 심지어 사람들도 달라졌다. 남대문 역에서 내린 강이 가장 먼저 본 건 검은 양복에 갓을 쓴 남자였다. 양반 가문의 젊은이들은 양복 위에 두루마기를 걸치고 검은색 가죽 구두를 신거나 서양식 셔츠에 한복 바지를 입는 등 두 가지를 섞어 입었다. 여전히 상투를 튼 남자도, 그렇지 않은 남자도 있었다. 얼굴을 가리지 않고 돌아다니는 여자도 전보다 더 많이 보였다.

그런 변화에도 불구하고 강은 주막에서 만난 장돌뱅이와 주모가 특별한 경우가 아니라는 사실을 깨달았다. 양반이 아닌 백성의 얼굴에는 모두 체념이나 실망, 혹은 분노의 기운이 서려 있었다. 궁까지 가는 짧은 시간에도 인력거꾼 두 사람이 손님을 두고 다투는 광경, 서로 싸우는 시장의 장사치들을 흔히 볼 수 있었다. 술에 취한 채 길에 쓰러져 누운 사람들도 있었다. 그 와중에 오직 한 부류의 사람들만이 신바람 난 듯 보였다. 그 사람들은 강이 부산에서 본 것처럼 대부분이 혐오스러운 나막신을 신고 있었다. 그들은 대체로 조선인보다 체구가 작음에도 자신감 때문인지 괜스레 몸집이 더 커 보였다.

궁 곳곳에서 보초를 서는 일본 장교 중 하나가 궁에 도착한 강을 안내했다. 옥색 당의를 입은 궁인의 수는 전보다 적었지만, 예전과 다름없이 바빠 보였다. 다만 어쩐지 내관이 하나도 보이지 않았다. *설마 다 쫓아버린 건 아니겠지? 내관들이 궁 밖으로 나가 뭘 하면서 살 수 있단 말인가. 내 오랜 친구인 박 내관은 어디 있는 걸까?* 강은 일본군 장교를 따라 걸으며 대한제국의 새로운 궁궐이 된 경운궁을 둘러보았다. 곳곳에서 서양식 물건과 장식을 볼 수 있었다. 한성의 새로운 분위기 역시 궁의 이 같은 변화를 따르고 있는 것이리라. 건축 자재가 사방에 흩어져 있었고 완성되지 않은 건물도 있었다. 원래 있던 전각들에 더해 정통 서양식 건물, 청록색 열주와 노대가 있는 영국풍 찻집과 조선의 정자를 결합해 지은 듯한 건물, 로어노크나 델라웨어에서 도서관으로 사용해도 좋을 2층짜리 붉은색 벽돌 건물 등 다양한 양식의 건축물이 보였다.

강을 안내하던 장교가 그 2층짜리 건물을 가리켰다. 강은 안으로 들어가기 전에 마음의 준비를 하고 싶었지만, 강이 가까이 다가가자마자 안쪽에서 문이 열리며 궁인 두 명이 나왔다. 계단을 따라 올라가는데 마치 납덩이라도 얹은 듯 발걸음이 무거웠다. 건물 안에서 새어 나오는 빛은 거의 없었고 문부터 이어지는 복도는 대부분 갈색으로 칠해져 있었다. 화려한 장식과 문양 등이 보였지만 오히려 쓸쓸함만 더할 뿐이었다.

그때 문이 하나 열리면서 어린 남자아이가 말이라도 타듯 궁인의 등에 업힌 채 나타났다. 아이는 강이 미국으로 떠나기 전 보았던 조선 아이들과 달리 머리가 짧았다.

"이랴! 이랴!"

아이는 소리와 비명을 번갈아 질러댔다. 그러자 뒤에서 좀 더 나이가 든, 상궁으로 보이는 또 다른 궁인이 달려 나왔다.

"장하십니다! 아주 잘하셨습니다! 한데 전하, 체통을 지키셔야……"

"이랴! 이랴!"

강이 눈앞의 광경에 넋을 빼는 동안 아이를 태운 궁인은 다시 말처럼 뛰기 시작했다.

그러다 아이와 눈이 마주쳤다. 그 순간 아이가 벌떡 일어나 똑바로 섰고, 숨을 헐떡이는 궁인을 뒤로한 채 마치 장교처럼 강이 있는 쪽을 향해 똑바로, 당당하게 걸어왔다. 아이의 발소리가 텅 빈 복도에 울려 퍼졌다. 등을 곧게 펴고 가슴을 쭉 내민 아이가 한 걸음쯤 앞에서 멈춰 섰다. 가까이서 보니 그다지 잘생기지는 않았지만 순수한 햇살 같은 웃음을 머금고 있었다. 아이는 자신을 대한제국의 영친왕 이은이라고 소개했다. 그러나 강은 이미 훨씬 더 많은 사실을 알고 있었다.

이 아이 때문일까. 누군가 나를 칼로 찔러 죽이려 했던 건 다름 아닌 영친왕 이은의 존재 때문일까. 이 버르장머리 없는 녀석아, 내게는 없는 가족과 어머니가 너에게는 있구나. 그런데 너는 아직 철없는 아이에 불과하구나. 언젠가 이 아이는 용감한 왕이 될 수도, 아니면 일본의 꼭두각시가 될 수도 있고, 아내에게 매달리는 사내가 될 수도 있다. 그러나 지금은 그저 순진무구한 어린 아이에 불과했다. '체통'을 지켜야 함에도 불구하고 궁인의 등에 올라타 말타기 놀이를 하는 아이.

아이의 얼굴에서는 웃음이 떠나지 않았다. 누군가를 경계하고 두려워하기에 아직은 너무 어린 나이였다. 세상은 놀라움으로 가득했고 주변에는 친절한 사람들뿐이었다.

강은 이 이복동생을 미워할 수 없었다. 몸을 제대로 움직이기 힘들었지만 강은 몸을 굽혀 동생과 눈을 맞추고 웃으며 손을 잡았다.

"나는 네 형이니라."

강이 속삭였다. 그때 누군가 소리쳤다.

"전하, 당장 이리 오지 못하시겠습니까!"

강도 아이도 놀라서 몸을 일으켰다. 아이를 업고 놀던 어린 궁인이 잠시 멈칫하다 바로 달려가 아이의 손을 잡았다. 아이는 얼굴을 찡그렸지만 바로 어머니에게 달려갔다. 엄 귀인이 아들을 힘껏 품에 안았다.

"이제 방으로 가서 기다리세요."

아이는 슬그머니 제 방으로 사라졌다. 순헌황귀비로 불리는 엄 귀인은 강을 향해 고개를 돌렸지만, 눈을 똑바로 보지 않고 그저 숨만 깊게 들이마셨다가 내쉬었다. 언뜻 보기에는 강이 기억하는 예전 모습과 크게 달라지지 않은 것 같았는데 자세히 보니 과연 황귀비라는 지위에 맞게 화려한 비단 예복을 입고 있었다. *저 예복이 얼마나 어울리는지 솔직하게 말할 수 있는 사람은 이 궁 안에 없으리라.* 순헌황귀비 엄 씨는 낮은 목소리로 "함께 응접실로 가시지요"라고 말한 뒤 사라졌고, 강은 뒤쪽 창틀에 몸을 잠시 기댔다.

두려움이 온몸을 휩쓸고 지나갔다. *정말 저 뒤를 따라가야 하나?* 가슴이 조여왔다. 한시라도 빨리 이곳을 벗어나고 싶어 심장이 쿵쾅거렸다. *가서 이야기를 나눠야 한다. 그런데 생각처럼 잘 되지 않는다면?* 갑자기 복도가 빙빙 도는 것 같았다. 강은 창틀을 힘껏 움켜쥐었다.

짧지만 긴, 답답한 시간이 흘렀다. 공포는 사라졌을지언정 두려움은 그대로 남았다. 그때 응접실 안쪽에서 손으로 탁자를 두드리는 소리와 함께 기침 소리가 들렸다.

강은 간신히 왼발을 들어 오른발 앞으로 내민 뒤 조심스럽게 한 걸음 나아갔다. 그리고 손이 떨릴 때까지 주먹을 움켜쥐었다가 복도를 가로질러 응접실로 들어갔다.

고종 황제의 옆에는 그의 팔을 붙잡은 엄 씨가 있었다. 순간 두 사람이 하나의 덩어리, 신화에 나오는 머리가 두 개 달린 짐승처럼 보였다. 고종이 곧 자리에서 몸을 일으켰다. 움직임은 느렸고 힘겨워하고 있음을 표정을 통해 알 수 있었다. 생각보다 더 나이가 들어 보였으며 황금색 예복이 마치 그의 목을 조르는 것처럼 보였다. 얼굴에는 반점이 드문드문 나 있었고 흰 수염이 더 가늘어져 있었다.

강은 응접실을 둘러보았다. 가구는 모두 서양식이었고 대부분 흰색과 금색이었다. 모두가 방석 대신 의자를 썼다. 강은 사방을 둘러보면서도 엄 씨에게서 눈을 떼지 못했다. 엄 씨는 두 손을 무릎 위에 가만히 얹고 있으려 했지만 계속 꿈틀거리며 손가락으로 손등을 긁어댔다. 얼굴에 진하게 분칠을 했지만, 분노와 초조한 마음이 뒤섞여 벌겋게 달아오르는 걸 감출 수는 없었다. 엄 씨는 번뜩이는 시선으로 강과 고종, 문 주변을 계속해서 번갈아 가며 둘러보았다. 한때 모든 사람의 마음을 사로잡은 유쾌한 태도도 사라진 지 오래였다.

엄 씨의 오른쪽에는 처연한 얼굴을 한 수덕이 앉아 있었다. 수덕도 변했다. 어린 시절의 분위기는 온데간데없고 슬픈 눈매의 무뚝뚝한 표정을 한 여인만 있을 뿐이었다. 여러 명의 아이를 낳아 키우며 힘겹게 살아온 아낙 같은 모습이었으나 현실은 강의 무관심으로 누구의 어머니도 되지 못한 여인이었다. *수덕은 그 긴 세월 동안 얼마나 외롭고 힘들었을까……*

"내 아들!"

오래전 들었던 그 외침이었다.

"폐하, 돌아왔사옵니다."

고종은 아들을 끌어안았다가 한 걸음 뒤로 물러서서 위아래로 훑어보았다.

"팔은 왜 그러느냐?"

걱정스러운 눈빛을 보고 강은 문득 깨달았다. *내게 무슨 일이 있었는지 아무도 아버지께 알리지 않았구나.*

"그게⋯⋯"

강은 엄 씨를 곁눈질했다. *뭐라고 답해야 할까. 엄 씨에 대한 아버지의 마음이 여전히 깊다면 어떻게 해야 하나?*

"배에서 내리다 미끄러져 넘어졌사옵니다. 의사에게 보였더니 곧 나을 거라고 했습니다."

"아, 하필이면 돌아오는 날 그런 일이 있었구나. 하지만 그것 빼고는 아주 훤칠하구나! 8년이나 지났다니!"

고종이 엄 씨를 쳐다보았다.

"양복이 참 잘 어울리지 않소?"

엄 씨는 고개를 끄덕이더니 몸을 기울여 고종의 손을 잡았다.

"우리 은이도 다 자라면 저리 훤칠한 대장부가 되겠지요?"

"그야 물론이지."

고종은 몸을 돌려 탁자 위에 있는 잔을 들어 한 모금 마셨다.

"아직 가배를 잡수십니까?"

"그래, 그 일 말이로구나. 오래전 일이지만 지금이라도 누군가 나를 해치고 싶다면 다른 방법을 찾겠지. 그렇지 않으냐?"

고종은 슬쩍 웃으며 어깨를 으쓱해 보였다.

"요즘은 설탕도 더 넣어서 마시지. 별반 즐거운 일이 없기에 이렇게라도 마음을 달래는 것이다."

고종은 잔을 내려놓고 양손으로 아들의 어깨를 잡았다.

"형도 보고 싶을 테지. 같이 가서 곧 보자꾸나. 그런데 그 전에 먼저 할 말이 있다."

고종은 자리에 앉아 강에게 옆으로 가까이 오라고 손짓했다.

"목소리를 줄여야겠다. 분명 누군가 엿듣고 있을 테니. 너도 머지않아 내가 그 더러운 조약에 앞장서서 동의했다는 거짓말을 듣게 되겠지. 하지만 그게 사실이 아니라는 걸 너는 알아야 한다. 일본군 수천 명이 경운궁을 포위해 우리를 다 죽이겠다고 협박했다. 결국 대신 다섯이 여기 이 저주받은 건물에서 조약에 서명했지. 하지만 나는 하지 않았느니라! 모든 게 내 잘못이라는 걸 나도 알고 있다. 그렇지만 나는 절대로 조약에 동의하지 않았어. 그리고 다른 나라에 그날의 진실을 알리기 위해 지금껏 최선을 다하고 있다. 지금도 사절단을 비밀리에 조직해 계획을 세우고 있으니 어찌 됐건 죽는 날까지 이 거짓된 조약의 진실을 알릴 것이다!"

흥분한 고종은 말을 하면서도 격하게 손을 흔들었고 입에서는 침까지 튀었다. 과거와는 확연히 달라진 모습이었지만 수덕이 편지로 말했듯 이미 너무 늦은 것 같았다.

"알겠사옵니다, 폐하."

"너는 내 말을 믿지, 그렇지?"

"물론이옵니다."

"너마저 믿지 않는다면 크게 상심할 뻔했느니라."

강은 다시 아내인 수덕과 엄 씨를 곁눈질했다.

"예, 아바마마. 허락하신다면 저도 드릴 말씀이 있사옵니다. 최근에 일어난 여러 끔찍한 일들에 비하면 아주 사소한 일이기는 하오나……"

"물론이다. 뭐든 말해보아라."

"예."

강은 헛기침을 했다. 가슴이 답답해지면서 옆구리 상처에도 통증이 느껴졌다.

"폐하, 폐하의 뜻은 잘 알지 못하오나 방금 전에 만난 총명한 아이가 언젠가는 훌륭한 군주가 될 것이라 소자는 믿사옵니다."

강은 재빨리 숨을 크게 들이마셨다가 내뱉었다.

"저는 그런 일에 전혀 관심이 없다는 사실을 폐하와 황귀비 앞에서 분명히 말씀드리고 싶었습니다."

강은 두 사람을 번갈아 쳐다보았다. 비단 치마 아래 감춰진 엄씨의 다리가 떨리는 모습을 본 것도 같았다.

"다시 한번 말씀드리지만, 대한제국의 존속에는 당연히 일조하고 싶으나 이끄는 자리 같은 건 원하지 않습니다."

"의친왕…… 그게 도대체 무슨 말이냐?"

"오래전부터 말씀드리려 했습니다."

고종은 충격에 빠진 눈빛으로 설명을 더 요구하듯 강을 쳐다보았다. 하지만 강은 더 할 말이 없었다.

"아바마마, 아마도 제가 미국 생활을 너무 오래한 것 같습니다."

황귀비 엄 씨가 벌겋게 달아오르는 얼굴을 감추려는 듯 얼른 자리에서 일어나 다른 곳을 쳐다보았다.

"가서 영친왕을 찾아보겠습니다. 아까 부르기는 했는데……"

엄 씨가 사라지자 강은 수덕에게로 향했다. 수덕은 자리에서 일어나 남편에게 몸을 기대고 아무도 듣지 못하게 조용히 속삭였다.

"이렇게나 자랑스러울 수가 없습니다. 잘 돌아오셨습니다."

결국 나 때문에 지금까지 고통을 겪었는데, 왜 나를 미워하지 않는 걸까? 강은 수덕이 안쓰러워 살짝 손을 잡았다.

"한번 둘러보거라. 이게 돼지우리가 아니고 무엇이냐."

고종이 통로 한가운데 놓인 목재 더미를 가리켰다. 땅을 파고 건물 기초를 닦는 곳도 연이어 가리키며 말했다.

"지난해에는 불도 한 번 크게 났었다. 무슨 징조인지……"

강은 고종이 걷는 속도에 맞추기 위해 발걸음을 늦추어야 했다. 전에는 이런 일이 없었다. 고종은 자주 멈춰서 숨을 몰아쉬었고 걷는 게 아니라 발을 질질 끄는 것만 같았다. 강은 그게 신체적 문제인지 정신적 문제인지, 아니면 둘 다인지 알 수 없었다. 고종은 쉰을 훌쩍 넘겼고 조선의 국왕은 대체로 수명이 그리 길지 않았다. *만일 아버지가 건강하고 행복해 보였다면 마음에 미움이 솟아났을까?* 하지만 이런 모습을 보니 강은 할 말이 없었다.

"이건 내게 어울리지 않는 삶이다. 가끔은 다른 나라에서 자유롭고 즐겁게 지내는 네가 부럽기도 했느니라. 왕이 되고자 하는 마음을 경계하는 건 옳은 일이지. 특히나 요즘 같은 세상에서는 말이다. 내 생활은 전과 다를 바 없지만 실은 이토 후작의 포로일 뿐이니 나는 왕이라고 할 수도 없다. 하나의 하늘에 두 개의 태양이 있을 수는 없지 않겠느냐."

"황귀비께서는 여전히 아바마마를 조선의 주인으로 생각하십니다."

"그건 안다만. 솔직히 그 사람은 겉치레에 관심이 더 많아. 이 자리가 얼마나 공허하고 외로운지는 제대로 알지 못하는 것 같구나."

"아바마마, 한 가지 여쭤어도 될는지요. 황귀비에게 정이 있으십니까?"

"글쎄다. 내게 꼭 필요한 사람이라고나 할까. 내 목숨을 구해주었을 뿐더러, 지금도 내 곁에 황귀비 말고는 아무도 없느니라."

강은 부산에서 당한 공격에 대해 입 다물기를 잘했다고 생각했다. 그 일을 모르는 척하는 엄 씨를 보면서 억울함을 느꼈지만, 아버지와 대화를 나눠보니 그 일을 수면 위로 꺼내는 행동이 자신에게 그다지 유리하지 않을 것임을 확신하게 되었다. 고종과 함께 걷는 길에 엄 씨는 없었지만 여전히 두 사람을 따라오는 듯한 기분이 들었다. 예전에는 그나마 자신과 아버지를 이어주는 인연의 끈이 남았다고 생각했는데 지금은 완전히 사라진 것 같았다.

"내 곁에 황귀비 말고는 아무도 없다." 아버지가 직접 말씀하셨다. 그러면 내 곁에는 누가 있지? 강 자신에게도 누군가가 있다는 걸 잘 알고 있었지만 엄 씨와 달리 수덕에게는 어떤 영향력도 힘도 없었다.

"아바마마, 적어도 아바마마 곁에는 누군가가 있지 않습니까."

고종은 강이 무슨 말을 하는지도 모르고 그저 고개만 끄덕였다.

"그렇구나. 그러면 이제 네 가엾은 형을 만나러 가자꾸나."

얼마쯤 지나 두 사람은 묵직한 문 앞에 섰다. 고종이 속삭였다.

"이제 곧 너도 보겠지만, 저 문 뒤의 광경은 매번 내 마음을 아프게 하는구나. 그나마 유일하게 위안이 되는 건 저 애의 가엾은 어미가 저 모습을 볼 수 없다는 거겠지."

문 앞을 지키고 서 있던 근위병이 문을 열었다. 지붕과 휘장이 있는 커다란 침대 위에 잠옷을 입은 누군가가 누워 있었다. 황태자가 몸을 일으켰다. 그러나 침대에서 몸을 일으키는 일조차 힘겨운 듯 움직임이 여간 어색하지 않았다. 머리카락이 조금 빠진 것 말고는 이복형의 모습은 크게 변하지 않았다. 강은 이복형의 머리에 여전히 남아 있는 상투를 보고 조금 안심했다.

"태자, 동생인 강이 왔다. 의친왕 강을 기억하느냐?"

황태자인 이복형은 눈을 가늘게 뜨고 강을 한참 바라보다 모르겠다는 듯 고개를 흔들었다.

"안경을 써야 한다는데도 저리 고집을 부리니……"

그가 손을 들어 강을 가리켰다.

"너는 누구냐? 무엇 때문에 왔어?"

마치 술에 취한 사람처럼 느리고 알아듣기 힘든 말투였다. 강은 이복형을 처음 만나던 때 어수룩해 보였던 그의 모습을 떠올리며 그때처럼 이번에도 자신의 생각이 틀렸기를 바랐다. 누군가 고종과 이복형을 해치기 위해 커피에 아편을 넣었던 그 사건은 이복형에게 심각한 후유증을 남겼다.

"기억나지 않느냐? 네 아우인 강이다. 오랫동안 멀리 가 있다가 이제 돌아왔느니라! 이렇게 형을 보고 싶어 오지 않았느냐."

"아우? 무슨 아우 말입니까? 어서 저자를 쫓아내세요! 또 무슨 일을 꾸미시는 겝니까?"

강은 침대 앞으로 가서 무릎을 꿇었다.

"형님, 기억 안 나십니까? 가끔 이 아우와 감홍로를 함께 마시

며 이야기를 나누지 않았습니까…… 어여쁜 궁녀나 여악을 보며
궁 밖 세상에 대한 이야기도 했었지요. 기억이 나십니까?"

강은 형이 자신을 알아봐 주기를 바라며 손을 내밀었다.

황태자의 얼굴에 어렴풋이 알 수 없는 웃음이 떠올랐다. 그는
강의 손을 잡았다 놓았다 하며 웃었다.

"그러면 친구가 될 수도 있겠구나. 저들이 보내서 온 게 아니지,
그렇지?"

"일본에서 보낸 사람이 아닌가 해서 그러는 게다."

고종이 속삭였다.

"아니요, 절대로 아닙니다!"

황태자가 침대 끝으로 몸을 밀고 나가더니 밖으로 내려와 일어
섰다. 그러고는 흔들리는 몸을 옆에 있는 책상에 간신히 기댔다.
강은 맞은편에 선 둘의 아버지가 삶을 거의 포기한 듯한 눈으로
황태자를 바라보고 있는 광경을 곁눈질로 눈에 담았다.

강도 몸을 일으켰다.

"형님."

이복형이 동생을 감싸 안았다. 강도 두 손으로 형의 등을 감쌌다.

"보고 싶었습니다, 형님. 몇 번이나 편지를 보냈는데, 왜 답신이
없었는지…… 이제야……"

그렇게 서로 끌어안은 채였지만 형보다 키가 더 큰 강의 눈에는
주변 풍경이 새삼스레 느껴졌다. 강은 예전 경복궁에 있던 전각을
떠올렸다. 뭔가 달라졌다. 유럽 신고전주의 양식으로 꾸며진 이
처소에 가구와 장식 외에 또 한 가지 낯선 부분이 있었다. 이곳에
는 종이나 필기구가 하나도 없었다. 심지어 책도 없었다. 황태자

는 생각보다 훨씬 더 좋지 않은 상태였다. 이런 곳에서 어떻게 긴 긴 하루를 보내고 있는 걸까. 황태자라는 지위는 늘 배움에 정진해야 하는 자리였다. 그런데 지금은 이 가엾은 이에게 조선의 사상과 학문을 공부하던 시절이 있었다는 사실조차 상상하기 어려웠다.

"형님."

황태자의 몸이 미끄러지기 시작했고 강은 자신이 형을 떠받치고 있다는 것을 깨달았다. 황태자의 손은 움직이지 않았다. 그의 묵직한 하체가 천천히 밑으로 가라앉고 있었다. 강은 여러 차례 형의 허리를 붙잡고 똑바로 일으켜 세워야 했다.

"자, 태자, 그만 다시 쉬어야겠구나."

황태자는 몸을 돌려 침대 위에 올라가 누웠다. 강은 다시 무릎을 꿇고 형과 몇 마디를 더 나누었지만 더 이상의 교감은 없었다. 고종은 오늘은 이만 가보는 게 좋겠다는 듯 서글픈 얼굴로 고개를 끄덕였다. 두 사람 뒤에서 황태자는 "내일 또 보세!"라고 소리쳤다. 얼굴에는 여전히 의미를 알 수 없는 웃음을 머금고 있었다.

아버지와 아들은 뒤를 돌아보지 않으려 애쓰며 방을 나섰다. 등 뒤로 문이 닫혔다.

"내일 다시 만나면 아마 똑같은 말을 할 거다. 저런 식으로 본인은 잘 지내고 있다고 하고 아마 처음 본 사람들은 크게 문제가 없다고 생각하겠지. 하지만 매일 저런다고 생각해 보거라. 네 형이 제대로 기억하는 사람은 오직 나뿐이다. 어미를 찾으며 소리를 지를 때는 정말 끔찍하지."

강은 모든 사람에게 사랑받는 이복형이 한때 얼마나 부러웠는지를 떠올렸다. *이제는 형이 결코 황위를 이어받지 않기만을 바랄 뿐이다. 그보다 더 완벽한 꼭두각시가 또 있을까. 가엾기 그지없는, 순박하기만 한 형님.* 강은 복도를 따라 내려가며 정교하게 만들어진 고종의 황금빛 예복을 눈여겨보았다. 한 쌍의 궁인이 지나가며 고개를 숙였다.

그때 복도 반대편에서 빠르게 발을 구르는 소리가 울려 퍼졌다. 또 다른 궁인 하나가 모습을 드러냈다. 궁인은 갑자기 멈춰 서더니 손을 들어 올리며 소리쳤다.

"아이고! 살려주세요!"

그리고 어린 영친왕이 뒤에서 나타나 손가락으로 권총 모양을 만들었다.

"탕탕탕!"

영친왕이 소리쳤다. 궁인은 "아이고!"라고 외친 후 마치 무대 위의 배우처럼 발로 바닥을 구르며 쓰러졌다. 궁인의 옥색 비단 치마저고리가 호두나무 바닥과 선명한 대비를 이루었다. 궁인이 죽은 척하는 동안 영친왕은 아버지와 이복형을 쳐다보았다.

"하하하! 너도 맛 좀 봐라!"

영친왕이 강을 손가락으로 가리켰다. 강은 다시 가슴과 배가 조여드는 것 같았다. 불편함으로 몸이 떨렸지만 멈출 수가 없었다. 강은 본능적으로 아버지의 어깨가 아니라 벽에 손을 짚고 몸을 의지했다.

영친왕의 신나 보이던 표정이 갑자기 심술궂은 표정으로 바뀌었다.

"이봐! 이제 죽어야지! 어서!"

그러면서 발을 구르며 앞으로 달려왔다.

"어서! 탕탕탕!"

고종이 강에게 속삭였다.

"미안하구나. 괜찮겠느냐?"

어린 영친왕은 악을 쓰며 펄쩍펄쩍 뛰기 시작했다. 강은 부산에서의 일을 떠올렸다. 가슴을 움켜쥔 강은 별다른 성의 없이 바닥에 쓰러지는 흉내를 냈다. 영친왕이 가까이 다가와 통통한 집게손가락으로 얼굴을 누르자 강은 다시 가슴이 쓰라리듯 아파왔다.

"탕탕탕! 이제야 죽는구나!"

21

강은 모자의 챙을 들어 올리고 한때 정체를 알 수 없는 감정의 대상이었던 낸시 하를 유리창 너머로 바라보았다. 낸시는 강의 존재를 알아차리지 못한 채 어린 학생들에게만 집중하고 있었다. 십대 초반으로 보이는 서른 명가량의 학생들은 모두 여성이었고, 마치 태양을 바라보는 해바라기처럼 고개를 치켜들고 있었다. 대부분이 진지한 표정이었지만 자신과 같은 조선인으로 보이는데 코가 큰 외국인처럼 옷을 입고 말하는 낸시의 모습을 신기한 듯 쳐다보는 학생도 있었다.

미국에서라면 어린 여자아이가 학교에 다니는 게 대수로운 일이 아니겠지만 여기는 조선이었다. 강에게 그런 모습은 번화한 거리에서 모두가 갑자기 뒤로 걷거나 승객들을 태운 기차가 하늘로 날아오르는 일과 비슷했다. *여자들만 다닐 수 있다는 이 이화학당을 반대하는 사람도 분명 있을 것이다.* 강은 그런 이들과 자신은 다르다고 속으로 중얼거렸지만, 그럼에도 어색하고 낯설기는 마찬가지였다.

강은 문가에 있는 나무 의자에 앉아 가방에서 〈뉴욕해럴드〉를 꺼냈다. 바다 건너 미국에서 온 잡지였다. 시간을 때우기 위해 꺼내 들었지만, 단어들만 눈에 보일 뿐 문장까지 집중해서 읽기는 힘들었다. 결국 강은 잡지와 텅 빈 복도를 번갈아 보며 10분 정도를 보냈다. 그동안 읽은 것이라고는 연재 만화인 〈버스터브라운〉 한

편과 어느 특이한 형제가 오하이오에서 하늘을 나는 기계를 만든다는 짧은 기사가 전부였다. 이렇게 혼자 조용히 있을 때면 엄 귀인이 이제 자신의 귀국을 받아들인 게 아닐까 생각하기도 했지만 아직은 믿을 수 없었다. 경운궁을 다녀온 지 불과 몇 주밖에 지나지 않았고 외투 주머니에 항상 권총을 지니는 것도 그런 이유 때문이었다.

수업이 끝나자 깨끗한 흰색 저고리 밑에 다양한 색의 풍성한 긴 치마를 입은 여자아이들이 교실 밖으로 나왔다. 그중 몇이 강을 보았다. 강은 모자를 깊이 눌러쓰고 잡지를 보는 척했다. 이제 선생님만 교실에 남았다.

낸시 말고는 자신을 알아보는 사람이 없으리라 생각한 강이 자리에서 일어나 문 앞에 섰다.

"선생님, 좀 들어가도 될까요?"

"전하, 어떻게 여기에!"

낸시는 강이 그동안 한 번도 보지 못했던 희미한 보조개 한 쌍을 드러내며 활짝 웃었다.

"여기서는 전하라고 불러드려야겠지요. 귀국하셨는지 미처 몰랐습니다!"

강은 주변을 살피며 낸시에게 다가갔다. 낸시는 강에게 앉으라고 손짓하고는 머리매무새를 가다듬었다. 미국에서 낸시는 물론 외국인이었다. 그러나 머리카락을 매만진 후 장식이 달린 블라우스와 리본을 따라가는 가늘고 긴 손가락의 자신감 넘치는 움직임을 보며 강은 낸시가 조선에서도 외국인이 되었다고 문득 생각했다.

"아, 오랜만에 돌아왔는데 그동안 일이 좀 있었소. 연락 못 해서 미안합니다."

낸시가 잠시 얼굴을 찌푸렸다.

"글쎄요, 어쨌든 전하께서 여기 계신 게 중요하지요……"

낸시는 강을 똑바로 바라보았다.

"특히 지금처럼 어두운 시기에는 더욱 그렇습니다. 긍정적인
마음이 필요하죠."

"그렇소."

"그나저나 이화학당에 오신 걸 환영합니다! 이렇게 오실 줄 알
았다면 환영회라도 준비할 걸 그랬네요. 일국의 왕자님을 날마다
볼 수 있는 건……"

"아니요, 지금 내게 가장 필요한 건 어쩌면 무관심일지도 모르
겠습니다. 나는 그저 인사를 하러 들른 겁니다. 가족 말고 아는 사
람을 만난 건 당신이 처음이오. 원식에게는 오늘 오후에 연락해
보려고."

"제 남편도 알았다면…… 전하께 직접 감사 인사를 드리고 싶
어해요."

"아, 남편분의 일? 별일도 아닌데요, 뭘."

강은 교탁 위에 놓인 낸시의 오래된 녹색 모자를 뒤늦게 알아
챘다.

"남편을 다시 만나 행복하겠소. 물론 딸인 원옥이도요."

"물론이에요. 한데 중요한 순간들을 너무 많이 놓쳐서 딸에 대
해서는 자책하지 않을 수 없네요. 이제야 그 시간을 보상하려 노
력하고 있지만 원옥이가 저를 좋은 엄마로 생각하지 않을까 봐
두렵습니다. 난생처음 가족과 함께 사는 기쁨을 배우는 중이지요.

아내나 어머니로서의 자격은 없는지 몰라도 어쨌든 저는 운이 좋았습니다."

"아니, 자격이나 가치가 없는 사람은 바로 납니다. 적어도 당신은 분명한 목적을 가지고 미국에 있었으니까."

"다 지난 일이에요. 전하도 지금은 목적이나 목표가 있으시잖아요?"

낸시는 손을 흔들며 강의 말을 일축했다.

"제 남편의 이해심이 무척 깊어서…… 요즘은 다시 처음 사랑에 빠졌던 때로 되돌아간 것 같아요."

"그런 식의 결혼 생활은 많이 다르겠지요?"

"음…… 다른 결혼은 해보지 않아서 뭐라고 해야 할지 모르겠네요."

"나도 아내에게 고맙다고는 생각합니다. 아니, 그렇게 말해야겠지요. 하나 왜 아내에게 그 말을 직접 할 수 없는지 잘 모르겠소."

낸시가 눈을 치켜떴다.

"물론 그렇게 하셔야지요, 전하."

그러고는 뭔가가 잔뜩 적힌 칠판을 지우려 했다. 강은 칠판의 '톨스토이'라는 단어를 눈여겨보았다.

낸시의 남편인 하 아무개는 어떤 사람일까. 낸시보다 나이가 한참 더 많고 직업은 관리라고 했지. 아마도 철학자나 부처처럼 현명한 사람이리라. 하 씨 부부의 사랑이란 멀리 떨어져 있을수록 그 뿌리가 더욱 깊어지고, 다시 만날 때는 6월의 나팔꽃처럼 더 크게 피어나겠지. 나는 사랑 없는 질투를 하지만 낸시의 남편은 질투 없는 사랑을 하는구나.

강은 공기를 머금어 뺨을 한껏 부풀린 뒤 몸을 돌려 창밖을 바라보았다. 여자아이 네 명이 일렬로 서서 먼저 지나간 사람들의 발자취를 따라 눈 쌓인 운동장 위를 주춤대며 걷고 있었다.

"학생들은 당신을 어떻게 생각하오?"

"좀 이상한 사람이라고 생각하지요. 그래도 저를 존경하고 열심히 공부하고 있어요. 저 역시 미국에 가기 전까지는 저들처럼 여기서 배우는 학생이었으니까."

낸시의 눈이 새로운 열정으로 빛났다.

"그런데 예전과 정말 많이 달라졌어요. 커다란 새 건물에 학생도 훨씬 많고요. 지금 우리는 조선의 여성 교육에 있어 위대한 일을 하고 있어요. 이제 한두 세대 뒤에는 여자아이도 남자아이만큼이나 충분한 교육을 받을 수 있겠지요. 그게 바로 제 신념이자 사명입니다."

강도 힘차게 고개를 끄덕였다.

"나도 그렇게 믿습니다."

낸시가 쓴웃음을 지으며 물었다.

"정말이신가요……"

"그런데…… 우리의 독립은 어떻습니까? 나는 그게 당신의 사명이라고 생각했습니다만. 당신의 예측대로 우리는 지금 일본의 지배를 받고 있소."

"여성 교육도 독립의 일부예요! 전하, 두 가지는 함께 얽힌 관계입니다. 모든 국민이 제대로 된 교육을 받고 깨우치게 되면 각자 할 일을 알아서 하게 되겠지요. 전하께서도 방금 학생들을 보셨잖아요. 그들은 남자아이 못지않게 똑똑해요. 아니, 더 낫다고 감히 말할 수 있어요. 전하의 생각은 어떠실지 모르오나 여성을 교육하지 않는 건 국가로서 큰 낭비라고는 여기셔야지요. 지난 5백 년간 우리 여성들은 남성들이 만든 어둠에 갇혀 있었어요."

"그렇게 볼 수도 있지만…… 그게 실제로 조선의 독립과 어떤 ……"

"깊은 관련이 있지요. 저는 뒤늦게 공부를 시작하고 나서야 비로소 우리가 직면한 문제와 제가 그 문제를 해결하기 위해 뭘 할 수 있을지를 깨닫게 되었어요. 어떤 사람들은 이 학교를 두고 조선의 여성들을 미국 여성으로 만드는 교육을 한다는 식의 당치도 않은 말들을 합니다만, 우리의 목표는 '더 나은 조선'이에요. 우리는 학생 모두를 더 나은 조선 사람으로 만들기 위해 노력하지요. 지금 당장 결과를 내지 못할 수도 있지만 결국에는 보게 될 겁니다. 저는 어린 조선 여성들을 독립과 자주정신을 지닌 훌륭한 사회인으로 키우고 있습니다."

강은 인력거를 향해 눈이 쌓여 얼어붙은 길을 걸으며 낸시가 전혀 달라지지 않았다는 사실에 안도와 기쁨을 느꼈다. 이렇게 다시 만나기 전까지 강은 자신이 알던 그 정의롭고 거칠 것 없는 낸시는 인천 바다의 물안개와 함께 사라져 버릴 자만심 가득한 허깨비가 아니었을까 의심했었다. 그러나 낸시는 미국에서도 조선에서도 그저 낸시였다. 새로운 세상을 맹목적으로 따르거나 거부하는 게 아니라 오직 조국의 이익을 위해 받아들이는 진실로 '깨어 있는 조선인'이었다.

강은 인력거에 올라타며 열 살에서 열한 살쯤 되어 보이는 여자아이 둘이 달려가는 모습을 보았다. 두 아이는 서로의 어깨에 팔을 두르고 뭔가에 대해 이야기를 나누며 밝게 웃고 있었다. *이렇게나 기쁨을 찾기 어려운 시절에 뭐가 저리 즐거운 걸까?* 강은 자신도 모르게 씁쓸하면서도 간절한 웃음을 지었다. 그러고는 사라진 무언가를 아쉬워하는 노인들이 주로 이런 표정을 짓는다는 사실을 문득 깨닫고는 조금 놀랐다.

인력거에 올라탄 후에도 강은 아이들을 계속 바라보았다. 그러다 주머니를 뒤져 담뱃갑을 꺼냈다. 강에게 아버지 노릇이란 언제나 누군가를 사랑하는 일이었고, 그건 자신과 무관한 일이라고 생각했다. 난생처음 강은 자신이 그런 의미로 어떤 상실감이나 아쉬움을 느끼고 있다는 걸 깨달았다.

"프린스턴 대학교의 박사를 포기하고 여기 와 있는 건가?"

강은 옛 친구를 끌어안으며 웃음을 터트렸다. 원식이 일하는 사무실은 건물 구석에 있는 작고 지저분한 방이었다. 오래된 촛농으로 얼룩진 책상 위에는 각국의 언어로 된 책과 신문 등이 가득했다. 창문조차 없는 어두운 방을 밝히는 건 작은 전등 하나가 유일했다. 황성기독교청년회YMCA는 미국의 독지가와 대한제국 정부로부터 자금을 지원받은 것으로 알려졌지만 새로운 주임 교사의 사무실을 꾸며줄 만한 여유는 없는 것 같았다. 강이 정말 놀란 지점은 원식이 벽에 십자가를 걸 여유도 없이 바쁘게 지낸다는 것이었다.

원식이 덤덤하게 대꾸했다.

"뭐, 그렇게 되었습니다."

두 사람이 마지막으로 만난 지 1년 반이 흘렀다. 처음 보는 안경 뒤 원식의 눈가에는 이제 잔주름이 생겼고 머리카락은 부스스했다. 강에게 원식은 언제나 크게 도약할 준비를 하는 어린아이처럼 보였지만 이제 좋든 나쁘든 그 도약의 단계를 뛰어넘은 것 같았다. 원식에게는 해야 할 일이 넘쳐났고 아마도 그 때문에 갈등을 겪는 것처럼 보이기도 했다.

잠시 말이 없던 원식은 뭔가 떠오른 듯 밝은 표정을 지었다.

"마침 잘 오셨습니다. 형님께서 좋아하실 만한 게 있군요."

원식은 책상 밑에 둔 가방을 뒤지더니 빵 한 덩어리를 꺼냈다.

"이거, 형님이 가져가십시오."

강의 코에 따뜻한 효모 냄새가 풍겨왔다. 이렇게나 추운 날, 따뜻한 빵 냄새는 마치 이불 같은 편안한 위로를 안겨주었다.

"어디서 이런 걸 구했나?"

"손탁 호텔이라는 곳이 생겼습니다. 사장이 유럽 사람인데 이런 빵을 살 수 있어요. 저도 가끔 큰마음 먹고 들르곤 하지요."

"이거 대단하군. 이 모양이나 냄새만큼 맛도 대단하다면 뉴욕의 어떤 음식 못지않을 텐데. 다시 토스트를 먹을 수 있다니!"

강은 빵을 무릎 위에 조심스럽게 올려놓고 두 손으로 꼭 잡았다. 빵은 그 존재만으로도 강에게 큰 위안이 되었다.

그때 원식이 뭔가 생각에 잠긴 듯한 표정으로 강을 바라보았다.

"형님, 언더우드 선교사 집에서 함께 토스트를 만들어 먹던 때를 기억하십니까?"

"아…… 그때는 우리 둘 다 아직 어렸지! 자네는 종교와 배움을 향한 열정이 가득했고."

"그 시간은 우리에게 어떤 의미였는지…… 아니 시간이 아니라 당시의 삶 자체가……"

원식은 잠시 입을 모은 후 말을 이었다.

"형님, 언더우드 부부께 같이 찾아가 보는 건 어떠세요?"

"음, 그건 잘 모르겠네."

"뭐가 문제입니까? 언더우드 부부도 형님을 보고 싶어할 텐데요."

"아니, 그렇지 않을 거야. 내게 큰 기대를 걸었지만 나는 '파락호'가 되었으니까."

"언더우드 부인이 조금 실망한 건 사실입니다. 하지만 지금은 그렇지 않을 거라고 장담해요. 분명 두 분 모두 형님을 꼭 만나고 싶을 겁니다."

"생각해 보겠네."

강은 그만 화제를 바꾸고 싶었다.

"여기 오기 전에 낸시를 보고 왔어. 자네도 그렇지만 낸시도 계획한 대로 살고 있다니 정말 놀라운 일이군. 이런저런 일들이 있겠지만 낸시는 잘 지내는 것 같아."

"예, 저보다 훨씬 더 강한 사람이지요……"

원식의 목소리가 점점 잦아들었다. 마치 여기가 아닌 다른 곳에 있고 싶은 듯 벽을 향해 시선을 돌렸다.

"무슨 일인가? 여기가 그리 편해 보이지는 않지만 그렇다고 그리 나쁘지도 않은데."

원식은 고개를 끄덕였다.

"아…… 나쁘지는 않지요. 이 사무실도 제가 살면서 지낸 다른 방들에 비하면 훌륭하고요. 무엇보다 YMCA에 정말 감사한 마음입니다. 사람들이 모이고 배울 수 있는 장소가 있으니, 독립에 관심과 뜻이 있는 사람들이 몰려오지요."

"그럼 좋은 일이 아닌가? 낸시는 생각이 깨인 여성들을, 그리고 자네는 남성들을 교육할 수 있으니. 두 사람 모두 원했던 일인 것 같은데. 언젠가는 독립을 쟁취하게 될, 그런 깨어 있고 개화된 사회를 만들고 꺼지지 않는 빛을 비추는 일 말이야."

"네, 낸시는 여전히 그렇게 생각하지요."

그러나 원식은 강이 알던 모습과 조금 다른 것 같았다.

"자네는 그리 생각하지 않는가?"

원식은 한숨을 내쉬었다.

"잘 모르겠습니다. 낸시와도 자주 얘기를 나누는데, 저는 그냥 …… 형님, 일본은 무력으로 조선을 짓누르고 있습니다. 예상보다 상황이 훨씬 더 안 좋아요. 수천, 수만 명이 몰려들어 모든 걸 빼앗고 있습니다. 이대로 가다가는 말라비틀어진 나무처럼 되지 않을까요. 제 말은, 뭐가 더 중요한지 모르겠다는 겁니다. 차라리 사격 연습이라도 할까 싶습니다."

그날 아침 강도 낸시에게 비슷한 이야기를 했다. *하지만 원식이 같은 말을 하다니? 도대체 무슨 일이 있었던 걸까?* 강은 옛 친구의 얼굴을 다시 찬찬히 살펴보았다.

"좀 피곤해 보이는군."

"피곤한 것도 있고…… 솔직히 뭘 어떻게 해야 할지 모르겠습니다. 밤에는 이런저런 생각을 하느라 잠을 못 자고, 낮에는 너무 피곤해서 제대로 생각하지 못합니다. 대체 뭐가 정답인가요? 우리는 뭘 해야 합니까?"

"나도 답을 알면 좋겠네. 하지만 나는 싸우는 게 정답이라고는 생각하지 않아. 적어도 자네는…… 학자고 지식인이 아닌가."

"형님, 학자도 지식인도 규칙과 질서가 있을 때 쓸모가 있지요. 한데 요즘은 법보다 주먹이 더 가깝다는 말이 딱 들어맞는 것 같습니다……"

"자네에게는 글재주도 있지 않은가. 책상 위에 있는 저 책이며 신문들을 보게. 저걸 다 읽었겠지? 그러니 영향을 받았을 거고. 그렇다면 다른 이들에게 영향을 줄 수 있는 글을 써보는 건 어떻겠나? 글재주가 뛰어나서 상도 받았었잖아? 조선인은 물론 외국인들에게 글을 써서 조선에서 무슨 일이 일어나고 있는지 널리 알릴 수 있지 않겠나."

"그 글이 누군가에게 영향을 미칠 때쯤이 되면 이미 너무 늦는 게 아닐지요……"

"그건……"

강은 이런 식으로 누군가를 설득하는 역할에는 익숙하지 않았다. 패배주의나 어리석은 선택을 말리는 건 보통 원식 같은 사람이 할 일이었다.

원식은 책상 위에 붙은 촛농을 손톱으로 긁었다. 작은 흰색 가루가 흩어졌다. 원식이 앞으로 몸을 움직였다.

"형님, 최근에 진 아무개라는 어떤 사내를 알게 되었습니다. 의병을 조직하고 있더군요. 산속에 숨어 지내면서……"

"원식, 농담이 너무 지나치군. 그런 일은 다른 사람들에게 맡겨둬."

22

　수덕은 창가에 서서 임시 거처의 정문 쪽 뜰을 바라보고 있었다. 강이 돌아왔고 이제 두 사람이 따로 지낼 별궁을 짓고 있는지라, 그사이 두 사람은 계동 인근의 한 주택에 머물고 있었다. 수덕에게는 궁보다 규모가 작고 가정적으로 보이는 이 집이 취향에 더 맞았다. 다만 마음에 들지 않는 부분이 딱 하나 있었는데, 뜰 모퉁이 담장 옆에 꽃을 피운 한 그루의 벚나무였다. *왜 단 한 그루뿐일까. 더 많거나 차라리 전혀 없는 게 나을 텐데. 하나만 있으니 참 초라해 보이는구나. 게다가 화려하지만 연약한 꽃잎이며 부드러운 향기는 수명이 그리 길지 않구나. 꽃잎은 벌써 떨어지기 시작해 풀과 바위를 덮었고 며칠만 지나면 완전히 사라져 내년까지는 볼 수 없겠지. 연약하기 때문에 벚나무를 소중하게들 여기는 걸까.*

　강이 귀국한 지 백 일이 다 되었지만, 수덕이 마음에 품었던 진짜 결혼 생활에 대한 꿈은 봄바람과 함께 사라진 지 오래였다. 오히려 남편은 그 어느 때보다 어색하고 멀게만 느껴졌다. 그는 습관적으로 술을 마셨고, 통증을 참을 수 없을 때까지 주먹으로 바닥을 두드리며 화를 냈다. 그리고 어디를 가든 반드시 권총을 품고 다녔다. *도대체 무슨 일이 있었기에 사람이 저렇게 변한 것일까.* 수덕이 조심스레 물어보았지만 돌아오는 건 침묵뿐이었다.

　그것도 그나마 곁에 있을 때나 보는 모습이었고, 애초에 강은 이 집에 거의 머물지 않았다. 그는 인력거를 타고 어디론가 훌쩍 가버렸다가 술에 취해 돌아와 잠시 잠을 청하고 다시 사라지기를 반복했다. 강은 가족도 거의 만나지 않았고 오래전 자신을 도와준 언더우드 부부까지 피했다. 대신 그는 두 사람과 많은 시간을 보내는 듯했는데, 그중 하나는 여자였다.

심지어 외국 이름을 쓰는 그 여자는 사랑이니 결혼이니 하는 문제에 온갖 이상한 생각을 지닌 게 틀림없었다. 때때로 강은 그 이상한 여자와 함께 대단히 진지한 얼굴의 청년을 집으로 데려와 밤늦게까지 이야기를 나누곤 했다. 세 사람은 주로 영어로 이야기했는데, 수덕에게는 허세에 불과한 행동처럼 느껴졌다. 어떻게 보면 남편이 아내의 질투심을 자극하기 위해 하는 행동처럼 보이기도 했지만, 사실 그 정도로 남편이 자신에게 관심이 있지 않다는 건 누구보다 수덕이 제일 잘 알고 있었다.

갑자기 대문이 열리더니 양복 정장을 입은 남자가 나타났다. 집을 향해 올라오는 남자가 궁내부 보좌관 윤태종이라는 걸 알아본 수덕은 가슴이 철렁 내려앉았다. 거의 매일 이곳을 찾는 윤태종이 뭘 원하는지 수덕은 도무지 알 수 없었다.

수덕이 창문을 열자 남자는 대청마루 앞에 멈춰 섰다. 수덕은 그를 집 안까지 들일 생각이 없었다. 이제는 남자와 여자가 부부나 친척이 아니라도 마주 보고 앉아 대화를 나누며 사교를 하는 시대가 되었다는 걸 수덕도 잘 알고 있었지만, 그에 동의하는 건 다른 문제였다. 더군다나 윤태종 같은 변절자는 말할 것도 없었다.

"그동안 안녕하셨습니까. 날이 참 좋습니다."

윤태종이 창문 안쪽에 있는 수덕에게 인사를 했다. 수덕은 한숨을 쉬었다.

"네, 좋은 날입니다. 그런데 여기까지는 어인 일이십니까?"

"아, 그냥 좀 돌아보는 중입니다. 의친왕 전하께서는 지금 계십니까?"

없다는 걸 잘 알면서, 이 개자식이.

"아니요, 지금 안 계십니다."

"아, 그렇습니까."

윤태종은 햇빛을 받아 번쩍이는 회중시계를 꺼내 시간을 확인했다. 전에는 못 보던 시계였고 확실히 전의 것보다 더 컸다. 수덕의 시선이 어디를 향하고 있는지 알아차린 그는 수덕이 잘 볼 수 있도록 시계를 들어 올렸다.

"아름답지 않나요? 스위스에서 온 것입니다."

그는 시계를 주머니에 다시 넣고 툭툭 두드렸다.

"아무래도 전하께서는 그 두 친구분과 함께 계신 것 같습니다. 오늘 밤에 돌아오시면 제가 들렀다고 전해주십시오. 오늘 밤에 돌아오신다면 말입니다. 그럼 이만 가보겠습니다! 늘 드리는 말씀이지만, 필요하신 일이 있으면 언제든 연락을 주십시오."

"알겠소."

대답을 들은 윤태종은 고개를 한 번 숙이고 왔던 길로 사라졌다.

오늘 밤에 돌아오신다면? 저 썩은 구더기 같은 인간이 또 제 일에는 철저하네.

수덕은 주전자에 있는 보리차를 한 잔 따랐다. 선물 받은 서양식 안락의자는 내버려두고 그저 방바닥에 주저앉았다. 뒤에서는 시종들이 빨래를 정리하고 있었다. 시종들을 방해하고 싶지는 않지만 그래도 이야기할 사람이 있으면 좋겠다고 수덕은 생각했다. 수덕은 차를 한 모금 마시고 손가락으로 바닥을 두드리기 시작했다. *산다는 게 이렇게나 지루하고 외로운 일일 줄이야.*

"잠깐 부엌에 좀 나가보겠습니다."

수덕은 마치 남편이 있는 것처럼 그렇게 말하고는 복도를 지나 계단을 따라 내려가 부엌으로 향했다. 둥근 냄비에 전복과 쇠고기 완자, 무, 버섯, 달걀지단, 고추를 넣고 끓인 궁중 음식 신선로와 은그릇에 담은 다양한 종류의 김치며 생선, 나물 등이 밥상 위에 차려져 있었다. 은으로 된 숟가락과 젓가락도 있었다. 수덕은 자신이 쓸 나무 숟가락과 젓가락까지 챙겨 안방으로 상을 내갔다. 그리고 밥상 앞에 자리를 잡고 앉았다.

"오늘은 어떠셨습니까? 지금까지 하루는 어땠나요?"

수덕은 나무 숟가락으로 신선로 국물을 떠서 한입 맛보았다.

"아주 맛이 좋지요? 특별히 전하를 위해 만들었사옵니다. 다른 반찬도 다 집 텃밭에서 나왔고요. 늘 그렇듯 저와 궁인들이 직접 마련했습니다."

주인 없는 은수저가 빛을 받아 번쩍이는 모습이 수덕의 눈에 들어왔다. 수덕은 쥐었던 숟가락을 조용히 내려놓았다.

이튿날 아침, 수덕은 한 시간가량 명상을 마치고 조금 나아진 기분으로 찻주전자를 들고 차가운 마루에 나와 앉았다. 이렇게 마음이 가라앉을 때면 수덕은 '나'는 존재하지 않고 따라서 버림받거나 상처받았다고 느끼는 '어느 누구'도 존재하지 않는다는 사실을 굳게 믿을 수 있었다. 자신은 자연의 일부로 서로 연결되어

있고 분리될 수 없으니 외로움 같은 건 느낄 수 없을 터다. 수덕의
소망은 이런 기분이 하루 종일 지속되는 경지에 이르는 것이었다.

그때 우아한 중년 여인이 집 안으로 들어왔다.

"아, 정 상궁. 잘 잤는가?"

"네. 평안히 주무셨습니까?"

"음. 전하께서 드실 손탁 호텔의 빵은 준비되었는가?"

정 상궁은 고개를 끄덕였다. 강이 항상 원하는 바로 그 빵이었다.

"잘하였네. 그나저나 궁금하군. 자네는 전하께서 그토록 즐기시
는 그 토스트라는 걸 먹어보았는가?"

"네. 한데 솔직히 말씀드리면 무슨 맛인지 잘 모르겠사옵니다
......"

"나도 그렇다네. 그저 기름을 묻힌 빵 아닌가. 그런 게 아침밥이
라니 도통 이해가 가지 않네그려. 하지만 사람마다 입맛이 다 다
르니……"

정 상궁이 빙그레 웃었다.

"의친왕 전하 앞으로 뭔가 선물 꾸러미 같은 것이 와 있사옵니다."

수덕은 가슴이 두근거렸다. 선물 꾸러미라. 평소와 다른 일이라
면 무엇이든 반가울 따름이었다. 그러면서도 수덕은 너무 쉽게 흥
분하는 자신을 다시 책망했다. 무엇보다 그건 자신에게 온 선물이
아니다. 그런 걸 기대하기 어려울 정도로 좁은 세상에 사는 자신
의 형편을 탓할 수도 없었다.

"무엇 같던가?"

"아주 값비싸 보이는 큼지막한 자개함이온데, 비단 끈으로 묶
여 있사옵니다. 안에 무엇이 들어 있는지는 알 수 없고요."

"누가 가져왔는가?"

"저는 보지 못하였고 문을 지키는 일본 병사 말로는 스무 살 남짓한 젊은이였다고 하옵니다. 그저 심부름만 왔는지 보낸 사람에 대해서는 아무 말도 없었다고 하옵고요. 전하께서 깜짝 놀라실 거라고만……"

"그거 재미있군! 이리로 가져와 보게."

정 상궁은 고개를 끄덕이고는 밖으로 나갔다가 최근 새로 배치된 일본 경비병과 함께 돌아왔다. 경비병은 피곤한 얼굴이었고 이런 곳에 배치받은 것이 조금 짜증 난 눈치였다. 두 사람은 함께 함을 들고 조심스럽게 안방으로 들어왔다.

"넘어지지 않도록 발밑을 조심하게."

수덕은 흥분을 감추려는 듯 짐짓 아무렇지 않은 목소리로 주의를 주었다. 함을 바닥에 내려놓은 뒤 경비병은 말 한마디 없이 바로 밖으로 나가버렸다.

"버르장머리 하고는……"

정 상궁이 중얼거렸다.

"무슨 상관이겠는가! 어서 함이나 한번 살펴보세."

수덕은 강이 워낙 오랫동안 미국에 가 있었기 때문에 그럴듯한 선물을 보내 강과 안면을 트거나 다시 인사를 하고 지내기를 바라는 사람들이 분명 있을 거라고 생각했다. 수덕은 정 상궁이 서서 지켜보는 앞에서 함을 이리저리 둘러보았다. 길이는 두 자, 너비는 한 자쯤 될까. 함의 겉면에는 영생불사를 가져다준다는 불로초 가닥을 부리에 문 황실의 상징 봉황 한 쌍이 자개로 장식되어 있었다. 또한 세한삼우, 흔히 '겨울의 세 친구'라 부르는 매화와 소나무, 대나무 장식도 보였는데 이 세 친구는 역경을 이겨내는 회복력과 강인함을 상징했다.

"백 년은 된 물건처럼 보이네. 나는 평범한 가문 출신이라 제대로 알아볼 눈이 없지만 말일세."

수덕이 말했다.

"정말 그렇다면 조선에서도 이런 물건을 보낼 수 있는 사람은 그리 많지 않을 것이옵니다."

수덕과 정 상궁은 잠시 입을 다물었다. 이 자개함 자체가 선물인지 아니면 그 안에 더 중요한 게 들어 있는지 확인하기 위해 수덕은 상자를 손가락으로 두드려보았다.

"음, 서방님은 아직 들어오시지 않았고……"

"네, 그렇사옵니다."

"잠깐 풀었다가 다시 묶어두면 어떨지……"

정 상궁이 웃으며 대답했다.

"과연 그렇사옵니다."

"자네만 입을 다물면 되네. 나도 그럴 터이니. 우리는 이제 한배를 탄 게야!"

수덕은 곧 비단 끈을 풀기 시작했다. 그리고 뚜껑에 달린 걸쇠를 풀었다. 다소 뻑뻑했지만 별로 힘들지는 않았다. 이제는 뚜껑을 들어 올리는 일만 남았다. 두 사람은 그 속에 뭐가 들었는지 여간 궁금하지 않았다.

"정 상궁, 자네는 안에 뭐가 든 것 같나?"

정 상궁이 뭐라고 대답하기도 전에 수덕은 함의 뚜껑을 열었다. 그러자 바로 이상한 냄새가 코를 찔렀다. 두 사람 모두 한 번도 맡아본 적 없는 매우 불쾌하고 고약한 악취였다. 두 사람은 본능적으로 뭔가를 알아차린 듯 소매로 입과 코를 가리고 뒤로 물러섰다.

"이게 도대체 무슨……"

수덕은 상자 안을 곁눈질했다. 피에 흠뻑 젖은 하얀 천 아래 뭔가 덩어리 같은 것이 있었다. 수덕은 앞으로 다가가 손가락 끝으로 천의 모서리를 잡았다.

"제발…… 건드리지 마십시오. 제가 가서 누구든 불러오겠습니다……"

수덕이 천을 젖히자 두 사람의 눈앞에 이름 모를 개의 대가리 하나가 튀어나왔다. 이리저리 뒤틀린 주둥이에는 하얗고 뾰족한 이빨이 번뜩였다. 이 불쌍한 짐승의 목 중간쯤을 일부러 거칠게 난도질한 듯, 연한 갈색 털에는 검붉은 피가 달라붙어 있었고 살점과 털이 뒤엉킨 부분도 있었다. 바닥에는 피가 흥건하게 고여 단단히 굳어 있었다. 언뜻 불투명한 유리처럼 수덕의 모습이 비쳐 보이는 개의 동그란 갈색 눈은 묘하게도 편안해 보였다.

정 상궁이 비명을 지르며 밖으로 뛰쳐나갔다. 하지만 수덕은 정신을 바짝 차렸다. 뚜껑의 안쪽을 보니 질 좋은 한지가 한 장 붙어 있고 개가 흘린 피라고밖에 볼 수 없는 붉은색의 한자로 뭔가가 적혀 있었다. 분노한 수덕은 종이를 움켜쥐었다.

"이강에게: 너 같은 황족 출신의 변절자가 있을 곳은 조선 어디에도 없다."

23

인력거는 돌 위를 미끄러지듯 달리며 늦은 장마가 만든 웅덩이를 첨벙거리며 지나갔다. 거리는 텅 비었고, 길 곳곳에서 볼 수 있게 된 전등으로 인해 사방이 희미한 노란색으로 빛나고 있었다. 이 시간이 되면 항상 어디를 가든 조용했지만, 이 도시에는 이제 서서히 진행되는 근대화라는 겉모습으로도 감출 수 없는 텅 빈 외로움이 있었다. 심지어 흔히 보이던 주인 없는 개나 고양이도 모두 사라진 것 같았다.

살해 위협이 시작된 후 강은 사람들과 거의 만나지 않았다. 인력거에 올라타는 일에도 용기를 쥐어짜야 했지만 거절할 수 없는 누군가로부터 초대가 왔다. 이번 초대에는 두 가지 목적이 있었다. 낸시와 원식도 참석하기로 했고 특히 원식은 한 활동가를 데리고 와서 서로에게 도움이 될 내용을 의논하기로 약속했다. *그런데 이 인력거꾼은 누구일까? 그저 평범한 인력거꾼일까 아니면 이조차 함정일까?* 인력거는 제대로 길을 따라가는 것처럼 보였지만 강도 자신이 가는 모든 골목과 지름길을 잘 아는 건 아니었다. 인력거가 어딘가를 돌아가듯 기울어질 때마다 강은 숨이 막히는 것 같았고, 자신도 모르게 주머니 속 권총 손잡이를 잡은 손에 힘을 주었다. 암살자는 어느 벽이나 나무 뒤에서라도 갑자기 튀어나올 수 있었다.

강은 잠시 권총을 내려놓고 왼손으로 인력거 벽을 꽉 받친 채 오른손으로는 바지 주머니를 더듬었다. 다리에 닿는 휴대용 술병이 단단하고 안정적인 느낌을 주었다. 강은 술병을 꺼내 뚜껑을 열고 병의 술 절반가량을 한 번에 들이켰다.

5분쯤 지났을까, 인력거가 새로 지은 2층짜리 석조 주택의 대문 앞에 멈춰 섰다. 강이 천천히 인력거에서 내리자 양복을 입은 종업원들이며 치마저고리를 입은 아름다운 기녀 네 명이 나타났다. 낯선 얼굴이 너무 많아 강은 그 자리에 얼어붙었다. 그리고 자연스럽게 다시 품속의 권총을 더듬었다.

"전하!"

종업원들이 길을 트자 검은색 정장을 차려입은 주인이 목소리를 높이며 강을 맞이했다. 강은 미국에서의 습관대로 주머니에서 손을 빼고 악수하려 했지만, 주인은 허리를 깊이 숙여 인사를 했다.

"전하께서 오시다니! 이렇게 영광스러울 수가!"

"박 내관? 자네가…… 아니, 이게 무슨…… 정말 박 내관이 맞나?"

박 내관이 왜 이런 옷을 입고 있지? 강은 깜짝 놀랐지만 한때 자신의 목숨을 구해주었던 사람이기에 본능적으로 두 팔을 벌려 맞지 않을 수 없었다.

"전하, 이 옷을 보시면 아시겠지만 저는 이제 내관이 아닙니다. 적어도 겉으로는…… 아니, 최소한 하는 일은 바뀌었습니다. 저는 이제 이 보잘것없는 곳을 공동으로 운영하고 있습니다."

그는 문 위에 붙은 '만월관滿月館'이라는 간판을 가리켰다.

"전하, 안으로 들어오셔서 직접 둘러보신다면 정말 기쁘기 한량없겠습니다."

"여기는 뭐 하는 곳인가?"

"일종의 고급 식당이라고 하겠습니다. 궁중 요리나 여흥 거리를 궁 밖 사람들도 즐길 수 있는 곳입니다. 궁궐에서 내관을 모두 내치는 바람에 다들 먹고살 길을 찾아야 했지요. 저는 궁궐 출신의 숙수熟手 하나와 일을 시작했고요. 이리 문을 연 지 딱 일주일 되었습니다."

박 내관은 불안해 보이는 강을 이끌고 계단을 올라갔다. 1층에는 서양식 식탁이 여러 개 있었고 강이 언더우드 부부의 집으로 탈출하기 전까지 궁에서 매일 먹던 음식, 예컨대 배추의 흰 줄기만 직사각형으로 자른 정갈한 김치 같은 음식을 먹는 사람들로 가득 차 있었다.

"조선 땅에서 이 정도로 고급스러워 보이는 식당을 본 적이 없네. 장사가 아주 잘되는 모양이로군."

박 내관의 얼굴이 살짝 달아올랐다.

"그게, 황제 폐하를 섬기는 영광에 비할 수는 없겠습니다만…… 시대가 변하고 있으니 물이 들어올 때 노를 저을 수도 있고, 아니면 멍하니 있다가 휩쓸려 갈 수도 있지요, 전하."

두 사람은 계단을 따라 다시 2층으로 올라갔다. 1층과 마찬가지로 손님들이 가득했다. 술에 취한 웃음소리와 노랫소리가 사방에 울려 퍼졌고, 부유함을 과시하듯 소란스럽기가 그지없었다. *저들이 바로 새로운 시대의 난봉꾼이자 파락호들인가.* 손님들의 품행은 너무 거칠어 전통적인 양반과는 거리가 멀어 보였지만 돈을 마음대로 쓰고 흥겹게 노는 모습은 예전 양반들 못지않았다. 남자들과 여종업원들은 무희처럼 활기차고 우아하게 앞뒤로 미끄러지듯 움직였다. 강과 마주칠 때마다 모두 깍듯이 고개를 숙였지만, 이 긴장한 방문객은 얼굴을 들지 않은 채 오른손을 주머니에 넣고 걸었다. 박 내관은 강을 복도 쪽으로 데려갔고, 거기에는 식탁이 아니라 칸막이로 구분되어 올라가 앉을 수 있는 방이 마련되어 있었다. 방에 오르기 전 문턱에 대청마루처럼 밑에 신발을 벗어 놓는 곳이 있었다. 가지런히 놓인 손님의 신발 중에는 전통식이나 서양식 신발이 아닌 일본 나막신도 많았다.

복도 제일 끝에는 가장 크고 호화로운 '자실紫室'이 있었다. 한가운데 비단 자수를 놓은 방석, 보료 등과 함께 촛불을 밝힌 긴 상이 있었고 한쪽 구석에는 녹색과 붉은색을 배경으로 꽃을 그린 화려한 병풍도 있었다.

강이 자리를 잡고 앉자 박 내관은 늘 그랬던 것처럼 배 앞에 두 손을 맞잡은 채 강 앞에 섰다. 내관은 보통 천천히 늙는다지만, 가까이서 보니 강의 옛 보호자는 못 보는 동안 머리카락도 좀 빠지고 주름살도 꽤 는 것 같았다.

"박 내관……"

강이 다시 일어섰다.

"예, 전하."

강이 두 팔로 박 내관의 어깨를 붙잡았다.

"옷차림이 무척 낯설구먼……"

박 내관은 웃음을 터트렸다. 강이 그런 박 내관을 더 꽉 붙잡으며 말했다.

"항상 고맙네. 정말 그래. 내 목숨을 구해주고……"

"제가 더 최선을 다했어야 했는데…… 전하, 죽을 때까지 그 부끄러움을 씻지 못할 것이옵니다."

"그 저주받은 궁에서 자네 말고는 아무도 내게 관심이 없었지."

"하오나 전하⋯⋯"

"이제 전하라는 호칭은 되었네. 어차피 나도 내가 왕족이나 황족 같지 않으니. 미국은 완벽한 곳은 아니었지만 내게 많은 걸 가르쳐주었지."

강은 박 내관을 붙잡은 손을 놓지 않았다. 오랜 친구에 대한 믿음은 강의 마음을 조금 편안하게 만들어주었다. 일본인들이 많이 드나드는 곳이라도 박 내관이 이렇게 잘 지내는 모습을 보는 것이 즐거웠다.

강이 마침내 붙잡은 손을 놓았다.

"전하, 어찌 그리 부르지 않을 수 있겠습니까. 언젠가 그 미국이라는 곳에서 겪으신 일들을 들을 날이 오면 좋겠습니다."

그때 누군가 문을 두드렸고 강이 움찔하면서 잠시 대화가 중단되었다.

"전하, 아무 염려 마십시오! 누가 왔는지 보시면 아마 크게 기뻐하실 겁니다."

건물 입구에서 보았던 기녀 세 명이 들어오자 박 내관의 말처럼 강은 기분이 좋아졌다. 한 명은 그동안 만났던 여러 미국 여인이 떠오를 만큼 몸매가 육감적이었고 나머지 두 명은 전형적인 조선 여성이었다. 십대 정도로 보이는 이와 이십대 중후반으로 기녀 노릇이 능숙해 보이는 이가 있었는데 강은 나이 많은 기녀에게 더 눈길이 갔다. 여인의 피부는 부드럽고 창백했으며 뺨은 발그레했고 속눈썹은 길고 눈동자는 칠흑 같았다.

얼마 지나지 않아 낸시와 원식이 도착했다. 한 중년 남자도 그 뒤를 따랐다. 강에게 인사를 한 낸시와 원식은 기녀들을 보고는 다시 서로를 쳐다보며 불쾌한 듯 눈을 치켜떴다. 박 내관은 "다들 그만 자리에 앉으시지요"라고 말한 후 그 부드러운 피부와 아름다운 목선을 가진 기녀에게 "혜랑아, 너는 저 귀빈 옆에 가서 앉거라"라며 손짓했다. 그런 박 내관을 보면서 강은 슬쩍 고맙다는 눈짓을 했다. 상 밑으로 혜랑이라는 기녀의 왼쪽 다리가 강의 오른쪽 다리에 살짝 닿았다. 강은 불안하면서 짜릿한 감정이 두려움을 압도하기 시작했다.

육감적인 몸매의 기녀가 낸시 옆에 앉아 자신을 송월이라고 소개했다.

"나랑 뭐 춤이라도 추고 싶은 건 아니겠지요?"

낸시가 아까보다 더 표정이 굳어진 채 반쯤 진지한 목소리로 물었다.

"그리고 미리 말해두지만 나는 술 같은 것도 마시지 않아요."

"나도 술은 안 마십니다."

원식도 옆에서 거들었다.

"나는 그저 전하를 뵈러 온 것뿐이니까요."

원식이 강을 돌아보았다.

"지난번에 말씀드린 진 선생을 소개드리겠습니다."

그러자 곁에 있던 중년 남자가 깊고 나지막한 목소리로 말했다.

"전하, 진대희라고 하옵니다. 이렇게 만나 뵙게 되어 큰 영광이옵니다."

강은 YMCA에서 원식에게 전해 들었던 진대희라는 남자를 쳐다보았다. 서양식 유행을 따르지 않아 그의 머리에는 여전히 상투가 남아 있었다. 또한 등을 곧게 펴고 두 손을 상 위에 똑바로 뻗어 균형을 잘 잡고 앉아 있었다. 자세히 살펴보니 왼쪽 새끼손가락이 절반밖에 남아 있지 않았다. *이 사람은 어떤 삶을 살아왔을까? 혹시 내가 처음 궁에 들어갈 무렵부터 활동해 온 동학인가?*

"아, 진 선생, 나를 '전하'라고 부를 필요는 없습니다. 그리고 나에 대해 좀 알게 된다면 그리 큰 영광이 아니라고 생각할 수도 있지요. 어쨌거나 만나서 반갑습니다. 진 선생이라도 술을 한잔할 수 있으면 좋겠군요. 안 그러면 외로운 시간을 보내게 될지도 모르겠습니다."

강은 원식과 낸시를 가리키며 기녀들에게도 말을 걸었다.

"여기 우리 두 친구는 야소꾼일세. 속세의 재미를 원하지 않는 저들을 용서해 주시게."

혜랑은 기녀의 본분을 다하기 위해 웃었지만, 갑자기 웃음을 멈출 때는 뭔가 부드럽지 않고 어색한 분위기가 느껴졌다. 기녀란 적어도 찾아온 손님이 스스로를 왕이라고 느낄 분위기를 만들어내야만 했고 그 안에서 한 떨기 꽃처럼 조용히 자리를 지키고 묻는 말에만 대답해야 했다. 하지만 혜랑은 대화에 적극적인 관심을 보였고, 그런 혜랑이 강은 오히려 더 흥미롭게 느껴졌다.

"제 고향은 평양이에요."

혜랑이 대답했다.

"요즘은 평양에도 야소꾼들이 많이 있지요."

강이 비꼬듯 농담처럼 물었다.

"그래서 한성까지 올라온 건가?"

낸시는 기분이 언짢은 모양이었다.

"사람들이 어디서 오든 다 한성으로 '올라온다'고 말하는 건 참 흥미롭습니다. 마치 한성이 조선의 전부이자 마지막인 것처럼요. 그리고 잘 모르시는 것 같은데 저도 평양에서 태어났어요. 아마 제가 한 번도 말한 적이 없나 보지요."

낸시의 말에 얼굴이 밝아진 혜랑이 "평양 어디······"라고 물으려 했지만, 낸시는 그 말을 못 들은 체하고 다시 강에게 말했다.

"저희가 딱히 원한 곳은 아니지만 어쨌든 약속을 지켜 여기까지 온 것에 대해 감사 인사 정도는 하셔야지요."

"그야 물론이지요. 낸시, 실례했습니다."

진 선생은 기녀들을 둘러보며 한마디 덧붙였다.

"굉장히 좋은 곳입니다. 보기에 참 그럴듯하군요."

박 내관은 그저 놀란 듯 입을 다물지 못했다.

"전하, 세상이 정말 뒤집히고 있나 봅니다."

박 내관은 그러면서 낸시를 잠시 쳐다보았다.

"그래도 예전처럼 전하를 잘 모시게 해주십시오."

잠시 자리를 비운 박 내관은 얼마 뒤 종업원 두 명과 함께 엄청나게 많은 음식을 차려냈다. 상 한가운데에는 낙지전골이 올라왔고 강이 궁에 들어가기 전까지는 구경도 하지 못했던 궁중식 불고기 너비아니도 한 접시 있었다.

"그리고 전하······"

박 내관이 등 뒤에 감추었던 병 하나를 꺼냈다.

"전하께서 가장 좋아하셨던 감홍로입니다. 궁에서 드시던 감홍로와 똑같은 맛입니다."

"이건 정말…… 믿을 수 없군. 세월이 얼마나 흘렀는데, 눈물이 날 것 같네그려……"

박 내관은 그저 웃을 뿐이었다.

"전하께서 좋아하시던 모습을 어찌 잊을 수 있겠습니까. 이제 친구분들과 즐거운 시간 보내시지요."

박 내관은 깊이 고개를 숙인 후 다시 방을 나갔다.

다들 건배를 했다. 그동안 위스키 맛에 젖어 입맛이 둔해지기는 했지만, 감홍로는 강이 기억하던 것처럼 삼킨 후의 뒷맛까지 화끈하면서도 달착지근했다. *물론 처음 맛보던 때와 똑같을 수는 없지.* 강은 이 술을 처음 자신에게 권했던 가엾은 이복형을 떠올렸다. 두 사람은 술잔을 나누며 비로소 가까워졌고 술자리를 통해 더 깊이 정을 쌓아갔었다.

진 선생이 혜랑에게 말을 걸었다.

"이름난 소리꾼이라고 들었는데, 여기 귀한 분께 한번 들려드리는 게 어떤가?"

"소리꾼이요? 아니, 저는 소리꾼이 아닙니다. 거문고를 타기는 했지만, 그것도 아주 오래전 일이에요."

"얼굴만 고운 줄 알았더니 겸손하기까지 하군."

혜랑은 자리에서 일어나 한쪽 구석으로 갔다. 그녀의 입술 끝이 눈에 뜨일 정도로 위로 올라갔다. 다른 기녀들도 그 뒤를 따랐다. 한 명은 장구를, 다른 한 명은 아쟁을 들었다. 연주가 시작되자 네 명의 손님은 가까이 몸을 붙이고 이야기를 나누기 시작했다.

방 안을 두루 살피던 원식이 속삭이듯 먼저 입을 열었다.

"이제 엿듣는 사람은 없겠지요. 형님, 여기 진 선생은 우리의 선

배로서 조선의 부흥을 위해 많은 일에 참여하고 계십니다. 거기에
는 직접적인 활동도 포함되어 있지요."

그 순간 낸시가 눈을 감고 오른손으로 이마를 문질렀지만 낸시
를 쳐다보는 사람은 없었다. 원식의 이야기가 이어졌다.

"서로를 더 잘 알게 되면 더 많은 이야기가 오갈 수 있겠지요.
진 선생에 대해서는 제가 보증하겠습니다."

진 아무개라는 사람은 표정은 차분했지만 묘하게 강을 긴장시
켰다. 강은 사라진 그의 손가락에 대해 잠시 생각했다. 이런 식의
만남은 그에게 큰일이 아니라는 걸 느낄 수 있었다. 원식이 계속
이야기했다.

"이제 진 선생에게 형님의 처지를 말씀해 주시면 도움을 받을
수 있을 겁니다."

그때 혜랑이 잘 알려진 민요인 〈흥타령〉 한 자락을 부르기 시작
했다.

"창밖에 국화를 심고
국화 밑에 술을 빚어 놓으니
술 익자 국화 피네
벗님 오자 달이 돋네."

"감사합니다. 그렇다면 진 선생을 믿겠습니다만, 아시다시피 내
가 죽기를 바라는 사람들이 있습니다. 일부는 독립군이나 의병 측
에 있는 것도 같습니다. 그들이 누구인지는 모르겠으나 나를 반역
자나 변절자, 친일파라고 부르고 때로는 이토에게 붙어 산다는 쪽

지를 보내곤 하지요."

"아, 그렇군요. 저도 이토 히로부미가 전하를 보호한다는 소문을 들었습니다."

"나는 보호 같은 걸 요청한 적이 없습니다! 나는 이토에게 아무것도 요구하지 않았고, 또 뭘 보답한 적도 없어요. 아니, 애초에 그 사람을 만난 적조차 없단 말입니다."

강은 술잔을 신경질적으로 내려놓았다.

"알겠습니다."

"빗소리도 님의 소리
바람 소리도 님의 소리……
고운 마음으로 고운 님을 기다리건만
고운 님 오지 않고
베갯머리만 적시네."

강과 진 선생은 대화를 멈췄다. 누구라도 어떤 사람을 떠올리게 할 것만 같은 노래였다. 혜랑의 목소리는 강렬하면서도 마치 빗방울이 창틀에 고여 있다 한꺼번에 땅바닥에 떨어지는 것처럼 감정이 끓어올랐다가 돌연 끊어지는 느낌을 주었다. 강은 그 노래가 그저 떠나버린 연인에 대한 노래는 아니리라고 생각했다. *어쩌면 혜랑도 심한 고통을 앓고 있을지 모른다.* 그건 강도 마찬가지였다.

진 선생이 헛기침을 했다.

"두말할 것도 없이, 전하를 의심할 마음은 없습니다. 저도 그 개와 관련한 불쾌한 사건에 대해 들었습니다만, 누가 전하를 위협하는지는 알지 못합니다. 어쩌면 일본이 벌인 일일 수도 있지요. 병 주고 약 주는 전략이라고나 할까요."

"나도 언뜻 그런 생각을 했지만, 도무지 진실을 밝혀낼 방법이 없더군요. 부탁 하나만 들어주겠습니까?"

"말씀해 보십시오."

"당신의 동지들, 아니 동료나 친구라고 불러야 할까…… 그런 이들에게 의친왕 이강은 친일파가 아니며 대한제국의 독립을 원한다고 말을 전할 수 있겠소?"

"그야 물론입니다만……"

진 선생은 어색하게 웃으며 낸시에게 눈짓한 뒤 술잔을 만지작거렸다.

"한데…… 전하께서는 정말 조선의 독립을 지지하십니까?"

낸시와 원식 둘 다 몸을 뒤로 젖혔고, 강은 몸을 앞으로 기울여 손짓까지 하며 열심히 말했다.

"물론이오! 어떻게 지지하지 않을 수 있겠습니까? 나는 자주 독립을 이룬 민주국가를 꿈꾸고 있습니다. 일본도 없고, '폐하'나 '전하'로 불리는 사람도 없는 그런 국가 말입니다!"

강은 미리 써두었던 쪽지 한 장을 주머니에서 꺼내 진 선생에게 건넸다.

"부탁이 한 가지 더 있습니다. 원식이 아무리 부탁해도 당신네들 활동에는 끼워주지 마십시오. 약속만 해준다면 적지 않은 금액을 기부할 의향이 있습니다."

강은 원식이 조국을 위해 의병 활동이 아니라 더 큰 일을 할 수 있으리라 생각했다.

"정말 흥미로운 일이군요……"

진 선생이 술잔을 들어 올렸다.

"그러면 다 같이 건배라도 할까요. 자유로운 공화국을 위해서, 어떻습니까?"

혜랑이 노래를 계속하는 동안 두 사람은 감홍로를 한 잔 더 마셨다.

"꿈이로다 꿈이로다 모두가 다 꿈이로다

꿈 깨이니 또 꿈이오 깨인 꿈도 꿈이로다

꿈에 나서 꿈에 살고 꿈에 죽어가는 인생

부질없다 깨려거든 꿈은 꾸어서 무엇을 할거나."

요즘 〈대한매일신보〉라는 곳에서 이런 전통 민요를 다시 되살리려 한다지. 그 신문은 독립과 애국을 강조하니, 혜랑은 어쩌면 지금 제 생각을 조용히 드러내고 있는 게 아닐까……

"자느냐 누웠느냐 애타게 불러봐도

무정한 그 님은 간 곳이 없네."

24

"요즘은 여기에 한 자리 차지하고 앉아 있기도 무척 어렵습니다. 새로운 시대의 사업가도 너무 많고 일본인과 그 더러운 꼭두각시들도 많고요. 사실 전하가 아니라면 2층의 이런 특별실은 꿈도 못 꾸었겠지요."

강은 빙그레 웃었다.

원식과 낸시가 강에게 진 선생을 소개한 지 몇 개월이 지났다. 두 사람은 서로 다른 출신 배경에도 불구하고 취향이 비슷하다는 사실을 알게 된 후 꽤 가까워졌다. 만나는 장소는 주로 만월관이었다.

곁에 앉은 혜랑은 부드러운 쇠고기 너비아니를 젓가락으로 한 점 떼어내 간장에 찍은 후 강의 입에 넣어주었다. 혜랑의 얼굴이 다시 상 쪽을 향할 때 강은 그 옆모습을 훔쳐보았다. 강은 혜랑과 잠자리에 들고 싶었지만, 지금까지 몇 차례 이곳에 들르면서 혜랑에 대해 알 수 없는 강렬한 유대감 혹은 친밀감을 느껴 쉽사리 잠자리를 청하지 못했다. 혜랑을 볼 때마다 그녀의 어떤 모습이 자신을 이토록 끌어당기는지 알고 싶었다.

혜랑이 감홍로 주전자에 손을 뻗었다.

"술을 다 드셨습니까. 좀 더 가져올까요?"

진 선생이 대답했다.

"음…… 그럴까? 뭐 다른 술이 있나? 보통 사람들이 흔히 마시는…… 더 독한 술 같은 건 어떤가?"

"그렇다면 혼돈주는 어떠신지요?"

혜랑이 웃으며 말했다.

"그거 아주 좋군!"

"혼돈주가 뭔가?"

뭔가 정신을 혼미하게 할 정도로 독한 술 같은데, 혜랑과 진 선생만 아는 술이라고 하니 강은 질투심이 들었다.

"그저 소주와 탁주를 섞은 것입니다. 괜찮으신지요?"

강은 고개를 끄덕였다.

"그렇다면 잠시 기다리시지요. 제가 직접 잘 섞어 내오겠습니다."

혜랑이 방을 나가자 진 선생이 가까이 다가와 말했다.

"저 기녀가 마음에 드십니까? 그러면 청을 해보시지요. 아마 거절은 못 할 겁니다. 이런 곳에서 계속 지내기에는 나이를 꽤 먹은 데다가, 황실 어른과 가까이 지내고 싶지 않은 사람이 어디 있겠습니까?"

"그런 생각을 해보지 않은 건 아닙니다만, 묘하게도 혜랑과 전에 어디선가 만난 것 같은 기분이 듭니다."

"그래요? 하지만 미국에 꽤 오랫동안 계시지 않으셨나요? 어린 시절에도 궁궐 밖 기녀들과 교류가 있으셨다면야 몰라도…… 허허."

강은 잠시 생각에 잠겼다가 담배 한 개비를 꺼내 진 선생에게 건넸다.

"그건 그렇고…… 오늘 의논해야 하는 중요한 일이 있지 않습니까? 마침 우리 둘뿐입니다."

강과 둘뿐이라는 걸 잘 알면서도 진 선생은 본능적으로 주위를 둘러보았다.

"이미 2백 명이 지원했습니다. 그들을 훈련시킬 산속 땅도 봐두었습니다."

"알겠습니다. 내일 봉투를 전하지요. 궁의 지출 담당도 별반 의심은 안 할 겁니다. 혹시나 뭐라고 말을 하면 만월관에 외상이 잔뜩 쌓여 있다고 해두겠습니다. 그러면 박 내관이 말을 잘 맞춰주겠지요."

"감사합니다, 정말로 감사합니다. 정말 큰 도움이 될 겁니다."

진 선생이 손을 뻗어 강의 손을 맞잡았다.

"그나저나 요즘은 협박 서신 같은 게 오지 않습니까?"

"다행히 요즘은 뜸합니다. 덕분에 좀 편하게 살고 있지요."

그때 문이 활짝 열리더니 혜랑이 주전자 두 개와 사발 하나, 배한 접시를 올린 쟁반을 들고 돌아왔다. 혜랑은 한쪽 무릎을 세운 채 상 옆에 앉아 주전자 두 개를 한꺼번에 들고 사발에 부었다. 뿌연 액체와 투명한 액체가 뒤섞이면서 둥글게 소용돌이쳤다. 혜랑은 제 뜻대로 잘 섞였다고 생각했는지 웃는 얼굴로 강과 진 선생을 번갈아 쳐다보았다. 그런 다음 사발 속 내용물을 휘젓고는 혼돈주가 다 되었다고 말했다.

"전하께서 먼저 맛을 보시지요."

강은 사발을 들어 술을 맛보았다. 약간 독하기는 했지만 이름만큼은 아니었다.

"그저 탁주 맛이로군. 하지만 절로 카아, 소리가 나오네."

진 선생도 웃으며 강이 넘긴 사발을 받아 한 모금 길게 들이켰다. 이번에도 강은 혜랑의 옆모습을 훔쳐보았다. 역시 여성스러운 매력 말고도 뭔가 친숙한 느낌이 들었다.

"거문고 한 자락 들려줄 수 있겠는가?"

"아이고, 지금은 잘…… 예전 솜씨가 다 녹슬었을 텐데요……"

"글쎄다, 그래도 그저 그대가 거문고 타는 소리가 듣고 싶구나. 되겠느냐?"

혜랑은 재차 거절하려는 듯했으나 그때 진 선생이 끼어들었다.

"황실에서 나오신 분이다. 거절을 하면 되겠느냐? 이런 영광이 없을 터인데?"

그러자 혜랑은 천천히 방 한구석에 있는 벽장 안에서 거문고를 꺼냈다. 그러고는 자리에 앉아 마음을 가다듬는 듯 눈을 감았다.

강과 진 선생이 혼돈주 사발을 주거니 받거니 하는 동안 혜랑은 오른손에 대나무 술대를 쥐고 왼손 손가락으로는 현을 반쯤 누르기 시작했다. 그리고 안족 근처에서 정확하면서도 힘차게 술대로 현을 두드려 피부에 닿을 것 같은 깊고도 강렬한 소리를 만들어 냈다. 혜랑은 고개를 돌려 왼손에 집중했다. 그런 혜랑을 옆에서 지켜보던 강이 입을 딱 벌렸다. 마침내 안개 속 같았던 혜랑과의 관계가 떠올랐다. *아! 형님. 형님은 술잔을 돌리라고 하면서 아무에게도 말하지 말라고 당부했었지. 그리고 가엾은 여악을 쫓아 보냈다. 자신이 지금 벌이는 일이 혹시 어머니 귀에 들어갈까 두려웠던 게다. 그날 나는 그 여악의 거문고 연주가 얼마나 듣고 싶었던가. 그러면서도 그렇게 형님과 술을 마시며 궁 안에서 다른 사람과 연을 맺는다는 사실에 얼마나 기뻤던가.*

강이 다시 사발에 혼돈주를 가득 따라 들이켜는데 미처 다 마시지 못한 술이 흰 셔츠 위로 흘러내렸다.

"이보게, 잠깐만⋯⋯"

혜량이 술대를 떨어트리자 마지막으로 나온 소리가 방 안에 가득 울려 퍼졌다. 혜량은 실망한 듯 표정이 어두워졌다.

"혹시 궁에 불려간 적이 있는가?"

혜량은 고개를 숙였다.

"딱 한 번 있습니다."

"그때 무슨 일이 있었나?"

"그저 말씀드리지 않는 게 좋을 듯합니다. 너무 부끄러운 일이라⋯⋯"

"그럼 내 말을 한번 들어보겠나? 당시 세자 저하께서 거문고를 타던 자네를 쫓아 보내셨지. 나도 그 자리에 있었어."

혜량은 감히 고개를 들 수 없었다.

"저를 기억하지 못하시기를 바랐습니다."

"그때 자네는 거문고 연주 때문에 쫓겨난 게 아니야. 형님은 나와 단둘만 있고 싶으셨던 게지. 나름의 사정이 있었네."

"하나 다른 궁인들은 제가 뭔가 잘못한 게 틀림없기 때문에 다시는 궁에 들어오지 못할 거라고 했습니다."

"아니, 아무런 잘못도 없었네. 그때도 나는 그 거문고 연주를 정말 듣고 싶었어. 나중에도 계속 자네와 거문고 연주가 생각났지."

그날 밤 이후 혜량은 거문고를 향한 자신의 애정이 조금씩 되살아나고 있음을 깨달았다. 하지만 강은 당연히 거문고가 아닌 혜량에게 더 깊은 관심을 갖게 되었다. 강은 전보다 자주 만월관을 찾왔고 곧 자신이 혜랑에게 빠졌다는 사실을 깨달았다. 마음속에 품었던 알 수 없는 감정의 정체를 깨닫게 된 것이다. 혜랑은 강의 꿈에 나타나는 비단옷을 입은 여인을 대신했다. 혜랑은 때로 연인의 모습으로 꿈에 등장해 반쯤 벌거벗은 채 강둑이나 이부자리에 누워 있었는데 강은 땀에 젖은 축축한 손으로 혜랑을 잡아보려다 그저 헛손질하며 잠에서 깨기도 했다. 이따금 열 보에서 스무 보쯤 거리를 둔 모습으로도 꿈에 나타났는데, 이상하게 아무리 애를 써도 그 거리가 좁혀지지 않았다. 혜랑은 강의 존재를 알아차리지 못하는 건지 아니면 일부러 그러는 건지 강이 있는 쪽으로는 눈길 한 번 주지 않았다.

만월관에서 손님을 접대하지 않을 때는 뭘 하고 있을까? 혜랑에게는 기녀나 악공으로서의 삶만 있는 것이 아니었고 만월관 밖의 삶이 있을 터였다. 그러나 누구를 만나고 또 어떻게 사는지 강은 알 수 없었다. *혜랑은 어떤 집에 살고 있을까? 얼마나 많은 남자가 나처럼 혜랑에게 관심을 갖고 있을까?* 강은 결국 자신이 기녀에게 빠진 수많은 바보 중 하나가 되었다고 생각했다. 자신만은 특별하다고 생각하면서 기녀의 진정한 연인이 되기를 바라는 망상은 화류계에서 그리 드문 일도 아니었다.

아니, 그렇지 않다. 강은 자신은 물론 혜랑 역시 흔한 기녀나 손님과는 다르다고 생각했다. 물론 정식으로 혼인을 할 수는 없겠지만 그것만 빼면 뭐든 해줄 수 있었다. 새집을 사주거나 궁 안에 아예 별채를 지어줄 수도 있다.

그리고 나의⋯⋯ 아니다. 강은 혜랑을 '첩'이나 '후궁'으로 불리게 하고 싶지 않았다. 그저 매일 밤을 같이 보내고 매일 아침 느

지막이 일어나 서양식 아침 식사를 하고 산책을 할 수 있기를 바랐다. 혜랑이 원하는 만큼 많은 옷과 노리개를 쥐여주리라. 자신을 위해 거문고를 연주하면 그런 혜랑을 위해 축음기로 세상의 모든 음악을 들려주리라. 미국 사람들처럼 언제든 "사랑해"라고 속삭이리라. *수덕, 가엾은 수덕. 그래도 수덕은 담담하게 받아들이지 않을까. 언젠가는 이런 일이 일어나리라 예상했을 테니까. 혜랑이 나를 구해주지 않을까. 그동안 내가 놓친 모든 것을 혜랑을 통해 다시 찾을 수 있을 테지.* 이런 생각이 바보 같다는 걸 스스로도 알고 있었지만, 강은 혜랑과 함께 다시 태어나고 싶었다.

만월관의 단골손님이 된 강은 술잔을 받아도 입이 아닌 물 주전자나 다른 그릇에 슬며시 쏟아버리는 기녀들만의 비법도 몇 가지 알게 되었다. 진 선생은 혼돈주를 거침없이 들이켜는 강의 음주 실력을 칭찬하다가 상 위에 엎드린 채 잠이 들었다. 강은 재빨리 다른 기녀들을 내보내고 혜랑만 남도록 했다.

"뭐 하나만 물어도 될까. 이제 우리 둘뿐이니 솔직한 대답을 듣고 싶구나. 자네는 이 일이 좋은가?"

혜랑은 강의 시선을 피해 다른 쪽만 바라보았다. 능숙한 기녀의 기술 같은 게 아니었다. 속눈썹이나 목의 곡선을 일부러 드러내려는 의도 같은 건 전혀 없었다.

"나리 같은 분 앞에서 저 같은 기녀가 거짓을 고할 수는 없지요. 좋아하는지 싫어하는지 생각해 본 적이 없어 잘 모르겠다는 말씀 밖에 드릴 게 없습니다."

"잘 모른다?"

"아, 그것이 아니라…… 원래부터 저는 기녀가 될 운명이었습니다. 농가에서 태어난 사내가 농사꾼이 되는 것처럼, 황실에서 태어난 사람이…… 송구합니다, 이런 말씀을 드리자는 건 아니었는데. 제 뜻은…… 저는 그저 하늘이 내린 일을 할 뿐이라는 겁니다. 저는 좋아하는 시가 무엇인지, 좋아하는 음식과 싫어하는 음식이 무엇인지는 말할 수 있습니다만, 제가 하는 일의 좋고 싫음을 논하는 건 하늘이 내린 운명에 대해 좋고 싫음을 논하는 것과 같습니다."

"나는 하늘이 내린 운명 같은 건 믿지 않아. 누군가 '운명'이라고 부르는 걸 우리가 바꿀 수 있지 않겠나."

제발 대답해 줘…… 내 말이 맞다고! 아니면 최소한 그럴 수 있을지도 모르겠다고 고개라도 끄덕여 달란 말이야. 하지만 혜랑은 아무런 말도 하지 않았다. 그저 화장을 겹겹이 한 얼굴이 달아오르며 이마와 턱선이 뺨의 색깔과 같아졌을 뿐이다. 강이 더 가까이 다가갔다.

"내 생각을 들려줄 터이니 나와 함께 있어주겠나."

혜랑은 숨이 차올라 가슴이 갑갑했지만 가까스로 자신의 감정을 억눌렀다. 여전히 강과는 눈도 마주치려 들지 않았다.

강은 길게 한숨을 내쉰 후 자신의 속마음을 털어놓았다. 혜랑은 그동안의 경험으로 그런 제안이 오리라는 걸 예상하고 있었다. 강처럼 높은 신분은 처음이었지만 결국 그도 별반 다르지 않을 거라 여겼다.

"영광입니다, 전하. 그런데 제게 거처를 마련해 주실 그 돈을, 대신 조선의 독립을 위해 싸우는 사람들에게 주실 수 있을까요."

25

오전 열 시가 조금 넘었을 뿐이지만 장마철의 끈끈한 무더위 때문인지 벌써 눈썹에 땀이 흘렀고 모자를 쓴 머리가 가려웠다. 2년 전 일본과 강제로 조약을 체결했던 바로 그 붉은색 벽돌 건물에서 황태자 이척이 나왔다. '면복'이라 부르는 짙은 파란색 예복 차림은 멀리서 보아도 조상들과 마찬가지로 그의 신분에 딱 어울렸다. 그러나 황태자는 계단을 내려가면서도 어느 한 곳에 눈길을 제대로 주지 못하고 그저 눈동자만 좌우로 데굴데굴 굴릴 뿐이었다. 강은 실로 수년 만에 이복형이 제대로 일어서서 걷는 모습을 보았다. 그러나 몸은 쭈그러든 것 같았고 제복을 입은 근위병 둘의 부축을 받으며 겨우 발걸음을 옮기고 있었다.

마지막 계단에서 오른발이 꼬이자 사람들이 깜짝 놀랐다. 황태자의 무기력한 몸이 무너지기 전에 근위병들이 간신히 그를 붙잡았다. 황태자는 거의 끌려가다시피 준비된 알현실 쪽으로 향했다. 문이 열리자 서른여 명으로 구성된 악단이 〈여민락〉 연주를 시작했다.

수덕이 강에게 몸을 숙여 속삭였다.

"생각해 보니 이건 세종대왕께서 만든 곡이나 다름없는데, 이런 상상도 못 할 기괴한 자리에서 연주되다니요."

음악이 절정에 달하자 해금과 피리의 고음이 더욱 신경을 긁는 것 같았다. 강은 3백여 명에 달하는 내빈들을 둘러보았다. 한쪽에는 조선 사람들이, 반대편에는 일본 사람들이 앉아 있었다. 조선인들의 표정은 침울했고 일본인들은 그저 신기한 광경을 보는 듯한 표정이었다.

"부인 말이 맞소. 역겨운 자리야. 여기 오지 말았어야 했는데."

제일 앞자리에는 이토 히로부미 통감이 앉아 있었다. 사진으로 본 것보다 수염이 좀 더 짧았다. 단정한 차림의 그 노인은 애써 하품을 참는 듯했다.

"지루하냐? 다 네놈이 꾸민 일인데?"

강이 속삭이듯 중얼거렸다.

즉위식을 위해 마련한 제단 앞까지 간 황태자가 계단을 올라가기 시작하자 내빈들이 자리에서 일어섰다. 강은 땅바닥에 머리를 조아리며 절을 했지만, 함께 앞줄에 있던 사람들은 그저 고개만 숙일 뿐이었다. *이게 뭔가? 누가 저리하라고 시켰어?* 강과 수덕은 서로를 쳐다보며 어리둥절한 표정을 지었다. 마침내 근위병들이 황태자를 옥좌 위에 앉혔지만, 똑바로 앉지 못하고 한쪽으로 기울어지는 몸을 몇 번이나 붙잡아 주어야 했다. 강은 이복형과 눈을 마주치려 노력했지만, 이제 곧 대한제국의 황제가 될 황태자는 아편으로 손상된 뇌가 만들어낸 환영이라도 보듯 그저 앞만 바라볼 뿐이었다.

고위 대신 몇 명이 전하는 짧은 인사말 비슷한 것이 끝난 후 황태자는 잠시 자리에서 물러났다가 술과 훈장, 띠, 흰 장갑, 깃털이 달린 대원수의 군모 등 서양식 군복 차림으로 다시 나타났다. 앞자리에 앉은 장관이나 대신들이 박수를 쳤지만 나머지는 그저 침묵했다. 그러다 갑자기 머리가 반쯤 흔들리고 군모가 벗겨지면서 짧게 깎은 머리카락이 드러났다.

즉위식은 채 한 시간도 걸리지 않았다. 또 다른 악단이 유럽 군
가를, 마지막으로 얄궂게도 국가를 연주하자 마치 신호라도 떨어
진 듯 내빈들은 빠르게 자리를 떠났다. 대단히 중요한 동시에 별
반 중요하지 않은 그런 행사가 마무리되었다. 저녁에 만찬이 열릴
예정이었지만, 대한제국의 2대 황제인 순종 효황제의 즉위식은
이렇게 대강 치러졌다. 강은 수덕과 함께 정문 앞에 대기하고 있
는 마차로 갔다. 길가에 늘어선 나무들에는 태극기와 일장기가 하
나로 묶여 있었다. 수덕은 혼자 집으로 돌아가야 했다. 강에게는
술이 필요했다. 수덕을 태운 마차가 사라지자 강도 돌아섰다.

"오 마이 갓!"

강의 눈앞에 키가 큰 외국인이 한 명 서 있었다.

"이게 누굽니까!"

"언더우드 씨?"

선교사 언더우드였다. 머리칼은 겨울 삼각산처럼 하얗게 세어
있었지만, 눈은 그 어느 때보다 푸르렀으며 맞잡은 손에는 힘이
넘쳤다. 강이 귀국한 지 1년 반이 넘었으니 모두 합쳐 10년 만에
만나는 셈이었다. 언더우드 부부는 강에게 종종 편지를 보냈지만
강은 답장을 하지 않았다. 두 사람을 생각하지 않은 건 아니었지
만 둘 중 어느 누구도 직접 마주할 용기가 나지 않았다. 그런데 이
렇게 만나게 된 것이다.

"어떻게…… 지내십니까? 이곳에는 무슨 일로?"

"그저 지나던 중이었습니다. 이 근처가 집이라…… 기억나십니

까? 지금은 다 잊으셨는지도 모르지만……"

강이 어색하게 웃었다.

"아, 죄송합니다. 언더우드 씨."

"그동안 왜 우리를 피하셨습니까?"

강은 선생님에게 꾸중 듣는 학생처럼 그저 고개만 숙였다.

"죄송합니다…… 실은 부끄러웠습니다."

언더우드는 부드러운 얼굴로 강의 등에 손을 얹었다. 강은 이런 용서의 손길이 오히려 자신을 더 부끄럽게 만들 뿐이라고 생각했지만, 등부터 시작해 온몸에 흘러내리는 안도감과 감사의 물결은 그런 부끄러움을 물리칠 정도의 힘이 있었다.

"무엇이 그리 부끄러웠습니까?"

"두 분은 나를 믿고 미국에 보냈지만 나는 술을 마시며 문제만 일으켰지요."

"하!"

때마침 지나가는 전차 소리에 언더우드의 목소리가 묻혔다. 그는 잠시 시선을 돌려 온통 이쪽만 바라보는 전차 승객들을 흘긋 쳐다보았다.

"당신이 우리와 같은 그리스도교인이 되면 좋겠다고 생각했지만 큰 기대는 하지 않았습니다. 그보다 나는 당신이 근대화와 민주주의에 대해 배우고 자신의 조국에 더 많은 관심을 갖게 될 거라 기대했지요."

강은 고개를 끄덕였지만, 여전히 시선은 땅바닥을 향한 채였다.

"그래서…… 지금은 어떻습니까?"

"네, 언더우드 씨. 많은 관심을 갖게 되었습니다."

"그렇다면 미국에서의 생활이 헛되지는 않았군요. 오하이오에서 당신이 당한 일에 대해 들었을 때 우리가 얼마나 마음이 아팠는지 꼭 전하고 싶었습니다."

"아, 누군가에게 얻어맞았던…… 한데 조선에 돌아오니 더 힘든 일들이 생기더군요."

"내가 주었던 권총이 필요한 일은 아니었겠지요."

"글쎄요…… 꼭 그렇지는 않습니다만."

언더우드는 다른 이야기를 꺼냈다.

"즉위식에 참석했다가 돌아가는 길인가 봅니다?"

강은 고개를 끄덕이며 얼굴을 찌푸렸다.

"황제 폐하께서 황태자에게 황위를 양위하셨다는데, 괜찮으십니까? 그런데 당신 아버지를 계속 폐하라고 부를 수 있나요?"

"자주 만나 이야기를 나눌 수는 없습니다만, 절망에 빠지신 건 분명합니다. 계속 처소에서 나오지 않으십니다."

"지금 법률로 황제를 강제 퇴위시키는 게 가능한가요?"

"법은 상관이 없습니다. 저들은 뭐든 마음대로 할 수 있으니까요. 저 빌어먹을…… 실례합니다, 언더우드 씨. 어쨌든 일본인들은 원하는 걸 마음대로 할 수 있고, 이토 통감이 복수한 거라고 생각합니다. 아버지가 헤이그 회의에 비밀 사절단을 보내 일본의 통치가 불법이라는 사실을 전 세계에 알렸으니까요."

"그렇습니다. 당신 아버지는 진실을 말했기 때문에 보복당했습니다. 아니 진실을 알리려다 그런 꼴을! 그리스도교 국가 중 일본에 맞설 의지가 있는 국가가 없다는 게 내 마음을 아프게 합니다. 그리스도교를 믿는 선진국이라는 곳이 오히려 일본의 부당한 행위를 지지하고 있으니!"

강은 경운궁 쪽을 바라보았다. 저 정문 건너편에 있는 빈방에서 이복형은 또다시 혼자가 되었을 것이며, 아마도 방금 있었던 일의 의미조차 알지 못할 것이다. 어머니를 찾으며 눈물을 흘리거나 제 머리칼을 어루만지며 누가 상투를 자르는 걸 허락했는지 궁금해하고 있을지도 모른다. 그리고 저들이 필요하다고 생각할 때까지 계속 저곳에 머물게 되겠지. '이 옥새를 쥐십시오. 이 문서에 옥새를 찍으시면 됩니다. 아주 잘하셨습니다……' 고종을 강제로 퇴위시키고 아들을 그 자리에 세우는 과정을 통해 이토 통감은 번거로운 장애물 같은 고종을 이용하기 좋은 디딤돌인 순종으로 바꾼 것이다.

"내 형은 육체만큼이나 마음도 무너져 내렸습니다. 오늘 같은 모습을 지켜보는 건 정말 참을 수 없을 정도였습니다. 저녁에 만찬이 있다고 하는데, 뭘 축하하겠다는 건지 모르겠군요. 나는 참석하지 않을 겁니다."

언더우드는 잠시 생각하더니 강의 어깨를 토닥였다.

"아마도 형은 동생의 격려가 필요할 수도 있습니다. 내가 뭐라 말할 권리는 없지만 가봐야 하지 않을까요. 마음을 단단히 먹고 가보세요! 형님이 얼마나 외로울지 생각하면……"

저녁이 되어도 무더위는 가시지 않았다. 오후에 탁주를 마신 강은 여태 그 강제 즉위식의 충격에서 벗어나지 못한 채 초췌한 얼굴로 혼자 뜰에 서 있었다. 강은 바지 주머니에 손을 넣은 채 주변을 살피면서 보고 싶은 얼굴과 보고 싶지 않은 얼굴을 모두 찾았다. 언더우드 씨가 함께 있어주라고 했던 새로운 황제는 만찬에 참석하지 않았다. *그가 참석을 거부한 걸까, 아니면 굳이 그를 드러내지 않기로 누군가 결정한 걸까?* 다행히 황귀비 엄 씨와 이복동생인 영친왕도 보이지 않았는데, 모두 그 존재만으로 강을 두려움에 떨게 하는 사람들이었다. 만찬에 참석한 손님 대부분은 일본이나 친일파 관료들이었고 대개 양복이나 서양식 군복을 입었다. 과하다 싶게 옷을 차려입은 아내와 함께 참석한 유럽 신사도 몇 있었다. 모두가 수염을 덥수룩하게 기른 모습이었다. 외교권이 일본에게 넘어간 후 공사관이 모두 폐쇄되었기 때문에 강은 그들이 사업가라고 생각했다. 러시아 공사관이 가깝다고 해서 옮긴 새로운 궁이었지만 이제 무력한 황제가 도움을 청할 곳은 더 이상 남아 있지 않았다.

최근 들어 강은 혜랑을 한시도 잊은 적이 없었다. 자신에 대한 혜랑의 거부를 그저 단순하게 해석한다면 말도 되지 않는 일이었다. 기녀로서는 황혼길에 접어든 혜랑이 비록 선택의 여지가 있다고는 해도 강보다 더 조건이 좋은 사람을 찾을 수 있을까? 그런데 혜랑은 왜 자신의 청을 거절했을까? 강은 혜랑이 자신을 싫어하는지 궁금했다. 그렇다면 자신뿐 아니라 만월관을 찾는 모든 손님이 다 싫지 않을까? 혜랑이 독립운동을 지지한다면 일본 손님들은 말할 것도 없고 친일파 관료들과 소위 '사업가들'에게 굽신거리는 일에 분명히 지쳤을 것이다. 어쩌면 강도 그런 사람들과 다를 게 없다고 생각할지 모른다. 강 자신도 결국 황실의 일원으로 조선의 운명과는 상관없이 호의호식하는 사람이었다. *아니, 혹시 더 간단한 이유가 있는 건 아닐까? 다른 사람을 사랑하고 있다*

던지…… 강은 만일 이복형이 계속 모습을 드러내지 않으면 만월관으로 가야겠다고 생각했다.

환하게 밝힌 전등불을 향해 몰려드는 나방과 가끔 들려오는 모기의 윙윙거리는 소리는 잔디밭 한쪽에 자리한 현악 4중주의 비발디 음악 소리와 함께 경쟁이라도 하듯 강의 귓가에 울려 퍼졌다. *형님은 대체 어디에 있는 걸까?* 강은 답답한 마음에 고개를 흔들며 음식이 차려진 긴 탁자로 향했다. *이런 행사에서 손님이 직접 음식을 가져다 먹도록 하는 건 너무 무지한 짓거리가 아닌가? 혹시 일본에서도 이렇게 하기 때문인가, 아니면 즉위식처럼 계획적으로 모욕을 주기 위함인가.* 그러나 살려면 먹어야 했다. 강은 왼손에 받쳐 든 접시 위에 스테이크와 생선회를 가득 담은 후 오른손으로 젓가락을 쥐었다. 시중을 드는 이가 적포도주 한 잔을 건넸고 강이 오른손으로 잔을 받아 들었다. 식탁이 곳곳에 있었지만, 어디에 앉든 누군가와 말을 섞어야 할 것 같았다. 강은 접시 위에 젓가락을 올려놓고 포도주를 한 모금 들이켰다.

"의친왕 전하, 포도주가 마음에 드십니까."

강이 돌아서자 그곳에 윤태종이 서 있었다. *갑자기 어디서 나타난 걸까.* 지난번보다 더 살이 붙은 그를 보니 문득 자신을 속였던 여우 같은 미국의 최 공사가 떠올랐다. 그의 셔츠 소매 단추에는 이름의 머리글자가 금실로 새겨져 있었다.

"살면서 별반 즐거운 일도 없는데 이렇게 포도주라도 마셔야지, 안 그렇습니까?"

"그렇다면 만월관 같은 곳은 어떻습니까! 최근에 가보았더니 과연 만족스럽더군요. 거기 있는 기녀들만 해도…… 언제 저와 함께 가시지요. 제가 모시겠습니다."

"아쉽지만 사양하겠습니다. 나라를 팔아먹은 인간들과는 술자리도 함께하고 싶지 않아서 말입니다."

윤태종은 웃음을 터트렸다.

"전하께서는 나라를 팔아먹었다 하시지만, 저로서는 나라의 발전에 이바지했다고 말하고 싶습니다."

확실히 부끄러움을 모르는 인간이군. 강이 다시 입을 열었다.

"뻔뻔한 인간들이 머리를 더 빳빳이 치켜드는 세상이 된 건 확실하군요. 과연 누구를 위한 발전일까요? 듣자 하니 궁 근처에 아주 큰 집을 짓고 있으시다고요."

"글쎄요, 궁에 비한다면야…… 그래도 꽤 봐줄 만합니다. 어쨌든……"

윤태종은 손수건을 꺼내 이마에 맺힌 땀을 슬쩍 닦아냈다.

"이렇게 저녁 내내 농담을 주고받을 수도 있겠지만 더 중요한 용무가 있어서요. 의친왕 전하를 만나고 싶어하는 분이 계십니다."

"누가 나를 만나고 싶어한단 말이오?"

"이토 통감입니다. 괜찮으시다면 저와 함께 정관헌으로 가시지요."

윤태종은 고종 황제가 이따금 다과를 즐기던 다실처럼 꾸며놓은 작은 건물을 가리켰다.

"물론 함께 술을 마시자는 건 아닙니다만."

"나는 그자를 보고 싶지 않은데."

"그건 전에도 분명하게 말씀하셨습니다만, 이번에는 이토 통감께서 요청하셨습니다. 전하, 이건 그리 간단히 넘기실 일이 아닙니다. 통감께서는 전하가 오시지 않으면 직접 찾아오시겠다고 하셨습니다. 전하께서 어디 계시든 말이지요. 만월관이라 해도 직접 가시지 않을까요? 더 이상은 기다리기 힘들다고 하시더군요."

"당신은 영리한 사람이군. 이렇게나 영리한 사람이 조선이 아닌 일본 편을 드는 건 아주 유감스러운 일이오."

이토 통감과 같이 있는 모습을 공개적으로 드러내는 건 여러 측면에서 쉽게 넘길 일이 아니었다. 특히 혜랑이나 진 선생이 볼 수도 있는 장소라면 더욱 그랬다. 강은 포도주 한 잔을 더 받아 한번에 들이켠 후 윤태종에게는 아무런 말도 하지 않고 정관헌으로 향했다.

"어서 앉으시지요, 전하. 기다리고 있었습니다."

고급스러운 체스터필드 의자에 앉아 있던 이토 통감이 반쯤 몸을 일으키며 고개 숙여 인사했다. 조선과 일본에서 폭력을 수반한 격변과 새로운 질서 창조를 주도한 인물이라고는 생각하기 어려울 정도로 차분한 영국식 영어가 나지막하게 들려왔다. 이토 통감은 눈도 몸도 천천히 움직였다. 긴장한 듯 경박하게 움직이는 모습은 전혀 찾아볼 수 없었다.

강도 준비된 편안한 의자에 앉았다. 두 사람 사이의 탁자에 프랑스산 적포도주 라피트 한 병과 병따개, 잔 두 개가 준비되었다.

"전하께서도 대화를 나눌 때 포도주를 곁들이는 걸 좋아하신다고 들었습니다."

이토 통감은 아버지인 고종 황제를 떠오르게 할 정도로 편안하고 따뜻한 표정을 지었지만, 강은 그런 생각을 한 자신을 저주했다.

"오늘은 충분히 마셨습니다."

강은 의자에 몸을 파묻는 대신 발에 체중을 실어 조심스럽게 자리에 앉았다. 그러고는 이토 통감의 얼굴을 더 자세히 살펴보았다. 코 바로 옆에는 그 유명한 반점이 있었고 수염은 아침 즉위식에서 봤을 때보다 흐트러져 있었다. 피부를 보니 머리에 숱이 없는 부분까지 검버섯이 피어 있었다. 나이가 칠순이 다 되어간다고 들었는데, 겉으로 보기에도 그래 보였다.

"그러셨군요. 전하께서 괜찮으시다면 저는 제가 따라서 한잔 마시겠습니다."

이토 통감은 직접 포도주 병을 들고 병마개를 힘겹게 땄다.

"그나저나 전하는 참 만나기 어려우신 분이더군요. 게다가 제가 조선 땅에 와 있는 것도 딱히 마음에 들어하시지 않는다고 들었습니다만……"

강은 아무런 대꾸도 하지 않았다. 놀라울 만큼 많은 양의 포도주를 한 번에 들이켠 후 이토 통감은 말을 이었다.

"사실 저도 있고 싶어서 있는 건 아닙니다. 제가 원하는 대로 할 수 있었다면 지금쯤 제물포에서 떠나는 배를 탔겠죠."

"그런데 배를 타지 않고 여기서 뭘 하고 계신 겁니까?"

"전하께서 먼저 물으시니 쓸데없는 이야기는 덧붙일 필요가 없겠군요. 우리 정부, 즉 일본의 입장은 조선이 너무 오랫동안 무능력한 통치에 시달리다 결국 오늘날 이렇게 무기력한 상태에 이르렀다는 것입니다. 일본이 조선에 개입한 건 러시아를 비롯한 서구 열강이 조선을 손에 넣어 일종의 도약대로 삼아 일본의 심장에 칼을 겨누는 걸 막기 위해서였습니다. 이런 일본의 개입은 사실 조선에게도 이득입니다. 조선을 20세기에 어울리는 근대국가로 만들어 국민에게 더 나은 삶의 질을 제공하자는 게 저의 계획입니다."

강이 슬며시 웃으며 대꾸했다.

"통감께서 이야기하는 '더 나은 삶의 질'이라는 걸 내 눈으로 직접 확인했습니다."

강은 부산에서 만났던 장돌뱅이 사내와 주모의 이야기를 떠올렸다.

"일본 사람들이 조선에 들어와 마음대로 땅을 빼앗고 불만을 제기하면 폭력을 휘두른다고 합니다. 거기에 강제 노역도 시킨다면서요. 관청이나 관리들이 지금 누구 편을 드는지도 짐작이 가시겠지요. 어떤 자들의 삶의 질은 더 나아진 것 같더군요. 나막신을 신고 부산항을 통해 들어오는 무뢰배는 전부 조선에서 잘 먹고 잘 산다고들 합니다."

이토 통감은 고개를 끄덕였다.

"그렇습니다. 더러 나쁜 자들도 있다는 사실을 인정하자니 마음이 좀 아프군요. 부끄러움도 느껴집니다. 제가 조선에서 하고자 하는 일들에 방해가 되는 자들이지요. 그런 일을 막기 위해 최선을 다하겠다고 약속드립니다."

이토 통감은 말을 멈추고 잠시 생각에 잠겼다.

"전하, 동아시아 국가들은 모두 서로 단결해야 합니다. 그렇지 않으면 우리는 서구 열강의 지배를 받게 될 것입니다. 저를 한번 보세요. 이 늙은이는 일본의 총리대신이었고 일본 근대화의 일등 공신이라 불리기도 합니다. 하지만 자칫 잘못하다가는 영원한 실패자로 남게 될지도 모릅니다. 만일……"

그는 포도주를 한 잔 더 들이켰다. 그러고는 들고 있던 포도주 병을 강 쪽으로 내밀었다.

"이 라피트는 전하를 위해 준비한 건데…… 정말 한잔 안 드시겠습니까? 미국에 계실 때 제일 좋아하시던 술이라고 들었습니다만."

"그러면 미국에서 제 평판이 어땠는지도 들으셨겠군요."

"물론 들었습니다. 제 젊은 시절 생각이 나더군요! 전하, 삶을 즐기려는 건 인간의 본성입니다. 저는 술이나 여자에 쓴 돈이 아깝다고 생각한 적은 한 번도 없습니다. 그게 뭐 대수겠습니까?"

"언론도 같은 생각이면 좋을 텐데요."

"저는 전하와 제가 서로 비슷하다는 사실을 알게 되었습니다. 일본에서는 저도 바람둥이 소리를 들었습니다. 사실은 지금도 그렇지요! 이 나이쯤 되니 그 말도 칭찬으로 들어야 할 것 같지만, 실은 저를 비판하는 사람들이 제 능력을 과대평가하기 좋아해서요."

그가 오른손으로는 술잔을 치켜들고 왼손으로 간이 있는 옆구리를 두드렸다.

"그래도 아직 이 정도 술은 거뜬합니다."

다시 술 한 모금을 더 들이켠 이토 통감이 이야기를 계속했다.

"하지만 더 아래로 내려간다면…… 글쎄요, 마음 같으면야…… 요즘 제가 가장 즐겁게 몸을 움직이는 일은 정원 가꾸기입니다. 상상이 가십니까?"

"아, 정원이요?"

강은 자신도 모르게 눈을 치켜떴다. 이토 통감은 예상과 달랐다. *이게 정말 그의 본모습인가 아니면 나에게 인간적인 모습을 보이기 위해 일부러 저러는 것인가. 어쨌든 조심할 필요가 있다*

고 강은 생각했다. 자신이 조선을 빼앗은 일본의 우두머리와 이렇게 나란히 앉아 이야기 나누는 모습을 원식이나 낸시가 보면 무슨 생각을 할지 상상해 보았다.

"아, 무슨 말을 하려고 했더라…… 그렇지. 전하께서는 어떻게 생각하실지 모르겠지만 우리는 서로 그렇게 다르지 않습니다. 각자의 조국에서 어느 정도 배척받는 것도 그렇고, 약간의 재미를 좋아하는 것도 그렇고…… 아, 미국에서 공부했다는 공통점도 있군요. 저는 처음에는 영국에 있다 이후 미국에 갔습니다. 그전까지만 해도 외세를 배척해야 한다고 생각했지만, 선진국을 보고 우리가 가야 할 길을 깨달았습니다. 아마 같은 생각을 하셨을 겁니다."

"그랬었지요. 그런데 당신과 일본이 우리에게서 선택권을 빼앗아 갔습니다."

"굳이 불쾌하게 하려는 건 아니지만, 전하 혼자서 뭔가를 하기에는 이미 늦었습니다. 그러니 우리와 협력하는 게 어떻겠습니까?"

"그쪽에서 하는 방식은 협력과는 거리가 멉니다. 오늘 있었던 일을 보십시오."

"제 말을 믿으세요. 오늘 일은 제 뜻이 아니었습니다. 퇴위한 황제를 비판하고 싶지는 않지만, 제가 볼 때 황제는 더 이상 존재할 수 없는 과거의 조선, 국민이 부당하게 고생할 수밖에 없었던 과거에 대한 상징입니다. 조선에는 근대화를 위해 함께 노력할 새로운 세대의 지도자가 필요합니다. 저는 단지 도약을 위한 발판을 마련하고 새로운 세대가 전진할 수 있도록 돕고 싶을 뿐입니다. 일본의 도움을 받는 조선의 신세대 말입니다. 다시 한번 말하지만, 일본은 그저 도울 뿐입니다."

이토 통감에게는 상대를 설득하는 능력이 있어 보였다. 터무니 없는 말이라도 그의 입을 거치면 거의 모든 주장이 합리적으로 들리겠다 싶을 정도였다. 강은 처음 여기 왔을 때의 생각과는 다르게 무조건 화를 내기보다 이토 통감의 말에 귀를 기울이고 그저 조용히 고개를 끄덕이거나 아무런 대꾸도 하지 못하는 자신을 보고 놀랐다.

"전하, 저도 이 나라 황실을 보면 마음이 아픕니다. 새로 즉위한 황제를 일본의 '꼭두각시'나 뭐 그런 걸로 만들려는 생각은 전혀 없어요. 다만 감히 솔직하게 말씀드리거니와, 새로운 황제께서는 건강이 그리 좋지 않습니다. 그래서 저는 다음 후계자에게 훨씬 더 관심이 있습니다."

"그거야 물론 영친왕이 그 뒤를 이을 겁니다."

이토 통감은 헛기침을 한 뒤 포도주 잔을 비웠다. 그러고는 아무런 말도 하지 않고 강을 똑바로 보았다. 강은 이토의 눈길이 무엇을 의미하는지 알 것 같아 서둘러 말을 이었다.

"황귀비께서 원하시는 건…… 그분의 뜻대로 되어야지요."

이토 통감은 눈길을 돌리지 않고 말했다.

"하지만 전하가 서열이 더 높습니다. 다음 후계자는 당연히 전하가 되어야 합니다."

"아니, 아니. 나이나 서열은 상관없어요. 나는 결코 그런 생각을 해본 적이 없습니다. 무엇보다 그 일은 일본 마음대로 결정할 일이 아닙니다."

"생각을 한번 해보세요. 영친왕의 나이가 어리다는 건 결국 계속 비슷한 환경에서 자라게 된다는 뜻입니다. 지금도 온갖 갈등과 다툼, 퇴행적인 사고 속에서 자라고 있지 않습니까. 반면 전하는 이곳에 물들지 않은, 사실상 외부인에 가깝지요. 가장 이상적인 선택지라는 말입니다. 전하는 바깥세상을 보았고 이 나라에 뭐가 필요한지 알고 있습니다. 우리는 함께할 수 있어요. 저는 이미 늙었고 이게 제 인생의 마지막 도전이 될 겁니다. 전하, 제가 세상을 떠난 후에는 전하가 완전히 뒤바뀐 근대화된 조선의 새로운 지도자가 되는 겁니다."

"그런 일은 할 수 없습니다."

"딱 잘라 말하지 마시고 생각을 해보세요."

이토 통감이 몸을 앞으로 기울이며 부드럽게 말했다.

"당신을 군주로 만들어드리겠습니다."

들뜨는 기분을 가라앉히기가 힘들었다. 이토 통감의 말은 정말 그럴듯하게 들렸다. *그동안 그가 이야기하는 미래를 내가 외면해 왔던 이유는 뭘까. 그저 내게 그럴 역량이 전혀 없다고 생각해서? 아니면 현실로 이루어질 가능성이 없어서?* 성인이 된 이복동생이 여전히 나이 든 상궁의 등에 업혀 있고, 그 뒤에 황귀비가 마치 죽은 중전과 같은 모습으로 서 있는 광경이 머릿속에 떠올랐다. 칼을 들고 어둠 속에 서 있는 남자며 자신의 출신에 대해 말해주지 않았던 외숙부 장 씨의 모습도 어른거렸다. *황실은 그동안 나에게 무엇을 해주었나? 내가 여기서 마음만 먹으면 황귀비의 운명도 끝이겠지…… 하지만 이건 모두 감언이설이다. 그는 그저 다음 꼭두각시를 준비하고 있고 내가 가장 그럴듯한 후보일 뿐이다. 내 진짜 마음은 무엇인가? 나는 조선의 독립을 믿고 있는가? 나의 안위를 앞세워 조국을 팔지 않을 수 있을까?*

강은 자리에서 일어나 잠시 서성였다.

"조선에 많은 문제가 있지만 그렇다고 해서 등을 돌릴 수는 없습니다. 외적을 위해 일할 수는 없지요. 그러니 이만 실례하겠습니다. 더 이상 할 말도 없고."

강이 문 쪽으로 걸어가자 이토 통감이 조금 소리를 높여 강을 다시 불러 세웠다.

"당신을 죽이려 한 사람들을 돕겠다고? 친어머니를 죽게 내버려둔 그런 체제를 계속 지키겠다고? 당신은 정말 바보로군."

강은 귀를 의심했다. 한쪽 발이 이미 문밖으로 나간 상태였지만 마치 몸이 얼어붙은 듯 그 자리에서 움직일 수 없었다. 피가 머리 끝까지 거꾸로 차올랐고 몸이 감정적 격랑에 휩싸이면서 눈앞이 캄캄해졌다. 강은 몸을 돌려 이토를 향해 소리 질렀다.

"내 어머니 이야기를 하다니! 더러운 거짓말쟁이가 감히 뭘 안다고! 가서 다른 꼭두각시나 찾아보라지. 더러운 도둑놈 주제에!"

강은 복도를 내달려 밖으로 이어지는 계단을 따라 내려갔다. 강은 제 고함을 들은 이토 통감의 표정이 마지막까지 한 번도 달라지지 않았다는 사실을 깨달았다. 그런 평정심이 이토 통감의 무기라는 생각이 들었다. 그리고 어쩌면 분노는 강의 무기가 될 수도 있었다.

새벽 3시 반이었다. 밤은 언제나처럼 으스스할 정도로 고요했다. 강은 차라리 뉴욕의 여름밤처럼 말발굽 소리를 비롯해 수많은 사람이 오가는 소리, 술에 취한 고함 소리가 들리기를 바랐다. 완벽한 침묵처럼 무서운 게 없지만 사람을 잠들게 하는 데 그보다 더 나은 환경은 없을 텐데…… 술을 끊어야겠어. 술을 마시면 늘 이런 식이야. 왜 술을 다시 마시기 시작했을까. 지금은 그 어느 때보다 더 상태가 안 좋군. 강은 빈 침대 반대편으로 몸을 움직였다. 시원했다. 옆으로 누워볼까? 아니면 똑바로? 아니면 엎드려서? 그러나 아무리 자세를 바꿔도 다시 잠들지는 못했다.

이토 통감의 마지막 말이 자꾸 생각났다. "친어머니를 죽게 내버려둔 나라." 이토 통감이 그 말을 꺼낸 순간 강은 그저 화를 쏟아내고 싶었다. 어머니 이야기만 들으면 늘 그런 식으로 반응해왔지만 이제는 뭔가 다른 생각이 들었다. 강은 어머니가 자신이 태어날 때 세상을 떠났다고 알고 있었다. 박 내관이 먼저 그렇게 이야기했고 외숙부도 그렇다고 했다. 그리고 지금까지도 강은 그 문제에 대해 한 번도 의문을 품어본 적이 없었다. 그런데 이토 통감은 왜 그런 말을 했을까? 단지 나를 자극하려는 의도였을까? 그렇다면 충분히 이해가 가지만. 아버지에게 물어보면 어떨까. 궁으로 찾아가 물어본다면?

강은 귀국한 이후 최근까지도 아버지와 대화를 나눈 적이 거의 없었다. 이제 옥좌에서 물러나 태상황이 된 아버지는 엄 씨와도 말을 안 한 지 꽤 오래되었다고 했다. 아버지는 나라와 옥좌를 잃은 일에 자책하며 고통의 세계에 빠져 있다고 했다. 이토는 이 나라의 낡은 체제가 내 어머니를 죽게 내버려두었다고 했다. 아버지는 이 말이 무슨 뜻이라고 하실까? 혹시 나를 속이라고 아버지가 지시한 걸까? 하지만 태상황을 몰아낸 이토 통감에게 들은 말을 그대로 전하는 건 지나치게 잔혹한 일이 될 것 같았다.

어머니가 사실은 내가 태어날 때 세상을 떠난 게 아니라면…

… 또 다른, 더 사악한 사정이 있다면? 그 개자식이 내 마음에 의심의 씨앗을 심었구나……

강은 몇 번이고 몸을 뒤척였다. 중간에 깜빡 잠이 들기도 했는데, 나무가 늘어선 길을 따라 조금 떨어진 곳에 서 있는 녹색 옷을 입은 여인의 꿈을 꾸었다. 꿈이라는 걸 어렴풋이 알면서도 강은 여인을 향해 다가갔지만 가까이 다가가자 여인은 사라져 버렸다. *꿈에서조차 보고 싶은 이가 사라지는 걸 막을 수 없구나.* 강은 주먹으로 이불을 내리치며 꿈에서 완전히 깨어났다.

박 내관을 만나야겠어. 강은 바닥에서 전날 밤 입었던 옷을 집어 들었다. 서둘러 바지와 셔츠를 입으며 단추를 잠갔다. *잠깐, 권총이 필요할지도 모르겠군.* 강은 침대 옆 탁자 서랍에서 권총을 꺼내 들고 복도로 나가 발끝으로 살금살금 걸어 수덕의 방을 지났다. 그러면서 자신이 수덕을 깨우지 않기 위해 예의상 그런 것인지 아니면 단지 수덕이 깨어나 뭔가 묻는 걸 피하고 싶은 건지 생각해 보았다. 무슨 일이든 수덕은 항상 전모를 알고 싶어했으며 깊은 관심을 보였다.

정문을 지키는 군인이 강을 보았지만, 강은 무시하고 지나쳤다.

한 시간가량을 걸어 만월관에 도착했으나 여전히 동이 트려면 먼 듯했다. 주변에 아무도 보이지 않았기 때문에 강은 길바닥에서 주운 자갈 한 움큼을 주머니에 집어넣고 대문 위로 기어 올라갔다. 건물 뒤쪽 2층에 박 내관의 방이 있다는 사실을 알고 있었다. 강은 돌을 던지기 시작했다. 첫 번째 돌은 벽을 맞고 튕겨 나갔고 두 번째는 목표했던 유리창에 맞았지만 아무런 반응이 없었다. 세 번째는 완전히 빗나가 건물 바깥쪽으로 날아갔다.

부아가 치민 강은 욕을 퍼부으며 남은 돌 전부를 벽을 향해 내던졌다.

"돌 하나 제대로 못 던지다니!"

강은 소리를 지른 후 밑으로 내려가 문에 등을 기대고 주저앉았다. 왼쪽을 보니 연못 가장자리가 보였다. 잉어 한 마리가 몸을 돌려 반대 방향으로 헤엄쳐 사라졌다.

건물에 있는 모두를 깨울지 고민하고 있을 때 갑자기 한 창문에서 희미하게 빛이 새어 나왔다. 박 내관의 방은 아니었다. 커튼이 살짝 들리더니 그 틈으로 소녀처럼 보이는 한 쌍의 눈동자가 잠시 나타났다 사라졌다. 강은 혜랑이 아닌 것만 알아보았을 뿐 그녀가 누군지 알 수 없었다. 잠시 뒤 쪽문이 열렸다. 강을 본 사람이 누구인지는 몰라도 직접 내려오지 않고 박 내관에게 알린 모양이었다.

"전하? 전하십니까?"

강은 자리에서 일어나 엉덩이와 다리에 묻은 흙을 털어냈다.

"무슨 일이 있으십니까, 전하?"

박 내관이 걸어와 남포등을 앞으로 내밀며 강의 얼굴을 살폈다.

"전하, 송구합니다만 안색이 무척 좋지 않으십니다. 그리고……찾으시는 사람은 여기서 일만 하지 살지는 않습니다."

"나는 혜랑을 찾아온 게 아니라 박 내관을 보러 온 걸세!"

"네? 어…… 여기 대령했사옵니다만 무슨 일이십니까?"

두 사람은 강의 말에 따라 건물 안으로 들어가 1층 탁자 앞에 자리를 잡았다. 탁자로 가는 동안 강은 박 내관이 숨을 거칠게 몰아쉬며 힘겹게 걷는다는 걸 알아차렸다.

"박 내관, 괜찮은가? 그리 좋아 보이지 않네만."

"아, 괜찮습니다. 그저 이 시간에 깨어 있는 게 익숙하지 않아서 요. 그나저나 전하께서는 이 시간에 어쩐 일이십니까?"

"혹시 예전에 있었던 일을 물어도 내게 솔직하게 다 알려줄 텐가?"

"그야 물론입니다."

박 내관은 강이 무슨 말을 하든 다 들어주겠다는 듯 손을 흔들 어 보였다.

"그렇다면 물어볼 게 하나 있네."

"뭐든 하문하십시오, 전하. 오늘은 평소와 조금 다르신 것 같지 만 말입니다. 뭘 좀 먼저 드시겠습니까? 드시고 나면 기운이 나실 수도……"

"아니, 아니야."

박 내관은 고개를 끄덕였다.

"박 내관, 어젯밤에 이토 통감을 만났네."

"이토 통감……"

박 내관이 눈을 가늘게 떴다.

"그에게서 놀랄 만한 이야기를 들었어. 그가 한 말이 머릿속을 떠나지 않네. 오래전 자네가 말해준 사실과도 관련이 있는데, 내 게는 아주 중요한 문제야."

"이토 통감이 무슨 말을 했습니까?"

"나보고 어머니를 죽게 내버려둔 나라나 지키려고 하는 바보라 고 하더군. 마치…… 어머니가 사실 수 있었는데 누군가가 죽도록 내버려둔 것처럼 말이야. 손쓸 틈 없이 돌아가신 게 아니라는 뜻 인가? 내가 들은 말과는 다르지 않나."

"말도 안 되는 소리입니다."

박 내관은 숨을 거칠게 몰아쉬며 평소보다 더 목소리를 높였다.

"이토 통감이라는 자가 분명 뭔가를 꾸미고 있는 겁니다. 어쩌다 그자와 이야기를 나누게 되셨는지는 모르겠지만, 아마도 전하께 원하는 게 있는 것 같고 전하를 자극해 자기편으로 끌어들이려고 멋대로 이야기를 지어내는 것 같습니다."

박 내관의 눈가가 살짝 촉촉해졌다.

"그런 일에 연연하지 마십시오. 감히 말씀드리지만, 전하와 태상황 폐하께 상처만 될 뿐입니다. 그저 아버지를 믿으시고 저를 믿으십시오."

강은 길게 한숨을 내쉬었다. 이토 통감이 뭔가를 계획하고 있는 것은 분명했지만, 두 사람의 말이 서로 다르다면 강으로서는 박 내관의 말을 더 믿을 수밖에 없었다.

"그렇지, 그래. 자네 말이 맞네. 자네를 믿어야지 누구를 믿겠나."

강은 박 내관을 바라보며 자신의 보호자를 의심했던 것을 자책했다.

"이런 시간에 갑자기 찾아와서 정말 미안하네. 내가 잠시 정신이 나갔던 것 같네."

"전하께서 오시는데 시간이 무슨 상관입니까. 다른 사람이었다면 당장 연못에 던져버렸겠지만…… 전하, 저는 죽을 때까지 전하를 섬기는 내관입니다. 태상황 폐하께 그리 약조했고 더 이상 궁에 머물지 않더라도 그 약조는 영원히 변함 없을 것입니다."

"정말 고맙네. 내가 제정신이 아닌 것 같겠지. 최근에 이런저런 일들이 있어서 그저……"

박 내관이 다시 한숨을 내쉬었다.

"요즘은 모두 마음이 복잡한 것 같습니다. 전하, 그렇지만 이토 통감의 말은 듣지 마십시오. 돌아가신 어머니 이야기는 제가 말씀드린 그대로입니다."

26

수덕이 창문을 열었다. 12월 초의 차가운 바람이 얼굴을 때렸다. 추웠지만 1월 정도의 한겨울 추위는 아니었다.

"이보게! 여기서 마차를 세우고 기다리게. 그리 오래 걸리지 않을 테니."

말발굽 소리가 잦아들면서 마차는 남대문역 입구에 멈춰 섰다. 수덕은 답답한 마음을 담아 한숨을 한번 크게 내쉬고 옆에 앉은 정 상궁을 보았다.

"자네는 자식을 갖고 싶다고 생각해 본 적 없나?"

정 상궁은 갑자기 목이 멜 것 같았다. 궁인에게 자식이란 오직 임금이나 왕실의 자식만을 의미했다.

"저는…… 궁인으로서 감히 그런 생각을…… 혼인이니 자식이니 하는 것들은……"

"아, 염려 말게. 그저 한번 묻는 것뿐이니. 자네도 여인네고 나도 그렇지 않나. 자식을 원하는 건 당연한 마음 아니겠나. 갖지 못한 건 그저 내 팔자일 테고. 혹시 하늘이 점지해 준 자식이 있었다면 어땠을지 생각하며 보낸 외로운 날들이 있음을 내 어찌 부인하겠는가."

"예, 그렇지만 저는 한 번도 그런 기대를 해본 적이 없사옵고, 게다가 원래부터 허락되지 않은 일을 생각하고 아쉬워할 수도 없지요. 무엇보다 이제는 나이가 너무 들었습니다."

"그런가……"

저쪽 길에서 털모자를 쓴 남자가 구운 밤을 팔고 있었다. 인력거꾼들은 남쪽으로는 부산, 북쪽으로는 신의주에서부터 오는 손님을 기다리며 서로 잡담을 나누었고, 일본군 병사들이 역 출구를 지키고 있었다.

"어디를 가나 일본인이 없는 곳이 없구나……"

수덕은 혼잣말을 하다가 다시 정 상궁을 바라보았다.

"자네도 알겠지만 나는 늘 자식이 하나 있었으면 했네. 그런데 오늘은 자식이 없는 게 차라리 다행이라는 생각이 드는군. 저기 저 가엾은 아이를 보게. 세상이 어찌 돌아가는지. 끔찍한 일이야. 아니 그런가?"

정 상궁은 고개를 끄덕였다. 이런 민감한 문제에 궁인이 왈가왈부 자기 의견을 말하는 경우는 거의 없었다. *이런 이야기는 부부끼리 나누면 좋으련만……* 의친왕은 2대 황제가 즉위하고 바로 영친왕 이은이 황태자로 책봉될 무렵부터 예전의 거친 모습으로 돌아가 술도 많이 마시고 집 안에만 머무는 일이 많았다. 만나는 사람도 그 이상한 두 '미국인' 친구뿐이었다. 분위기가 더 험악해지는 날이면 허공을 향해 권총을 쏘아대는 일도 종종 있었다. 수덕은 강이 옥좌에 욕심을 부릴 사람이 아니라는 것만큼은 확신할 수 있었다. *무엇보다 아버지 앞에서까지 그렇게 말하지 않았던가! 그렇다면 뭔가 다른 일이 있었음에 틀림없다. 누군가 또 목숨을 위협하고 있는 것일까? 내게는 아무런 말도 하지 않으니……* 수덕은 가끔 남편이 무서웠다. 강의 주위에는 적이 많은 것 같았다. 본인이 자신의 적이기도 했다. 수덕은 강이 그 무서운 권

412

총으로 자신에게든 다른 사람에게든 무슨 짓을 저지를지 모른다고 생각하기 시작했고, 그럴 때마다 두려움과 자책으로 얼굴이 하얗게 질렸다.

경비병이 마차의 문을 열기 위해 다가왔지만, 수덕은 직접 손잡이를 당겨 문을 열었다.

"됐네. 우리가 알아서 내리지. 정 상궁, 서두르세나. 빨리 가지 않으면 늦겠네."

그런데 정말 서방님은 오시지 않으려는 건가? 수덕은 추위에 몸을 떨며 앞서가는 정 상궁을 따라 입구와 매표소를 지나며 생각했다. 강은 부산에서 일어난 사건에 대해 수덕에게 한 번도 말한 적이 없지만, 수덕은 강이 황귀비 엄 씨를 두려워하는 동시에 혐오한다는 걸 잘 알고 있었다. 자신도 항상 황귀비를 경계해 왔지만, 오늘 이 자리는 둘 다 빠질 수 없는 자리였다. 오늘은 대한제국으로서는 치욕의 날이요, 엄 씨에게는 비통한 날이었으며, 수덕으로서는 비록 그 상대가 엄 씨라 할지라도 일어나지 않기를 바랐던 그런 일이 일어나는 날이었다. 폐위된 황제와의 사이에서 태어난 유일한 아들은 이제 곧 강제로 어머니의 품을 떠나야 했다. 이토 통감은 자신의 아들을 조선의 후계자로 삼고자 하는 황귀비의 바람에는 동의했지만, 곧바로 교육이 필요하다며 황태자의 일본행을 추진했다. 언제 아들을 다시 만나게 될지, 그리고 다시 만났을 때 과연 조선 사람으로 만나게 될지 대답해 줄 수 있는 사람은 황귀비 곁에 아무도 없었다.

역의 출입구 대부분이 폐쇄되었고 사방에 보이는 건 오로지 경비병들뿐이었다. 장식도 악단도 없었고 심지어 배웅하는 사람도 거의 없었다. 기차역에 처음 와보는 수덕은 어디로 가야 할지 몰랐고 그건 정 상궁도 마찬가지였다. 두 사람은 길을 잘못 들었다가 결국 옆에 있는 출구로 나왔고, 회색 제복을 입은 남자가 나타나 자신을 역장이라고 소개한 후 기차가 곧 출발할 예정이라며 방향을 제대로 알려준 뒤에야 길을 찾을 수 있었다. 수덕은 다시 정 상궁에게 서두르자고 재촉했고 두 사람은 그렇게 경비병이 잔뜩 모인 승강장에 도착했다.

어린 황태자가 어디 있는지 잘 보이지 않았다. 한 줄로 늘어선 남자들 뒤로 예복을 차려입은 이토 통감이 보였다. 어깨부터 대각선으로 가로질러 내려오는 붉은색 띠가 왼쪽 가슴에 주렁주렁 달린 훈장들을 반쯤 가렸다. 황귀비도 보였지만 태상황은 보이지 않았다. *안전상의 문제인가? 아니면 어머니가 아들을 돌려달라고 매달리는 그런 잔혹한 광경을 보고 싶지 않으셨던 걸까?*

실제로 황귀비는 양손으로 이토 통감의 팔을 감싸안고 머리까지 격렬하게 흔들며 온몸으로 매달리고 있었다. 그러나 통감은 침착한 모습으로, 끓어오르는 황귀비의 감정에 무감한 태도로 대응하고 있었다. *그런데 주인공인 황태자는 어디 있지?*

수덕은 경비병들을 지나쳐 더 가까이 다가갔고 마침내 황태자를 찾아냈다. 황태자는 이제 겨우 열 살 남짓한 어린 소년이었고, 키가 이토 통감의 어깨에도 닿지 않았다. 궁 안에서 군복을 입고 손가락으로 총소리를 내던 어린 장군이 그대로 역에 끌려 나온 것이다. 황태자는 아직 슬픔이 뭔지도 알지 못했다. 그는 그저 입을 벌린 채 먼 곳을 바라보며 길을 잃은 듯한 표정을 짓고 있었다.

수덕의 눈에 그 모습은 마치 새 황제의 축소판 같았다. 그는 그저 어른들의 사악한 이익을 위해 끌려온 나약하고 외로운 존재에 불과했다. 황태자는 울지 않았지만, 어머니가 그 어느 때보다 더 세게 안아주고 양손으로 뺨과 이마를 몇 번이고 쓰다듬자 얼굴에 어리는 두려운 표정을 감추지 못했다.

얼마쯤 지나 두 경비병이 다가와 어머니와 아들을 떼어놓았다. 황귀비는 짐승처럼 울부짖으며 경비병을 뿌리치려 했다. 이토 통감이 소년의 어깨에 손을 얹었다. 소년이 그 낯선 외국인 보호자를 올려다보았고, 그는 빠르게 고개를 끄덕였다. 떠날 시간이 되었다. 기적 소리가 울리자 통감은 소년과 함께 기차에 올라탔다. 수덕에게는 작별 인사를 할 기회조차 없었다.

두 사람이 올라타자 기차 문은 바로 닫혔고 경비병들은 그제야 황귀비를 놓아주었다. 황귀비는 울부짖으며 기차 앞으로 달려가 창문을 마구 두드렸다. 어머니를 본 아들이 창문에 손을 대자 어머니도 손을 뻗었다. 곧 아들도 울기 시작했다. 기차가 출발하자 어머니는 한 걸음, 두 걸음, 세 걸음, 아들을 조금이라도 더 보기 위해 기차를 따라 달렸다. 결국 두 사람은 완전히 떨어졌다. 뒤에 남은 황귀비는 그대로 주저앉아 애끓는 소리로 울부짖다가 흐느끼기를 반복했고 그사이로 애걸과 저주를 퍼부었다.

수덕은 사라지는 기차를 눈으로 좇으며 앞으로 갔다. 어린 황태자는 제물포에 도착한 후 다시 배를 타고 도쿄로 가서 가쿠슈인이라는 사립 학교에 입학하게 될 것이다. 가쿠슈인은 일본의 황족과 화족 자녀들이 다니는 학교로, 중전 민 씨의 살해를 지시했던 장본인도 그곳 교장 출신이다. 이제 일본은 황태자를 일본의 황족으로 만들어 조선은 일본의 일부일 뿐이라고 가르칠 것이다. 그렇게 일본어를 하는 일본인으로 만들어 일본 여자와 맺어주려는 게 일본의 계략이었다. 조선을 정복하는 것에서 멈추지 않고 아예 그 뿌리마저 잊게 하려는 계획. 조선인 스스로 조선이 일본의 일부라고 생각하도록 만들려는 음모.

황제는 너무 유약하고 황태자는 아직 너무 어리다. 그렇다면 이제 전하만이 유일한…… 수덕은 누군가가 축축한 손으로 제 손을 단단히 움켜쥐는 것을 느꼈다. 공식적으로 인정받지 못했을 뿐 명실상부한 대한제국의 황비가 눈물과 분가루로 범벅이 된 벌건 얼굴로 자신을 올려다보고 있었다. 황귀비는 울부짖으며 뭔가를 말하려 했다. 양옆으로 일본 관리가 다가왔고, 뒤에는 경비병들이 줄지어 서 있었다. 황귀비 엄 씨는 필사적으로 손을 뻗었다. 그 손이 조금씩 수덕의 팔을 따라 올라왔다. 황귀비는 고개를 돌려 주변을 둘러보았다.

그러고는 땅에 침을 뱉고 좀 더 몸을 일으켰다. 그 머리가 수덕의 턱에 닿았다. 전혀 예상하지도, 바라지도 않았던 접촉에 수덕은 깜짝 놀랐지만 황귀비의 마음을 이해할 수 있을 것 같았다. *그래, 내 비록 자식은 없지만 한 가지 다행스러운 점이 있구나. 나는 이런 고통을 겪을 일도, 알 필요도 없겠지.*

두 남자가 다시 황귀비의 옆에서 양팔을 붙잡았다.

"놓아라!"

황귀비가 소리쳤다.

"어서 일어서시지요. 이제 돌아가실 시간입니다."

황귀비는 다시 한번 수덕을 쳐다보았다.

"미안하네! 내가 천벌을 받고 있다고 전해주게!"

황귀비는 뭔가를 더 말하려고 했지만 온몸을 뒤틀며 소리치는 그녀를 두 남자가 마차로 끌고 갔다. 수덕은 황귀비가 무슨 말을 하는지, 그 말이 무슨 뜻인지 전혀 알 수 없었다.

27

강은 뺨에 난 수염을 쓰다듬으며 손가락으로 몇 가닥씩 붙잡고 비틀어보았다. 살면서 가져본 가장 긴 수염이었다. 창문에 비친 자신의 모습을 보며 더 이상 남들의 시선 따위는 신경 쓰지 않는 자의 얼굴이라는 생각에 웃음이 새어 나왔다. 이제 두 눈은 움푹 들어가 어딘지 비열해 보였고 그런 거칠어진 제 모습이 이상하게 도 만족스러웠다.

사동궁의 서쪽 별관 방은 강만 쓰는 방으로, 강이 특별히 들여 보내지 않는 이상 아내인 수덕을 포함해 아무도 마음대로 드나들 수 없었다. 지금까지 강이 출입을 허락한 사람은 원식과 낸시, 진 선생뿐이었다. 이 3층 방은 모두의 사업장이자 자금 조달처가 되 었다. 강은 이제 그들의 활동, 특히 진 선생의 활동에 계속해서 자 금을 지원하고 있었다. 군대가 강제 해산되면서 의병 혹은 독립군 이라는 이름으로 산속에 들어가는 사내들이 크게 늘었다. 이들은 강의 도움으로 먹고살면서 무장을 갖춰갔다.

창문 너머로 경복궁의 지붕 꼭대기가 보였다. 자신이 성년식과 혼례를 치렀던 곳이자 불행하게 지내는 이복형과 술을 마시며 서 글픈 정을 나눴던 곳, 혜랑을 처음 본 곳이었다. 북쪽 어딘가에는 중전 민 씨가 흘린 피로 붉게 물든 땅이 여전히 남아 있었다. 근 대화와 문명을 이야기하는 자들이 중전을 짓밟고 칼로 찔렀을 때 그녀는 아들을 생각하며 흐느꼈다. 이제 옥좌에서 내려온 중전의 남편은 경운궁에 머물고 있으며, 아들은 새로운 황제가 되어 또 다른 궁인 창덕궁으로 보내졌다.

어린 황태자는 정치적 인질로 도쿄에 붙잡혀 있지만, 강의 시선 아래로 보이는 한성 거리에서는 완전히 다른 분위기가 느껴졌다. 검은색 겉옷을 걸친 자칭 사업가들이 마치 원주민의 땅에 정착한 개척자들처럼 새로 발견한 기회의 땅을 마음대로 이용하고 있었다. 아마도 한성 인구의 10분의 1은 일본인들로 채워져 있을 터였다. 강은 때때로 권총을 들고 바로 이 창문을 통해 그들 몇 명을 쏴버리는 상상을 했다.

강은 한성 한복판을 지나 행진하는 일본군 부대를 보고 깜짝 놀랐다. 평소에 안 읽는 신문이 없을 정도로 정세에 밝은 강이건만 한성 안에서 어떤 소요가 일어났다는 소식은 들은 바가 없었다. *먼 북쪽에서야 늘 무슨 일이 벌어지고 있다지만 여기 한성에서? 의병들도 감히 한성 근처까지는 접근할 수 없고, 작년에 한 번 그런 시도가 있었지만 선봉대가 격파되면서 결국 무위로 돌아갔는데……*

일본의 자본과 사람들로 사방이 부풀어 오르고 있는 한성은 이제 반쯤은 완전히 낯선 곳이 되었다. 한성에서라면 다른 문명의 산물을 더 많이 보고 느낄 수 있었다. 청계천 남쪽은 도쿄 중심가라는 긴자를 꼭 닮은 모습으로 새롭게 재건되었으며, 그 중심에는 혼마치라 불리는 또 다른 번화가가 형성되어 깨끗하고 환한 상점이며 식당이 성황을 이루어 지역 주민들의 부러움을 샀다.

강의 거처 오른쪽에는 윤태종의 집이 완성되어 우뚝 서 있었다. 그의 설명처럼 궁궐 규모는 아니었지만 그렇다고 소박한 것도 아니었다. 듣자 하니 윤태종에게는 정실부인 외에 첩이 둘이나 있으며 기방도 자주 들락거린다고 했다. 물론 윤태종에 대해 강이 뭐라 할 처지는 아니었다. 세상 사람들은 아마 '똥 묻은 개가 겨 묻은 개 나무란다'고 할지도 모른다. 그렇다고는 하지만 윤태종은 어떻게 그런 생활을 영위할 수 있는 걸까? 물론 그건 하나 마나 한 질문이었다. 지금 권력은 곧 돈이었으며, 윤태종은 새로운 사회 질서의 표본 같은 인물이었다. 그는 열정적으로 친일 행위를 함으로써 가파른 신분 상승을 이루었다.

강은 잠시 생각에 잠겨 있다가 담배에 불을 붙이고는 새로 마련한 빅터 축음기 앞으로 천천히 다가갔다. 웨슬리언 대학 시절의 친구 프랜시스가 느닷없이 선물로 보낸 수자 악단의 〈즐거웠던 그 여름날In the Good Old Summertime〉이 실린 음반이 축음기 위에 올라가 있었다. 강이 축음기를 틀자 곧 뉴욕을 연상시키는 취주악단의 경쾌한 음악이 방 안을 가득 채웠다. 강은 위스키 병을 들고 잔을 거의 채운 다음, 긴 안락의자 위에 드러누워 배 위에 잔을 조심스럽게 올려놓았다. 그러고는 한숨을 쉬며 비교적 최근까지 볼 수 없었던 뱃살을 어루만졌다. 강은 잔을 들고 대강 입이 있다고 생각되는 지점에서 잔을 기울였다. 한두 번 해본 솜씨가 아닌 듯, 위스키는 정확히 강의 입안으로 흘러 들어갔다.

"즐거웠던 그 여름날, 즐거웠던 그 여름날
사랑하는 그대와 그늘진 오솔길을 걸으며
그대의 손을 잡으니 그대도 내 손을 잡았지
오늘은 아주 운이 좋아……"

왜 그들은 아직까지 나를 죽이지 않는 걸까? 이토를 만났던 그 날 밤 이후 강은 이런 생각을 반복하며 괴로워했다. 강은 경비병의 서늘한 눈빛이나 인력거꾼이 빠진 이를 드러내며 보이는 웃음, 기녀들의 비녀, 궁인이 가져오는 찻주전자와 술병 등 사방에서 때와 장소를 가리지 않고 살의를 느꼈다. 황귀비 엄 씨도, 의병을 자처하는 이들이나 그들로 가장한 누군가도 강이 죽기를 바랐다. 그리고 이제 자신은 누가 보아도 일본을 반대하는 인물인데, 그렇다면 이토 역시 자신을 제거하고 싶지 않을까? 그런데 왜 안 그러는 걸까? 예기치 않은 죽음보다 더 나쁜 일이 있다면 그건 그런 죽음을 기다리는 과정이었다. 그런 생각을 하니 강은 이토가 더욱 증오스러웠다.

술이 계속 들어가자 평범한 생각들이 떠올랐다. 인생이란 고독한 배경 음악에 맞춰 흘러가는 무의미한 모험의 연속이며, 거기에 간헐적으로 모욕과 두려움이 끼어드는 게 아닐까.

"더 이상 이렇게는 못 살겠군. 빨리 뭐라도 해야지."

강은 다시 위스키 잔에 손을 뻗으며 중얼거렸다.

"아니면 그냥 다 끝내버릴까……"

강은 위스키를 다 마시고 잠이 들었다. 축음기의 노래가 여전히 머릿속을 맴돌았다. *"그대의 손을 잡으니 그대도 내 손을 잡았지. 오늘은 아주 운이 좋아……"*

"전하."

"음……"

"일어나셔야 합니다."

강은 의자 위에 누워 팔걸이에 머리를 기대고 있었다. 쩍쩍 들러붙어 떨어지지 않는 눈꺼풀을 움직이며 앓는 소리를 냈다. 전등이 켜져 있었으나 밖은 이미 환했다. *내내 여기서 잠을 잤단 말인가……*

"뭐?"

강은 화들짝 놀라 몸을 일으켰다. 눈앞에 낸시가 서 있었다. 다만 평소에 알던 모습이 아니었다. 머리는 헝클어져 있었고 얼굴에 화장기도 전혀 없었다.

"아, 당신이었군."

"네, 여기까지 들여보내 주더군요. 큰일이 벌어졌습니다. 누군가 이토를 총으로 쏴 죽였답니다."

"뭐라고?"

강은 갑자기 몸에 열이 오르며 술기운이 다 날아가는 것 같았다.

"이토가 죽었다고요. 누군가 만주에서 그를 암살했습니다. 조선 사람이 그랬다고 합니다."

"그게 정말입니까? 누가 그런 일을?"

"모르겠습니다. 아직은요. 하지만 곧 알게 되겠지요."

강은 다시 자리에 앉았다. 몇 초 동안 말없이 앉아 고개를 저으며 웃기도 했지만 무슨 말을 해야 할지 떠오르지 않았다.

"아직 공식적으로 발표된 건 없습니다만."

"그럼 당신은 어떻게 그 사실을 알았소?"

"믿을 만한 소식통이 있어요. 그런 눈으로 보지 마세요. 제가 비록 여인이어도 주변에 믿을 만한 사람이 꽤 있습니다."

"아니, 그런 뜻이 아니오. 그저 너무 믿기 어려운 일이라서."

낸시가 바닥에 자리를 잡고 앉았다. 두 사람은 아무런 말도 하지 않고 그저 서로를 바라보았다.

"혹시 물 좀 마실 수 있을까요? 여기까지 쉬지 않고 달려왔더니 ......"

강은 자리에서 일어나 마치 남의 방에 처음 들어온 사람처럼 이리저리 둘러보았다.

"잠시만. 어…… 위스키가 있고…… 맥주도 있는데…… 물은 안 보이는군. 물을 가져오라고 해야겠소."

낸시는 강의 말을 한 귀로 들으며 이렇게 말했다.

"잘 아시겠지만, 전하의 몸을 더 생각하셔야 해요."

"음, 그럴지도요."

강은 어깨를 으쓱했다.

"그나저나 그 소식이 사실이라면 이제 전 세계는 일본의 통치에 대한 조선의 입장을 알게 되겠군요. 오늘은 정말 멋진 날입니다. 실로 오랜만에 이런 기분을 맛보게 되는군요."

"지금 우리 입장에서는 그럴 수도 있겠지만……"

"그게 무슨 뜻이오?"

"오해하지 마세요. 저도 통쾌하지 않은 건 아니니까. 그 소식을 듣자마자 환호성을 질렀어요. 그런데…… 다른 나라가 우리에게 관심이 있을까요? 미국이나 프랑스, 영국, 독일이 조금이라도 신경을 쓸까요?"

낸시는 적당한 표현을 찾는 듯 잠시 말을 멈췄다.

"일단 지금 당장은 축하할 일이라고 생각합니다. 하지만 솔직히 말하면, 걱정됩니다. 일본이 완전한 조선 합병을 언급하고 있다는 건 잘 아시겠지요. 이번 사건은 어쩌면 일본에게 더 좋은 기회나 평계가 될지도 몰라요. 이토 히로부미가 죽었다면 대신할 사람을 보내면 그만이니까."

"그럴 수도 있겠소. 하지만 사람들을 일깨울 계기가 되지 않겠소? 그렇게 영웅적으로 행동하겠다는 의지를 가진 사람이 만 명만 모인다면!"

"그에 따른 저들의 대응이 두렵지는 않으신가요? 폭력을 찬성하는 사람들은 저들에게 훨씬 더 큰 폭력을 행사할 수 있는 역량이 있다는 사실을 알아야 해요."

"좀 더 생각해 봅시다. 당신은 장기적인 관점으로 새로운 애국자 세대를 교육하고 키워내기 위해 노력하고 있소. 한데 어느 쪽이 성공 가능성이 더 크겠소? 우리는 이미 저들에 대해 잘 알고 있어요. 그런데 교육을 통해 우리 목표를 이뤄낼 수 있다고 정말 믿는 겁니까?"

낸시는 입을 다물었고 말할 때마다 계속 흔들던 오른손도 힘없이 무릎 위로 떨어뜨렸다. 고개를 몇 번 흔들고는 물기 어린 눈으로 다시 강을 바라보았다. 그렇게 몇 분이 흘렀다.

"저는…… 잘 모르겠어요. 그렇게 믿고 있었는데, 계속 믿을 수 있다면 좋을 텐데."

흔들리는 낸시의 모습은 강에게 두려움과 연민을 동시에 불러일으켰다. *어떻게 된 일일까? 나처럼 유약한 사람이 어떻게 낸시 같은 사람의 신념을 뒤흔든 걸까?* 강은 낸시의 어깨에 손을 얹었다.

"원식도 비슷한 생각을 해왔다는 거, 당신도 잘 알 거요. 두 사람 모두 그렇게 스스로에게 확신이 있었으니까. 하지만 나를 봐요. 나는 그저 자금이나 조달하는…… 아니, 내 말 같은 건 듣지 마시오. 당신은 옳은 일을 하고 있으니 그걸 믿어요."

낸시가 떠났고 강은 다시 창가에 혼자 서서 자신이 머무는 별궁을 내려다보았다.

"그저 자금이나 조달한다……"

가진 것이 넉넉하다면 나눠주는 건 그리 어렵지 않지. 강은 이토를 죽였다는 정체불명의 사내에 대해 생각했다. 일본은 반드시 그를 체포해 처형하겠지. 그가 누구든 그는 전부를 다 바쳤다. 나 같은 사람이 감히 그런 이의 뒤를 따를 수 있을까.

28

수덕은 천천히 찻잔을 입으로 가져가는 태상황의 오른손을 계속 쳐다보았다. 주름이 늘고 핏줄이 드러난 손을 보니 그동안 세월이 5년이 아니라 마치 20년은 더 흐른 것 같다고 수덕은 생각했다.

"설탕을 좀 주겠느냐?"

수덕은 시키는 대로 했다. 수덕이 손을 뻗자 창문 쪽 난간을 가로질러 불어오는 부드러운 바람이 소매를 스쳐 지났다. 그때 미처 생각지도 못한 곳에서 어린 궁인이 불쑥 나타나 다가오더니 고개를 숙였다.

"혹시 필요한 것이 있으시면 소인에게 분부하십시오."

"아니, 괜찮다. 그만 가보거라."

궁인은 다시 고개를 숙인 후 사라졌다.

"너도 알겠지만 내가 본래 쌀쌀맞은 사람은 아니지 않느냐. 한데 나도 어쩔 수 없이 이렇게 불친절한 늙은이가 되어가는구나. 너도 보았느냐? 저들이 내 사람들을 모두 쫓아내고 새로운 자들을 보냈다. 너는 그 이유를 알겠지?"

"음…… 폐하를 감시하려고요?"

"너는 항상 그렇게 바로 대답을 하는구나."

태상황은 커피에 각설탕 세 개를 넣은 후 커피 주전자 옆 접시 위에 남아 있던 마지막 초콜릿 조각을 집어 들었다. 그리고 접시를 뒤집어 바닥을 살펴보았다.

"이것 좀 보거라. 빌레…… 보, 보치? 어떻게 읽는지 모르겠구나. 유럽에서 비싼 값을 치르고 들여온 물건이지. 지금 내가 가진 모든 게 다 이런 식이다. 하지만 나는 옥에 갇힌 죄수야. 네가 나를 만나러 와줘서 그나마 다행이구나. 어쨌든 너도 내 가족이니까."

"혹시 그동안 황태자…… 아니 황제 폐하는 만나보셨습니까? 송구합니다."

"나도 안다. 이런저런 변화가 여전히 낯설게 느껴지는구나. 황제는 본 지 오래되었다. 아니, 만날 수가 없어. 황제는 창덕궁에 있고 나는 여기 갇혀 있으니. 내가 대체 왜 살고 있는지 모르겠다."

"폐하, 그런 말씀 마십시오."

수덕은 목이 메어 말을 다 잇지 못했다.

"미안하구나. 얘야."

태상황은 애잔한 표정으로 며느리를 바라보았다.

"너는 참으로 마음씨가 고운 아이다. 알고 있느냐? 너를 며느리로 들인 걸 나는 결코 후회하지 않는다…… 너는 후회하는지도 모르겠지만."

태상황은 씁쓸하게 웃으며 마지막 말을 덧붙였다.

"폐하, 사실 오늘은 의친왕에 대해 말씀드리려 찾아왔습니다."

"아, 의친왕에게 무슨 문제라도 있느냐?"

"그렇지는 않습니다만,"

수덕이 몸을 기울여 속삭였다.

"걱정이 많이 되옵니다. 항상 술에 취해 있을 뿐더러 갑자기 화를 내거나 물건을 집어던지고 주먹으로 바닥을 내려치기도 합니다. 방에 틀어박힌 채 아무것도 하지 않고 아무 말조차 하지 않을 때가 제일 고역입니다. 제가 볼 때는 살려는 의욕 자체를 잃어가는 듯합니다."

태상황은 탁자를 내려다보더니 손으로 자신의 코를 어루만졌다. 수덕의 말이 이어졌다.

"저에게도 거의 말을 걸지 않습니다. 이따금 입을 열어도 그저 더 이상 살고 싶지 않고 이런 식으로 사느니 차라리 죽고 싶다는 말만 되풀이합니다. 심지어 누구를 죽여버릴까, 그런 말도 하고요. 아직도 권총을 갖고 있는지라 정말 무슨 일이라도 벌이는 게 아닐지 염려가 됩니다."

"모두 내 잘못이다…… 모든 게 다."

"아니옵니다, 폐하. 그런 것이……"

"내가 한 일은 모두 다 그리되었느니라. 조선은 사라졌고 세 아들은 각기 다른 길을 갔지만 모두 비참하게 살고 있구나."

"폐하, 그리 자책하지 마십시오. 제가 감히 폐하께 뭘 부탁드릴 수는 없지만, 의친왕이 제 말을 들으려 하지 않고 아예 만나려고도 하지 않으니 이리 찾아온 것입니다. 폐하께서 아드님께 서신이나 전화로라도 한마디 해주십사 하고 말입니다."

태상황은 고개를 끄덕이더니 저 멀리 서 있는 경비병을 가리키며 말했다.

"알겠다. 저놈들이 허락만 해준다면 내 그리하도록 하마."

"폐하, 저들의 간섭이 그리 심하옵니까?"

"그렇다. 입에 올리기도 싫지만, 일본에서 올 새로운 통감 데라우치가 곧 공식적으로 조선을 일본에 합병할 게 분명하구나. 이토 통감이 있을 때는 그가 무엇을 원하는지조차 전혀 알 수 없었다. 아니, 아마 이토 자신도 앞으로 뭐가 어떻게 될지 정확히 몰랐을 수도 있다. 한데 이 새로운 통감의 목표는 확실하다. 오직 권력, 억압, 폭력만 생각하는 사람이야. 그는 '조선의 문제를 마무리 짓기'를 원하고, 그게 바로 일본이 바라는 바지."

수덕은 눈물을 흘리기 시작했다. 태상황이 수덕에게 손수건을 건넸다.

"그러면 우리는 전부 포로나 죄수로 전락하는 것이다. 2천만 조선 백성이 모두 다."

말을 잃은 수덕은 눈물을 흘리며 자리에서 일어섰다. 그리고 훈의초가 가득 피어 있는 길을 따라 저 멀리 사라졌다. 그 모습을 바라보며 홀로 남은 태상황은 자신이 아들을 위해 아무것도 할 수 없음을 한탄했다.

"다른 아들들에게도 마찬가지지……"

태상황은 고개를 저으며 중얼거렸다. 이제 그의 눈에는 비극만 보일 뿐이었다.

"모든 나라는 다 이런 식으로 끝나는 것인가. 그렇지, 나 같은 왕으로 끝나는 것이지."

잠시 후 황귀비 엄 씨가 뒤를 따르는 상궁 둘과 함께 나타났다. 태상황은 급히 눈물을 감추려 애썼다.

"어서 오시오."

그가 힘없이 아내를 맞았다. 황귀비는 몸을 숙여 태상황을 껴안고 고개를 돌려 상궁들을 쏘아보았다. 두 상궁은 즉시 고개를 숙이고 물러났다.

황귀비가 수덕이 앉았던 의자에 앉았다. 그러고는 몸을 똑바로 펴고 태상황을 쳐다보았다.

"무슨 일이 있었습니까?"

"뭐가 말이오?"

"의왕비가 다녀가지 않았습니까. 무슨 일입니까?"

"내 아들 때문이오. 의친왕 말이오."

"적어도 의친왕은 가족과 함께 있지 않습니까. 고작 열두 살 나이로 일본에 인질로 끌려가 잡혀 있는 황태자는 걱정되지 않으십니까?"

"물론 황태자도 걱정됩니다. 어찌 아니 그럴 수가 있겠소. 자식이 여럿이라고 누가 더 신경 쓰이고 덜 쓰이는 게 아니라오. 열 손가락 깨물어 안 아픈 손가락이 어디 있겠소……"

"글쎄, 그런가요? 저는 잘 모르겠습니다."

태상황은 한숨을 내쉬었다. 황귀비의 표정이 조금 풀어졌다.

"송구합니다."

황귀비는 그러면서 남편의 어깨를 좀 더 힘껏 감싸 쥐었다.

"그래서, 의친왕에게 무슨 일이라도 있다 하옵니까?"

"의친왕이 혹시라도 무모한 일을 저지를까 봐 걱정하더군요. 제정신이 아닌 것 같다고도 하고……"

"그렇습니까……"

태상황은 커피 잔을 집어 들었지만 입에 대지 않고 다시 내려놓았다.

"의친왕이 혹시 뭔가를 아는 게 아닌지…… 가끔 보면 뭔가 다른 생각이 있는 것 같소……"

두 사람은 본능적으로 주위를 둘러보았다. 말할 때마다 주위를 살피는 건 이제 습관이 되었다. 최근에는 벽 모퉁이나 병풍 뒤, 심지어 방바닥 밑에서까지 누군가 자신들을 감시하는 듯한 느낌이 들었다.

"그저 상상일 뿐이겠지요. 의친왕이 그 일을 어찌 알겠습니까."

태상황은 눈을 질끈 감았다.

"아니, 어쩌면…… 아, 가엾은 내 아들은 나를 결코 용서하지 않을 게야. 어떻게 용서할 수 있겠나? 그 일을 알면 어찌 될지…… 만일…… 알게 된다면……"

"그 일은 폐하의 잘못이 아닙니다. 저도 그 자리에 있었습니다. 모든 걸 다 보았지요."

1877년 봄, 갓 태어난 강과 그의 친모가 영원히 이별한 그날 오후에 태상황은 엄 씨를 본 기억이 없었다. 그때 엄 상궁은 눈앞에서 벌어지는 일에 놀라 두려움에 떨던 여럿 중 하나에 불과했고, 그저 방관자였다. 그날의 일이 훗날 제 삶의 방향을 어떻게 바꾸어놓을지 상상조차 하지 못했었다.

"그날 이후 더 강해지지 못한 건 내 잘못이야."

"폐하! 폐하는 강하십니다! 절대 약한 분이 아니세요!"

"그렇지 않다는 걸 잘 알잖소. 나는 항상 남에게 기대어 살아왔지. 처음에는 아버지께, 그다음은 중전에게, 지금은 당신에게……"

태상황은 다시 의자 위에 앉았다.

"내 아들은……"

그가 말을 더듬었다.

"결국 다 알게 되겠지. 그렇게 될 거야. 당신도 그리 생각하지 않소?"

"그때 그 일을 아는 사람은 이제 폐하나 저, 박 내관처럼 나이든 사람들뿐입니다. 박 내관이야 충신이니 절대 입을 열지 않겠지요. 나머지는 죽거나 다들 어디론가 흩어졌습니다."

"나도 박 내관은 걱정하지 않아요. 다만 일본이 염려되는데……"

"제 생각에는 일본도……"

"저들은 모든 기록을 다 가지고 있소! 그러니 곧 알게 될 거고, 그러면 내 아들에게 다 말하겠지. 분명 그리할 거요. 그 사실을 이용해 황실을 갈라놓으려 할 겁니다."

태상황이 쉬지 않고 말을 뱉어냈다. 황귀비의 얼굴에 침이 마구 튀었다.

"어쩌면 이미 말했을지도 모르지! 그래서 의친왕이 지금 그렇게……"

"제 생각에 일본은 그런 일에 관심이 없을 것 같습니다만……"

황귀비가 얼굴을 닦으며 말했다.

"아니, 아마 그럴 거요. 절대 그놈들에게 들어서는 안 되는데! 그래서는 안 되는데! 차라리 내가 먼저 이야기를……"

"절대 안 됩니다!"

황귀비가 주먹으로 탁자를 내리쳤다.

"이제 폐하께서도 이성을 잃으시려는 겝니까?"

그러고는 태상황의 손을 잡았다.

"이제 가배는 조금만 마시세요. 게다가 설탕도 너무 많이……"

"갑자기 가배나 설탕 이야기는 왜……"

"몸에 좋지 않으니까요. 이제부터는 보리차를 드세요. 설탕은
치우시고요."

"나도 이제 나이가 예순이요. 가배 말고 즐거운 일이라고는 하
나도 없어요."

29

강은 연회장 모퉁이의 높은 받침대 위에 놓인 큰 꽃병에 몸을 반쯤 가린 채 서 있었다. 그러고는 턱 바로 앞에 잔을 받쳐 들고 술을 한 모금씩 마셨다. 적포도주를 채운 술잔과 높이 솟아 있는 격자무늬 천장 사이에는 위아래로 긴 유리창이 있었고, 그 앞에는 보기만 해도 강을 불쾌하게 하는 사람들이 가득했다. 주로 일본에서 온 관리와 군인, 일본어를 할 줄 아는 조선의 친일파와 사업가였다. 접대를 위해 불러들인 일본과 조선의 아리따운 시녀들도 있었지만, 강은 그저 혜랑이 보고 싶었다.

다섯 걸음 정도 떨어진 곳에 선 줄무늬 양복을 입은 뚱뚱한 남자 앞에서 윤태종이 활짝 웃으며 뭐라 손짓하고 있었다. *평소 같으면 단숨에 나부터 찾았겠지만, 지금 저 개자식은 돈이 되는 사람 곁을 떠나고 싶지 않은 게 분명하다. 기회만 되면 총으로 쏴버리고 싶군.* 언뜻 보기에 친일 사업가 같은 뚱뚱한 남자는 윤태종에게 일본에서 유행한다는 골든 배트 담배를 권한 뒤 자신도 한 대 물고 불을 붙였다. 강은 뚱뚱한 이가 조선인인지 일본인인지 알 수 없었다. 얄팍한 콧수염과 판에 박힌 듯한 태도만 봐서는 구분하기 힘들었다. 강은 이 상황이야말로 일본이 원하는 미래일 것이라 생각했다.

조선은 이제 공식적인 식민지가 되었다. 순종 효황제는 대한제국의 황제가 아니라 식민지 조선의 '창덕궁 이왕'이 되었다. 이로

써 조선 황실은 일본 황실의 일부가 되었으며 조선이나 대한제국이라는 나라는 사람들의 기억에만 남게 되었을 뿐 더 이상 존재하지 않았다. 완전한 합병, 혹은 병합이었다. 강은 이번에도 낸시가 옳았다고 중얼거렸다. 윤태종과 남자가 웃음을 터트렸다.

강은 포도주를 한 모금 더 마셨다. 종종 그렇듯 벌써 배가 아팠지만, 이번에는 술이 도움이 되지 않았다. 최근 들어 강은 술이 없을 때 비로소 술의 강력한 효과를 실감했고, 거의 하루 대부분을 반쯤 취한 듯 안개에 덮인 채 살고 있었다. 안개를 꿰뚫을 수 있는 건 오직 분노뿐이었다.

강은 조선의 강제 합병을 지지하기 위해 이 자리에 참석한 게 아니었다. 낸시가 이토 히로부미의 마지막을 알려준 그날부터 강은 '자금 조달' 말고 자신이 할 또 다른 일이 있다고 생각했다. 자신의 분노를 이용할 곳이 있다고 믿었고, 오늘이야말로 좋은 기회를 잡겠다고 다짐했다.

"팅, 팅, 팅!" 숟가락으로 유리잔을 두드리는 소리와 함께 사람들의 목소리가 잦아들었다. 세 번째 통감으로 부임했지만 이제는 초대 조선 총독이 된 데라우치 마사타케가 모습을 드러냈다. 가장 먼저 사람들의 눈길을 끈 것은 여봐란듯이 번뜩이는 그의 대머리였다. 평생 전쟁터를 누비며 얻은 훈장들이 그의 웃옷에서 빛을 뿜었다. 총독은 사쓰마 반란을 진압하다 쓰지 못하게 된 한쪽 손을 가리기 위해 양손에 흰 장갑을 끼고 있었다. 움직일 수 있는 손에는 줄을 쥐고 있었고 그 줄 끝에는 회백색 새끼 호랑이가 있었다.

"감사합니다, 모두 감사합니다. 이 호랑이는 근자에 새로 얻은 친구로, 북쪽 어딘가에서 왔다고 하더군요."

그가 자신의 앞에 모인 사람들에게 설명했다.

데라우치 총독은 새끼 호랑이를 부관에게 넘겨주고 목소리를 가다듬었다. 겉모습도 목소리도 어딘지 힘이 부족한 듯했지만, 그가 하는 말은 달랐다.

"나는 오늘 통감이 아닌 총독으로 여러분 앞에 섰습니다. 바로 어제 이 건물 안에서 조인식을 끝내고 일본과 조선은 이제 한 나라가 되었습니다."

그의 말이 끝나기가 무섭게 환호와 박수 소리가 사방에서 울려 퍼졌다.

"잘 아시겠거니와 나는……"

총독이 말을 이으려 했지만, 박수 소리가 그치지 않았다. 총독은 겸손한 척 웃으며 사방을 향해 연신 고개를 조아렸다. 마침내 소란이 가라앉았다.

"감사합니다. 이렇게 청명한 초가을 밤에 달을 바라보며 문득 궁금증이 생겼습니다."

총독이 창밖으로 보이는 초승달을 가리켰다.

"코바야카와나 가토, 코니시에게는 저 달이 어떻게 보였을까요!"

그러자 누군가 이렇게 소리쳤다.

"영웅 도요토미 히데요시를 잠에서 깨워 우리의 깃발을 보여줍시다!"

강의 가슴 깊은 곳에서 신음이 터져 나왔다. 데라우치가 말한 세 사람은 임진왜란 당시 선봉에 섰던 장군들이다. 3백여 년 전 그들이 시작한 일을 오늘날 우리가 끝냈다, 그게 저들이 말하고자 하는 요지였다. 다시 박수 소리가 울려 퍼졌다.

"여러분, 우리는 역사적인 과업에 참여하고 있습니다. 어제의 조인식은 시작에 불과합니다. 동아시아를 통합하고 전 세계가 지금껏 한 번도 본 적 없는 새로운 번영의 시대를 건설하는 것, 그것이 바로 우리의 신성한 목표입니다. 이제 지체할 시간이 없습니다. 나는 여기 있는 우리 모두가 대일본제국 천황 폐하의 이름으로 그 목표를 달성하기 위해 최선을 다할 것임을 알고 있습니다!"

데라우치 총독은 사람들의 반응을 살피며 천천히 주위를 둘러보았다. 그는 일본 천황을 대신해 조선에 왔지만, 강이 보기에는 마치 자신이 천황이 된 듯 행동하는 것 같았다. 인정하기 싫지만 가엾은 자신의 이복형보다 더 황제처럼 보이기도 했다. 그러자 강은 걷잡을 수 없이 분노가 끓어올랐고 머리끝까지 피가 차올랐다. 총독이 잔을 들어 올렸다.

"우리의 위대한 합병을 위하여! 미래를 위하여! 천황 폐하를 위하여!"

사람들은 서로 잔을 부딪치며 박수와 환호성을 보내 지지와 찬성의 뜻을 밝혔다.

축하 행사가 마무리되자 취주악단이 등장해 연주를 시작했다. 시녀들이 나타나 손님들에게 음료를 추가로 권했다. 십대 후반으로 보이는 한 참한 소녀가 강에게 포도주를 권했다. 강은 소녀의 눈을 바라보며 "미안"이라고 말한 후 손에서 병을 빼앗아 남은 술을 한 번에 모두 들이켰다.

"샤토 마고! 최고의 프랑스 포도주로군!"

강은 소리치며 빈 병을 바닥에 떨어트렸다.

"음악도 좋네! 자, 다들 같이 춤을 춥시다!"

강은 갑작스런 상황에 놀라 옆에서 떨고 있는 소녀의 차가운 손을 붙잡았다.

그러자 곧 윤태종이 달려왔다.

"의친왕 전하, 술이 과하신 것 같습니다."

강은 윤태종에게 허리를 90도로 꺾어 인사하며 윤태종의 낮은 목소리와는 다르게 큰 소리로 대꾸했다.

"이거 실례했소이다! 아니, 이제 조선과 일본이 하나가 되었으니 일본말로 해야 하나? 스미마셍! 그런데 술은 아직 간에 기별도 안 갔다오! 오늘 이게 다 무슨 일이오? 기녀들은 다 어디 있고? 아니지, 게이샤, 게이샤들을 불러야 하나? 어쨌거나 나는 최고가 아니면 안 만납니다!"

이제 데라우치 총독도 다른 이들과 함께 강을 쳐다보았다. 강은 아까 데라우치 총독이 그랬던 것처럼 사방을 둘러보며 머리를 조아렸다.

"이렇게 만나게 되어 기쁘군요!"

총독이 바로 다가와 강의 어깨에 가볍게 손을 얹으며 부드러운 목소리로 말했다.

"의친왕에 대해서는 들었습니다. 빨리 만나고 싶었지만, 오늘은 좀 그렇군요."

강은 말을 멈췄다. '계획'이라 하기에는 거창했으나 강은 일본의 새 우두머리가 오기 전부터 그를 죽이겠다는 막연한 생각을 품고 있었다. 그게 누구든 그런 꼴을 당해야 마땅했고, 이제 데라우치 본인을 직접 눈으로 확인했기 때문에 막연했던 생각은 확신으로 바뀌었다. 총독 암살은 전략적, 도덕적으로 올바른 행위였다. 조선 백성을 위한 일인 동시에 자신을 위한 일이었다. 지금까지 강은 그저 역사에 휘둘리는 보통 사람에 불과했지만, 만주 하얼빈의 영웅을 따르겠다는 의지가 마음속에 자리 잡으며 지루했던 몇 개월을 참고 견딜 수 있었다.

그런데 정말 세상이 자신의 뜻을 알아줄 것인가. 지금껏 부끄러운 인생을 살아온 강이 일을 벌인다면? 강은 이 자리에 모인 사람들이 자신을 그저 술주정뱅이로만 보고 있다는 사실을 깨달았다. 지금 뒤로 물러선다면 누구도 자신이 마음속으로 뭘 생각했는지 알지 못할 것이다. 어제 했던 일을, 아니 1년 전 기억도 나지 않는 어느 오후에 하루하루를 반복하며 살아야 할 수도 있다. 그저 편안하게, 앞으로 30년, 40년을 그대로 늙어갈 수도 있다…… 강을 무기력하게 만드는 건 그런 편안함과 술, 궁극적으로는 외로움이었다. 하지만 지금 외로움을 느끼고 있다면 이미 충분히 오래 산 건 아닐까. 나는 여기서 죽어도 상관없다.

수십 명 이상의 사람들이 강을 보고 있었다. 뒤에서 누군가가 "저 멍청이는 누구야?"라고 일부러 크게 말하는 소리도 들렸지만 얼마 지나지 않아 사람들은 강에게서 등을 돌리고 저들끼리 이야기를 나누기 시작했다. 강은 데라우치 총독을 바라보며 마치 유랑 극단의 소리꾼이라도 된 듯 모두에게 들리도록 과장되게 소리를 질렀다.

"나는 괜찮습니다! 당신의 대머리는 영원하지만 내 술기운은 금방 해결이 되니까요."

그러자 데라우치 총독이 차분한 목소리로 대답했다.

"그런가? 그렇다면 이제부터는 얌전히 행동하면 좋겠군."

사람들이 놀란 듯 웅성거렸다.

강은 마치 바다 위 절벽 끝에 선 것 같은 기분이 들었다. 저 아래 있는 바다가 머리와 어깨를 억지로 끌어당기는 동안 발과 다리가 그 힘에 따를 것인지 아니면 저항할 것인지 갈등하는 듯했다. 심장이 아플 정도로 세게 고동쳤고 벌벌 떨리는 몸 안에서 피가 요동쳤다. 강은 오른손으로 왼쪽 가슴을 더듬었다. 저 이상한 남자에게 의사가 필요할 것 같다는 소리도 들렸다. 이윽고 모든 감정과 현실감각이 사라지더니 자신이 갑자기 관찰자로 바뀌었다. 한 남자가 웃옷 주머니에서 권총을 꺼내 의기양양하게 서 있는 총독을 겨누었다. *이게 나인가? 내가 지금 이러고 있는 게 맞나?* 마침내 두려움도, 환상도 다 사라졌다. 과거와 현재는 분명 존재하겠지만 지금은 아니었다. 강에게는 지금 이 순간만 존재했다.

결행해야만 한다.

"더러운 살인자에게 그따위 말은 듣고 싶지 않아! 지금 이 자리에서 너도 죽고 나도 죽는다!"

데라우치 총독의 입이 벌어졌다. 오른쪽에서 경비병이 나타나 강에게 총을 내려놓으라고 소리쳤지만 강의 눈에는 총독만 보였다. 총독의 저택도, 일본도, 조선도 없고 경비병도 없었다. 도망치는 사람들도 보이지 않았다. 지금 이 자리에는 단 두 사람, 총을 든 한 사람과 그 총 앞에 선 한 사람만이 있을 뿐이었다. 강은 언제라도 방아쇠를 당길 수 있었다. 손가락만 까딱한다면……

"제발…… 제발……"

표적의 얼굴이 아까의 새끼 호랑이 털처럼 창백하게 바뀌었다. 큰 충격을 받았는지 몸은 목석처럼 굳어 있었다.

30

강은 아픈 갈비뼈를 어루만지며 델라웨어에서 마을 청년에게 두들겨 맞았던 날을 떠올렸다. 그러나 일본 경찰은 의도적으로 깊은 상처나 흉터가 남지 않을 만큼만 심문을 했다. 임시 '감옥'은 총독 관저에 있는 방이었고, 침대와 마호가니 책상, 벽난로까지 갖추었을 정도로 호화스러웠다. 창가에 놓인 루이 16세풍 의자를 보고 강은 참으로 얄궂은 기분이 들었다.

창문 너머로는 남산 기슭이 보였다. 언젠가부터 그곳은 일본인들이 입맛대로 만든 동네인 남촌과 하나가 되었다. 그 왼쪽에는 생긴 지 얼마 되지 않은 명동성당의 첨탑이 보였다. 더 멀리 눈을 돌려야 비로소 강이 아는 조선이 시야에 들어왔다. 한성의 나머지 부분을 포함한 북쪽에는 여러 궁과 종묘, 장터며 백성들의 초가집이 있었다. 그 모습은 지난 수백 년 동안 전혀 변하지 않았고, 그래서 멀리서 보면 아무것도 달라진 게 없는 것 같았다.

강은 의자에서 몸을 일으켰다. 어쩌면 지난 몇 개월간 자신이 틀어박혔던 별궁의 서쪽 별관 꼭대기 층이 보일지도 몰랐다. 그 근처에 수덕이 살고 있는 안채가 있다. *가엾은 수덕. 만일 내가 그녀의 인생을 망치지 않았더라면 어땠을까.* 인목왕후의 말이 옳았다. 이제 수덕은 가장 엄격한 감시와 통제의 대상이 될 것이다. *그런 수덕에게 내가 어떻게 감히 고마움이나 후회를 표현할 수 있을까.*

강은 땀에 젖은 아내가 텃밭을 일구는 모습을 상상했다. 부디 수덕이 하는 일에 저들이 아무런 위험을 느끼지 않고 그대로 내버려두기를. 이제 곧 과부가 될, 갈 곳 없는 수덕에게 다른 즐거움은 없을 것이다. 강은 목에 밧줄이 휘감길 때 어떤 느낌일지 상상하며 제 운명을 생각했다.

밧줄이 목에 감기면 바로 따끔거리거나 가려울까? 사형장까지 가는 길은 멀까? 사형장에 도착해서도 얼마간 더 기다려야 할까? 조금이라도 절차를 빨리 끝내기 위해 떨어지는 구덩이를 깊게 준비하는 정도의 자비는 보여줄까? 아니면 한 번에 끝나지 못하고 괴로워 몸부림치는 동안 얼굴이 보라색으로 변하면서 부풀어 오를까? 아니, 어쩌면 교수형이 아니라 총살로 처리할지도 모르지. 그쪽이 더 나은 것 같다. 덜 번거로우면서도 어떻게 보면 군인 같은 장렬한 죽음이 아닌가.

저들은 평범한 사람들을 멋대로 처리해 왔지만, 지금껏 황실 인사를 처형한 적은 없다. 할 수 있는데 하지 않은 걸까? 그렇다면 이번에는? 논리적으로 생각하면 일본도 바보가 아니기 때문에 이번에도 그렇게 하지 않을 것이다. 다만 저들이 바보가 아니라는 건 결국 같은 목표를 달성하기 위해 더 조용하면서도 모두 받아들일 방법을 사용할 수 있음을 의미한다. 처형되지 않는다면 병에 걸려 죽게 되겠지. 독을 사용할까? 독은 편리한 물건이지. 아니면 그저 쥐도 새도 모르게 사라져버릴 수도 있다.

저들은 강의 혁대와 신발 끈까지 빼앗아 갔는데, 어차피 죽일 속셈이라면 왜 직접 시도하도록 두지 않는지 강은 알 수 없었다. 그러다 강은 벽에 걸린 시계의 초침에 맞춰 머리로 유리창을 두드리기 시작했다. 건물 바깥쪽 바로 밑에 서 있는 경비병이 올려다보았지만 무슨 일인지 알아차리고는 다시 고개를 돌렸다. 경비병의 임무는 미친 사람을 이 안에 가둬두는 것일 뿐 그의 존재까지 인정할 필요는 없었다. 강은 이런저런 시도를 통해 창문이 완전히 잠겨 있으며 깨트리기도 어렵다는 사실을 알고 있었다. 유리조각을 얻기도 어려웠고 밖으로 뛰어내릴 수도 없었다. 애초에 높이 자체가 죽기에는 애매했다.

강은 다시 침대로 가서 누웠다. 이런 식으로 이틀이 흘렀다. 침대와 의자, 서성거림. 저들은 마실 거리를 넉넉히 제공했고 덕분에 화장실도 심심찮게 오고 갔다.

왜 방아쇠를 당기지 않았을까.

그런 기회는 다시 오지 않을 게 확실했고 따라서 실수를 되새길 가치가 없다는 걸 알면서도 강은 데라우치 총독을 생각하며 그때 그 순간을 계속해서 다시 떠올렸다. 당시 너무 오래 시간을 끌었고, 그러다 미처 방아쇠를 당기기도 전에 뒤에서 달려든 경비병이 강을 바닥에 쓰러트렸다.

"말씀하신 스테이크입니다."

"감옥치고는 나쁘지 않군. 안 그런가?"

스테이크를 가져온 소녀가 고개를 숙이자 검은 머리카락이 얼굴 양쪽으로 흘러내렸다. 소녀는 돌아서서 방을 나가려다 잠시 머뭇거리며 강을 보았다. 입꼬리가 살짝 움직이는 듯했는데 그렇다고 웃으려는 건 아니었다. *저건 무슨 뜻일까?* 강은 지난 몇 주 동안 자신을 감시하고 지키는 사람들과의 기본적인 접촉을 제외하고는 늘 혼자 지냈다. 그러다 보니 사람을 대하는 게 어색해졌다. 무슨 말을 하는지는 알아들을 수 있었지만 그 표정이나 손짓이 뜻하는 바를 지금도 정확하게 식별할 수 있는지는 알 수 없었다. *어쩌면 이번에는 독을 탔을 수도 있다. 독을 준다면 기꺼이 먹는 것도 나쁘지 않지.*

소녀가 재빨리 주변을 살펴보았다. 그리고 안심한 듯 강에게 허리를 깊숙이 숙여 인사한 후 몸을 기울여 속삭였다.

"전하, 감사합니다. 백성들은 희망을 보았습니다. 절대 낙담하지 마세요."

소녀는 한 번 더 고개를 숙인 후 문 쪽으로 향했다. 그리고 문을 열고 나가려다가 다시 몸을 돌려 이렇게 전했다.

"윤태종 보좌관께서 식사를 마치신 후 이야기를 나누고 싶으시답니다."

절대 낙담하지 말라니…… 강은 문득 소녀가 다시 방 안으로 뛰어 들어와 자신의 품에 안기는 모습을, 자신의 눈물이 소녀의 머리 위에 떨어지고 소녀의 눈물은 자신의 셔츠를 적시는 장면을 상상했다. 고마운 마음과 부끄러운 마음이 교차하는 것을 느끼며 강은 두 손으로 머리를 감싸 쥐었다. *낙담한다는 건 뭘까.* 강은 실패했고 곧 처형당할 게 분명했다. 아마 소녀는 영웅의 존재를 믿는 것 같았다. 소녀는 아직 어렸고 그게 전부였다.

그런데 윤태종이 기다리고 있다? 그렇다면 오늘의 스테이크는 안전하다는 뜻일까? 윤태종은 무슨 일로 찾아온 것일까? 데라우치 총독 암살에 실패한 그날 이후 두 사람은 처음 만나는 것

이었다. 그렇다면 저들이 어떤 결정을 내렸다는 뜻은 아닐까. 결정을 내렸다면 공식적인 형태의 처벌이 있을지도 모른다. 지금까지 상상해 온 대로 밧줄이나 총을 통한 처형이 집행되거나 그런 처형이 정치적으로 너무 위험하다고 판단될 경우 종신형을 언도 받을지도 모른다.

강은 스테이크를 한 입 베어 물었다. 고기는 잘 숙성되었고 겉은 바삭하면서 속은 부드러운 선홍빛이었다.

강이 스테이크를 먹어 치우자마자 윤태종이 나타났다. 과연 저들의 감시는 한 치의 빈틈도 없다는 걸 알 수 있었다.

"그동안 잘 지내셨습니까?"

강은 대답하지 않았다.

"좀 앉아도 될까요?"

"그러게. 이제 전하라고는 안 부르는 건가?"

"아, 그 문제도 오늘 이곳을 찾은 이유 중 하나입니다. 참으로 송구스럽습니다만, 의친왕께서는 공으로 강등당하여 이제 '이강공'이 되셨습니다."

"지위가 강등되었다고? 하하! 그래, 왕자니 전하니 하는 건 내게 전혀 어울리지 않았으니……"

"화가 나지 않으십니까?"

윤태종은 진심으로 놀란 것 같았다.

"내가 아니라도 전하라고 불릴 만한 사람은 얼마든지 있지 않나? 나야 그저 우리 민주공화국의 평범한 국민이 되고 싶을 뿐이니까. 그러니 가서 당신이라도 대신 그 '전하'가 될 수 있는지 물어보시게나."

윤태종은 불편한 표정으로 고개를 저었다. 그러고는 앞으로 몸을 기울여 강의 눈을 똑바로 보았다.

"왜 그러셨습니까? 그렇게 한들 뭔가 바뀔 거라고 생각하신 겁니까?"

강은 어깨를 으쓱했다.

"원하든 원하지 않든 일본은 조선의 미래입니다."

"조선이 아니라 윤태종의 미래겠지. 일본이 당신 팔자를 바꿔주었으니까."

윤태종은 코웃음을 쳤다.

"당신 같은 '애국자'가 하나 있으면 나 같은 애국자는 열 명이 있습니다. 그리고 우리 둘뿐이니 솔직하게 말씀드리지요. 이 나라는 항상 신분이 제일 중요했습니다. 그렇지 않습니까? 재능이 얼마나 있고 얼마나 똑똑한지, 얼마나 품성이 바른지는 중요하지 않습니다. 신분과 계급이 뒤를 받쳐주지 못하면 아무런 희망이 없지요. 하지만 일본은 그런 것에 전혀 관심이 없습니다! 저들은 우리를 친구와 적으로만 구분할 뿐입니다. 그래서 나는 일본의 친구가 되기로 결정한 겁니다."

"그게 나라를 팔아먹은 변절자의 변명이요?"

"나는 선택을 했고 그 선택에 만족합니다."

"그래 보이는군."

강은 한숨을 내쉬었다.

"그런데 오늘은 무슨 일로 여기까지 오셨소?"

윤태종이 헛기침을 했다.

"흠…… 한 가지 결정된 일이 있어서……"

"나를 죽이려 들겠지. 이렇게 계속 기다리고 있는데 무슨 영문인지 자꾸 늦어진단 말이오."

윤태종이 눈을 치켜떴다. 한성으로 오던 기차 안에서 강이 자신에게 권총을 겨누었을 때보다 훨씬 더 놀란 표정이었다.

"한 가지…… 결정된 일이 있습니다."

윤태종은 말을 반복하더니 의자에 편하게 등을 기대고는 손으로 탁자 위를 몇 번 두드렸다.

"하지만 기다리고 계시던 일은 아닙니다."

"그럼 나는 앞으로 어떻게 되는 거요?"

"아무 일도 없을 겁니다."

"아무 일도 없다고?"

"그렇습니다. 영웅도 될 수 없고 영웅이 되려 노력했던 사람조차 될 수 없습니다. 이제 집으로 돌아가 무기한 연금 상태로 지내게 됩니다. 옷을 차려입고 기녀들을 불러 놀거나 마음껏 술을 마셔도 됩니다만, 별궁 안에만 계셔야 합니다. 지니신 재산이나 토지도 그대로 남게 됩니다만 허락 없이는 어떤 거래도 할 수 없으니 더 이상 의병이니 독립군이니 하는 자들을 도울 수도 없을 겁니다. 무엇보다 미국에서 함께 공부했다는 그 '지식인' 친구들도 더 이상 만날 수 없습니다. 공이 저지른 사소한 사건은 영원히 알려지지 않겠지만 화려한 삶에 대한 공의 취향은 모든 언론을 통해 널리 퍼지겠지요. 이토 통감이 이 나라에 오기 전부터 있었던 황실의 모든 부패와 조선의 모든 악습에 대한 살아 있는 상징으로 남게 된다는 뜻입니다. 저 역시 이런 사실을 전해드리는 일이 유쾌하지는 않습니다만."

강은 참으로 영리한 결정이라고 생각했다. 자신이 한 일은 지워졌고, 조선 땅에서 자신의 존재 자체가 무의미해졌다. 남은 건 일본에게 유리한 선전뿐. 이제부터 1년이든 50년이든 강의 남은 인생은 조금씩 술에 찌들어갈 것이다. 강은 집으로 돌아오자마자 저들이 계획한 자신의 운명을 지켜볼 증인들까지 촘촘히 배치되었다는 사실을 깨달았다. 곳곳에 새로운 '시종'들이 있었고 목제 칸막이나 벽은 대부분 유리창으로 교체되어 화장실을 제외한 모든 방을 들여다볼 수 있게 되었다. 지금껏 외부인의 출입을 감시했던 경비병들에게는 내부인의 바깥출입을 막는 임무가 추가되었다.

별궁을 특별 감시가 가능한 감옥으로 바꾸어놓았지만, 과연 나의 자살 시도까지 완전히 막을 수 있을까. 강은 낸시와 원식에게 편지를 쓰기로 계획을 세웠다. 수덕에게도 진심으로 용서를 구한 뒤 용기를 내어 아름다운 녹색 옷을 입은 여인을 만나러 가자. 나 때문에 심한 고통을 겪었던 여인. 가서 흐르는 눈물을 닦아주고 용서를 구하자. 분명한 계획을 세우자 강은 기분이 좋아졌다. 그에게도 현실적이면서 구체적인, 동시에 스스로를 구원할 목표가 생긴 것이다.

이튿날 저녁까지 강은 옛 친구 둘에게 보내는 편지를 끝마쳤다. 그러나 결국 아내인 수덕에게는 편지를 쓰지 못했다.

제4부

1910-1919

"전하, 저를 보고 싶지 않으실 수도 있겠지만, 저잣거리에 어떤 소문이 돌고 있는데…… 송구합니다만, 그 소문이 사실인지 여쭤봐도 될지요?"

혜랑의 대담하면서도 호기심 가득한 맑은 눈이 강을 똑바로 바라보았다. 그동안 느껴왔던 거리감은 더 이상 없었다. *혜랑은 그 소문이 사실이기를 바라는구나.*

술을 좀 마신 덕분인지 강은 다행히 긴장하지 않았다. 심장도 평소와 다름없이 뛰었고, 무엇보다 그의 대답에는 사형수가 목숨을 건질 기회를 찾는 듯한 불안한 간절함도 보이지 않았다.

"그래, 모두 사실이네."

"전하, 그렇다면 사죄를 올려야겠습니다. 그동안 제가 전하를 얼마나 오해했는지……"

"일단 안으로 들어오지 그러나."

혜랑이 강의 집 안으로 들어왔다. 언제나 그랬듯 무척이나 고왔다. 강은 혜랑이 안으로 들어오자마자 긴 안락의자에 드러눕거나, 작은 탁자에 있는 책을 집어 들거나, 양탄자 위에서 즐겁게 춤을 추다가 그만 등잔 하나를 넘어뜨릴 뻔하는 그녀의 모습을 상상했다. *이곳이 너와 어울리는구나. 여기에 머물러주면 좋으련만.*

한일합방 이후 의친왕이 아닌 이강 공이 된 그는 축음기 쪽으로 슬그머니 다가가 프리츠 크라이슬러의 바이올린 연주곡인 〈빈 기상곡Caprice Viennois〉을 틀었다. 그러고는 긴 의자 위에 앉은 혜랑 옆에 나란히 앉아 가까이 몸을 기대고는 말했다.

"걱정하지 말게. 뭘 어떻게 하겠다는 건 아니니까. 이래야 우리 이야기가 밖으로 새어 나가지 않아."

혜랑의 두 뺨이 은은하게 달아올랐다. 다른 쪽으로 눈길을 돌린 건 강이었다.

"이렇게 몸이 갇힌 후 나를 정식으로 찾아온 첫 손님이군……"

강은 혜랑에게 위스키를 권했다. 잔에 술을 따를 때 혜랑이 자신을 보는 시선을 느꼈다.

"아까 그동안 나를 오해했다고 했던가?"

강이 잔을 내밀며 물었다. 두 사람은 잔을 부딪친 후 천천히 한 모금씩 술을 마셨다.

"참으로 부끄럽습니다, 전하. 하지만 저는 전하를 만월관을 찾는 그저 그런 사내 중 하나로 여겼습니다. 어떤 사내들인지 잘 아시겠지요."

강도 잘 알고 있었다. 말쑥한 양복 정장을 차려입고 어울리지 않게 돈을 물 쓰듯 쓰는 자들이었다. 그들은 인력거에 여자를 태워 돌아다녔고 외국에서 들어온 담배를 피웠다. 늘 술에 취해 만월관을 찾았고 술에 취한 채 만월관을 떠났다.

"사실 그때는 그렇게 틀린 생각은 아니지 않았나."

강은 웃었다.

"하지만 전하께서는 모든 위험을 무릅쓰고…… 저는 전하께서 그저 남들과 달라 보이거나 특별해 보이기 위해 독립을 이야기하시는 줄 알았습니다."

혜랑은 긴장했는지 평소와 다르게 말을 쏟아냈다.

"그리고…… 만월관에는 그런 사람들이 꽤 많이 오지요. 친일 파보다야 낫지만, 돈만 잔뜩 있고 생각은 없는 사람들입니다. 저는 그런 부유한 변절자들이 독버섯처럼 튀어나오기 전까지는 세상 돌아가는 일에 그다지 관심이 없었습니다. 궁내부에 있다는 윤태종이라는 자를 전하께서도 아실 겁니다."

혜랑의 입술이 그 이름을 말하자 강은 화가 치밀어 올라 위스키를 크게 한 모금 들이켰다.

축음기에서 나오던 연주가 끝났다.

"누군가 좀 더 긴 음반을 만들어주면 좋겠군…… 크라이슬러를 좋아하나?"

"크라이슬러가 뭔지는 모르지만 전하께서 물으신다면 그저 좋다고 대답하겠습니다."

"이 곡은 제목이 '리베슬레이드Liebesleid'라고 하는데, 음…… 듣고 있으면 자연스럽게 무슨 뜻인지 알 수 있을 테지."

뭔가 탁탁거리는 소리가 나더니 바이올린 음률이 날카롭게 울려 퍼졌다.

"아주 슬프게 들립니다. 뭔가를 잃은 사람이 가슴 아파하는 소리 같습니다."

"그래, 최근에 많이 들었지."

강이 위스키를 조금 더 마셨다.

"윤태종은 만월관에 자주 오는가?"

"거의 단골손님이나 마찬가지지요. 아주 인심이 후해서 모두 그 이를 잘 압니다."

"그렇겠지. 그 사람이 마시는 술에 독을 탈 수 있을까?"

혜랑의 입이 딱 벌어졌다.

"농담이야. 반은 농담, 어쩌면 반은 진담. 윤태종은 나의 존재를 '확인'하기 위해 자주 여기를 찾아오지. 정말 참기 어렵군."

"네, 저희도 제대로 된 생각이 있는 사람이라고는 보지 않습니다. 그저 욕심 많고 자랑만 일삼는, 누가 봐도 첩의 자식인 게 다 드러나 보이는 사람이지요."

윤태종이 신분과 계급을 언급한 건 그런 이유 때문이었나! 하지만 그것이 지금의 행태에 대한 변명은 결코 되지 못한다.

"글쎄, 누군가는 나를 보고…… 그러니까 나 역시 첩의……"

"아니, 전하!"

혜랑이 소리쳤다.

"제가 큰 실수를 했습니다. 사과를 드리러 왔는데 오히려 전하의 화만 돋우고 있습니다."

혜랑이 당황하며 손을 들어 얼굴을 가렸다.

"정말 송구합니다, 전하. 그만 물러나야겠습니다."

혜랑이 자리에서 일어서자 순간 정신이 번쩍 든 강은 급히 혜랑의 어깨에 손을 얹었다.

"아니, 아니, 그대로 있게!"

강의 거센 반응에 혜랑은 놀랐는지 엉거주춤 다시 자리에 앉았다. 그러고는 이내 표정이 부드러워지며 눈이 빛났고 입가에는 희미하게 미소가 번졌다.

몇 분인가 시간이 흘렀다. 방 끝에 걸린 벽시계 초침 소리가 또렷하게 들렸다. 강은 지금까지 한 번도 그 시계 초침 소리를 들어본 적이 없는 것 같았다. 뭔가 할 말을 떠올리느라 마음이 다급해졌다. 하지만 지금은 달랐다. 어쩌면 아주 위험천만한 일이 될지도 모른다.

강은 술을 한 모금 더 마셨다.

"이제는 정말로 가봐야 합니다. 만나주셔서 감사합니다, 전하."

이렇게 혜랑을 보낸다고? 이런 식의 생각 자체가 어쩌면 지금 이 세상이 지닌 위선이 아닐까? 저렇게 혜랑이 떠나면 나는 교만과 위선으로 죽고 말 것이다.

강은 목숨을 구걸하는 사람처럼 자리에서 벌떡 일어나 혜랑의 앞에 무릎을 꿇었다.

"제발 가지 말고 이야기를 좀 더 하세."

다음 날 아침 강은 바깥쪽 복도에서 그릇을 바닥에 내려놓는 소리에 잠이 깼다. 평소와는 다른 소리였다. *평소 같으면 먼저 문을 두드린 다음 안으로 들어와 음식을 차렸을 텐데……* 강은 침대에서 일어나 문 쪽으로 걸어갔다. 그러자 또 다른 소리가 들려왔다. 귀에 익숙한 조심스러운 발소리였다. 분명 비단 버선을 신은 수덕이 내는 소리였다. 돌연 두려움과 연민이 강의 온몸을 휘감았고 수덕이 문 앞에서 멀리 떨어졌다는 확신이 들 때까지 강은 숨소리조차 내지 않았다.

강은 아주 천천히 방문을 열었다. 바닥에는 토스트와 버터가 담긴 접시가 두 개, 과일을 담은 큰 그릇, 커피 주전자, 잔 두 개가 놓인 쟁반이 있었다. 강은 다시 방 안을 둘러보았다. 반대편 구석에 혜랑이 어제와 똑같은 빨간색 긴 치마와 파란색 웃옷을 입은 채 긴 안락의자에 누워 잠들어 있었다. 팔걸이에 기댄 머리가 높이 솟아 있어서, 창문 틈으로 들어온 햇살이 머리카락을 비추자 맑게 흐르는 시냇물처럼 반짝이는 빛이 사방으로 퍼졌다. 강은 다시 토스트를 보았다. 옅은 갈색으로 구운 토스트는 강의 입맛에 맞춘 듯 보였는데, 다른 시종들은 절대 그렇게 하지 못했다. 강은 수덕이 이따금 눈물을 흘린다는 사실을 알고 있었다. 그리고 이제 수덕을 둘러싼 상황은 더욱 악화되리라는 것도 잘 알았다. 강은 총독 관저에서 풀려난 이후 아내와 제대로 된 대화를 나눠본 적이 없었다. 강은 쟁반을 들어 탁자 위로 옮겼다. 토스트를 한 입 베어 물었지만 좀처럼 삼키기가 어려웠다. 목 안을 뭔가가 가로막고 있는 것 같았다.

혜랑이 눈을 뜨고는 하품을 하면서 고양이처럼 팔을 허공으로 쭉 뻗었다. 밝아오는 아침 햇살에 조금 놀란 것 같았다. 정신을 차린 혜랑이 강과 함께 탁자 앞에 앉았다. 커피는 맛있지만 토스트라는 게 빵에 기름을 조금 묻힌 게 다냐고 물었다. 그런 혜랑을 보면서 강은 다시금 이곳에 있는 혜랑의 모습이 무척 자연스럽다는 생각을 했다. 수덕은 어떤가? 남편의 방문 앞에 아침밥을 가져다 놓으면서 수덕은 다른 여러 감정을 함께 담았다. 강은 두 사람 사이에 용서와 이해가 있기를 바랐다. 강에게는 평생 속죄해야 하는 빚이 남아 있었다.

혜랑이 사과 한 쪽을 집어 입안에 넣었다. 사과를 맛볼 때 번지는 만족스러운 표정은 기녀로서 훈련받은 표정과는 전혀 다른 것 같았다. 강은 자신이 혜랑의 진짜 모습을 보고 있다고 느꼈다.

"전하……"

"이제는 그렇게 부르지 말게."

"알겠습니다."

혜랑은 만족스러운 듯 웃음을 지었다.

"정말로 가보아야 합니다. 이렇게 함께해 주셔서, 이리도 다정하게 대해주셔서 몸 둘 바를 모르겠습니다. 무엇보다 점잖게 대해주셔서 감사합니다."

"글쎄, 내가 그리 점잖은 사람은 아니네. 혹 지난밤에 불편한 게 있었다면 미안하네."

"더한 일도 많은데 아무것도 아니지요."

혜랑이 문 쪽으로 걸어가자 강이 따라가 문을 열어주었다.

"가기 전에…… 무슨 생각을 하는지 알 것 같지만…… 어쨌거나 오래전 내가 했던 제의는 여전하다네."

혜랑이 강의 입술에 살짝 입을 맞추었다. 수덕에게는 잔혹한 일이었지만 강에게는 기적 같은 느낌이었다.

32

강은 텃밭을 향해 나 있는 창문으로 수덕이 무를 뽑아 잎사귀를 능숙하게 다듬는 모습을 바라보았다. 수덕은 시종들보다 두 배는 빠른 속도로 계속 움직였다. 이따금 멈춰 서서 소매로 이마를 닦곤 했는데, 겨울이 멀지 않은 추운 날씨에도 땀을 흘릴 정도로 열심히 일하고 있었다. 강은 고개를 저으며 저 많은 무로 뭘 하려는지 궁금해했다. 설사 별궁 안의 모든 궁인이나 경비병이 매끼마다 깍두기를 먹는다고 해도 저 텃밭의 무는 별궁 안에서 처분하기에 지나치게 많은 양이었다.

텃밭 바로 앞에는 별궁 뒷문을 지키는 초소가 있었다. 그곳 경비병들은 하루의 절반을 강이 있는 방을 바라보며 보냈고, 그 탓에 강은 몇 개월 동안 어디로도 갈 수 없었다. 저들이 지키고 선 벽 너머의 세계에서 무슨 일이 벌어지는지 좀처럼 알기 어려웠다. 모든 언론은 총독부가 장악했고 〈대한매일신보〉마저 〈매일신보〉로 이름이 바뀌어 아예 총독부의 기관지가 되었다. *원래 있던 사장은 온갖 괴롭힘을 당하다가 건강을 해쳐 일찍 세상을 떠났다고 했던가……* 강이 지내는 별궁의 시종이나 궁인 절반은 일본이 보낸 첩자였고, 윤태종은 새로 산 시계를 자랑하거나 만월관 못지않은 새로운 술집에서 만난 기녀들 이야기로 시간을 보내는 정도였다. 윤태종을 제외하면 유일하게 정기적으로 강을 찾아오는 손님은 혜랑뿐이었다. 강은 애초에 신을 믿지 않았지만 혜랑에 대해서만은 감사의 기도를 하지 않을 수 없었다. 혜랑은 총독부가 계획한 강의 운명, 즉 술과 광기로 인한 몰락을 막아주는 유일한 존재였다.

그날도 마찬가지였다. 문 앞부터 보이는 혜랑의 웃는 얼굴은 어두운 바다 위로 떠오르는 찬란한 태양 같았다. 강은 그런 자신의 마음을 알리고 싶었지만 관리들이며 한량들에게 향기로운 난초나 흰 진주, 반짝이는 옥과 대동강의 수양버들 같은 찬사를 진력이 나도록 들어온 혜랑이 이제는 그런 말을 듣기 싫어하는 걸 잘 알았기에 강은 그저 혜랑을 꼭 끌어안았다.

혜랑은 거문고를 들고 있었다. 강은 거문고를 받아 바닥에 내려놓았다.

"기다리셨나요?"

"항상 그렇지. 이렇게 함께 있을 때도 보고 싶을 정도니까."

혜랑이 웃음을 터트렸다.

"농이 지나치십니다. 안 그렇습니까?"

"나는 정말인데 어떻게 하겠나."

혜랑은 다시 강의 품에 안겼고 그의 뺨에 입을 맞추었다. 강은 전에 몇 번 하려던 질문을 다시 할 기회가 왔다고 생각했다.

"이제 그냥 여기서 함께 사는 게 어떨까?"

"잘 아시지 않습니까."

"내 안사람과 마주칠 일은 없네. 머무는 곳이 다르지 않나. 안사람에게는 제 생활이 있고 나도 마찬가지인데."

"그렇기는 하지만……"

혜랑이 긴 안락의자로 자리를 옮겼다. 강도 축음기에 음반을 올려놓고 옆으로 와서 앉았다. 강이 혜랑의 어깨를 감싸 안았다.

"혹시 내가 금방 싫증을 낼까 염려하는 건가?"

"글쎄요…… 제 주변에 늘 있는 일이기는 합니다만……"

"내 진심을 어떻게 보여주어야……"

강은 지금까지와는 또 다른 방식으로 자신의 마음을 더 강력하고 믿음직하게 전달할 방법이 도무지 떠오르지 않았다. 혜랑은 거의 매일같이 강을 찾아왔지만, 아직 강의 제의를 완전히 받아들이지는 않았다. 물론 만월관의 일은 점점 싫어졌지만 그렇다고 그만두지는 않았고 강도 계속해서 질투를 느끼며 혜랑이 인생과 운명을 자신에게 완전히 맡겨주기를 간절히 바랐다. 가끔 혜랑이 자신을 믿을 수 없는 사람으로 여길지 모른다는 생각이 들 때면 어쩔 수 없는 좌절감으로 몸부림쳤다.

"곧 진지를 잡수실 텐데, 손을 씻으시는 게 좋지 않겠어요?"

"내 손이 뭐 특별히 더러운 것 같지 않아서."

"그래도 손은 씻으시면 좋겠어요."

"그래."

강은 한숨을 내쉬고 약간 짜증스러운 기분으로 화장실에 들어가 혜랑이 들으라는 듯 물을 세게 틀었다. 그런데 세면대 바로 위 창턱에 혜랑이 직접 손으로 자신의 이름을 쓴 봉투가 하나 있었다. 강은 봉투를 열었다.

이게 도대체 뭐지? 작별 인사는 아니겠지. 그러나 안에는 또 다른 봉투와 함께 '김원식이라는 분이 다른 사람을 통해 이 편지를 전해주었습니다. 중요한 편지인 것 같으니 읽으신 후 태워버리세요'라고 적힌 쪽지가 들어 있었다.

강은 안도의 한숨을 내쉬며 변기 위에 앉아 두 번째 봉투를 열어 읽기 시작했다.

"형님, 이 짧은 편지가 형님께 도착할 수 있을지 모르겠습니다. 우리가 만난 지 오랜 시간이 지난 것 같은데, 그사이 온 세상이 또 다시 변했습니다. 저는 그저 형님을 다시 만나 비록 그 결과가 형님이 꿈꾸던 것은 아니었다고 해도, 형님이 하려던 일에 대한 저의 끝없는 존경을 보여드리고 싶을 뿐입니다. 다른 사람들은 몰라도 '우리' 모임의 사람들은 형님의 용기 있는 행동을 잘 알고 있습니다.

직접 찾아뵈려 했지만 거부당했다는 사실도 알아주셨으면 합니다. 이러다가 서로 다시는 만나지 못하게 될까 두렵기까지 합니다. 그리고 형님, 안타까운 소식이 있습니다. 최근 들어 저들의 탄압이 더욱 심해지면서 이제는 그리스도교인들, 특히 민족의식을 일깨우려는 노력에 참여하는 모든 그리스도교인이 감시 대상이 되었습니다. 동료 몇 명은 이미 체포되었고요. 지금 그들이 겪는 시련과 고통을 다른 사람들은 상상조차 할 수 없을 것입니다.

형님, 저는 오늘 밤 중국 북부, 몽고 근처 어딘가로 출발합니다. 형님께서 이 글을 읽으실 때쯤이면 저는 국경을 무사히 넘었든지 아니면 체포되었을 겁니다. 이런 모든 일 가운데 제가 감사하는 게 하나 있다면 바로 제 믿음이 새롭게 된 것입니다. 형님께서 신앙을 갖고 계시지 않다는 걸 알지만 부디 저를 위해 기도해 주시기를 부탁드립니다.

아직 확실한 계획은 없습니다. 실은 계획을 세울 시간이 없었습

니다. 당분간 중국에 머물면서 국경 밖에서 가엾은 내 조국을 위
해 내가 할 수 있는 일을 하려 합니다.

친애하는 벗이여, 다음에 만날 때까지 부디 평안하시기를.

김원식 올림."

*중국이라니? 거기에서 뭘 할 계획이지? 먹고살 방도는 있는
걸까? 저 멀리 북쪽에 원식이 아는 사람이 있을까? 원식처럼 순
수한 이상주의자가 어떻게 자기 몸을 건사할 수 있을까? 북쪽은
겨울의 추위도 조선에 비할 수 없이 추울 텐데.* 총독부 입장에서
본다면 강은 훨씬 더 나쁜 짓을 저질렀지만 적어도 집에서 늘 누
려오던 모든 사치스러운 생활을 유지하며 살 수는 있었다.

강은 편지를 한 번 더 읽었다. *가엾은 내 형제여. 뭐라도 해줄
수 있으면 좋으련만……* 강은 속으로 중얼거렸지만 당연히 어떤
대답도 들을 길이 없었다. 원식이 목적지에 무사히 도착하고, 어
떻게 해서든 다시 편지를 받을 수 있기를 바라며 기다려야 할 것
같았다. 원식은 이미 그 길을 위해 프린스턴의 박사 학위를 포기
했다. 조국으로 돌아오기 위해 많은 것을, 너무 많은 것을 희생했
건만 이제는 조국에서 쫓겨나고 있었다. 8개 국어를 구사하는 원
식에게 중국어는 익숙한 언어였지만 중국 땅은 워낙 넓어서 조선
에서 배운 중국어가 통하지 않을 수도 있었다.

강은 잠시 두 손으로 머리를 감싸 쥐었다. 그러고는 담배에 불
을 붙인 다음 그 성냥불로 편지에도 불을 붙였다. 잠깐 사이에 원
식의 편지는 재가 되어 사라졌다.

원식의 편지를 계기로 강은 다시 세상 사람들과 접촉을 시작하

려 했다. 낸시나 진 선생 같은 사람들이 무척 보고 싶었다. 혜랑이 정기적으로 이 집을 드나들 수 있다는 점을 이용한다면 이런 접촉이나 만남의 가능성이 더 커질 수 있었다.

사동궁을 지키는 경비병의 삼엄한 눈길이 모퉁이를 돌아 시야에서 사라질 때까지 혜랑의 뒤를 쫓았다. 모퉁이를 돌자 혜랑의 얼굴에서 웃음기가 사라졌다. 이제 중요한 일을 처리해야 했다.
"종로로 갑시다. 보신각 맞은편 왼쪽 세 번째 건물에 비단 가게가 있어요."
혜랑은 지갑에서 반지와 목걸이를 조심스럽게 꺼내 손아귀에 �꽉 움켜쥐었다. 목걸이 끝이 오른 주먹 아래로 늘어져 흔들거렸다. 목걸이는 무거웠다. *순금의 양이 얼마나 될까.* 혜랑은 그런 생각을 한 자신을 꾸짖었다. 많은 사내가 혜랑에게 반지며 팔찌 같은 선물을 주며 환심을 사려 했지만, 혜랑은 귀금속에 대해 잘 알지 못했다. 그래도 강이 방금 건네준 것들은 분명 전에 보았던 어떤 것보다 더 가치 있는 물건이었다. 둘 중 하나도 가질 수 없다는 게 조금 아쉬울 뿐이었다. 혜랑은 한숨을 내쉬며 반지와 목걸이를 다시 지갑에 넣었다.
인력거가 웅덩이를 철벅거리며 지나가자 혜랑은 입고 있는 긴 비단 치마에 구정물이라도 튈까 염려했다. 그러다 문득 인력거꾼의 보잘것없는 신발을 보자 불만은 곧 죄책감으로 바뀌었다. *돌이라도 밟으면 어찌 될까. 발이 많이 아플 텐데⋯⋯ 이미 신발은 상관없을 정도로 발에 굳은살이라도 박힌 걸까.* 두 사람은 비슷한 신분이었지만 인력거꾼은 혜랑이 결코 알 수 없는 가난을 알았다. *그런데…… 방금 저 인력거꾼이 이 보석들을 보지 않았을까?* 혜랑은 만일 자신에게 집 한 채도 충분히 살 수 있는 귀금속이 있다는 사실을 저 남자가 안다면 무슨 일이 일어날지 모른다고 생각했다.

인력거꾼이 대로를 따라 빠르게 왼쪽으로 돌았다. 곳곳에 하얀 제복을 입은 총독부 소속 경찰들이 서 있었다. *무슨 일이 있는 걸까? 뭔가 눈치를 챈 걸까?* 혜랑은 바보 같은 생각은 하지 말자고 혼자 중얼거렸다. *그런데 혹 저들에게 붙잡히면 어떻게 되는 거지?* 강은 총독에게 총을 겨누었지만 엄연한 황실의 일원이었고, 일본도 그를 어찌하지 못했다. 그런데 강과 어울리는 기녀라면?

"저기!"

혜랑은 인력거꾼에게 비단 가게를 가리켰다.

"여기서 잠시 기다려주세요."

'채 씨 비단 무역상'이라 적힌 간판은 멀쩡했지만, 문은 누군가 걷어차기라도 한 것처럼 엉망이 되어 있었다. 그래도 누군가 문을 부수고 들어가지는 않은 것 같았다. 번화가 근처에 이런 가게가 있다는 게 영 어울리지 않아 보였다. *정말 여기가 맞을까?* 혜랑은 확신할 수 없었다. 목제 문을 조심스럽게 밀어서 여는 동안 지나던 한 무리의 남학생들이 호기심 가득한 눈길로 혜랑을 쳐다보았다. 안에는 아무도 없는 것 같았다.

"저기요?"

혜랑은 계산대 비슷한 곳을 천천히 손으로 두드렸다. 한쪽 구석에는 반쯤 먹다 남은 국수 한 그릇이 신문지 위에 놓여 있었다. 식지 않은 그릇에서 김이 조금씩 올라왔다.

"아무도 안 계세요?"

뒤에서 뭔가 요란한 소리가 들리더니 마침내 모시 저고리를 입고 상투를 튼 땅딸막한 노인이 뛰어나왔다. 노인은 엿을 처음 맛본 아이처럼 눈을 크게 치켜떴다.

"어허…… 절세미인이라고는 들었지만……"

혜랑은 저절로 몸이 굳었다. 도무지 조심성이라고는 없는 이런 이들을 상대해야 한다면 자신의 운명도 가늠하기 어려울 것 같았다.

"아, 내가 무슨 말을!"

노인은 마치 유랑 악단의 단원처럼 익살스러운 표정으로 자신의 이마를 내리쳤다.

"아니, 그러니까 혹시 저…… 지난주 수요일에 뭘 사러 오셨던 분 아니십니까?"

혜랑이 고개를 숙였다. 드디어 약속했던 암호를 들을 수 있었다.

"네, 맞습니다."

"그러면."

노인은 얼굴을 붉히며 말했다.

"저 뒤로 따라오시오. 우리가 필요한 물건을 드릴 수 있을 것 같은데."

그는 재빨리 문밖으로 고개를 내밀어 주위를 살피더니 혜랑에게 따라오라고 손짓했다.

"자, 그쪽도 내게 줄 게 있을 텐데?"

노인이 속삭였다.

혜랑은 고개를 끄덕이고는 지갑에서 반지와 목걸이를 꺼내 확인도 하지 않고 노인의 손에 쥐여주었다. 보면 주기 아까워질 것 같아 차라리 보지 않는 게 더 나았다.

"전하께서는 이렇게 해도 괜찮다고 하십니까?"

"네, 할 수 있는 한 더 많이 준비해 주시겠다고 했지만, 너무 자주 이러다가 들키지 않도록 조심해야겠지요."

"물론이지요."

노인은 받은 반지와 목걸이를 서랍에 집어넣고는 값비싼 붉은 비단 한 필을 내주었다.

"이걸 가져가시오. 여길 다녀간 명분이 필요할 테니."

"알겠습니다. 그럼 이만."

"잠깐만!"

"네?"

"정말 감사하오. 지금 하는 일은 훌륭하고 용감한 일입니다. 언젠가는 온 조선 사람들이 드러내놓고 감사할 날이 올 게요."

33

소식을 알린 건 혜랑이 아니라 윤태종이었다. 그다지 친하지도 않은 사람이건만 연락을 받자마자 강에게 달려와 알린 것이다. 박 내관이 세상을 떠났다. 전날 밤 만월관의 자기 방에 들어간 후 아침이 되어서도 모습을 보이지 않아 종업원이 문을 열어보니 침대 위에 누워 창백한 표정으로 조용히 천장만을 올려다보고 있었다고 한다. 사인은 심장마비였다.

보통 내관들은 다른 사내들보다 오래 살았고 살찐 거북이처럼 궁궐 안팎을 기웃거리며 자신에게 유리한 길만 찾았지만, 박 내관은 그렇지 않았다. *그는 나를 지켜주겠다고 아버지와 약속했다.* 강은 방바닥에 누워 벽을 바라보며 박 내관과 나눴던 이야기들을 계속해서 떠올렸다. 가택 연금을 당한 지 벌써 몇 개월이 지났고, 강은 박 내관의 얼굴조차 정확히 기억나지 않았다. 하지만 묘하게도 외숙부 집에서 박 내관을 처음 보았던 날, 자신의 은인이 되기 전 낯설고 괴이한 손님이었을 때 비단옷 사이로 보이던, 그 어색하게 출렁거리던 통통한 가슴은 기억이 났다. 그런데 정작 그 무렵이든 최근이든 얼굴은 제대로 떠오르지 않으니 참으로 답답한 노릇이었다.

생각해 보면 박 내관은 건강이 좋지 않았던 것 같다. 강은 특히 그 부분이 마음에 걸렸다. 이토 통감의 말 때문에 한밤중에 박 내관을 찾아갔을 때도 움직이는 게 여간 느려 보이지 않았는데, 나는 왜 아무것도 눈치채지 못했을까? 박 내관은 괜찮다고 했지만 분명 사실이 아니었다. 강이 팔짱을 끼고 손에 힘을 주자 손톱이 피부를 파고들었다. 강은 계속해서 죄책감에 시달렸다.

요즘은 사진기가 그리 드물지 않으니, 만월관 어딘가에 박 내관이 몇몇 유명인사들 사이에 끼어 함께 찍은 사진이 있지 않을까. 강은 옆으로 누워 벽에 사진을 걸 만한 곳이 있는지 찾았다. *헤랑에게 사진 한 장만 찾아서 가져다달라고 부탁해 볼까……*

윤태종의 얼굴은 말년의 박 내관과 다르게 대낮처럼 훤했다. 그는 강이 장례식에 참석하는 건 불가능하지만 자기가 대신 참석해 조의를 표하겠다고 했다. 예상치 못한 일은 아니었지만, 윤태종의 말투가 너무나 공손해서 오히려 빈정거리는 느낌마저 들었다. 저들은 강의 이름으로 박 내관의 죽음을 애도하는 것조차 허락하지 않을 셈이었다. 강은 눈을 질끈 감고 주먹으로 방바닥을 세게 내리쳤다.

이것이 지금 강의 삶이었다. 탁자, 안락의자, 축음기, 술…… 친구들은 모두 쪽지나 편지 형태로만 남았고 헤랑을 통해 몰래 전달되었다가 재가 되어 변기 무덤으로 직행했다. 지금까지 그래왔듯 헤랑이 자신을 위로해 주리라는 사실은 잘 알고 있지만, 일본의 그림자를 완전히 떨쳐낼 수 없는 것처럼, 외로움과 허무함 역시 잠시 동안만 잊을 수 있을 뿐이었다. 그렇게 항상 제자리였다. 하지만 박 내관은 다시는 제자리로 돌아오지 않겠지. 거기다 장례식에 참석조차 할 수 없다.

강은 일어나서 술을 꺼냈다. 최근 뭔가 변한 것 같은 헤랑도 마음에 걸렸다. 자신을 대신해 일을 처리하는 데 따르는 위험을 염려하는 건 당연했지만, 거기에 뭔가가 더 있다고 강은 확신했다. 요즘 들어 혜랑은 쉽게 짜증을 냈고 항상 속이 거북하다고 하거나 여기저기 몸이 아프다며 자신과의 잠자리를 피했다. 심지어 함께 저녁을 먹자는 부탁도 몇 번인가 거절했다. *혜랑은 단지 나를 대신해 투쟁에 참여하기만을 원하는 것일까? 아예 나를 찾아오는 걸 완전히 그만둘 생각인가?* 혜랑이 없는 삶은 상상조차 하기 싫었다. 그렇게 되면 데라우치 총독을 쏘려고 했던 그날 이후의 삶, 이 방에 갇혀 그저 창밖을 내다보는 것 말고는 아무것도 할 수 없는 그 시절로 다시 돌아가게 된다. 박 내관이 이렇게 떠났는데 혜랑마저 떠나버린다면 앞으로 어떻게 살아야 할지 강은 도무지 알 수 없었다.

강은 잔에 따른 위스키를 전부 들이켠 후 병을 들고 한 모금 더 마셨다.

"요즘 내가 제정신이 아닌 것 같구나……"

수덕은 혼자 한탄하며 가부좌를 틀었던 다리를 풀고 30분가량 쌓인 좌절감이 담긴 듯한 신음을 내뱉었다. 지난 몇 년간 수덕은 매일 아침 텃밭을 손보기 전 명상을 했지만 지난 이틀은 갑자기 떠오르는 이상한 잡념을 떨쳐버릴 수 없었다. 특히 머릿속에 자꾸 등장하는 이상한 형체가 하나 있었다. 바로 사람 머리만 한 커다란 머리를 가진 푸른 뱀이었다.

처음에는 꿈에서 먼저 보았다. 꿈이었지만 어쩐지 현실 세계만큼 강렬하고도 생생했다. 꿈속에서 수덕은 바닷속에 있었다. 햇빛이 희미하게나마 존재를 알릴 정도의 깊이였다. 물속이었지만 숨을 쉴 수 있었고 깊은 곳으로 가라앉는 것도 두렵지 않았다. 오히려 편안했다. 그때 어두운 물속을 부드럽게 가르며 뱀 한 마리가 나타났다. 무시무시한 얼굴에 커다란 입이 한 번만 물면 죽을 것도 같았지만 수덕은 두려움을 느끼지 않았다. 수덕이 팔을 내밀자 뱀은 부드럽게 손과 손목을 감았고 이윽고 따뜻한 느낌이 온몸에 퍼졌다. 과연 그 꿈은 수덕에게 뭘 전달하려 한 걸까?

그 후 그 뱀은 눈부신 햇살 속에서 모습을 드러내기도 하고 강의 처소 지붕에 매달려 있거나 수덕의 텃밭에 미끄러지듯 나타나기도 했다. 주변을 경계하며 살피는 것 같았지만 수덕이 다가가면 뭔가를 기대하는 듯한, 애정 어린 눈빛으로 수덕의 눈을 가만히 쳐다볼 뿐이었다. 수덕은 어리둥절한 채 이곳을 떠나라고 했고 그러면 뱀은 아무런 저항도 없이 돌아서서 그대로 사라졌다. 뱀이 사라지고 나면 수덕은 설명할 수 없는 무거운 죄책감과 슬픔을 느꼈다. 그리고 꿈에서 깨어날 때까지 살던 집 마당에서 길을 잃은 채 울고 또 울곤 했다.

첫째 날에는 잠자리에서 몸을 일으키기도 전에 고개를 흔들며 푸른 뱀에 대해서는 잊어버렸다. 그런데 그다음 날이 되자 뱀에 대한 생각이 오감을 강렬하게 자극했다. 명상을 하는 동안 뱀은 다시 돌아왔고, 전쟁과 침략, 영원한 고립 같은 숨 막히도록 부담스러운 문제들이 함께 떠오르며 지금까지 제 삶을 지탱해 준 아침 일과를 어지럽혔다. 수덕은 그날 하루를 힘겹게 보내며 시종들과 함께 텃밭의 잡초를 뽑으면서도 계속해서 하품을 했고, 결국 밥상을 앞에 놓고 울음을 터트리고 말았다.

그렇게 셋째 날 아침이 되었다. 이제 명상을 포기한 수덕은 방문을 열고 이렇게 소리쳤다.

"오늘은 텃밭을 그냥 두세! 가서들 쉬게!"

수덕은 다시 이불 위에 누워 단 한 시간이라도 꿈 없이 잠을 잘 수 있기를 바랐다.

3주 뒤 어느 날 오후, 수덕은 툇마루에 앉아 〈매일신보〉를 애써 읽었다. 강의 별궁 안으로 들어갈 수 있는 이 유일한 신문을, 수덕은 너무 지루하거나 적에 대해서 알아야 한다는 생각이 들 때마다 읽었다. 1면을 펼쳤으나 피곤한 눈에 들어오는 건 그저 평범한 기사뿐이었다. 늘 그렇듯 건물과 도로를 비롯한 여러 제도가 근대화되었고 교육 제도도 개선되었다는 이야기가 가득했다. 일본의 지배를 반대하는 세력에게는 스스로를 개혁할 기회가 주어졌다는 내용도. *3면쯤 가면 덜 지루한 기사가 나오지 않을까.*

신문을 뒤적이다 잉크가 손에 묻자 손가락에 침을 조금 묻혀 지웠다. "여관 주인의 복수"라는 문구가 눈길을 끌었지만 텃밭 건너편에서 낯익은 얼굴이 나타나자 수덕은 이내 그쪽을 바라보았다. *그 여인이 또다시 찾아왔군. 저런 여자가 있으니 신문에 실릴 기삿거리도 생기는 거겠지.* 혜랑은 마치 자기 집에라도 들어온 것처럼 머리를 높이 치켜들고 천천히 걸어왔다. *왜 저렇게 항상 거문고를 들고 다니는 걸까?*

그러다 마침내 수덕은 뱀 꿈의 의미를 깨달았다. 혜랑은 평소와 조금 달랐다. 지치고 불행해 보이면서도 왠지 전보다 더 고요하고 아름다워 보였다. 수덕은 숨을 몰아쉬었다. *그래 그거야. 그 꿈은 바로…… 틀림없어. 저 여인은 아이를 가졌어.* 수덕은 갑자기 답답해지는 가슴을 진정시키려 애썼다.

"화내지 마라. 울지 마라. 천천히 숨을 몰아쉬어라."

수덕은 스스로에게 속삭였다.

20분쯤 지난 후 시종이 눈에 띄게 겁에 질린 혜랑을 수덕의 거처로 데려왔다. 그 아름다운 모습을 가까이서 보니 여전히 화가 치밀었다. 혜랑의 여러 모습은 우연의 산물이라기보다는 처음부터 조화롭게 계획된 것처럼 보였다. 그런 혜랑을 어떤 대상, 경쟁할 수 없는 대상으로 대하기보다 평범한 사람으로 대하는 게 더 어려울 것 같았다. 혜랑은 수덕이 항상 원하던 것을 너무나도 쉽게 차지해 버렸다. 사내들은 사회를 지탱하는 규칙과 계급을 만들어 '도덕'과 '철학'이라는 무자비한 무기로 엄격하게 지키려 하지만, 아름다운 여인만 나타나면 자기들 마음대로 도덕이고 철학이고 다 무너트리고 만다. 결국 사내의 권력과 여인의 미모 말고는 이 세상에 규칙 같은 건 존재하지 않았다.

수덕은 이 여인이 어떤 삶을 살아왔는지 궁금했다.

"자리에 앉게."

"네, 부인."

혜랑은 방석 위에 앉았다.

"서로 이야기를 나눌 때가 됐다고 생각했네. 이곳을 그리 자주 찾으면서도 서방님도 자네도 내게 뭐라도 언질을 해줄 시간은 없었던 것 같네."

혜랑의 창백한 얼굴이 붉게 달아올랐다.

"내가 무슨 호랑이라도 되는가. 그렇게 두려워할 필요 없네. 잘 알고 있겠지만 내게 무슨 힘이 있는 것도 아니니."

"부인…… 정말 송구합니다."

"자네가 그럴 필요가 뭐가 있는가. 내게서 뭘…… 서방님은 내게 정을 준 적조차 없으니 자네가 내게서 서방님을 빼앗아 간 게 아니야. 나는 자네를 미워하는 게 아닐세. 그렇다고 서로 좋은 사이가 되기는 어렵겠지. 그저 인사라도 하고 지내려고 이곳으로 데려온 것뿐이야. 그리고 물어볼 게 좀 있네."

혜랑의 표정이 굳었다.

"자네, 아이를 가졌는가?"

혜랑은 머리가 거의 무릎에 닿을 정도로 몸을 푹 숙였다. 그러고는 온몸을 부들부들 떨면서 아무런 대답도 하지 못했다.

"확실히 그렇다는 뜻으로 받아들여도 되겠군. 전하께서도 알고 계신가?"

혜랑은 고개를 저었다.

"자네는 황실의 씨를 잉태한 것이네. 자라기는 자네 배에서 자라고 있지만, 아이는 분명 황실의 후손이지. 게다가 만일 사내아이라면…… 그게 무슨 뜻인지 잘 알고 있겠지?"

그리되면 얼마나 딱한 운명일까. 수덕은 일어서서 손을 내밀었다.

혜랑은 자신을 괴롭히는 사람에게 자비를 구하는 표정으로 수덕을 올려다보았다.

"제발…… 그리되어서는…… 부인, 이렇게 부탁드립니다."

혜랑의 눈이 갑자기 너무 슬퍼 보였고, 비로소 평범한 사람처럼 보였다. *애초에 아이를 가질 생각이 없었던 걸까? 그렇지만 황실의 씨를 잉태하는 것보다 더 쉽게 자신의 운명을 바꿀 방법은 또 없을 텐데. 분명 후회할 일은 아닐 터, 왜 세상에 그 일을 알*

리지 않았을까? 설마 아이가 태어나는 걸 원하지 않아 다른 생각을 하는 걸까…… 수덕은 그 '다른 생각'을 감히 떠올리기조차 두려웠다. 그건 상상 이상으로 끔찍한 일임이 분명했다. 수덕은 황귀비 엄 씨를 떠올리며 황실의 일원이 되는 것이 어쩌면 누구나 상상할 법한 야심 아닌가 생각했다. 그렇다면 혜랑은 자신의 짐작과 달리 보통 사람과는 다를 수도 있다.

수덕은 자신의 약한 마음을 저주했다. 방금 전만 해도 수덕은 이 구미호를 증오했지만, 지금은 마음이 다소 누그러져 버렸다. 혜랑의 얼굴에 떠오른 두려움을 보니 아마도 수덕에게 자신을 휘두를 권력이 있다고 믿는 모양이었다. 얼마나 터무니없는 일인가. 이 바보 같은 여인은 정말 아무것도 모르는구나. 굳이 말하자면 두 사람 중 강이 더 죄가 많을 것이다. 아마도 저 여인에게 온갖 선물이며 재물을 약속했겠지. 아니, 그 이상을 약속했을지 누가 알까? 가난하고 신분이 낮은 저 여인은 아마도 어쩔 바를 모르고 그저 자신에게 주어진 신분에 맞는 역할만 충실히 이행하고 있는지도 모른다. 수덕은 강이 전보다 더 싫어졌다.

수덕은 한숨을 내쉬며 혜랑의 팔을 잡아 일으켜 세웠다.

"우리에게는 각자 주어진 역할이 있네. 세상은 가혹한 곳이니, 내 역할은 즐겁지 않아. 그런데도 그 역할을 충실히 해내야겠지만, 그건 자네도 마찬가지일세. 자, 같이 가지. 가서 말씀을 드려야 하니까."

강이 보기에 혜랑은 전혀 임신한 것 같지 않았지만 지금 자신의 방에 수덕과 함께 앉아 그렇다고 말하고 있었다. 아니, 말을 전하는 건 수덕이었고 혜랑은 그저 잠자코 있었다.

"두 사람 다 말이 없으니 현실적인 문제는 제가 감당해야 할 것 같습니다."

수덕은 강을 봤다가 다시 혜랑 쪽으로 눈을 돌렸다.

"그나저나 자네는 이름이 뭔가?"

"김혜랑입니다, 부인."

"김혜랑."

물론 수덕은 이미 그 이름을 알고 있었다.

"배 속의 아이는 황실의 혈통이니 그 어미도 물론…… 귀한 몸이지요."

강은 중전 민 씨 또한 자신의 친모를 귀하게 여겼을지 궁금했다. 눈 주위가 거뭇거뭇한 수덕은 당장이라도 눈물을 터트릴 것 같은 표정이었다. 강은 그런 수덕을 다독여 주고 싶었지만, 두 사람이 이렇게 한자리에 있는 것도 정말 오랜만이었다. *분명 내가 증오스럽겠지. 나 같아도 그럴 것이다.*

강에게는 지금 수덕이 가져온 문제가 전혀 현실감이 없었다. 아이가 제 몸 안에서 자라고 있지 않으니 그 존재를 느낄 수 없을 뿐더러 혜랑을 보아도 역시 겉으로는 아무것도 알 수 없었다. 물론, 인간의 가장 중요한 사명을 수행하는 혜랑과 앞으로 영원히 하나로 묶이게 되는 건 분명했다. 강은 왜 최근 들어 혜랑이 자신을 멀리하고 또 쉽게 짜증을 냈는지 비로소 깨달았다.

"나는 자네가 어디에 사는지도 모르고, 딱히 알고 싶지도 않네. 그 대머리 일본 총독 때문에 우리가 참으로 특이한 환경에서 지내고 있는 건 맞지만 그래도 지금부터는 사동궁에 머무는 게 더 편하고 안전하지 않겠나? 여기 있으면 언제든 의원을 찾을 수 있고 또 건강한 아기를 낳는 데 필요한 모든 걸 다 준비해 줄 수 있네. 그게 가장 중요하지."

수덕이 다시 조용히 덧붙였다.

"다른 건 중요하지 않아."

혜랑은 고개를 숙인 채 아무런 말도 하지 않았다. 머리카락이 앞으로 흘러내려 얼굴 대부분을 가렸다. 마치 주렴을 통해 들여다보듯, 혜랑은 결정권을 쥔 두 사람의 얼굴을 어떻게든 엿보려고 애를 썼다. 혜랑이 두려운 건 강이 아니라 자신을 미워할 수밖에 없는 수덕이었다. *왜 내 아이를 이토록 신경 쓰는 걸까? 분명 나의 임신이 전혀 달갑지 않을 텐데. 전하께서 부인과 잠자리를 한 적 없다고 한 건 거짓말일지도 모른다. 만일 부인에게 문제가 있어서 지금까지 후사를 보지 못했다면? 내 아이를 내게서 빼앗으려 한다면?* 혜랑의 얼굴이 창백해졌다. *그렇게 되면 나는 아무것도 할 수 없어……*

"그리고 자네가 하는 일은……"

수덕은 차마 '기녀'라는 말을 입에 올리지 못했다.

"당장 그만두어야 하네. 일하지 않아도 필요한 건 얼마든지 있을 테니, 그건 염려 말고. 한 가지 청이 있습니다. 지금부터 일주일에 한 번은 셋이 함께 식사를 하고 싶은데, 전하께서는 괜찮으시겠습니까? 저와 함께 있는 게 불편하신 줄은 알지만……"

강은 고개를 끄덕였다.

"알겠습니다. 그러면 이만 물러가 보겠습니다. 할 일이 있어서요."

수덕이 자리에서 일어섰다. 평소처럼 발을 질질 끌며 천천히 걷는 대신 머리를 높이 치켜들고 저벅저벅 걸어서 방을 나갔다.

자신의 처소로 돌아온 수덕은 시아버지처럼 커피 한 주전자와 설탕이 가득 든 그릇을 가져오라고 시키고는 안락의자 위에 털썩 주저앉았다. *천천히 숨을 쉬자. 절대 눈물을 흘려선 안 돼.*

"가배를 가져왔습니다."

"고맙네, 정 상궁."

수덕은 데라우치 암살 미수 이후 저들이 유일하게 남겨 둔 경험 많은 궁인인 정 상궁을 바라보았다.

"정 상궁, 우리가 가엾은 황태자를 배웅하러 기차역에 갔을 때를 기억하는가?"

"그야 물론입니다."

"그런데 이 시점에 아이가 태어나면 어떻게 될 것 같나?"

"네? 이런 경사스러운 일이! 그러니까 부인께서……"

"아니, 아니. 그런 말도 안 되는 소리 하지 말게. 그저 자네 생각을 묻는 것이야."

"아, 그런 말씀이시면 잘 모르겠습니다. 저들이 무슨 생각을 하는지 누가 알겠습니까?"

"얼마 전 신문을 보니 이은 황태자를 일본 여인과 맺어준다고 하더군."

태상황과 황귀비는 조선 여인을 염두에 두었으나 총독부가 허락하지 않았다.

"이런 시국이라면 황실에서 아이가 태어나지 않는 게 더 낫지 않겠나. 특히 그게 사내아이라면 말이야. 아마 제 이름 석 자도 쓰기 전에 일본으로 끌려가고 말겠지. 이은 황태자도 지금껏 한 번도 조선에 돌아온 적이 없네. 얼마나 자랐을까…… 많이 크기야 컸겠지만. 벌써 수염도 자라지 않았겠나. 조선 말을 다 잊었을 수도 있고. 그 어머니 마음은 얼마나 찢어지겠나……"

"맞습니다, 부인. 끔찍한 일입니다."

"그러게나 말일세. 난…… 아들이 없어서 참으로 다행이야. 고맙네. 이제 나가보게."

정 상궁이 밖으로 나가자 수덕은 결국 참지 못하고 울음을 터트렸다. 자신의 처지도 서러웠지만 혜랑이 낳게 될 아이의 운명도 가엾기 그지없었다. *전하는 아버지 역할을 제대로 할 수 있을까. 앞으로 얼마나 함께 시간을 보낼 수 있을까?*

수덕의 예상과는 달리 불과 4개월도 되지 않아 몰라보게 성장한 이은 황태자가 조선으로 돌아왔다. 그러나 가엾은 순헌황귀비엄 씨는 세상이 없었다. 일본이 황태자의 귀국을 허락한 건 어머니의 장례식에 참석하도록 해주었기 때문이었다.

"먼저 박 내관이 떠나더니 그다음은…… 이렇게 친구도 적도 떠나기 시작하니 나도 확실히 나이를 먹어가는 건가."

강은 신선로 국물을 떠서 식힌 뒤 한 번에 삼켰다. 그리고 드디어 나오기 시작한 혜랑의 배를 흘긋 바라보았다. 그만큼 아버지가 되겠다는 생각을 더 많이 하게 되었지만, 여전히 좋은 아버지가 될 수 있을지는 의심스러웠다.

수덕이 말했다.

"거리에 수천 명이 넘는 사람이 줄지어 섰습니다. 황태자가 지나가는 모습을 보면서 다들 울었지요. 하지만 황태자는 눈물 한 방울 흘리지 않고 서서 사내답게 사람들의 애도에 답했습니다. 하늘은 마음속으로 뭘 생각하는지 아시겠지요."

강이 수덕에게 물었다.

"어머니 시신조차 보지 못하게 했다던데 사실인가?"

옆에서 대화를 듣던 혜랑은 자신의 미래를 떠올리자 숨이 막히는 것 같았다. 수덕이 대답했다.

"네…… 장질부사로 돌아가신 터라……"

"아니, 일부러 그랬을 거야. 더러운 일본 놈들. 그때 왜 방아쇠를 당기지 못했는지 후회막급이야."

수덕이 곁눈질로 환기구를 바라보고는 강에게 속삭였다.

"저들이 듣고 있을지도 모릅니다."

"그 새끼를 그때 죽였어야 했는데!"

"속마음을 조금이나마 숨기는 척이라도 하면 어떨까 싶기도 합니다."

강이 코웃음을 치자 수덕은 다른 이야기를 꺼냈다.

"장질부사로 죽으면 시신을 보기만 해도 그 병이 옮습니까?"

강은 어깨를 으쓱하며 밥 한 숟가락을 떠서 신선로에 담았다.

"장질부사라, 그것도 믿을 수가 없군. 확실한 건가? 어쩌면 독이라도 탔는지 모를 일이야."

"잘 모르겠습니다. 어쨌거나 장질부사가 돈 건 사실이고 날이 너무 더워서……"

"태상황의 귀비께서 그리 쉽게? 말이 귀비지 사실상 이 나라의 국모나 다름없는데. 나는 믿을 수 없어."

"어쩌면……"

수덕은 다시 목소리를 낮췄다.

"잘 아시겠지만, 사람은 마음이 상하여 죽을 수도 있지요. 저들이 아들을 빼앗아 갔는데, 그 아들이 제국 육군에 입대하고 또 일본 여인과 혼인하여 영원히 일본에 머물지도 모른다고 상상해 보십시오. 다시는 아들을 볼 수 없을 거라 생각했을지도 모릅니다. 그 생각은 결국 들어맞지 않았습니까……"

수덕은 다시 혜랑에게 말을 걸었다. 혜랑은 요즘 자주 슬프고 우울한 표정을 짓곤 했다.

"자네도 당분간 밖에 나가지 말게. 장질부사라도 걸리면 큰일이니."

"네, 알겠습니다. 걱정해 주셔서 감사합니다."

"자네를 위해 하는 말이 아닐세. 내 말뜻을 잘 알겠지."

수덕이 혜랑의 배를 가리켰다. 강이 헛기침을 했다.

"부인이 힘들 거라는 건 잘 아네. 그렇지만 계속 잘 대해주시구려."

"알겠습니다, 전하."

잠시 침묵이 흘렀다. 강은 옆에 있는 주전자에서 소주를 두어 잔 따라 마셨다.

"태상황 폐하는 만나 뵈었소?"

수덕은 서글프게 웃었다.

"잠깐 뵈었습니다. 저들도 같이 있었습니다. 태상황 폐하께서는 황태자에게 고개를 들라고 말씀하시려는 것 같았습니다. 무슨 말씀을 하시려는지 얼굴에 다 드러나시더군요. 유일하게 힘을 주던 분이 떠나시니 10년은 더 나이 들어 보이셨습니다. 이제 완전히 혼자가 되시지 않았습니까. 가엾은 황태자가 말할 때 아버님의 표정이 어떠했는지 보셨어야 하는데! 황태자께서는 아버님께 해야 하는 존댓말도 제대로 구분하지 못하셨습니다. 조금만 더 시간이 지나면 조선말은 다 잊게 되는 게 아닐지요."

"황태자의 건강은 어때 보였소?"

"얼굴은 아직 어린아이 같은데 눈빛이 아주 깊고 슬펐습니다. 이제 열다섯이 되었지만 어린 시절을 다 빼앗기고 자란 것 같았습니다."

강은 상궁의 등에 업혀 다니던 아이를 떠올렸다. 손가락으로 총을 쏘듯 탕, 탕, 탕이라고 외치던 아이. *지금쯤 일본으로 가는 배에 타고 있겠지. 다시 학교로 돌아가 자기 아버지를 끌어내린 자들의 아들들과 함께 지내게 된다. 그 아들들은 조선에서 온 황태자를 열등하다며 경멸의 눈으로 바라보겠지. 결코 그들과 섞일 수 없겠지만 그렇다고 다시 조선 사람이 될 수도 없을 것이다. 다음에 볼 때는 일본 여자와 맺어져 있겠지.*

강은 다시 혜랑의 배를 바라보았다. *저들은 너를 나에게서 빼앗아 가지 못해. 그렇게 내버려두지 않을 거다. 그 전에 나를 먼저 죽여야 할 테니까.*

"그런데 태상황 폐하께서는 이쪽 일에 대해서……"

"네."

수덕이 대답했다.

"이제 그저 손주를 보실 수 있다는 게 유일한 행복이라고 하셨습니다."

"설탕을 넣은 가배에 대해서도 그렇게 말씀하셨지."

"음…… 폐하께서는 정말로 전하를 보고 싶어하십니다. 아이가 태어나면 함께 찾아뵐 수 있도록 특별히 부탁을 해두었습니다."

"부인은 참 긍정적이구려. 일본 놈들이 허락해 줄거라 생각하시오?"

"조금 달라진 모습을 보이시면 도움이 되지 않을까요. 전하께서 고분고분해졌다고 생각하도록 해주세요. 윤태종이라는 자에게도 잘 대해주시고요. 저들이 곧 그 사람을 장관으로 임명한다고 합니다."

"그게 무슨 되먹지 않은 소리요? 절대 그럴 수는 없지. 그리고 뭐? 윤태종이 장관? 그자가 하는 일이라고는 아첨이나 하고 뇌물이나 받아먹는 게 다 아닌가!"

"그런 일들을 다 인정하라고 하는 게 아닙니다. 아까도 말씀드렸지만, 그저 그런 척만 하시라는 거지요."

34

찢어지는 듯한 비명보다 사람을 더 불안하게 만든 건 혜랑이 벽에 붙은 사슴 가죽끈을 잡아당기는 소리였다. "힘을 주세요!" "숨을 쉬세요!"라는 두 간호사의 외침 사이로 삐걱거리고 쿵쾅거리는 소리가 사방에 울려 퍼졌다. 그 소리가 얼마나 컸던지 마치 나무와 벽돌로 된 벽이 가엾은 여인의 붉게 부어오른 손에 언제든 그대로 무너져 내릴 것만 같았다. 함께 들려오는 금속이 절그럭거리는 소리는 흡사 고문실을 떠올리게 했다. 간호사들이 있었지만 싸우고 있는 건 혜랑 혼자였다.

강과 수덕은 복도 아래쪽에 있는 작은 방에서 기다렸다. 30분이 지나고 40분이 지나는 동안 울부짖는 소리, 앓는 소리가 쉬지 않고 흘러나왔고 두 소리 사이의 간격이 점점 줄어들었다.

"이게 지금 정상인가? 저 사람, 괜찮을 것 같소?"

"계속이요! 쉬지 말고 힘을 주세요!"

쿵쿵대는 소리, 삐걱거리는 소리가 나더니 곧 끝 모를 한숨 소리도 들렸다.

"다시요! 할 수 있어요!"

또다시 혜랑이 있는 방에서 시작된 진동이 바깥쪽으로 이어지며 건물 전체가 흔들리는 것 같았다.

"한 번만 더 세게!"

강은 심장이 갈비뼈를 부수고 나올 듯 쿵쾅거리는 걸 더 이상

참지 못하고 의자를 박차고 일어섰다. 마침내 그 순간이 다가온 것 같았다. 한 사람의 인생이 완전히 뒤바뀌는 순간이었지만 어떤 식으로 바뀔지는 아무도 몰랐다.

"자! 머리가 나왔어요! 거의 다 왔어요!"

수덕이 고개를 치켜들었다. 강은 숨이 막히는 것 같았다.

"거의 다 나왔어요! 어깨가 보이는데…… 자! 아주 잘하셨습니다!"

울부짖던 소리가 점점 약해지더니 마침내 안심한 듯 내쉬는 소리로 이어졌다.

"아주 잘생긴 사내아이입니다! 황실에 훌륭한 왕자 아기씨가 태어나셨습니다!"

정 상궁이 모두가 들을 수 있을 만큼 큰 소리로 외쳤다. 강은 이리저리 왔다 갔다 하다가 결국 참을 수 없었던지 혜랑이 있는 방으로 향했다.

"내가 직접 봐야겠어!"

"전하!"

수덕이 그런 강을 불러 세웠다.

"좀 더 기다리시는 게 저 사람에게도……"

강은 그 말을 듣기 싫다는 듯 손을 내저으며 복도를 따라 달려 갔다. 호흡이 더욱 거칠어졌다. 간호사들이 서둘러 하얀색 천으로 혜랑의 몸을 덮어주고 있는 모습이 흐릿하게 보였다. 혜랑은 누가 들어왔는지 확인하듯 고개를 돌리다가 갑자기 나타난 강을 발견하고 깜짝 놀란 표정을 지었다. 놀란 건 간호사며 정 상궁도 마찬가지였다.

"전하!"

두 간호사와 정 상궁이 다급하게 고개를 숙였다.

"괜찮아, 신경 쓰지 말게. 그보다도, 내 아들은 어디에 있나?"

혜랑의 몸을 덮은 하얀색 천이 붉게 물들고 있었다. 그리고 혜랑의 옆에 있는 작은 이불 위에도 하얀 천으로 덮인 무언가가 있었다. *어떤 순수한 존재가 세상에서 가장 작은 모습을 하고 나타난다면 바로 저런 모습일까.* 정수리에는 한 가닥 헝클어진 검은 머리카락이 있고 코는 혜랑을 닮은 아이의 얼굴에는 아직 체액과 핏자국이 남아 있었다. 강의 예상과 달리 아이는 금세 울음을 그치고 새로운 세상에서도 아주 편안해 보였다.

"안아봐도 되겠나?"

간호사가 아이를 안고 조심스럽게 얼굴을 닦은 뒤 강에게 건넸다. 아버지의 오른손에 등과 머리를 맡긴 아이는 더욱 작아 보였다. 가슴속에서 애정과 두려움이 동시에 물밀 듯이 넘쳐났다. 그 순간 강은 아이를 이렇게 영원히 품에 안을 수 있기를 바랐지만, 문득 서툴고 경험 없는 자신의 손안에 머무는 이상 어떤 끔찍한 불행이 닥쳐올지 두렵기 그지없었다.

"아이는 건강한가?"

"아주 건강하옵니다, 전하."

강은 사내아이의 얼굴을 유심히 들여다보았다. 아이의 귀는 길게 처져 있었고, 입술은 얇지만 또렷했다. 귀는 할아버지를 닮았지만, 입술은 할머니의 영향을 받은 걸까? 키가 크고 아름다웠던 어머니가 손자를 볼 수 없다는 사실에 눈물이 비어져 나올 것만 같았다. *나를 위해 돌아가신 불쌍한 어머니. 오늘 어머니는 아들*

이 자랑스럽겠지.

강은 아이를 안은 채 혜랑 옆에 앉아 눈물을 흘리며 속삭였다.

"고맙네, 정말 고마워."

혜랑은 희미하지만 그래도 상대가 알아볼 수 있게 웃음을 지으려고 애썼다.

"산모는 어떤가?"

강이 가까이 있는 간호사에게 물었다. 강은 35년 전 자신이 태어날 때의 일을 생각하며 몇 개월 동안 혜랑이 잘못될까 노심초사했다.

"예, 전하. 산모도 아무런 문제가 없습니다. 해산은 잘 마무리되었습니다."

아이를 들어 올리자 갓 태어난 무해한 생명이 주는 기쁨이 온몸을 감쌌고 이내 다시 눈물이 흘렀다. 모든 두려움에도 불구하고, 사방을 둘러싼 비참한 상황과 실망에도 불구하고, 삶은 계속된다는 사실이 무엇보다 의미 있었다.

"태상황 폐하께서 매우 기뻐하실 겁니다. 그런데 전하, 정말 송구합니다만 괜찮으신지…… 아직 산모도 아이도 좀 더 여기서……."

"아, 알겠네."

강은 정 상궁에게 아이를 맡겼다. 아이가 자신의 품을 떠나자마자 공허함과 불안이 들이닥쳤다. *아이를 잘 돌봐주겠지?* 강은 아이를 한 번 더 살피며 이것이 바로 사랑이라고 생각했다.

강과 혜랑이 '이우'라고 이름 지은 아들이 태어난 지 약 4개월이 지났다. 강은 예상과 달리 아들이 태어나자마자 아버지로서의 유대감과 책임감을 동시에 느꼈다. 그리고 처음으로 다른 사람들에게 깊은 감사의 마음을 느꼈다. 아들을 낳기 위해 고생한 혜랑뿐 아니라 다정한 이모처럼 대해주는 수덕에게도 마찬가지였다. 강은 종종 자신이 친어머니 밑에서 자랐다면 어떻게 달라졌을까 생각했지만, 이제는 우가 자신에게는 허락되지 않았던 것을 가질 수 있다는 사실에 더 관심을 가졌다.

강은 혜랑을 향한 자신의 사랑이 이기적이었다는 사실을 비로소 깨달았다. 강은 자신을 구하기 위해 혜랑을 원했지만, 아들을 향한 사랑에는 아무런 대가가 필요 없었다. 그런 마음은 상상조차 하지 못했던 크나큰 놀라움으로 이어졌다. 누군가를 조건 없이 사랑할 때, 자신의 상처가 낫기 시작할 수 있었다.

심지어 강은 수덕의 조언에 따라 윤태종과도 전과 달리 좀 더 차분하게 대화할 수 있었다.

"요즘은 훨씬 부드러워지신 것 같습니다. 처음 만났을 때를 떠올려보면……"

"삶의 모든 면에 새로운 관점을 갖게 되었지. 중요한 게 무엇인지, 그렇지 않은 건 또 무엇인지……"

강이 아이를 내려다보며 방긋 웃었다. 아이도 새로 익힌 옹알이로 답했다.

"이제 백일이 지났으니 한숨 돌리셨겠습니다."

"물론이오. 더 이상 걱정할 게 없지요. 보시다시피 아주 건강하고 튼튼합니다."

강은 아이를 들어서 얼굴을 비볐다.

"아들아, 이렇게나 많이 컸구나!"

"태상황께서도 분명 당장이라도 만나고 싶어하실 겁니다. 손자뿐 아니라 아드님도요."

강의 입이 딱 벌어졌다. 비록 윤태종에게 직접 그런 의사를 내비치진 않았지만, 사실 윤태종에 대한 태도가 누그러진 것도 2년 만에 처음으로 아주 잠깐이라도 별궁에서 나가고 싶다는 바람이 들었기 때문이다. 강은 자신이 아버지를 몹시 그리워한다는 사실도 뒤늦게 깨달았다. 아들이 태어나자 갑자기 무엇이든 다 용서하고 새롭게 시작하고 싶은 기분이 들었다. 그렇게 돌연 달라진 생각이 어이없게 느껴지긴 했지만, 아들의 순진무구한 얼굴을 볼 때마다 누구라도 크게 원망하기가 어렵다는 사실을 알았다. 수많은 일이 있었지만 이제 삼대에 걸친 가족이 만들어졌다. 강의 아버지는 이미 너무 많은 것들을 잃었고, 강은 그런 아버지를 마냥 미워할 수만은 없었다. 두 사람 모두 결점이 있는 평범한 사람들이었다.

"놀라실 건 없습니다. 요즘 부인을 뵈면 늘 그 이야기만 하시니까요."

윤태종이 말했다.

수덕은 내게 왜 이리도 잘해주는 걸까. 나와의 인연이 곧 나라와 결혼한 것과 같다 했지만…… 심지어 수덕이 총독부를 찾아가 강에게는 총독을 암살하려는 의도가 전혀 없었고 그저 위협만하려 했을 뿐이라고 설득했다는 말도 들었다. 수덕의 마음을 받아들일 수 있을지는 확신할 수 없었지만 그렇다고 해서 수덕의 그런 노력까지 비난할 수는 없었다.

"당연히 그러면 좋겠지만……"

"물론 최종 결정은 제가 내리는 게 아닙니다만, 제가 나서서 잘 전달하면 될 수 있을 거라 생각합니다."

"정말 고맙소."

"태상황, 아니 이제는 덕수궁 이태왕이시지만…… 어쨌거나 손자를 보시면 얼마나 기뻐하시겠습니까."

"정말 그렇습니다."

"어린 왕자께서 어떻게 자라실지에 대해서도 관심이 크실 것입니다."

강의 몸이 얼어붙었다. 윤태종이 왕자가 자라는 문제를 언급했다. *거기에 총독부도 관심을 가질 수 있다는 암시인가. 아니면 그저 나의 과민반응인가.* 심장이 두근거리고 얼굴이 달아오르는 게 느껴졌다. 그러나 윤태종 앞에서 어떤 식으로든 감정을 드러내는 건 큰 실수가 될 수 있다는 사실을 강은 몹시 잘 알고 있었다.

"그렇지요, 그러실 겁니다. 잠시 실례하겠습니다."

강은 재빨리 아들을 안고 밖으로 나왔다. 혜랑이 주방에 혼자 앉아 사과를 먹고 있는 모습을 보고 아들을 혜랑에게 건넨 후 복도 제일 끝에 있는 화장실로 갔다.

절대로 아이를 빼앗아 가도록 두지 않아. 강은 주먹을 마구 휘두르기 시작했다. *절대로 내 아이를 빼앗아 갈 수 없어!* 머리와 눈이 아플 정도로 분노가 치밀어 올랐다. *그 전에 나를 먼저 죽여야 할 거다!* 강은 변기 위에 주저앉아 양손으로 관자놀이를 문지르며 계속 중얼거렸다.

"절대로 그럴 수는 없어. 그렇게 할 수 없다고."

강은 간신히 마음을 가라앉힌 후 다시 돌아왔다.

"실례했습니다. 잘 아시겠지만, 아이를 키우다 보면 갑자기 놀라는 경우가 있지요. 뭐, 지독한 똥 냄새는 언제든 불편한 일이고요."

강이 바깥세상에 나오지 못한 동안에도 한성은 넘쳐나는 금속과 석재, 전선 들로 계속 부풀어 오르며 변신을 거듭한 모양이었다. 강은 어린 아들과 창밖을 바라보았고 사람들은 창 안쪽의 두 사람을 바라보았다. 두 사람이 탄 차의 전면에 지금은 사라진 대한제국의 국장인 이화문이 붙어 있었기 때문이다. 수덕은 자신의 임무를 다했다. 폐위된 황제가 타던 오래된 전용차에 몸을 실은 아들과 아버지는 나라와 동반자를 모두 잃은 황제가 홀로 지내고 있는 궁궐의 문을 지나 안으로 들어섰다.

차는 열주가 늘어선 커다란 건물 앞에 멈춰 섰다. 지난번 강이 마지막으로 이곳을 찾았을 때 막 공사가 시작되던 곳이었다. 옆에 규모는 크지만 물은 흐르지 않는 분수가 보였다. 흰 장갑을 끼고 정장을 차려입은 누군가가 차 문을 열었다. 강은 아들을 안고 차에서 내려 계단을 향해 걷다가 문득 주변을 둘러보았다. *공사는 끝났는데 왜 텅 빈 것처럼 보이는 걸까? 아리따운 궁인들은 다 어디로 갔지? 요란스럽게 건물 안을 휘젓고 다니던 그 어린 사내아이는 또 어디로 사라졌단 말인가?*

중앙을 가로지르는 복도의 격자무늬 바닥 위를 걸을 때마다 달그락달그락 소리가 났다. 그 소리 덕에 과거 길시 호텔의 로비와 즐거웠던 날들을 떠올린 강은 그리움과 부끄러움을 동시에 느꼈다. 무장한 일본 경비병이 두 사람을 응접실로 데려갔다. 흰색과 금색으로 된 벽과 기둥이 천장에 매달린 샹들리에의 불빛을 받아 번쩍거렸다. 강은 응접실 바닥의 중앙을 따라 걸었다. 저 끝에 안락의자 두 개가 보였다.

"내 아들아, 그리고 내 손주도!"

강이 뒤를 돌아보았다.

"아버지, 너무 야위셨습니다."

이태왕은 예순을 훨씬 넘은 것처럼 보였다. 손에는 지팡이까지 짚고 있었다.

"수라는 잘 잡수십니까?"

"영 입맛이 없다. 이 아이가 우로구나. 어디 한번 보자."

이태왕은 몸을 기울여 아이를 얼렀다.

"굉장하구나. 아주 잘생겼다."

이태왕이 지팡이를 내려놓고 아이의 얼굴을 어루만졌다. 손등에 솟아오른 푸른 정맥이 통통하고 부드러운 아이의 피부와 대조를 이루었다.

"정말 내 손자가 맞느냐?"

이태왕이 눈물을 흘리기 시작했다.

"정말 고마운 일이로구나. 나는 언제나 손자가 보고 싶었지. 얼마나 보고 싶었는지 너는 잘 모를 거다."

아버지와 아들이 자리에 앉았다. 아이가 방긋 웃자 할아버지는 눈물을 흘리며 웃음을 터트렸다.

"정말 잘생겼구나. 그렇다면 아이의 어미도 역시……"

"예, 그렇습니다."

강은 주머니에서 혜랑의 사진을 꺼냈다.

"한번 보세요."

이태왕은 사진을 보고 감개무량한 듯 웃어 보였다.

"그나저나 계속 그렇게 갇혀 지내야 한다면 여간 힘들지 않겠구나. 그래, 하루 종일 어떻게 지내느냐?"

"이 두 사람이 저를 살렸습니다."

강은 아이를 보다가 다시 사진 쪽으로 시선을 돌렸다.

"두 사람이 없었다면 아마 그 안에서 미쳐버렸겠지요."

"그런데 네 가엾은 안사람과는 여전히 아무 말도 하지 않고 지내느냐?"

"지금은 다릅니다. 우에게도 정말 자애롭게 대해줘서 늘 놀라고 있지요."

"네 안사람과 정이 쌓이지 않은 건 유감이다. 참으로 좋은 아이인데…… 네 걱정을 얼마나 많이 하는지. 너도 그건 알고 있겠지?"

"네, 폐하."

강은 다른 이야기를 하려고 얼른 화제를 돌렸다.

"폐하께서는 어찌 지내고 계신지요?"

"잘 모르겠다. 나를 한번 보아라. 참담하지 않느냐? 너만 갇혀 지내는 게 아니라 나 역시 제대로 운신조차 하지 못한다. 네가 타고 온 차도 내 전용차라고는 하지만 정작 나는 그 차를 타고 갈 수 있는 곳이 없지. 창덕궁에 있다는 네 형도 볼 수가 없으니 어떻게 지내는지는 하늘만이 아실 게다. 게다가 네 동생은 저들에게 끌려가지 않았느냐! 일본으로 말이야! 더욱이 정든 이를 떠나보내는 일은 참으로 견디기 어렵구나. 벌써 두 번째야. 나는 이미 너무 오래 살았다. 하늘을 보기가 부끄럽구나……"

이태왕은 아들의 가슴에 머리를 파묻고 흐느꼈다.

"너도 저들 때문에 장례에 가보지도 못했겠지……"

강은 눈물을 흘리는 아버지의 가련한 모습을 보며 한숨을 내쉬었다. *세상을 떠난 황귀비 엄 씨가 내게 무슨 짓을 하려 했는지 전혀 모르시겠지. 물론 모르는 편이 더 낫겠지만.* 강은 일본이 왜 그 사실을 숨기는 게 낫다고 판단했는지 그 이유가 궁금했다.

이윽고 울음을 그친 이태왕이 아들의 눈을 바라보았다.

"내가 너를 얼마나 자랑스러워하는지 모를 거다. 항상 그랬지. 그런데 왜 진작 말하지 않았을까. 모두를 절망하게 만든 것처럼 내가 너에게도 큰 상처를 주었구나."

"폐하, 그건……"

"아니, 내가 그랬다. 내가 그랬어. 하지만 너는 네가 살아 있음을 똑똑히 보여주었지. 우리 같은 사람들은 절대로 못 하는 일이다. 네가 옥좌에 관심이 없다는 건 잘 알고 있다. 그렇지만 시대가 달랐다면 넌 아마 훌륭한 왕이 되었을 게야."

"아버지, 제가 무슨 큰일을 했겠습니까. 저는 그저 실패했고 바뀐 건 아무것도 없습니다."

강은 목소리를 낮췄다.

"조선은 무너졌고 저들은 여전히 사람들을 죽이고 고문하고 투옥하고 원하는 것은 무엇이든 다 빼앗아 갑니다."

"그건……"

"저도 실패한 인생입니다. 그런데 폐하, 이렇게 아이를 보고 있으면…… 희망과 절망이 동시에 느껴지옵니다. 이 아이가 저보다 더 나은 존재가 되고, 또 저를 더 나은 사람으로 만들어줄 거라는 희망이 생기는가 하면 또 절망이……"

"저들이 은이를 빼앗아 갔듯이 언젠가 저 아이도 빼앗아 갈지 모르니까……"

강은 고개를 끄덕이며 주위를 둘러보다 속삭였다.

"그래서 말씀드리고 싶은 건, 저는 절대 포기하지 않을 겁니다."

아이를 사이에 두고 두 사람은 서로를 얼싸안았다.

부자는 궁을 한 바퀴 돌다가 멈춰서 강이 언젠가 이토 히로부미를 만났던 정관헌에 들어가 자리를 잡았다.

"네게 물어보고 싶은 게 있구나. 혹시 이화학당의 낸시라는 여인을 아느냐?"

"낸시요? 폐하, 조선인 여선생 말씀이십니까?"

"그렇지! 너를 아주 잘 안다고 하더구나."

"네, 미국에 있을 때 같은 대학에 다녔고 귀국한 후에도 계속 연락하고 지냈습니다. 김원식이라는 청년과 함께 세상의 여러 다른 모습에 대해 알려준 사람입니다."

"그거 대단한 칭찬이구나. 그런데 김원식이라? 그 이름도 낯설지 않은데…… 꽤 영리한 젊은이지, 그렇지?"

"네, 맞습니다. 그런데 무슨 일로 하문하시는지 여쭤도 될까요?"

"그 낸시라는 이화학당 선생이 나를 돕겠다고 하더구나. 조선의 국권을 되찾는 데 도움이 되고 싶은 모양이야. 그래서 나의 공식 통역관으로 삼아 중개자처럼 나의 뜻을 밖에 전할 수 있을지 생각하고 있다. 아무래도 여인이면 저들도 덜 의심하지 않을까 해서 말이다. 나 역시 여기서 포기하고 싶지 않구나. 중요한 건 그 낸시라는 여인을 믿을 수 있느냐 하는 문제인데……"

"그거 굉장한 소식이군요. 낸시는 믿을 수 있는 사람입니다. 소자가 아는 사람들 중에서 가장 믿을 수 있는 사람입니다."

"그러면 결정되었다."

잠시 후 시종이 커다란 커피 주전자와 설탕이 담긴 그릇을 가져왔다.

"아이스크림이 있던가?"

이태왕이 물었다.

"네, 가져오겠습니다."

이태왕이 강에게 말했다.

"낸시에게 들으니 네가 매일 아이스크림을 먹었다면서? 그건 전혀 몰랐지. 너도 나처럼 단 음식을 무척이나 좋아하는구나. 내가 너에 대해 모르는 게 참 많다, 참 많아."

아버지는 뭔가 무척이나 아쉬운 표정을 짓고는 손자를 바라보며 중얼거렸다.

"손자에게는 더 잘할 수 있도록 애를 써봐야지."

할아버지인 이태왕과 아버지인 강이 아이의 작은 손을 각각 하나씩 붙잡았다. 할아버지가 박자를 맞추듯 손을 들었다 내리기 시작하자 아들도 따라 했다. 손자는 웃음을 터트렸고 덩달아 두 남자도 함께 웃었다. 그러다 손자가 갑자기 트림을 하고는 마치 자신도 그 소리에 깜짝 놀란 것 같은 표정을 지었다. 할아버지는 목젖이 보이도록 크게 웃었다.

시종이 바닐라 아이스크림을 가져왔다. 강이 한 숟가락을 떠먹었다. 이태왕은 이제 거의 제정신이 아닌 것 같은 웃음을 짓고 있었다. 뭔가 종잡을 수 없는 분위기였다. 이태왕은 울면서 자신의 운명을 한탄하다가 다시 어린아이처럼 웃었다. 사랑과 슬픔, 후회의 감정이 한꺼번에 밀려오는 모양이었다.

"보면 볼수록 잘생겼다. 나중에 자라 아주 호쾌한 사람이 되겠어."

강도 아버지와 함께 아들을 이모저모 뜯어보다가 문득 곤란한 질문 하나가 떠올랐다. 아무래도 이 자리에서 물어보지 않을 수 없었다.

"폐하, 뭐 하나 여쭈어도 될지요? 제 친모께서도 이 아이처럼 입술이 얇은 편이었습니까?"

이태왕의 표정이 다시 바뀌었다. *역시 곤란한 질문일까. 아니면 벌써 다 잊어버린 걸까? 그래서 기억해 내려고? 아니, 그게 아니다. 뭔가 아주 심란한 표정이다.*

"그런 생각은 미처 못 했는데, 하지만 말을 듣고 보니…… 그래, 그랬던 것 같구나. 맞아, 입술이 저렇게 얇았었지."

느리고 갈라지는 목소리였다.

"그럴 것 같았습니다. 어머니도 손자를 보셨다면 기뻐하셨겠지요."

이태왕은 뭔가 깊이 생각에 잠긴 듯 한동안 말이 없었다. 그러다 갑자기 손바닥에 얼굴을 파묻었다.

"그럴 게다. 분명 손자를 보았다면 기뻐했을 게야."

이태왕은 고통스러운 듯 신음을 내며 숨을 몰아쉬었다.

"제발, 제발 나를 용서해 다오."

손바닥으로 가린 눈에서 다시 눈물이 흘러내렸다.

"폐하, 도대체 무슨 일이십니까?"

"무슨 말을 해야 할지 모르겠구나…… 하지만 이제는…… 네 어머니 장 귀인은 말이다…… 우리가 그동안 너를 속였다."

이태왕이 기침을 했다.

"그건 다 너를 지키기 위해서였다."

"오랜 세월 동안 나는 꼭 말하고 싶었다. 하지만 중전과 황귀비가…… 정말 미안하구나. 나는 너무나 유약한 인간이다. 그러니 나를 절대로 용서하지 말거라!"

그로부터 한 시간 뒤 강은 어머니와 자신이 어떻게 헤어졌는지 그 전말을 마침내 알게 되었다.

35

1877년 4월.

경복궁 교태전 후원에 네 단으로 쌓아 올린 언덕 아미산에 붉은 진달래가 피었다. 최근 들어 날씨가 따뜻해졌지만, 교태전 온돌과 연결된 네 개의 굴뚝에서는 여전히 연기가 솟아올라 앞이 잘 보이지 않을 정도였다. 아미산과 후원 벽 너머에서는 왕실을 섬기기 위해 모인 대신들이며 금군과 내관 들, 여러 궁인들과 예비 궁녀인 생각시들의 목소리와 발소리가 끊임없이 이어졌다. 수백 년이 흐르는 동안 사람은 바뀌었을지 몰라도 궁 안의 삶을 지탱하는 맥박은 늘 한결같았다.

후원 동쪽의 작은 문으로 중전을 모시는 두 상궁이 나타났다. 둘 다 어릴 적부터 한성 안의 또 다른 한성인 궁 안에서 살아온 여인들이었다.

"장 상궁, 그래도 꽃구경을 놓치지는 않았네."

"그렇지, 엄 상궁. 이 시기에 맞춰 돌아오지 못했다면 참 아쉬웠을 터인데."

"봄이 되면 궁 말고 다른 곳에 가고 싶은 생각은 전혀 들지 않아. 우리처럼 평생 궁 안에서 살아온 사람들이 다른 곳에 대해 아는 게 있겠냐마는."

엄 상궁은 장 상궁의 표정을 살피기 위해 고개를 돌렸다. 두려움이나 망설임은 전혀 찾아볼 수 없었다. 아마 솔직한 마음을 털어놓은 것이리라.

"한데 자네는 이제 다른 곳도 잘 알지 않나? 그동안 정말 몸이 아팠던 게야? 사람들 말처럼 죽을 정도로? 우리 사이에 못 할 말이 뭐가 있나?"

장 상궁은 여전히 얼굴이 고왔고 좀 피로한 듯 보이기는 했지만 예전보다 더 건강해져 돌아온 것 같았다. 피부는 예전처럼, 아니 예전보다 더 창백해졌는데 엄 상궁은 그 모습이 오히려 부러웠다. 키와 피부색을 이유로 아라사 사람 같다며 장 상궁을 놀리기도 했다. 장 상궁이 무슨 일 때문에 지난 몇 개월간 궁과 멀리 떨어진 곳에서 지냈는지는 모르지만 이제는 다 원래대로 돌아온 것처럼 보였다. 장 상궁이 몸을 돌려 엄 상궁의 등에 손을 얹었다.

"엄 상궁, 모든 건 그저 내가 말한 그대로일세. 그러니 이제 자네가 말해보게. 분명 이런저런 소문을 들었겠지. 자네도 궁이 어떤 곳인지 잘 알 테니 말이야. 그래, 사람들이 뭐라던가?"

"그런 이야기는 여기서는 곤란하고…… 우물에 가서 물을 길어 올 때, 그때 보지. 그러면 아무도 의심하지 않을 테니까."

"그게 좋겠군. 자네는 역시 꾀가 많다니까."

"자네가 아부를 다 하네."

"하지만 사실인걸. 모두 그렇게 말하지 않나. 중전마마부터 금군들까지 말이야."

"에휴, 나는 차라리 장 상궁처럼 키도 크고 어여쁜 여인이 되고 싶네. 주상 전하께서는 나를 보고 모과처럼 생겼다고 하신 적도 있는걸! 울퉁불퉁하게 생긴 모과 말이네! 거기다 이 넓적한 코에 통통한 얼굴까지."

"내가 보기에는 귀엽기만 한데."

장 상궁은 키가 작은 엄 상궁이 걷는 속도를 맞출 수 있도록 발걸음을 늦췄다. *뭔가 의심하고 있는 걸까? 궁 안에서 사정을 아는 사람이 있다면 엄 상궁뿐이리라.* 엄 상궁은 상궁치고 무쪽같은 외모를 가졌단 소리를 들을지언정 궁 안 모든 이들과 두루 친분이 있었고 또한 영특하며 사근사근하여 믿을 수 있는 사람이었다. 모두 엄 상궁에게만은 이런저런 정보나 소문을 털어놓곤 했는데, 그러면 엄 상궁은 혼자 간직할지 아니면 적당히 이야깃거리삼을지를 결정했고 엄 상궁의 판단력은 예리했다.

엄 상궁이 마음만 먹으면 내 사정을 알아낼 방법은 얼마든지 있겠지. 장 상궁은 뱃속이 뒤틀리는 것 같았다. 엄 상궁이 여기서 이야기하기는 곤란하다고 했으니 분명 뭔가 있다는 뜻이리라. 여러 소문이 있겠지만 진실에 접근한 사람이 아무도 없기를 바랄 뿐이었다. *혹시 누가 이야기를 퍼트린 건 아닐까? 혹시 박 내관이? 전하의 뜻을 알려온 사람이 바로 박 내관이니 그리 놀랄 일도 아니지.*

장 상궁은 자신이 궁궐 안을 돌아다닐 때마다 주상 전하의 시선이 자신을 따랐고 전하가 머리부터 발끝까지 몸 전체를 유심히 살피곤 했다는 걸 오래전부터 눈치채고 있었다. 그러던 어느 날 저녁, 결국 나이 든 두 상궁이 나타나 장 상궁을 주상의 처소로 데려갔다.

두 상궁은 장 상궁의 몸을 두루 살핀 후 정성 들여 몸을 닦았고, 손톱도 짧게 깎이는 등 만반의 준비를 했다.

그들은 주상 전하의 승은을 입는 것보다 더 망극한 일이 있겠느냐고 했고, 실제로도 그건 사실이었다. 궁 안에 사는 여인이라면 누구나 승은을 입기를 원했다. *하지만 지금은 여느 때의 궁과 다르다.*

장 상궁이 고종을 기다리던 방에 대해 기억하는 건 붉은색과 금색 실로 수를 놓은 비단 이불과 두 개의 커다란 촛대뿐이었다. 그러다 뒤에서 문이 열리고 고종이 나타났다. 늘 보던 비단 곤룡포와 익선관 차림이 아니라 가벼운 야장의에 망건만 두른, 키는 작지만 다정하고 깔끔한 모습이었다. 그 순간만큼은 범접할 수 없는 지존이 아니라 평범한 사람 같았다.

"전하, 늦은 시간까지 기다리시게 하여……"

"그만 고개를 들고 나를 보거라. 여기서는 예의를 차릴 필요 없다. 이렇게 입고 있는데 내가 임금처럼 보이느냐?"

누가 또 이 사실을 알고 있을까? 내가 그 방을 나서는 걸 본 사람이 있을까? 장 상궁의 생각이 이어졌다.

전날 주상의 승은을 입은 궁인은 다음 날 아침 치마를 뒤집어 자신이 '승은 상궁'임을 알리는 관례가 있지만 장 상궁은 그 관례조차 따르지 않았다. *지금은 그럴 분위기나 상황이 아니다.* 장 상궁은 평상시처럼 맡은 일을 했다. 전날 밤이 남긴 건 주상 전하와의 첫 경험에서 비롯한 통증뿐인 것 같았다. 때로 장 상궁은 자신이 그저 꿈을 꾼 건 아닌가 생각하곤 했다. 그러나 아이가 생겼다는 사실을 알았을 때는 그런 생각을 더 이상 하지 않게 되었다.

의원들과 고참 상궁들이 나타났다. 오직 전하께만 충성을 바치는 이들은 장 상궁의 배가 더 불러오기 전에 궁을 잠시 떠나 있을 수 있도록 핑계를 만들어냈다. 궁을 떠난 전왕의 후궁 거처에서 출산을 할 수 있도록 도운 것이다. 출산 후에는 장 상궁의 남동생 부부가 나타나 두 사람이 아이를 돌보았다. 이웃에게는 남동생 부부의 아이인 것처럼 보이도록 했다. 이상한 일이었지만 남동생보다 올케 쪽이 이 일에 더 신경을 쓰고 관심을 보였다.

일에 연루된 사람 중 누군가가 실수로 발설했을지도 몰랐다. 누군가 꼬리를 밟혔을 수도 있고, 재물에 눈이 멀거나 위협을 느껴 말하고 말았을 수도 있다.

"엄 상궁……"

장 상궁은 아이를 보고 싶다고, 이렇게 지내는 건 이상하다고 말하고 싶었다. *대체 내가 무슨 잘못을 했기에 이런 일을 겪어야 하는 걸까?*

"장 상궁, 생각이 다른 데 가 있는 것 같네. 정말 괜찮은 건가?"

엄 상궁의 다정한 얼굴에 당혹감도 함께 어렸다. 엄 상궁은 장 상궁에게 본능적으로 연민을 느꼈다. 그 이유를 알 수 없고 정확히 무슨 일이 있었는지도 알 수 없지만 분명 뭔가가 있었다.

"괜찮네, 괜찮아. 미안하네."

엄 상궁은 계속해서 장 상궁의 얼굴을 살폈다.

"그런 눈으로 보지 않아도 되네."

"그저 걱정이 되어……"

두 사람은 자갈 깔린 마당을 가로질러 낮은 출입구와 통로를 지나 교태전의 수라간 옆으로 걸어갔다. 안쪽에는 작은 정원과 높은 벽으로 둘러싸인 우물이 하나 있었다. 벚꽃은 이미 졌지만, 꽃잎 몇 개가 바닥의 박석에 떨어져 있거나 도랑을 타고 떠다니기도 했다.

"중전마마께서는 오늘 아침 어떠셨는가?"

"평소와 같으셨지. 외롭다고 하시더군. 그러더니 갑자기 모하메드…… 였나. 그 종교에 대해 혹 아는 게 있냐고 하문하셨네."

"과연 중전마마다운 말씀이로군."

이 궁 안에서 외롭지 않은 여인이 어디 있을까.

두 사람은 구석에 있는 물통을 하나씩 집어 들고 주위를 살펴보았다.

"그건 그렇고, 우리 무슨 이야기를 하려고 했더라……"

"자네가 우물가에서 뭔가를 이야기해 준다고 하지 않았나."

하지만 엄 상궁이 미처 입을 열기도 전에 벽 반대편에서 발소리가 들려왔다. 곧 발소리가 멈추었고 두 사람의 눈에 교태전의 주인인 중전이 들어왔다. 두 상궁은 중전의 기척을 알아채고는 서로를 바라보았다.

비단과 양단을 섞어 짠 짙은 무지개색 당의를 입은 여인이 장 상궁을 향해 성큼성큼 걸어가다 검 한 자루만큼의 거리를 두고 멈춰 섰다. 화장기 하나 없는 얼굴은 아침에 눈을 뜨자마자 바로 나온 듯한 모습이었다. 어떻게 보면 너무나도 인간적이었다. 평소의 어딘가 신비스러워 보이는 명료한 표정은 온데간데없었다. 날카롭게 솟은 광대뼈 위의 새까만 눈동자에서는 따뜻함 대신 차가운 빛만 뿜어져 나왔다.

"장 상궁, 몸은 다 회복했는가?"

장 상궁은 눈을 내리깔고 고개를 끄덕이며 말했다.

"그렇사옵니다. 중전마마의 하해와 같은 은혜 덕분에 훨씬 더 좋아졌사옵니다."

"정말 다행스러운 일이 아닌가. 자네 몸은 이제 자네의 것이 아 니니 말일세."

"무슨 말씀이시온지……"

"내가 모를 줄 아느냐?"

돌연 중전 민 씨가 악을 써대며 미친 듯이 달려들었다. 장 상궁 의 손에서 물통이 떨어져 나갔다. 무당이라도 나타난 듯 요란한 소리와 움직임이 장 상궁을 감쌌고 중전의 뼈만 남은 앙상한 손 이 장 상궁의 목을 움켜쥐었다. 어느새 금군 둘이 나타나 우물가 로 이어지는 유일한 출입구를 지키고 섰다.

"건강한 사내아이라고!"

중전 민 씨가 다시 악을 쓰며 손을 풀더니, 오직 분노에 휩싸인 사람만 낼 수 있는 힘으로 장 상궁을 바닥에 내동댕이쳤다.

"내가 모를 줄 알았더냐? 이 요망한 여우 같은 년! 네년이 내 자 리를 대신할 수 있을 성싶으냐? 네년의 아들이 내 아들을 몰아낼 것 같더냐!"

땅바닥에 쓰러진 장 상궁은 기침만 해댈 뿐 감히 몸을 일으킬 수도 없었다.

"내가 네년을 염려해 이리 찾아왔겠느냐? 네년을 발기발기 찢 어놔야겠다! 전하께는 이미 원자가 있다. 내가 그 어미니라. 내 아 들이 일찍 죽고 네년의 아들이 후사가 되기를 바랐더냐? 그런 일 이 생기기 전에 네년과 그 아들을 전부 죽여주마! 남의 서방이나 탐내는 더러운 년 같으니라고!"

중전은 미칠 것만 같았다. 지금의 원자를 얻기까지 얼마나 고생을 했던가. 아이를 다섯이나 낳았지만, 넷이 세상을 떠나는 고통을 겪었고, 지금 남은 원자조차 몸이 약해 한시도 손길을 뗄 수 없었다. 갖은 부적과 푸닥거리, 기도에다 자신이 지닌 권력까지 전부 동원해도 젊고 교활한 여우 같은 여인이 주상을 유혹해 건강한 아들을 낳을지도 모른다는 두려움과 위협을 모두 막을 수는 없었다.

"제발 그 아이만은 손대지 말아주십시오."

장 상궁이 눈물을 흘리며 말했다. 중전은 천천히 무릎을 꿇고 새로운 경쟁자의 얼굴에 제 얼굴을 바짝 가져다 댔다.

"그 건강하고 예쁜 사내아이에게 누가 손을 대겠느냐? 설마 내가 그럴 것이라 생각하는 게냐, 내가?"

중전의 목소리는 한층 낮아졌지만, 악의는 훨씬 세졌다.

"마마, 제발……"

"우선 네년부터 혼쭐을 내주마!"

중전은 치마 안쪽을 뒤적이더니 금장 자루가 달린 단검을 꺼내 들었다. 그러고는 장 상궁의 배를 단숨에 찔렀다. 진홍빛 피가 땅바닥을 검게 물들이는 동안 장 상궁의 입에서는 고통스러운 신음이 흘러나왔다. 온 힘을 다해 떨지 않으려고 애쓰던 엄 상궁도 몸을 움츠리며 눈을 질끈 감았다. 금군 병사는 고개를 돌렸다.

"그리 아이를 가지고 싶더냐?"

이제는 중전도 울부짖고 있었다.

"전하의 아이를?"

중전은 쓰러진 장 상궁에게 다시 거칠게 칼을 휘둘렀다.

"어떠냐? 가서 어디 한번 또 수작을 부려보거라, 이 요물 같은 계집!"

눈물과 피, 맑은 우물물이 하나로 합쳐져 도랑을 따라 흘렀다. 장 상궁은 어물전 도마 위에서 반으로 쪼개진 생선처럼 숨을 헐떡거리며 죽음에 가까워지는 듯한 공포와 맞서 싸웠다. 가슴이 쉴 새 없이 오르락내리락했다. 중전은 칼을 떨어뜨리더니 머리를 두 손으로 감싸 쥔 채 주저앉았다. 그 입에서 다시 말이 나올 때까지 누구도 감히 움직이거나 입을 열 수 없었다. 중전 자신도 뭘 어떻게 해야 할지, 지금 이 자리를 어떻게 끝내야 할지 알지 못했다.

서책을 읽던 고종의 귀에 익숙하지만 전에는 들어보지 못한 목소리가 들려왔다. 지금껏 중전이 이토록 흥분해서 날뛰는 소리를 들어본 적이 없었다. 중전이 내지르는 비명이 벽을 넘어 복도를 따라 고종의 처소까지 흘러들었다. 먼 거리에도 불구하고 자신을 움찔하게 할 정도의 위력이 느껴졌다. *대체 무슨 일인가?* 고종은 서둘러 용포를 걸치고 어린 시절 이후 처음으로 내달렸다. 그의 뒤를 따라 주상의 체통을 염려하는 내관과 궁인 들이 함께 뛰었다. 그렇게 거의 넘어질 듯 후원 안으로 들어선 고종의 눈앞에 피범벅이 된 궁녀의 몸 위로 무릎을 꿇고 앉은 중전이 보였다. 가까이 다가간 후에야 고종은 그 궁녀가 누구인지 알아보았다.

중전이 사실을 알았구나! 알아채지 못할 거라 생각한 게 실수였다. 궁 안에는 중전을 따르는 무리가 훨씬 더 많았다. 고종을 따르는 이들조차 중전을 두려워했다. *어찌 그리 어리석었을까? 중전에게 먼저 말을 해야 했는데. 내가 무슨 짓을 한 건가?* 중전과 사이가 좋지 않았던 고종은 외로웠고, 늘 그래왔듯 별생각 없이

506

장 상궁을 처소로 불러들였다. 그는 박 내관이 장 상궁의 회임 사실을 알리기 전까지 어떤 결과가 벌어질지 깊게 생각하지 않았다. 이제 고종의 눈앞에 그 결과가 펼쳐졌다. *모두 내 부덕함이다.*

고종과 중전의 눈이 마주쳤지만 두 사람은 아무런 말도 하지 않았다. 고종은 오른손을 들어 입으로 가져갔다.

"전하께서는 그만 처소로 돌아가시지요. 내명부의 일은 중전인 제가 처리하겠습니다."

고종이 서둘러 입을 열었다.

"미안하오, 모든 게 다 내 불찰이오. 한데 내명부의 수장인 중전이 승은을 입은 궁인을 해하는 건 궁의 법도에 어긋나는 일임을 알아야 할 것이오."

고종은 궁인들에게 명령했다.

"장 상궁을 당장 내의원 의원에게 데려가 보여라."

"전하, 지금 법도라고 하셨습니까?"

"미안하오. 그렇지만 중전이 그리 화를 낼 일은……"

"궁의 법도!"

눈물과 땀으로 범벅이 된 채 이마가 벌겋게 달아오른 중전이 소리를 질렀다.

"제가 바로 그 법도이옵니다! 전하께서는 이미 큰 문제를 일으키셨습니다. 이제 그만 처소로 돌아가시지요!"

고종과 그를 따라온 내관, 궁인들은 어쩔 줄 몰라 그 자리에 얼어붙었다. 고종은 그저 엉거주춤 몸을 숙였다. 고종의 둥글고 온화한 얼굴, 애원하는 듯한 두 눈동자가 중전의 눈을 보았다. 고종은 장 상궁에게서 태어난 아이를 구하기 위해서라도 계책을 내야만 했다.

"장 상궁이나 아이가 중전에게 해를 입는다면 그 원한이 우리에게 닥치리라는 사실을 모르시오?"

중전이 맹신하는 미신을 들먹이는 게 지금 고종이 낼 수 있는 유일한 방법이었다. 중전은 분명 하늘의 뜻과 제 아들의 운명을 연결지어 생각할 것이었다. 고개 숙인 중전의 뺨과 턱으로 짜디짠 눈물이 계속해서 흘러내렸다.

얼마간 침묵이 흐른 후 마침내 속삭이는 듯한 소리로 중전이 말했다.

"알겠습니다. 장 상궁을 의원에게 데려가시지요. 제대로 치료를 받도록 해주세요."

고종은 중전에게 가까이 다가갔지만, 중전은 목석처럼 서 있었다. 중전은 눈물이 다 마를 때까지 기다렸다가 감정이라고는 전혀 섞이지 않은 또렷한 목소리로 말했다.

"하나 장 상궁과 아이는 멀리 떨어져 평생 한성을 떠나야만 합니다. 전하께서도 다시는 장 상궁과 아이를 보실 생각은 하지 마시옵소서."

고종은 숨이 막히는 것 같았다. *이건 장 상궁에게는 죽으라는 말이나 다름없다.*

너무나 많은 일이 한 번에 일어났다. 중전은 몸을 일으키더니 침착한 모습으로 자리를 떠났다. 그러다 걸음을 멈추고 눈물을 흘리며 벌벌 떨고 있는 엄 상궁을 향해 손짓했다.

"엄 상궁, 너의 품계를 올려주겠다. 이제부터는 못난 궁인들만 주변에 두겠어. 다른 것들은 다 필요 없다!"

중전의 지시에 따라 장 상궁은 치료를 받은 후 한성에서 쫓겨 났다. 궁 밖으로는 아는 사람이 전혀 없고 아는 것도 하나 없는 장 상궁에게 궁 밖 생활은 칼에 맞은 상처만큼이나 크나큰 고통이었 으리라. 여각의 주인이 되었다던가 혹은 이천으로 내려가 농사꾼 과 혼인했다는 소문이 나돌았지만 믿을 만한 이야기는 아니었다. 그러다 결국 몇 년 후 고종이 두려워하던 소식이 전해졌다. 장 상 궁이 세상을 떠났다고 했다. 중전에게 입은 상처 때문인지, 갑작스 러운 궁 밖 생활을 견디지 못해서였는지 이유는 아무도 알 수 없 었다. 조선의 최고 권력자 두 사람이 각자의 욕망과 두려움을 강 렬하게 투사했던 장 상궁의 육신은 그렇게 상처투성이가 되어 땅 에 묻혔다.

36

"내 친정어머니도 이렇게 국을 끓이셨지. 그리 진하지는 않지만 맛은 좋네."

혜랑은 국물부터 마신 후 시래기를 입에 물었다.

수덕은 만족스러운 표정이었다.

"된장에 두부, 시래기 정도만 넣었네. 반찬 가짓수도 적당하고. 간단하게 차린 상이지만 궁궐 수라상에 오르는 어떤 음식보다 맛이 더 깊어. 시종들에게 나도 같은 걸 먹겠다고 계속 이야기하는데, 다들 미쳤다고 하지. 한데 고향에서는 이 시래기국을 자주 먹었어."

"부인, 이리 대접해 주셔서 감사합니다."

수덕이 빙그레 웃었다.

"동무가 있으니 얼마나 좋은가. 이렇게 사이좋게 지낼 수 있어 다행일세. 물론 처음에는 내키지 않았네만."

"네, 이해하옵니다."

"내 누차 말했듯 나는 전하가 아니라 그저 나라와 혼인한 사람일세."

혜랑은 조심스럽게 웃으며 이제 혼자서 어느 정도 움직이기 시작한 어린 아들을 돌아보았다. 아들은 엄마가 김치 한 조각을 집는 사이 몸부림을 치다 손이 닿지 않는 곳까지 기어갔다. 그러다 다시 엄마를 쳐다보며 재빨리 일어나 뒤뚱거리며 세 걸음쯤 다가

오다가 엄마의 손에 붙잡히기 전에 깔개 위로 넘겨졌다.

아이는 잠시 발버둥 치며 울상을 지었다. 혜랑이 그런 아들을 안아서 들어 올렸다. 수덕이 눈을 가운데로 모아 우스꽝스러운 얼굴을 만들었다. 아이는 이내 아주 재미있어하며 웃음을 터뜨렸다. 텅 비어 냉랭하던 수덕의 처소에 아이의 웃음소리가 크게 울려 퍼졌다. 혜랑은 강의 정실부인을 슬쩍 바라보았다. 고마운 마음이 온몸 가득 차올랐다. 그 순간 혜랑은 수덕과 같은 생각을 했다. *부인도 분명 좋은 어머니가 될 수 있었을 텐데……*

"생각해 보니 저 아이가 처음 제 발로 일어선 게 불과 몇 주 전이었지."

"우의 아버지도 그런 일에 더 관심을 보이면 좋을 텐데요. 우가 처음 제 발로 걷기 시작한 일이나 아니면…… 아, 송구합니다. 제가 감히 불평을……"

수덕은 안타까운 표정을 지었다.

"아이에게 관심이 없는 게 절대 아니네. 나는 확신할 수 있어. 처음에는 온통 아이에게만 신경을 쓰지 않으셨던가. 우리가 전하를 이해해야지. 나야 아주 오랫동안 그렇게 하려고 노력해 왔지만……"

"태상황 폐하를 뵙고 온 후로 훨씬 더 안 좋아지셨습니다."

"우의 아버지는……"

최근 수덕은 강을 그렇게 불렀다.

"늘 어머니에 대한 생각뿐이지. 아니, 그게 아니라 어머니가 안 계신 것에 대한 생각이라고 할까. 그 사실을 잘 알기 때문에 나로서는 전하가 그렇게 밉지 않아. 전하는 누군가에게 정을 주는 방법을 몰라. 그저 두려워할 뿐이지."

"옳은 말씀이십니다."

"그 사실을 알고 아마 큰 충격을 받으셨을 게야."

혜랑은 쓸쓸한 얼굴로 허공을 응시했다. 강이 최근 들어 자신은 물론 아이와도 거리를 두는 걸 생각하면 마음이 아팠다. 괜찮은 날도 있었지만 누구도 보려 하지 않은 채 방에 혼자 머무는 날도 많았다. 혜랑은 다시 부드럽고 애처로운 눈빛으로 자신을 보는 수덕에게로 눈길을 돌렸다. 혜랑은 수덕이 부처님 같다고 생각했다. *어떻게 하면 저렇게 살 수 있을까?*

"저는 최근에야 황실과 가까워졌기 때문에 모르는 일이 많습니다. 다만 세상을 떠나신 중전마마께 크게 원한이 있으신 듯하고, 태상황 폐하에 대해서도 감정이 복잡하신 것 같습니다. 태상황 폐하 이야기를 꺼내면 화를 내시다가도 그저 유약한 분이라고 하시지요. 박 내관에게도 배신감을 느끼시는 듯한데, 박 내관에게까지 속았으니 이제 누구를 더 믿겠느냐고 하십니다. 세상에 믿을 사람이 없는 것처럼……"

"다 그럴 만한 이유가 있을 것이네. 슬픈 일이지만 말일세."

"한번은 술을 드시면서 기분이 풀리는 것 같다 말씀하신 적도 있습니다."

"기분이 풀리신다고?"

"네, 부인. 그동안은 어머님께서 돌아가신 게 항상 본인의 잘못이라고 생각하셨으니까요. 아들을 위해 희생하셨다고도 하시고 …… 그러다 결국 사정을 알게 되신 것이니…… 한편으로는 해방감을 느끼신다면서도 또 그런 해방감을 느낀다는 데 죄책감이 들어 울면서 주먹으로 바닥을 내리찧으시기도 합니다."

아이가 어느새 혜랑 옆에 다가와 앉더니 그 자리에 누웠다. 구름 뒤에서 해가 나와 아이의 눈에 빛을 뿌렸다. 수덕은 그늘 쪽으로 몸을 굴리는 아이의 얼굴을 유심히 살펴보았다. 매일 어딘가 조금씩 달라지는 것 같았다. 어떤 날은 혜랑을, 또 어떤 날은 강을 더 닮아갔다. 그런데 혜랑에게 시선을 돌리자 혜랑과 강도 서로 닮았다는 사실을 깨달았다. *왜 전에는 몰랐을까?* 코 모양부터 자신과는 완전히 다르고 피부색도 다른 사람들보다 더 희고 창백했다. 그리고 뭔가를 잃어버려 망연자실한 것 같은 표정. 부부는 어느 순간부터 서로 닮아간다고들 하는데 두 사람도 그런 경우일까.

수덕은 저 아름다운 아이가 제 아들이라면 어떨지 종종 상상하곤 했지만, 그때마다 마음이 무거웠다. 그런데 요즘 들어 장 귀인, 그러니까 강의 어머니를 떠올리려고 하면 그저 궁인의 옥색 당의를 입은 혜랑의 모습만 떠올랐다.

"부인, 무슨 일이 있으십니까? 뭐 안 좋은 일이라도⋯⋯"

"아니, 괜찮네. 아무것도 아니야. 그냥 뭘 좀 생각하느라⋯⋯"

수덕은 잠시 입을 다물고 다른 이야깃거리를 생각하다 낮은 목소리로 물었다.

"자네가 가져다준 편지들 말일세, 그 일을 지금도 하는가?"

혜랑이 눈을 동그랗게 떴다.

"어찌 그 일을 아십니까?"

수덕이 웃음을 터트렸다.

"뭘 그리 놀라나. 자네에 대한 마음을 바꾸게 된 이유 중 하나인데. 그 일은 대단한 일이지만 역시 조심할 필요가 있지. 아직 저들에게 들키지 않았으니 운이 좋기는 하네만, 한 번 실수로 큰 곤란을 겪을 수도 있으니 말일세."

"명심하겠습니다."

"저 어린 것도 걱정이 되고…… 아이에게는 어미가 있어야 하지 않겠나. 거기다 내가 자네도 걱정하고 있다는 걸 명심해 주게나."

"송구합니다."

강이 변덕을 부리면서 다시 많은 것들이 힘들어지긴 했지만 혜랑은 수덕 덕분에 따뜻함을 느끼며 살아갈 수 있었다. 지금 이 순간 감히 그럴 수 없다는 걸 알면서도 혜랑은 수덕을 부둥켜안고 싶었다.

"그런데 역시 전하도 다시 세상에 나가야 하지 않을까? 윤태종이라는 자가 그 가능성을 넌지시 알려왔네. 우리로서는 전하께서 앞으로 조용히 살면서 더 이상 저들에게 아무런 위협이 되지 않을 거라는 사실을 윤태종과 일본이 믿도록 해야 하네."

"옳으신 말씀입니다."

혜랑이 외부 소식을 강에게 전하고 있었다는 걸 수덕은 어떻게 알았을까? 그 일만으로도 혜랑은 다시 한번 수덕에게 고마움을 느끼지 않을 수 없었다. 만약 수덕이 누군가를 시기하는 사람이었다면 그 사실을 외부에 흘렸을지도 모른다. *그나저나 수덕이 알아낼 수 있을 정도라면 일본도 눈치챘을 수 있다.* 혜랑은 절그럭 거리는 열쇠 소리와 함께 제가 갇힌 감옥 문을 열고 들어오는 간수의 음흉한 미소를 상상했다. *부인의 말이 옳아. 더욱 조심할 필요가 있겠어.* 그러나 이제는 밖에도 혜랑을 의지하는 사람들이 있었다. 바로 지금도 혜랑의 품속에는 자신처럼 평양에서 태어났

으나 미국 사람처럼 행동하는 그 이상한 여선생의 편지가 한 통
들어 있었다.

"자네 지금도 그 바깥…… 음, 그러니까 오랜 동료들과 연락을
하고 지내나?"

"요즘은 하지 않습니다."

"아무리 생각해도 지금은 그게 최선 아니겠나. 불량한 사람도
분명 많을 거고. 게다가 더러운 친일파들이 여기저기 돈을 마구
뿌리고 다니니……"

"네, 부인. 만월관을 일찌감치 나온 게 잘한 일인 듯싶습니다.
최근에는 변한 것도 많다고 들었습니다."

"그런가?"

"부인 앞에서 제 지난 이야기를 꺼내는 게 참으로 부끄럽습니
다만, 예전에는 기녀가 되려면 노래와 춤, 악기에 서예까지 재주
가 많아야 했지요. 그런데 지금은 아니라고 합니다. 일본 사람들
은 먼저 기녀들에게 더러운 병이 있나 확인하는데 그건 마치 기
녀들을 모두 다……"

"무슨 말인지 알겠네."

수덕이 탐탁지 않은 듯 말을 끊었다. 하지만 웬일인지 혜랑은
자신의 생각을 더 말하고 싶었다.

"지금은 기방을 찾는 손님도 마찬가지지요. 예전만 해도 기녀
는 비록 세상 사람들의 존중은 받지 못할지언정 하는 일에 대해
서는 어느 정도 자긍심을 가지고……"

"무슨 말인지 알겠어. 내가 괜한 이야기를 꺼냈구먼."

혜랑도 괜한 이야기가 오간다고 생각했지만 어쩐지 멈출 수가

없었다.

"부인, 세상 사람들은 기녀의 일을 오해하고 있습니다. 부인께서는 제가 그런…… 그런 기녀라고 생각하시지 않으면 좋겠습니다."

"그래, 잘 알겠네. 우리 식사나 계속하세."

문을 두드리는 소리가 네 번이나 울렸다. 뭔가 중요한 일이 있다는 뜻이었다. 그 신호를 쓰는 사람은 단 두 명뿐이었고, 수덕은 늘 묵직하게 쿵쿵거리며 문을 두드리곤 했다.

"들어오시오."

혜랑이 들어와 서글프게 웃고는 늘 그랬던 것처럼 거문고를 의자 옆 바닥에 내려놓았다.

"뭘 좀 드셨습니까?"

"그랬지. 당신은?"

"네. 실은 부인과 함께했습니다."

"요즘 둘이서 잘 지내는 것 같군. 그게 나한테 좋은 일인지는 모르겠지만……"

"하지만 부인과 제가 가까워진 건 바로 전하의 요즘 모습 때문입니다. 실례합니다만, 화장실을 좀 쓰겠습니다."

강은 혜랑의 뒷모습을 바라보았다. 최근 들어서는 혜랑과 어떤 식으로 이야기를 나눠야 할지 알 수 없었다. 혜랑의 인내심과 이해심이 점점 바닥나는 것 같았다. 예전으로 돌아가면 좋겠다고도 생각했지만 혜랑을 볼 때마다 별다른 이유 없이 질투와 자기연민, 어색함을 느꼈다. 혜랑과 다투게 될까 걱정으로 팽팽해진 기류가 다시 다툼의 원인이 되어 곧 폭발할 듯했다.

혜랑은 금방 나왔고 나오자마자 거문고를 집어 들었다. 오른손에 대나무 술대를 쥐고 한 곡조 타려는 듯했지만 이내 술대를 다시 내려놓았다.

"이따 같이 우를 보러 가시겠습니까?"

"그러면 좋겠군. 한데 나라는 비참한 존재가 없다면 그 아이가 훨씬 더 행복할 것 같은데, 안 그런가?"

"제발 그런 말씀은 마십시오."

"미안하오."

혜랑은 한숨을 내쉬었다. 부디 조선 사람도 미국 사람도 아닌 그 이상한 여선생의 편지가 도움이 되기를 바랐다. 그러나 요즘은 그 낸시라는 여자도 절망에 빠진 것 같았다. 만월관에서 처음 만났을 때 보았던 자신감 넘치던 모습, 전에는 한 번도 본 적 없는 완전한 신여성의 모습은 어디로 사라진 걸까. 편지를 건네줄 때 낸시는 심지어 혜랑의 눈을 제대로 보지도 않았다. *이 사람들에게 무슨 일이 있는 걸까? 나야말로 가족이라고 할 만한 사람 하나 없고 그들과 똑같이 빼앗긴 나라에서 살고 있다. 이런 나도 목숨을 걸고 돕고 있는데! 나는 그저 할 수 있는 한 최선을 다하고 불평하지 않는다. 그런데 왜 넉넉한 집안에서 태어나 외국까지 다녀온 사람들이 이렇게 쉽게 절망에 빠지는 걸까?*

박 내관의 사진이 놓여 있던 선반 위 빈 공간이 새삼스럽게 눈에 들어왔다. *왜 사진을 찢어버렸을까? 내가 그 사진을 얻기 위해 얼마나 애를 썼는데……* 혜랑은 이곳저곳을 찾아다니다 결국 손님들에게 가장 인기가 좋은 기녀 송월을 통해 박 내관의 그럴듯한 사진 한 장을 얻었다. 송월을 좋아했던 한 부유한 사업가가 사진기를 가진 독일인 친구를 만월관에 초대했는데, 그 친구가 고국으로 떠나기 전 남기고 간 사진이 몇 장 있었다. 송월은 그 안에서 박 내관이 나온 사진 한 장을 손에 넣을 수 있었다.

"전에도 말씀드렸지만 박 내관의 사진을 아예 찢어버린 것이 참으로 안타깝습니다."

"당신과 그 문제로 말다툼하기 싫소. 나는 그에게 배신감을 느낀다오."

"박 내관은 아마 그게 모두를 지키는 길이라고 생각했겠지요. 전하께서도 모르실 때가 더 좋지 않았습니까. 그렇지 않나요?"

강은 분노가 치밀어 올랐지만 아무런 행동도 하지 않았다.

"지금까지는 만월관에서의 일이나 제 과거에 대해 굳이 이야기를 꺼내지 않았어요. 전하께서 듣기 싫어한다는 걸 아니까. 그런데 제가 한 번 평양으로 쫓겨났다가 다시 이곳으로 돌아온 이유는 알고 계신지요? 아니, 한 번이라도 궁금해해 본 적 있으신지요?"

강은 어깨를 으쓱했다.

"박 내관 때문이었습니다. 가끔 궁의 의화군이 세자 저하께서 쫓아보낸 그 여악 이야기를 한다고 하더군요. 지난 세월에 상관없이 모든 일을 세세하게 다 기억하는 건 박 내관뿐이었어요. 누구에게 물었는지 어디를 찾아봤는지 결국 제 이름을 알아내 평양에 있는 제게 편지를 보낸 것도 바로 박 내관이었습니다. 말은 나면 제주도로 보내고 사람은 나면 한성으로 보내라는 말이 있다고 썼더군요. 좋은 대우도 약속했고요. 만월관에서 전하를 뵌 게 우연이라고 생각했는데 그게 아니었어요. 박 내관은 전하를 위해, 그러니까 전하를 행복하게 해주기 위해 그렇게 한 겁니다. 그런데 아무 말도 하지 말라고 당부하더군요. 박 내관은 공치사 같은 걸 하는 사람이 아니었으니까요."

"글쎄, 난……"

강은 자리를 피하듯 화장실로 들어가 낸시의 편지를 읽었다.

"전하, 잘 지내시기를 바랍니다. 물론 아드님도 건강하게 잘 자라고 있겠지요. 저는 그리 잘 지내지 못합니다. 최근 회복할 수 없을 정도로 영혼이 상처받는 일이 있었습니다만, 그 이야기는 이 짧은 편지의 말미에 적도록 하겠습니다.

제 문제와는 상관없이 학교는 계속해서 성장하고 있습니다. 잘 모르실 수도 있겠지만 좀 더 나이가 많은 여학생들을 위해 작은 대학도 세웠습니다. 저는 그 대학의 유일한 조선인 교수입니다. 나머지 교수는 모두 외국인인데, 그래서 저를 외국인으로 오해하는 학생들도 있지요. 하나님의 은혜를 통해 이제 막 신입생을 받고 있는데, 이들보다 열심인 학생은 아마 찾기 어려울 것입니다. 요즘 조선에는 희망을 가질 만한 부분이 별로 없지만, 어린 시절부터 나와 함께 공부해 온 이 젊은 여성들이 지식을 쌓아가는 만큼 조선 독립에 대해서도 깊이 생각하고 있다는 사실이 제게는 큰 자부심이 됩니다. 또한 한성 전역에 비슷한 학교를 세우고 있으며, 제가 살아 있는 동안 남성과 마찬가지로 여성 역시 교육받는 걸 당연하게 여기는 세상이 올 것이라고 확신합니다.

우리 형제 원식은 중국에서 잘 지내고 있습니다. 일종의 수출입 사업을 하면서 생활을 꾸려 나간다는데, 최근에는 혁명 투사들을 위한 군사학교를 세워 교육을 비롯해 보다 직접적인 활동에 관심을 기울일 방법을 찾아냈다고 합니다. 그러니 전하, 이 편지를 읽고 나시면 편지를 반드시 처분하셔야 합니다. 이제 정말 중요한 질문이 남았습니다. 아직도 우리를 도울 생각이 있으신지요? 원식은 역사적 전환점이 될 독립을 위한 활동에 전하가 도울 일이 있을 거라 믿고 있습니다. 원식을 비롯한 다른 사람들은 조선이 일본에게 잔혹한 취급을 당하고 있으며 지도에서 부당하게 지워졌다는 사실을 전 세계에 알릴 계획을 세우고 있습니다. 이는 특히 전하를 둘러싼 여러 제약과 감시 때문에 많은 사전 작업이 필요한 계획이기도 합니다. 다만 한 가지 사실만은 분명한데, 그건 바로 전하께서 그 계획의 중심에 서게 되리라는 것입니다.

전하, 최근 들어 많은 사람들이 전하께서 더 이상 조선의 독립에 관심을 가지지 않게 되셨다고 믿고 있습니다. 사람이 변했다고, 의욕을 잃었다고, 심지어 일본의 통치를 받아들이게 되었다고도 합니다. 실제로는 그렇지 않다는 사실을 저는 압니다! 저는 전하를 누구보다 잘 알지요. 그러니 전하, 때가 되면 제가 옳았다는 것을 증명해 주시겠습니까. 더 큰 위험이라도 감수할 각오가 되어 있으십니까?"

강은 얼굴을 찡그렸다. 도대체 누가 나를 변했다고 하는 것인가? 그동안 집 안에만 갇혀 지내온 강이 무슨 생각을 하는지는 혜랑이나 수덕 말고는 아무도 알 수 없었다. 윤태종 앞에서는 기세가 꺾인 듯 행동했지만, 그것 또한 전략적 선택일 뿐이었다.

개미 한 마리가 강의 발에서 한 뼘쯤 거리를 두고 바닥을 가로질러 지나갔다. 강은 그 개미를 발로 밟으려다가 이내 마음을 바꿔 먹었다. 강은 혼자 중얼거렸다.

"정말 묻고 싶은 게 그거라면, 걱정하지 말아요. 어쨌든 나는 그렇게 할 거고, 당신이 걱정하는 일 같은 건 절대 일어나지 않을 테니."

하지만 원식의 계획은 어딘지 거창하면서도 우스꽝스럽게 들렸다. 총독부가 강을 연금 상태에서 풀어준다 해도 평생 어디를 가든 감시를 받을 게 분명했다. 강은 고개를 갸웃거리며 편지의 나머지 내용을 읽기 시작했다.

"전하, 부디 저를 용서하세요. 고작 편지 한 통으로 자꾸만 전하께 부담을 드리는군요. 아시다시피 저는 태상황 폐하를 위해 일하고 있는데, 그분으로서는 더 이상 아드님께 연락할 방법이 없는 것 같습니다. 태상황께서는 끊임없이 전하에 대해 말씀하십니다. 비록 전하께서 아버님께 화가 난 이유는 말씀하시지 않았지만, 여전히 전하가 몹시 보고 싶고 또 후회한다는 사실을 전하께 알려주기를 바라고 계십니다. 전하께 용서를 구할 자격은 없지만, 그저 다시 만나 서로 얼싸안게 될 날만을 기다린다고도 하셨습니다.

전하, 이제 제 이야기를 전해야겠습니다. 아시다시피 제 딸에 대해서는 거의 말씀드린 적이 없지요. 부끄럽게도 딸이 어릴 적 제가 어머니 역할을 거의 하지 못했기 때문입니다. 다른 식구들이 아이를 돌보고 또 자라는 모습을 지켜볼 때 저는 지구 반대편에 있었습니다. 더 나은 세상을 만드는 데 더 관심이 많았지요. 하지만 우리가 사는 세상의 근본은 바로 가족이라는 걸 이제야 알았습니다. 제가 갑자기 왜 이런 말을 늘어놓는지…… 정확히 한 달 전 오늘, 우리 원옥이가 세상을 떠났습니다. 그 고통은 말로 다

표현할 수 없을 정도로 큽니다. 제가 놓친 것들, 다시는 갖지 못할 것들을 생각하면 차갑게 쪼그라든 심장이 언제 멈춰도 이상하지 않을 지경입니다.

제가 아는 유일한 방법으로, 즉 일을 하며 간신히 살아가고 있다는 사실이 가혹하고 얄궂게 느껴집니다. 힘들게 자란 나무일수록 열매를 많이 맺는다는 말을 들은 적 있습니다. 글쎄요, 그 말이 사실이라면 저는 곧 전 세계를 아우르는 훌륭한 교육자가 될 수도 있겠지요. 전하, 부디 가족을 소중하게 여기세요. 가족이야말로 우리가 가진 전부니까요. 저는 그 사실을 너무 늦게 배웠습니다. 전하, 사랑하고, 용서하고, 다시 사랑하세요. 당신의 친구, 낸시로부터."

화장실에서 나온 강에게서 아주 독한 담배 냄새가 났다. 강은 잠시 혜랑의 옆에 말없이 앉아 있다가 마치 생명을 모두 빨아들이기라도 할 것처럼 혜랑의 어깨를 힘껏 붙잡았다. 강의 충혈된 눈이 혜랑의 눈을 뚫어져라 쳐다보았다.

"우리 아이를 꼭 안아주어야겠어. 지금 어디 있지?"

37

자줏빛 우단을 좌석에 깐 네 대의 인력거가 손탁 호텔 입구에 차례로 멈춰 섰다. 강은 길고 좁은 바지를 입은 다리를 휘저으며 첫 번째 인력거에서 내려 탁 트인 하늘을 바라보다가 깨끗한 가을 공기를 탐욕스럽게 들이마셨다. 강이 마지막으로 별궁 밖으로 나온 지 2년 반이 흘렀다. 다른 손님이나 호텔 직원의 시선은 말할 것도 없고, 문 옆에 선 총독부 끄나풀이 분명한 사람의 존재도 강에게는 아무런 의미가 없었다. 뒤를 따라온 다른 인력거에서 기녀가 한 사람씩 내렸다. 모두 붉은색 비단 치마에 흰색 웃옷을 입고 화장도 진하게 했다. 이들이 늦은 오후의 엷은 햇살을 뚫고 호텔 입구를 향해 위풍당당하게 걸어가자 금빛 비녀가 번쩍였다.

강이 호텔 안으로 들어서자 서양인으로 보이는 마흔 살가량의 호텔 주인이 강을 맞으러 다가왔다. 작은 키에 머리털이 없는 남자는 유럽 억양이 섞인 영어로 인사를 했다.

"환영합니다! 모시게 되어 영광입니다. 전하라고 부르는 게 격식에 맞는지 모르겠습니다."

"지금은 그렇게 부르는 사람도 있고 그렇지 않은 사람도 있지요. 어쨌거나 감사합니다. 오늘 밤은 최고로 좋은 객실에서 묵고 싶군요."

"바로 준비해 드리겠습니다. 따라오시지요."

주인은 입구를 지나 계단을 따라 올라가며 어깨너머로 기생들을 훔쳐보았다. 안 그래도 불그스름한 얼굴이 점점 더 달아오르는 것 같았다.

"그런데 하룻밤만 묵어 가실 겁니까?"

한쪽 눈만 치켜뜨며 묻는 주인을 본 강은 웃음을 터트렸다.

"네, 하룻밤만입니다."

2층 복도 끝에 있는 객실에 도착하자 주인이 주머니에서 열쇠를 꺼내 문을 열었다.

"전하, 필요하시면 다이닝 룸에서 조선 요리와 프랑스 요리를 드실 수 있습니다."

뒤이어 기녀들이 따라 들어가자 그가 다시 눈을 치켜뜨며 말했다.

"그렇지만…… 그럴 시간이 있으실지는 모르겠네요."

"글쎄요, 그럴 수도 있겠지요. 그런데 이 호텔은 처음이지만 지난 9년 동안 매일 아침 나는 당신이 준비한 빵을 먹었습니다."

"그게 정말이십니까?"

기녀들을 훔쳐보던 음흉한 표정이 갑자기 자부심과 동경이 가득한 표정으로 바뀌었다.

"네, 내 시종이 대신 빵을 사왔지요. 오래전 미국에서 지냈는데 토스트와 버터에 입맛을 들여서요."

"그것참 영광입니다. 그런데…… 갑자기 이런 말씀 드리기 뭐하지만, 더 이상 빵을 드시기 어려울지도 모릅니다."

"무슨 일이 있습니까?"

"저는 프랑스 사람인데, 예비군 징집 대상자들은 모두 귀국해 그 어리석은 전쟁에 참전하라는 명령이 떨어졌습니다. 저는 몇 년 전 손탁 여사에게 이곳을 매입했는데 이제 다시 정리하고 이번 달 말에 저처럼 운 나쁜 프랑스 친구 열댓 명과 귀국선을 타야만 합니다."

전 유럽이 피를 흩뿌리며 죽고 죽이는 상황을 모르는 이가 없었지만 이곳에 있는 사람들에게까지 영향을 끼칠 줄은 상상하지 못했다. 강은 주인을 위아래로 살피며 그가 참호전에서 얼마나 활약할 수 있을지 생각해 보았다.

"그것 참 유감입니다. 그냥 조선에 있으면 안 됩니까? 그렇게 강제로 소환할 수 있는 건가요?"

"안타깝게도 그렇습니다."

"저 빌어먹을 일본 놈들만 아니면 내가 조선 국적을 만들어주었을 겁니다."

"우리가 사는 세상은 놀라운 일들로 가득 차 있지요. 그런데 그 놀라운 세상을 빌어먹을 자식들과 멍청이들이 다스리고 있습니다. 이런 말씀 드리는 걸 용서해 주십시오, 전하. 그나저나 한성 최고의 호텔을 경영하는 데 관심을 가질 만한 사람이 있을지……"

"그거라면 내가 한번 알아보지요."

"그러면 이제 방해꾼은 사라져야겠군요."

주인은 긴 안락의자에 완전히 드러누운 기녀를 보면서 말했다.

"저는 아래층에 있을 테니, 뭔가, 어, 필요한 게 있으시면 찾아 주십시오."

"고맙습니다. 아, 잠깐만. 샴페인이 대여섯 병 필요한데, 되겠습니까?"

창밖으로 호텔 정문 앞에 여전히 총독부의 끄나풀이 자리를 지키고 서서 이쪽을 쳐다보고 있는 모습이 보였다. 강은 급히 창문의 휘장 뒤로 몸을 감췄다. 옆방 창문들은 미리 가려두었기를 바랄 뿐이었다. 강은 침대 쪽을 돌아보았다. 아름다운 세 기녀가 침대 발치에 앉아 있었다. 강은 다시 주변을 둘러보았다. 오래전 뉴욕에서의 저녁이 생각났다. 장소는 한성으로 바뀌었고, 자신은 중년의 사내가 되었다.

"샴페인이 오면 취할 정도로 마시게. 나는 술을 진탕 마시기로 유명하니까. 처음 계획대로 춤도 추고. 저기 축음기 보이지? 이제 나 말고는 아무도 이 방을 드나들면 안 되네. 자, 내가 들어올 때는 문을 몇 번 두드린다고?"

"네 번입니다."

기녀들이 한목소리로 대답했다.

"좋아."

강은 조심스럽게 객실 문을 열었다. 복도에는 아무도 보이지 않았다. 강은 바로 옆방으로 향했다.

"똑, 똑, 똑, 똑."

문이 살짝 열리자 강이 그대로 문을 밀며 안으로 들어섰다.

"전하."

낸시가 속삭였다. 검은색 옷차림의 낸시가 방 한가운데 있는 탁자 앞에 앉아 있었다. 탁자 위 과일 그릇 옆에는 모자가 있었는데 그 모자와 깃털 장식까지 모두 검은색이었다. 다행히 창은 가려져 있었다.

"이렇게 다시 뵈니 정말 좋네요. 저는 보시다시피 늙어버렸답니다."

526

강은 그렇게 생각하지 않았지만, 오랫동안 잠을 제대로 자지 못한 듯 낸시의 눈가에는 주름이 깊게 패여 있었다.

"그거야 나도 마찬가지인데."

"그래도 건강해 보이십니다. 사랑하는 사람과 함께 지내서? 아버지로 지내는 게 기뻐서?"

"글쎄, 마침내 자유를 얻어서일까?"

강이 작게 웃음을 터트렸다.

"당신이 말한 것도 모두 다 맞소."

옆방에서 숨넘어가게 웃는 소리가 들려왔다. 강은 낸시를 마주보고 자리에 앉았다.

"시킨 대로 잘하고 있군요. 전하께서도 여기서 저와 이야기하는 것보다 저쪽에 가 있는 게 더 좋을 텐데요."

"나야 지금은 어디든 다 좋으니까."

낸시가 빙그레 웃었다.

"그런데 저들이 외출을 허락했나요? 정말 상상도 못 한 일이에요."

"나는 더 이상 조선의 독립에 관심이 없고, 이제는 그저 내 아들과 위스키만 있으면 충분하다고 설득했소. 저들도 더 이상 나를 위협으로 여기지 않는 듯합니다."

"잘하셨네요. 물론 그 말이 사실이 아니기를 바라지만요."

"그래서 지금 당신과 이야기하고 있지 않소."

낸시가 탁자 위 그릇에서 사과를 꺼내 소매에서 꺼낸 칼로 껍질을 벗기고 자르기 시작했다. 강은 낸시가 오른손을 살짝 떨고 있다는 걸 알아차렸다.

"자, 사과 좀 드세요."

강은 깔끔하게 깎인 사과를 집어 들었다.

"당신은 잘 지냅니까? 물론 그 일은…… 어쨌든 요즘 어떻게 지냅니까?"

낸시는 손을 쉬지 않고 사과만 바라보았다.

"그런 일이 벌어지면 뭘 어떻게 감당할 수가 없어요. 살다 보면 안 좋은 일도 있고 더 안 좋은 일도 일어나는 법이지요. 벌써 2년이 넘게 흐르기는 했지만 아직도……"

강은 가능한 한 조용히 사과를 삼켰다. 문득 낸시의 딸이 어떻게 세상을 떠났는지 그 이유를 아직 모른다는 사실을 깨달았다. 그러나 묻지 않는 편이 좋겠다는 생각이 들었다.

"떠난 딸이 자꾸 꿈에 보여요. 학교에 가면 학생들 얼굴에서도 딸의 얼굴이 보이고요."

그때 칼을 든 손이 미끄러졌고 낸시의 왼쪽 손가락에 상처가 났다. 낸시는 얼굴을 찡그리며 "아!" 하고 짧게 소리쳤다. 그러고는 주머니에서 휴지를 꺼내 조금씩 흐르는 피를 닦아냈다.

"괜찮소?"

"네, 그럼요. 아무렇지 않습니다. 저는 그저 일만 하며 살아왔는데 앞으로도 그럴 수 있을 것 같아요. 왜냐하면 그것 말고는 남은 게 아무것도 없으니까요."

낸시는 정말 아무렇지 않은 듯 손가락을 들어 보였다.

"그러면 다른 이야기를 해볼까요?"

"그러지요. 미안합니다. 내가 괜히…… 나도 아버지가 되고 나니 도무지 상상할 수조차 없는 일이라……"

"아니오, 괜찮습니다. 저는 괜찮아요."

낸시의 손에 들린 사과 조각에 핏방울이 묻어났다. 낸시도 그걸 보았지만, 말없이 사과를 먹었다. 강은 다른 사람들을 만나면 종종 그렇듯이 아들 이야기를 하고 싶었지만, 지금은 때가 아닌 것 같았다.

"신문 기사 하나 보겠소?"

"신문이야 매일 나오지만, 뭐 좋은 소식이라도 있나요? 무슨 기사인가요?"

강이 주머니에서 신문 조각을 하나 꺼냈다.

"〈매일신보〉에서 가져온 건데…… 별궁으로 반입 가능한 신문이 그거 하나뿐이라."

"창덕궁 왕세자가 일본 여인과 약혼했다는 소식이군요. 짐작은 했습니다만……"

"어제 공식 발표가 났다오. 이은 왕자를 일본으로 끌고 간 것도 모자라 아예 일본인으로 만들 생각인가 보오. 이제 한두 세대만 더 지나면 조선 사람들은 스스로를 일본 사람이라고 생각하며 살게 될지도 모르겠소. 조선 전체를 일본의 일부로 만드는 것, 그게 결국 저들의 최종 목표겠지."

"우리가 할 수 있는 일은 없을까요?"

"낸시, 당신 생각은 어떻소?"

딱히 어떤 대답을 들으려고 한 질문은 아니었다.

"저는 내일 태상황 폐하를 뵈러 갑니다. 예상이 되긴 하지만, 폐하께서 이 일을 어떻게 받아들이실지 여간 걱정되는 게 아니에요."

낸시가 태상황을 언급하며 강의 눈을 똑바로 바라보았다. 강은 기사 속 사진을 가리켰다.

"이름이 마사코라고 하던가. 인물이 곱더군요. 황태자가 그 여인을 마음에 들어하는 일은 없어야 할 텐데 말이오."

"전하는 아버님을 뵈러 가실 건가요?"

강은 한숨을 내쉬었다.

"그건 잘 모르겠소."

"제가 보낸 편지 내용을 기억하시나요. 저야 왜 전하께서 아버님께 그렇게 화가 났는지 모르고, 제가 참견할 일은 더더군다나 아닌 것 같지만……"

"그 편지는 큰 도움이 되었소. 어떤 전환점이 되어준 것 같기도 하고요. 그렇지만 아버지를 만나고 싶은지는 아직 잘 모르겠습니다. 굳이 말하고 싶지 않은 사정이 있기도 하고."

"알겠습니다."

두 사람은 서로를 마주 보며 공감의 눈빛을 나눴다. 강은 오하이오주 웨슬리언에서 둘이 처음 만났던 때를 떠올렸다. 긴 세월이 흘렀지만 "미국에도 왕자가 있는 줄은 몰랐는데요"라고 말하던 낸시의 당당하면서도 관습에 굴하지 않는 태도는 생생하게 기억이 났다. *그 무렵 낸시의 딸 원옥은 지금 내 아들 우와 나이가 비슷했겠지. 내가 낸시였다면 그렇게 미국으로 떠날 수 있었을까? 자신이 품은 이상에 우리는 얼마나 헌신할 수 있을까?*

"그런데 태상황께서 주고 싶은 게 있으시답니다. 우리가 세운 계획과도 관련이 있는데…… 물론 전하가 참여한다고 가정했을 때의 이야기입니다만."

"물론 그럴 겁니다. 그런데 그 계획과 아버지가 무슨 관련이 있는 거요?"

낸시가 잠시 목소리를 가다듬었다.

"그러면 바로 본론으로 들어가도 될 것 같군요."

"그렇게 합시다."

강은 자리에서 일어나 기녀들이 있는 방 쪽 벽으로 다가갔다.

"내가 분명 큰 소리를 내고 있으라고 했는데……"

강은 중얼거리며 벽을 네 번 두드렸고 바로 축음기 소리가 들리기 시작했다.

"전하, 제 편지 내용을 기억하세요? 더 큰 위험이라도 감수할 각오가 되어 있으신지 제가 물었었지요."

강이 다시 자리에 앉았다.

"어떤 종류의 위험입니까?"

"해외로의 망명도 포함됩니다. 정식 망명 말입니다."

"조선 땅을 떠난다고? 이제 겨우 집 밖으로 나갈 수 있게 되었는데?"

"지금 당장 떠나라는 게 아닙니다. 언젠가 때가 되면 그렇게 할 각오가 되어 있는지 묻는 겁니다. 전하의 뜻을 알고 싶은 사람들이 있으니까요."

"거기에 원식도 포함되오?"

낸시가 고개를 끄덕였다.

"그것 하나는 다행이군. 그런데 망명의 목적이 무엇이오?"

"전하는 조선 왕실의 일원이니까요. 조선을 탈출해 다른 독립 운동가와 함께한다면 일본이 주장하는 조선 합병의 정당성에 큰 타격을 줄 수 있습니다. 태상황 폐하께서는 안타깝게도 너무 나이가 드셨고, 황태자는 일본에 붙잡힌 인질이나 마찬가지고, 전하의 형님이신 창덕궁의 이왕 전하는…… 그러다 보니 가능성 있는 왕실 인사는 전하만 남은 겁니다."

강은 자리에서 일어선 채 계속 방 안을 서성거렸다. *탈출? 망명?*

"어떻게 생각하세요?"

"사실 터무니없는 계획처럼 들리오. 저들은 어디든 나를 따라다닙니다. 오늘만 해도 이렇게 단둘이 만나기 위해 얼마나 고생을 했습니까. 기녀들을 불러들이고 호텔에 객실을 두 개나 잡아서는……"

"쉬운 일이라고 말씀드린 적 없습니다."

"그리고 내가 망명을 하든 탈출을 하든 누가 신경이나 쓰겠소? 예컨대 지금 전쟁으로 수백만 명이 죽어 나가는 유럽에서 조선에 관심을 가지겠소? 미국이나 영국을 찾아가 일본의 조선 합병과 통치가 불법이라고 주장한들 아무것도 달라지지 않을 것 같소."

"전하, 지금 상황이 나중에는 어떻게 달라질지 모르는 법입니다. 유럽에서의 전쟁도 결국 언젠가는 끝이 나겠지요. 그 후에는 세계 질서가 바뀔 겁니다. 예컨대 러시아를 보면 나라 전체가 위기에 처해 있는데, 이런 변화에는 또 다른 기회가 따라오지요. 어떤 나라가 나타나 일본에 눈독을 들이고 결과적으로 조선을 돕게 될지는 아무도 모르는 일이잖아요?"

"어쩌면 상황이 전혀 달라지지 않을 수도 있고."

낸시가 먹던 사과를 탁자 위에 던지듯 내려놓았다. 강은 움찔했다.

"송구합니다."

낸시가 낮은 목소리로 말했다.

"하지만 이런 일에 보통은 제 의견이 맞지 않았던가요?"

강이 고개를 끄덕였다.

"사람들을 깨워 일으킬 만한 그런 일이 일어난다면요? 그러면 세상도 전하를 무시할 수 없겠지요. 그저 꿈같은 소리로 들릴 수도 있다는 걸 저도 압니다만……"

"그러면 대략 언제쯤 내가 이…… 계획에 참여해야 하오?"

"이 일은 일정이 정해져 있지 않습니다. 일단 씨앗을 땅에 심어 놓고 조건이 맞을 때까지 그대로 두는 겁니다. 세상이 변하거나, 일본이 약해지거나, 조선 국민이 숨겨진 힘을 보일 때, 바로 그때 그 사람들이 전하를 찾아갈 겁니다."

"그 사람들이라면?"

"그건 아직은 모르시는 편이 더 나아요. 그렇지만 분명히 믿을 수 있는 사람들입니다."

"나와 접촉해서 탈출시킬 방법은 마련해 두었소?"

"방법은 있어요. 구체적으로 어떻게 진행되는지는 저도 아직 모릅니다. 그것 역시 모르는 편이 더 좋아요."

"그러면 알지도 못하는 사람들이 마련한 뭔지 모를 방법을 믿고 그저 기다리다가 신호가 오면 무작정 따라나서란 말이오?"

낸시가 냉정한 눈빛으로 강을 보며 조용히 답했다.

"네, 그래요."

"아무래도 술이 좀 있어야 이야기를 계속할 수 있을 것 같군."

낸시는 알겠다며 '포도주'라면 아무거나 상관없으니 가져다달라고 주문했다. 강이 잠시 화장실에 몸을 숨긴 사이 호텔 주인이 직접 술병을 들고 나타났다. 주인이 사라지자 강은 화장실 밖으로 나와 술을 따랐다.

"포도주라…… 어디 보자."

강은 상표를 보고 다시 말했다.

"아프리카 알제리? 낸시, 아프리카에서도 포도주가 나오는 걸 보니 정말 세상이 바뀌고 있는지도 모르겠소."

가벼운 잡담에 기분이 풀린 강은 다시 본론으로 돌아갔다.

"여전히 어리석은 생각 같지만 당신은 내가 승낙하리라는 걸 이미 알고 있겠지."

강은 그릇에서 사과를 집어 한 입 베어먹었다. 낸시가 환하게 웃었다.

"낸시, 내가 믿는 건 당신뿐이오. 그래서 다른 이야기에 확신이 없어도 당신의 제의를 승낙하는 겁니다. 다만, 조건이 하나 있소."

"조건이요?"

"내게는 아이가 있으니까."

강은 아들 우를 떠올렸다. 모든 생각의 중심에 있는 아이였다. 그 아이가 자신을 향해 두 팔 벌려 뛰어오는 모습을 볼 수 없는 곳에서 지내는 일은 상상조차 하고 싶지 않았다.

"내 아들이 내게 얼마나 소중한 존재인지 당신에게 길게 이야기하지 않겠습니다만, 내 망명이나 탈출을 위한 모든 계획에는 반드시 그 아이가 포함되어야 하오. 아이 엄마도 마찬가지고."

"그러면 상황이 너무 복잡해질 수도……"

"분명 그렇게 되겠지. 그래도 그 문제만은 양보할 수 없소."

"알겠습니다."

"가족과 함께하는 망명이 내 가장 큰 두려움에 대한 해결책이 되겠소. 가족 없는 망명은 내 두려움만 더 키울 뿐이오."

"그건 무슨 뜻인가요?"

"내 이복동생인 황태자에게 무슨 일이 일어났는지 알지 않소. 내 아들도 일본으로 끌려갈 게 분명하오."

낸시가 눈을 감았다.

"무슨 말인지 알겠습니다."

"내가 아들을 세상 무엇보다 사랑하는 것과는 별개로, 우리 가족에게도 희망이 필요하지 않겠소? 조선을 사랑하면서 일본이 우리에게 저지른 모든 악행을 고발할 수 있도록 자라나 새로운 지도자가 될 그런 사람이 필요합니다. 나는 이미 많이 망가졌을 뿐더러, 나이도 적지 않고. 하지만 내 아들은 나를 대신해 이 나라에 꼭 필요한 사람이 될 수 있을 거요. 내가 그렇게 키울 거고 말이오."

강은 술잔을 들어 남은 술을 입에 털어 넣었다.

"하지만 그 전에 아들을 일본에 빼앗긴다면 그게 다 무슨 소용이겠소."

38

아무렇지도 않게 나를 이 세상에 태어나게 해놓고 죄 없는 내 어머니는 지키지도 못한 사람이 여기 있군. 강은 잠시 고개를 돌려 왕실 전용차의 뒷좌석을 바라보았다. 거기에는 듬성듬성한 회색 수염과 세월의 흔적이 여실히 드러나는 뺨과 이마를 가진 남자가 앉아 있었다. 강은 불안한 마음으로 덕수궁을 찾았다. 아버지를 다시 만날 때 자신이 어떤 반응을 보일지 알 수 없었다. 아직은 아무런 감정도 느끼지 못했다. 분노나 괴로움도 없었고 동정심도 들지 않았다. 태상황은 머리부터 발끝까지 안 아픈 곳이 없고 눈에는 슬픔만 가득한 노인일 뿐이었다.

그는 이미 과거의 사람이었다. 그러나 강의 옆에 앉아 바닥에 닿지 않는 발을 까딱거리고 있는 아들은 달랐다. 그는 미래였다. 강은 아들을 통해 새로운 삶을 살 수 있었기 때문에, 아들에게 모든 관심을 쏟아부었다. 강은 아들을 사랑하는 방법을 배워가면서 그동안 느꼈던 절망적인 공허함을 마침내 극복할 수 있었다. *나는 내 아들을 구하고 싶을 뿐이야. 아버지만 도와준다면 시간을 낭비할 일도 없겠지.*

뒷좌석에는 낸시도 있었다. 여전히 검은 옷차림이었고, 모자를 무릎 위에 올려놓았다.

"전하, 이제는 저 *끄나풀*을 완전히 따돌렸을까요?"

"차 안 어딘가에 아주 몸집 작은 자가 숨어 있지만 않다면……

그럴 일은 없겠지."

"하긴 지금 그저 차를 타고 빙빙 돌고 있을 뿐이니까요. 우리가 이 안에서 뭔가를 꾸미고 있다고는 생각하지 않겠지요?"

태상황이 쉰 목소리로 대답했다.

"설사 의심을 한다고 해도 무슨 일이 있는지는 알 수 없겠지."

강은 다시 앞을 보며 말라버린 분수대 주위를 돌기 시작했다. 이미 계절은 겨울이었고 차 안은 쌀쌀했다. 강은 차의 속도를 사람들이 걷는 속도만큼 떨어트렸다. 배기구에서는 검은 연기가 작은 구름처럼 피어올랐다. 조금씩 짜증이 밀려왔다. *대체 저 분수대는 왜 늘 저렇게 말라 있는 걸까?*

"자, 낸시. 이제 당신 이야기를 들어봅시다."

"전하와 내가 파리강화회의에 참석할 겁니다. 위조한 문서 등을 포함해 필요한 모든 게 준비되었어요. 물론 원식도 함께할 거고요. 우리 셋이 마침내 대의를 위해 다시 만나는 겁니다!"

강은 고개를 끄덕였다. 처음에는 터무니없는 계획으로 들렸지만, 자세한 내용이 추가되면서 이제 어느 정도 가능성이 있어 보였다.

"좋아요. 그런데…… 정말 그럴 만한 가치가 있는 일일까?"

"이제 전쟁은 끝났으니까요. 미국은 승리한 연합국의 일원이고……"

"오래전 당신은 미국이 우리에게 별 관심이 없다고 했던 것 같은데……"

"지금은 윌슨 대통령이 있으니까요! '국제연맹의 목표는 작은 나라의 자유를 보장하고 큰 나라가 작은 나라를 지배하는 걸 막는 것이다.' 그가 국제연맹 창설을 역설하며 한 말입니다. 민족자

결주의도 주장했고요. 그러니 자유를 향한 우리의 간절한 호소를 듣는다면 분명 관심을 가질 겁니다! 파리에서 윌슨 대통령을 만나고, 전 세계에 조선은 자주적인 독립국이라는 걸 밝혀야 합니다! 5천 년의 역사를 가진 조선이 잔혹하게 지도에서 말살된 사실을 밝혀야지요!"

태상황은 눈물이 그렁그렁한 눈으로 낸시를 바라보았다. 강은 다시 아들을 생각했다.

"전에도 말했지만, 나는 당신 말이라면 믿을 겁니다. 나 혼자 가는 게 아니라면."

"당연히 그렇게 할 겁니다. 그래서 따로 준비한 곳으로 다 함께 옮겨 갈 준비를 해야 합니다. 그런데 한꺼번에 별궁을 나서면 저들이 눈치챌 수도 있으니까, 우선은 각자 움직이도록 하지요. 누군가 아이 엄마와 아이에 대해 물으면 군부인과 아이 엄마 사이에 문제가 좀 있어서 별궁에서 내보냈다고 답하세요. 정실부인과 다툼이 있다고 하면 아마 그러려니 할 거예요."

"좋은 생각이오. 그렇게 진행합시다."

강이 아들의 다리를 어루만졌다. 그는 아들이 지금 무슨 이야기가 오가는지 아무것도 모르기를 바랐다. 이제는 아들도 꽤 자라서, 나이에 비해 키가 크고 젖살도 다 빠졌다. 슬슬 자기 의견을 말하기 시작했는데, 강은 아들이 자신처럼 반항적이고 감정적인 성향이라는 사실을 알게 되었다. 아직까지는 먹을거리 같은 사소한 문제에만 신경을 쓰는 것 같았지만, 유치원 교사가 일본어로 말할 때마다 짜증을 내는 걸 보고 강은 대단히 기쁘기도 했다.

태상황이 갑자기 강의 어깨에 손을 얹었다.

"저들은 이 아이도 빼앗아 갈 거다. 너도 알고 있지? 전에도 그랬으니까."

"네, 폐하. 이미 윤태종에게 들었습니다. 내후년쯤 그럴 계획이랍니다."

그러자 가늘고 연약한 손에 힘이 들어갔다. 강의 몸이 뒤로 조금 젖혀졌다.

"그렇게 내버려둘 수 없지요. 여기서 빠져나가야 합니다. 조선이나 일본이 아닌 곳으로 가야 해요."

"그래. 일본에 잡혀간 네 동생에게 무슨 일이 일어나고 있는지 생각하면……"

태상황은 말을 잇지 못했다. 그는 이제 몇 주밖에 남지 않은 이은과 마사코의 결혼에 대해 이야기했다.

"네 형도 죄수 신세나 마찬가지야. 아비가 아들을 볼 수 없다니, 수모가 끊이지 않는구나."

네 사람은 태상황의 덕수궁 처소로 돌아왔다. 강과 낸시는 각각 화장실 변기 수조 위에 감춰놓은 봉투를 찾았다. 강은 키 작고 나이도 많은 아버지가 어떻게 그 높은 곳에 손이 닿았는지 짐작도 가지 않았다. 낸시가 받은 봉투 안에는 태상황이 차에서 내리기 전 설명한 대로 낸시와 원식 등을 자신의 정식 대리인으로 임명하며, 일본의 조선 지배를 비판하고, 회의에 참석한 각국 대표단에게 조선의 독립을 지지해 줄 것을 요청하는 내용의 친필 편지가 들어 있었다. 아무것도 듣지 못한 강은 봉투 안에 뭐가 들어 있는지 무척이나 궁금했다.

강이 찾은 봉투 안에는 영어로 커다랗고 화려하게 인쇄된 문서가 잔뜩 들어 있었는데 모두 똑같이 '2만 달러'라고 적혀 있었다. 작은 쪽지도 한 장 있었다. 강은 아주 조심스럽게 쪽지부터 꺼냈다.

"이건 무기명 채권이라고 한다. 누구든 가지고 있는 사람이 주인이 되니 절대 잃어버리지 않도록 조심하거라. 일본이 손댈 수 없는, 남은 내 재산 전부다. 너는 나의 유일한 상속자다. 지금은 네가 주인이지만 망명 정부를 지원하는 데 쓸 수 있으면 좋겠구나. 아들아, 수천 번 고개를 숙여도 충분하지 않을 정도로 미안하기 그지없구나. 아들아."

강은 재빨리 두터운 겨울 웃옷 안감에 난 구멍 하나를 손가락으로 찢어 봉투가 들어갈 정도의 공간을 만들었다. 그런 다음 담뱃갑을 꺼내 담배 한 개피에 불을 붙인 후 다시 쪽지에도 불을 붙이려 했다. *이건 아무래도 태우는 게 낫겠지……*

강은 그 전에 쪽지를 한 번 더 읽었다. 지난 세월 동안 많은 것을 후회하며 주름지고 움푹 들어가 버린 눈과 핏줄이 튀어나온 손으로 쪽지를 느릿느릿 적는 아버지의 모습을 상상했다. 강은 이제 아버지를 보는 것이 마지막이 될 수도 있다는 사실을 문득 깨닫고는 몸을 떨었다.

요즘은 저들도 굳이 내 소지품까지 뒤지지는 않지. 강은 속으로 중얼거리며 채권과 함께 쪽지도 품에 넣었다. 그러고는 할 수 있는 한 깊게 담배 연기를 들이마셨다. 아버지와 낸시가 밖에서 기다리고 있었다. 강은 기침과 함께 세면대에 침을 뱉은 다음 물을 틀어 그 흔적이 쓸려 내려가는 걸 지켜보았다.

강이 문을 열자 태상황이 보였다. 오른손은 의자 팔걸이에, 왼손은 손자의 어깨에 얹어 몸을 지탱하고 있었다.

"내 아들······"

처음 만나던 때처럼 짧게 건네는 말이었지만 그때와 비교하면 거의 무덤덤했고 목소리 역시 입 모양을 봐야지만 알아들을 수 있을 만큼 갈라지고 힘이 없었다.

낸시는 뭔가를 기대하는 눈빛으로 강을 똑바로 보았다. 편지에서 그랬지. 사랑하고, 용서하고, 다시 사랑하라고. 이전까지 강의 내면에는 기와지붕 위에 앉아 멀리 있는 마을을 바라보며 자신이 누구인지 알아내려 애쓰던 외로운 소년이 남아 있었다. 하지만 이제는 강에게도 아들이 있다. 강은 아들의 눈을 바라보다가 아버지 쪽으로 몸을 돌려 말없이 노인의 팔을 잡았다.

그로부터 6주가 지난 화요일 아침이었다. 덕수궁의 태상황은 손바닥을 뻗어 시베리아로부터 온 한겨울의 매서운 추위로 얼어붙은 창문을 녹였다. 창문 일부가 다시 투명해졌다. 태상황의 처소 옆 좁은 길을 따라 정문 방향으로 스산하게 늘어선 전등 불빛들이 보였다. 조금 있으면 중전을 살해한 자들이 경복궁에 침입했던 바로 그 시간이 된다. 그날 이후로 그는 그 시간이 되면 두려움에 사로잡혀 잠을 이룰 수 없었다. 공포와 불면증의 포로가 된 셈이었다.

이렇게 외로이 홀로 깨어 있을 때면 예전에는 그저 궁 안의 다른 사람들이 일어나기만을 기다렸고, 아버지 대원군의 계략으로 견딜 수 없을 만큼 무거운 왕관을 머리에 쓰게 되기 전 연을 날리며 놀았던 어린 시절을 떠올리거나 왕이 되지 않았다면 어떻게 살았을까를 상상하며 시간을 보냈다. 그러나 어느 날 새벽 일어난 사건이 그에게 감당하지 못할 두려움과 공포를 심어놓았다. 그날 이후에도 정변과 암살 시도, 대화재, 일본의 침략 등 고통과 상처를 남긴 사건들은 공교롭게도 대부분 이른 새벽에 일어났다.

그날 이후 어둠이 사라지고 밝아오는 하늘은 그의 다정한 벗이나 다름없었다. 그러나 입을 벌려 길게 하품을 하던 태상황은 문득 이제 더 이상 그렇지 않다는 사실을 깨달았다. 새로운 하루가 시작될 때마다 일본에 끌려간 아들의 불명예스러운 결혼식이 점점 가까워졌기 때문이었다. 5백 년이 넘도록 이어져 온 조선 왕실은 한 세대가 지나기 전에 절반은 일본 사람들로 채워질 것이며, 두 세대 안에 완전히 사라질 수도 있었다. 그러는 사이 궁 밖에서는 일본에게 식량을 수탈당해 기아에 허덕이는 백성이 늘어가고 있었다. *모든 게 다 내 잘못이다.* 차가워진 손을 이마에 댄 그는 원식과 낸시가 믿는다는 그 하나님이 파리에서 두 사람을 도와주기를, 그 높은 이상을 가진 미국 대통령의 신념이 조선의 독립을 지지해 주기만을 바랄 뿐이었다.

문득 갈증이 난 태상황은 종을 울려 시종에게 달콤한 식혜 한 잔을 가져오라고 했다. 평소보다 조금 늦어 한 번 더 시종을 부르려는 순간, 젊은 여시종 둘이 나타나 문 앞에 식혜 한 주전자와 대접을 놓고 뒷걸음질로 사라졌다. 태상황은 다시 홀로 남았다.

그는 대접을 입으로 가져가며 마지막으로 좋아하는 단맛을 맛보았다. 강이 우려하던 일이 벌어지고 있었다. 하지만 그 일이 이렇게 빨리 일어나리라고는 아무도 생각지 못했다. 그로부터 두 시간 뒤 덕수궁의 태상황은 싸늘한 주검이 되어 시종들에게 발견되었다.

39

"그쪽으로 올라갈 수 있겠어요?"

낸시가 사다리 꼭대기를 가리키며 물었다.

강이 사다리를 오르기 시작했다.

"궁궐 담도 넘었는데, 이 정도는 할 수 있소."

강은 천장에 있는 사각형 모양의 틈새로 몸을 들이밀었다. 손가락에 힘을 주자 나무 파편 같은 것이 박혔다. 주변을 둘러보니 이상한 형태의 거대한 금속 관이 여러 개 보였다. 낸시가 놀라운 속도로 강의 뒤를 따라 올라왔다. 아주 익숙한 일인 것 같았다.

"파이프오르간의 본체가 있는 곳이에요. 몇 년간 애쓰며 5천 원이나 투자한 결과지요."

"5천 원이라고 했소? 피아노를 한 대 사는 게 더 나을 뻔했군요."

"모두 특별히 수입해 설치한 것이니까요. 소리를 들으면 다 이해되실 거예요. 파이프오르간은 해방의 소리 그 자체예요."

"그 소리를 들려주자고 나를 여기까지 부른 건 아닐 텐데요."

강이 가시가 박힌 손가락을 쳐다보며 대답했다. 낸시가 등을 기대고 바닥에 앉았다.

"우선 물어보고 싶은 게 있는데…… 그 이야기를 꺼내도 괜찮으실까요?"

"편하게 들을 수 있을지는 모르겠지만 그 일에 대해 의논은 해야 하잖소."

강은 처음 그 소식을 들었을 때와 마찬가지로 지금도 아버지의 죽음을 어떻게 받아들여야 할지 알 수 없었다. 가족이 세상을 떠났으니 어떤 애정을 느껴야 했는데, 그가 가족으로 애정을 느끼는 건 아들이 유일했다. 애초에 태상황은 평범한 아버지가 아니었을 뿐더러, 강은 박 내관이 세상을 떠났을 때 지금보다 더 큰 상실감을 느꼈다.

"아버지의 일이 우리 계획과 관련이 있소?"

"지난번에 이야기한 것처럼, 저들이 그렇게 한 게 거의 확실해요. 무엇보다 저렇게 발표도 미루고 있는 것부터 의심스럽습니다. 내가 의사는 아니지만, 뇌출혈이 있었다고 이가 몽땅 빠지는 일이 흔할까요?"

"그러면 뭔가 음모가 있다고 가정하고 생각해야겠군. 왜 그런 일이 일어났는가. 그리고 왜 하필 지금인가."

"저들은 일본에서 있을 결혼식이 연기될 수밖에 없다는 사실을 알면서도 그렇게 했어요. 그만큼 다급하고 중요한 일이었다는 뜻입니다. 결국 파리회의 때문이에요. 지난번 외국 지도자들에게 비밀리에 서신을 보내려 했을 때는 이토 통감이 나서서 강제로 퇴위시켰고, 이번에는…… 암살입니다."

"저들이 뭔가 눈치챘다는 뜻이오?"

"그렇다고 생각합니다."

강은 주먹으로 목조 벽을 후려쳤다. 벽이 깨지면서 파편이 반대편으로 떨어졌다. 바닥에 부딪히는 소리를 들으니 반대편에 크게 빈 곳이 있는 것 같았다. 강은 깜짝 놀란 듯 낸시를 돌아보았다.

"저건 조금 있다 보여드릴게요."

낸시가 헛기침을 했다.

"계획 문제는 우리 둘 다 큰 위험에 처할 수 있으니, 지금 강행하기는 너무 위험하다고 봅니다."

강이 그 자리에 주저앉았다.

"빌어먹을!"

강은 손에 박힌 가시를 빼내려는 듯 손톱으로 그 주변을 마구 찔러댔다.

"더 이상 이렇게는 못 살겠어. 여기를 빠져나가야겠소."

"제발 그런 생각은 하지 마세요. 원식이 이미 중국에서 출발했고, 아무리 일본이라도 원식까지 막을 수는 없어요. 그리고 조선에서도 희망을 찾을 수 있을지 모릅니다. 지난번 우리가 나눈 이야기를 기억하시나요? 사람들을 깨워 일으킬 만한 그런 사건이 일어난다면……"

"일어난다면?"

"이쪽으로 와보세요."

낸시가 나무 벽 앞에 웅크리고 앉더니 손으로 어딘가를 몇 번 두드렸다. 그리고 힘껏 밀어내자 미닫이문이 열리듯 사람 하나가 겨우 통과할 만큼의 공간이 생겼다.

"이게 도대체 뭐요?"

"파이프오르간 위에 만들어진 공간이지만 이 교회의 공식 설계도에는 나와 있지 않아요. 안이 어둡고 통로가 꽤 기니 잘 따라오세요."

또 다른 사다리를 타고 내려가야 하는 통로는 꽤 좁았다. 게다가 사다리 길이도 아까 올라왔던 사다리보다 두 배는 더 긴 것 같왔다. 눈에는 보이지 않는 벽들이 있는 게 느껴졌다. 내려가는 길에 머리와 목덜미로 물방울이 떨어졌다. *지금 대체 어디로 가고 있는 걸까? 이 정동교회는 천국을 바라보듯 하늘 높이 지붕을 세워놓고 밑에는 이런 지하 세계까지 마련해 둔 것일까.* 마침내 바닥에 닿자 주변 공기가 차갑고 퀴퀴하게 변했다. 낸시가 어색하게 강의 팔을 잡더니 전등을 켤 때까지 기다리라고 했다.

"자, 이제 불을 켭니다."

불을 켜자 정체를 알 수 없는 지하실이 드러났다. 창문은 하나도 없었고 바닥에는 하수구를 덮는 것과 비슷한 철망이 보였다. 한가운데 바퀴와 굴림대가 달린 커다란 기계장치와 수천 장이 넘는 종이가 가지런히 쌓인 긴 작업대가 있었다.

"이게 무슨 기계처럼 보이나요?"

"인쇄기 아닌가요?"

낸시가 고개를 끄덕였다.

"그냥 피아노를 샀으면 이런 공간을 확보하기 어려웠겠지요. 폐하의 국장은 3월 1일에 열리고, 전국 각지에서 많은 사람이 한성으로 몰려들 겁니다."

낸시가 인쇄된 전단을 집어 강이 볼 수 있도록 내밀었다.

"여기에 일본인들이 조선을 빼앗고, 사람들을 고문하고 죽이고, 재산을 수탈했을 뿐만 아니라 당신 아버지를 독살했다는 내용을 적었어요. 여기 자신의 역사가 끊어진 사람들이 있고, 저들은 무척 분노한 상태입니다. 그런 분위기가 유지되는 게 중요하지요. 장례식은 누구도 본 적 없는 평화로운 시위의 현장이 될 겁니다. 내가 가르치는 학생들도 참여할 거고요."

"정말 놀라운 일입니다. 그런데 평화로운 시위라고요?"

"네, 그게 바로 우리 목표예요. 우리는 그런 시위가 되어야 도덕적으로……"

"그게 진심이오?"

"톨스토이가 말한 것처럼, 권력자는 비폭력을 앞세운 저항에 직면하면 도덕적으로 새로워질 수 있습니다. 만약 이 주장을 받아들이기 어렵다면 이렇게 생각해 보세요. 폭력이나 무기를 앞세운 저항은 효과가 없어요. 저들이 동원하는 힘과 비교하면 우리가 가진 힘은 아무것도 아니니까요. 따라서 정의만이 우리가 내세울 유일한 무기입니다. 네, 수백만 명의 의로운 사람이 함께하는 평화로운 시위예요. 그리스도교, 불교, 천도교, 학생 단체, 심지어 기녀들까지 함께합니다. 이렇게 하나로 뭉치면 세상이 우리를 못 알아보고 그냥 넘어갈 리 없어요."

시위의 기운은 장례식 이틀 전부터 시작됐다. 각 지역 사람들이 한성으로 구름 떼처럼 몰려들었고 분노와 희망이 합쳐지며 세상이 끓어오르기 시작했다. 이들이 남아 있던 겨울 추위를 몰아내고 따뜻한 봄을 불러들이며 거리가 뜨겁게 달아올랐다. 어떤 사람들은 새로운 시대가 시작되었다고 생각했지만, 어떤 이들은 총검을 휘두르는 적에 맞서 오직 태극기만을 손에 들어야 한다는 사실에 두려움을 느꼈다. 구운 밤이 담긴 봉지가 이리저리 전달되었고, 그 따뜻한 향기는 지금보다 평화로웠던 시절을 생각나게 했다.

위치로 보자면 강과 수덕이 있는 곳이 이 모든 저항 운동과 시위의 중심부라고 할 수 있었다. 민족 대표를 자처하는 33인이 독립선언서를 발표한 요리점 태화관이 두 사람이 사는 별궁 바로 근처에 있었고, 사람들이 행진을 시작한 탑골공원도 엎어지면 코 닿을 거리였다. 그러나 강과 수덕은 강이 연금에서 풀려나기 전 지냈던 날들과 비슷한 하루를 보냈다. 그날 아침 일찍부터 병사들이 나타나 어디로도 갈 수 없도록 문을 막아서고 감시했던 것이다.

강은 3층의 제 방에서 수덕과 함께 창밖을 내려다보았다. 두 사람을 창문으로 이끈 건 밖에서 들려오는 사람들의 외침이었고, 그 소리는 곧 수천 명이 내지르는 박수 소리며 발소리와 한데 뒤엉켰다. 흰옷 차림의 사람들이 소리를 지르며 공원 밖으로 나오기 시작했다. 제일 앞에 선 사람들이 태극기를 흔들며 종로를 따라 서쪽으로, 태상황을 기리는 덕수궁으로, 프랑스와 미국 공사관으로 향했다. 만세! 조선 독립 만세! 진심에서 우러나온 만세 소리가 사방에서 울려 퍼졌다.

강이 손바닥을 유리창에 가져다댔다. 거리에는 황갈색 군복을 입은 일본군 병사들이 줄지어 서 있었다. 이들은 개머리판이 땅바닥에 닿도록, 총검이 위로 향하도록 소총을 들고 있었는데, 모두에게 진짜 권력이 어디에 있는지를 보여주려는 것 같았다. 강은 병사들의 모습을 자세히 살피며 분노하고 있는 자가 있는지, 혹 아무런 의욕이 없는 자가 있는지 알아보려 했지만, 그들에게서는 어떤 감정의 변화도 찾아볼 수 없었다. 그야말로 무서울 정도로 명령에만 복종하는 병사 그 자체였다.

수덕이 강을 쳐다보았다. 강은 윤태종에게 전화를 걸었다. 대략 30초 정도 흘렀을까, 윤태종이 전화를 받았다.

"대체 무슨 일입니까? 왜 우리를 가둬놓는 거요!"

"미리 설명해 드린 것처럼 가족분들을 보호하기 위해서입니다."

윤태종의 목소리는 마치 밥을 먹지 않겠다고 투정 부리는 아이를 달래는 듯 차분했지만, 또 그만큼 자신도 답답한 것 같았다.

"우리를 보호한다고! 저 사람들이 여기 모인 건 내 아버지 때문이잖소. 당신네 총독부가 독살한 내 아버지 말이야!"

"아무도 그런 일은 하지 않았습니다. 이 말을 몇 번이나 반복해야 하는 건지…… 노환으로 돌아가신 거지요. 자, 이제 좀 실례해도 되겠습니까? 제가 할 일이 너무……"

"그러면 이는 왜 다 빠졌고 몸은 왜 그리 뒤틀려 있었던 건가? 애초에 살인자들과 대화하려는 것 자체가 시간 낭비……"

"이미 다 끝난 이야기입니다. 우리는 전하의 가족을 위해서 이러는 겁니다. 거리에 나온 사람들이 왕실에 우호적일 거라고 생각하십니까? 절대로 그렇지 않아요. 총독부가 있어 다행인 줄 아십시오. 러시아 황실에 무슨 일이 일어났는지 못 보셨습니까?"

"당신 같은 비열한 변절자가 있는데 왜 우리가 미움을 받나!"

수덕이 강을 노려보았다. *제발, 진정하세요.* 수덕이 입 모양만으로 말했다.

거리에서 들리는 외침 소리가 점점 커졌다. 강도 전화기에 대고 더 큰 목소리로 소리쳤다.

"왜 내 아들을 보러 갈 수 없는 건가!"

"아드님과 그 친모를 다른 곳에 보내지 않으셨다면 아무 일도 없었겠지요."

윤태종이 다시 차분하지만 지친 듯한 목소리로 대답했다. 강은 윤태종이 자신에게 어떤 위협도 느끼지 않는 것처럼 시종일관 태연한 모습을 보이자 더욱 격분했다. 강의 얼굴이 벌겋게 달아올랐다. 왼 주먹을 휘두르며 뭐라고 소리치고 싶었지만 할 말을 찾을 수 없었다.

수덕이 다가와 강의 어깨에 손을 얹었다. 전화기에서 지직거리는 잡음이 들렸다.

"솔직히 말씀드려…… 이제 아드님을 보지 못하는 일에도 익숙해지셔야…… 이제 머지않아 일본으로……"

여기까지 들은 수덕이 전화선을 뽑아버렸다.

"그 사람과 얘기하지 않는 편이 더 나을 듯합니다."

수덕이 남편의 등을 쓰다듬으며 말했다.

창밖에서는 사람들이 계속해서 두 팔을 높이 치켜들고 만세를 부르고 있었다. 이들은 이제 하나의 주장, 하나의 감정으로 뭉친 유기체가 되어 눈덩이처럼 구르며 부풀어 올랐다. 시장 상인들과 기녀, 승려, 남녀 학생 들로 사방은 발 디딜 곳 하나 없었다. 그뿐 아니라 종로에서 볼 수 있는 모든 출입구를 비롯해 2층 창문까지 시위대를 응원하며 함께할 준비를 하는 사람들로 가득했다.

강은 눈물을 흘리며 그 광경을 바라보았다.

만세! 만세! 사람들의 외침 소리가 점점 더 커져갔다.

"마침내 시작되었군요."

수덕이 강에게 좀 더 가까이 다가와 말했다.

일본군 일부가 대기하던 장소를 벗어나 탑골 공원 근처로 이동하기 시작했다. 어디선가 북소리가 들리더니 사람들이 울부짖는 소리가 울려 퍼졌다.

북받쳐 올랐던 감정이 진정된 강은 갑자기 두려운 듯 조용한 목소리로 말했다.

"이제는 돌이킬 수 없어. 성공하던가 아니면 큰 희생을 치러야 겠지. 둘 다일 수도 있고."

혜랑은 잠이 든 아들을 한 번 꼭 안아주고 집을 나섰다. 기와로 지붕을 이은 집들과 깨끗한 골목이 이어지는 동네는 평소처럼 조용했다. 혜랑은 우회로를 따라 중심가로 가기로 했다. 발걸음이 빨라지면서 심장도 함께 고동쳤다. 경찰은 일찌감치 출동한 모양이었다. *냉혹한 얼굴을 한 그들과 마주치지 않고 계속 갈 수 있다면. 저 피와 폭력으로 물든 한성의 중심부에서는 무엇이 기다리고 있을까?* 혜랑은 모퉁이를 돌다가 돌에 걸려 넘어졌고, 소박한 무명 치마는 흙투성이가 되었다. 혜랑은 몸을 일으켜 주변을 둘러본 후 지도에도 표시되어 있지 않을 만큼 좁지만 동네 사람은 다 아는 골목길을 따라 걸었다.

한 번 더 모퉁이를 돌자 마침내 도시의 낯선 중심부가 나타났다. 앞에 놓인 길을 따라가면 강이 살았던 경복궁이 나오지만, 소문대로 지금은 그 안에 사는 사람도 없고 잡초만 무성했다. 혜랑은 발걸음을 옮겨 이제는 몰락한 양반들이 도자기며 가구, 그림 같은 골동품을 파는 인사동으로 향했다. 하지만 그날 아침 거리에는 짐을 짊어진 짐꾼들만 보였다. 그들의 얼굴 역시 영혼마저 사라진 것 같았다.

거리 끝에는 시위의 중심지인 탑골공원이 있었다. 입구를 지키는 일본군 소대를 제외하면 사방은 평소처럼 조용했다. 혜랑은 제 피부로 느껴지는 어떤 기운이 그저 자신의 상상인지 알고 싶었다. 만세 소리가 울려 퍼지기 시작했던 그곳에는 마치 귀신들이 머무는 것 같았다. 혜랑은 그 으스스한 한기를 피해 종로를 따라 보신각을 향해 걸었다. 지금은 활동을 중단한 독립운동가들을 위해 강이 준 귀금속을 전했던 가게를 포함해 여러 곳이 문을 닫은 채 판자로 입구를 막아 놓았다.

교차로 너머로 경찰서 지붕이 어렴풋이 보였다. 혜랑은 서둘러 길을 건너다 지나가는 인력거 앞에 급히 멈춰 서기도 했다. 서대문형무소만큼이나 무섭기 짝이 없는 그 경찰서 건물을 가능한 한 멀리 돌아서 가기 위해서였다. 기녀들이 경찰서로 끌려가 옷이 벗겨지는 등 온갖 수모를 당했다고 들었다. 그러나 그건 시작에 불과했다. 혜랑이 슬쩍 보니 한 무리의 경찰이 중년 사내 셋을 경찰서 안으로 끌고 들어가는 게 보였다. 한 사내는 보는 사람이 놀랄 정도로 거세게 저항하다 곤봉으로 다리를 얻어맞고 쓰러져 다시 끌려가기도 했다.

혜랑은 일부러 강이 지내는 별궁과 인접한 길을 따라 걸었지만, 이제는 아무 의미 없는 행동이었다. 3월 1일 시위가 시작된 이후 총독부는 아무런 설명 없이 혜랑과 아들의 별궁 방문을 막았다. 혜랑은 고개를 숙인 채 목적지인 만월관을 향해 계속 걸었다. 만월관의 동료 기녀들은 어떻게 되었을까? 만월관이 가까워지자 문 옆에 서 있는 경찰관이 보였다. 정문은 열려 있었고, 언뜻 보기에 안에는 아무도 없는 것 같았다. *모두 끌려가 버린 건가?* 혜랑이 경찰관에게 다가갔다.

"체포되기 전에 물러서시오."

"경관님, 여기서 무슨 일이 있었나요?"

"대답해 줄 수 없소. 가던 길이나 가시오."

경찰은 곤봉으로 자기 다리를 툭툭 쳤다.

혜랑은 움찔해서 뒤로 물러섰다. 그리고 한 번 더 돌아보지도 못하고 서둘러 그 자리를 떠났다. 송월을 비롯한 다른 기녀들이며 종업원들이 모두 경찰서에 끌려간 건 아닌지…… 혹시 그 안에서 얻어맞거나 아니면 추행이나 고문을 당했을까? 만월관은 근방에서 제일 이름난 술집이었고 어떤 기녀에게는 상당히 영향력 있는 후원자도 있었지만, 이번 시위는 아주 규모가 컸고 또 격렬했다. 수십만 명이 넘는 사람들이 모여 행진하며 침략자가 결코 용납할 수 없는 것을 요구했는데, 그 행진의 제일 앞줄에는 기녀도 있었다.

혜랑은 고종 황제 즉위 40주년을 알리는 비석이 서 있는 사거리에 이르자 발걸음을 멈췄다. 더 이상 어디로 가야 할지 알 수 없었다. 며칠 만에 처음 집을 나서 한참을 걸었더니 다리도 아팠고, 공황 상태가 올 것처럼 심장이 세차게 뛰기 시작했다. 혜랑은 나무에 기대어 길고 느리게 숨을 몰아쉬었다. 멀리 왼쪽으로는 자리에서 쫓겨나는 비극을 겪은 태상황이 마지막 숨을 거둔 덕수궁이 있었다. 혜랑은 본능에 이끌리듯 그쪽으로 움직이기 시작했다.

"혜랑 씨? 실례합니다."

묵직하고 단호했지만 분명 여자 목소리였다. 바로 왼쪽에 있는 낮은 담장 뒤에서 들려오는 소리인 듯했다. 그러나 혜랑은 그저 아래만 보며 계속 걸었다. 이윽고 빠른 발걸음 소리가 들리더니 곧 여위었지만 강한 손이 혜랑의 어깨를 붙잡았다.

"내가 경찰인 줄 알았나 보군요."

혜랑이 고개를 들어보니 엇비슷한 키의 검은 옷을 입은 여자가
서 있었다. 평양 출신의 그 미국 여자였다. 눈이 마치 뭔가에 쫓기
는 사람처럼 신경질적이고 거칠어 보였다. 얼굴은 평소보다 훨씬
더 야윈 것 같았다. 두 사람은 본능적으로 경찰이 있는지 주변을
둘러보았다.

"하 선생님이세요?"

"별일 없으시지요? 여기서 만나게 되는군요. 물론 무사히 지내
셨겠습니다만……"

"저야 아무 일 없지요. 하 선생님은요?"

낸시가 조심스럽게 말했다.

"아직까지는…… 그렇지만 우리 그리스도교 지도자 한 분이 독
립선언서 민족 대표 33인에 이름을 올렸다가 어디론가 끌려갔습
니다. 나는 그저 기도밖에는 할 수 있는 일이 없었고 우리 학생들
은……"

낸시의 목소리가 떨렸다.

"학생도 몇 명 끌려갔어요. 학생들에게 거리로 나서라고 격려
한 사람은 바로 난데…… 조선의 등불이 되라고 가르쳐놓고……
끌려갔어야 할 사람은 바로 나예요."

낸시가 경찰서 방향을 가리켰다.

혜랑이 낸시의 손을 잡았다.

"내 친구들도 어디로 갔는지 보이지 않아요."

혜랑은 그대로 땅바닥에 주저앉아 낸시가 몸을 숨기고 있다가
나타난 담벼락에 등을 기댔다. 낸시도 그 옆에 앉았다.

"우리는 비폭력 저항과 다른 나라에 대한 지원 호소 등을 의논

했어요. 교육을 통해 사람들을 일깨우는 일도 생각했고요. 한데 저렇게 상대방이 최소한의 윤리적 기준도 없이 대응할 때는 어떻게 해야 하는지……"

낸시는 흐느껴 우는 혜랑을 끌어안았다.

"이제 우리는 어떻게 되는 걸까요?"

낸시가 고개를 흔들었다.

"모르겠어요…… 나도 잘 모르겠습니다."

둘 다 말없이 잠시 그렇게 있었다. 혜랑과 달리 낸시는 울지 않았다. 낸시는 혜랑의 얼굴을 감싸며 혜랑에게는 자신과 달리 아직 살아갈 이유가 있다고 생각했다.

길 건너편에서 한 무리의 일본군 병사들이 외국 공사관이며 낸시가 다니는 교회가 있는 정동 방향으로 달려가는 게 보였다. 낸시가 숨을 거칠게 몰아쉬더니 빠른 속도로 말했다.

"오늘 이렇게 만나서 정말 다행입니다. 나는 이제 중국을 거쳐 프랑스로 갑니다. 전하께 전해주세요. 오늘 오후에 출발한다고."

"너무 위험하지 않나요?"

"지금 조선에는 이강 전하가 필요해요. 불필요한 위험까지 감수할 필요는 없지요. 나는 어느 쪽을 택하든 죽을 수 있어요. 감옥으로 끌려가느니 차라리 움직이다 죽는 게 나아요."

낸시는 파이프오르간 옆 비밀 공간이 발각되었을까 생각하며 정동교회에 솟은 첨탑을 바라보았다. 그 순간 덕수궁 정문 근처에서 또 다른 일본군 병사들이 나타났다. 낸시가 몸을 일으켰다.

"중국 상하이에 임시정부를 세울 겁니다. 이 말도 전해주세요. 만일 전하께서도 올 수 있다면 모든 게 달라지겠지요. 상황이 안

전해지면 조선 밖으로 탈출할 수 있도록 애써보겠습니다. 자, 이제 누가 눈치채기 전에 헤어집시다. 하나님께서 지켜주시기를."

우리 아들과 저를 잊지 마세요! 혜랑은 외치고 싶었지만, 낸시의 검은 외투 뒷자락은 이미 멀리 사라지고 있었다.

혜랑은 재빨리 길을 따라 집으로 향했다. 문을 열자마자 위층에서 쿵쿵거리는 발소리가 들리기 시작했다. 소리는 점점 더 가까워졌고, 곧 아들 우의 진지하면서도 책망하는 듯한 얼굴이 나무 계단 꼭대기에 나타났다.

"어머니! 어디 갔다 오셨어요?"

혜랑은 거의 넘어질 것처럼 계단을 뛰어 올라갔다. 아들을 어찌나 세게 끌어안았는지 아들이 불편하다며 소리를 질렀다.

"미안해! 어미가 오늘 중요한 볼일이 있어서……"

"앞으로는 같이 나가야 해요. 밖은 위험하니까요."

"그래, 그래. 우리 아들."

혜랑은 아들의 어깨를 부여잡고 팔을 쭉 뻗어 살짝 들어 올려보았다. 아침에 나갈 때보다 어쩐지 키가 더 큰 것 같았다.

"혼자서 심심했니?"

"아니요, 그렇지만 걱정했어요."

"어미가 미안하구나."

아이는 고개를 앞뒤로 까딱거리며 히죽 웃었다.

"가끔은 네가 언제 이렇게나 커버렸는지 깜짝 놀랄 때가 있단다……"

혜랑은 문득 한 번도 만나본 적 없는, 일본으로 끌려간 이은 황태자를 떠올렸다. 황태자는 이제 조선말까지 서툴게 되었을 뿐더러, 일본 여인과 강제로 혼인하게 되었다. 결혼식은 아버지의 장례식 때문에 연기되었다고는 하나, 그것도 그저 잠시뿐일 것이다.

"얘야, 그런데 너는 누구지?"

아이가 허리를 똑바로 폈다.

"저는 조선 사람 이우입니다."

"그러면 아버지는 누구지?"

"조선의 이강 전하입니다."

"너는 어느 나라 사람이지? 어느 나라 말을 하지?"

"조선말을 하는 조선 사람."

"만일 일본에서 학교를 다니게 되면 어떻게 할 거야?"

"그래도 나는 조선 사람이에요."

"영원히?"

"영원히!"

혜랑은 다시 한번 아들을 꼭 끌어안았다.

그로부터 일주일 후 낸시는 베이징에 도착해 동지들을 만났다.

"하 선생님, 정말 죄송합니다. 손 목사님이 지금 몸이 좋지 않아요. 하 선생님을 보려고 멀리 상하이에서 여기까지 오셨는데 어제부터 몸이 편찮으십니다. 정말 미안하다고 전해달라 하셨습니다."

"저는 더 먼 한성에서 왔어요. 이번에 만나고 싶다고 한 쪽은 손 목사님인데요. 그냥 하얼빈으로 곧장 가서 기차를 탈 수도 있었다는 걸 모르세요? 지금 여기에 놀러 온 게 아닙니다. 동선이 길어질수록 더 위험해진다고요. 그래, 그 정도로 몸이 안 좋으신 건가요?"

"그런 것 같습니다. 안 그랬다면 이렇게 모임을 취소하는 일은 없었을 겁니다."

낸시는 한숨을 내쉬며 탁자 위에 두 손을 얹었다.

"알겠습니다. 제가 할 수 있는 일은 아무것도 없는 거군요."

손 목사라는 사람은 낸시와 중국을 이어주는 중요한 연결 고리였다. 그는 정동교회에도 잠시 있었는데, 총독부가 그의 활동을 눈치챘기 때문에 몇 개월 전 상하이로 피신할 수밖에 없었다. 손 목사는 원식이 새롭게 몸담은 조직인 신한청년단과도 힘을 합쳐 임시정부 수립에 도움을 주었다. 그와 꼭 의논해야 할 문제들이 있는데, 지금 낸시 앞에는 젊은 남자 둘밖에 없었다. 게다가 그중 한 명은 수염 한 가닥 찾아보기 어려울 정도로 어려 보였다. *저들이 과연 손 목사를 대신할 수 있을까.*

종업원이 멀건 설렁탕을 가져다주었다. 남자들은 낸시에게는 한마디 말도 하지 않고 바로 숟가락을 들고 먹기 시작했다. 낸시는 주의라도 줄까 잠시 생각했지만, 타지에서의 망명 생활이 얼마나 힘들고 허기질까 싶어 결국 아무 말도 하지 않았다. 낸시도 후춧가루를 조금 뿌린 후 설렁탕 맛을 보았다. 양은 많았지만 맛이 진하지는 않았다.

"여기서도 조선 음식을 먹을 수 있다니 다행이네요."

두 사람은 먹느라 바빠 "네, 선생님"이라고만 대답할 뿐이었다. 무척 배가 고팠던 모양이었다.

낸시는 태상황에게서 받은 문서가 들어 있는 검은 가죽 가방을 보았다. 그 문서를 파리로 가져갈 수만 있다면 이렇게 고생하는 보람이 있을 것이다. 승전국 대표들이 문서를 읽도록 강요할 수는 없겠지만, 일단 그들의 손에 쥐여주는 것만으로 낸시가 맡은 임무는 끝이 난다. 지난 며칠 동안 언제라도 체포되거나 다칠 수도 있다는 걸 알면서도 위조된 서류를 내밀며 기차를 갈아타고 국경을 넘어 홀로 이 길을 따라 여기까지 온 건 모두 스스로 자신의 존재 가치를 증명할 수 있도록 그녀가 믿는 하나님이 허락했기 때문이었다.

남자들은 여전히 말없이 먹는 데 열중했다. 낸시는 그런 그들을 바라보며 다시 한번 외로움을 억누르기 위해 애썼다. 남자라고는 하지만 역시 소년티를 갓 벗었을 뿐이었다. *손 목사는 왜 여기 오지 못했을까? 낯익은 그의 얼굴을 보았다면 큰 힘이 되었을 텐데.* 낸시는 아무리 봐도 두 남자가 그리 미덥지 않았다. 저들은 자신이 가르치던 학생들과도 나이가 별반 차이 나지 않았다. 낸시는 수십 명, 아니 수백 명이 넘는 젊은 여성들에게 올바른 정신을 일깨워 주기 위해 노력했고, 진정한 제자였던 유관순은 고향 천안에서 3천 명이 모인 시위를 주도했다. 그러나 유관순은 결국 투옥되었고 이제 그녀에게 무슨 일이 일어나고 있는지 아는 사람은 없었다. *물론 모든 건 일본 때문이지만, 그렇다고 나에게 아무런 책임이 없는 건 아니다.* 게다가 그렇게 일본이 끌고 간 사람은 비단 유관순만이 아니었다.

꿈을 이루기 위해 멀리 떨어져 살았던 가엾은 딸, 원옥이 살아 있었다면 그들과 비슷한 나이가 되었으리라. 원옥은 제 어미를 많이 닮아 고집이 세고 자기주장도 강했다. 어렸을 때도 큰 숟가락을 주면 작은 걸 달라고 했고, 작은 숟가락을 주면 또 큰 걸 달라고 떼를 썼다. 아니, 남편이 편지에서 그렇게 말했다.

원옥이 그대로 자랐다면 어떤 여성이 되었을까? 좋은 남자를 만나 결혼했을까 아니면 나를 따라 대의를 위해 몸을 바쳤을까. 아니, 그저 여기 살아만 있다면……

낸시는 눈을 감고 한숨을 내쉬었다. *파리에서의 일을 생각하자. 먼저 원식을 만나 우리의 주장을 세상 사람들에게 널리 알려야지.* 이제 낸시에게는 오래 살고 싶은 이유 같은 건 없었다. *만일 죽는다 해도 원옥을 다시 보게 될 것이다. 살아서는 함께 있지 못했어도 천국에서는 딸과 함께할 수 있을 것이다.*

낸시는 설렁탕 그릇을 내려다보며 표면에 떠 있는 작은 기름 덩어리를 한참 바라보았다. 갑자기 모든 게 다 의심스러웠다. 사람들도 수상쩍었고 이 설렁탕도 마찬가지였다. *혹시 일본이 손 목사에게 먼저 손이라도 쓴 게 아닐까?*

"두 사람은 신한청년단 단원이라고요? 그러면 내가 아는 동지와도 연락이 닿습니까?"

그러자 둘 중 나이가 많아 보이는 남자가 젓가락을 내려놓으며 대답했다.

"원식 형님 말인가요? 아직은 아닙니다. 파리에 도착한 후 연락을 준다기에 기다리고 있습니다."

그때 사람 좋아 보이는 중년 부부가 들어와 바로 맞은편 탁자 앞에 자리를 잡고 앉았다. 세 사람은 동시에 표정이 굳어졌다.

"좀 더 조용한 곳을 찾을 수는 없었나요?"

"죄송합니다, 하 선생님."

중년 부부가 음식을 주문하는데 남자 쪽에서 뭔가 봉투 같은 걸 건네는 것처럼 보였다. 종업원의 얼굴이 밝아졌다. *저건 무슨 뜻일까? 음식에 좀 더 신경을 써달라는 뜻?*

더 어린 청년 단원이 목소리를 가다듬었다.

"그런데 하 선생님, 손 목사님이 하나만 알려달라고 하셨는데……"

그러자 다른 단원이 어서 말하라는 듯 동료를 쿡쿡 찔렀다. 거의 속삭이는 듯한 목소리로 그가 물었다.

"이강 전하께서는 여전히 합류할 의지가……"

"잠깐만요, 그 전에 먼저 확인할 게 있어요. 내게 전할 암호가 있지 않나요?"

"아, 오하이오 웨슬리언! 죄송합니다. 그게 무슨 뜻인지는커녕, 어떻게 발음해야 하는지도 잘 몰라서……"

낸시가 빙그레 웃었다.

"괜찮아요. 이제 두 사람을 믿을 수 있겠군요. 그래도 손 목사님이 이 자리에 있었다면 더 좋았을 텐데요. 그리고 아까 질문에 대한 대답은…… 물론 그렇게 될 겁니다. 단순히 합류가 아니라 온몸을 던져 헌신하실 분이니까요."

"알겠습니다. 그 일을 위해 대동단이라는 조직이 준비를 하고 있습니다. 우선 위조 서류를 준비해 기차로 국경을 넘고 다시 우리의 대의에 찬성하는 사업가 소유의 배로 몰래 상하이까지 모실 계획입니다. 대동단에서 미리 이 방법을 점검해 보았는데 별다른 문제는 없었다고 합니다."

"그렇군요. 그 대동단이라는 조직이 부디 출중한 친구들이길 바랍니다. 그분에 대한 감시가 다시 비교도 할 수 없을 정도로 엄

격해졌고 아예 바깥출입도 못 할 정도니까요. 무엇보다 그 계획에 그러니까…… 가족이 포함되어야 하는데요."

"네, 잘 알고 있습니다."

"그러면 상하이에 가서 임시정부 합류를 권유받게 되는 건가요?"

"네, 그렇게 되어야 전 세계에 우리 뜻이 제대로 전달되겠지요. 그런데 하 선생님, 한 가지 더 확인해 달라는 부탁을 받았는데요. 그러니까 상하이 임시정부는 민주공화국을 지향하며 그리고……"

"아마 그분의 정치철학과 임시정부의 정치철학 사이에 별다른 차이점은 없을 겁니다."

그러자 청년 단원이 등을 뒤로 기대며 웃었다.

"그러면 기념으로 한잔해도 되겠군요."

이번에는 아까 그 중년 부부의 여자가 이쪽을 살피는 것 같은 기분이 들었다. 남자가 뭐라고 말을 하자 여자는 다시 고개를 돌렸다.

"내가 술은 절대 마시지 않는다는 걸 잘 알 텐데요."

"아, 네. 그 말은 들었습니다. 제가 조금 흥분한 것 같습니다. 실례가 되지 않는다면 우리 둘이서만 한잔 마셔도 될까요."

"그건 두 사람 좋을 대로."

종업원이 소주 한 병과 잔 두 개를 가져다주고는 낸시에게 차를 마실 건지 물었다. 낸시는 고개를 끄덕였다. 차가 나오자 낸시는 다시 왼쪽에 있는 가죽 가방을 손으로 더듬고는 안도의 한숨을 내쉬었다. 가방은 무사했다.

두 청년 단원은 각자의 잔에 소주를 따르고는 연장자인 낸시를 의식한 듯 조선에서 흔히 그러는 것처럼 고개를 돌리고 술을 마셨다.

"그런데 하 선생님께서는 원식 형님을 언제부터 알고 지내셨나요?"

두 사람의 말을 들으니 낸시는 갑자기 나이 든 사람이 된 듯한 기분이 들었다.

"한 20년쯤 되었네요."

낸시는 차를 한 모금 마셨다. *이것만 마시고 잡담이나 좀 하다가 떠나야겠다.* 낸시는 다시 한번 가방을 매만진 뒤 더 이상 걱정하지 말자며 스스로를 다독였다. 한성을 떠나오면서 지금까지 이 가방을 몇 번이나 확인하고 또 확인했던가.

다시 중년 부부의 남자가 낸시를 가만히 쳐다보았다. 낸시는 약간 얼굴을 찡그리며 차를 한 모금 더 마셨다. 그러자 약간 낯선 맛, 보통 차와는 다르게 뭔가 씁쓸하면서도 견과류와 비슷한 맛이 느껴졌다. *익숙지 않은 중국 차라서 그런가? 중국 사람들이 이런 차를 즐겼던가?*

"상하이 생활은 어떤가요?"

"좋은 점이 많습니다. 전 세계 망명자 절반은 상하이에 모여 있는 것 같아요. 덕분에 많은 걸 배우고…… 엇, 하 선생님, 괜찮으세요?"

낸시는 혀가 타들어 가는 것 같았다. 그리고 그 느낌은 곧 배 속까지 퍼졌다. *이 차에 술이 들어 있나? 아니면?*

"하 선생님?"

낸시는 비로소 깨달았다. *이럴 수가…… 제발 이런 식으로는…*

… 나는 파리에 가야 하는데, 제발 이렇게 끝나서는 안 되는데!

급기야 손과 발까지 쑤시기 시작했고 온몸이 아프고 토악질이
나올 것 같았지만 도무지 아무것도 토해낼 수가 없었다. 낸시는
신음을 내며 온몸을 부들부들 떨었다. 점점 의식이 사라져 갔다.
걷잡을 수 없는 급류에 휩싸여 익사하는 사람처럼 필사적으로 발
버둥 치며 입을 뻐끔거렸지만, 공기는 조금도 들어오지 않았다.

"하 선생님!"

두 사람은 벌떡 몸을 일으켰다. 한 청년이 낸시의 손을 붙잡았
고 다른 청년이 이마를 만졌지만 둘 다 뭘 어떻게 해야 할지 알
수 없었다. 식당 주방 쪽으로 달려가 도와달라고 소리치자 곧 사
람들이 주위에 모여들었다. 검은 옷을 입은 조선 여자가 입에 거
품을 문 채 온몸을 뒤틀고 있었다. 그리고 얼마 지나지 않아 조용
해졌다.

"하 선생님!"

내 딸 원옥아……

"의사, 의사 없습니까!"

우리 원옥아……
나의 원옥아……

낸시는 결국 파리에 가지 못했다. 가죽 가방 안의 문서도 마찬
가지였다. 낸시가 있는 쪽을 눈여겨보던 중년 부부는 소란을 틈타

조용히 가방을 챙겨 들고 밖으로 나가 기다리고 있던 차에 올라 탔다. 그 사실을 알아차린 사람은 아무도 없었다.

40

여전히 혜랑과 아들을 만나지 못하고 지내는 강에게도 11월이 다가왔다. 강은 지루함과 절망 속에서 시간을 보냈다. 발렌타인 위스키와 빅터 축음기만이 유일한 친구였다. 강은 아버지를 잃은 것보다 낸시가 더 이상 살아 있지 않다는 사실이 더 고통스러웠다. 낸시가 독살당한 지 8개월이 지났다. 강은 자신을 더 나은 길로 이끌어주던 낸시의 강직하고 올바른 성정이 그리웠다. 양반과 평민, 남성과 여성의 차이를 당연한 것으로 여기는 차별을 무시했던 낸시의 평등주의가 그리웠다. 낸시의 가르침, 심지어 질책조차도 너무나 간절하게 듣고 싶었다. 낸시는 강의 꿈속에 나타나 그의 눈물을 닦아주고 용기를 내라고 말하며 곧 다시 돌아오겠다고 했다. 놀랍게도 때로는 궁녀 복장을 하고 나타나기도 했다.

낸시는 어디에나 있었다. 그날 오후도 마찬가지였다. 강은 혐오스럽기 그지없는 〈매일신보〉를 집어 들었다. 2면을 펼치니 재판에 회부된 네 명의 '급진적인' 젊은 여성 시위자에 대한 기사가 있었다. 낸시가 없었다면 존재하지도 않았을 이화학당 자매학교 학생들이었다. 강은 사진을 보았다. 네 사람 모두 낸시와 같은 퐁파두르 머리 모양을 하고 있었다.

강은 신문을 바닥에 내동댕이쳤다. 잠시 후 누군가 문을 두드리는 소리가 들렸다. 강이 뭐라고 대답하기도 전에 문이 열리며 방문객이 고개를 들이밀었다.

"전하! 여기 이러고 계시는 게 지겹지 않으십니까? 저녁에 잠깐
나가보시는 건 어떨지?"

윤태종이었다. *왜 또다시 나를 찾아와 '전하'라고 부르는 걸
까?* 이번에도 뭔가를 꾸미고 있는 게 확실했다. 강은 윤태종과는
할 말이 없었고 윤태종 역시 강이 아버지와 낸시의 죽음, 시위대
공격 등에 대해 어떤 감정을 품고 있는지 잘 알고 있었다.

"그게 무슨 소리요?"

윤태종이 방 안으로 들어와 강의 맞은편에 자리를 잡았다. 그가
잔뜩 흥분한 얼굴로 몸을 앞으로 기울였다.

"전하를 만나고 싶어하는 사람이 있습니다. 전하의 개인 영지
에 남해 통영의 어장이 포함되어 있다는 사실을 혹시 알고 계십
니까?"

"들은 적은 있지. 그런데 그 어장이 뭐 어떻다는 건가?"

"전 아무개라는 사람이 그 어장을 사들이고 싶다고 제게 연락
을 해 왔습니다. 마침 이 근처에 머물고 있다니 함께 가서 한번 만
나보시는 게 어떨지요?"

"당신과는 어디에도 가고 싶지 않은데."

"이 전 아무개라는 사람은 사실 아주 부유한 지주의 대리인입
니다. 그 어장에 10만 원은 낼 용의가 있다는군요. 그중 3만 원을
현금으로 먼저 내겠답니다."

"10만 원이라고?"

낸시는 그 파이프오르간을 설치하는 데 5천 원이 들었다고 했
다. 듣자 하니 정동교회 전체 건축비가 8천 원가량이었다고 한다.
강은 통영 어장의 가치가 얼마인지 전혀 알지 못했지만 10만 원

에 훨씬 못 미치는 건 확실했다. *10만 원이면 임시정부를 위해 많은 일을 할 수 있으리라.* 하지만 지금 같은 윤태종과 일본의 삼엄한 감시 아래서 그 돈을 전달할 방법이 전혀 떠오르지 않았다. 무엇보다 어장을 그렇게 비싸게 사려 한다는 사실이 터무니없게 느껴졌다.

"전하, 아주 좋은 조건이지 않습니까?"

"그게 농담이 아니라고 하면, 그대는 뭘 얻게 되는 거요?"

"글쎄요, 거래만 성사된다면 전 씨에게 떡고물 정도는 얻어먹을 수 있다고 해두지요."

윤태종의 눈이 번들거렸다. 어쨌거나 윤태종은 속내를 들여다보기 쉬운 사람이었다. 만일 여기에 어떤 속임수가 있다면 그건 그 전 아무개라는 사람의 계획일 거라고 강은 추측했다.

"그쪽과 내가 이런 일을 같이 꾸밀 만큼 각별한 사이였던가……"

"사업은 사업이니까요. 공과 사는 구분하셔야 하지 않겠습니까?"

"그런데 내게 그런 큰돈이 생긴들 뭘 하겠나? 여기서 이리 갇혀 지내는데, 돈이 다 무슨 소용이냐 이거지."

윤태종이 조금씩 앞으로 다가오더니 급기야 한 뼘 정도 거리에서 이렇게 속삭였다.

"만일 이 거래가 성사되면 전하의 아드님과 그 친모를 적어도 일주일에 세 번은 만날 수 있도록 주선해 보지요. 이제 아드님이 조선 땅에 계실 시간이 2년 정도밖에 남지 않았는데, 그 얼마 남지 않은 시간 동안 최대한 같이 지내고 싶지 않으십니까?"

강은 멍한 표정을 지었다.

"2년?"

이제 일주일 후면 아들 우는 여덟 살이 된다. 그러면 열 살이 되는 해에 아들을 일본에 데려가기로 결정되었다는 뜻이었다. 언젠가 혜랑이 했던 말이 떠올랐다. 엄마라면 누구나 아들이 어린 채로 영원히 남기를 바랄 것이다. 강으로서는 그것이 누구보다 더 간절한 이유가 있었다. 아들과 함께 보낼 그 귀중한 시간이 그야말로 얼마 남지 않았기 때문이었다.

"나는 당신이 정말 지긋지긋해."

강과 윤태종이 탄 인력거가 보신각 맞은편에 있는 공평동의 어느 깔끔한 기와집 앞에 멈춰 섰다.

"이렇게 가까울 줄 알았다면 차라리 걸어오는 게 더 빨랐겠군."

강은 흙먼지가 덮인 인도를 걸으며 투덜거렸다. 윤태종은 대문을 두드리며 기쁜 듯 웃었다.

"전하, 무려 10만 원이 걸린 일입니다."

"전하! 윤 장관님! 뵙게 되어 영광입니다."

다부진 체격에 턱수염을 기른 한복 차림의 중년 사내가 두 사람을 맞았다.

"저는 이번 일에 대리를 맡은 전진이라고 합니다. 자, 어서 들어오시지요."

자신을 전진이라고 소개한 사내가 거리 이쪽저쪽을 살피더니 두 사람을 집 안으로 안내했다. 마당에는 기이하게도 나무 한 그루와 직사각형으로 길게 판 구덩이가 하나 있었다.

"뭘 좀 하던 중이었습니다."

전진이 면구스럽다는 듯 말하며 둘을 사랑채로 안내했다. 사랑채 역시 싸구려 병풍에 돗자리 두어 장만 깔린 것이 스산하기가 이를 데 없었다. 전진은 어서 자리에 앉으라고 권했다.

"부리는 사람이 몸이 아파 쉬는 중인지라…… 제가 가서 대접할 걸 좀 가지고 오겠습니다."

강은 자리에 앉았지만, 윤태종은 그대로 서서 사방을 둘러보았다.

"분명 부자라 했는데……"

윤태종이 중얼거렸다.

그때 갑자기 뒤에서 네 번 손뼉 치는 소리가 들렸다. 강과 윤태종은 영문을 알 수 없었고, 대문을 막아서는 흰옷 차림의 세 사람을 보며 더욱 놀라지 않을 수 없었다. 윤태종이 몸을 돌려 뒤쪽으로 달려가려다 멈춰 섰다. 전진이 권총으로 윤태종의 심장을 겨누고 있었다.

"이게 무슨……"

"입 닥치고 자리에 앉아, 이 배신자야!"

윤태종은 숨을 헐떡거렸다. 그리고 겨우 무슨 상황인지 깨달았다. 뭔가 서로 뒤가 구린 거래가 될 것이 분명했기에, 윤태종은 누구에게도 오늘 일을 말하지 않았고 부하도 거느리지 않았다. 윤태종은 머리 위로 두 손을 들어 올린 채 천천히 다시 사랑채로 향했다. 대문을 막아선 세 남자도 역시 각자 총을 쥐고 있었다.

누군가 먼저 입을 열었다.

"욕심을 부리더니 꼴좋게 되었군. 10만 원에서 수수료 1할? 누가 그따위 약속을 믿고……"

"그만!"

전진이 말했다.

"다들 자리에 앉지."

"돈이 필요하다면 주겠소. 얼마면 되겠나?"

윤태종이 절박한 목소리로 다급하게 외쳤다.

"너에게 천금이 있다 한들 나한테는 아무런 소용이 없어. 그러니 둘 중 하나만 골라. 조용히 있든가 아니면 죽든가. 어느 쪽이 좋은가?"

강은 아까 들은 '배신자'라는 말을 떠올렸다. 그렇다면 저들은 강과 같은 편이라는 뜻이었다.

"전 선생이라고 했나? 이게 무슨 영문인지 물어봐도 되겠소?"

전진이 고개를 숙였다.

"전하, 놀라게 해드려 송구합니다. 전하를 상하이로 모시기 위해 이렇게 찾아왔습니다."

강의 몸과 마음이 한껏 부풀어 올랐다. *이거였군!* 강이 뭐라고 대답하기도 전에 윤태종이 먼저 외쳤다.

"그런 말도 안 되는!"

그러자 전진이 윤태종을 막아섰다. 윤태종의 관자놀이에 총구가 겨눠지자 이마를 따라 나 있는 핏줄이 벌겋게 달아올랐다. 전진은 제 이마에서 흐르는 땀방울이 윤태종의 머리 위에 떨어질 정도로 바짝 다가섰다.

"입 닥치라고 했지! 네놈이 그러고도 일국의 대신이냐? 이런 비단옷을 걸친 돼지 같은 놈이 제 욕심에 나라를 팔아먹어?"

전진은 숨을 몰아쉬며 한 걸음 뒤로 물러섰다.

"전하, 추태를 보여 송구합니다."

"아니오, 오히려 속이 시원하구먼."

전진이 자리에 앉았다.

"전하, 아까 말씀드린 것처럼 전하를 상하이로 모시기 위해 이렇게 찾아왔습니다. 준비는 다 끝났습니다. 오늘 밤 은신처 몇 곳을 거친 후에 기차를 타고 국경까지 갈 겁니다. 미리 준비한 위조 문서가 있으니 국경을 넘는 건 그리 어렵지 않을 겁니다. 전하께서 가시면 임시정부는 정당성을 확보할 수 있고 또 조선의 안과 밖에 있는 백성들에게 희망을 줄 수 있겠지요. 부당하게 강제 퇴위되시고 잔혹하게 살해당한 전하의 아버님 태상황 폐하, 백주에 총칼 앞에서 쓰러지고 감옥에 끌려가 고초를 겪고 있는 수천 명의 동포들, 조국을 위해 목숨을 바친 낸시 동지와 2천만 조선 백성을 위해 전하께서 함께하시면 좋겠습니다."

다섯 명의 남자가 모두 강의 얼굴만 바라보았다. *더 이상 무슨 말이 필요할까.*

"오랫동안 이날이 오기만을 기다렸소. 바로 그 순간이 왔소만, 어떤 거창한 말을 준비하지는 못했소. 그러니 그저 그렇게 하겠다고 대답하겠소."

"감사합니다, 전하. 정말 영광입니다."

"그런데 내 아들과 그 친모는 어떻게 되는 거요? 벌써 데려온 거요?"

전진과 세 남자가 서로의 얼굴을 바라보았다.

"아드님…… 그리고 친모요?"

전진이 더듬거리며 물었다. 다른 남자들도 저들끼리 수군거리기 시작했다.

"미리 전해 들은 게 아니오? 그게 내가 원하는 유일한 조건인데."

전진의 표정이 차갑게 가라앉았다. 잠시 후 네 남자는 다시 의논을 시작했다. 강이 답답한 마음에 손바닥으로 바닥을 내려치자 다시 사방이 조용해졌다.

"이보시오들, 내게는 막대한 액수의 무기명 채권이 있소. 그걸 다 기부해도 좋습니다. 그건 내 아들의 친모가 자기 집에 보관하고 있지. 그러니 두 사람과 함께 채권을 가져오면 임시정부를 몇 년은 꾸려나갈 충분한 자금을 확보할 수 있을 거요. 하지만 두 사람 없이는 나도 채권도 다 포기하시오."

"알겠습니다, 전하."

전진이 한숨을 내쉬더니 20대 초반의 건장한 부하를 돌아보았다.

"지금 당장 가게. 내일 아침까지 마지막 은신처로 두 사람을 모셔 와. 절대 누구에게도 정체가 탄로 나면 안 돼. 물론 그 채권도 꼭 확인하도록."

그는 다시 두 번째 부하에게 돈다발 하나를 건넸다.

"30대 후반의 엄마와 여덟 살 정도의 아들을 위한 서류가 필요해. 내일 아침까지. 돈은 아끼지 말고."

"알겠습니다."

두 남자는 서둘러 자리를 떠났다.

"정말 죄송합니다만, 전하."

뭔가 풀이 죽은 듯 얼굴이 벌겋게 된 전진이 병풍 뒤로 가더니 누더기나 다름없는 검은색 양복과 회색 두루마기, 챙이 짧은 중절모, 가짜 콧수염 등을 삼베 자루에서 꺼내 들었다.

"자, 마음에 드시지는 않겠지만……"

강은 웃음을 터트렸다.

"나를 어디 촌뜨기 시골 관리로 만들려는 건가?"

"정말 송구합니다, 전하. 오늘은 계속 이렇게 실망스러운 일을……"

"아니, 괜찮소. 그렇게 차려입어서 저들의 눈을 속일 수 있다면야."

전진은 주머니를 뒤져 강에게 작은 봉투 하나를 내밀었다.

"신분증입니다. 이제부터 전하는 한동호라는 사람입니다."

"혹시 청주 한 씨인가? 그런 걸 물어볼지도 모르니까."

"네, 전하. 나이는 서른다섯입니다."

"나를 젊게 봐주는 건가? 그것 참 고마운 일이군."

강은 병풍 뒤로 가서 옷을 갈아입었다. 전 씨가 가짜 콧수염 위치를 바로잡아 주었다.

"이제 완전히 다른 사람이 되셨습니다. 전하, 아니 한동호라고 불러야겠지요."

"좀 어색해 보이기는 하겠지만…… 그나저나 이제 출발해야 할 것 같은데?"

전진은 여전히 윤태종을 지키고 선 두 남자를 돌아보며 입술을 깨물었다. 강도 윤태종도 뭔가 분위기가 달라졌다는 사실을 알아차렸다.

"명령을 내리시면 시행하겠습니다!"

강은 아직 상황이 완전히 이해되지 않았다. 그런데 갑자기 윤태종이 애원하기 시작했다. 나에게는 자식들이 있다, 죽을죄를 지었다, 이제부터 조선의 독립을 돕겠다…… 강은 절박한 표정으로 숨을 헐떡이며 식은땀을 흘리는 윤태종의 모습을 오늘 처음 보았다. 강이 기차 안에서 권총을 겨누었을 때도 감정의 동요를 보이지 않았던 그다.

강은 그제야 마당에 왜 구덩이를 파놓았는지 알았다.

"제발 이러지들 마시오. 나도, 나도 데리고 가시오. 상하이, 상하이 말이오!"

"저자를…… 죽일 생각인가?"

강이 물었다.

"안돼! 제발!"

"배신자는 입 다물어!"

전진이 강을 쳐다봤다.

"전하, 우리는 아직 결정을 내리지 않았습니다. 전하의 결정에 따르겠습니다. 저자를 어찌하면 좋을지 생각해 주십시오."

윤태종이 강의 다리 쪽으로 기어가려다 다시 뒤로 끌려갔다.

"전하, 제발……"

강은 가슴이 답답해졌다. 생각할 시간이 별로 없었다. 왜 자신에게 선택권을 준 건지 궁금했다. 강은 비단 윤태종이 총독부를 대신해서가 아니라, 자신이 하는 일을 마땅하게 여기며 자신만만하고 여유롭게 행동하는 모습 때문에 그가 미웠다. 바로 오늘만 해도 자신의 목적을 달성하기 위해 아들 우의 장래까지 언급하지 않았던가. *저들이라면 윤태종을 어떻게 처리할 것인가? 만일 저자가 이 자리를 빠져나간다면? 낸시라면, 아니 원식이라면? 적어도 낸시는 비폭력을 앞세운 평화 시위를 지지했다. 윤태종은 일본이 보낸 총독이나 관리가 아니다. 그는 그저 수많은 기회주*

의자, 배신자, 매국노 중 하나일 뿐이다. 과연 그는 이 자리에서 죽어 마땅한 인간일까? 낸시라면 그의 머리에 총알을 박아 넣지 못하도록 말릴 게 분명하다. 아니, 정말 그럴까? 어느 쪽이 더 도움이 될까? 윤태종 같은 매국노라면 직접 손에 피를 묻히지는 않았어도 간접적으로 동포들을 죽음으로 내몰지 않았을까? 낸시라면 분명 강이 상하이로 가는 길에 문제가 생기지 않기를 바랄 것이다. 강은 잠시 이리저리 서성였다. 배와 머리가 아프기 시작했다. 데라우치 총독에게 권총을 겨누었던 그날 저녁을 떠올렸다. *총독이 암살되어 도쿄에서 많은 사람의 애도 속에 장례식을 치른다 한들 자신은 아무런 죄책감도 느끼지 않았을 것이다. 그때와 지금이 다르게 느껴지는 건 왜일까?*

역시 강에게는 낸시가 절실히 필요했다. 무엇이 옳고 그른지 말해줄 사람은 낸시뿐이었다.

"전하, 제발! 제게는 자식이 있습니다!"

윤태종이 땀을 뻘뻘 흘리며 숨을 헐떡였다.

"그만! 그만해!"

강이 소리쳤다. 머릿속에 한 장면이 떠오르기 시작했다. 둔탁한 소리가 사방에 울려 퍼진다. 총알이 박힌 관자놀이에서 진홍빛의 무언가가 홍수처럼 쏟아진다. 뇌수, 뼛조각, 살점 등이 병풍에 흩뿌려지고 돗자리 위에 생긴 피의 연못 위에도 작은 섬처럼 흩어진다. 이윽고 꿈틀거리는 몸뚱이를 밖으로 끌어내 이미 만들어놓은 무덤에 내동댕이친다……

모두의 시선이 강에게 쏠렸다. 강은 미닫이문 쪽으로 걸어가 문 사이로 땅에 파놓은 구덩이를 내려다보았다.

모든 것은 결국 폭력으로 귀결된다. 윌슨 대통령이 민족의 자결권을 주장했지만, 아무것도 바뀌지 않았다. 파리에서 평화회의가 진행되는 동안에도 영국군은 인도의 독립운동을 무력으로 탄압했다. 낸시의 용감한 제자들은 감옥으로 끌려가 고문을 당했다. 철학이나 법률, 종교를 토대 삼아도 결국 누군가가 다른 사람들을 지배하는 방식은 바로 폭력이다. 폭력과 그 폭력에 대한 두려움. 폭력이 근간을 이룬 이 세상에서 한 사람이 폭력의 행사를 포기한다 한들, 무슨 의미가 있을까?

그런데 낸시는 왜 폭력에 반대했을까? 낸시는 아무런 힘이 없는 우리가 폭력을 내세운들 더 심하게 핍박당하게 될 거라고 했다. 하지만 그게 궁극적인 이유는 아니었다. *낸시는 평화 그 자체를 믿었다. 낸시는 진정한 평화주의자였다.*

"전하, 어서 출발해야 합니다."

"전하! 제발 부탁드립니다! 아드님이 태어나던 때 제 자식들에 대해 말씀하셨잖습니까? 제발!"

42년 전, 여기서 불과 15분만 걸으면 나오는 곳에서 어느 가없은 여인이 아들을 낳고는 궁에서 쫓겨났다. 겉으로 입은 상처는 치료받았지만, 그 속은 다 무너져 내린 채…… 여인은 죄가 없었고 윤태종은 죄가 있다. 하지만……

강은 침을 삼켰다. 그러고는 누구에게도 표정을 들키지 않으려는 듯 마당만 바라보았다.

"일단 저자를 살려두시오. 오늘 밤 안으로 저자에 대한 처분을 결정하도록 합시다."

이후 몇 시간에 걸쳐 네 사람은 좁은 길을 따라 달리기도 하고 어느 빈집의 먼지투성이 마루에 머물다가 근처에 있는 인력거에 올라타기도 했다. 때로는 중간에서 다른 인력거로 갈아타기도 했다.

그다음 은신처는 자하문 밖 북쪽, 세검정 근처 절벽 뒤에 있는 한 판잣집이었다. 뒤로는 험준한 북악산이 보였고 맞은편에는 강이 외롭게 지내다 혜랑을 처음 만나고 술맛도 처음 본 곳이자 정치의 폭력성을 경험했던 경복궁이 있었다. 물론 지금은 아무도 살지 않는 텅 빈 궁이었다.

"전하께서는 세검정에 자주 오셨습니까?"

"그렇지는 않습니다."

"세검정은 제가 틈만 나면 가서 쉬었던 곳입니다. 장마철이 되면 계곡물이 거품이 일 정도로 넘쳐흐르지요. 제가 화가였다면……"

온몸이 꽁꽁 묶인 채 재갈까지 문 윤태종이 강을 바라보았다. 두 사람의 눈이 마주쳤지만 강은 그가 무슨 뜻을 전하려는지 알 수 없었다. 비통함? 고마움? 살려두긴 했지만 강은 여전히 윤태종이 증오스러웠다.

윤태종을 옆에서 지키는 최 아무개라는 사람은 전진의 젊은 부하였다. 그는 잠시 틈이 나자 북어 한 조각을 거칠게 찢어 입안에 쑤셔 넣었다.

전진의 이야기는 계속되었다.

"세검정에는 역사가 있지요. 미친 폭군이었던 광해군을 몰아내기 위한 의로운 움직임이 여기서부터 시작되었으니까요. 이곳에 모여 반정을 결의한 후 우리가 아까 지나온 자하문을 뚫고 나가 광해군을 몰아내는 데 성공한 게 아니겠습니까!"

희대의 폭군이자 살인자였던 광해군, 인목왕후의 저주를 불러온 그자 말인가.

"공교롭게도 내 안사람이 인목왕후의 후손이오. 그러니 우리가 마침 여기 있는 게 의미가 있군요."

그러나 강은 곧 너무 무심히 말을 내뱉은 걸 후회했다. 조선을 떠나면 수덕과도 영영 작별하게 된다. 수덕은 혜랑의 아들을 몹시 아꼈고 혜랑과 카드놀이도 하며 잘 어울렸었다. 하지만 만세 시위 이후 그들과 떨어져 지내고 있었다. 그리고 이제 하루 밤낮이 지나면 헤어짐은 영원한 일이 될 것이다.

다시는 볼 수 없게 될지도 모를 수덕을 가족이라고 해도 될까? 가족이든 아니든 이제 수덕은 그저 시종들과 텃밭이나 드나들며 혼자 지내게 된다. 게다가 남편인 내가 도망쳤으니 분명 평생 총독부의 감시를 받으며 살게 되리라. 수덕이라면 애초에 내가 아닌 나라와 혼인해 왕실의 일원이 되었으니 감내할 수 있다고 하겠지.

하지만 결국 인목왕후는 물론, 수덕의 아버지가 염려한 대로 상황이 흘러가고 있었다.

전진은 뭔가를 이해하는 것처럼 고개를 끄덕였고 부하는 계속해서 북어를 뜯어 먹었다.

한 시간쯤 지나자 네 명의 새로운 길잡이가 조랑말을 끌고 나타났다. 강은 조랑말이 필요한 이유를 불과 몇 분 거리에 있는 구기리 고개에 들어서자 알게 되었다. 어떤 인력거도 그렇게 좁고 바위투성이인 길을 지나갈 수 없었다. 때로는 난간도 없는 대나무 다리를 따라 좁은 계곡을 건너야 했다. 윤태종의 결박도 잠시 풀어주었다. 조랑말이 말을 듣지 않을 때도 여러 번 있었는데, 자꾸 뒷걸음질 치는 녀석들을 달래기 위해 채찍질을 하거나 여물을 주어야 했다. 마침내 최악의 구간이 지나고 수백 년간 이어진 사람들의 왕래로 평평하게 닦인 길로 들어섰다. 계곡 밑으로 이어지는 길고 좁은 길을 빠른 속도로 내달려 한 시간가량을 더 가자, 나무로 지은 마지막 은신처가 나타났다. 새벽 세 시가 다 된 시간이었고 사방은 칠흑같이 어두웠다. 오직 하늘에 떠 있는 반달만이 희미한 빛을 비출 뿐이었다. 강은 불안해졌다.

혜랑이 아들과 곧 이곳으로 올까? 국경을 통과하는 데 필요한 문서는 어떻게 되었을까? 혹시 그 일을 맡은 사내들이 발각되면? 갑작스러운 계획 변경은 역시 위험하다. 경찰에게 붙잡히면 자백할 때까지 고문당할지도 모른다.

다들 조랑말을 뒤에 있는 기둥에 묶어두고 집 안으로 들어갔다. 전진이 등불을 들고 앞장서며 거미줄을 걷어냈다. 그러자 넓은 방 하나가 나왔다.

"모두 여기서 함께 쉽시다. 최 가는 불침번을 서고 저 윤태종은 한가운데 두고…… 볼일을 보고 싶으시면 뒤에 구덩이가 있습니다. 그렇지만 혼자 움직여서는 안 됩니다. 지금부터는 불빛을 보이거나 소리를 내서도 안 됩니다."

모두 그대로 방바닥에 드러누웠다. 전진은 등불을 끄기 전 윤태종의 재갈을 풀어주었다. 그러자 그는 곧 잠이 들어 코를 골기 시작했다. 강은 깜짝 놀랐다.

"어찌 저리 태연하게……"

강은 자기도 모르게 중얼거렸다.

"냉혈한입니다, 전하. 정말 뱀 같은 놈이에요."

최 가가 대답했다.

"이제는 우리가 자기를 죽이지 않을 거라는 걸 알았으니까요. 하지만 저는 생각이 다릅니다. 명령만 내리시면 제가 처리하겠습니다."

"그럴 수는 없을 것 같네. 나도 평화주의자가 돼버린 모양이지."

"평화주의자? 그게 무슨 뜻입니까?"

그러자 전진이 옆에서 몸을 일으켰다.

"전하를 너무 곤란하게 하지 말게. 어쨌든 전하의 선택이야."

"그건 알겠습니다만, 그럼 저자는 어떻게 하실 생각입니까?"

"저자는 지금 자는 척하면서 우리가 하는 말을 다 듣고 있을걸. 교활한 놈 같으니. 그렇지만 지금 우리가 여기 있는 걸 아무도 모를 테니 일단 그냥 묶어두기만 하자고. 저자가 발견될 때쯤이면 우리는 이미 국경을 넘었을 테니."

계절에 어울리지 않게 쉴 새 없이 덤벼드는 날벌레와 이런저런 걱정 탓에 강은 겨우 두어 시간 남짓 눈을 붙였다. 아침 일곱 시가 되자 어슴푸레하던 빛이 눈부신 금빛 광선으로 바뀌더니 방 안으로 들어오기 시작했다. 강은 여전히 피곤했고 긴장도 풀리지 않은 채였지만, 마침내 밝아온 새로운 하루와 거침없는 햇살에서 희망을 보았다.

강은 전진이 설명한 계획을 되짚어 보았다. 이제 열한 시가 되면 기차에 올라타고 평양을 거쳐 해가 질 때까지 황량한 북쪽을 향해 달려간다. 이튿날 아침 신의주에 도착해 문제없이 국경 검문소를 통과하면 기차는 강 건너편에 있는 안동역에 도착할 것이다.

안동역에 내린 후에는 인력거를 타고 영국계 아일랜드인으로 알려진 쇼라는 사람의 해운 회사를 찾아갈 예정이었다. 조선의 독립을 지지하는 쇼가 준비해 준 배를 타고 최종 목적지인 상하이 임시정부까지 가면 여정은 마무리된다.

여덟 시 반쯤, 혜랑과 아이를 데려오라고 보냈던 사내가 도착했다. 전진과 윤태종이 먼저 몸을 일으켰다. 윤태종은 자신의 상황을 잠시 잊고 기지개를 펴려다 짜증스럽게 투덜거렸다. 여전히 권총을 쥔 최 가는 피곤한 표정으로 그런 윤태종을 바라보았다. 그러나 더 이상 기다리기 힘들 정도로 조급한 사람은 따로 있었다. 아이는 자기를 데려온 사람을 제치고 직접 문을 열고 달려오며 "아버지"라고 소리쳤다. 그러고는 강의 품속으로 뛰어들었다.

몇 개월 만에 보는 아들이었다. 마지막으로 보았을 때보다 더 자라 있었다. 다리가 더 길어졌고 앞니도 하나 빠진 것 같았다. 아버지와 아들의 이마가 부딪쳤고 두 사람은 서로의 눈을 바라보았다. 강이 아들의 머리를 쓰다듬으며 중얼거렸다.

"네가 얼마나 보고 싶었는지 모른다."

이제 서류만 준비되면…… 강은 아들을 꼭 끌어안았다. 강에게는 아들이 살아 있는 이유였다. 그 사실을 재차 확실하게 깨달은 강은 다시는 아들과 헤어지고 싶지 않았다. 그는 할 수 있는 한 깊게 숨을 들이마셨다 내뱉었다. 지난밤 윤태종을 죽이고 바로 다음 날 이렇게 어여쁜 아이를 끌어안았다면 윤태종이 어떤 사람이건 상관없이 그 죄책감을 감당하기 어려웠을 것이다.

강이 잠시 눈을 돌리니 불안한 기색으로 뒤에서 따라온 혜랑이 보였다. 혜랑은 재빨리 강에게 다가가 채권이 든 봉투를 건넸다.

혜랑은 떨고 있었다.

"나도 두렵네."

강은 아들 귀에 들리지 않기를 바라며 혜랑에게 속삭였다.

"아버지, 이제 다 같이 모험을 떠나는 건가요? 저 사람이 그러던데요? 그런데 무슨 모험이에요?"

"그건 아직 비밀이다. 그전에 먼저 다른 사람이 특별한 종이를 가져와야 해. 그러면 다 같이 기차를 타고……"

"기차를 타는 데 종이가 왜 필요해요?"

"경찰 아저씨가 보여달라고 하거든."

"경찰 아저씨가 바보네!"

"그렇지, 나도 그렇게 생각한단다."

또 다른 사내도 아홉 시가 되기 직전에 돌아왔다. 그의 헐렁한 바지며 웃옷은 여기저기 구겨져 있었고 온몸이 진흙투성이였다. 밤새 윤태종을 지킨 최 가보다 더 지쳐 보이는 그의 입에서 나온 건 결국 염려했던 대로 그렇게 짧은 시간에 두 사람에게 필요한 문서를 위조하거나 훔쳐오는 건 불가능하다는 대답이었다.

"협력자가 하루만 더 기다리면 가능하다고 했습니다. 내일 아침 무렵이면 됩니다."

전진은 눈을 질끈 감고 생각에 잠겼다.

"이거 난처하게 되었군."

강은 벽에 등을 기댔다.

"빌어먹을."

강은 비틀거리다 다시 몸을 똑바로 일으켜 전진을 향해 손가락질했다.

"몇 개월 만에 두 사람을 처음 봤는데 다시 헤어져야 합니까? 나는 두 사람이 없으면 절대로 떠날 수 없소."

"더 이상 기다릴 수 없습니다. 벌써 아침이고 경찰도 전하가 사라진 걸 곧 알게 될 겁니다. 지금 당장 떠나야 합니다! 아니, 적어도 오늘 안에는 움직여야 한다고요!"

아이가 울기 시작했다. 강은 바닥에 주저앉아 손바닥으로 벽을 몇 번이고 쾅쾅 내리치더니 급기야 절망과 분노로 벌겋게 달아올라 욕설과 비명을 내질렀다.

"전하, 제발……"

"뭐 하나 제대로 되는 게 없군. 항상 이 꼴이지! 도대체 왜 내가 내건 그 빌어먹을 조건 하나를 미리 확인하지 않았단 말이오!"

전진이 시계를 보았다. 벌써 떠날 시간이었다.

"부인! 안에 계십니까!"

조선 경찰이 일본 경찰과 함께 들이닥쳤다. 수덕은 읽던 책을 내려놓고 느릿느릿 발걸음을 옮겼다. 발목 주위의 공기가 차갑게 느껴졌다.

"무슨 일이오? 지금은 내가 혼자서 보내는 시간인데……"

"좀 들어가도 되겠습니까?"

"가족이나 일가도 아닌데 낯선 사내들이 집 안으로 들어오겠다는 말이오?"

"아, 괜찮으시다면 그냥 여기서 말씀드려도 됩니다만. 그게, 저, 이강 공과 관련된 일입니다."

수덕이 문을 열었다. 가까이서 보니 두 사람 다 수덕보다 한참은 어려 보였다.

"그게 무슨 말이오?"

조선인 경찰관이 말했다.

"혹시 공이 어디 계시는지 아십니까? 지난밤에 윤태종 장관과 함께 별궁을 나가셨다는 것까지는 알고 있습니다만, 아직까지 돌아오신 걸 본 사람이 아무도 없습니다."

그게 정말일까! 그렇다면 마침내 성공한 건가. 하지만 내게는 아무런 말도 하지 않았는데.

만일 정말로 강이 떠났다면 영원한 작별인 셈이었다. 비록 구체적인 이야기는 아니었으나 강은 그 일에 대해 자주 언급했었고, 그때마다 수덕은 항상 그를 격려했었다. *참으로 고귀한 일이다. 우리 동포들에게도 좋은 일이 아닌가. 국제 무대에서 우리의 적인 일본을 당황하게 만들 수 있다……* 그러나 강의 탈출은 한 사내가 아니라 조선과 혼인했다는 수덕 본인의 말이 결국 완전히 실현된다는 의미였다. 두 사람 모두 어린 티를 겨우 벗을 무렵 만나 서로를 복잡한 시선으로 바라봐 왔다. 그 만남이 이제 끝을 향해 가고 있었다. 강이 가는 곳에 수덕은 필요하지 않았다. 강이 수덕에게 바라는 게 있다면 그저 지금, 이 마지막 순간까지 강을 위해 거짓말을 해주는 것이었다.

일본 경찰이 조선 경찰을 밀어내며 일본어로 물었다.

"그 사람이 지금 어디 있는지 알고 있습니까?"

생각을, 빨리 생각을 해야지.

"여기 계십니다. 지금 내 방에……"

두 경찰관이 서로를 쳐다보았다.

"부인, 무례를 저지르고 있다는 건 압니다. 하지만……"

"설마 내가 거짓말을 하고 있다는 건 아니겠지요."

"물론 그건 아닙니다. 그렇지만……"

"우리는 부부고 함께 침소에 드는 건 당연한 일이거늘. 자, 그리도 내 말을 믿지 못하겠다면……"

수덕은 선반 쪽으로 손을 뻗어 열쇠 꾸러미 하나를 꺼냈다.

"정말 내 방을 뒤져보고 싶거든 이걸로 가서 문을 열어보시오."

수덕은 두 경찰관 사이에 열쇠 꾸러미를 집어 던지는 도박을 걸었다.

"그럴 필요까지는 없습니다. 이렇게 불쑥 불편을 끼쳐 죄송합니다. 안녕히 계십시오."

말다툼이 벌어지기 시작했다. 계속해서 강을 '전하'라고 부르며 예의를 차리긴 했지만 긴장된 분위기가 역력했다. 아이가 혜랑의 팔을 꼭 붙잡았다. 이제 시간이 없었다.

"전하, 수십 명…… 아니, 2천만 동포가 전하를 기다리고 있습니다!"

혜랑은 강을 바라보았다. *저 사람은 반드시 지금 이곳을 떠나야 한다. 나라의 운명이 걸린 일이야.*

"나는 한 가지만 부탁했어! 딱 하나만!"

그들은 우를 해치지 못할 것이다. 강도 마찬가지다. 누군가를 처벌한다면 그건 나겠지. 나는 모든 걸 받아들일 수 있다. 혜랑이 강의 손을 잡았다.

"가세요. 우리 두 사람은 알아서……"

전진이 끼어들었다.

"준비해 둔 은신처가 한 군데 더 있습니다. 일단 두 분은 거기에 가셔서 내일 다른 역에서 기차를 타시면 됩니다."

"과연 그럴까? 내가 사라진 걸 알면 저들이 두 사람을 찾지 않을 것 같은가?"

"두 분을 변장시킨 후 각자 다른 객차로 모시겠습니다. 어린 왕자님을 돌볼 사람도 물론 보내드리지요. 북쪽 국경은 검문이 그리 엄하지 않습니다. 확인해 두었습니다. 혹 뭔가 다른 소식이 들리면 꼭 방법을 찾아내겠습니다. 제물포에서 배를 탈 수도 있고⋯⋯ 전하, 제발! 이제 떠나야 합니다."

"그저 어서 떠나자는 말뿐인가."

"전 선생님, 잠깐만⋯⋯"

혜랑이 중간에 끼어들어 강의 앞에 서서는 그를 지그시 바라보았다.

"오늘 떠나지 못하면 다시는 기회가 없어요. 이미 별궁을 빠져나왔고 총독부 고관도 납치했잖아요? 일이 이미 벌어졌는데 그다음은 어떻게 될까요. 조선 땅 안에서는 아마 다시는 만날 수 없을 겁니다. 그러니 어서 가세요! 나중에 상하이에서 다시 만나요."

하지만 혜랑도 그렇게 될 거라고는 믿지 않았다. 강은 뒤로 물러나 머리를 숙였다. 그리고 마치 갇힌 짐승처럼 으르렁거리는 울음소리를 길게 내질렀다. 아들이 아버지에게 달려갔다. 아이는 제가 어떻게 해야 할지를 잘 알고 있었다. 눈물을 닦은 아들은 아버지를 껴안고 말했다.

"아버지, 괜찮습니다. 상하이에서 다시 뵙겠습니다."

41

강이 앉은 자리는 딱딱한 나무 좌석이었다. 승강장에는 손을 흔들며 배웅을 하는 사람들도 있었지만 강에게 인사하는 사람은 아무도 없었다. 혜랑과 아이는 또 다른 은신처를 찾아갔고 윤태종 역시 모두가 안전하게 국경을 넘을 때까지 계속 끌려다녀야 했다. 검은 제복을 입은 경찰관 두 명이 역의 벽에 몸을 기대고 있었는데, 지루해 보이는 그들의 모습에 강은 오히려 안심했다. 곧 기적 소리가 울리고 열차가 움직이기 시작했다. 강은 옆에 앉은 최 가와 눈빛을 교환했다. 전진은 무기명 채권이 든 낡은 갈색 가방을 들고 다른 객차에 탔다.

잠시 후 문이 열리더니 중년 여자 두 명이 올라탔다. 기차가 아무리 흔들려도 단단히 묶은 머리는 완벽할 정도로 전혀 움직이지 않았다. 다시 신문을 든 남자, 아이를 등에 업은 젊은 여자 등이 계속 들어왔다. 사방을 채우기 시작한 담배 연기 속에서 사람들의 머리와 어깨가 보였다 사라지기를 반복했다.

기차가 박자를 타듯 일정한 간격으로 계속 덜컹거렸다. 강은 안주머니에서 한동호의 신분증을 확인한 뒤 최대한 몸을 웅크리고는 앞좌석 밑으로 다리를 쭉 뻗었다. 그러고는 창문에 머리를 기대고 눈을 감았다.

5분쯤 지나자 문이 다시 열렸는데, 이번에는 소란이 있었다. 강은 눈을 감은 척했지만 혹시 들킨 게 아닐지 가슴이 쿵쾅거렸다.

두 일본 경비병이 젊은이 한 명씩을 붙잡고 들어왔다.

"2등석 칸은 여기야!"

경비병이 소리쳤다. 그쪽을 쳐다보는 사람은 아무도 없었고 곧 다시 문이 닫혔다. 소란이 가라앉자 최 가는 1등석은 너무 비싸 사실상 일본 사람들만 이용할 수 있다고 조용히 설명했다.

"설마 역에 도착할 때마다 이런 일이 반복되는 건 아니겠지. 안동에 도착하기도 전에 심장마비가 올 것 같은데."

다음 몇 개의 역에서는 아무 일도 없었다. 피곤했지만 좀처럼 잠이 들 수 없었던 강은 창밖으로 논밭이며 마을이 스쳐 지나는 걸 바라보았다. 멀리서는 모든 게 다 평화로워 보였다. 그러나 저 초가집에 사는 사람들도 상상을 초월할 정도로 엄혹했던 지난 3월과 4월의 사건에 관련되었을지 모른다고 강은 생각했다. 분명 총검에 공격당하고 불에 탄 망령들이 떠도는 마을도 있을 것이다.

반면 원식은 그 당시에도 자신의 정체성을 깨닫고 내일을 위해 오늘을, 원칙을 위해 개인의 삶을 희생하고 있었다.

들자 하니 원식은 파리평화회의에서 뜻을 제대로 펼치지 못하고 다시 사람들의 지지를 얻기 위해 미국으로 돌아갔다고 한다. 병약한 고아 출신으로 프린스턴까지 포기한 이 영특한 젊은이는 곧 상하이 임시정부에 합류하여 여러 영웅 사이에서 자신만의 자리를 찾게 될 것이다. *지금 원식의 모습은 어떨까? 중국에서의 힘든 생활이나 프랑스에서의 실패로 얼마나 지쳐 있을까. 원식을 마지막으로 본 지 너무 오랜 세월이 흘렀다. 여전히 이 '형님'을 도와주려 할까? 다시 만나 토스트를 함께 먹을 수 있을까?*

강의 생각은 곧 달갑지 않은 방향으로 미치기 시작했다. 원식의 동지들은 어떨까? 정말로 나를 환영해 줄까? 그런 호의가 얼마나 오래 지속될까. 낙후된 러시아에서 일어난 혁명은 자유를 위해 싸우는 전 세계 혁명가들에게 희망을 심어주었지만 강 같은 사람에게는 그저 죽음만 연상될 뿐이었다. 혜랑과 아들이 상하이에 있는 게 오히려 위험하지 않을까? 그 전에 우선 상하이에 무사히 도착해야 할 텐데…… 강은 누가 두 사람을 지켜줄지 생각해 본 적이 없었고 지금까지는 순전히 두 사람을 조선 땅 밖으로 데려오는 문제에만 집중해 왔다. 강은 가슴이 두근거리기 시작했다. 최 가가 옆에 딱 붙어 있고 다른 좌석이 모두 가득 차서 그런지 어딘가에 붙잡혀 있는 듯한 기분이 들었다.

평양역이 눈에 들어오자 강은 더 이상 아무런 생각을 하지 말자고 속으로 다짐했다. 자리를 박차고 일어나 객차 밖으로 나가고 싶은 충동을 겨우 억눌렀다. 강은 눈을 감고 천천히 숨을 몰아쉬었다. 나는 지금 옳은 일을 하고 있다. 한 번만 더 낸시를 믿어보자.

그런데 5분, 10분이 지나도 기차는 평양역을 떠날 생각을 하지 않았다. 다시 담배 연기가 사방을 가득 채웠고 잠시 밖으로 나가 먹을거리를 사 오는 사람도 있었다.

"왜 이렇게 오래 걸리는 건가?"

강이 최 가에게 조용히 물었지만, 최 가도 그저 어깨를 으쓱해 보일 뿐이었다.

곧 그 이유를 알 수 있었다. 검문소 직원 두 명이 강이 탄 객차에 모습을 드러냈다. 강은 이마에 땀이 흘러내리는 걸 느꼈다. 다시 한번 신분증을 손에 쥐고 아무 일도 일어나지 않기만을 빌었다.

강은 지루한 척을 하며 창밖을 바라보았다. 검문소 직원이 점점 가까워졌다. 강은 곁눈질로 두 사람의 표정을 읽어보려 했다. 특별히 누군가를 찾고 있는 건지 궁금했다.

"내가 무슨 죄를 지은 것도 아닌데 이게 뭔가?"

직원이 누군가의 신분증을 다시 살피는 동안 바로 뒤에 앉아 있던 한 노인이 불평을 늘어놓았다.

"거기 조용히 하시오. 우리는 할 일을 하는 것뿐이니까."

"뭐야? 조선 사람인가? 차라리 굶어 죽고 말지 일본 놈들 밑에서……"

"조용히!"

또 다른 직원이 곤봉을 얼굴 바로 앞에서 흔들어댔다. 다른 승객들이 모두 그쪽을 바라보자 그의 동료가 등을 두드렸고 곤봉은 다시 제자리로 돌아갔다.

"매국노니 뭐니 하는 소리 정말 듣기 지겹습니다."

"난 모든 게 지겨워. 그러니 자네도 입을 다물라고."

드디어 강의 차례가 되었다. 강과 최 가는 태연하게 신분증을 내밀었다. 직원이 신분증을 확인하기 시작했다.

"몇 년 생이신지?"

"음…… 1884년 생입니다."

"나이가 더 들어 보이는데…… 하는 일은 뭐요?"

"그만 됐어. 여기는 문제없군. 자, 다음 사람!"

더 연장자로 보이는 직원이 재촉했다.

살았다! 강은 한숨을 내쉬었다. 다시 5분쯤 지난 후 검문소 직원들이 내리고 기차가 마침내 움직이기 시작했다. 강은 쓴웃음을 지었다. *나이가 더 들어 보인다고? 건방진 놈.*

정 상궁이 불안한 표정으로 뛰어 들어왔다.

"부인, 저들이 다시 왔습니다. 종로 경찰서에서요."

"여기서 무슨 말이라도 들은 건 아니겠지?"

"그럴 리가요. 한데 경찰관들이 여기저기를 마구 뒤지고 있습니다."

수덕은 자리에서 일어나 성큼성큼 문가로 걸어갔다. 복도 저쪽 부엌에서 찬장 문을 열었다가 다시 닫는 소리가 들렸다. 수덕은 소리가 나는 쪽으로 계속 걸어갔다. 그런데 돌연 낯선 얼굴이 바느질 방에서 나타나더니 수덕을 가로막았다.

"종로 경찰서 서장입니다."

경찰서 서장이라는 사람은 콧수염을 긁적였지만 고개를 숙여 인사하지는 않았다.

"어디 계십니까?"

"서장이라고 하셨는가? 차라도 좀 드시려나? 목도 마르고 많이 힘드실 텐데……"

"아니, 괜찮습니다."

서장이 가까이 다가왔다.

"부하들에게 남편분과 같이 계셨다고 하셨다지요? 왜 그런 거짓말을 하셨습니까?"

수덕은 화가 난 척했다.

"누가 그런 터무니없는 누명을……"

"두 분이 함께 잠자리에 드는 일이 절대 없다는 건 한성에서는 개나 소나 다 아는 사실이 아닙니까?"

"감히 무엄하게!"

"이강 공이 어떤 사람인지 알기에 한성 안에 있는 고급 술집이나 기방을 다 찾았습니다. 그 와중에 공의 첩과 아들도 행방이 묘연하다는 사실을 알게 되었습니다."

그 말을 듣자 수덕은 마치 누군가 주먹으로 가슴을 마구 내려치는 것 같은 기분이었다. 어린 시절 나무에 올라갔다가 떨어졌을 때, 분명 땅 위에 있는데도 물에 빠진 것처럼 숨을 쉬지 못하고 익사할 것 같았던 두려움이 다시 수덕을 덮쳤다. *모두 떠났다고? 혜랑과 우도? 나도 그 아이를 친자식처럼 대했는데. 그랬구나. 그냥 그렇게 대했을 뿐이었어.* 수덕은 이제 홀로 남았다. *그 세 사람은 함께 있구나.* 인목왕후의 후손인 김수덕에게 남은 건 시종들과 텃밭뿐이었다.

"이제 문제가 훨씬 더 심각해졌습니다. 그러니 말씀해 주십시오. 그 사람들, 다 어디에 있습니까?"

수덕은 고개를 흔들었다. 얼굴에서 고통을 감출 수는 있지만 아무런 말도 할 수 없었다.

"그렇다면 이제 집 안을 다 뒤져볼 수밖에 없습니다. 아시겠습니까?"

수덕은 어깨를 으쓱했다. 집 안이 엉망이 된들 이제 아무런 상관이 없었다.

서장이 신호를 보내자 경찰관 여섯이 달려왔다.

"철저하게 조사해. 증거가 될 만한 건 절대 놓치지 말도록."

그리고 한 명을 지목해 경찰서로 돌아가 전국에 수배령을 내리라고 지시했다. 서장이 수덕의 눈을 똑바로 바라보았다.

"무슨 일이 벌어지든 다 그쪽에서 자초한 거라는 사실을 명심하십시오."

다시 아침이 밝았다. 기차는 대령강을 건너 바다에서 들어오는 작은 범선들을 지나쳤다. 강둑 근처에는 왜가리들이 물고기를 잡기 위해 진을 치고 있었다. 아침 일곱 시였다. 강이 혜랑 모자와 재회했다가 헤어진 지 만 하루가 지났다. 강은 하품을 하며 자신의 손을 내려다보았다. 그는 아들을 끌어안은 후 아직 한 번도 손을 씻지 않았다.

강은 거의 평생을 자신이 사랑받을 자격이 없는 사람이라 생각했었지만, 혜랑은 그런 강을 사랑으로 구해주었다. 비록 정치 상황을 비롯한 여러 문제들로 그 사랑이 먼 기억처럼 느껴질 때도 있지만 강은 여전히 혜랑의 존재, 혜랑의 목소리, 혜랑의 손길이 간절하게 그리웠다. 혜랑은 강을 위해 위험을 무릅쓰고 종로 거리를 누비며 독립운동가들의 은신처를 찾았다. 무엇보다 혜랑은 강에게 아들을 안겨주었다.

강은 수덕도 떠올렸다. *왜 수덕에게 미안하고 감사한 마음을 한 번도 표현하지 못했을까. 난 왜 이런 사람일까.*

이런저런 생각과 반성을 하며 졸기도 하는 사이에 두 시간 반 정도 시간이 더 흘렀다. 다른 승객도 대부분 졸고 있었다. 고개를 뒤로 젖힌 채 입을 벌리고 있는 사람들도 있었다. 그러다가 기차가 터널로 들어서자 사방이 갑자기 어두워지며 바퀴 굴러가는 소리가 한층 더 요란하게 울려 퍼졌다. 최 가가 몸을 흔들더니 기지개를 켰다.

"전하…… 아니, 한 선생…… 이제 곧 국경입니다."

강은 다시 가슴이 조여오기 시작했다. 쿵쾅거리는 심장 소리가 느껴졌다. 바로 그 순간이 다가오고 있었다. *한 선생, 우리 잘 해냅시다.* 강은 망명자들이 모인 도시에서 두 팔 벌려 자신을 맞는 원식의 모습을 그려보았다. 지금쯤 원식도 나이가 들어 흰머리가 보일지도 몰랐다.

기차는 잠시 햇빛 속에 모습을 드러냈다가 다시 두 번째 터널로 들어섰다. 강은 숨을 크게 몰아쉬었다.

"한 선생, 진정하세요. 다 잘될 겁니다."

최 가가 강의 무릎을 두드렸다.

"신의주역에 도착하면 신분증과 화물 검사가 있을 겁니다. 그게 끝나면 바로 만주의 안동역입니다."

"그러면 안심해도 되는 거요?"

최 가가 주위를 둘러보았지만 가까이에 깨어 있는 사람은 없었다.

"거의 다 된 셈이지요. 만주는 일본의 지원을 받는 군벌들이 군림하고 있습니다. 어느 편도 들 수 없고 아무도 믿을 수 없는 곳이지만 우리는 안동역에 내리는 즉시 인력거를 타고 목적지인 회사 사무실로 갈 겁니다. 고작해야 2킬로미터 정도지요."

최 가의 말처럼 기차는 신의주역에 멈춰 섰다. 승객들은 신문을 읽거나 담배를 피우며 시간을 보냈다. 승강장을 내려다보니 제복 차림의 남자들이 가방이며 상자를 열어 살피느라 바빴다.

검사는 한동안 계속되었다. 강은 긴장을 가라앉히고 시간을 보내기 위해 자신의 탈출 소식이 전 세계 언론을 장식하는 모습을 상상했다. 또 외탄이라 부르는 상하이 번화가에서 자신을 향해 달려오는 혜랑과 아들의 모습을 상상했다. 더 이상 왕실과 인연이 없는 새로운 삶, 항상 어깨너머로 지켜보기만 했던 그런 삶을 떠올렸다. 진정한 자유가 있는 삶이었다.

"한 선생, 여기서부터는 시계를 한 시간 뒤로 돌리시지요."

강은 시차에 맞춰 시계를 돌리다가 문득 제가 차고 있는 손목시계를 보았다. 빌어먹을. 지금 이 옷차림과 시계가 어울리기나 하나? 이걸 왜 미처 생각 못 했을까? 이제 어떻게 하면 좋지?

"이거 좀 보시오. 내가 찬 시계가 문제가 될 것 같은데……"

최 가가 고개를 돌렸다.

"지라…… 서양 말은 잘 모르는데, 이 시계가 왜요?"

"제라드페리고라는 아주 비싼 시계인데……"

갑자기 두 사람이 탄 객차 문이 열렸다. 강은 당황한 표정으로 뒤를 돌아보았다. 뒤쪽에서 검문소 직원이 들어온 건 이번이 처음이었다. 강은 두루마기 소매 속으로 왼손을 한껏 집어넣었다.

"신분증을 꺼내시오!"

억양을 들어보니 조선 사람이었다.

이 고비를 넘겨야 한다.

최 가가 제 신분증을 꺼내 들었다. 직원이 강을 쳐다보았다.

"거기, 신분증을 꺼내시오."

신분증을 어디 두었지? 강은 바지 주머니를 뒤지다가 웃옷 안주머니에 넣어두었다는 사실을 겨우 깨달았다. 여기까지 오면서 수백 번도 더 확인했는데…… 강은 떨리는 손으로 신분증을 꺼내 들었다. 신분증이 바닥에 떨어질 뻔했다.

"너무 긴장하지 마시오. 죄가 없는 사람은 걱정할 필요가 없으니까. 어?"

밖에서 들어온 빛에 직원의 길쭉한 이마가 번들거리자 강은 그것까지 신경이 쓰였다.

"한동호라고? 나도 한 씨인데! 본관이 어디시오?"

그가 최 가의 신분증을 돌려주며 강에게 물었다. 강은 마치 누군가가 배에 칼을 꽂아 비트는 듯한 기분이 들었다. *이걸 어떻게 답해야 하지?* 최 가도 이제는 긴장한 표정이었다.

낸시의 도덕성도 이 질문에 대한 대답에는 도움이 되지 않았다. 갑자기 머릿속에 아무것도 떠오르지 않았다. *한 씨 본관이 어디가 제일 유명했지? 청주? 아니, 양주였던가?*

"어…… 본관은…… 청주입니다만."

자기도 한 씨라고 소개한 직원이 얼굴을 조금 찡그렸다.

"아무래도 그렇겠군요. 청주라……"

제발…… 알겠다는 한마디만 하고 신분증을 다시 건네주시오. 그냥 이곳을 통과하게 해줘! 나는 상하이로 가서 가족을 만나야 해. 제발……

"아하, 그러면 역시 몽계공파?"

"네."

강은 자신을 떠보는 게 아니기를 간절히 바랐다.

제발……

"알겠소. 조심히 잘 가시오."

그가 확인 도장을 찍은 후 신분증을 돌려주었다.

10분 후 기차는 긴 철교를 지나 압록강 위를 질주했다. 기차에 탄 수많은 조선, 중국, 일본, 러시아 사람들은 물론이거니와 저기 걸어서 강을 건너는 사람들에게는 탈출이나 돈벌이, 애정의 도피 등 모두 각자만의 동기가 있을 터였다. 신분증을 꺼내 들었을 때 각각은 어떤 기분이었을까? 이렇게 두 땅을 가로지르는 차가운 강물을 바라보는 지금의 기분은 또 어떨까? 강에게는 저렇게 휘감아 흐르는 강물이 마치 경주에서 승리를 거둔 선수가 환호하는 관중을 보며 경기장을 한 바퀴 더 도는 모습처럼 보였다. 난생처음 자신도 뭔가를 해낼 수 있다는 기분이 들었다. 강은 한 번도 본 적 없는 어머니를 떠올리며 혹 어머니가 어디선가 자신을 보고 있는 건 아닐까 생각했다. 낸시와 원식은 그런 곳이 있다고 믿었다. 그렇다면 강도 믿을 수 있을까?

강은 최 가에게서 연필과 종이를 빌려 몇 글자를 끼적이기 시작했다. 상하이에 도착하면 전 세계를 향해 기억에 남을 만한 성명을 발표할 필요가 있었다.

기차가 멈춰 섰다. 강은 서둘러 종이를 주머니 안에 구겨 넣었다. 그리고 최 가와 함께 안동역 승강장에 내려 팔과 다리를 쭉 뻗었다. 사람들이 줄줄이 내리기 시작했다. 차가운 공기 속으로 사람들이 내뿜는 입김이 구름이 되어 솟아올랐다. 두 사람은 그들과 섞여 자유를 향한 첫걸음을 내디뎠다. 강은 어깨너머로 몇 걸음 뒤에서 따라오는 전진을 바라보았다.

"정말 추운 곳이군."

"네, 전하. 여기 사람들 성정이 거친 것도 당연합니다."

사람들 머리 너머로 안동역 입구가 보였다.

"역을 나가면 바로 왼쪽으로 가세요. 인력거 석 대가 우리를 기다리고 있을 텐데, 파란 모자를 쓴 인력거꾼의 인력거를 타시면 됩니다."

강의 심장이 다시 한번 쿵쾅거리며 뛰기 시작했다. 최 가가 했던 말이 떠올랐다. 일본은 공식적으로 안동 지역을 통치하지는 않지만, 뒤에서 지역 군벌 세력을 조종한다고 했다. 다시 말해 언제든 원하는 대로 영향력을 미칠 수 있다는 뜻이었다. 어쩌면 훨씬 더 거리낌 없이 사람들을 괴롭힐지도 몰랐다. 강은 담배를 꺼냈다.

"한 대 피우겠나?"

"아니요, 저는 괜찮습니다."

최 가는 역 바로 건너편에 검은 제복을 입은 경찰관이 줄지어 서 있는 모습을 슬며시 가리켰다.

"저놈들이 여기까지…… 그러면 여기서 헤어집시다. 목적지인 사무실에서 만날 때까지 이제 우리는 서로 모르는 사람입니다."

강은 왼쪽으로 움직여 서너 명을 사이에 두고 최 가와의 거리를 벌렸다. 이제 경찰관이 일곱이나 모여 있는 걸 확인할 수 있었다. 평상시에도 이런 분위기일까? 만일 저들이 뭔가를 눈치챘다면? 지금은 무선으로 통신을 할 수 있으니 한성에서 자신이 사라진 걸 알고 모든 국경 검문소에 이 사실을 이미 알렸을 수도 있다. 하지만 그렇다면 왜 신의주에서 체포하지 않았을까. 강은 모자를 만지작거리며 눈썹에 닿을 정도로 깊숙하게 눌러쓴 다음, 숨을 몰아쉬며 역을 빠져나가기 위해 움직였다. 도착한 승객들이 지나갈 때마다 경찰들이 주의 깊게 얼굴을 확인했다. 역을 완전히 빠져나온 강은 조금 몸을 숙인 채 최 가의 말대로 왼쪽으로 향했다. 50미터쯤 앞에 한 줄로 늘어선 인력거들이 보였다. *파란색 모자를 쓴 인*

력거꾼을 찾자. 그렇게만 하면 된다. 이제 더 이상 함께 온 두 사람을 찾을 수 없었다. 강은 완전히 혼자였다. 두려움과 기대로 팔과 다리가 뻣뻣해지는 것 같았다. 한 걸음 한 걸음이 고통스러울 정도로 느리게 느껴졌다. 하지만 의심을 살 만큼 빠르게 움직일 수는 없었다.

그때 인력거 뒤에서 경찰관 두 명이 더 나타났다. 확실히 드문 일이었다. 그들은 무표정한 얼굴로 앞만 바라보았다. 강은 그들이 자신을 찾는 건지 확실하게 알 수 없었다. 왼쪽으로 몸을 돌리니 자갈이 깔린 좁은 골목길이 보였다. 강은 본능적으로 그쪽을 택했다. 반쯤 걷고, 또 반쯤은 뛰면서 골목길을 따라 내려가자 이윽고 작은 찻집이 나타났다. 뒤를 따라오는 사람이 없다는 걸 확인한 강은 찻집 안으로 들어갔다. 그리고 주문대를 지나 탁자 하나에 의자 네 개가 있는 구석의 작은 공간을 찾아 자리를 잡았다.

과민 반응이었을까? 어쩌면 전진과 최 가는 벌써 인력거에 무사히 탔을지도 모른다. 강은 어찌해야 할지 알 수 없었다. 경찰이 뒤를 쫓고 있다면 탈출로를 찾아야 했다. *이 골목은 막다른 골목일까 아니면 빠져나갈 수 있는 다른 길이 있을까? 혹 이 값비싼 시계를 내밀면 어딘가 방 같은 곳에 자신을 숨겨줄 사람이 있을까? 만일 그저 혼자 당황해서 계획을 망치고 있는 거라면 어떻게 해야 할까?* 강은 인력거꾼이 얼마나 더 자신을 기다려줄지 알 수 없었고 목적지인 회사 사무실이 어디에 있는지도 전혀 몰랐다.

"뭘 드실래요?"

"네?"

"차를 드셔야지요?"

중년의 여주인이 썩은 이를 드러내며 물었다.

"아, 그러니까 아무 차나……"

"차림표를 보시겠어요?"

"아니, 그냥 아무 차나 한잔 주시오."

"알겠습니다."

강은 다시 찻집 문가로 다가갔다. 고개를 내밀자 골목 끝에서 큰길을 향해 서 있는 제복 차림의 경찰관 뒷모습이 보였다. 강은 다시 자리로 돌아왔다. *제길. 여기는 2층 건물인데, 계단은 어느 쪽이지? 뒷문은 있었나?* 강은 시계를 풀어 손에 들고 주인을 찾아갔다.

복도를 따라 초조하게 발걸음을 옮기던 그는 마침내 주방을 찾았다. 아까 주문을 받던 주인이 고개를 들더니 깜짝 놀란 표정을 지었다.

"아니, 무서워 마세요. 그냥 도움이 좀 필요합니다."

주인은 잠시 입을 벌린 채 강을 훑어보다가 옆으로 시선을 돌렸다. 강도 따라서 고개를 돌렸다. 거기 제복을 입은 경찰 두 명이 서 있었다.

"이강 공, 여기서 뭘 하고 계십니까?"

"그게 무슨 말이오? 내 이름은 한……"

"저희와 함께 가주시지요."

주방 저편에 쪽문이 보였다. 강은 달려가 문을 걷어찼지만 잠겨 있었다. 경찰관들이 다가왔다. 강은 그중 한 명에게 달려들어 넘어트린 다음 복도로 빠져나갔다. 그 서슬에 그의 모자가 떨어졌다. 다른 경찰관이 강의 뒤를 쫓아왔다. 강은 찻집 문 앞에서 갑자기 팔꿈치를 휘둘러 추격자의 얼굴을 내리쳤고 겨우 문을 열어 빠져나갈 시간을 벌었다. 다시 골목길로 나온 강은 인력거를 찾는 것 말고는 아무런 계획도 없이 처음 왔던 길을 따라 정신없이 달려갔다. 절박함과 긴장감에 휩싸인 강의 모습은 궁궐 담을 뛰어넘고 부산에서 암살자를 피해 도망치던 모습과 별반 다르지 않았다.

"이강 공!"

뒤에서 자갈이 깔린 바닥 위를 거칠고 빠르게 달려오는 경찰관들의 발소리가 들려왔다. 강이 왼쪽을 쳐다봤지만 전진도 최 가도 보이지 않았고 다만 인력거 석 대와 파란색 모자를 쓴 인력거꾼이 있었다.

"이강 공!"

오른쪽에서 누군가 고함을 지르더니 이내 호각 소리가 들렸다. 강은 인력거를 향해 계속 내달렸고 큰길 쪽에서 더 많은 발소리가 들렸다.

그렇게 앞만 보고 뛰는 강의 머리를 누군가가 곤봉으로 내리쳤다. 강은 순간 엄청난 통증을 느끼며 그대로 쓰러졌다. 어깨가 먼저 바닥에 닿으면서 눈앞이 캄캄해졌다.

얼마나 시간이 지났을까. 눈을 뜨자 병원 침대 이불 밖으로 삐져나온 오른발이 가장 먼저 보였다. 팔은 침대에 수갑으로 묶여 있었다.

강은 예전 미국에서 병원에 누워 있던 때를 떠올렸다. 그때 강의 미국 생활은 막을 내렸지만, 대신 잊고 있던 우정이 다시 찾아왔다. 그 일을 계기로 강은 대의를 위해 위험을 감수하는, 새로운 삶의 가능성을 깨달았다. 그러나 지금 강의 곁에 있는 건 문을 지키고 선 경찰관뿐이었다. 샴페인도, 대의를 위한 결단도 없었다. 강은 낸시를, 그리고 다시는 볼 수 없을지도 모를 아들을 생각하며 눈물을 흘렸다. 이제 새로운 삶 같은 건 기대할 수 없으리라.

경찰관이 서서 지켜보고 있었지만 강은 수갑을 끊어버리기라도 할 듯 30분이 넘도록 몸부림쳤다. 그러나 젊은 경찰관은 그저 눈만 깜빡일 뿐, 어떤 감정도 내비치지 않았다. 심지어 지루한 표정을 짓기도 했다. 강은 그것이 무슨 의미인지 깨달았다. 이강은 이제 끝났다. 자신이 대의를 펼칠 가능성은 완전히 사라졌다. 강은 그만 눈을 감고 잠을 청하려 했다.

얼마 후 콧수염을 기른 키가 크고 비쩍 마른 남자가 병실 안으로 들어왔다. 그의 옷은 힘든 하루를 보낸 듯 이곳저곳이 구겨져 있었다. 강은 그가 누군지 몰랐고 남자도 자신이 누구인지 밝히지 않았다. 그런 건 아무 상관이 없었다. 윤태종처럼 그저 저들이 보낸 심부름꾼일 뿐, 그것 말고는 아무것도 알 필요가 없었다.

"한 선생? 아니지, 이강 왕자나 이강 공이라고 불러야 할까요? 그것도 아니면 그냥 이강 선생? 어쨌든 당신을 찾느라 고생을 좀 했습니다. 처음에는 도대체 무슨 영문인지 알 수가 없었습니다만, 마침 친절하게 이런 걸 적어두셨더군요."

남자는 주머니에서 구겨진 종이 한 장을 꺼내며 차갑게 웃었다. 강이 기차 안에서 끼적였던 종이였다. 압록강을 건넌 후 불과 세 시간도 채 지나지 않았던 그때는 희망이 있었지만, 그것도 아주 오래전 일처럼 느껴졌다. *나를 쓰러트리고 내 품을 뒤져 저걸 찾아냈구나.*

"조선을 빼앗아 간 일본 제국 황실의 일원이 아니라 자주적으로 독립을 이룬 민주공화국의 평범한 국민이 되고 싶다. 그렇게 쓴 게 맞습니까?"

강이 몸을 일으켰다. 두 사람의 눈이 마주쳤다.

"그 뜻이 아주 높고 거창합니다."

남자가 웃음을 터트렸다.

"나는 내 가족과 조선의 독립, 세계 평화를 위해 결단을 내렸다 라…… 아니, 세계 평화까지 염려하십니까!"

강은 아무것도 말하고 싶지 않았다. 남자는 종이를 든 손을 앞으로 내밀고는 강을 향해 다가왔다. 그리고 주머니에서 라이터를 꺼냈다. 강이 남겼던 말은 몇 초 만에 불꽃으로 바뀌었다가 재가 되어 사라졌다. 회색의 재가 춤을 추듯 나무 바닥을 향해 떨어지자 그는 만족스럽게 웃으며 한숨을 내쉬었다.

"어중이떠중이 같은 극단주의자들이 공을 이렇게 쉽게 납치해 일을 벌이다니, 우리가 그동안 공의 보호에 얼마나 소홀했는지 반성하게 되는군요. 지금부터는 죽을 때까지 평생 우리의 눈 밖으로 사라지지 못하도록 해드리지요."

남자는 고개 숙여 인사한 뒤 돌아서서는 문 쪽으로 향했다. 그리고 병실을 나서기 직전 어깨너머로 강의 멍한 눈을 바라보았다.

"조선의 독립과 세계 평화라……"

남자는 고개를 흔들더니 웃으며 사라졌다.

에필로그

1922년.

눈발은 날렸지만 눈은 쌓이지 않았다. 눈송이는 단단한 바닥에 부드럽게 떨어졌다 사라질 뿐이었다. 멀리 남산을 바라보며 떨고 있던 강은 무심코 눈송이를 발로 밟았다. 오래된 봉화대가 남산에 남아 있었지만 더 이상 아무도 사용하지 않았다. 무너져 내려 그저 아름다운 폐허로 변해버린 오래된 성벽처럼, 조선 땅에서 이제 봉화대는 아무 소용이 없었다.

강은 바지 주머니 속 휴대용 술병을 만지작거리며 자신의 신세도 그와 다르지 않다고 생각했다. 뚜껑을 비틀어 여는 그의 오른손이 떨렸다. 내용물의 절반가량이 입안으로 끊임없이 들어갔다. 그는 아무 생각 없이 허겁지겁 술을 들이켰다. 뜨거운 기운이 혓바닥을 지나 식도와 배까지 퍼지자 비로소 몸의 떨림이 멈췄다. 강은 이런 일시적인 편안함이 흩날리고 있는 저 눈송이보다 더 빨리 사라지리라는 걸 알았지만, 이제는 밤낮을 가리지 않고 직접 불러들일 수 있는 이 몽롱한 기분이 그저 고마울 따름이었다. 명료한 정신과 진실은 비참한 기분만 가져올 뿐이었다.

아들 우가 불과 몇 걸음 떨어진 곳에 서 있었다. 두 사람 사이를 마치 한 나라 전체가 가로막고 서 있는 것 같았고, 저들이 아들에게 입힌 일본 제국 군복은 기괴한 모욕감까지 안겨주었다. 아들은 키가 컸다. 울고 있는 수덕과 거의 비슷할 정도였다. 내년에는 얼마나 더 자랄까? 3년이나 4년쯤 후에는?

어쩌면 죽을 때까지 알 수 없을지 모른다. 저렇게 일본으로 가서 억지로 결혼하거나 우리가 죽은 후에야 다시 돌아올 수 있겠지.

기차는 이미 떠날 준비를 마쳤다. 물론 이번에 강은 타지 못한다. 그는 병사들에게 이끌려 다시 집으로 돌아갈 것이며 총독부의 지시가 있을 때까지 계속 집에서만 머물게 되리라.

혜랑이 아들의 아버지 바로 옆도 아닌, 그렇다고 그리 멀리 떨어져 있지도 않은 곳에 서 있었다. 하지만 총독이 고개를 끄덕이자 결국 그 자리에 무너져 내렸다. 강은 다가가 있는 힘껏 혜랑을 끌어안았지만 여위고 지친 팔은 그녀의 무게를 오래 감당해 내지 못했다. 강은 아들에게 손짓했다.

아이가 달려와 어머니와 아버지를 한꺼번에 끌어안았다. 어찌나 손에 힘을 주었던지 손가락이 옷을 뚫고 살 속으로 파고들 것만 같았다. 강이 전에는 알지 못했던 힘이 아들에게 생겨서, 두 사람을 모두 지탱하고 있는 것 같았다. 아직 한 사람 몫을 하는 사내라고 보기에는 너무 어렸지만, 지금 이 순간만큼은 그렇게 되어야 했다. 아들이 제 어미를 위로하자 혜랑은 몸을 떨며 통곡했다. 혜랑은 아들의 뺨과 이마를 어루만지며 몇 번이고 입을 맞췄다. 평생이 걸려도 모자랄 만큼 하고 싶은 말이 많았지만, 비통과 절망으로 단 한 마디도 제대로 하지 못했다.

이우는 총독과 일본인들을 향해 돌아섰다. 그리고 등을 꼿꼿하게 폈다. 강은 그런 아들을 바라보았다. 그 얼굴에는 분노와 확신이 또렷하게 새겨져 있었다.

내 아들아……

모든 이들이 쉴 새 없이 눈물을 흘렸다. 소년이 흔들림 없이 말했다.

"나는 의친왕의 아들, 조선의 이우입니다. 설사 이대로 이 땅을 떠나 백 년이 지나도록 돌아오지 못한다고 해도, 나는 조선의 이우입니다."

작가의 말

사실이 소설보다 더 이상하다고들 합니다. 그럴지도 모르겠습니다. 하지만 사실은 또한 몹시 복잡하고, 서사도 결여되어 있습니다. 필터링이라는 행위 – 무엇이 중요할까? 그 감정적인 의미는 어디에 있을까? 그 이야기가 의도하는 '정신'은 무엇일까? – 를 통해 역사를 기반으로 한 소설은 일부 가상의 이야기를 담게 됩니다.

소설《마지막 왕국》을 읽고 사실에 근거하지 않았다고, 사실의 확장이나 재배열과 관련된 부분을 지적하는 독자들이 있을 수도 있겠지요. 그런 독자들에게 심심한 사죄의 말씀을 드립니다. 제 부족함을 인정합니다. 이 소설의 내용은 대부분 사실이지만, 역사 교과서가 아니라 소설이라는 점을 기억해 주시길 바랍니다. 소설의 전개를 위해 어떤 사건들은 만들어졌고, 몇몇 인물도 실제 인물에게서 영감을 받아 새롭게 만들어졌습니다. 대화는 물론 거의 완전히 상상하여 쓴 것입니다.

제가 바라는 것이 있다면, 이 소설을 읽고 독자들이 '진짜' 의친왕 이강, '진짜' 김란사(낸시 하의 모델)에 대해 궁금증을 갖는 것입니다. 나아가 그들의 '진짜' 역사를 찾아보면 좋겠습니다. 이 소설을 쓴 저의 주된 동기는 더 많은 사람이 부당한 역사 속에서 잊힌 이들을 기억하게, 그리고 알게 하는 것입니다.

2024. 8.

다니엘 튜더

연보

1877년 3월 30일 이강 출생

1882년 임오군란

1891년 의화군에 봉해짐

1892년 관례를 행함

1893년 연안 김 씨 김사준의 딸 김수덕(연원군 부인)과 혼인

1894년 보빙사로 청일전쟁 승리 기념식 참석차 도일

        동학농민운동 발생

1895년 영국, 프랑스, 독일, 러시아, 이탈리아, 오스트리아 유럽 6개국 특파 대사

        을미사변, 명상황후 시해, 엄 상궁 전면에 등장

1896년 아관파천

1897년 (엄 귀비) 황태자 영친왕 이은 출생

        엄 상궁 귀인 책봉

        고종 경운궁으로 돌아옴

        10월 대한제국 선포

1898년 고종 커피 암살 시도 사건 발생

1899년 미국 유학, 오하이오 웨슬리언 대학교에 입학

1900년 대한제국 시기 의친왕으로 책봉

        연원군 부인도 '의왕비 김 씨'로 책봉

1902년 의친왕을 황제로 추대하려는 일심회 사건 발발, 주모자 처형

1904년 러일전쟁

        한일의정서 체결

1905년 귀국, 대한제국 육군부장으로 임관

1906년 사동궁저 건립

저   대한적십자사 총재 취임

1907년 헤이그 밀사 파견, 고종 퇴위, 순종 즉위

저   영친왕 이은 일본으로 보내짐

1909년 이토 히로부미 사망

1910년 국권 피탈

1911년 황귀비 엄 씨 사망

1912년 (수인당 김흥인) 아들 이우 출생

1919년 일진회에서 활동하다 상하이로 망명 시도, 만주에서 체포당함

저   1월 21일 고종 사망

저   3·1 운동

1922년 아들 이우, 유학을 명분으로 일본으로 보내짐

1945년 8월 6일 이우 일본 히로시마에서 원자폭탄 피폭

저   8월 7일 이우 33세를 일기로 히로시마에서 사망

저   8월 15일 대한제국 주권 회복

1955년 8월 16일 이강 사망

참고문헌

4년이 넘는 기간 동안, 저는 오래된 신문의 기사와 다큐멘터리, 책, 학술논문 등 다양한 자료와 대면 인터뷰 등을 종합하여 이 이야기를 만들었습니다. 아래는 제게 특별히 도움이 된 책과 논문 등을 정리한 목록입니다.

도서

- **꺼진 등에 불을 켜라: 한국 최초 여성 문학사 김란사**, 고혜령, 2016, 초이스북.
- **나는 대한제국 마지막 황태자비 이마사코입니다**, 강용자, 김정희 편, 2013, 지식공작소.
- **나는 어떻게 조선황실에 오게 되었나?**, 엠마 크뢰벨, 김영자 역, 2015, 민속원.
- **나의 아버지 의친왕**, 이해경, 1997, 진.
- **남가몽, 조선 최후의 48년**, 박성수, 2008, 왕의서재.
- **녹파잡기: 조선 문화예술계 최고의 스타, 평양 기생 66명을 인터뷰하다**, 한재락, 안대회 역, 2017, 휴머니스트.
- **마지막 황실의 추억**, 이해경, 2017, 유아이북스.
- **못생긴 엄상궁의 천하**, 송우혜, 2010, 푸른역사.
- **무정**, 이광수, 2010, 민음사.
- **배버의 조선: 초대 러시아 공사, 실비아 브래젤**, 김진혜 역, 2022, 푸른길.
- **에로틱 조선: 우리가 몰랐던 조선인들의 성 이야기**, 박영규, 2019, 웅진지식하우스.
- **왕세자 혼혈결혼의 비밀**, 송우혜, 2010, 푸른역사.

- 왕조의 후예, 강용자, 1991, 삼인행.
- 영원한 제국, 이인화, 2006, 세계사.
- 우사 김규식 평전: 투쟁과 협상의 지도자, 김삼웅, 2015, 채륜.
- 일월오악도 1-5, 안천, 2005, 교육과학사.
- 제국의 후예들: 대한제국 후예들의 삶으로 읽는 한반도 백년사, 정범준, 2006, 황소자리.
- 조선왕조 궁중음식, 한복려, 2015, 궁중음식연구원.

- *Three Puffs on a Cigarette: General Miura Gorō and the Assassination of Queen Min*, Danny Orbach, 2017, Cornell University Press.
- *Everyday Life in Joseon-Era Korea: Economy and Society, The Organization of Korean Historians*, edited by Michael D Shin, 2014, Brill Academic Pub.
- *Joseon Royal Court Culture: Ceremonial and Daily Life*, Shin MYUNG-HO, 2004, Dolbegae Publishers.
- *Korea In Transition (1909), James Scarth Gale*, 2008, Kessinger Publishing.
- *Letters from Joseon: 19th-century Korea through the Eyes of an American Ambassador's Wife*, Robert Neff, 2013, Seoul Selection USA.
- *Min Yong-hwan: A Political Biography*, Michael Finch, 2002, University of Hawaii Press.
- *Problems Of The Far East: Japan, Korea, China (1894)*, George N Curzon, 2008, Kessinger Publishing.
- *Seoul's Historic Walks in Sketches*, Janghee Lee, 2018, Seoul Selection.

- *The World is One: Princess Yi Pang Ja's Autobiography*, Yi Pangja, 1973, Taewon Publishing Co.

- *The Writings of Henry Cu Kim: Autobiography with commentaries on Syngman Rhee, Pak Yong-man*, and Chŏng Sun-man, Henry Cu Kim, 1987, University of Hawaii Press.

- *The Tragedy of Korea (1908)*, Frederick Arthur McKenzie, 2011.

- *Undiplomatic Memories: The Far East 1896-1904*, W.F. Sands, 1930, Whittlesey House.

- *Virtues in Conflict: Tradition and the Korean Woman Today*, Sandra Mattielli, 1967, Royal Asiatic Society-Korea Branch.

문서

- The Diaries of Yun Chi-ho, https://digital.library.emory.edu/?f%5Bcreator_sim%5D%5B%5D=Yun%2C+Ch%27i-ho%2C+1865-1945

- The Korean Repository, http://anthony.sogang.ac.kr/Repository/

전시

의친왕과 황실의 독립운동, 기록과 기억(특별기획전), 경기여고 경운박물관과 의친왕기념사업회, 경운박물관.

학술논문

- 강경호 〈20세기 초 전통 가곡 문화의 변화상과 공연의 실제. 1, 1900~1910

년대 신문·잡지에 기록된 가곡 연행 양상을 중심으로〉 서울, 이회, 2015. 11. 30.

- 국윤주 〈〈大韓每日申報〉 소재 흥타령 시조 연구〉 광주, 한국고시가문학회, 2007. 08. 31.
- 권도희 〈20세기 기생의 가무와 조직: 근대기생의 형성과정을 중심으로〉 서울, 한국국악학회, 2009. 06. 30.
- 김훈, 이해웅 〈朝鮮時代 純宗의 疾病에 관한 고찰-『朝鮮王朝實錄』을 중심으로A Research on the Disease of King Sunjong in the Joseon Dynasty〉 부산, 동의대학교, 2013.
- 박영민 〈'妓生案'을 통해본 조선후기 기생의 公的 삶과 신분 변화〉 서울, 성균관대학교출판부, 2010. 09. 30.
- 이정노 〈일제강점기 서울지역 기생의 요리점 활동과 춤 연행 양상 연구〉 서울, 이화여자대학교한국문화연구원, 2015. 12. 30.
- 이정희 〈대한제국기 순종황제 즉위 행사와 음악〉 서울, 한국음악사학회, 2011. 12. 30.
- 이주미 〈『관혼례강의』에 나타난 조선 후기 왕자 관례식 고증 연구A study on the reenactment of the prince's coming-of-age ceremony recorded in 『Gwanhonryegangui(冠婚禮講義)』〉 용인, 한복문화학회, 2022. 06. 30.
- 주영하 〈조선요리옥의 탄생: 안순환과 명월관〉 서울, 동양학연구소, 2011. 08. 30.
- 최덕규 〈파리강화회의(1919)와 김규식의 한국독립외교: 고종황제의 자주독립외교의 계보를 중심으로〉 대전, 한국서양문화사학회, 2015. 06. 30.
- 한희숙 〈Womens' Life during the Chosŏn Dynasty〉 서울, 숙명여자대학교, 2004.
- 홍영신 〈1910년대 서울지역 권번 연구: 기예를 중심으로〉 서울, 중앙대학교 교육대학원, 2010. 08.

- 황미연 〈조선후기 전라도 교방의 현황과 특징〉 서울, 한국음악사학회, 2008. 06. 30.

- AA Hayes Jr. "Modern Ocean Highways", *Journal of the American Geographical Society of New York*, 1879, 97~112pp.

- Brice Rogers "Against the World - Horace G. Underwood's Value Conflict Approach to Mission", Yonsei University.

- Ryu D. Y. "Religion Meets Politics: The Korean Royal Family and American Protestant Missionaries in Late Joseon Korea", *Journal of Church and State*, 2013, 113~133pp.

- Yong-ho Choe and Tae-jin Yi "The Mystery of Emperor Kojong's Sudden Death in 1919: Were the Highest Japanese Officials Responsible?", *Korean Studies*, 2011, 122~151pp.

마지막 왕국